A história da minha vida

LUCY SCORE

A história da minha vida

Tradução
GUILHERME MIRANDA

Copyright © 2025 by Lucy Score

Publicado por Companhia das Letras em associação com Sourcebooks USA.

Grafia atualizada segundo o Acordo Ortográfico da Língua Portuguesa de 1990, que entrou em vigor no Brasil em 2009.

TÍTULO ORIGINAL Story of My Life
CAPA Kari March e Sourcebooks
ADAPTAÇÃO DE CAPA Danielle Fróes/BR75
PRODUÇÃO EDITORIAL BR75 texto | design | produção
MAPA Camila Gray

Dados Internacionais de Catalogação na Publicação (CIP)
(Câmara Brasileira do Livro, SP, Brasil)

Score, Lucy
    A história da minha vida / Lucy Score; tradução Guilherme
Miranda. — São Paulo: Bloom Brasil, 2025. — (Story Lake)

    Título original: Story of My Life
    ISBN 978-65-83127-13-6

    1. Ficção norte-americana I. Título. II. Série.

25-247430   CDD-813

Índices para catálogo sistemático:
1. Ficção : Literatura norte-americana 813

Cibele Maria Dias – Bibliotecária – CRB-8/9427

Todos os direitos desta edição reservados à
EDITORA SCHWARCZ S.A.
Rua Bandeira Paulista, 702, cj. 32
04532-002 – São Paulo – SP
Telefone: (11) 3707-3500
facebook.com/editorabloombrasil
instagram.com/editorabloombrasil
tiktok.com/@editorabloombrasil
threads.net/editorabloombrasil

*Para Flavia e Meire por serem as melhores agentes
e as maiores líderes de torcida.
Sou muito grata por tudo!*

1

VINHO EM VASO E UMA BRONCA

Hazel

O trio estressado de mulheres de terno que tomava espresso triplo na janela estava animado planejando a morte de alguém chamado Bernard, da auditoria. Ou talvez só estivesse pensando em denunciá-lo ao RH. Era difícil ouvir por causa do barulho habitual da cafeteria.

Os dois homens de alianças iguais estavam tendo uma discussão acalorada à minha direita sobre espaço no guarda-roupa. No resto do mundo, a maioria dos divórcios girava em torno de problemas como dinheiro, filhos e monogamia. Em Manhattan, eu poderia apostar que espaço no guarda-roupa estava entre os cinco motivos principais.

A barista estava tão entediada enquanto anotava e preparava os pedidos que parecia prestes a entrar em coma.

Coma? Escrevo no meu caderno. Será que uma protagonista recém-saída de um coma daria uma boa comédia romântica? Franzi a testa e tamborilei a caneta na mesa. Não um coma longo, óbvio. Aí ela teria que lidar com pelos nas pernas, caspa, mau hálito e coisas desse tipo.

Merda. Cobri a boca e tentei cheirar discretamente para ver se tinha lembrado de escovar os dentes hoje cedo. Não tinha. Também não tinha depilado as pernas... nem tomado banho... nem penteado o cabelo... nem lembrado de comprar desodorante para passar.

A Hazel de antigamente só saía de casa com essa cara, e esse cheiro, em dias de prazo final. A Hazel de agora vagava assim pelas sombras do mundo real como uma camundonga anti-higiênica praticamente vinte e quatro horas por dia.

— Ah. Que dureza! — murmuro.

O casal com o problema de guarda-roupa me olha torto.

— Ha. Foi o que ela disse a ele, sacou? — arrisquei.

Os olhares tortos se transformam em sobrancelhas erguidas e um acordo tácito de desocupar imediatamente a mesa ao lado da moça doida.

— Tudo bem. Sou escritora. É normal eu falar sozinha em público — expliquei às pressas enquanto eles pegavam seus cafés, se dirigiam para a porta e saíam para o calor úmido de agosto.

Resmunguei, coloquei as mãos no rosto e apertei as bochechas para fazer boca de peixe.

O senhor de regata do Lenny Kravitz, que parecia estar administrando seu próprio Genius Bar, olhou por cima de seus óculos bifocais.

Soltei o rosto e ofereci o que torcia que fosse um sorriso humano. Ele se voltou para os seus dois celulares e seu iPad enquanto eu secava as mãos no short. Minha pele estava naquela combinação nojenta de oleosa e descamando ao mesmo tempo. Quando foi a última vez que completei toda a minha rotina de skincare em vez de simplesmente enfiar a cabeça embaixo da torneira? Nossa, quando foi a última vez que completei alguma coisa?

Bom, eu devorei o pad thai ontem à noite. Isso conta, não?

Passei os olhos pelo café em busca de algum sinal da inspiração ou da motivação que antes me tornava uma adulta produtiva. Mas não encontrei nada. Com um suspiro, rabisquei "coma", assim como "enemies to enemies" e "canoas". Essa última eu tinha ouvido de um ágil casal irlandês aposentado que parecia ter saído diretamente de uma loja de camping. Eles haviam pedido matcha e scones sem glúten antes de saírem com suas botas de caminhada iguais.

O relógio na parede indicou que era hora de ir embora. Fazia três horas que eu estava ali sem ter conseguido nada além de um copo vazio de café gelado com meu nome. Com oitenta por cento de certeza, meu subconsciente fez parecer que a barista havia gritado: "Café gelado de baunilha para a ex-famosa".

Com o tipo de gemido que pessoas em decadência soltam quando estão levantando de suas cadeiras em casa, eu levantei. Tinha passado tanto tempo no meu apartamento que não conseguia lembrar a diferença entre os barulhos liberados na "privacidade do próprio lar" e os "na presença dos outros". Juntei meus acessórios de escritora — caderno, caneta, notebook e telefone — e saí para o calor.

Senti meu cabelo dobrar de tamanho antes de chegar ao fim do quarteirão, e estava erguendo a mão para dar uma ajeitada nele quando levei um esbarrão de um cara de um metro e sessenta e poucos, que vestia Ralph Lauren sob medida e gritava uma série de ameaças crescentes ao celular.

Zoey o teria tachado de financista babaca e o xingado. Ela também com certeza me mataria quando descobrisse que eu ainda não tinha nada. Nenhum capítulo, nenhum esboço, nenhuma ideia. Eu estava vivendo algum tipo de versão horrível de *Feitiço do tempo*, em que cada dia era igual ao anterior. E, ao contrário de Bill Murray, ainda não tinha encontrado um propósito.

Cheguei no meu prédio, mas minha vizinha cujo nome eu não sabia não devia ter me ouvido pedindo para segurar o elevador por causa dos latidos de seus dois yorkshires. Consegui me arrastar pelos quatro lances de escada e entrei.

O estado da minha casa refletia o estado da minha cabeça. Mais especificamente, um lixão radioativo abandonado. O antes "charmoso" e "imaculado" apartamento de dois quartos no Upper East Side parecia estar abrigando um brechó com desapegos de moradores de um pântano.

— É oficial. Virei uma daquelas pessoas que perde a cabeça e começa a acumular sachês de shoyu e folhetos de propaganda — falei para ninguém.

Havia correspondências e papéis empilhados aleatoriamente em todas as superfícies planas visíveis. Livros transbordavam das estantes pesadas de nogueira e se espalhavam pelo chão aos montes. A cozinha minúscula era quase irreconhecível sob cerca de oito camadas de pratos sujos e embalagens velhas de delivery. As paredes com o papel estampado, que antes eu achava tão charmoso, agora exibiam apenas diplomas e memórias de vidas antigas que ficaram para trás.

Me animei por um instante.

— E se a protagonista for uma acumuladora? Credo. Nada sexy, nem mesmo higiênico.

A Hazel de antigamente nunca teria deixado chegar a esse ponto. Havia muitas coisas que minha versão antiga teria feito diferente. Mas ela está morta e enterrada. Descanse em paz, Hazel.

Fui para o quarto para tirar o meu short esportivo "de sair" e coloquei o modelo "quantos buracos um short consegue ter nos fundilhos antes de rasgar". Era hora de voltar ao trabalho... ou, pelo menos, de passar mais um bom tempo me repreendendo por me tornar a mais deplorável autora de comédias românticas do mundo.

Resmunguei com a batida na porta.

— Que parte de "entrega sem contato" você não entende? — murmurei enquanto levantava a bunda do sofá.

A ponta do meu chinelo esbarrou no pé da mesa de centro, derrubando uma enxurrada de correspondências fechadas.

Quando levei a mão à faixa do roupão, não a encontrei. Então, usei as lapelas para cobrir os seios sem sutiã sob a camiseta e abri a porta.

— Você está com uma cara péssima.

A mulher de cabelo encaracolado e terninho vermelho estava ali para me julgar, não para entregar a minha comida chinesa.

Deixei que o roupão se abrisse e cruzei os braços.

— O que está fazendo aqui, Zoey? Sou muito ocupada e importante.

Minha visita inesperada passou por mim com seus saltos fabulosos de dez centímetros, trazendo uma leve nuvem de perfume caro. Zoey Moody, agente literária fanática por moda e minha melhor amiga desde a terceira série, sabia fazer sua entrada em grande estilo.

Fechei a porta e me recostei contra ela. Normalmente, eu encontrava Zoey na casa dela ou em estabelecimentos que serviam álcool, o que me deixava livre para viver como uma eremita.

— Ocupada fazendo o quê? Definhando? — ela perguntou, pegando uma caixa gordurosa de pizza de cima de uma montanha cuidadosamente equilibrada de pratos sujos.

Peguei dela e tentei enfiar na lixeira, que acabou por transbordar em protesto ao novo item.

— Não estou definhando. Estou... tendo ideias para a trama — menti.

— Faz um ano que você está tendo ideias para a trama.

Desisti e joguei a caixa no chão ao lado do lixo.

— Sabe quem acha que escrever um livro é fácil? Pessoas que nunca escreveram um livro.

— Eu sei. Autores são flores delicadas de criatividade que precisam de água e cuidado constante. Blá-blá-blá. Bom, adivinha? Agentes também precisam de algumas coisas. Eu, por exemplo, preciso que meus clientes atendam a porcaria do celular. Você pelo menos sabe onde o seu está?

— Ali. — Aponto vagamente para o apartamento como um todo.

Zoey me lançou um olhar fulminante e crispou os lábios vermelhos.

— Quando foi a última vez que você saiu para jantar? Ou para respirar ar fresco? Ou, sei lá, tomou banho? — Seus cachos loiro-avermelhados balançaram dentro do coque que ela havia feito.

Ergui o braço e cheirei. Droga. Esqueci de pedir desodorante de novo.

— Parece minha mãe falando para eu largar os livros e sair para socializar na adolescência — reclamei. — Isso foi entre o segundo e o terceiro marido caso você esteja contando.

— Não sou sua mãe. Sou sua agente e, às vezes, sua amiga. E, como as duas, preciso dizer, você desceu oficialmente ao nível de solteirão deprimido.

— Você não quis dizer solteirona?

Ela pegou uma meia manchada de shoyu.

— Quantas solteironas você conhece que vivem como se morassem no vestiário masculino da escola?

— Faz sentido. Acontece que eu não *decidi* que seria legal mergulhar num bloqueio criativo deprimido e antissocial.

Zoey abriu a geladeira e se arrependeu logo em seguida.

— Tem coisas crescendo aqui dentro.

— Estava para te contar. Comecei a praticar agricultura urbana no meu tempo livre. — Bati a porta da geladeira.

— Bem, você está prestes a ter muito mais tempo livre se não der um jeito na sua vida — ela disse, ameaçadora.

Passei por ela e me agachei para enfiar o braço dentro do armário da pequena ilha com tampo de madeira onde ficavam as facas. Demorei alguns segundos e distendi um músculo do pescoço, mas finalmente achei uma garrafa lá dentro e a peguei.

— Vinho?

— Não vou consumir nada neste apartamento. Não tenho tempo para uma intoxicação alimentar. Me diz que você está pelo menos escrevendo alguma coisa.

— Ah, sim. Estou escrevendo a todo vapor.

— Quem dera — ela murmurou.

— Chega de papo furado. Por que você está aqui ao meio-dia de uma terça, Zo?

Minha agente e melhor amiga foi até a janela da sala, puxou dramaticamente as cortinas pesadas e apontou para as luzes do prédio ao lado.

— São sete da noite de uma segunda.

Fingi estar chocada e ainda soltei um arquejo dramático só para tirar sarro.

Ela revirou os olhos, entendendo que tinha sido enganada.

— Você é um pé no saco.

— Sim, o pé no *seu* saco. Mas gostaria de salientar que também tenho trinta e cinco anos. Não preciso de você fazendo drama como uma mãe coruja. — Nós nos conhecíamos desde que nos entendíamos por gente.

De aparelhos nos dentes e vestidos de formatura a turnês de livros e listas dos mais vendidos... ao que veio depois.

— Você tem trinta e seis — ela disse. Pisquei e fiz meus cálculos. — Lembra do seu aniversário? Você disse que tinha planejado escrever num Airbnb em Connecticut durante o fim de semana, mas eu vim aqui deixar flores e um bolo e te encontrei com o mesmo moletom de um mês antes, mergulhada numa maratona de *Golden Girls*, e então te obriguei a sair para tomar vinho e comer mais bolo.

Maravilha. Agora até aniversários eu estava esquecendo.

— Por falar em vinho. — Abri o armário ao lado da geladeira e não encontrei nenhum copo.

Vasculhei sem muito entusiasmo entre os pratos dentro e em volta da pia. *O que é aquela coisa azul crescendo nas laterais daquela tigela?*

Ao ver um vaso de flores baixo, largo e, sobretudo, limpo, desenrosquei a tampa e servi o vinho.

— Você está usando um roupão com manchas de molho marinara num apartamento escuro e sujo, e bebendo vinho de rosca num vaso — disse Zoey.

— Uma boa editora diria que isso é descritivo e literal demais. — Dei um gole exagerado do vinho.

— Não sou sua editora. Sou sua agente e preciso que você dê um jeito na sua vida.

Essa era uma versão mais agressiva do recado que Zoey passara os últimos meses me dando. Fiquei desconfiada.

— Qual é o problema agora?

— Acabei de sair de uma reunião.

— Por isso o terninho de "não mexe comigo".

— Muito diferente do vestido "pode mexer comigo à vontade". Foi uma reunião com a sua editora na Royal Press, Mikayla, que expressou certas preocupações muito preocupantes — ela disse, levando a mão embaixo da pia e tirando um saco de lixo novo.

Então, abriu o saco com um estalo violento.

— Posso só dizer que é bom que a escritora seja eu, e não você? Aliás, quem é essa tal de Mikayla? Minha editora se chama Jennifer.

Zoey enfiou um pote de arroz frito velho pela metade dentro do saco.

— Demitiram Jennifer e metade da equipe editorial há seis meses. Mikayla era mais jovem e, portanto, mais barata.

— Ela lê livros de romance, pelo menos?

— Prefere ficção doméstica e thrillers psicológicos.

— Ah, então ela *super* vai entender minhas comédias românticas de cidade pequena.

— Até que ela poderia, se um dia você entregasse um manuscrito.

— Desculpa, mas e aquela história de "leva o tempo que precisar, você acabou de passar por algo traumático"?

— Essa história acabou seis meses atrás, e você está com os dias contados desde então. Ou seja, mocinha: se perder seu próximo prazo, a Royal Press vai cancelar o seu contrato.

Bufei e comecei a enfiar as embalagens de delivery no saco de lixo.

— Até parece. Eles não podem fazer isso.

— Podem e vão fazer. Eles me mostraram seu contrato, o que significa que já mandaram o departamento jurídico dar uma olhada. Acabou o prazo estendido que eles te deram, e você não entregou nada. De novo.

— Estou me reerguendo só agora. Eles não podem esperar que eu simplesmente...

— Hazel, você assinou o contrato doze meses atrás — ela disse calmamente. — Sua editora fez o favor de adiar seus prazos três vezes. Da última, você nem se deu ao trabalho de mentir para dar uma tranquilizada neles. Simplesmente não entregou nada. E sabe o que isso parece para todos nós que trabalhamos com edição de livros?

— Não, mas tenho certeza que você vai me dizer.

— Parece que você já era, que é mais uma escritora esgotada que não conseguiu se recuperar. Uma daquelas pessoas que falam sobre os livros que escreviam antigamente.

— Você é dramática demais. O que eles vão fazer? Me dispensar? Os leitores vão odiá-los por me darem esse golpe quando estou vulnerável.

Zoey enfiou um saco inteiro cheio de sacos plásticos dentro do lixo.

— Que leitores, Hazel?

— *Meus* leitores. — Sacudo o saco com força.

— Os leitores que você ignora? Os leitores que você não se dá ao trabalho de responder? Os leitores que passaram a ler outros autores que ainda publicam?

Volto a tirar o saco de lixo das suas mãos excessivamente dramáticas.

— Sério, que bicho te mordeu?

Ela fixa o olhar em mim.

— Hazel, você era uma das autoras de comédias românticas mais bem-sucedidas.

— Era? Você fica maldosa nesse terninho.

— E deixou alguém entrar na sua cabeça. Olha só para você agora.

Eu não estava lá muito a fim de olhar para mim agora.

— Haze, se você perder esse, já era.

Enfiei no saco uma pilha de cardápios de delivery que usei para secar algum líquido derramado enquanto fingia que minhas entranhas não tinham acabado de gelar.

— Eles não podem fazer isso. Não fariam isso. Escrevi nove livros para eles. Sete foram best-sellers. Fiz turnês com eles. Os leitores ainda me escrevem e-mails pedindo mais livros. — Ou pelos menos ainda escreviam quando olhei meu e-mail profissional da última vez.

— Sim, bom, sua editora está pedindo a mesma coisa. O livro da série Spring Gate que você é contratualmente obrigada a escrever. Você sabe tão bem quanto eu que, para uma editora, o valor de um autor está no seu próximo livro, coisa que você não tem. — Ela tirou outro saco de lixo, abriu a geladeira de novo e prendeu a respiração enquanto colocava saladas podres e condimentos vencidos dentro do saco.

Não sei como dizer a Zoey que Spring Gate morreu para mim. Que a ideia de voltar à série que eu amava, que havia lançado minha carreira, me dava náuseas.

Aah! Talvez minha mocinha pudesse ser uma faxineira profissional contratada pelo mocinho para limpar a casa de campo de um parente morto? Seria menos nojento se o porcalhão fosse outra pessoa, certo? Dessa forma, eu também poderia incluir uma reforma completa da casa na história para destacar o crescimento da personagem. Eu a imagino carregando coisas para uma caçamba de lixo com uma bandana fofa e manchas de sujeira na cara.

— Não tenho como controlar o processo criativo, ok? — digo, pegando o caderno mais próximo.

Faxineira. Caçamba. Cara suja. Esse livro estava praticamente se escrevendo sozinho.

Zoey olhou para mim por cima da porta da geladeira.

— Se isso for verdade e você realmente não conseguir cumprir esse prazo, precisa começar a pensar no plano B.

— E qual exatamente seria o plano B?

— Pode ser uma boa revisar o seu currículo.

Abro bem os braços, desafiando Zoey a observar meu short esburacado, minhas meias descombinadas e minhas pantufas de coelho esfarrapadas.

— Eu *pareço* empregável para você?

— Nem um pouco.

Cerrei os punhos.

— Tudo bem. Vou escrever. Beleza?

Ela fechou a geladeira. Seus olhos verde-escuros me prenderam com um olhar.

— Faz meses que não ouço você rir. Você pelo menos lembra de como ser engraçada?

— Eu sou hilária. Hoje mesmo meu roupão ficou preso na porta do elevador, e dei à sra. Horowitz uma visão e tanto.

Na verdade, tinha sido mais de uma semana antes, porque foi da última vez que eu tinha tirado o lixo. Mas ser engraçada não tem a ver com precisão. Tem a ver com timing.

— Isso é importante? — Zoey pegou uma pilha gorda de documentos com uma mancha de café na primeira página.

Eu os arranquei das mãos dela.

— Não — menti, colocando-os em cima da geladeira.

— Também estou ouvindo coisas no meu escritório — ela disse, mudando de assunto.

— Será que é mal-assombrado?

Aah! Que tal uma comédia romântica de cidade pequena com toque paranormal? Talvez o protagonista visse fantasmas? Ou talvez a protagonista faxineira descobrisse um zumbi? Espera. Zumbi não é paranormal.

— Eles estão preocupados com relevância. — Isso me trouxe de volta à realidade.

Fingi ânsia de vômito.

— Você sabe que odeio essa palavra.

— Bom, é melhor fazer dela seu mantra, porque não quero que eles me obriguem a me desfazer de você.

— Você quer me largar? Zoey! Depois de tudo o que passamos juntas? Depois que Zach Bryan convidou nós duas para o baile do ensino médio? Depois da virose em Vancouver? Depois que perdemos nosso voo para

Bruxelas e acabamos pegando uma carona no ônibus da turnê de uma banda punk de Amsterdã e eles escreveram uma música sobre nós?

Ela ergue a mão.

— *Eu* não quero largar você! Quero ser sua agente e ganhar rios de dinheiro com você, mas você não está facilitando isso agora!

— Eu sei — respondi, com pena de mim mesma.

— Olha, Haze. Sem querer ser escrota, mas suas vendas estão no nível mais baixo desde que você começou sua carreira de autora. Faz séculos que os leitores não veem a sua cara. Faz mais de um ano que você não manda uma newsletter. Sua última atividade nas redes sociais foi quando hackearam sua conta e a Hazel de Mentira começou a mandar mensagem para os seus seguidores pedindo dinheiro para fazer um "transplante de rim de luxo".

— Você é maldosa assim com todos os seus clientes?

— Gentileza não funciona com você. Você só responde a verdades duras. Pelo menos era assim.

— Ai, meu Deus. Como você é dramática! Tá. Beleza. Vou fazer aquilo lá.

Zoey colocou o saco de lixo cheio em cima do outro saco de lixo cheio em cima da lixeira vazia.

— Aquilo lá o quê?

Acenei com o vaso de vinho.

— A sessão de autógrafos que eu recusei.

Ela tamborilou as unhas vermelhas brilhantes na bancada de madeira e me observou.

— É um começo, mas vou logo dizendo: não basta.

Ela abriu a bolsa e tirou duas pastonas, que jogou com uma *paulada* no balcão quase vazio.

— Lê isso daqui.

Suspirei.

— Se já acabou a bronca, gostaria de um vaso de vinho?

— Eu não ingeriria nada neste apartamento nem se Pedro Pascal aparecesse e me desse na boquinha.

2

PARA VALORIZAR A BUNDA

Hazel

— Canetas?

— Estão aqui — Zoey disse, batendo na mala de rodinhas enquanto andamos rápido na direção do Salão B do Hoight Hotel.

Minha tentativa desastrosa de arrumar o cabelo nos atrasou. Eu detestava me atrasar, ainda mais quando já estava nervosa. Esse era meu primeiro evento com vários autores, e eu estava com medo de ficar com dor de barriga.

Desviamos de um grupo de mulheres animadas de crachá e camisetas feitas em casa que professavam seu amor por vários namorados literários. Nenhuma delas ergueu os olhos enquanto passávamos.

— Espera. Canetas comuns ou as minhas canetas *especiais*? — perguntei.

— Uma vez. Eu apareci *uma vez* com um pacote de canetinhas, e você nunca me deixou esquecer.

— Você não respondeu.

— Sim. Trouxe suas canetas especiais, sua sommelier de papelaria — Zoey garantiu.

— Hum... certo. Quantas pessoas são esperadas? — perguntei, tentando lembrar as informações relacionadas à sessão de autógrafos.

— Seiscentas.

Parei bruscamente, com meu rabo de cavalo emergencial balançando.

— *Seiscentas*? Quinhentas mais cem? — Eu já tinha chegado a assinar para duzentos e cinquenta leitores, mas isso foi no lançamento do quarto livro de Spring Gate, que acabou sendo o auge da minha carreira... e da minha autoconfiança.

Era uma pena que o universo não avisasse quando a gente estava nos melhores anos da vida.

Zoey pegou meu braço e me puxou para a frente.

— Olha só essas habilidades de matemática. Você fica tão sexy quando calcula... Relaxa. Nem todos estão aqui para ver você. O lugar está cheio de jovens autores relevantes que realmente estão publicando livros.

— Ah, que bom. Estou vendo que você se arrumou toda para me criticar hoje.

— Na verdade, eu me arrumei toda para valorizar a bunda. — Ela se virou e apontou para a bunda.

Errada ela não estava.

— Bom, você continua me criticando — retruquei. — Temos os livros, certo?

— A editora mandou hoje cedo.

— Quantos?

Ela hesitou por meio segundo a mais. Quando se conhece alguém tão bem quanto nos conhecíamos, meio segundo é tempo suficiente. Pulei na frente dela, que esbarrou em mim.

— Ai! Quantos, Zoey?

— Cinquenta.

Consegui sentir minhas sobrancelhas se erguerem. Merda. Minhas sobrancelhas. Eu deveria ter usado a pinça, mas agora já era.

— Cinquenta? Cinco e zero?

Zoey assentiu, e seu cachos balançaram com irritação.

— Sabia que você surtaria.

— Não estou surtando — insisti com uma voz aguda de pânico.

Ela deu a volta por mim e continuou andando. Comecei a correr para acompanhar e fiquei sem ar em três metros. Droga. Quando foi a última vez que fui para a academia?

— Preciso lembrar que você confirmou de última hora? — ela disse por sobre o ombro.

— Sim, mas tem seiscentas pessoas aqui? E se esgotar na primeira hora?

— Você pode autografar partes do corpo das pessoas e criancinhas. — Ela usou sua bunda valorizada para abrir a porta com uma placa "Somente funcionários".

— Eu só não quero decepcionar os leitores. — Também não queria pensar sobre o que significava o fato de a editora só ter conseguido me arranjar cinquenta exemplares.

Zoey me lançou um olhar severo.

— Certo. Não quero decepcionar os leitores mais do que já os decepcionei.

— É isso aí.

A sessão de autógrafos ficava no Salão C, um salão de hotel comum com carpete dourado com estampa de flor-de-lis e paredes móveis. Mesas de autores davam a volta pela sala e se estendiam pelo centro em duas linhas retas.

— Nossa. Que enorme! — comentei, olhando ao redor enquanto seguia Zoey.

Fomos passando pela multidão de autores e assistentes que estavam dando os retoques finais em suas mesas. Todos pareciam vestidos de maneira impecável, o que fazia com que eu me sentisse ainda mais desleixada do que eu tinha me sentido ao me olhar no espelho de manhã, com minha calça jeans, meus tênis e meu suéter largo. Havia paredes de balões e serpentinas, banners com frases coloridas como "mocinhos alfa fascinantes" e "calor de perder o fôlego".

— Quando todo mundo ficou tão bom em marketing? — pensei alto.

— Tem uma boa mistura de autores independentes aqui. Eles são ótimos em branding. E o resto é graças às redes sociais. O Scroll Life revolucionou a venda de livros — disse Zoey, acenando para um dos livreiros enquanto passávamos pela barraca deles.

— Que droga é Scroll Life?

Ela suspirou.

— Às vezes não sei o que fazer com você.

Eu me sentia como Rip Van Winkle abrindo os olhos depois de uma longa hibernação. Procurei rostos conhecidos, mas não encontrei nenhum. Todos pareciam tão... jovens. Tão enérgicos. Será que eu era a única veterana cansada e rabugenta ali?

— Qual é a dos caras sem camisa? — perguntei enquanto passávamos por uma barraca com não um, mas dois homens com barriga de tanquinho.

— Modelos de capa — Zoey explicou enquanto parava a mala na frente de uma mesa espremida entre uma escritora de romances góticos com um cabelo incrível à la Elvira e uma jovem autora de comédias românticas vestida de esquilo.

A de esquilo acenou. Acenei de volta.

— Uau. Não acredito em tudo o que perdi nos últimos anos.

— Mais uma coisa para colocar na conta do Jim — ela disse, posicionando a mala na frente da nossa mesa vazia.

Congelei, com o ar preso nos pulmões. Ela fez uma careta.

— Desculpa. Esqueci que esse nome não deve ser mencionado.

Sacudi a cabeça enquanto minha boca secava e minha garganta se fechava. Será que dava para ser alérgica ao som de um nome?

— Tudo bem. Vamos trabalhar. — Eu ia fingir energia e entusiasmo.

Em poucos minutos, estávamos com o livro e o expositor de brindes montado, o estoque de canetas organizado, o banner de uma versão mais jovem e menos desiludida de mim estendido, e nosso café e nossa Wild Cherry Pepsi tomados.

— Cinco minutos para a abertura das portas — uma voz desencarnada ressoou pelas caixas de som.

O pânico foi instantâneo.

— Ai, Deus. Não sei se consigo. Ele sempre dizia que esses eventos eram manadas humanas — comentei, apertando a mesa com as duas mãos.

— Sim, bom, ele também dizia que livros de romance eram "pornografia barata que apela para os instintos mais primitivos..." Ai! Merda! — Zoey gritou, deixando cair a faca de abrir embalagens.

Ela apertou o punho esquerdo enquanto sangue começava a sair de um corte superficial no seu dedo médio.

— Você é a agente mais desastrada de todas — reclamei.

Peguei na minha bolsa o pequeno kit de primeiros socorros que sempre carregava para quando Zoey aprontasse e começasse a sangrar.

— Ai — ela choramingou enquanto eu passava um algodão com álcool sobre o corte.

— Para de chorar — digo com carinho enquanto faço um curativo nela. — Pelo menos sofremos o primeiro sangramento antes que se formasse uma fila de leitores. Lembra em Beaver Creek quando você sangrou em cima da caixa dos pedidos antecipados?

— Vou escolher ignorar essa memória para te lembrar que, mesmo que não se sinta assim, você é Hazel Hart. Escreveu nove livros que foram adorados pelos leitores...

— Isso é otimista. — Meus três últimos lançamentos não estouraram tanto nas listas de best-sellers.

— Cala a boca. Você não está vendo o que estou vendo.

Suspirei.

— O que você está vendo?

— Estou vendo a protagonista de sua própria história. Claro, você está no fundo do poço agora. Mas isso só significa que está a um capítulo de distância de se reerguer. Você consegue, Haze. Está pronta para um retorno triunfante.

Sim, eu adorava uma protagonista forte passando por um momento difícil; só não me sentia assim.

— Tá. Beleza — resmunguei. — Se você diz.

Não muito tempo atrás era eu quem fazia discursos motivacionais para Zoey. Depois de brigas com os pais, contas de luz esquecidas e términos conturbados. Agora, os papéis se inverteram, e eu que precisava de validação constante de que ainda era uma adulta funcional.

— Não era exatamente o ânimo que eu estava buscando, mas vai ter que servir. Agora, senta a bunda que eu vou te enfaixar para você não destruir os seus tendões patelares enquanto assina cinquenta livros e dezenas de testas de crianças — ela disse, animadamente.

— Sua falta de conhecimento anatômico me preocupa.

— Que bom que sou uma agente, e não uma médica de mãos. — Ela usou os dentes para rasgar um pedaço de fita adesiva azul.

— Caso um dia surja esse assunto num encontro ou num programa de auditório, a patela é o osso do joelho.

— Bom saber. — Ela terminou de envolver meu punho direito com eficiência.

A caixa de som soou de novo:

— Certo, senhoras e senhores. Preparem-se. As portas vão se abrir em três, dois, um!

Tomei meus comprimidos de ibuprofeno, estufei o peito e sequei as mãos na calça jeans enquanto sentia o friozinho na barriga.

— Prepare-se para o caos — Zoey avisou, levantando e estampando um sorriso no rosto.

— Quer jogar outro jogo da velha? — Zoey sugeriu.

— Estou ocupada demais limpando os óculos — resmunguei enquanto secava agressivamente as lentes no suéter.

Não houve nenhuma manada. Não precisei recorrer ao estoque de barras de proteína. Na verdade, tive até mais do que a hora prevista para o almoço, pois a sessão da manhã havia terminado mais cedo. Eu tinha assinado treze livros. Três foram para um trio de jovens leitoras de bom coração que tiveram pena da minha falta de fila e vieram se apresentar.

A esquilo estava com uma dezena de leitores esperando para apertar sua pata. A autora gótica do outro lado tinha cordões de veludo para organizar sua longa fila.

Eu me sentia exposta e invisível ao mesmo tempo.

— Se limpar os óculos com mais força, vai acabar furando as lentes.

— Desembucha. Sei que isso está corroendo a sua língua.

— Em primeiro lugar, que nojo, e isso me lembra a vez que queimei minhas papilas gustativas com a pizza de queijo naquela festa do pijama.

— Eu falei para você esperar esfriar.

— Segundo, não vou chutar cliente morto dizendo "eu te avisei".

Coloquei os óculos na mesa.

— Nem faz tanto tempo assim. Como passei de best-seller do *New York Times* a isso em um ano? A Cece McCombie lança um livro a cada dezoito meses, e os leitores ainda a prestigiam.

Zoey se aproximou de uma forma que invadiu totalmente meu espaço pessoal. Eu a empurrei para trás com a mão firme na testa.

— O que você está fazendo?

— Estou vendo se você quer a verdade ou uma mentira para te agradar. Resmunguei.

— Argh. Ok. Manda ver.

— Primeiro, não faz um ano. Faz *dois* anos que você não publica nenhum livro.

Dou risada.

— Não pode ser.

— Você assinou os papéis há um ano. Mas passou um ano brigando na justiça antes disso.

Fechei os olhos. É sério que "perdi" dois anos da minha vida?

— A Cece McCombie tem uma presença on-line de verdade. Ela manda newsletters todo mês. Conversa com os leitores todo dia nas redes sociais. Não esnoba eventos entre um lançamento e outro.

— Como assim?

— Aquela livraria independente badalada em Wisconsin amou tanto a sua série que fez um fim de semana de clube do livro para ela, e você se recusou a aceitar uma chamada por Zoom com eles mesmo eles tendo avisado com oito meses de antecedência.

— Não fiz isso! — digo, indignada.

Livrarias e bibliotecas eram meu refúgio na infância. Eu adorava retribuir esse apoio. Pelo menos *antigamente*.

— O Jim me disse que você falou que nem pensar, e que não consideraria participar de nenhum evento com menos de... — Zoey para de falar quando nós duas nos damos conta da verdade.

— O Jim te disse — repeti, parabenizando a mim mesma por não me engasgar com o nome dele.

— Merda. Desculpa, Haze. Eu deveria ter imaginado...

— Não. Tudo bem. *Eu* deveria ter imaginado — respondi, tentando enfiar todas aquelas emoções misturadas de volta dentro da caixa.

Eu podia lidar com emoções isoladas. Mas, quando elas se emaranhavam num nó imenso, como fios de pisca-pisca de Natal, eu não sabia o que fazer.

Poderia jogar a culpa da derrocada da minha carreira em várias direções, mas sabia que, no fundo, era só minha.

— Ela também tem um contrato de filme — disse Zoey finalmente.

— Quem?

— A McCombie.

— *Quê?*

Vários olhares se voltaram para nós.

— *Evento ótimo!* — gritei, fingindo alegria, como se desde o começo pretendesse que essa fosse a frase toda.

Eu e Zoey abrimos um sorriso maníaco até todos voltarem ao que estavam fazendo.

— Um contrato de filme? Tipo, já aprovado e com elenco definido, ou só compraram os direitos? — sussurrei.

— O cara gato daquela série policial que você gosta vai fazer o papel principal.

— Fico feliz por ela — menti descaradamente.

— É, estou vendo — Zoey disse.

Minha competição com a autora de sucesso, que na verdade era uma das pessoas mais simpáticas do planeta, era unilateral e, antigamente, me motivava a tornar cada livro melhor. Agora, eu só queria me esconder embaixo da mesa e me fundir com o carpete do salão.

— Ai, meu Deus! Que bom que você ainda está aqui! — Uma mulher de meia-idade e, a julgar pelos cachos volumosos e pelos prognatismos em comum, sua filha adolescente se aproximaram correndo da mesa, com as bochechas coradas e os sorrisos radiantes.

Elas arrastavam uma daquelas caixas sobre rodas que eu tinha reparado que os participantes mais experientes tinham. Estava cheia de livros novos.

— A gente estava na fila de Maryanne Norton e depois precisei tirar uma foto com o modelo supergato de Reva McDowell, e minha mãe estava com medo de perder você — a filha contou.

— Sou sua maior fã. Claro, tenho certeza que você ouve isso o tempo todo — a mãe disse, colocando uma dezena de livros de outros autores na mesa.

— Você nem imagina — falei, estampando o que me parecia ser uma cópia grotesca de um sorriso.

— Ahá! Achei. — Ela sacou, triunfante, dois livros bastante surrados, escritos por esta que vos fala. — Seus livros de Spring Gate me ajudaram a passar pelo ano de tratamento e morte da minha mãe. Quando ela estava sob cuidados paliativos, lemos a série inteira juntas. Até as partes mais picantes. Era exatamente o tipo de escapismo que precisávamos, e nos rendeu algumas das conversas mais importantes que tivemos de mãe para filha.

— Isso é... fantástico. Obrigada — consegui dizer.

Alívio. Gratidão. Empatia. Esperança. Todos esses sentimentos se digladiavam na minha garganta.

— Significou muito para mim — ela disse.

— Quando minha mãe descobriu que eu gostava de romances, me fez ler todos os seus livros — a filha acrescentou, com um piercing no nariz brilhando sob a armação dos óculos. — Não vou mentir: fiquei meio surpresa ao descobrir que tinha tanta putaria nos livros que ela lia todo fim de semana.

— É, eu gosto mesmo de escrever putaria — respondi, sem jeito.

Eu precisava muito melhorar minhas habilidades de conversa.

Zoey me acotovelou e interveio com elegância.

— Sou Zoey, a agente de Hazel. É um prazer conhecer vocês. Gostariam que esses livros fossem autografados?

A mãe abriu um sorriso radiante.

— Seria incrível! Pode dedicar para Andrea?

A filha ficou boquiaberta.

— Mãe. Os livros são seus.

— Mas foram eles que tornaram viagens como esta possíveis. Fico muito feliz em compartilhar isso com você.

A mãe colocou a mão nos livros enquanto eu destampava a caneta.

— Pode autografar para Andrea e Jenny? Assim, vão ser nossos livros.

— Claro — respondi.

Mãe e filha se aglomeraram em cima da mesa para me ver autografar.

— Então, quando sai seu próximo? — Andrea perguntou.

— Faz um tempo que você está quietinha. Deve estar trabalhando em algo grande — Jenny acrescentou, eufórica. — Vai ser outro livro da série Spring Gate? Ou está escrevendo algo completamente diferente?

— E como você escreve romances de cidade pequena se vive numa cidade grande? — Andrea questionou.

— Ah, bem... faço pesquisa.

— Spring Gate é baseada numa cidade real? — Jenny perguntou. — Porque, se for, vamos viajar para lá antes que Andrea vá para a faculdade no ano que vem.

— Ei, vamos tirar uma foto de vocês duas com Hazel — Zoey anunciou.

— Ótima ideia — digo em desespero.

3

DESOCUPANDO O IMÓVEL

Hazel

O celular de Zoey tocou incessantemente, mas, como ela não conseguiu encontrá-lo — de novo —, nos concentramos em arrumar tudo. A sessão de autógrafos tinha acabado oficialmente, embora ainda houvesse três ou quatro autores com longas filas de leitores ansiosos.

— Nunca me senti tão fracassada quanto hoje.

Zoey respondeu com um aceno enérgico.

— Ótimo.

— Ótimo?

Ela soprou um cacho da frente do rosto.

— Sim, porque te conheço, Hazel Hart. Te conheço desde a terceira série. Você sempre começa com "ah, eu não consigo" e termina com um "fica olhando que eu vou arrasar".

Meu sorriso era meio triste, mas estava lá.

— Você é muito esquisita.

— É por isso que você me ama. Agora, escuta bem: basta um livro bom para transformar todos esses lindos leitores em Jennys e Andreas. Você é uma autora foda com histórias incríveis para contar. E quem sabe não encontra seu próprio final feliz?

Soltei o ar entre dentes. Esse era o problema. Minha chance de final feliz explodiu na minha cara. Se tinha uma coisa que eu sabia, era que não havia chances ilimitadas no amor. Era por isso que se falava em "metade da laranja".

Zoey abriu o zíper do bolso frontal da mala e enfiou a coleção de marcadores que eu mal usei.

— Ahá! Aí está você, seu merdinha eletrônico safado — ela disse, tirando o celular do bolso.

Abanei a cabeça para ela.

— Você é um desastre ambulante.

— Mas sou o *seu* desastre ambulante. Agora vamos tomar um drinque.

— Que tal vários? — sugeri.

— Ainda melhor.

Seguimos para a porta, pedindo licença enquanto passávamos pelas filas. Ergui os olhos e encontrei a expressão de pânico no rosto bonito da autora enquanto via a quantidade imensa de pessoas.

O celular de Zoey tocou de novo.

— Aff. É meu chefe. Preciso atender.

— Me dá a bolsa para você não sair andando e esquecer ela em algum lugar — falei, pegando a mala dela.

— Uma vez. Tá legal, quatro vezes.

Fiz sinal para ela ir logo.

— Lawrence, a que devo a honra em pleno sábado? — perguntou Zoey ao telefone enquanto se dirigia à porta.

Parei de novo e voltei a olhar para a autora. Ainda havia cinquenta pessoas na fila, e ela parecia exausta. Fiquei em dúvida por um instante antes de revirar a mala até encontrar o que procurava. Fui até a mesa, na qual uma atendente da fila, visivelmente estressada, levantou as mãos.

— Desculpa, mas você vai precisar esperar sua vez como todos os muitos e muitos outros leitores.

— Sou uma autora e tenho uma coisa para... — Olhei para a placa. — Stormi Garza.

— Seja rápida. Ainda vamos ter que ficar aqui até depois do happy hour, a menos que os calores da menopausa acabem comigo — resmungou ela, secando a testa com o antebraço.

— Toma para você. — Entreguei uma barra de proteína e um isotônico para a mulher.

— Ah! Você é um anjo que caiu do céu — sussurrou ela, e depois rasgou a embalagem com uma violência desesperada.

Pedi desculpa aos leitores na frente da fila e passei para trás da mesa.

— Oi. Sou Hazel — falei para Stormi. — Achei que você poderia precisar de uma pausa para se hidratar. — Coloquei outra garrafa de isotônico na mesa.

Stormi parecia prestes a chorar. Ela era bonita, curvilínea e muito jovem, com cabelo preto e ondulado.

— Obrigada — ela respondeu com a voz rouca.

— Bebe — aconselho. — Você está se saindo muito bem. Está quase acabando, e está todo mundo muito feliz em te ver.

— Minha cara está doendo de tanto sorrir, e acho que minha mão vai cair.

— Trouxe uma coisa para isso também — falei, deslizando a bolsinha térmica com zíper sobre a linda toalha de mesa roxa estampada com a logo dela.

— É alcoólico? Por favor, me diz que é alcoólico — implorou Stormi.

— Melhor ainda — prometi. — É uma luva de gelo para depois da sessão. É só colocar na mão com que você autografa que a luva ajuda com a inflamação. Sem falar que vai manter sua bebida gelada enquanto você a segura.

— Você é minha protagonista.

Dei um aceno constrangido e saí de trás da messa, puxando a mala.

Senti como se aquilo fosse uma passagem simbólica do bastão: o atleta velho e estropiado que passa a faixa de capitão para alguém com músculos mais jovens e enérgicos. Fiquei feliz por ajudar. Mas uma parte de mim, quase irreconhecível, não se sentia pronta para simplesmente desistir com tamanho espírito esportivo.

Encontrei Zoey no átrio, apoiada na balaustrada de vidro e olhando para a fonte no saguão lá embaixo, o celular ainda na mão.

— Preciso beber. E você? — perguntei.

— Sim — respondeu ela, com a voz estranhamente rouca.

— O que houve? Por acaso algum pombo entrou aqui? — O medo que Zoey tinha de pássaros era uma fonte infinita de entretenimento para mim.

Ela finalmente olhou para mim, os olhos verdes cheios de lágrimas.

— Não. Acabei de ser demitida.

— Aparentemente, hoje era o dia em que eu tinha me oferecido para cuidar de Earl Wiggens — disse Zoey, olhando para o drinque com uma cara abatida.

Ela havia pedido ao bartender o drinque que contivesse o maior teor alcóolico, e ele serviu o equivalente a um barril de Long Island iced tea.

— O escritor de terror vagamente misógino que sempre comete gafes durante as entrevistas ao vivo? — perguntei, mexendo minha vodca tônica com a fatia de limão.

— Esse mesmo. Ele é um dos maiores clientes da agência. Tinha uma entrevista marcada com a *New Yorker*, mas o agente dele está numa feira de livros na Alemanha. Pensei que fosse na semana que vem. Marquei errado na agenda.

— Ah, Zo. — Os fiascos dessa mulher com agendas eram lendários.

— Então, ele foi sozinho na entrevista e falou besteira.

— Eles não podem demitir você por algo que o autor de outro agente fez — falei, indignada.

Zoey cruzou os braços em cima do balcão e apoiou o queixo.

— Não só podem como já demitiram. Lawrence disse que foi a gota d'água.

Estendi a mão e baguncei seus cachos com carinho.

— O que você vai fazer?

— Beber. Muito — retrucou ela, voltada para o balcão.

— Permita-me apoiar você neste momento de necessidade. — Faço sinal para o bartender mandar mais uma rodada.

— Trabalho muito, mas vivo pisando na bola. Todos os adultos do planeta conseguem usar um aplicativo de agenda. Menos eu. Agora, a agência está fazendo controle de danos e... ai, meu Deus! Tenho uma cláusula de não concorrência — ela lamenta. — Não posso levar nenhum dos meus clientes, nem se eles estiverem dispostos a ignorar a minha negligência grave.

Que merda.

Eu sabia que ela havia sofrido pressão no trabalho durante o divórcio. Mas eu estava imersa demais na minha própria autopiedade para pensar nos outros. Zoey era a única que tinha me apoiado e me incentivado. Agora, tinha perdido o emprego porque estava ao meu lado quando precisei dela.

Peguei a mão dela.

— Sei que isso não significa muita coisa agora, mas estou contigo. E não é porque não escrevo um livro há muito tempo que estou pronta para ser mandada para o curral ou sei lá o que fazem com cavalos velhos.

— Fábrica de cola.

— Que horror! Não vou me entregar tão fácil assim para a fábrica de cola. Vamos passar por isso juntas. E depois vamos jogar nosso sucesso na cara idiota daqueles arrogantes lá.

Zoey me abriu um sorriso lacrimejante que não era nem um pouco convincente. Ela não acreditava em mim. Mas eu até que entendia. Nem *eu* acreditava em mim.

— Obrigada, Haze. Agradeço muito — disse ela antes de encontrar o canudinho com a boca e beber até o gelo chacoalhar no copo.

Me recostei na parede do elevador do meu prédio. Não foram as quatro vodcas tônicas percorrendo meu corpo que tiraram minha vontade de ficar de pé. Era a realidade.

Não eram nem seis da tarde de sábado e eu já estava pronta para deitar na cama pelas próximas vinte horas. Meu corpo estava pesado, minha cabeça, zonza. Por que a vida precisava ser tão difícil assim, exigir tanta energia?

Apertei o meu andar e tirei o celular do bolso, precisando de uma distração que me anestesiasse do fracasso espetacular que era a minha carreira e a culpa que sentia pela implosão da vida de Zoey.

Onde estavam os vídeos de homens de meia-idade sendo surpreendidos por cachorrinhos quando se precisava deles?

As notificações vermelhas de ligações perdidas e mensagens chamaram minha atenção, e bufei. Meu dia não tinha como piorar ainda mais.

Coloquei o último áudio para tocar.

— Sra. Hart, aqui é Rachel Larson, advogada do Brown & Hardwick. Estou entrando em contato para discutir os termos do seu acordo de divórcio. Especificamente seu consentimento em deixar o apartamento do meu cliente. Meus registros indicam que os papéis foram entregues para a senhora no mês passado. Preciso falar com a senhora...

A voz muito formal da advogada Rachel Larson foi interrompida abruptamente quando pausei o áudio, sem saber se conseguiria sobreviver ao resto da frase.

As portas do elevador se abriram no meu andar, e saí confusa para o corredor, que já foi chique, mas agora era bastante datado. Lembrei vagamente de ter recebido algum tipo de pacote que precisava assinar. Mas isso havia ocorrido após uma garrafa de vinho no meio de uma maratona de *Cougar Town*.

Música e risada vinham de dois apartamentos depois do meu. Eu não conseguia lembrar seus nomes, mas era um casal na casa dos cinquenta que dava um jantar todo mês. Fazia três meses que eu morava lá quando descobri que os convidados eram outros vizinhos do mesmo andar. Nós nunca tínhamos sido convidados.

Jim disse que era porque eles eram pessoas toscas e fãs de esportes, que nem sequer seriam capazes de reconhecer um cabernet envelhecido.

Eu tinha arriscado um palpite de que opiniões como aquela tinham nos mantido fora da lista de convidados.

Depois de lutar para tirar a chave da bolsa, empurrei a porta do apartamento com o ombro e entrei correndo. Larguei minhas coisas no chão da sala e fiz uma busca rápida e estabanada pelos papéis na mesa de centro. Achei o envelope com a logo da Brown & Hardwick e o abri.

— Merda. — Passei os olhos pela primeira página do documento jurídico grosso. — Merda. Merda. Merda.

O fato de eu ter me esquecido daquilo não fora uma tentativa derradeira de evitar conflitos: eu tinha prometido me mudar doze meses depois que a tinta da papelada do divórcio secasse. Na verdade, tinha escolhido ignorar esse fato, temporariamente confiante de que sacodiria a poeira a tempo de resolver esse problema antes que fosse tarde demais.

... deve desocupar o imóvel até 15 de agosto.

— Quinze de agosto? Daqui a *cinco* dias? Não, não, não. Isso não pode estar acontecendo!

Me lancei em cima da bolsa, tirei o celular de novo, apertando o botão para fazer uma ligação.

— Oi, desculpa incomodar você num fim de semana, mas preciso falar com Rachel... sei lá o quê. Aqui é Hazel Hart — falei, fazendo o possível para não despejar meu pânico e minha frustração no atendente do fim de semana.

— Tenho instruções aqui de encaminhar a senhora diretamente para a sra. Larson. Aliás, minha mãe é uma grande fã sua, sra. Hart. Ela vivia lendo seus livros — ele disse animadamente, como se seu escritório não estivesse tentando me deixar sem teto.

— Obrigada — respondi, seca.

Andei de um lado para o outro e roí a unha do polegar ao som da musiquinha de espera.

— Sra. Hart, que bom que você retornou minhas ligações. — Parecia que Rachel "Despejadora" Larson estava no meio de um evento esportivo em uma quadra fechada.

— Você ganha a mais por sarcasmo?

— Sra. Hart — ela disse com um tom de quem cobrava caro para ter uma fonte infinita de paciência para lidar com malucos como eu. — Sei que é um momento difícil para a senhora, mas meu cliente e meu escritório deram tempo mais do que suficiente para que as providências fossem tomadas.

— Providências para quê? Para você me expulsar da minha casa?

— Tecnicamente, a casa é do seu ex-marido.

Balancei a cabeça violentamente.

— Não. Não! Ele colocou meu nome na escritura quando nos casamos.

— Mais uma vez, sra. Hart, de acordo com nossa documentação, ele colocou seu nome na hipoteca, não na escritura.

— Qual é a diferença? — indaguei, tropeçando numa pilha de livros da biblioteca que eu já devia ter devolvido.

— Isso lhe dá propriedade sobre metade da dívida, não metade do ativo.

— Por quê? Por quê? Sério, *por que* alguém que diz amar alguém faria isso?

— Não é meu trabalho questionar as motivações dos meus clientes. — Há um toque de apito claro do outro lado da linha, e o resmungo de uma torcida.

— Eu assisti a *Suits* três vezes de cabo a rabo, e eles dão a entender que a motivação é meio importante — argumentei.

— Sra. Hart, a hora de brigar por isso já passou. Pode discutir isso com o seu advogado, mas, a esta altura, vai ter que procurar outro apartamento.

— Pelo amor da minha última gota de ansiedade, me chama de Hazel. E se eu comprar o apartamento?

— Hazel, essa com certeza é uma opção, mas não sei como anda a sua situação financeira. Eu aconselharia a consultar seu advogado. Mas, mesmo que você tome essa decisão, precisa desocupar o apartamento até o fim da quinta-feira.

— E para onde eu vou? — perguntei, em desespero.

— Tenho certeza que você tem amigos ou parentes que teriam o maior prazer em lhe receber até você decidir qual rumo tomar. Ou talvez agora seja o momento de começar de novo em outro lugar — comentou Rachel com um leve toque de condescendência que só uma pessoa muito importante com muitas coisas importantes para fazer pode transmitir.

Meu bufo poderia ter derrubado uma das casas dos três porquinhos.

Começar de novo? Era algum tipo de piada? Eu era uma nova-iorquina de carteirinha. Nunca tinha morado em nenhum outro lugar. Nem mesmo em Long Island. Eu era a natural de Manhattan que revirava os olhos sempre que alguém anunciava que estava saindo da cidade para morar numa casa com quintal. Quem queria aparar grama quando poderia andar um quarteirão em qualquer direção e desfrutar de compras de alto padrão ou de um restaurante etíope com estrela Michelin?

Nova York era a minha casa. A única que eu conhecia. Nasci aqui e, até sete minutos antes, meio que partia do princípio de que morreria aqui.

— Que bom que finalmente conseguimos nos falar. Aguardo uma resolução pacífica. Fique à vontade para ligar para o escritório se tiver mais alguma dúvida sobre o seu acordo — falou Rachel antes de finalizar a ligação.

— Alô? Alô? — gritei dramaticamente para o telefone mudo.

Joguei o celular em cima do documento e comecei a andar de um lado para o outro. Eu tinha uma advogada de contratos, mas a especialidade dela eram contratos de publicação, não confusões da vida pessoal. E minha advogada do divórcio tinha ficado tão estarrecida com meu desejo patológico de desistir que eu duvidava que ela estivesse disposta a voltar a falar comigo. Eu deveria ter dado ouvidos a ela. Deveria ter me esforçado mais. O que me deu na cabeça? Sempre tentava ser a boa menina. Sempre com medo de criar caso. No mínimo, eu deveria ter engolido meu orgulho, ligado para a minha mãe e implorado pela ajuda dela com essa situação. Em vez disso, tinha me fingido de morta e agora estava pagando caro por isso.

— Era para você ser a minha alma gêmea — pensei alto caso o espírito de ex-maridos passados estivesse por perto.

Passando as mãos no rosto, continuei a andar de um lado para o outro. Nenhum dos meus mocinhos jamais teria feito isso com minhas protagonistas. Mas Jim não era nenhum mocinho, e eu não era uma protagonista corajosa. Era uma mulher deprimida e divorciada à beira da meia-idade, e precisava de uma solução.

Fazia muito tempo que eu não tentava encontrar alguma solução criativa para um problema, ficcional ou não. Me sentia como se eu estivesse atolada num mar de cola Elmer's.

Ai, Deus. A cola Elmer's era feita de cavalos velhos? Será que o primeiro cavalo que eles transformaram em cola se chamava Elmer?

Expulsei esse pensamento da cabeça.

— Foco, Hazel. Pensa. O que resolve todos os problemas?

Vinho? Não. Família? De jeito nenhum. Parei de repente.

— Dinheiro.

Achei meu notebook e o levei para a bancada da cozinha, agitada demais para me sentar. Demorei três tentativas, mas finalmente lembrei a senha da minha conta de corretagem de valores e consegui acessar.

— Tá. Nada mau, mas não bom o bastante para comprar um apartamento em Manhattan — constatei, observando o saldo.

Graças a débito automático, pagamentos irregulares e minha fase complexa de tristeza, vergonha e letargia, eu tinha sido negligente com tudo... inclusive com a minha situação financeira. Não havia adiantamentos de livros pela frente, uma vez que eu tinha ligado o foda-se para os meus prazos. E, pelo jeito, os royalties vinham decaindo. Muito.

Que bom que eu tinha experiência em tirar personagens fictícios do fundo do poço. Eu só precisava pensar como uma protagonista.

4

A BELA DESFALECIDA SAI DA CIDADE

Hazel

Duas horas depois, eu estava caída no tapete da sala. Meus olhos, mais secos do que o deserto do Saara. Meu ânimo, arrasado. E minha dor nas costas era tanta que eu me sentia como se Maurice, o burro de Spring Gate, tivesse me dado um chute no rim.

Eu tinha ligado para três escritórios de advocacia, mas, como era sábado à noite, ninguém atendia. Passei depois à pesquisa imobiliária e descobri que dois apartamentos no meu prédio tinham sido vendidos no último ano por quase três vezes o valor do meu saldo bancário. Eu já tinha testado três simuladores de financiamento até a ficha começar a cair.

A menos que eu encontrasse um bilionário charmoso no dia seguinte, não havia como continuar naquele apartamento.

Ergui a mão e tateei a mesa de centro em busca do celular. Em vez disso, acabei derrubando vários papéis, que flutuaram e caíram na minha cara.

— Se estiver tentando me sufocar, universo, vai precisar de mais papel — gritei para as forças que claramente estavam tramando contra mim.

Ouvi uma gargalhada no corredor e um coro de despedidas enquanto o jantar chegava ao fim.

Será que meus vizinhos se sentiriam mal se eu sufocasse sob quilos de papelada a poucos metros de seus apartamentos de sete dígitos com um e dois quartos? Considerei continuar deitada ali até de manhã quando lembrei do meu antigo medo de sofrer um corte de papel no olho.

Com cuidado, tirei os papéis do rosto e me sentei. Era uma das pastas que Zoey tinha deixado comigo.

Abri e encontrei cópias de reportagens e páginas de caderno. Era minha pasta de ideias que eu tinha esquecido que existia.

Houve um tempo em que eu gostava de discutir ideias de histórias com Zoey tomando vinho em taças de verdade.

Houve um tempo em que eu ria e tomava banho regularmente. A bem da verdade, talvez não tão regularmente assim quanto aos banhos. Autores mantêm certo estilo de vida desleixado que contribui para concentrar toda a energia mental em pessoas fictícias mais cheirosas.

Folheei os primeiros papéis. Havia notícias antigas sobre doadores de órgãos, adoções e bebês com implantes cocleares que ouviam a voz dos pais pela primeira vez. Encontrei algumas anotações escritas à mão com pérolas como "mocinha soluça sempre que mente" e "mocinho designer de móveis constrói cama para transar com a mocinha".

Tamborilei os dedos e esperei, mas não veio nada. Nem o menor lampejo criativo no meu cérebro. Nem o menor traço de "e se?".

— Saco — anunciei para o apartamento vazio.

Revirei mais fundo e tirei uma notícia velha de um jornal da Pensilvânia.

Cidade pequena se une para salvar o lar de moradora idosa.

Na pacata cidade rural de Story Lake, Pensilvânia, pulsa o coração de uma verdadeira comunidade. Quando a moradora Dorothea Wilkes encontrou um vazamento de esgoto no porão da casa histórica em que morava fazia quarenta anos, ela sabia que não tinha dinheiro para fazer os consertos necessários. Desde que perdeu a esposa há cinco anos, Wilkes, 93, uma engenheira aposentada, diz que os tempos estão difíceis. A manutenção da Casa Heart, um grande casarão no estilo Segundo Império construída na década de 1860, estava ficando cada vez mais cara. Quando contratou um empreiteiro da cidade para avaliar o estrago e fazer um orçamento, ela avisou que seus recursos eram limitados.

Mas a Construtora Irmãos Bishop não estava preocupada com o orçamento. Os irmãos deram uma olhada na propriedade de Wilkes e decidiram que fariam todo o trabalho... sem cobrar nada.

"É assim que agimos por aqui. Ponto-final", disse Campbell Bishop de forma sucinta em uma entrevista por telefone antes de deixar que os seus irmãos respondessem ao restante das perguntas.

Havia uma foto embaçada de uma Dorothea Wilkes sorridente, orgulhosa na varada de sua casa imponente. Os Bishop estavam abaixo dela no quintal. Segundo a legenda, Campbell Bishop era o homem musculoso e possivelmente lindo que estava de cara fechada enquanto todos os outros sorriam.

Me empertiguei.

Um mocinho rabugento e bondoso de cidade pequena que se irritava quando alguém se atrevia a agradecer por sua ajuda. *Isso* era um clássico Hazel Hart. Era a Hazel Hart pré-Jim.

Maravilha. Agora eu só precisava de uma mocinha, um conflito que impedissem os dois de ficarem juntos e uma trama inteira que amarrasse tudo. Ah, e um daqueles finais felizes em que eu não acreditava mais. E escrever tudo em menos de cinco dias.

— Mamão com açúcar.

Hmm, mamão. Será que aquela confeitaria vinte e quatro horas na rua 28 tinha algum creme de papaia com licor de cassis?

— Para de pensar em doce e começa a pensar onde morar — ordenei a mim mesma e voltei para a notícia.

"Meus vizinhos salvaram a minha casa", declarou Wilkes.

Uma cena surgiu em minha cabeça. Uma protagonista parecida comigo, caminhando por uma rua principal fofa até demais, acenando para as pessoas que me cumprimentavam pelo nome. Ar fresco. Feirinhas. Espaço no guarda-roupa. Pessoas passeando com seus cachorros e indo tomar sorvete depois do jogo de futebol americano da escola.

Lá estava Campbell Bishop, fazendo algo másculo que envolvesse serragem e um cinto de ferramentas numa casa grande enquanto eu observava do vão da porta. Ele se virava e usava a barra da camiseta para secar a testa, me dando uma visão privilegiada de sua barriga sarada.

Garota da cidade grande recomeça a vida numa cidade pequena. Acaba encontrando inspiração *e* se reconectando consigo mesma.

Meus olhos se arregalam como se eu tivesse injetado dois galões de Wild Cherry Pepsi.

Meus dedos se aqueceram e se flexionaram como se quisessem digitar algo. Palavras!

O cinto de ferramentas escorregava sobre o jeans antigo enquanto ele tirava o martelo. Suas botas de trabalho desgastadas davam passos firmes e determinados sobre as tábuas de madeira enquanto se aproximava. Ela não estava preparada para estar tão próxima assim de demonstrações tão ostensivas de testosterona quanto aquela.

Peguei o notebook, o que fez com que mais papéis caíssem no chão. Essa era uma coisa que sempre enfurecia Jim. Quando havia cenas na minha cabeça, nada mais importava.

Esqueci que estava quase sem casa, sem trabalho e sem agente enquanto palavras — aleluia, porra, palavras — se derramavam de maneira absurda na tela, num esboço rudimentar de anotações e perguntas.

Qual é o meio-termo entre o corpo de um pai de família e o corpo de um deus grego?

Existe risco de farpas se eles transarem num canteiro de obras?

Farpas em zonas erógenas são engraçadas?

Ela deveria usar vestidinho para fácil acesso ou short curto para uma química que vai crescendo devagar?

— Obrigada por vir — disse a mocinha com a voz supersexy e confiante na minha cabeça.

— É assim que agimos por aqui — falou ele com a voz grossa.

Quando meus dedos pararam de teclar, olhei hesitante para as páginas de todo o documento. Me empertiguei. Não era tudo besteira. Ali havia... algo.

Baixei os olhos para a notícia no chão e tamborilei os lábios. Se uma notícia velha conseguiu me fazer esboçar um começo bem rudimentar, o que uma inspiração real me daria? "Quatro quartos, quatro banheiros, biblioteca/escritório incomparável, quintal cercado, cozinha charmosa e espaçosa, garagem para dois carros, lavanderia ampla, armários grandes", li no anúncio. "Na rua principal, a uma quadra da praça da cidade."

Entrei num buraco negro. Um buraco negro de imóveis em Story Lake, para ser precisa. Pura pesquisa, digo a mim mesma, até me dar conta de que o anúncio era para a Casa Heart, a casa da reportagem. Passo pela galeria de fotos do anúncio pela nona vez.

— Aimeudeus! Eu poderia colocar uma escrivaninha no torreão e fazer a biblioteca de escritório — falei para a escuridão por trás do brilho da tela.

Era plena madrugada. Minhas pernas estavam dormentes por terem ficado cruzadas por horas a fio. Mas eu estava bem acordada... e sabia a distância exata entre Story Lake e meu futuro ex-apartamento em Manhattan. Sabia dizer que havia um mercado e um bar a uma curta distância da casa pacata do Segundo Império no lote de esquina com paisagismo feito por profissionais.

— O imóvel vem com uma cadeira não transferível na câmara de vereadores — leio baixo.

Eu nunca me envolvera em nada antes. A vida toda, assumi o papel de observadora, o que tinha sido ótimo para a minha carreira de escritora e um tapa na cara terrível quando a minha vida se interrompeu de repente.

Compre agora.

O grande botão vermelho do leilão estava flertando com meus olhos ao pé do anúncio.

Eu havia tido algumas ideias bem extravagantes enquanto escrevia livros antes. Teve aquela vez que parei de digitar no meio de uma frase para pular de paraquedas para a pesquisa. Também houve aquela que peguei uma carona com uma policial de uma cidade pequena em Nova Jersey e acabei pagando a fiança do preso dela porque ele parecia um bom moço que havia se metido em uma roubada.

Mas *esta* podia ser de longe a mais imbecil de todas. Tracei o botão vermelho com o mouse só para ver se o universo me mandaria um sinal claro, como uma queda de energia ou um aneurisma surpresa. Restavam apenas algumas horas para o leilão. O tempo estava se esgotando.

Aliás, quem vendia um imóvel num leilão on-line? Quem *comprava* um imóvel num leilão on-line sem sequer tê-lo visitado?

E por que eu tinha comparado a oferta em Dê Um Lance Agora com o saldo da minha conta quatro vezes na última hora?

Soltei o ar, ruidosamente pelos lábios.

Houve um tempo em minha vida em que eu era conhecida por ser impulsiva. Troquei a graduação em administração por escrita criativa depois de um trabalho na faculdade. Convenci Zoey a virar uma agente literária e assinar um contrato escrito num guardanapo numa noite de bebedeira aos vinte e pouco, antes de sequer ter escrito uma palavra. Me mudei para a casa de Jim depois de namorar por apenas dois meses.

Pensando agora, essa foi a última decisão precipitada que tomei.

Ele era mais velho, o que eu supunha que significasse que também fosse mais sábio. Culto, charmoso. Me fazia querer ser o tipo de mulher que ele desejaria. Seus objetivos eram meus objetivos.

Meu olhar se voltou para a porta do escritório dele, e me lembrei da última vez que tinha entrado lá. Ainda conseguia sentir o gosto amargo na língua enquanto ele explicava "um dia você vai entender", como se eu ainda fosse aquela garota de vinte e quatro anos deslumbrada por ele.

Por que eu continuava me apegando a essas lembranças? A este espaço, que sempre tinha sido dele. Minhas roupas ficavam num armário no quarto e numa arara atrás da mesa da sala de jantar porque as dele ficavam no closet. Meus livros ficavam empilhados atrás da cômoda e embaixo da cama porque "não ornavam" com sua coleção de calhamaços de encadernação de couro e as capas literárias minimalistas dos títulos de seus clientes.

A velha combinação de raiva e pânico ardeu em meu peito. Mas a contive. Não havia lugar para isso hoje em dia. A única aqui a assumir responsabilidade era eu.

Fiquei olhando para a tela, para a contagem regressiva do leilão.

As pessoas viviam cometendo erros. Mudavam de ideia sobre casamentos e transações imobiliárias, e nada de horrível acontecia com elas. Eu poderia ir, escrever o melhor livro da minha carreira e depois me mudar de volta para a cidade... ou para Paris ou Amsterdã ou para a praia. Para onde quer que minha inspiração me levasse.

Aquele botão vermelho brilhou ainda mais forte quando meu mouse foi chegando perto.

Talvez fossem o vinho e as vodcas tônicas. Talvez fosse a adrenalina. Talvez fosse o fato de que eram três da madrugada e eu estava exausta de tanta euforia.

Qualquer que fosse minha "motivação de personagem", fui lá e fiz. Com um clique, comprei uma casa numa cidade pequena da Pensilvânia que eu sequer tinha visitado. Mas eu sentia que aquilo era uma coisa *boa*. Que era *a coisa certa a fazer*.

Eu precisava contar para alguém. Fazia um tempão que não tinha uma boa notícia para contar. Agora que eu tinha, não havia ninguém para quem contar. Zoey devia estar dormindo para se recuperar da bebedeira. Minha mãe... nunca foi uma opção. Todos os amigos que eu tinha quando era casada se afastaram, seja porque se cansaram da minha lamentação sem fim ou porque eram amigos de Jim antes e, portanto, a lealdade ditava que ficassem com ele.

— É por isso que eu deveria ter um gato — anunciei.

Gatos não se importavam se você os acordasse no meio da noite para falar com eles.

Franzindo os lábios, tamborilei o teclado. Hum. Sempre havia a opção de contar a novidade para desconhecidos na internet. Era para isso que existia internet, não é mesmo? Para compartilhar intimidades demais com pessoas que provavelmente te julgariam sem dó nem piedade nos comentários. Naveguei até a minha página profissional no Facebook e fiz o login.

— Credo.

Zoey tinha razão. Era uma cidade fantasma. Eu havia abandonado a página e os seguidores quando as coisas ficaram difíceis demais.

Bom, eu já havia feito uma loucura hoje. Por que não fazer duas?

Passei o cursor sobre o botão e, antes que eu pudesse ponderar se era uma ideia boa ou terrível, comecei uma transmissão ao vivo.

— Ah, nossa. Acho que eu deveria ter dado uma olhada no espelho antes — falei, passando o dedo no cabelo quando me vi na tela.

Parecia que uma família de passarinhos havia tentado construir um condomínio de ninhos em meu cabelo. Meu delineador estava borrado e a iluminação da madrugada não me favorecia nem um pouco.

— Aposto que vocês estão se perguntando por onde andei e talvez também por que estou fazendo uma transmissão ao vivo às três da madrugada.

Olhei para a contagem de visualizações no canto superior direito. Estava firme em zero.

— Ou talvez não, porque estão dormindo como adultos sensatos que não estão no meio de uma crise existencial a esta hora.

O zero passou para três.

— Sei que alguns autores acham que não devem nada a seus leitores. Mas, sinceramente, sinto que devo tudo a vocês. E isso começa com uma explicação. Então, para quem quer que esteja assistindo, meu nome é Hazel Hart, e eu era uma escritora de livros românticos...

* * *

— Não estou nem aí se o prédio estiver pegando fogo. Estou de ressaca e desempregada. Deixa as chamas me levarem — resmungou Zoey pela fresta da porta na manhã de segunda.

— Não tem fogo — assegurei. — É a ressaca de sábado à noite, ou você continuou bebendo o fim de semana todo?

Ela fez uma careta.

— Que dia é hoje?

— Segunda.

— Então, continuei bebendo.

— Legal. Vou precisar que faça uma mala — falei, dando um café para ela enquanto entrava à força em seu apartamento. Ao contrário do meu, era claro e luminoso e quase sem sujeira. — Pensando bem, por que não me deixa fazer a sua mala? Você não sabe. Lembra aquela vez em St. Charles quando você achou que estava colocando uma calça jeans, mas na verdade eram três minissaias jeans grudadas uma na outra?

Zoey ficou parada, ainda olhando para o corredor. Uma máscara de dormir estava enroscada em seus cachos. Ela vestia uma camisola de cetim e uma meia.

— Estou aqui, Bela Desfalecida — chamei enquanto seguia para o seu quarto.

Ela resmungou.

— O que está acontecendo?

— Você foi demitida, certo?

— Nossa, valeu por me lembrar — disse ela, tirando a tampa do copo de café.

Joguei a mala dela na cama e abri o zíper.

— Preciso escrever um livro, certo?

— Quantas Cherry Pepsis você tomou hoje?

— Três. — Abri as gavetas da cômoda e encontrei um turbilhão extraordinário de jeans. — Esta é sua calça de ficar em pé ou sentada?

— Ah. De ficar em pé — falou ela enquanto se afundava no colchão ao lado da mala.

Eu a coloquei de volta na gaveta e tirei outra; depois, parti para a sua gaveta de calcinhas.

— Por que você está fazendo a mala para mim?

Segui para o closet e abri a porta.

Bom e velho closet de Manhattan. O espaço minúsculo estava transbordando com roupas de grife. Zoey nem precisava de cabides, de tão amontoado que estava. Peguei algumas camisas e, conhecendo minha amiga chique, juntei também um terninho e dois vestidos que deviam ser sexy demais para a vida na cidade pequena.

— Sempre que uma das minhas protagonistas leva uma rasteira metafórica do universo, dou uma vida nova para ela — expliquei, tirando uma camiseta e um cachecol de caxemira de dentro de um par de botas de couro vegano de cano alto.

— Sei. — Zoey claramente não estava prestando atenção enquanto bebia seu café com leite.

— Então, vamos dar uma vida nova para nós mesmas.

Ela parou de beber e semicerrou os olhos por sobre o copo de papelão.

— Muita coisa depende da sua próxima frase. Vamos ter uma vida nova numa praia tropical no Caribe?

— Vai ter água — falei, jogando algumas regatas e uma calça de treino em cima da montanha crescente.

— Você sabe que adoro te ver toda doidinha e se jogando desse jeito. Fazia tempo. — Ela gesticulou para mim. — Mas não posso simplesmente tirar férias agora. Preciso arranjar um emprego novo, e preciso que seja numa agência que me deixe te levar. E não me leve a mal, mas a única pessoa que está carregando ainda mais peso morto do que eu é você.

— Fiquei magoada. E também escrevi, aliás.

Zoey se empertigou e arrancou a máscara de dormir do cabelo.

— Palavras de verdade?

— Palavras de verdade num esboço mais ou menos legível para uma cidadezinha com uma mocinha da cidade grande cuja vida simplesmente implodiu. Ela não tem para onde ir até conhecer um mocinho operário do interior que não consegue evitar ajudá-la.

Zoey estava de joelhos agora, chegando mais perto.

— Diga que eles são completos opostos e que ele trabalha com as mãos, e ela não consegue parar de pensar em como seria sentir aquelas palmas calejadas no corpo dela.

— Ele usa um cinto de ferramentas e conserta coisas, incluindo a casa de uma vizinha idosa que não consegue pagar pela reforma.

— Ele tem um irmão? — perguntou ela, esperançosa.

Fechei a mala de Zoey com força.

— Dois.

Zoey fechou os olhos e fez uma dancinha em cima do colchão.

— Isso dá mais três livros de Spring Gate!

— Dá três livros de Story Lake — corrigi.

Os olhos de Zoey se semicerraram.

— Espera. Calma aí. Você tem que escrever o próximo livro de Spring Gate.

Parei de fazer a mala.

— Não consigo, Zo. Não consigo continuar fazendo uma série que foi roubada de mim. Preciso fazer alguma coisa nova, em algum lugar novo. E, antes que tente me dissuadir, já tomei a decisão, e não dá para voltar atrás. É por isso que vou levar você junto. Preciso de você para me incentivar. Quatrocentas palavras é um começo, mas não é um livro.

— Quatrocentas palavras é bárbaro, Haze! Vamos nos preocupar com o resto depois.

— Legal. Então, você está dentro. Vamos nos mudar para Story Lake, e você pode me ajudar a espionar os irmãos Bishop.

Zoey se engasgou com o próprio café.

— Vou o quê?

Graças à ressaca e à incapacidade geral da minha amiga de agir normalmente pela manhã, foi preciso menos persuasão do que eu tinha previsto; então, estávamos na calçada com Zoey de banho tomado e sua legião de malas em menos de uma hora.

— Só vou lembrar que basear um personagem numa pessoa real dá processo — comentou ela, enquanto equilibrávamos e chutávamos nossas malas na direção do meio-fio.

— Aquela matéria foi a primeira coisa que me inspirou em quase dois anos. Parece destino.

— Você nunca morou em nenhum lugar além de Nova York. Sei que filminhos românticos de Natal fazem a transformação de cidade grande para cidade pequena parecer fácil, mas já pensou no mau humor que vai sentir quando chegar sábado à noite e não tiver nenhum delivery de bolo?

— Preciso de uma mudança. Além disso, já me comprometi.

Zoey me espiou por cima dos óculos escuros com os olhos injetados.

— Quando você diz que já se comprometeu...

— Comprei uma casa em Story Lake às quatro da madrugada num leilão on-line. Então, isso tem que dar certo. Você sabe que sempre escrevo melhor quando tem muita coisa em jogo.

Ela gemeu.

— Acho que vou vomitar de novo.

— Não vomita no carro alugado — falei, guiando-a para o conversível azul estacionado num ângulo de quarenta e cinco graus no meio-fio.

Eu tinha desistido da baliza na quarta tentativa.

— Não me leve a mal, mas você sabe dirigir?

— Tenho carteira de motorista — falei, apertando o botão do chaveiro.

— É? Bem, eu estudei biologia no colégio. Mas isso não quer dizer que eu saiba realizar uma apendicectomia.

5

MOCINHO GALANTE DE POSTO DE GASOLINA

Hazel

— Não acredito que estamos fazendo isso — falei, apertando os botões da touchscreen do carro, tentando achar uma estação de rádio que não fosse de esportes chatos.

— Não acredito que estou deixando você dirigir — Zoey reclamou, seca, do banco de passageiro, onde ela estava se segurando tanto à maçaneta quanto ao painel central.

— Para de drama. Foi só um meio-fio.

— Um meio-fio, um ônibus e quatro cones de trânsito. Sem mencionar os trinta e sete buracos, estou toda dolorida.

A opinião ressacada dela sobre a minha direção não ia estragar meu novo entusiasmo pela vida.

— Aquilo foi na cidade. Não conta — falei, confiante.

Fazia um tempo que eu não dirigia. Anos, na verdade. Eu jamais tive um carro. Mas meu terceiro padrasto, Bob, me ensinou a dirigir, ao me levar para estacionamentos vazios e cidadezinhas em Connecticut depois que fiz dezesseis anos. Tirando algumas breves ocasiões ao volante desde então, as aulas de direção com Bob foram a minha experiência mais longa.

Mas, agora, eu estava oficialmente no Modo Hazel Aventureira, o que significava correr riscos... como dirigir e comprar casas on-line. E a sensação era muito boa. Eu me sentia viva, não mais naquele estado quase comatoso.

Os pneus cantaram quando o carro deslizou para o acostamento da rodovia.

— Opa — falei, corrigindo demais a direção e passando para a outra faixa.

Zoey deu um tapa para tirar minha mão do rádio.

— Meu Deus, mulher. Se eu prometer encontrar uma playlist boa, você promete manter as duas mãos no volante e os olhos na estrada, *por favor?*

— Só se for boa mesmo. Sem aquele lixo emo deprimente.

Ela mergulhou a cabeça na sua bolsa enorme e ressurgiu um minuto depois com o celular e um cabo de energia. Fuçou o painel até encontrar a entrada correta e conectou o celular.

— Pegue a próxima saída — disparou o GPS pelos alto-falantes, me assustando.

— Hazel!

— O quê? — perguntei com inocência. — Foi só uma escorregada. Nem saí da faixa.

"Another One Bites the Dust", do Queen, começou enquanto eu entrava na rampa de saída.

— Engraçadinha.

Os lábios de Zoey se curvaram sob os óculos escuros que ela usava por conta da ressaca.

O interior da Pensilvânia em agosto era luminoso, belo e um pouco seco por causa do sol. Árvores e colinas se estendiam diante de nós. Quase não havia trânsito. E eu não tinha visto nenhuma pessoa urinando ao lado de um prédio desde que saímos dos limites da cidade.

Estávamos a minutos do nosso destino quando a luz de combustível acendeu. Entrei num posto de gasolina localizado estrategicamente. Zoey saiu e cambaleou em direção à loja de conveniência, uma WaWa, e murmurou algo sobre lanches e vomitar.

Quando saí do carro, vi que a bomba de gasolina ficava do lado do passageiro e que a mangueira não alcançaria. Voltei ao volante e dei a volta pelas bombas. Mas fiz a curva aberta demais, e agora estava bloqueando o trânsito do estacionamento.

— Merda.

Tentei dar ré e endireitar, mas virei o volante para o lado errado e acabei com o carro ainda mais torto. Uma caminhonete do tamanho de um ônibus de turismo entrou roncando na segunda bomba, deixando o para-choque colado ao meu. O motorista saiu e me lançou um olhar de desprezo. Era um homem estilo Marlboro, com o aspecto rústico e macacão.

— Motoristas burros da cidade — resmungou, antes de cuspir em minha direção o que eu só podia presumir que fosse tabaco e pegar a bomba sem dificuldade.

Pigarreei e apertei o volante com mais força. Eu não deixaria que um motorista monstruoso de caminhonete cuspidor de tabaco estragasse o dia de Hazel Aventureira.

Colocando o carro em marcha ré, virei o volante na direção oposta, mas descobri, por uma buzinada agressiva, que um sedã havia me trancado por trás.

— Inferno — murmurei, mudando de marcha de novo.

Pisei no acelerador e nada aconteceu. Pisei com mais força. O motor roncou forte e alto, mas o carro continuou onde estava.

— Acho que você está em ponto morto. — Veio um comentário amigável.

Ergui os olhos e me deparei com um homem ao lado do meu carro. Ele estava iluminado pelo sol às suas costas feito um mocinho de cinema. Alto e de ombros largos, vestia calça jeans e uma camiseta extremamente bem ajustada. Cabelo castanho médio se encaracolava lindamente no alto da sua cabeça.

Deixei de olhar para ele e fui olhar para o câmbio. Estava de fato alinhado no N.

Ai, que vergonha.

O sr. Observador se abaixou. Nossa. Ele era bonito *mesmo*. Também me era vagamente familiar. Será que eu tinha visto nas páginas de uma revista de moda ou propaganda de perfume? Quem sabe ele não era um modelo que tinha acabado de terminar uma sessão de fotos ao ar livre nas montanhas Pocono? Tive um vago flashback em que eu me deitava com o catálogo da LLBean e salivava diante dos homens barbudos de camisa de flanela carregando canoas. Esse homem podia não ter barba, flanela nem canoa, mas isso não diminuía sua gostosura.

— Precisa de ajuda?

— Não. Eu dou conta — respondi, tentando parecer alguém que dirigia carros regularmente.

Mudei de marcha para D e pisei no acelerador. Infelizmente, apertei um pouco forte demais e dei uma batida sonora contra o para-choque reluzente da caminhonete.

— O que você pensa que está fazendo? — o motorista perguntou, tão vermelho que fiquei com medo de ele ter engolido o tabaco.

— Relaxa, Willis — meu mocinho gritou ao lado da janela. — Aposto que nem arranhou o para-choque.

— Onde você aprendeu a dirigir? Nos carrinhos de bate-bate? — indagou o homem que aparentemente se chamava Willis enquanto eu começava a sair do carro.

— Talvez seja uma boa puxar o freio de mão — sugeriu o desconhecido com uma piscadinha.

Hazel Aventureira não sabia dizer se meus joelhos iam se derreter ou se eu deveria simplesmente murchar como um balão furado. Puxei o freio de mão e saí, estreitando os olhos sob o sol.

Nós três analisamos a situação. O desconhecido sexy das piscadinhas era alto e musculoso, ao passo que o motorista da caminhonete era alguns centímetros mais baixo do que eu, mesmo com suas botas de caubói. O para-choque da caminhonete continuava sem um arranhão. Meu carro alugado não estava tão bem assim. A grade frontal de plástico tinha uma rachadura bem no centro.

— Parece que você escapou intacto, Willis — ele disse. — Não sei se você estava certo sobre aquele kit de suspensão, mas pelo visto já valeu a pena.

Willis resmungou.

Eu não fazia ideia do que era um kit de suspensão, mas Willis estava um pouco menos irritado, de modo que também fiquei grata.

O sedã atrás de mim buzinou de novo.

— Melhor dar a volta, sra. Patsy — o desconhecido bonitão falou, acenando para a motorista.

A janela da motorista baixou.

— Mas essa é minha bomba da sorte. Quase sempre ganho na raspadinha quando abasteço na bomba quatro — reclamou a mulher branca com um penteado à la bolo de noiva e óculos escuros sobre os óculos normais.

— Vou comprar uma raspadinha a mais se a senhora der a volta para a bomba um — prometeu meu mocinho, ousado.

Estávamos no meio do nada e esses três clientes do posto de gasolina se conheciam pelo nome. Com certeza não era mais Nova York.

— Só se for uma de cinco dólares. Não me contento com pouco — a sra. Patsy advertiu, antes de virar o volante e manobrar habilidosamente para a outra bomba.

Willis resmungou e cuspiu de novo.

— Acho que é *mesmo* uma trabalheira ligar para a seguradora.

— Que tal essa moça bonita comprar um refrigerante para você e a gente fica por isso mesmo? — meu mocinho sugeriu.

Willis se voltou para mim com a cara fechada e assentiu.

— Se for de dois litros, fechamos negócio, dr. advogado.

— Combinado — concordo às pressas. Volto correndo ao carro e reviro a bolsa em busca da carteira antes que ele mude de ideia. — Só tenho uma de vinte. Se tiver troco...

Willis pegou a nota da minha mão.

— Bom fazer negócios com você — gritou ele enquanto seguia na direção da loja.

— Não liga para Willis — o mocinho disse. — Ele odeia tudo e todos.

— Sou de Nova York. Ele é dos meus — falei de brincadeira.

— O que traz você ao interior da Pensilvânia, Moça da Cidade Grande?

— Crise de meia-idade. Imagino que você more aqui...

— Não. Só sou muito bom em adivinhar os nomes das pessoas — ele brincou.

Senti o rosto fazer algo estranho. Eu estava sorrindo. Para um homem. Minha esperança era a de que fosse um sorriso de verdade, não uma daquelas caretas babonas que se faz depois de uma ida ao dentista.

— Bem, obrigada pela mediação.

— Foi um prazer. E nada deixaria o meu dia mais feliz do que ajudar você a mover o carro.

Abri a boca para discutir, mas ele ergueu a mão.

— Sei reconhecer quando estou diante de uma mulher inteligente, forte e independente. E não estou fazendo nenhum tipo de afirmação sobre a capacidade de nenhum gênero de dirigir. Mas minhas habilidades de observação altamente desenvolvidas estão sugerindo que talvez você não tenha tanta experiência atrás do volante quanto eu. Você também parece o tipo de pessoa que valoriza eficiência e o menor número de problemas jurídicos possível.

Ah, ele era bom. Muito bom. Consigo imaginar perfeitamente alguém como ele vindo ao resgate de uma mocinha nas páginas de um livro.

Eu o analisei.

— Até que isso está próximo da verdade — admiti.

— Existem momentos e lugares para aprender a manobrar em postos de gasolina. E, infelizmente para você, este não é um deles.

— Você só está torcendo para eu sair sem atropelar nenhum dos seus vizinhos. — É sério que eu estava usando o meu potencial de homicídio culposo como flerte? Eu não estava apenas enferrujada. Estava apodrecendo num ferro-velho da paquera.

— Tem isso também — ele concordou com outro sorriso cativante.

— Tudo bem. Mas que fique claro que eu teria conseguido sozinha.

Um dia, acrescentei em silêncio.

— Não tenho a menor dúvida. Mas pense no favor que está me fazendo. Não ajudei nenhuma desconhecida bonita a semana toda.

— Uau. Essa cantada costuma funcionar?

— Você vai ter que me dizer depois que eu te impressionar com minhas habilidades de direção.

— Fique à vontade — falei, abrindo o braço e apontando para o meu carro alugado.

Ele precisou puxar o banco para trás para aquelas pernas caberem. Levou quinze segundos e duas viradas eficientes do volante para deixar o carro alinhado à bomba e abrir a tampa do tanque de gasolina com um botão que eu nunca teria encontrado no painel.

Antes de sair, meu mocinho semicerrou os olhos sob o sol e voltou ao painel. Ele apertou outro botão, e a capota se abriu.

— Está fazendo um dia bonito demais para o carro ficar fechado. É melhor aproveitar o sol enquanto é dia.

Hum, presunçoso, mas errado não estava.

Ele desligou o motor e saiu.

— E então?

— Posso confirmar. A cantada combinou com as habilidades de direção. Se eu estivesse procurando um advogado de cidade pequena para paquerar, você estaria no topo da minha lista — garanti.

— Minha mãe me criou para ser gentil e educado demais para dizer "eu avisei" — disse ele, devolvendo as chaves.

— Sempre gostei disso em você.

Seu sorriso fez o meu coração bater forte.

— Agora, quer que eu abasteça seu carro, ou acha que consegue fazer isso sem causar uma explosão?

— Acho que consigo me virar a partir daqui.

— Certo. Vou lá comprar a raspadinha da sra. Patsy. Não use a bomba verde. É diesel. Você só acabaria parada na beira da estrada.

— Nem sonharia com isso — garanti.

— Prazer em conhecer você, Moça da Cidade Grande.

— Prazer em conhecer você, Mocinho da Cidade Pequena.

Esperei até ele entrar na loja antes de abrir um vídeo no YouTube sobre como abastecer o próprio carro. Consegui me virar, e estava encostada da forma mais natural possível na lateral do carro quando Willis voltou a sair com uma garrafa de dois litros de Mountain Dew e uma sacola de petiscos.

Ele nem se incomodou em olhar em minha direção enquanto dava ré para longe da bomba e saía do estacionamento com o motor roncando.

— Sem problema. Pode ficar com o troco — falei na direção da caminhonete.

O ar estava denso pela umidade de meados de agosto, o que avolumava o meu cabelo. Mas pelo menos não trazia nenhum dos aromas do esgoto de Manhattan. Não trazia nada parecido com Manhattan, na verdade. De um lado do posto de gasolina não havia um quarteirão de edifícios, mas sim um milharal com folhas verdes acetinadas e tufos loiros e sedosos que se estendiam por uma leve colina em fileiras ordenadas. Do outro lado, a floresta. A natureza não ficava confinada e cercada por coberturas e arranha-céus. Ela se desdobrava infinitamente... bem, pelo menos tão infinitamente quanto minha vista alcançava.

A porta da loja se abriu, e Zoey saiu, erguendo a mão para se proteger do sol.

— Vomitou? — perguntei.

— Sim — ela respondeu, pálida. — Acho que agora acabou.

A bomba desligou e coloquei o bico de volta no suporte.

— Olha só você abastecendo como uma motorista de verdade — comentou ela.

— Moleza — menti.

Voltamos ao carro e segui na direção de Story Lake.

— O que aconteceu com o teto? — Zoey perguntou depois de dois minutos de viagem.

— Caiu — brinquei.

— Hum. Gostei. O ar faz com que eu me sinta menos saturada de álcool.

Meu cabelo avolumado esvoaçava atrás de mim enquanto seguíamos pela estrada ensolarada rumo ao meu novo futuro.

— Essa ideia está começando a parecer menos maluca. Sabe? Como se esse fosse o caminho certo — falei alto, por conta do barulho do vento.

— Sério? Estava pensando que parece o fim de *Thelma e Louise* — ela gritou em resposta.

— Rá, rá, engraçadinha. Estou nos levando para o futuro, não para um precipício.

Um pedaço de plástico preto da minha grade ligeiramente amassada escolheu aquele exato segundo para acertar o para-brisa, dando um susto em nós duas.

— O que foi isso? — Zoey indagou.

— Nada. Um inseto — eu falei, tentando ligar os limpadores de para--brisa para tirar o pedaço da grade do vidro.

Encontrei os faróis altos, os aquecedores de assento e o pisca-alerta antes de os limpadores ganharem vida.

— Na quarta tentativa, vai — murmurou minha companheira de ressaca do banco do carona.

— Desculpa, mas acho que estou fazendo um belo trabalho. Olha: eu trouxe a gente até aqui. — Apontei para a placa BEM-VINDO A STORY LAKE, à nossa frente.

Algumas das letras estavam faltando, e alguém quis dar uma de engraçadinho com um spray vermelho, deixando-a mais como BE NDO CHATORY LAKE. À esquerda, vimos as águas reluzentes do lago pela primeira vez.

— Sem nenhuma catástrofe. Como prometido.

Eu deveria ter ficado de boca fechada. Porque nesse momento uma sombra do tamanho de um pterodátilo caiu sobre nós.

— Que por... — Zoey foi interrompida por um *ploft* úmido.

Algo brilhante, prateado e viscoso bateu no meu rosto, e Zoey começou a gritar.

Fiz uma curva brusca e pisei no freio. Os pneus deslizaram sobre o cascalho, e uma forte corrente de ar bagunçou meu cabelo enquanto algo frio e escorregadio deslizava na minha testa.

Crac.

Fui projetada para a frente e depois para trás quando o cinto de segurança travou com a parada abrupta e inesperada do carro.

Por um instante, fez-se um silêncio enquanto uma nuvem de poeira subia à nossa volta.

— Como você bateu num *peixe*? — gritou Zoey.

Havia algo úmido e vermelho no meu olho. Tentei limpar mas acabei espalhando aquilo pelo meu cabelo.

— Estou sangrando? — perguntei.

— Tem um peixe no meu colo! Tira! — berrou Zoey.

Tentei baixar os olhos, mas com o troço vermelho, meu cabelo emaranhado e a poeira, era impossível ver qualquer coisa.

Um grasnado agudo assustador atravessou os gritos e a nuvem de poeira.

— Mas que merda é aquilo? — Tossi, olhando para trás pela nuvem de poeira para a aparição sinistra.

6

VOCÊ BATEU NUMA ÁGUIA-CARECA

Campbell

Considerei passar reto pelo acidente à beira da estrada.

Eu tinha mais o que fazer, coisas para consertar.

Mas Story Lake não era exatamente uma grande metrópole, e a chance de ninguém mais parar era grande. Além disso, Ganso poderia acabar causando um infarto em alguém pela maneira como estava pousado no porta-malas.

Com um suspiro indignado, virei a caminhonete para o acostamento atrás do conversível amassado.

Claro que a placa era de Nova York.

Assim que minhas botas tocaram o chão, os gritos de duas pessoas atravessaram a nuvem de poeira e o silêncio.

— Está todo mundo bem? — perguntei com a voz áspera enquanto me aproximava.

Tanto a motorista quanto a passageira estavam ocupadas demais gritando e tentando tirar os cintos de segurança viradas para trás para me notarem.

Ganso abriu uma asa imponente, mantendo a outra recolhida junto ao corpo.

— Ele vai comer nossa cara — gritou a ruiva do banco do carona.

— Devolve logo o peixe dele — berrou a motorista coberta de poeira.

Murmurando um palavrão, abri a porta do lado do motorista.

— Alguém se machucou?

Elas gritaram de novo, dessa vez olhando para mim. A motorista, uma morena com os óculos escuros tortos sobre o nariz, estava sangrando muito por um corte na testa.

Contive algumas palavras de baixo calão para que minha mãe não soubesse que eu estava falando palavrões na cara de duas turistas, abaixei e soltei o cinto de segurança da motorista.

— Sai — mandei. Como ela não se moveu rápido o bastante, eu a peguei no colo e a coloquei ao lado do carro. — Você está sangrando.

— Não brinca. Pensei que fosse geleia de morango — disse ela, dando um tapa na testa. — Zoey, você está bem?

— A única que está sangrando é você — observei.

— Não sei quem o senhor é, nem se é uma boa pessoa ou um serial killer, mas vou ser seu álibi por qualquer assassinato que cometer se tirar *esse peixe do meu colo* — gritou a passageira.

Olhei para baixo, e a ruiva estava com as duas mãos erguidas como se estivesse sendo presa. Uma truta-arco-íris a encarava sem vida em seu colo.

Ganso grasnou, irritado.

— Cala a boca, Ganso — falei para a ave.

Ele abriu a asa num dar de ombros quase humano.

— Alguém me explica, por favor, o que acabou de acontecer? — perguntou a motorista, começando a andar de um lado para o outro enquanto pressionava a mão contra a testa ensanguentada.

Eu puxei-a para trás até ela estar encostada no capô da minha caminhonete.

— Fica.

A ruiva ainda estava imóvel, as mãos, erguidas, o rosto, franzido, recusando-se a olhar para baixo, quando abri a porta dela.

— Ridículo — murmurei enquanto pegava o peixe.

Suas escamas estavam escorregadias, e ele quase escapou de mim, mas consegui segurar melhor um segundo antes de ele bater nos óculos de sol de estrela de cinema dela.

Ela franziu os lábios e abafou algum tipo de grito interno.

Joguei o peixe na grama à beira do acostamento, onde caiu com um baque úmido.

Ganso saltou do porta-malas para o chão e avançou com um ar de John Wayne na direção de seu almoço.

— Consegue andar ou quer ficar sentada aí gritando? — perguntei à ruiva.

— Acho que vou choramingar por um minutinho, caso você não se importe.

Mulheres. Ainda mais as de Nova York.

Voltei à motorista ferida, que tinha erguido os óculos escuros por cima do ferimento até o cabelo empoeirado e coberto de sangue. Olhos castanhos arregalados se voltaram para mim.

— É uma...

— Águia-careca — completei.

— Fui atacada por uma águia-careca — disse ela quase em devaneio. De repente, bateu o pé e semicerrou os olhos para o céu sem nuvens. — Por que o universo me odeia?

A pergunta era mais retórica do que qualquer outra coisa, de modo que não me importei em responder.

— O Ganso não atacou você. Você entrou na frente dele antes de bater na placa de boas-vindas. — Tecnicamente, o maldito pássaro tinha voado baixo demais com seu almoço e batido na cabeça dela com o peixe e talvez uma garra. Mas ela estava me incomodando, então, eu não deixaria que ela se safasse tão fácil assim.

A mulher fez uma cara como se eu tivesse acabado de dizer que ela havia atropelado uma ninhada de filhotes de cachorro.

— Ai, meu Deus. Está de brincadeira? Ele vai morrer?

— Não. — Eu a peguei pela mão menos ensanguentada e a guiei até a traseira da minha caminhonete, onde abaixei a caçamba. Quando ela só ficou olhando, eu a fiz sentar. — Não se mexa.

Ela esticou o pescoço na direção da águia.

— Mas ele está bem? Precisa de algum tipo de assistência médica de águia-careca?

— Ele está ótimo — respondi bruscamente. Dei a volta até a porta de passageiro traseira e peguei o kit de primeiros socorros no banco. — Não se mexa — ordenei, abrindo a caixa de metal surrada ao lado dela.

— Tem certeza que Zoey está bem? — perguntou ela, virando para olhar para a amiga.

Eu me coloquei entre as pernas abertas dela, peguei seu queixo e a virei para olhar para mim.

— Se Zoey for a do peixe no colo, ela parece mais traumatizada do que machucada. Agora, fica paradinha.

O corte não era profundo, mas, como todos os ferimentos de cabeça, sangrava muito.

— Ela tem pavor de peixes e aves. Isso é como um filme de terror feito especialmente para ela. — Ela tentou se virar de novo. — Zoey? Tem certeza de que está bem?

— Sim — veio a resposta fraca. — Só assistindo ao meu pior pesadelo se desenrolando a dois metros de mim.

— Srta. Confusão, se não ficar paradinha, vai acabar com um lenço umedecido com álcool no olho — avisei.

— Vai vomitar de novo? — minha paciente gritou para a amiga. — Ai!

Ela se crispou e me lançou um olhar acusador quando peguei sua nuca e pressionei o lenço contra o seu rosto.

— Falei para ficar parada.

— Ah, desculpa. É a primeira vez que brigo com uma águia-careca. Estou um pouco traumatizada.

Limpei o sangue e a poeira o melhor possível.

Peguei um curativo e revirei os olhos. Minha mãe tinha ficado cansada de tanto roubarmos seu estoque de primeiros socorros e tinha trocado seus band-aids normais por curativos com estampa de bigode. Eu vivia esquecendo de estocar itens de primeiros socorros menos ridículos.

Minha paciente chegou mais perto e me examinou como se eu estivesse sob um microscópio que ela nunca tinha visto antes. Ela tinha cílios grossos e escuros e algumas sardas sobre o nariz.

— Que foi? — falei, ríspido.

— Você me lembra alguém e tem olhos muito bonitos — disse ela.

Maravilha. Eu estava tendo que lidar com uma estranha que bateu a cabeça e sua amiga histérica com medo de peixes.

— É? Bem, você está com um traumatismo craniano e não tem a menor condição de dirigir.

— Estou falando sério — insistiu ela.

Abri o band-aid de bigode.

— Eu também.

— São verdes mas cheios de pontinhos dourados.

Os olhos da srta. Confusão eram castanhos. Como o chão da floresta. Fixei o curativo antes que ela voltasse a se mexer.

— Você é Campbell Bishop? — perguntou ela.

Eu a segurei pela nuca de novo e apertei o band-aid com a base da mão.

— Cam. E o que você tem a ver com isso?

Ela soltou uma risadinha que virou um bufo.

— Você tem mesmo aquele ar de durão bonzinho.

Nem a pau que eu me arriscaria a perguntar o que ela quis dizer com essa frase.

— Como você se chama, srta. Confusão? — perguntei.

— Hazel — respondeu ela. — Hazel Hart. — Seus olhos se arregalaram de repente. — Eita porra! Que horas são?

— Como é que eu vou saber?

— Sei lá. Você parece... — Ela me olha de cima a baixo. — Relativamente responsável.

— Era mais ou menos uma e cinquenta quando você atropelou nossa ave nacional.

Ela fez uma careta.

— Estou atrasada para um compromisso. E agora vou ficar ainda mais atrasada porque preciso achar um veterinário de pássaros.

— O quê?

Hazel foi para a beira da caçamba, o que a colocou em contato direto e inesperado com a minha virilha. Todas as partes do meu corpo que eu havia ignorado por um ano inteiro de repente se fizeram notar. Tinha mesmo passado tanto tempo assim? Eu não transava desde que voltei, o que significava... um ano inteiro, porra!

Alheia à minha reação física instantânea e inconveniente, ela colocou a mão no meu peito e me empurrou para dar um passo para trás. Seus pés de tênis tocaram o chão e ela ergueu a cabeça para olhar para mim.

— O centro é muito longe daqui?

— O centro de Story Lake? — Eu não conseguia pensar em nenhum motivo para uma desconhecida de Nova York ter um compromisso no "centro".

— Sim. Preciso chegar à Finda Estrada. Dá para ir andando?

— Você anda melhor do que dirige?

— Estou estressada demais para me ofender com isso agora. Obrigada pelos primeiros socorros.

— Aonde pensa que vai? — Dei a volta na caminhonete atrás dela.

— Vou buscar Zoey, encontrar um jeito de pegar a águia-careca no colo e vamos a pé para a cidade. Tenho uma reunião com o prefeito. Tenho certeza que ele conhece um veterinário de aves. — Ela se dirigiu à amiga, que estava recostada na porta do carro, virando um isotônico e tentando não olhar para o Ganso enquanto ele devorava o peixe morto.

— Zo, pode pesquisar hospitais de aves perto de nós? — Hazel pediu, tirando o suéter, revelando uma regata preta básica e um corpo esbelto.

— Ele está fazendo uma quantidade assustadora de contato visual — Zoey reclamou, olhando fixamente para a ave.

— Bem, ele deve estar magoado porque bati nele com o carro... ou com a cara — Hazel falou, mais sensata.

Ela brandiu o cardigã como uma capa de toureiro.

Por mais que eu fosse adorar ver uma nova-iorquina tentar apanhar o Ganso no meio de uma refeição, meu kit de primeiros socorros e minha paciência estavam no fim.

Murmurando alguns palavrões, tirei o celular do bolso de trás, abri o grupo com o nome ridículo de Bish Bros e escrevi uma mensagem.

> **Eu:** Arrumei uma confusão aqui. Vou me atrasar. Preciso fazer uma parada.
> **Levi:** Mané.
> **Gage:** Precisa de ajuda? Estou voltando e já fiz a minha boa ação de hoje. Mas não me incomodo em já começar a de amanhã.
> **Eu:** Não. Sob controle.
> **Gage:** Melhor encerrar o dia então, Livvy. Breja?
> **Levi:** A primeira coisa não idiota que você disse o dia todo.
> **Gage:** Até amanhã cedo, Cammy.

Com tudo em ordem, voltei a guardar o celular no bolso.

— Vem cá, aguiazona linda e medonha — cantarolou Hazel, chegando mais perto da ave.

Ganso ergueu os olhos, mastigando um pedaço de peixe.

— Se der mais um passo, ele vai te bicar — avisei, chegando por trás dela.

Hazel paralisou.

Ganso nunca bicou ninguém. Já tinha batido as asas na cara de muitos e voava perigosamente baixo só para se exibir. Mas era tão agressivo quanto um labrador.

Hazel se virou e voltou os olhos arregalados para mim.

— Mas preciso levar o bicho para um veterinário de aves.

— Tem um hospital de aves a quinhentos quilômetros daqui — disse Zoey.

— Ele está bem — falei.

Hazel semicerrou os olhos.

— Você não está dizendo isso só para não me magoar e, assim que eu for embora, dar um fim na vida dele, está?

— Você acha que vou *atirar* em segredo numa *águia-careca* para *não te magoar*?

Eu deveria ter continuado dirigindo. Deveria ter cuidado da minha vida e deixado que elas se virassem sozinhas.

Ela inclinou a cabeça de um lado para o outro, erguendo os olhos como se estivesse repetindo as palavras na cabeça.

— Tá. Tudo bem. Dito em voz alta parece uma idiotice mesmo. Às vezes as coisas ficam ecoando aqui dentro e parecem completamente sensatas e, então, coloco no papel... quer dizer, colocava no papel...

— Tem um veterinário normal a uns quinze quilômetros daqui que é especializado em aves, mas parece que é mais especializado naquelas aves falantes tenebrosas — Zoey interrompeu.

— Essa águia dos infernos está bem, caralho — gritei.

As duas pararam o que estavam fazendo e me encararam.

— Ele é rabugento — comentou Zoey.

— É mesmo — Hazel concordou com um semblante de alegria que achei completamente inadequado e irritante para a situação. — E ele não está bem. Olha a asa dele.

Ganso ainda estava com uma asa recolhida junto ao corpo robusto.

— Ele está fingindo — expliquei.

Hazel riu com desprezo.

— Ah, então tá, seu psicólogo de águia-careca.

Murmurando várias frases indelicadas e deselegantes, voltei batendo os pés até a caminhonete e abri o porta-luvas. Peguei o saco de petiscos e voltei para Hazel, que ainda estava segurando seu suéter como um cueiro para águias.

— Para de gracinha, Ganso — falei, jogando um dos petiscos no ar.

O pássaro o pegou com ar de satisfação. Pegou os restos do peixe nas suas garras e levantou voo.

— Acabei de ser enganada por uma águia-careca. — Hazel levantou as mãos para bloquear o sol e cutucou o band-aid de bigode. — Ai.

— Vou ter pesadelos com isso pelo resto da vida — Zoey disse.

— Eu também — falei.

Observamos a ave virar majestosamente sobre o que devia ser a rua principal. Um pedação de peixe se soltou e despencou.

Zoey fez uma careta de nojo e tampou a boca.

— Como você sabia que ele estava fingindo? — Hazel perguntou.

— Ele faz isso. Agora, entrem na caminhonete.

Zoey apontou o isotônico para a placa destruída.

— A gente não tem que esperar a polícia? Ou pelo menos um guincho?

— E as nossas coisas? — Hazel interveio. — Meu notebook está no porta-malas.

— Vou mandar mensagem para o motorista do guincho dizendo onde encontrar vocês. Só entrem logo na caminhonete. Vou levar vocês para o seu compromisso.

— É muito generoso da sua parte — Zoey agradeceu antes que eu pudesse acrescentar alguma indelicadeza e dizer que, quanto antes eu as levasse, mais rápido me livraria delas.

— Meu mocinho. — Hazel parecia estranhamente triunfante para alguém que tinha acabado de levar uma peixada na cabeça.

— Para de mexer no ferimento na cabeça — ordenei.

7

UM GOLPEZINHO ENTRE AMIGOS

Hazel

Mesmo com o ferimento na cabeça, eu poderia ter caminhado facilmente o meio quilômetro até o centro de Story Lake. Era um trecho curtíssimo de duas quadras, com vitrines em sua maioria vazias e vagas de estacionamento desocupadas. Um parquezinho com grama queimada pelo sol dividia a praça ao meio. Parecia estar faltando apenas o coreto obrigatório de cidade pequena.

Mas eu estava concentrada demais no homem ao volante.

Aquilo *devia* significar algo. Eu havia encontrado o homem que me fizera vir até aqui antes mesmo de entrar nos limites da cidade. Bem, isso queria dizer que também era possível que o fato de eu quase esmagar uma águia-careca *também* significasse algo. Mas eu preferia me centrar no lado mais atraente, rabugento e musculoso das coisas.

— Quantos irmãos você tem? — perguntei.

— O quê? — Cam retrucou.

Apontei para a logo dos Irmãos Bishop na sua camisa.

— Seu sobrenome é Bishop. Liguei os pontos.

— Dois — ele disse, parecendo torcer para que eu desistisse de conversa.

Rá. Sem sorte, amigo. Querendo ou não, Campbell Bishop era meu muso temporário, e eu extrairia dele tudo o que pudesse.

— Você é o mais velho? Parece ser o mais velho. Morou aqui a vida toda?

Ele grunhiu como se essa fosse uma resposta aceitável.

Observei o livro surrado no painel.

— Você lê? — perguntei, esperançosa.

Mocinhos que leem livros eram, na minha mais humilde opinião, ainda mais atraentes.

— Está me perguntando se sei ler?

Apontei para o romance policial cheio de orelhas.

— Estou perguntando se gosta de ler.

— Neste momento, não estou gostando de nada — ele rebateu.

Me recostei no assento para reorganizar as ideias. Eu não era mais tão boa assim em puxar conversa, mas era questão de vida ou morte tirar o máximo possível de informações para lubrificar as engrenagens da inspiração.

Cam manobrava a caminhonete como se tivesse nascido dirigindo maquinários muito grandes e potentes. Como se fosse uma extensão do seu corpo. E que corpo, por sinal. Ele usava uma camiseta cinza dos Irmãos Bishop que realçava alguns atributos muito agradáveis. Sua calça estava surrada de um jeito que dizia "faço um trabalho másculo e demoraram anos para que minhas coxas musculosas amaciassem esse jeans".

O rádio, antes de ele desligar, estava sintonizado em alguma estação de música country animada.

Apesar do começo conturbado e da dor latejante na testa, eu sentia que as coisas estavam melhorando muito. Na minha cabeça, já estava mandando o Cam do livro correr para resgatar nossa protagonista encalhada. Claro, a protagonista do livro que... hmmm, vamos chamar de Hazel, para facilitar. Sim. A Hazel do livro não teria batido na ave nacional em pleno voo. Esse não foi um primeiro encontro digno de livros. Foi desastroso. Mas o ferimento na cabeça ainda poderia funcionar. Quem não ama uma mocinha ferida e um mocinho carrancudo se fazendo de médico?

Talvez uma torção no tornozelo fosse mais sexy? Envolveria menos sangue, e o Cam do livro poderia carregar nossa protagonista com seus músculos gigantescos.

— Oi, está me ouvindo? — falou o Cam da vida real abruptamente, acenando na frente do meu rosto.

Voltei piscando do meu mundo de fantasia.

— Hã? O quê?

— Não repara. Ela vive desligada — Zoey comentou do banco de trás. — Ele perguntou de que assuntos além de agressão a águias viemos tratar em Story Lake.

O Cam do livro seria com certeza mais simpático do que o Cam da vida real.

— Vamos encontrar o prefeito — falei, orgulhosa.

Cam sorriu de satisfação, mas não disse nada.

— Este por acaso é algum tipo de cenário de filme abandonado? — Zoey perguntou. — Cadê todo mundo?

Voltei a atenção do caldeirão de ideias criativas em ebulição e olhei à minha volta. Ela tinha razão. Fora um par de esquilos correndo para cima e para baixo nos troncos das árvores do parque, não havia nenhum outro sinal de vida.

— Não — disse Campbell.

O ronco do motor da caminhonete tinha encoberto o silêncio. Franzi a testa.

— Me disseram que o "centro movimentado" é como um ímã para turistas.

Nosso mocinho relutante bufou.

— Quem é que disse isso?

Antes que eu pudesse responder, algo mais interessante chamou sua atenção, e ele pisou nos freios no meio da rua.

Um homem puxava uma escada e um longo tubo branco debaixo de um toldo verde na frente de uma fachada de tijolos. Na janela estava escrito Armazém em letras douradas. Um cachorro do tamanho de um urso estava sentado na calçada, balançando o rabo peludo de um lado para o outro como um metrônomo de felicidade, e outro menor e peludo estava no encalço do homem.

Cam se debruçou na janela.

— Problema?

— Não — respondeu o homem com a escada antes de apontar com o tubo de plástico para uma depressão no toldo. — Cabeça de peixe.

O cachorro menor deu um latido exuberante que chamou a atenção do maior, que desceu correndo os degraus de concreto para se juntar à festa na calçada.

Zoey cutucou meu ombro e me virei no banco.

— Cabeça de peixe? — ela fez com a boca.

Cam saiu da caminhonete deixando a porta aberta. Se estivéssemos em Nova York, teria levado menos de quatro segundos para um caminhão de lixo ou uma van de entregas arrancar a porta. Mas aqui, no "Centro movimentado", não havia nenhum outro carro à vista.

— Admito. Começamos com o pé esquerdo — falei, observando enquanto Cam era imediatamente atacado pelas saudações efusivas de ambos os cachorros. — Mas estou com um bom pressentimento em relação a isso.

— Que bom que uma de nós está — comentou Zoey.

Cam desviou dos cachorros e tentou tirar a escada do homem. Isso levou a uma discussão estrondosa com muitos dedos apontados. O cachorro maior, que mais parecia um urso, se encarregou de tentar ser o primeiro a subir, o que levou os dois homens a gritar:

— Melvin!

— Haze. Querida. É tudo apocalíptico. Destruímos a placa de boas-vindas à cidade e entramos numa confusão com a ave nacional. Você está com seu suéter favorito coberto de sangue por causa de um ferimento de peixe-pássaro. Estou contando meia dúzia de fachadas ocupadas e nosso motorista está gritando com o cara do armazém como se eles tivessem algum tipo de rivalidade de décadas.

— Toda boa história precisa de conflito — insisti.

Cam conseguiu subir a escada antes do homem e do cachorro, e, com a cara amarrada, a colocou ao lado do toldo. O outro homem passou um cano de plástico comprido para ele, e nosso herói do centro o usou para remover a cabeça de peixe do tecido. Caiu no concreto com um *ploft* nojento.

O cachorro-urso pulou em cima da cabeça de peixe.

— Porra, Melvin — reclamou o outro homem, puxando o cachorro corpulento para trás pela coleira.

O cachorro menor parecia ter pegado no sono sob o sol no meio da calçada.

Cam voltou a descer, dobrou a escada, carregou-a por cima do cachorro adormecido e subiu os degraus até a porta. Tudo sem dirigir uma palavra para a plateia.

— Vai me dar mingau na boca agora? Talvez um banho de esponja? — o homem resmungou, ainda segurando o cachorro quando Campbell voltou.

— Se eu disse umas cem vezes, sei que Gage disse umas mil. Caramba, até Levi deve ter dito uma ou duas vezes, e você sabe que ele odeia abrir a boca. Fica longe da porra da escada — vociferou Cam, enfiando o dedo no peito do homem.

O cachorro-urso latiu com alegria, o que acordou o cachorro baixinho. Ele pulou e soltou um uivo ensurdecedor.

— Cala a boca, Bentley! — gritaram os dois homens.

— Eles vão sair no braço? — Zoey perguntou, com a voz um pouco mais animada.

— Não precisa se estressar à toa, Cam. Não sou uma criancinha — disse o homem mais velho, empurrando a mão de Campbell para longe. — Sou perfeitamente capaz de fazer tudo o que vocês, malas, acham que não consigo.

— Uma ligação e você volta para a poltrona de casa — Cam ameaçou.

O homem mais velho estreitou os olhos.

— Você não faria uma coisa dessas.

— Vai me testando. Se eu te vir subindo aquela escada, vou eu mesmo te prender na poltrona — avisou Cam.

O outro homem passou a mão na barba e olhou para a caminhonete.

— Não vai me apresentar pras suas amigas?

— Não.

Com isso, Cam voltou a passos duros.

— Te vejo no café da manhã — o homem na calçada gritou enquanto Cam engatava a marcha e pisava no acelerador.

— Tá.

— Amigo seu? — perguntei.

— Não.

— Arqui-inimigo? — Tentei de novo.

Campbell olhou furioso para o para-brisa.

— Aquele é meu pai.

— Vocês parecem próximos — Zoey disse em tom de brincadeira.

— Lindos cachorros — comentei. — São do seu pai, com que você obviamente tem uma rixa antiga?

— Eu não deveria ter saído da cama hoje — murmurou Cam.

— Que tipo de cama? É king-size? Você parece do tipo que prefere uma king-size. Com certeza vou comprar uma king-size agora que tenho espaço. Isso e espaço no guarda-roupa são sonhos — tagarelei.

Trinta segundos depois, eu ainda estava tentando desesperadamente pensar em possíveis assuntos, quando nosso motorista rabugento parou a caminhonete abruptamente ao lado da calçada. Mal tínhamos passado dois quarteirões desde a discussão no armazém.

— Fora — ordenou ele.

Zoey não precisou ouvir duas vezes. Ela saiu correndo do banco de trás como se estivesse cheio de aves comendo cabeças de peixe.

Eu ainda não estava tão pronta assim para me ver livre do sr. Inspiração. E se eu não conseguisse encontrá-lo na cidade? E se nossos caminhos nunca mais se cruzassem?

— Obrigada pela carona... e pela apresentação... e pelos primeiros socorros — falei, cutucando o curativo na testa.

Ele resmungou, ainda olhando para a frente.

— E desculpa pela águia e pela placa e por fazer você de motorista.

Dessa vez, ele voltou o olhar incisivo para o relógio no painel.

— Acho melhor não ficar te alugando. — Soltei o cinto de segurança e comecei a juntar minhas coisas devagar.

— Hazel?

Parei o que estava fazendo para olhar para ele.

— Oi?

— Se precisar de alguma coisa antes de ir embora... — Aqueles olhos verdes brilharam como uma chama cor de esmeralda.

— Sim? — perguntei, sem ar.

— Não me chama.

— Rá rá. Você é um daqueles homens cavalheiros e engraçados, não?

— Nem um nem outro.

— Então, é o quê? — insisti.

— Atrasado — ele disse, incisivo.

Zoey bateu na minha janela, me tirando do estupor.

— Hum, Haze? Tem certeza de que é aqui? — perguntou ela.

Pela primeira vez, olhei para o imóvel na frente do qual tínhamos parado.

62

— Ah, não.

— Foi esse o endereço que você me deu — insistiu Cam como se eu o tivesse acusado de nos sequestrar e nos largar no mato.

Ignorando-o, saí da caminhonete e ergui os olhos para a monstruosidade diante de mim. Finda Estrada, 44. O número no portão estava parcialmente disfarçado por uma explosão de trepadeiras. Atrás da cerca branca e do emaranhado de ervas daninhas que se fazia passar por jardim, se elevava uma mansão decrépita de três andares num tom ofuscante de salmão.

— O que você fez, Hazel? — Zoey perguntou ao meu lado.

— Estou indo embora — Cam gritou pela janela aberta da caminhonete atrás de nós.

— Não era *assim* no anúncio do leilão — insisti.

— Parece a casa mal-assombrada em que ninguém deixa os filhos pedirem doces no Halloween — ela observou.

Lembrando da documentação, bati na bolsa e tirei a pasta.

— Viu? Olha isso. É o mesmo estilo e as janelas e portas estão no mesmo lugar, mas nas fotos não é horrível e assustadora.

Um assobio agudo cortou o silêncio. Atrás de nós, ouvi Campbell xingar e desligar o motor. Viramos e avistamos um grupo de adolescentes correndo pela calçada na nossa direção.

— Será que vamos ser pisoteadas? — indagou Zoey. — Será que é algum tipo de trote de iniciação à cidade pequena por pisoteio?

Os meninos estavam usando camisetas que diziam *Story Lake Cross Country*.

— Acho que não.

O menino na frente parou diante de nós e estendeu a mão.

— Hazel Hart, imagino?

Ele era uns três ou quatro centímetros mais alto do que eu e magro, com os pés grandes e as pernas compridas como as de uma gazela. Era negro, com cabelo preto encaracolado, e usava óculos.

— E você é? — perguntei, um pouco chocada enquanto apertava sua mão.

— Darius Oglethorpe. — Seu sorriso cheio de dentes teria sido charmoso se eu não tivesse acabado de levar um golpe de um adolescente.

— *Você* é o prefeito?

— Prefeito e corretor de imóveis — anunciou ele com orgulho. — Bem-vinda a Story Lake.

Zoey disfarçou o riso com uma tosse.

— Você só pode estar de brincadeira. Você está na escola — falei.

— Estou no último ano. Quer dizer, estarei quando as aulas começarem — ele explicou, sem parecer preocupado com o meu espanto.

— Fazíamos campanha por ele pela cidade inteira depois das aulas — um dos meninos suados atrás dele falou.

— Que merda você aprontou agora, Darius? — Cam perguntou, se juntando a nós na calçada.

— Ai, meu Deus. Não é brincadeira — percebi.

— A bela e sagaz sra. Hart acabou de comprar a Casa Heart — anunciou Darius alegremente. — E ganhou uma vaga na câmara dos vereadores.

— Espera um minuto — falei.

— Puta que pariu — disparou Cam.

Fiquei com a impressão de que Campbell estava pessoalmente ofendido pela minha mudança para Story Lake.

— Concordamos que precisávamos de sangue novo na cidade; então, fiz isso acontecer — Darius disse, apontando para mim.

Seus quatro amigos assentiram efusivamente.

— Você não pode simplesmente vender uma vaga na câmara de vereadores — Campbell se queixou, trincando os dentes e acentuando as concavidades das bochechas sob a barba por fazer.

— Nem uma casa com imagens geradas por inteligência artificial — Zoey acrescentou, apontando para o anúncio do leilão impresso.

— As fotos ficaram lindas, não? — disse Darius, mostrando uma covinha. — Minha irmã caçula passou a semana inteira editando entre um e outro trabalho de DJ. Darius Oglethorpe, aliás.

Zoey apertou sua mão.

— Zoey Moody. Sou eu que vou te dar uma surra se tiver dado um golpe na minha amiga.

— O que é um golpezinho entre amigos? — disse Darius de brincadeira, com nervosismo.

Cam tirou os papéis da minha mão e os folheou. Eu nunca tinha ouvido um homem adulto rosnar. Eu tinha *escrito* isso muitas vezes no papel, mas ouvir na vida era uma experiência nova e emocionante.

Zoey me acotovelou.

— Uau. *Agora* entendi. Rosnar é sexy — disse ela com o canto da boca.

— Eu te disse — sussurrei.

Darius se virou para os amigos.

— Vão indo na frente. Vou mostrar a casa para nossa mais nova moradora. Encontro vocês depois para as corridas de velocidade.

— Falou, D.O. — disse o menino alto e magricela com uma faixa na cabeça que domava seu mullet encaracolado.

Ele nos fez algum tipo de gesto adolescente com os dedos.

— Até mais, mulherada. Tomara que a gente se veja *muito* ainda — disse um menino mais baixo.

Isso foi acompanhado por uma piscadinha e um sorriso de aparelho.

Eles saíram correndo pela calçada.

Virei para Darius e massageei as têmporas.

— Então... como um adolescente vira corretor de imóveis e prefeito?

— Ele é inteligente de dar medo, e nossas leis municipais são uma merda — Cam explicou, devolvendo os papéis para mim e lançando um olhar fulminante para o tal adolescente inteligente de dar medo.

— O que posso dizer? Fui abençoado em termos de QI. Mas, ao contrário de outras crianças prodígio, decidi desenvolver minha carreira profissional em vez da acadêmica. A lei municipal deixa claro que qualquer pessoa com a mente sã pode concorrer a um cargo político a partir dos dezesseis anos — disse ele, guiando o caminho para o portão torto. Com um chute, destravou o trinco. — Sem querer me gabar, mas ganhei de lavada.

Ele fez um gesto dramático com o braço, me convidando a entrar no quintal tomado pelo mato.

— Você concorreu sem oposição — Cam observou.

— O caminho mais fácil, meu amigo — Darius retrucou, dando um tapa no ombro dele, num daqueles gestos de camaradagem masculina. Ele voltou a atenção para mim e abriu bem os braços. — Bem, o que acha do seu novo jardim?

Observei tudo à minha volta. A trilha de pedras irregulares. Os canteiros de arbustos disformes, o matagal espinhoso, as tábuas da varanda turquesa descascadas.

— Aquelas ali são flores ou ervas daninhas? — Zoey perguntou, tirando cardos da calça.

— Saca só. São ervas daninhas *que dão flores*. Não é demais? A proprietária anterior gostava de ter um jardim fácil de cuidar. Então, como conhece meu amigo Cam aqui? — Darius perguntou enquanto subíamos os degraus da varanda.

Tive a impressão de que ele estava tentando me distrair dos rangidos da madeira.

— Ela não me conhece — Cam disse, me surpreendendo ao colocar aquelas mãos grandes na minha cintura e me desviando de um degrau rachado e curvado.

Me desconcentrei completamente com o contato físico.

— Eles brincaram de médico juntos — disse Zoey.

Darius ergueu as sobrancelhas.

— Bem, considerando sua profissão, sra. Hart, espero que encontre inspiração por toda parte.

Esse garoto tem uma lábia de nível presidencial.

— Você não faz ideia — falei, conseguindo me equilibrar na varanda.

Cam semicerrou os olhos de uma forma que eu só podia interpretar como algum tipo de julgamento masculino de olhos enrugados.

Dei uma volta lenta sem sair do lugar. Não era ótimo. As floreiras estavam cheias dos restos esqueléticos de plantas mortas. Algumas das tábuas do assoalho estavam empenadas. E as teias de aranha nos beirais eram tão agressivas que pareciam decoração de Halloween.

Mas havia algo ali que eu não conseguia definir exatamente. Personalidade, charme, uma mulher na melhor idade se recusando a se render... seja o que for, eu gostava.

Tive uma visão rápida da protagonista destemida exatamente onde estava, sentindo o que eu estava sentindo, e calafrios irradiaram pelos meus braços.

— Por que ela está sorrindo? — Ouvi Cam murmurar.

— Porque o cérebro dela não funciona como o nosso — explicou Zoey de maneira afetuosa.

Virei. Zoey e Cam estavam lado a lado, de braços cruzados. Ele estava com a cara fechadíssima. Ela parecia prestes a vomitar de novo.

— Algum problema? — questionei.

— Não — Zoey disse com bom senso.

— Sim. Cerca de um metro e setenta de fuga da realidade — Cam respondeu.

Foi a minha vez de cruzar os braços.

— Você não tem outra pessoa para importunar?

— Não vou a lugar nenhum até alguém me explicar exatamente o que está acontecendo aqui — ele disse.

— Não é muito difícil de entender. Comprei esta casa. Moro aqui agora.

— Não vamos nos precipitar — interveio Zoey. — Parece faltar um bom espirro para ela desabar nas profundezas do inferno.

— Não se esqueça. Você não comprou apenas uma casa, também comprou uma vaga na câmara dos vereadores — Darius disse, ajeitando os óculos sobre o nariz.

— Ah, sim. — Eu ainda não sabia o que isso significava.

Eu estava mais para uma introvertida eremita; então, entrar para comitês e câmaras estava fora da minha esfera de experiência. Mas apostava que a minha mocinha acharia isso crucial para seu arco de personagem.

— Olha, esta é a parte que eu claramente não estou ouvindo direito — Cam falou.

— Mas não fui *eu* quem bateu a cabeça? — digo a Darius pelo canto da boca.

— Estou vendo que este é um assunto importante para você, Cam — Darius disse. — E o que preocupa meus constituintes me preocupa. Por que não damos uma voltinha pelo jardim e conversamos enquanto a sra. Hart explora o lugar?

— Não se pode simplesmente comprar uma vaga no conselho — Cam afirmou.

Darius abriu um sorriso radiante.

— Não precisam ficar e ouvir toda essa bobagem de subseções da constituição municipal. Vão indo na frente para explorar que já alcanço vocês. — Ele colocou a mão debaixo da camiseta e puxou uma chave de latão suja presa a uma corrente. — É a única, então, não perca.

Algo que parecia uma sombra de adrenalina percorreu minhas veias enquanto meus dedos se fechavam em volta do metal.

— Vem, Zo — chamei por sobre o ombro.

— Agora, Cam. — Darius começou a falar diplomaticamente enquanto seguia na direção das portas duplas da entrada, pintadas num tom desgastado e nada convidativo de marrom. — Sei que você conhece nossa constituição municipal. Mas entendo que algumas das subseções mais prolixas podem ter escapado à sua atenção. Por exemplo, de acordo com o 13.3 (c), após a morte de um vereador, o residente escolhido pelo membro falecido pode cumprir as obrigações do restante de seu mandato eleito.

— Ah, é? — Cam indagou. — Bom, o regulamento também diz que homens que não perderam a virgindade até os vinte e cinco anos devem se deitar com a vizinha sem parentesco mais próxima.

Fiz uma nota mental de colocar as mãos numa cópia do regulamento da cidade o quanto antes. Enfiei a chave na fechadura e girei. A maçaneta virou, mas a porta não abriu.

— Às vezes é preciso usar um pouco de força — gritou Darius.

Um pouco de força acabou virando um chute bem dado no canto direto inferior da porta.

Com um rangido assustador de casa mal-assombrada, a porta abriu.

— Minha nossa — sussurrei.

8

NÃO UMA ASSASSINA PROFISSIONAL

Campbell

— Está me dizendo que ela não só comprou o imóvel como também vai integrar a câmara pelos próximos dois anos? — repeti, relembrando a lista de boas razões para não socar um garoto de dezessete anos que tinha o entusiasmo de um filhote de cachorro.

Estávamos no quintal lateral da Casa Heart, cercados por girassóis e ervas daninhas na altura do meu peito.

— Sim. Repassei tudo isso para o Gage. Ele não te contou?

— Não. — Pelo menos eu poderia sair impune se socasse meu irmão.

— Escuta, Cam. Sopa Campbell. Camptão América. Isto é uma coisa *boa*. É uma contribuinte nova que vai ocupar aquela última vaga na câmara *e* reformar a maior monstruosidade na Finda Estrada. E adivinha a ajuda de quem ela vai pedir para isso? — Darius apontou os dedos de arminha para mim. — Irmãos Bishop. Ser a única opção da cidade tem lá suas vantagens.

Darius nunca encontrou um copo meio vazio ou um túnel sem luz no fim. Seu otimismo juvenil me fazia querer chutar alguma coisa.

— Ela bateu o carro no Ganso e destruiu a placa no caminho para a cidade. Ela não vai se adaptar — insisti.

— Primeiro, o Ganso se joga na frente de um carro pelo menos uma vez por semana. Segundo, aquela placa estava mesmo precisando ser trocada urgentemente. Terceiro, não precisamos que ela se adapte; só que ela fique e pague impostos. E, por fim, isso significa que finalmente conseguimos nossa própria celebridade na cidade. Nem Dominion tem uma celebridade. Todo mundo sai ganhando.

— Celebridade? — Se aquele moleque me dissesse que tinha vendido o imóvel mais histórico de Story Lake para alguma participante de reality que, vamos admitir, era, sim, atraente, vou precisar de uma lista maior de razões para não dar um soco nele.

— Cam, campeão, ela é *a* Hazel Hart.

Algo nesse nome era familiar. Mas, antes que eu pudesse entender o quê, a janela atrás de nós se abriu com um rangido ressoante.

Hazel botou a cabeça para fora. Ela estava com teias de aranha no cabelo e um ridículo sorriso sonhador no rosto.

Darius pegou o celular e tirou uma foto dela. Depois, virou a câmera para nós e tirou uma selfie. Fechei a cara.

— Só registrando o grande dia — disse ele, com todo o seu charme.

— Se isso for parar naquele maldito aplicativo Vizinhança, vou ter uma palavrinha com você, e quem vai falar são meus punhos — avisei.

Darius apertou meu ombro e riu como se estivéssemos fazendo piadas num campo de golfe.

— Ah, você me mata, Cam. Toma cuidado com o senso de humor desse cara — ele falou para Hazel.

— Ah, sim. Dá para ver. Ele não para de me fazer rir — ela disse, seca. — O que aconteceu com as antigas moradoras?

— Elas morreram aqui, não é? — gritou Zoey. — Elas foram brutalmente assassinadas e o crime nunca foi resolvido. É esse o cheiro que estou sentindo, não?

— Que tal eu entrar e fornecer mais algumas informações sobre a sua casa nova? — Darius sugeriu. — Cam também vai entrar, pois é ele que você deve contratar para fazer todos os pequenos consertos que este marco histórico incrível possa precisar.

— É mesmo? — Hazel perguntou.

Darius deu uma piscadinha exagerada.

— Só se você quiser o melhor da cidade.

Eu odiava tudo o que estava acontecendo.

Zoey botou a cabeça para fora da janela ao lado de Hazel.

— Ele acabou de rosnar de novo?

O sorriso de Hazel era presunçoso.

— Sim.

— Vamos logo com isso — murmurei.

— É assim que se fala — Darius disse, seguindo o caminho até a entrada da casa.

Meu celular vibrou na bunda e o peguei do bolso. Mensagens do Bundas Bishop estavam chegando num ritmo alarmante. Se o grupo Bish Bros era apenas para os três irmãos homens e tratava principalmente de trabalho e cerveja, o grupo Bundas Bishop incluía nossa irmã. Tinha sido batizado assim em homenagem a uma reunião familiar infame que quase nos matou, pois todos pegaram alguma virose ou intoxicação alimentar. Ainda não se sabia qual. Por dois dias, todas as mensagens eram enviadas perto de um vaso sanitário.

Laura: O que você está fazendo na Casa Heart, Cammy? Olhares curiosos querem saber.

Ela mandou junto um gif de uma espiã de binóculos.

Por instinto, virei para a cerca e vi o movimento de uma cortina na janela do andar de baixo da casa vizinha. Felicity Snyder era uma designer de videogames com tendências agorafóbicas — palavras dela, não minhas — que passava a maior parte do tempo livre comendo cereais que deixavam o leite com cores não naturais, tricotando e observando tudo o que acontecia em volta de seu sobrado de tijolos aparentes.

— Sério, Felicity? — gritei.

Ela voltou a abrir a cortina e encostou a cara na tela da janela.

— Darius vendeu mesmo a Casa Heart? Como é a nova proprietária? É a morena de óculos ou a de cabelo encaracolado? Elas são um casal? Você vai reformar a casa para elas?

— Eu aconselharia você a parar antes que eu decida não entregar mais cereal na sua porta — avisei enquanto meu celular voltava a vibrar.

— Sim, senhor — disse Felicity, batendo uma continência debochada. — Mas, sério, acha que elas são legais, ou preciso começar a planejar minha campanha para fazer com que se mudem?

— Vai embora — falei, abrindo a mensagem nova.

> **Gage:** De acordo minhas fontes (meu pai), Cam foi avistado levando duas estranhas na caminhonete pela praça da cidade.
>
> **Levi:** Estranhas no sentido de fugitivas de circo?
>
> **Gage:** Por falar em mulheres estranhas, conheci uma na Wawa hoje. Estranha no sentido de gata e misteriosa e sedutora.
>
> **Laura:** Todos os finais felizes começam na Wawa.
>
> **Levi:** Você não estava dando uma pausa na tentativa de encontrar a Mulher Perfeita depois do último desastre?
>
> **Laura:** Atualização! Felicity diz que Cam está na Casa Heart com as duas fugitivas de circo e nosso prefeito prodígio!

— É sério, Felicity? — gritei por sobre o ombro enquanto seguia para a frente da casa.

> **Gage:** Estou ouvindo relatos de que duas mulheres atropelaram o Ganso com uma Escalade e depois bateram na placa da cidade há cerca de meia hora. Mas sei de fonte segura que o Ganso ainda está vivo porque jogou uma cabeça de peixe no pai há quinze minutos.
>
> **Laura:** Devemos nos preocupar? Será que o Irmão Zangado está em perigo? Preciso chamar os reforços Bishop e, por reforços, estou falando da mãe?
>
> **Levi:** Aparição mais recente de Cam. Ainda vivo.

Ele compartilhou uma foto ampliada de mim no jardim lateral da Casa Heart, fazendo cara feia para o celular.

Dei meia-volta e apontei o dedo do meio na direção da casa de Felicity.

— Você precisa arranjar um hobby de verdade, Snyder!

— Por que eu faria isso se você é tão divertido? — ela gritou em resposta.

— Para de mandar tudo para minha irmã.

— Você já acabou de mostrar o dedo do meio para o universo, cara? — Darius perguntou dos degraus da varanda.

— Quase. — Esperei mais cinco segundos até chegar uma mensagem nova.

Era de Laura, e era uma foto minha mostrando o dedo do meio para Felicity.

Laura: Prova de vida.
Gage: Parece normal para mim.
Levi: Manda um oi para Felicity.

Coloquei o celular de volta no bolso e entrei atrás de Darius.

Lembranças, feito fantasmas, ganharam vida assim que minhas botas pisaram no chão de taco. Dorothea e Isabella. Os cheiros de gesso e biscoitos recém-saídos do forno. Os ecos de risadas roucas. A mesma coisa ocorria em cada esquina de Story Lake. Todo quarteirão continha pelo menos uma dezena de lembranças. Vender tralhas de porta em porta para campanhas de arrecadação de fundos da escola, jogos de beisebol até tarde da noite, fazer bicos em quintais para ganhar uns trocados com meus irmãos. A garagem em que Levi havia batido na cabeça de Gage com uma pá de neve. O quarto de bebê na casa dos Landry que construímos juntos em nosso primeiro trabalho oficial.

Darius bateu palmas enquanto Hazel e Zoey se uniram a nós no saguão com o teto abobadado.

— A antiga moradora era...

— Dorothea Wilkes — completou Hazel.

— Adoro uma mulher que faz sua lição de casa — o garoto prodígio falou, batendo no peito.

Ela pareceu achar graça.

— É meio que meu trabalho.

— Quando Dorothea faleceu, deixou a propriedade e a vaga na câmara para a cidade. Você vai poder cumprir os dois anos restantes do mandato dela. E a cidade vai poder usar o dinheiro da venda para melhorias de infraestrutura.

— Dá muito trabalho a vaga na câmara municipal? — Zoey interveio.
— Hazel vai estar muito ocupada.

— É um trabalho em tempo integral — menti.

Darius soltou outra risada.

— Ah, aí está o humor dos Bishop de novo. É só uma ou duas horas por semana, no máximo. A maior parte, por e-mail. E tem uma reunião mensal, que é aberta ao público.

Essa foi uma mentira deslavada. Se alguém tivesse um problema, as reuniões mensais da câmara poderiam se estender por horas. E alguém *sempre* tinha um problema que adoraria discutir longamente sempre que visse você pela cidade. E, considerando o tamanho de Story Lake, isso acontecia quase todo dia.

— Agora, à sua direita, temos a sala de visitas com a cornija original de mármore da lareira. — Darius guiou todos pela abertura em madeira de nogueira preta para uma sala com um teto rebaixado altíssimo e papel de parede de botões de rosa descascando. Estava coberto por uma grossa camada de poeira.

Havia alguns móveis amontoados no meio da sala, escondidos sob capas antipoeira. Um par de janelas de vitral decoradas com coração cercavam a lareira.

— Uau. Dá para queimar um corpo naquela lareira — Hazel observou com reverência.

Lancei um olhar para ela, que se encolheu.

— Desculpa. Sou escritora. Não uma assassina profissional.

— Hazel escreve comédias românticas best-sellers — Darius me explicou.

Maravilha. Uma romântica determinada a forçar todo homem solteiro que conhecesse a casar era, na minha opinião, ainda pior do que uma participante de reality show.

— A chaminé não funciona; então, não dá para acender o fogo nem queimar corpos — falei.

— Tenho certeza que os Irmãos Bishop conseguem dar um jeito nisso — Darius insistiu. — Ou você pode converter para gás, assim não precisa se preocupar com lenha ou gravetos.

Enquanto Darius e Hazel comparavam gás e lenha, vaguei pela sala e tentei ignorar a dor de cabeça que essas pessoas estavam me dando. O piso estava arranhado e precisava desesperadamente de uma boa lixada. Mas o lambril de nogueira na altura da cintura e o rodapé entalhado à mão ainda me faziam soltar um suspiro reverente sob a poeira e as teias de aranha.

Embora esse serviço nunca viesse a acontecer, eu não podia deixar de admirar o acabamento.

Apertei o interruptor do lustre, um espetáculo enorme de cristal e folha de ouro, mas não acendeu.

— O lustre está queimado. Deve precisar de todo um sistema elétrico novo — avisei, presunçoso.

Outra mentira. Nós mesmos tínhamos trocado a fiação da casa dez anos antes, e a única coisa de que aquele artefato precisava eram lâmpadas novas e alguém com uma escada. Mas eu é que não cederia nadinha à romântica Hazel Hart, sabendo que ela estaria arrumando as malas dali a um mês, deixando a cidade e minha empresa familiar piores do que quando havia chegado.

— Está tentando acabar com a minha alegria, Cam? — Hazel perguntou do outro lado da sala.

Ela estava corada e vibrante, como se tivesse acabado de fazer o melhor sexo da sua vida. A imagem que acompanhou esse pensamento foi imediatamente expulsa do meu cérebro. Eu estava cansado. Tinha ficado acordado até tarde analisando nosso último demonstrativo de lucros e prejuízos, desejando que os números mudassem em nosso favor. Era isso. Cansaço e um tempo constrangedoramente longo desde que eu não ficava pelado com ninguém. Era por isso que essa mulher em particular estava me... irritando.

— Essa é a cara que Cam faz quando está empolgado — disse Darius em tom de brincadeira. — Também é a cara que faz quando está com fome e quando está feliz. Ele é muito econômico com expressões faciais.

— Eficiência é tudo — comentou Hazel, erguendo a sobrancelha debochada.

Eu a encarei com frieza.

— Vou mostrar para vocês a sala de estar do outro lado do corredor — Darius falou, sentindo uma discussão iminente. — Depois, vamos para a biblioteca, a sala de jantar e a cozinha.

Os cômodos estavam todos do mesmo jeito: cobertos de poeira e teias de aranha, mas relativamente em bom estado. O assoalho da biblioteca precisaria ser completamente substituído porque um trecho da madeira perto da janela saliente estava podre. Não deixei de notar a cara sonhadora de Hazel enquanto parava diante alcova de vidro curva.

Era uma cara de amor.

O que bastou para que a breve visita à cozinha antiquada em tons de verde-menta e tangerina não a assustasse. Era uma reforma péssima dos anos setenta que foi sendo mal consertada e remendada ao longo das décadas.

O espaço inteiro precisava ser derrubado até sobrarem só as colunas. Mas poderia ser atualizado sem deixar de respeitar a história. Na verdade, poderia até virar o melhor cômodo de toda a casa quando acabássemos.

Isto é, se Hazel não voltasse correndo para a cidade, o que ela com certeza faria.

— Bem, nem sei cozinhar mesmo — confessou ela, mordendo o lábio e observando as bancadas desniveladas de cada lado do fogão laranja horrível.

— Então, você vai morrer de fome, porque só tem dois restaurantes na cidade e eles não entregam — falei, me sentindo no direito de acabar com a alegria dela.

Hazel baixou as mãos.

— Tá, quer saber? Se não quiser o serviço, por que não...

— Hum, Haze. Quando você fez live no Facebook? — interrompeu Zoey, sem tirar os olhos do celular.

— Sábado à noite. Por quê?

— A Hazel Bêbada é a minha favorita. — Zoey leu em voz alta enquanto descia a tela. — Ela é tão gente como a gente. Sinto isso na minha alma.

Hazel pegou o celular da mão da amiga.

— Ai, meu Deus. Alguém realmente assistiu!

— *Alguém?* — Zoey tomou o celular de volta. — Haze, tem mais de quinhentos comentários aqui.

— Como assim? — Hazel perguntou, espiando a tela.

— Pois é. — Zoey continuou a ler. — Preciso saber tudo sobre essa cidade. Você vai ambientar um livro lá? Qual é a porcentagem de solteiros disponíveis na população?

— Bom, ali tem um — disse Darius, apontando o polegar na minha direção. — Não é mesmo, grandalhão?

— Não — retruquei.

Hazel levou as mãos às bochechas vermelhas.

— Não acredito.

Ela e Zoey se entreolharam com euforia e começaram a dar uns pulos mais entusiasmados do que qualquer dancinha de comemoração que eu já tivesse visto.

— Se transformarem isso numa bosta de reunião de redes sociais, vou embora — anunciei em meio aos pulos, jogadas de cabelos e gritos estridentes.

Zoey foi a primeira a parar e me lançou o tipo de olhar fulminante que as mulheres normalmente reservavam para quem mentia, traía e roubava seu cachorro.

— Quem quer ver o andar de cima? — Darius interveio, aproveitando a pausa temporária nos gritos.

— Eu! — Hazel falou, seguindo para a escada.

— Já vou. Só preciso responder esse e-mail — Zoey gritou.

— Tá legal. Mas anda logo. Senão, vou pegar o quarto com o guarda-roupa maior — Hazel disse, subindo às pressas enquanto Darius seguia como um cachorrinho.

Zoey deu meia-volta e parou na minha frente. Apontou uma unha pontuda bem no meio do meu peito.

— Agora escuta aqui, Campbell sei lá o quê.

Apontei para a minha camisa.

— Bishop.

— Cala a boca. Esta é a primeira vez em *dois* anos que vejo uma faísca de *alguma coisa* nos olhos daquela mulher. E, se você conseguir apagar aquela luz sendo esse bebezão urso rabugento, vou destruir sua vida.

Eu tinha pelo menos um palmo e cinquenta quilos a mais do que essa mulher, mas tive a impressão de que ela não jogava limpo.

Empurrei sua mão.

— Olha, moça. Não vou me envolver nos impulsos idiotas da sua amiga só para daqui a pouco ela mudar de ideia e fugir. Essa é uma empresa familiar e, se ela foder com o sustento da minha família, quem vai destruir coisas sou eu.

Zoey semicerrou os olhos.

— Ah, é? Sua empresa está atolada de projetos ou está tão parada quanto o resto do centro?

Boa pergunta. Não que eu fosse admitir isso em voz alta.

— Você não sabe nada sobre nossa empresa nem nossa cidade.

— Paramos no meio da rua principal por cinco minutos enquanto você discutia com o único outro ser humano lá fora. Você está com materiais de madeira na caçamba da caminhonete, mas ainda assim teve tempo para nos socorrer, nos levar para a cidade e transformar essa visita numa sessão de reclamações. Desculpa, você está *claramente* muito ocupado.

— Dá para ver só de olhar para sua amiga que ela vai se cansar da "vida idílica de cidade pequena" e partir para outra. Portanto, eu é que não vou me comprometer com materiais e prazos só para ela fazer as malas e ir embora em uma semana quando perceber que não dá conta.

— Ai, meu Deus, não sei o que ela viu em você. Você é um escroto.

— Sou um escroto protegendo minha família. E como assim, "o que ela viu em mim"? Nunca vi aquela mulher antes de vocês destruírem o patrimônio público.

— É só pedir um sinal quando você aceitar o serviço, ô *imbecil* — enunciou ela, ignorando a pergunta.

Na verdade, um sinal não reembolsável era o procedimento habitual. E, pela maneira como o orçamento estava tomando forma, seria uma bela de uma grana para não fazer quase nada. Grana essa de que os Irmãos Bishop estavam precisando desesperadamente.

— Ou, melhor ainda, dá para ela o nome de algum empreiteiro menos babaca e some daqui antes que você comece a fazer aquela mulher voltar a duvidar de si mesma. — Dito isso, Zoey deu as costas e subiu com uma postura soberba.

— Ela ainda vai acabar com a vida de algum pobre coitado um dia — murmurei antes de a seguir devagar.

75

9

DEFESA COM O PÉ DE UM BANCO DE PIANO

Hazel

— Sabia que tem um piano aqui dentro? — gritei da sala de estar depois que meu ataque de espirros passou.

Eu tinha aberto à força o máximo possível de janelas no primeiro andar para dar ao pó que estávamos levantando um lugar para ir.

— Uhum, sim, superlegal. Claro que não estou pesquisando hotéis nas proximidades agora mesmo — falou Zoey no sofá de veludo roxo que havíamos descoberto na biblioteca, também conhecida como meu futuro escritório.

Joguei a capa empoeirada na pilha no saguão enquanto me dirigia a ela.

— Falei que você pode ficar com o quarto grande.

— E falei que quero que você tenha todo centímetro quadrado de inspiração que conseguir tirar desta casa dos horrores infestada de fantasmas.

Afundei ao lado dela e apoiei as pernas no banco do piano de três pés que havíamos encontrado na despensa. O quarto pé havia sido encontrado num dos cabideiros em volta da porta da frente.

— Cam disse que o barulho que ouvimos na parede não deve passar de um ratinho bem pequeno.

— Seja lá o que for, esse bicho estava me falando para eu sair antes que ele comesse minha cara — insistiu Zoey.

Recostei a cabeça no encosto do sofá. Esse cômodo é mesmo especial.

Estantes embutidas cobriam duas paredes inteiras, cercando a janela saliente de vidro que dava para o quintal lateral, que mais aprecia uma selva. Um par de portas de vidro antigas e finas dava para o corredor. A luminária pendurada no centro do medalhão do teto era de vitral com mais corações.

Soube assim que passei pela soleira que esse era meu espaço. Meu escritório. Eu conseguia me imaginar escrevendo em uma linda escrivaninha na alcova. Meus próprios livros nas prateleiras. Um fogo na lareira. Um gato rechonchudo cochilando na janela. Uma equipe de empreiteiros lindos e rabugentos levantando serragem e vestindo cintos de ferramentas...

Como eu conseguiria... quer dizer, como Hazel conseguiria trabalhar com o Cam do livro e seus irmãos operários provavelmente lindos trabalhando a uma parede de distância?

— Não precisa fazer isso comigo, sabe — falei.

— Agora você me diz isso, depois de ter aparecido no meu apartamento e me sequestrado — ela disse, brincando.

— Eu estava louca e sem dormir.

Zoey inclinou a cabeça para olhar para mim enquanto se recostava.

— Olha, sou sua amiga e sua agente. Se é disso que você precisa, estou dentro.

— Obrigada. Mas você pode me apoiar sem estar fisicamente aqui, numa cidade com dois restaurantes e num quarto com um animal selvagem comedor de caras.

Ela balançou a cabeça, agitando seus cachinhos.

— Não vou sair do seu lado... pelo menos por uma semana ou duas. Sem mim aqui, você vai acabar sendo atacada por uma águia-careca ou vivendo em sua própria imundície de novo.

— Eu recebi mesmo quinhentos comentários por aquela live?

Ela virou a tela do celular para mim.

— Seiscentos e sete.

— Uau. Isso é bom, né? — Quando o assunto eram redes sociais, minha presença era quase invisível.

— Você está "hypada", como dizem os jovens. Acho que essa história de chegar ao fundo do poço e depois fugir de tudo está tocando o coração das pessoas.

— Sério? Pensei que fosse a única pessoa que fantasiasse com uma vida nova.

— Pelos comentários, eu diria que esse é um daqueles temas universais. Até eu já sonhei em largar tudo o que me incomodava e recomeçar. Normalmente durante a menstruação ou avaliações de desempenho no trabalho.

Ficamos em silêncio por um momento, admirando a luz suave e a brisa do entardecer que entravam pelas janelas abertas.

— Estou orgulhosa de você — Zoey disse de repente.

— Como assim? Por quê?

— Você perdeu muito no último ano, mas aqui está, tirando o melhor dessa situação. Te admiro muito.

— Tem certeza que só está de ressaca? Você está começando a me preocupar.

Zoey apoiou a cabeça no meu ombro.

— Preciso ser forte por nós duas. Alguém precisa te proteger.

— Talvez esteja na hora de eu começar a me proteger — comentei.

Minha melhor amiga suspirou.

— Podemos proteger uma à outra. Você pode começar encontrando um pouco de ibuprofeno e eletrólitos.

Antes que eu pudesse me levantar, uma batida alta e pesada na frente nos assustou.

Zoey ergueu o pé quebrado do banco do piano como se fosse um taco de beisebol.

— Quem será que é?

— Eu lá vou saber? Será que Cam voltou para gritar mais um pouco comigo? — especulei e peguei a bolsa.

Estava tão pesada que talvez desse para bater com ela na cara de um bandido se necessário.

— Talvez seja uma multidão querendo vingar aquele Ganso manipulador — chutou ela enquanto entrava no corredor na ponta dos pés.

As batidas recomeçaram, o que nos assustou. Batidas raivosas e inesperadas normalmente significavam uma coisa ou outra. 1. A polícia. 2. Estávamos prestes a ser roubadas.

— Preciso de uma tranca e uma daquelas campainhas com câmera de segurança — falei enquanto nos aproximávamos lentamente do saguão.

— E armas melhores.

Mais uma rodada de batidas começou. Respirei fundo.

— Certo. Vou abrir a porta e você se prepara com o pé do piano.

Zoey concordou e entrou atrás da porta, com seu taco improvisado em riste feito um rebatedor na base.

— Um... dois... três! — Puxei, mas a porta não se moveu.

— Bem, lá se vai o elemento surpresa — observou Zoey.

Levamos quase vinte segundos para abrir a porta à força.

Zoey imediatamente reposicionou o pé do banco do piano.

— Pois não? — falei, ofegante, para o homem branco que mais parecia um urso-cinzento na varanda.

Ele era só uns três ou quatro centímetros mais alto do que eu, mas tinha um peitoral robusto e ombros tão largos quanto dois jogadores de futebol americano juntos. Sua barba chegava até o peito, e ele usava suspensórios sobre uma camiseta do Campeão Bingo Supremo de Story Lake.

Nos olhou de cima a baixo e jurei que o ouvi murmurar algo como "doidas da cidade" antes de baixar os olhos para a prancheta engordurada.

— Hazel Hart? — disse ele com um leve sotaque que me fazia pensar nos gumbos e bayous da Louisiana.

— Hum. Talvez?

Ele me encarou, irritado, por um longo momento.

— Sou Gator. Estou com seu carro e suas coisas lá na frente — falou ele por fim, apontando o polegar para a rua.

Vi meu carro alugado destroçado atrás da caminhonete do Guincho Gator. Tinha um aligátor escamoso com cara de mau pintado por todo o comprimento do veículo.

— Querem tentar me espancar com uma bola e um pé quebrado de cadeira ou querem assinar este papel para eu encerrar meu expediente? — perguntou ele, estendendo a prancheta para mim.

— Na verdade, é o pé de um banco de piano — Zoey respondeu. — E estou com muita ressaca; então, adoraria se não me obrigasse a te machucar.

— Desculpa. Todo cuidado é pouco hoje em dia. — Peguei a prancheta.

— Espera. Como sua agente, não posso deixar você assinar nada sem pelo menos fingir ler — disse Zoey, tirando-a da minha mão.

Gator balançou sobre os calcanhares das botas sujas e meneou a cabeça.

— O Cam bem que me avisou. Mas eu dei ouvidos? Claro que não.

Eu não estava interessada em ouvir nada que Campbell Bishop tivesse dito a meu respeito, minhas habilidades ao volante ou meu ar de cidade grande. Mas também não queria que sua primeira impressão de mim fosse a da cidade inteira.

— Desculpa, sr. *Gator*. É nossa primeira noite num lugar novo, e estamos um pouco nervosas.

— Tem muitos assassinos batendo à sua porta? — zombou ele.

No meu prédio, eram mais as crianças do vizinho vendendo bobagens como papel de presente e quantidades minúsculas de massa de biscoito congelada para as campanhas de arrecadação de fundos das escolas. Mas eu não queria abrir a porta nem para um assassino, nem para elas.

— Toma. — Zoey empurra a prancheta para mim.

— Posso assinar?

— Sinceramente, essa ressaca só está fazendo as palavras flutuarem na página como uma aula de natação para crianças. Mas tenho certeza que consigo te tirar dessa, se precisar — admitiu ela. — Você não está tentando ferrar minha amiga, está, Gator?

— Só tem um jeito de descobrir.

Revirando os olhos, rabisquei minha assinatura no formulário e devolvi a prancheta para Gator.

Ele balançou a chave na frente do meu rosto com os dedos do diâmetro de salsichas.

— Pode tirar suas coisas do carro antes de eu levar para a garagem.

Mas, quando eu estendi a mão para pegar as chaves, ele as puxou de volta.

— Eu estaria negligenciando minhas obrigações com a cidade se não a aconselhasse veementemente a tratar essa casa melhor do que tratou nossa placa e nossa águia.

— Entendo, e pode deixar — falei, timidamente.

— Fique sabendo, Gator, que a *sua* águia atingiu *Hazel*, e não o contrário. Olha o machucado na cabeça dela — Zoey falou, tirando minha franja da frente para mostrar o curativo.

— Talvez você devesse olhar por onde anda — sugeriu ele.

— Talvez sua águia devesse olhar por onde anda — ela argumentou.

Gator ergueu a chave de novo. Dessa vez, a tirei da sua luva do tamanho de uma pata de urso.

— Cuidado quando abrir o porta-malas. Ouvi um monte de barulhos. Espero que não tenha nada frágil lá atrás.

— Você trouxe uma mala e três caixas de vinho? — perguntou Zoey enquanto encarava os destroços dentro do porta-malas.

— Prioridades — falei, pensando que minha mocinha, que vamos chamar de Hazel do livro até eu pensar num nome melhor, provavelmente teria feito malas separadas por cores e colocado o vinho em algo que pudesse ter comportado tanto o vidro quanto as taças.

Eu não era a Hazel do livro. Era uma autora. E, como tal, não precisava de um guarda-roupa cheio. Mas sim de muito álcool.

Franzi o nariz para a confusão.

Cacos de vidro cintilavam sob o poste. Minha mala, assim como tudo mais que eu tinha enfiado dentro do porta-malas nada espaçoso do conversível, estava manchada de vermelho e cheirava ao chão de uma vinícola após um fim de semana de degustação à vontade.

A frente do carro estava ainda pior. Aparentemente, estava indirigível por causa de algo relativo a um radiador, um buraco e todo o para-choque que ainda estava preso embaixo da placa.

— Que bom que as minhas costas estavam no banco de trás — Zoey disse alegremente.

— Sobre isso — Gator falou, comendo um sanduíche de presunto que tinha tirado sabe-se lá de onde.

Meu estômago roncou.

— Talvez seja bom limpar o cocô de águia daí.

As mãos dela paralisaram sobre sua bagagem esportiva.

— Por favor, me diz que você não falou "cocô de águia".

— Os pássaros de Nova York não cagam? — ele perguntou antes de dar uma mordida gigantesca no sanduíche.

— Águias-carecas não saem por aí cagando em cima de tudo em Manhattan — ela reclamou, um pouco histérica.

— Normalmente são pombos — falei, tirando minha bagagem do porta-malas.

Vinho escorria debaixo dela para a rua.

— Caso alguém precise saber, tem uma reunião diária dos Alcoólicos Anônimos na igreja unitarista. — Gator apontou para a cidade com o sanduíche.

— Obrigada pela preocupação, mas não sou alcoólatra. Sou só uma consumidora impulsiva um pouco deprimida. — Com um grunhido, fui arrastando a bagagem encharcada de vinho para a calçada.

A primeira impressão só estava melhorando.

Zoey usou guardanapos do porta-luvas como luvas improvisadas para tirar a mala com cuidado enquanto murmurava "ai meu deus" e segurava o vômito repetidas vezes.

Gator resmungou, terminou o sanduíche e limpou as migalhas das mãos.

— Se já tiverem pegado tudo de que precisam, vou rebocar esta arma de destruição em massa até minha oficina e começar a preparar um orçamento para o conserto.

— Você pelo menos tem um substituto para me emprestar? — perguntei.

Pela cara que ele fez, parecia que eu tinha sugerido que ele tirasse as calças e saísse correndo pelado pela rua.

— Um substituto para o carro alugado que você destruiu? Não, senhora. Não tenho.

— *Muito* obrigada pela ajuda — falei, cheia de sarcasmo.

— Por nada. É melhor tentar não dirigir agora. Ah, e tente não matar nenhum animal selvagem — comentou Gator, dando um tapinha no para-choque do conversível antes de voltar para a cabine da caminhonete.

— Mas a águia de vocês tentou me matar! — gritei atrás dele.

Mas ele já estava saindo. Um segundo depois, o motor da caminhonete ganhou vida e Gator, sua carreta e meu carro alugado saíram pela rua.

— Precisamos de álcool em gel, jantar, e você precisa de roupas que não cheirem a Lucille Ball pisando em uvas — Zoey deliberou. — Nesta ordem.

— Acho que isso significa que vamos a pé para o armazém.

10

CAPITÃO HOMEM-URSO RABUGENTO DEDOS DE LINGUIÇA

Campbell

— É sério isso? — falei detrás da estante organizadora de ferramentas que servia de balcão da loja quando a srta. Confusão e sua comparsa entraram pela porta do armazém com o toque do sino.

Melvin despertou da sua décima nona soneca do dia e foi cumprimentar as novas clientes.

— Ei, amigão — disse Hazel, abaixando para apertar o rosto peludo de Melvin.

O rabo abanando dele derrubou uma caixa inteira de repelentes no chão.

— Que lindo, cachorro-urso — Zoey disse, dando um tapinha educado na cabeça dele antes de recuar alguns metros.

Eu tinha concordado em fechar a loja para dar ao meu pai um tempo para orçar os números do trabalho na Casa Heart, que certamente não aconteceria. A noite havia sido tranquila; então, me distraí por alguns minutos pesquisando na internet sobre a mais nova moradora de Story Lake.

Certo, tudo bem. Quarenta minutos. Eu estava entediado, beleza?

Segundo a internet, a mulher que dava beijinhos no cachorro da minha irmã era uma autora best-seller de comédias românticas "excêntricas" ambientadas em cidades pequenas. O buscador também me mostrou suas redes sociais, e entre um e outro cliente eu estava tentando assistir discretamente ao vídeo que ela havia postado no meio da noite dois dias antes.

— Escuta aqui, Homem-Urso Rabugento — Hazel disse. — Não tenho energia para um segundo round com você. Pode, por favor, apontar para nós onde ficam o sabão em pó, quaisquer roupas que você possa ter e lanchinhos? Depois, vamos ter o maior prazer em te deixar em paz.

Zoey ergueu as sobrancelhas.

— Olha quem está reencontrando sua coragem.

— É mais fácil ser maldosa com ele porque ele é um babaca e não vai se ofender — Hazel explicou.

— Tanto faz, só não demorem — falei.

— Viu? — Hazel disse, apontando para mim.

— Os carrinhos estão atrás de você. Os produtos de limpeza estão no corredor em que está escrito Produtos de Limpeza. E não temos nenhuma roupa que alguém como vocês iria querer no seu guarda-roupa — expliquei, sem um pingo de culpa por não ser nada prestativo.

Hazel balançou a cabeça e pegou um carrinho.

— Estou começando a questionar a sanidade de todas as mulheres fictícias. Como não colocar um travesseiro em cima da cara dele depois de um tempo? — ela perguntou para Zoey.

— As mulheres fictícias são mais pacientes e mais bem descansadas — Zoey disse. — Não são fofos esses repelentes? — Ela apontou para o expositor de repelentes da minha irmã, que provavelmente deveriam ter sido renovados fazia séculos.

— Uma graça — comentou Hazel, seca.

Elas passaram por mim e senti um cheiro de álcool. Um cheiro forte. Mas eu estava ocupado demais fingindo ignorar as duas para perguntar qualquer coisa.

— Dá para andarem logo? Estamos fechando — rosnei dez minutos depois.

— Na verdade, vocês só fecham daqui a vinte e quatro minutos — observou Zoey, saindo do corredor de alimentos com um monte de lanches nos braços.

— Zoey trabalhou no varejo durante duas temporadas de férias na faculdade. Ela não me deixa entrar numa loja se faltar dez minutos para fechar — Hazel informou.

Seu carrinho estava cheio e, por mais que eu quisesse reclamar dela, a loja estava precisando de uma grande venda, mesmo se fosse para uma mala sem alça.

Funguei de novo quando elas passaram para um expositor de roupas de uma marca local. Ela cheirava como se tivesse tomado um banho numa cuba de vinho canônico.

— Estava bebendo?

— Não, mas minha bagagem, sim — explicou, distraída, enquanto pegava uma regata amarelo-mostarda com "Story Lake" escrito no peito.

Ela a jogou no carrinho e depois acrescentou um short da mesma cor, uma camiseta com peixes do lago em tamanhos variados e uma camisa de mangas longas na cor laranja fluorescente de caçadores.

Laura ficaria empolgada. Ela estava louca para encomendar roupas mais novas e menos horríveis, mas meu pai se recusava até vendermos todas as peças dessas porcarias que ele havia mandado fazer cinco anos antes. Talvez, se eu estivesse me sentindo com uma energia de irmão mais velho, colocaria um anúncio de cinquenta por cento de desconto no resto daquelas tralhas e acabaria logo com isso.

— Haze, achei vinho! — Zoey gritou na fileira de geladeiras na parede dos fundos.

— Vocês vendem iscas, botes infláveis, mantimentos *e* vinho? —Hazel perguntou para mim enquanto corria com o carrinho.

Melvin correu atrás dela.

Dei de ombros e fingi estar fascinado pelo dinheiro no caixa.

Elas voltaram ao balcão dez minutos antes de fechar com um carrinho tão cheio que Hazel estava usando as duas mãos para segurar as garrafas de vinho enquanto Zoey guiava. Melvin ajudava empurrando a bunda de Zoey com o focinho a cada dois passos, como se fosse um cão pastor.

Ótimo. Agora eu tinha que passar todas as compras no caixa. Eu era o digitador mais lento da família, o que significava que ficaríamos ali para sempre. Eu deveria ter dado ouvidos à Laura e votado com ela pelo novo caixa com leitor de código de barras.

Resmungando, abri uma das sacolas de lona reutilizáveis sem fazer perguntas, pois elas pareciam ser do tipo que usava sacolas de lona reutilizáveis, e valia cobrar mais delas pela minha inconveniência.

Elas começaram a descarregar seu carrinho, enchendo de coisas o balcão de quase dois metros. Isso não eram compras de alguém que voltaria para a cidade no dia seguinte. Eram compras de alguém que pretendia ficar por um tempo.

— Vocês vendem café? — Hazel perguntou, olhando para o cardápio de bebidas na lousa atrás de mim enquanto eu inseria o código de barras de dois engradados de seis Wild Cherry Pepsi pequenas.

— Não — respondi, passando para as caixas de farelo de aveia.

— Então, por que o cardápio e a máquina de espresso? — Ela apontou para a monstruosidade de aço no balcão atrás de mim.

Meus dedos apertaram as teclas erradas, e precisei recomeçar.

— Minha irmã é a única que sabe operar essa máquina. Agora, se puder parar de falar para eu me concentrar...

— Aposto que ela sabe cobrar mais rápido também — Zoey murmurou.

Parei no meio da digitação de um código de barras.

— Acha que consegue fazer melhor? — Um bebê durante uma soneca conseguiria fazer melhor, mas tinha sido um dia longo pra caralho.

— Não, claro que não — Hazel aplacou.

— Sim — Zoey insistiu.

— Está tentando cutucar o urso? — Hazel perguntou para a amiga.

— Estou tentando nos tirar daqui para que você jante logo e não vire a Hazel Faminta. Nessa velocidade, vamos ficar aqui até a hora do almoço de amanhã. Sai da frente, Dedos de Linguiça — Zoey disse, dando a volta pelo balcão.

— É melhor fazer o que ela diz — Hazel me avisou. — É mais fácil.

— A Hazel Faminta é muito ruim? — perguntei, dando um passo para trás do caixa.

— Ruim não — Hazel disse.

— Horrível — Zoey corrigiu.

Ela pegou uma caixa de farelo de aveia com uma das mãos enquanto os dedos voavam sobre o teclado numérico.

— Você empacota bem? — Hazel perguntou enquanto Zoey empurrava uma cartela de ovos, uma garrafa de leite e dois pacotes de bacon na minha direção.

— Melhor do que digito — respondi, e enfiei os ovos e o leite numa sacola.

Hazel deu a volta no balcão e tirou os ovos.

— Eu vou só... dar uma ajuda.

Resmunguei e abri espaço para ela.

— Você sempre trabalha aqui? — Hazel perguntou ao som das unhas da amiga teclando no caixa.

— Cubro quando necessário. Todos cobrimos — desconversei.

— Hm — ela respondeu e colocou as latas de sopa em duas sacolas.

— O quê? — perguntei, na defensiva.

— Nada — retrucou ela, dando de ombros. — Só estou torcendo para você ser um empreiteiro melhor do que um funcionário de loja.

Fulminei-a com os olhos.

— Ah, é? Bom, torço para você ser uma vereadora melhor do que motorista.

Ela ironizou:

— Se nenhuma águia voar na minha cabeça nas reuniões da câmara, acho que dou conta.

Estendeu o braço diante de mim para pegar uma caixa de barras de proteína. Seu cotovelo roçou na minha barriga, e fiquei tenso. Meu corpo todo entrou em alerta como se houvesse uma ameaça por perto. E a ameaça era uma escritora de romances esbelta no meio de uma crise de meia-idade.

Cheirei seu cabelo. Não porque quisesse ou porque fosse algum tarado cheirador de cabelo. Mas porque, pelo cheiro, parecia ter sido usado para limpar o chão de um bar depois do expediente.

— Sério, por que você está cheirando como se tivesse tomado um banho de vinho tinto?

Ela empurrou os óculos sobre o nariz.

— O vinho que eu trouxe quebrou no porta-malas. Agora, todos os meus pertences cheiram a cabernet.

O telefone da loja tocou e, com o maior prazer, saí de perto do cheiro dela para pegar o fone da parede.

— Quê? Quer dizer, armazém dos Bishop.

— Você está deixando duas mulheres nos roubarem agora ou contratou funcionárias novas sem me perguntar, Cam? — Minha irmã não parecia nada contente.

Ergui os olhos para a câmera de segurança e mostrei o dedo do meio.

— Nem uma coisa nem outra. Você não tem nada melhor para fazer do que me vigiar?

— Não quando você está deixando *Hazel Hart* cobrar e empacotar as próprias compras — Laura disse com a voz esganiçada.

Estiquei o fio arcaico o mais longe possível dos ouvidos intrometidos de Hazel.

— Era isso ou ficar aqui até a meia-noite. Aliás, como você sabe que é ela?

— Eles estão claramente falando de você — Zoey disse, sem tirar os olhos das etiquetas do novo guarda-roupa horrível de Hazel.

Hazel fez uma careta.

— Tomara que bem.

Cobri o telefone com a mão.

— Não é nada bem. Minha irmã ama o Ganso. Ela acha que deveríamos te colocar na cadeia por maus-tratos a uma águia.

— Campbell Cabeça de Vento Bishop, se não parar de ser grosso com ela, vou descer aí e jogar as sobras do chili na sua caminhonete. Por dentro e por fora — avisou Laura no meu ouvido.

E ela faria isso mesmo. Minha irmã era especialista em vingança.

— Relaxa, Larry. É coisa nossa. Somos maldosos um com outro de uma forma engraçada.

— Ele só é maldoso de uma forma maldosa — Hazel gritou.

— Cala a boca, ou vou cobrar o dobro de você — avisei.

— Olha, não sei como você administra o seu lado da empresa familiar. Se quer irritar a única cliente em dois anos que vem até você atrás de um serviço de seis dígitos, daí é burrice sua. Mas você *não* vai ser cuzão com as *minhas* clientes.

— Calma. — Laura e seu temperamento inflamado abominavam ouvir que precisavam se acalmar. Mas eu estava seguro, porque ela estava a três quarteirões de distância.

— Pronto. Vou acabar com a sua raça na próxima vez que vir você. Coloca Hazel na linha — Laura disse, usando sua voz maternal mais assustadora.

— Não. — Eu não seria intimidado pela minha irmã mais nova, muito menos ao telefone.

— Está bem. Então, vou ligar para minha mãe, Cammy.

Merda.

— Toma. Ela quer falar com você. — Coloquei o fone nas mãos de Hazel; depois, mostrei os dois dedos do meio para a câmera de segurança.

— Ah. Hm. Ok. Oi — Hazel disse ao telefone.

Passei por baixo do fio em espiral e comecei a enfiar comida e vinho em sacos, fingindo não estar escutando.

— Não, tudo bem. Ele é... — Ela se interrompeu e olhou de relance para mim. — Sim. Isso. Prometo que não vou ficar chateada com a família toda.

Eu não precisava imaginar as ofensas que minha irmã estava disparando contra mim. Eram sempre as mesmas. Gage era o sedutor, Levi fazia o tipo forte e calado, e eu era o babaca da família.

— Gostamos muito da sua loja. Vocês têm de tudo — Hazel disse, enroscando o fio no dedo.

Larguei uma sacola de vinho no balcão na frente dela com um baque.

Hazel deu uma risada baixa e rouca, e Zoey lançou um olhar surpreso para a amiga.

— Cam Cacto? Essa é boa — comentou Hazel, curvando os lábios. Suas sobrancelhas desapareceram por trás da franja. — Quando tinha nove anos?

Com um rosnado, arranquei o telefone dela e acabei por enroscar nossos corpos no fio. O peito dela colidiu contra o meu e, mais uma vez, meu corpo inteiro reagiu como se alguém estivesse prestes a me dar um soco na cara.

— Se não se importa, tenho mais o que fazer além de fechar a sua loja, Larry — falei, tentando ignorar que tinha uma mulher se contorcendo contra mim pela primeira vez em... tempo pra caralho.

Ouvi um suspiro alto do outro lado da linha.

— Se dependesse de mim, eu estaria aí e você estaria em casa — Laura me lembrou, com um leve tremor na voz.

Me sentindo o cocô do cavalo do bandido, parei de tentar me soltar. Passei a mão na testa.

— Porra. Lau, desculpa. É que o meu dia hoje foi longo...

— Bem feito, otário! — Ela riu no meu ouvido.

Era o jeitinho carinhoso da minha família de dizer que eu tinha caído feito um patinho.

— Te odeio.

Hazel arregalou os olhos enquanto se soltava do fio enroscado em seus ombros.

Cobri o fone de novo e baixei os olhos para ela.

— Não você. Minha irmã. Mas talvez também um pouco você.

Ela revirou os olhos e passou o fio do telefone sobre minha cabeça.

— Ah, claro. É por isso que você está pegando o último turno da minha loja depois de trabalhar o dia inteiro nas suas coisas — Laura disse alegremente no meu ouvido.

— Só estou fazendo isso para você se sentir culpada.

— Você pode ser todo irritadinho por fora, mas te conheço, Cam. Por dentro, você não passa de um ursinho carinhoso gigante transbordando de lealdade familiar.

— Deixa de ser esquisita — resmunguei enquanto Hazel e Zoey tentavam se entender com a máquina de cartão de crédito.

— Obrigada, Cammy. Agora para de ser cuzão com a mulher que escreveu três dos meus dez livros favoritos e só está tentando dar dinheiro para a nossa família.

Observei Hazel fazer uma dancinha triunfante quando a máquina expeliu um recibo.

— Não prometo nada.

Laura resmungou.

— Nunca mude, Cammy.

— Para de me encher. Te vejo quando deixar Melvin em casa.

— Ursinho carinhoso — ela disse antes de desligar.

Coloquei o telefone de volta no gancho na parede e me virei para encontrar duas mulheres olhando orgulhosas para suas oito bolsas de compras.

— Falei que conseguiria fazer mais rápido do que você — comentou Zoey com sarcasmo.

— Você deveria fazer algumas aulinhas de digitação se quiser continuar trabalhando aqui — Hazel disse, cruzando os braços com presunção.

— Certo, espertinhas. Como vocês vão levar tudo isso para casa?

As duas se entreolharam.

— Merda — xingou Hazel.

— Obrigada de novo pela carona... de novo — Hazel disse quando paramos na frente da Casa Heart pela segunda vez no dia.

— Obrigada por fazerem o interior da minha caminhonete cheirar a explosão de uma vinícola.

— Você já sabia sobre o cheiro de vinho antes de nos oferecer uma carona, então, se está esperando um pedido de desculpa, pode esperar sentado — retrucou ela, segurando uma sacola de biscoito de queijo e refrigerantes contra o peito.

Saí de trás do volante e comecei a pendurar sacolas nos braços.

— Aposto que ele não consegue carregar todas — Zoey provocou, saindo do banco de trás.

— Sei que você está me provocando. Mas minha prioridade é tirar vocês da minha vida pelo resto da noite — falei quando Hazel tentava pegar a última sacola. — Vai abrir a droga da porta.

Segui a trilha e subi na varanda atrás de Hazel na mais completa escuridão levando o peso de suas compras. A casa não tinha nenhuma luz externa funcionando, o que era um risco para a segurança e algo que eu remediaria amanhã, quer ela aceitasse a minha proposta, quer não.

Bem quando eu estava pensando isso, Zoey tropeçou nos degraus atrás de mim.

— Está bem, Zo? — Hazel perguntou enquanto destrancava a porta.

— Estou. O pão amorteceu a minha queda.

— Pelo menos não foi o vinho. — Com o ombro, Hazel empurrou a porta, que mal cedeu um centímetro.

— Sai da frente — mandei.

Uma bota bem-posicionada na porta fez com que ela se abrisse de repente.

— Que sexy isso! Estava anotando? — Zoey perguntou a Hazel.

— Onde você quer que eu deixe isso?

Hazel franziu a testa.

— Hm, na cozinha, acho?

Carreguei as sacolas pelo corredor até os fundos da casa e deixei tudo lá com pouca delicadeza.

— Pronto. Tchau.

— Obrigada, Músculos — Zoey disse enquanto guardava perecíveis na geladeira antiquíssima.

— Agora, se puder nos lembrar onde ficam aqueles restaurantes da cidade, deixamos você sair.

— Vocês acabaram de comprar quatrocentos paus de comida.

As duas me encararam como se tivesse acabado de aparecer um chifre de unicórnio na minha testa.

— O que você quer dizer com isso? — Hazel perguntou, enquanto tirava a caixa de farelo de aveia da geladeira e a colocava de volta na bancada.

— Vocês fizeram compras. Façam a comida e comam.

As duas se entreolharam e começaram a rir.

— Ah, boa, Cam. Você é hilário — Zoey disse.

— Não. Não sou. Sou lógico.

— Uma pessoa não pode simplesmente fazer compras e depois cozinhar um monte de comida — disse Hazel, como se isso fosse uma explicação plausível.

— Já me arrependi de perguntar, mas por que não?

— Porque caçamos e coletamos e agora merecemos que outras pessoas preparem uma refeição para nós e lavem nossa louça — rebateu ela.

— Dã — acrescentou Zoey.

— Então, onde fica o restaurante? — Hazel perguntou, estalando os dedos.

— Do outro lado da cidade.

— A quantos quarteirões daqui? — indagou Zoey.

— E eu lá vou saber? Mas é longe demais para andar no escuro.

Não seria para um cidadão de verdade que estava acostumado com nossas calçadas desniveladas e um ou outro cachorro solto. E não era como se Story Lake tivesse fama de ser perigosa. Mas elas eram novas ali e estavam acostumadas com iluminação pública e aplicativos de transporte. Eu nem conseguia imaginar os problemas em que se meteriam se tentassem andar os cinco quarteirões.

— Então, vamos chamar um Uber — sugeriu Hazel, pegando o celular.

— Onde você pensa que está?

— Não sei? Na *civilização*? — retrucou ela, com a voz finalmente irritada.

— Vai pensando — falei.

— Haze, o lugar se chama Angelo's, e não fica nem a seis quarteirões daqui — disse Zoey, olhando a tela do celular.

Hazel zombou:

— Vocês não conseguem aguentar seis quarteirões a pé? Uma vez corri quinze quarteirões com saltos da Jimmy Choo durante a hora do rush. Vamos jantar, Zo.

Esfreguei os olhos e tentei não imaginar o primeiro encontro às escuras de Hazel com o porco caipira de estimação de Emilie. Hazel provavelmente tentaria matar mais um dos ícones da cidade antes mesmo de chegar ao restaurante.

Soltei um resmungo engasgado e baixei as mãos.

— Vou levar vocês até o restaurante. Vocês não vão abrir a boca. Vão sair do carro e me deixar em paz pelo resto da noite. Vão se virar para voltar para casa sem se machucarem nem machucarem ninguém.

— Sim, senhor, capitão Homem-Urso Rabugento — Hazel disse com uma continência espertinha.

— Entrem logo na caminhonete.

11

GRISSINI E ACUSAÇÕES

Hazel

Cam entrou atrás do volante e jogou no banco de trás a lanterna que tinha usado para nos guiar pelo quintal escuro.

— O que tem de bom no Angelo's? — perguntei quando ele ligou o motor.

— A comida — ele disse, curto e grosso, enquanto colocava o braço em volta do meu banco e dava ré para sair da minha garagem.

Ele tinha trocado o uniforme de trabalho por um short de academia e uma camiseta justa para fazer seu turno na loja. Não havia dúvida de que o corpo por baixo era sarado. Mas eu estava mais interessada em como sua mente funcionava. Campbell Bishop era um resmungão ambulante que parecia determinado a fazer a coisa certa a qualquer custo.

Zoey: Ainda está achando o Dedos de Salsicha ranzinza atraente?

Sorri satisfeita para o celular no escuro da cabine da caminhonete.

Eu: Ele é perfeito.

Zoey: De perfeito, não tem nada. É um gerador de insultos ambulante.

Eu: Ele é rabugento para contrastar com a doçura da outra personagem. Ele é econômico nas gentilezas; então, quando é gentil, tem um significado especial. Os leitores vão amar.

— Parem de trocar mensagens — Cam mandou detrás do volante. — É grosseiro e irritante.

— Grosseiro e irritante é você — Zoey retrucou.

— Como você sabia que a gente estava trocando mensagens? — perguntei quando ele saiu da estrada e entrou num estacionamento.

— Porque assim que uma de vocês para de digitar, a outra abre um sorrisinho. — Ele freou a caminhonete abruptamente na porta. — Chegamos. Vão embora.

— Obrigada, Dedos de Salsicha — Zoey disse, saindo da caminhonete.

— Eu não gosto desse apelido — ele gritou para ela.

Sorrio para ele enquanto desafivelo o cinto de segurança.

— Obrigada por tudo hoje, Cam Cacto.

Assim que abri a porta, Cam estendeu a mão e me tocou. Paralisei e baixei os olhos para sua mão grande e máscula. Ele tirou a mão rapidamente e voltou o olhar para o para-brisa.

— Devo ter alguns orçamentos para te passar no fim da semana.

— Não vejo a hora — falei, com toda a sinceridade.

Se desse certo e eu conseguisse contratar Cam para trabalhar em casa, o veria todos os dias. Teria inspiração de sobra.

Outra caminhonete parou ao lado. A janela do carona se abriu. Cam soltou um palavrão e baixou a sua.

O outro motorista era, em uma palavra, lindo a ponto de molhar a calcinha. Certo, foi mais do que uma palavra. Mas esse tipo de beleza masculina merece uma boa descrição. Nas sombras da cabine da caminhonete, ele parecia mais largo do que Cam, com o cabelo curto, uma barba bem cuidada e tatuagens nos dois braços. Olhos verdes penetrantes pousaram em mim antes de se voltarem para Cam.

A maldita inspiração estava por toda a parte nesta cidade. Um encontro furtivo no estacionamento à la "por que se contentar com um só" com dois trabalhadores braçais gostosos me veio à mente.

— Vai entrar? — o desconhecido perguntou pra Cam.

— Eu não estava planejando.

O olhar do homem se voltou para a minha direção. Seu rosto não mudou nadinha, mas jurei conseguir ver um traço de divertimento. Será que ele conseguia ler meus pensamentos absurdamente safados?

— Quer dividir uma torta e um chope? — ele perguntou a Cam.

Cam olhou para mim e, depois, soltou uma respiração ruidosa pelo nariz.

— Tá. Pode ser.

— Vem, Haze — Zoey implorou na calçada. — Estou faminta.

— Te vejo lá dentro, então — cantarolei para Cam antes de fechar a porta e seguir Zoey para dentro do restaurante.

Cam saiu para o fundo do estacionamento. Se ele realmente me odiasse, jamais teria aceitado me levar de um lado a outro da cidade, muito menos deixaria que eu ficasse atrás do caixa da loja da sua família e depois jantaria no mesmo lugar que eu.

Estava na cara que ele não me odiava. Talvez simplesmente odiasse o fato de que não me odiava. E isso eu poderia usar a meu favor.

Assim que entramos pela porta e o cheiro de alho e pão fresco invadiu minhas narinas, todos os pensamentos sobre a inspiração do mocinho carrancudo desapareceram.

— Ai, meu Deus. Não como há dias — gemi.

Angelo's era escuro e aconchegante, com uma cozinha aberta onde os funcionários colocavam e tiravam pizzas de um forno. Banquinhos cercavam a frente e os lados do salão. Mesas e cadeiras simples preenchiam o espaço entre eles e o balcão em formato de U. Um jogo de basquete estava passando na única tv acima do bar.

— E o almoço e os lanchinhos que comemos na estrada? — Zoey me lembrou.

— Isso foi há dias — insisti.

Ou pelo menos foi a uma águia-careca, um acidente de carro, um prefeito adolescente estranhamente cativante e uma casa de propaganda enganosa atrás.

— Posso ajudar? — perguntou alguém com voz rouca de fumante.

A mulher atrás do balcão da hostess devia ter noventa anos, se não mais. Ela tinha uma nuvem de cabelo branco que desafiava as leis da gravidade e contrastava com seu conjunto todo preto de bermuda e camiseta do Angelo's. Usava óculos pendurados no pescoço por um cordão de pérolas que balançava sobre um crachá em que estava escrito *Jessie*. Seu rosto estava franzido numa expressão de reprovação.

Fui imediatamente transportada de volta à quarta série, quando minha professora de artes do ensino fundamental, a sra. Crossinger, me pegou passando um bilhete da Debra Flower para a Jacinta MacNamara. Eu tive que passar o resto da aula de pé em um quadrado marcado com fita adesiva no chão enquanto o resto da turma colava bolinhas de algodão num desenho de um boneco de neve.

— Mesa para dois, por favor — pediu Zoey, assumindo sua postura de agente protetora porém simpática, que precisava alimentar sua cliente.

Com um resmungo que, particularmente, achei desnecessário, nossa hostess apertou os lábios pintados de rosa fosco e levou todo o tempo do mundo para pegar dois cardápios laminados e talheres enrolados em guardanapos de papel. Meu estômago roncou alto bem quando a porta se abriu e se fechou atrás de nós.

Senti um arrepio subir pela espinha e soube que eram o Cam Bonitão e o desconhecido igualmente maravilhoso. A ranzinza da Jessie mudou automaticamente para vovó coquete. Seu batom se espalhou num sorriso fino e brilhante.

— Ora, se não são os irmãos Bishop — ela disse, dando uma piscadinha por sobre os óculos em formato de meia-lua.

Isso explicava a sensualidade extraordinária do companheiro de Cam. Estava nos genes.

— Boa noite, Jessie — Cam disse, fazendo questão de nos ignorar.

O irmão cumprimentou com a cabeça e apontou o polegar para o balcão.

— Podem ir — Jessie falou, finalmente marcando um X sobre uma mesa em seu mapa de assentos.

O irmão nos lançou outro olhar silencioso, mas Cam já estava se dirigindo a um par de banquetas vazias.

— Venham comigo — Jessie rosnou para nós.

— Será que dissemos algo de errado? — Zoey sussurrou enquanto Jessie avançava à nossa frente, interagindo com os clientes conforme avançávamos.

Cerca de metade das mesas estava ocupada. Todos os outros fregueses lançavam olhares nada amigáveis em nossa direção.

Jessie bateu os cardápios na última mesa do canto e, muito devagar, saiu andando.

— Obrigada. Prazer em conhecer você — falei para ela em voz alta.

Avistei Cam e seu irmão anônimo ao balcão. Eles já estavam com cervejas na frente deles.

— Ela parece um amor — Zoey disse enquanto partíamos para cima dos cardápios.

— É impressão minha, ou o clima aqui está meio hostil? — perguntei, tirando os olhos da lista de pizzas.

— Não é impressão sua. Mas não se preocupa: tenho spray de pimenta na bolsa — ela me tranquilizou.

— Pensei que cidades pequenas fossem acolhedoras.

Zoey deu de ombros.

— Talvez eles tenham ouvido falar da nossa chegada triunfal hoje. Ou talvez você tenha comprado a casa desejada por um concidadão merecedor que estava economizando havia anos para dar uma entrada.

— Acho que você está passando tempo demais com autores — comentei.

— Olha quem fala — ela disse, incisiva.

Bati o cardápio de brincadeira na cabeça dela.

— Chegou a Hazel Faminta — ela ironizou. — Quer dividir uma pizza e uma salada?

— Perfeito.

— Então — ela disse, deslizando o cardápio para a ponta da mesa —, como está o nível de inspiração depois de metade de um dia de caos na nova cidade?

Coloquei meu cardápio em cima do dela e arrisquei um olhar na direção do balcão. Os olhos de Cam cruzaram os meus por um breve instante antes de desviarem de novo.

— Está tudo tomando forma.

Ela se afundou dramaticamente na almofada do banco.

— Graças a Deus, porque se esse dia infernal não tivesse engatado as engrenagens criativas na sua cabecinha linda, eu desistiria, pegaria uma carona de volta à cidade e procuraria emprego como personal shopper.

— Tenho um bom pressentimento sobre este lugar — comentei, fazendo contato visual sem querer com uma família de quatro pessoas do outro lado do corredor. Eles retribuíram meu sorriso amigável com um olhar de peixe morto de quem diz "você não é bem-vinda aqui". Meu bom pressentimento estava em terreno instável.

— Pelo menos uma de nós tem. É exatamente igual àquela vez em que eu estava ficando com um cara que usou uma camisa do Eagles para o jogo em casa do Giants. Vou falar alguma coisa.

Estendi a mão sobre a mesa e peguei seu braço.

— De jeito nenhum — sussurrei. — Aqui não é Manhattan. Você não pode simplesmente dar bronca em alguém e nunca mais ver a pessoa.

— Bom, você não pode passar o resto da vida numa cidade se escondendo de gente *mal-educada* — Zoey disse, aumentando o tom na última palavra.

— As senhoras preferem que eu volte depois? — Nosso garçom era um adolescente alto de ombros largos com a pele bronzeada, uma cabeleira preta encaracolada e não uma, mas duas covinhas, que estavam visíveis enquanto ele escancarava um sorriso para nós.

Fiquei tão aliviada em ver um rosto amigo que soltei o braço de Zoey e agarrei o dele.

— Perdão por todos os meus pecados desde que entrei nos limites da cidade. Por favor, não saia sem anotar o nosso pedido, senão vamos morrer de fome e o salão vai virar uma cena de crime com nossos corpos traçados com fita, o que vai ser muito difícil de fazer, porque estamos sentadas. Nossas mortes trágicas vão fazer sua noite ser uma merda porque vamos estar mortas demais para dar gorjeta — supliquei.

As duas covinhas ficaram mais profundas.

— Desculpa pela enxurrada de palavras da minha amiga e pelos palavrões. Estamos delirando de fome — Zoey explicou.

— Meus tios fizeram questão que "merda" fosse minha primeira palavra só para deixar minha mãe brava. Mas chega de conversa fiada. Não quero ver vocês duas definhando antes de anotar seu pedido e trazer seus grissini.

— Grissini — repeti num sussurro reverente.

Zoey fez nosso pedido para ele. Consciente do fato de que eu ainda cheirava a uma caixa de Cabernet, pedi uma Pepsi.

— Vou dar uma apressada nisso e já volto com suas bebidas e seus grissini. Sou Wesley, a propósito.

— Obrigada, Wesley — Zoey disse com um aceno sedutor.

Os pais à mesa ao lado nos olharam como se quisessem esguichar seu ketchup na nossa direção.

— Não flerte com adolescentes — sussurrei depois que ele saiu às pressas. Eu não sabia se conseguiria tirar manchas de vinho, quanto mais de ketchup.

— Não estou flertando. Estou apreciando a fofura dele.

— Qual é a diferença?

— Acho que está tudo no mesmo espectro. Apreciação inofensiva de fofura numa ponta e "aposto que consigo tirar sua roupa em trinta segundos" na outra. — Zoey olhou para mim e bufou. — Você está tentando pensar se consegue colocar isso num livro.

— Talvez minha protagonista precise de uma melhor amiga com uma vida sexual intensa.

Uma sombra se projetou sobre nossa mesa. Ergui os olhos e me deparei com uma mulher branca e alta de ombros largos, com um nariz arrebitado e cachos loiros e finos de permanente, que nos fulminava com o olhar. Seus braços musculosos estavam cruzados diante do peito.

— Vocês me dão nojo — disparou ela.

Eu me encolhi no estofado do banco enquanto todos os olhares do restaurante se voltaram em nossa direção. Não era assim que eu tinha imaginado que seria o meu primeiro encontro com os meus vizinhos.

— Pode ser mais específica? — perguntou Zoey com falsa meiguice.

— Vamos começar pelo assassinato a sangue-frio de uma águia-careca — falou a mulher.

Ouviram-se alguns grunhidos de concordância das mesas vizinhas.

— Atropelar aves pode não ser um crime lá de onde vocês vêm em Nova York, mas em Story Lake é — prosseguiu ela.

Zoey abriu a boca para falar e, a julgar pelo fervor em seus olhos, o que quer que estivesse prestes a sair tinha o potencial de causar um estrago permanente.

— Acho que houve um mal-entendido — falei rapidamente. — Sua águia bateu na minha cabeça. Com um peixe. Foi até engraçado, na verdade.

— Não tem nada de engraçado em crueldade contra animais — replicou nossa acusadora, séria. — Muito menos contra águias-carecas. Elas chegaram a ficar em perigo de extinção e, se depender de nós, não vamos permitir que vocês as coloquem em perigo de novo.

Houve acenos de concordância de outros clientes que pareceram atiçar nossa acusadora de permanente.

Zoey saiu do banco e se levantou, se colocando entre mim e a mulher.

— Muito obrigada pela sua opinião. Agora, se nos der licença, só estamos tentando jantar em paz.

— Assassinas não têm direito de jantar em paz — respondeu a mulher, se abaixando para ficar cara a cara com Zoey.

— Espera um minuto — falei, deixando uma camada de pele da coxa sobre o vinil enquanto eu saía do banco em frenesi. — Você não acha mesmo que matamos sua águia, acha? Ele estava bem quando saímos. Saiu voando! Deixou a cabeça de peixe cair!

— Não foi o que me disseram — rosnou a mulher. Ela invadiu meu espaço pessoal como uma gárgula descontente.

— Eu recuaria se fosse você — avisou Zoey para ela.

— Ou o quê?

O restaurante todo crepitava de expectativa elétrica. Torci para não estar prestes a levar um soco na cara.

— Talvez seja melhor deixar isso para as autoridades, Emilie?

A sugestão veio de um homem que mais parecia um urso. Ele se elevava sobre todos nós. Seu rosto estava coberto por uma barba espessa que descia numa ponta até o peito largo. Ele estava usando uma camiseta de Campeão do Bingo Supremo de Story Lake que estava quase descosturando de tão apertada.

— Cala a boca, Amos — vociferou Emilie.

— Sim, amor — disse ele, carrancudo.

— Trouxe seus... ai, merda... — falou Wesley, voltando com nossas bebidas e uma cesta de grissini que tinham um cheiro de divino.

— Elas não merecem grissini — sentenciou Emilie, pegando a cesta e a virando no chão.

Prendi a respiração junto com a maior parte dos clientes.

— Sério, Emilie? Tinha acabado de sair do forno — reclamou Wesley.

— *Isso* foi desnecessário — disse Zoey, dando um passo ameaçador na direção de Emilie, a Inimiga. Eu estava me sentindo com pânico e com fome, e não sabia o que fazer. Quando se tratava de confrontos, eu me saía melhor com os que aconteciam na página.

Um homem branco e alto sem bunda suficiente para segurar a calça cargo se esgueirou pela aglomeração segurando um iPad.

— Imprensa passando! Abram espaço para a liberdade de expressão, pessoal. — Ele enfiou o iPad na minha cara. — Garland Russell, jornalista premiado do aplicativo Vizinhança. Adoraria uma declaração sua, sra. Hart.

— O que é o aplicativo Vizinhança? — perguntei.

— Declaração sobre o quê? — indagou Zoey ao mesmo tempo.

— Sobre a morte trágica do querido mascote da nossa cidade, a águia-careca majestosa, causada por vocês — disse ele, ofuscando-me com o flash da câmera do iPad.

— O Ganso não está morto! — insisti, piscando rapidamente. Por acaso eu estava falando grego? Será que a minha voz tinha uma frequência alta demais para cidadãos de cidade pequena me ouvirem?

— Você passou por cima dele com uma van de mudança. Claro que ele está morto — falou alto um careca de camiseta de golfe.

Um murmúrio de descontentamento percorreu o restaurante. Eu estava começando a me sentir tonta. Talvez fosse a fome, mas eu tinha a sensação de que era mais a rejeição unânime da minha nova cidade e o medo de ter cometido um erro grave.

— Sei de fonte segura que ela o atropelou enquanto dava com um caminhão de dezoito rodas na placa — disse de uma mesa do outro lado do salão um homem com uma boa quantidade de pizza de queijo na barba.

— Não fiz nada disso — insisti enquanto Garland, o jornalista premiado, praticamente enfiava a lente da câmera do iPad no meu nariz. O flash disparou várias vezes consecutivas.

— Quem usa flash? — perguntei, tapando os olhos.

— A sra. Hart não está disponível para dar comentários — disse Zoey, seca.

— Ela está bem ali — gritou Emilie. — O mínimo que pode fazer é responder pelos crimes dela.

— Escuta, moça, é melhor sair da minha frente — avisou Zoey.

— Podem mandar outro pedido de grissini para cá? — gritou Wesley.

— Pelo amor de Deus, calma, todo mundo. — Cam abriu caminho até a nossa mesa, a irritação estampada em seu rosto lindo. Seu irmão o seguiu e se plantou discretamente entre Zoey e Emilie.

Ergui os olhos para Cam.

— Socorro? — implorei.

Com um rosnado, Cam virou as costas para mim e se dirigiu à multidão, deixando sua bunda muito bonita tapada pela calça jeans na altura dos meus olhos.

— O maldito pássaro está bem, pessoal.

Uma mulher de macacão bege e rabo de cavalo lambido para trás bufou.

— Não foi o que me falaram. Ouvi dizer que as hélices do helicóptero luxuoso dela fizeram picadinho do Ganso quando ela veio voando da cidade.

— É? E semana passada, quando Loribelle estava esvaziando a fossa dela, inventaram um boato de que ela estava construindo um bunker subterrâneo — Cam disse.

— Não é porque aquele boato não era verdade que esse não é — falou Barba Pizza.

Cam respirou fundo.

— Ganso está bem. Eu vi tudo acontecer. Ele deu um susto nessas duas, comeu a porra do peixe dele e saiu voando.

A justiceira de permanente bufou.

— E nós lá vamos acreditar em você? Convoco uma assembleia municipal de emergência na quarta à noite para decidir a questão.

— Apoiada — seu marido disse rapidamente.

— Sério, Emilie? Você sabe que é noite de bingo — lembrou Cam.

O irmão de Cam passou a mão na boca mas não disse nada.

— Acho que vamos ter que reagendar — ela retrucou, com o nariz empinado.

Ouviu-se um murmúrio geral dos clientes. Quem diria que bingo fazia tanto sucesso assim?

— Não me culpem — Emilie insistiu. — Culpem a intrusa assassina de águia.

— Mas eu não fiz nada. Quer dizer, bati na placa e me sinto péssima por isso. — Os olhares de reprovação que eu estava recebendo pioraram dez vezes.

— Quarta às sete da noite. Justiça por Ganso — conclamou Emilie, apontando o dedo grosso para mim antes de puxar o marido para longe.

Garland ergueu o iPad para tirar outra foto, mas o irmão de Cam interveio.

— Vai sentar antes que eu jogue sua integridade jornalística no lago — disse ele.

— Você não pode calar a imprensa — insistiu Garland.

— Você não é a imprensa. Você só posta fofocas mentirosas num site da vizinhança.

— O que acabou de acontecer? — perguntei, perplexa.

— Acho que você escapou por pouco de algum tipo de turba — observou Zoey.

— Parabéns, vereadora. — Você acabou de ser convidada para a sua primeira assembleia municipal — disse Cam, seco.

Wesley ressurgiu em meio à aglomeração que se dissipava com uma nova cesta de grissini e um menino que parecia igual a ele, mas com o cabelo mais comprido e encaracolado e um uniforme de cozinheiro.

— Oi, tio Cam. Tio Levi — Wesley e seu sósia disseram em coro.

— Todo mundo aqui é parente? — Zoey se perguntou.

— E aí? — Cam cumprimentou os meninos.

— Ah, cara... Perdi a briga? — perguntou o sósia.

Levi estendeu a mão e bagunçou os cachos dele.

— Por quê? Estava querendo dar uns socos, Har?

O sorriso do menino era idêntico ao de Wesley. Se eu não estivesse tão traumatizada, teria ficado ponderando sobre o rastro de corações partidos que os dois meninos e seus tios deixavam por toda a cidade.

— Esse é meu irmão gêmeo, Harrison — Wesley explicou para mim e para Zoey.

— Prazer em conhecer você — falei com a voz fraca, ainda processando o tumulto dos últimos cinco minutos.

Cam se virou para mim.

— Vou sugerir que peçam sua comida para viagem.

12

UMA PANQUECA NA CARA

Campbell

ReporterIntrepido: Assembleia municipal de emergência convocada depois que assassina de águia provocou briga de bar no Angelo's.

Abri a porta dos fundos da casa da minha irmã sem bater. De todo modo, ninguém teria me ouvido por causa do barulho. Bacon chiava, cachorros latiam, adultos pediam mais café.

Era um típico café da manhã dos Bishop. Cedo demais, barulhento demais e com gente demais espremida num espaço pequeno demais.

Eu me sentei no banco embutido e tirei as botas de trabalho. Melvin, um filhote de são-bernardo com bernese de quatro anos, entrou, com suas unhas ressoando no piso hexagonal que eu tinha ajudado a instalar antes de ele nascer. Ele enfiou a cabeçona no meu colo e me cumprimentou com um grunhido.

— E aí, amigão — cumprimentei, coçando sua orelha antes de dar um tapinha no seu flanco.

Meio segundo depois, o beagle dos meus pais, Bentley, entrou no vestíbulo, exigindo sua cota de atenção.

— É você, Cam? — minha mãe gritou da cozinha.

Nada passava despercebido por Pepper "Pep" Bishop. Ainda mais quando o assunto eram seus filhos. Aos quinze anos, eu tinha tentado ir escondido para a casa de um amigo. Ela havia chegado lá de carro antes de mim e estava esperando na calçada de pijama de flanela. "Entra no carro; você está de castigo, Campbell Bishop", dissera ela. Naquele momento, eu me perguntei se ela sabia que, mesmo quando eu estava encrencado, ela me chamar de Bishop acendia algo pequeno e luminoso no meu peito.

Ela sempre dizia a todos que nunca havia se arrependido de ter nos adotado, apesar de todas as vezes que dávamos motivos para pensar o contrário.

Deixei minhas botas na fileira com os outros calçados largados da família e segui os cachorros até a cozinha abarrotada.

Minha mãe estava no fogão, virando panquecas como se fosse uma ação militar. Meu pai estava ao lado da pia, secando a gordura de tiras de bacon com papel-toalha. Meus irmãos estavam pondo a mesa, e minha irmã estava lançando olhares irritados a todos da mesa dobrável que agora servia como sua área de preparação de alimentos.

Ela jogou um monte de mirtilos e morangos cortados em um pote de vidro e afastou da mesa a sua cadeira de rodas.

— Deixa que eu levo. — Gage se ofereceu, tentando pegar o pote dela.

— Sou perfeitamente capaz de levar frutas para a mesa, Gigi. — Ela o lembrou com o rosnado típico dos Bishop.

Cammy, Gigi e Livvy eram os apelidos da minha irmã para nós. Ela dizia que sempre quis irmãs em vez do bando selvagem de testosterona que o destino lhe reservou. Mas, no fundo, em algum lugar sob a fachada irritadiça, ela nos amava com um ardor que mataria qualquer um de nós de vergonha se admitíssemos.

— Posso dar uma mão, Larry — insistiu Gage.

— E eu posso dar dois dedos — disse ela, mostrando os dois dedos do meio para ele.

— Crianças — repreendeu minha mãe, sem tirar os olhos das panquecas.

Passei por minha mãe, dando um beijo na bochecha dela.

— Não se preocupa, seu favorito chegou — tranquilizei.

Meus três irmãos bufaram para mim.

Com a briga do dia anterior esquecida, dei um tapinha nas costas do meu pai e contornei a ilha. A cozinha tinha ficado abarrotada quando minha irmã e seu marido, Miller, se mudaram para a casa. Agora com três adolescentes, um cachorro de quarenta quilos que adorava subir em bancadas e uma cadeira de rodas, o espaço não dava para porra nenhuma.

A rampa do lado de fora era permanente. Assim como a cadeira. Mas a mesa dobrável de plástico escorada na ilha e o escritório do primeiro andar convertido em quarto improvisado ainda pareciam temporários. O acidente do ano passado havia deixado nossa família num limbo estranho do qual nenhum de nós parecia saber como sair. Talvez porque isso exigisse admitir que as coisas nunca mais seriam como antes.

Sem disposição para considerar revelações emocionalmente desgastantes a essa hora da manhã, peguei as alças da cadeira e a inclinei para trás até Laura fechar a cara para mim. Dei um beijo barulhento em seu falso moicano platinado.

— *Não* estraga meu cabelo, babaca — reclamou ela, me dando um soco relativamente amigável no braço.

— Para de fazer bico, Laura. Vai acabar com rugas mais profundas — avisou minha mãe.

— Vou parar de fazer bico quando você me deixar cozinhar na minha própria cozinha. Falei que ligaria a chapa elétrica e faria as panquecas sozinha.

Laura e minha mãe eram farinha do mesmo saco: não aceitavam desaforo.

Minha mãe passou habilmente as últimas panquecas para uma bandeja e as cobriu com um pano de prato.

— Não é porque você tem uma lesão na medula que não estou deixando você fazer as panquecas; então, fica na sua.

Os homens no ambiente ficaram paralisados. Nenhum de nós respirou por vários segundos enquanto olhávamos de uma para a outra.

— Ah, sério? Então, por que estou encarregada das frutas?

O sorriso da minha mãe era cortante e cruel.

— Porque suas panquecas são horríveis.

A tomada de fôlego coletiva fez Melvin se esgueirar para fora da cozinha. Era verdade. Minha irmã maromba ainda insistia em colocar alguma porcaria de proteína em pó em suas panquecas low carb, que, convenhamos, não chegavam aos pés da receita de fermentação natural da minha mãe, que causava picos de insulina em qualquer um. Mas ninguém tinha coragem de dizer isso para a Laura.

— Wesley! Harrison! Isla! — gritou Laura.

Passos pesados ecoaram no teto e desceram violentamente pela escada. Meus sobrinhos se juntaram obedientemente à multidão. Os meninos tinham dezesseis anos e carteiras de motorista recém-emitidas. Wesley estava sem camisa nem sapatos. Seu cabelo encaracolado estava desgrenhado, e ele estava com vincos de travesseiro na cara. Harrison estava suado e vestindo roupas de treino. Isla estava de pijama e com o cabelo na altura do ombro enrolado numa daquelas coisas estranhas que pareciam meias em cima da cabeça. Aos quinze anos, mesmo com a coisa estranha parecida com uma meia, ela estava virando o tipo de beldade adolescente que me fazia lembrar todas as merdas idiotas que meninos adolescentes aprontavam para chegar perto de garotas bonitas.

— O que foi, mãe? — cantarolou Isla, como se fosse a coisa mais normal do mundo ser convocada à mesa do café da manhã às sete horas de um dos últimos dias preciosos de férias de verão.

Antes do acidente, as crianças eram típicos adolescentes mal-humorados, que desafiavam a autoridade dos pais a toda hora. Desde então, eles se tornaram jovens adultos bem-comportados que preparavam refeições, cuidavam do jardim e até ajudavam a mãe em seus exercícios de fisioterapia em casa. Por mais grato que eu fosse a eles por terem assumido essas responsabilidades nos piores momentos, parte de mim odiava que eles tivessem que passar por isso.

— Sua avó diz que minhas panquecas são horríveis — relatou Laura.

Wesley e Isla trocaram um olhar cauteloso. Harry ficou fascinado por algo no teto. Os olhos da minha irmã se semicerraram de maneira perigosa.

— As suas são muito melhores — insistiu Isla, um segundo tarde demais.

— É, as da vovó são um lixo — concordou Wesley.

— Como é que é? — interveio minha mãe.

— Exagerou, moleque. Exagerou. — Gage fingiu sussurrar.

— Harrison? — disse Laura.

— Hein? Quem? Eu? — Harry apontou para si mesmo. — Nada nunca vai superar suas panquecas, mãe.

O menino era um mentiroso talentoso e charmoso. Era quase uma pena que agora só usasse seus poderes para o bem, em vez de aproveitar a rebeldia adolescente saudável que todos mereciam.

— O que queremos dizer é que as duas receitas têm seus prós — disse Isla, diplomática, enquanto acotovelava os irmãos.

— Qual tem mais prós? — perguntou minha mãe.

Sentindo o perigo iminente, Levi tirou o pano das panquecas já à mesa, pegou a de cima da pilha e a bateu na cara de Gage.

Em autodefesa, Gage pegou uma colherada de ovos mexidos e disparou em resposta.

— Levi Fletcher e Gage Preston Bishop: quantas vezes falei para não brincarem com a comida? — berrou minha mãe.

— Ei, quem quer bacon? — interveio meu pai.

Ele segurou o prato como se fosse um dos modelos do programa *The Price is Right*. Bentley plantou a bunda ao lado dos pés do pai, abanando o rabo.

— Eu — responderam em uníssono os outros homens da família.

— Preciso de mais algumas medições para o orçamento da Casa Heart. Se conseguir medir para mim hoje, devo terminar até amanhã — anunciou meu pai enquanto estávamos todos amontoados em volta da mesinha de jantar minúscula. Havia mais espaço do que antigamente, e eu sabia que todos sentíamos isso. É por isso que eu ficava sentado de costas para as fotos na parede. Eu não precisava nem queria ser lembrado da perda. Laura, por outro lado, sempre olhava para elas.

Engasguei com o café.

— Sério? — Eu tinha imaginado que ele levaria pelo menos uma semana para fazer um orçamento; uma semana em que Hazel se cansaria da vida de cidade pequena e faria suas malas encharcadas de vinho, e eu poderia esquecer que um dia a conheci.

— De quanto estamos falando? — perguntou Gage enquanto servia outra panqueca no prato.

— Seis dígitos, com um sinal de cinquenta por cento — disse meu pai, orgulhoso.

Gage soltou um assobio baixo que fez as cabeças dos dois cachorros se erguerem embaixo da mesa. As expressões esperançosas em volta da mesa quase fizeram com que eu me sentisse um idiota por querer que uma certa escritora de livros românticos desistisse e partisse para outra. Quase.

— Acha que ela vai aceitar? — perguntou para mim Levi.

— E eu lá vou saber? — falei, irritado.

— Ela é uma escritora muito boa. Esperemos que a conta bancária dela reflita isso — comentou Laura, pegando o xarope nojento de pessoa saudável.

— Peguei um dos livros dela na biblioteca ontem — disse a minha mãe.

— Fiz algumas pesquisas sobre ela. Parece que é a donzela em apuros que eu encontrei no posto de gasolina ontem — disse Gage. — Consegui bancar o herói antes de Cam.

— Tio Cam passa uma energia mais de vilão — anunciou Isla, sentada na ilha.

— Não passo nada — rosnei.

Isla sorriu.

— Chupa.

Confirmei que minha mãe estava ocupada dando comida para Bentley discretamente embaixo da mesa antes de eu jogar uma panqueca na cara da minha sobrinha.

— Ei! — reclamou Isla enquanto meus irmãos davam risadinhas.

Minha mãe fixou os olhos em mim, e sorri com inocência.

— Ela me pareceu simpática. Gostei dela — comentou Gage, vindo ao meu resgate. — Péssima motorista, mas gente boa e engraçada. Bonita também.

— Você não deve ter passado a noite com ela — falei, olhando para o café.

— Não acha ela atraente? — Levi me provocou.

— Não acho confusão atraente.

— Até parece — disseram juntos meus irmãos.

— Darius disse que você gritou com ela durante metade do tour — Harrison interveio.

— É a linguagem do amor do tio Cam — Hazel disse.

— Não gritei e não tenho linguagem do amor nenhuma. Vocês dois estão fora do meu testamento — ameacei, apontando um garfo para os chatos dos meus sobrinhos.

— Eu sou o bonzinho — anunciou Wesley com orgulho.

— De volta ao trabalho. Se Hazel tiver o necessário para o pagamento, vocês têm o necessário para o trabalho? Não me levem a mal — minha irmã acrescentou.

— Levo, sim — Levi resmungou.

— Estou falando sério — Laura disse. — Gigi trabalha em meio período como empreiteiro e em meio período como operário. O pai praticamente se aposentou dos canteiros de obras. A maioria dos seus trabalhos recentes foi projetinho de faz-tudo.

— Sou perfeitamente capaz de dar duro na obra — meu pai começou a argumentar.

Bastou um olhar incisivo da minha mãe para ele dar para trás.

— Mas não preciso, porque tenho vocês, a quem ensinei tudo — ele acrescentou depressa.

— Qual é o maior trabalho que vocês fizeram ultimamente? — Laura insistiu.

— A reforma daquele porão em Park Lake tinha quase duzentos metros quadrados — Gage afirmou.

Minha irmã ergueu a sobrancelha, desafiadora.

— E isso foi quando? Dez, onze meses atrás?

— Damos conta do serviço, Larry — falei, tentando esconder minha irritação. — Até parece que já não fizemos trabalhos como esse antes. Além disso, já trabalhamos naquele lugar faz dez anos; então, já conhecemos a casa.

— Só espero que vocês consigam manter a proprietária feliz — retrucou Laura, incisiva. — Sabe. Tratar a mulher com respeito. Dar ouvidos às preocupações dela. Não fazer com que ela passe pelo caixa e empacote as próprias compras.

— Isso foi estranhamente específico — observou meu pai. — Foi dela o recibo gigante de ontem à noite?

— É sério que você deixou uma cliente nova passar as próprias compras pelo caixa? — perguntou Gage, horrorizado.

— Claro que ele não fez isso — insistiu minha mãe. — Eu criei três cavalheiros. E tenho certeza de que Cam foi completamente profissional e cortês com Hazel Hart.

Precisei de todas as minhas forças para não me contorcer na cadeira.

— Preciso perguntar — falou Gage. — Você conhece mesmo o Cam, mãe?

— Só estou dizendo que a última coisa de que a Irmãos Bishop precisa é irritar uma cliente importante com a casa de maior destaque da cidade — disse Laura com ar de inocência. — Se esse trabalho der errado e vocês deixarem uma cliente famosa descontente, todo mundo vai ficar sabendo.

A Irmãos Bishop tinha sido aberta por meu avô e seu irmão antes de ser passada para o meu pai e, depois, para mim e meus irmãos. A empresa havia sobrevivido por cinquenta anos e, em certos períodos, até prosperado. Mas as vacas nunca estiveram tão magras. Na maioria dos assuntos, eu não poderia falar pelos meus irmãos. Mas nisso todos concordávamos. Não queríamos ser a geração que poria um ponto final na empresa da família.

— Ninguém vai ficar descontente — prometeu Levi.

— Exceto Cam, porque ele está sempre descontente — observou Gage.

Na minha ausência, Levi tinha se tornado o líder. Seu vínculo com Gage, o caçula, tinha se aprofundado e se tornado algo que eu quase invejava. Mas agora eu estava de volta, e todos tínhamos que nos acostumar com isso.

— Não estou descontente. Minha cara normal é de cuzão mesmo.

Minha resposta deu início a uma conversa animada, sem falar indecorosa, sobre o que exatamente significava uma cara de cuzão. O que deixou o assunto de Hazel Hart exatamente onde eu queria. Fora de cogitação.

Minha família olhava para ela e via a salvação. Eu olhava para ela e não via nada além de confusão, confusão essa que tinha me feito perder boa parte da noite virando de um lado para o outro pensando nela.

— Agora, preciso que um de vocês adote dois gatinhos — anunciou minha mãe.

Não deixamos que ela terminasse a frase antes de interrompê-la com um resmungo coletivo.

— Por favor, gente. É só por alguns dias, até eles estarem vermifugados. Uma semana, no máximo.

— Mãe, tenho um cachorro, dois gatos, quatro lagartos e aquele coelho maldito que você disse que seria adotado por alguém. Estou no meu limite — desabafou Laura.

— Nem pensar — insistiu Gage. — Precisei dirigir duas horas até o santuário de pássaros na semana passada para deixar aquele pintarroxo que era tão burro que acabou se enroscando na barreira de ervas daninhas do jardim.

— Desculpa. O proprietário lá de casa proíbe animais de estimação — falei.

— Eu sou a proprietária da sua casa, tonto — observou Laura.

— Deixa os gatinhos com Livvy. Ele tem uma cabana inteirinha para os gatos destruírem — implorei.

— Desculpa. Ainda estou com as galinhas — disse Levi, pegando mais um pedaço de bacon com ar despreocupado.

— Faz tempo que você está com aquelas galinhas — comentei, desconfiado.

Levi vinha escapando das últimas rodadas de adoções patológicas de animais da minha mãe por causa de um par de galinhas machucadas que ele supostamente havia pegado com um desconhecido que as encontrara na beira da estrada.

— Pois é, alguém chegou a ver essas galinhas? — indagou Laura.

— Você disse que elas estavam dormindo no galinheiro na última vez que passei na sua casa — disse Gage para Levi com um tom acusador.

— Ai, meu Deus. Essas galinhas nunca existiram, não é? — gritou Laura.

Jogar um ao outro na fogueira era a marca dos Bishop. No momento, eu amava tanto todos eles que chegava a doer fisicamente. Mas jamais diria isso a eles.

Então, caí matando com uma falsa incredulidade.

— Você montou todo um galinheiro só para evitar acolher animais indefesos, Livvy?

— Isso é diabólico, tio Levi — disse Isla.

— Não sei onde erramos, Frank. É como aquela história de paintball de novo, não é? — lembrou a minha mãe.

Levi largou o garfo.

— Pelo amor de Deus! Juro pela receita do bolo de limão-siciliano da vó Bernie que não fui eu quem atirou na porta daquele celeiro.

— Mentira — dissemos juntos eu e Gage.

13

O DEMÔNIO PELUDO

Hazel

Acordei assustada, olhando para o papel de parede de rosas treliçadas. Levei apenas metade do tempo que tinha levado no dia anterior para lembrar onde estava: no meu quarto novo, que precisava de uma reforminha; na minha casa nova, que necessitava de restaurações caras e profundas; na minha nova cidade, que achava que eu era uma forasteira assassina de aves que devia ser expulsa.

— Olá, pânico matinal, meu velho amigo — resmunguei, virando para o lado e puxando o edredom até o queixo.

O sol de verão já estava alto e entrando pelas janelas acima das persianas de madeira ancestrais. Eu precisava mesmo pensar em cortinas e persianas novas.

Cortinas, persianas, roupas de cama e cabides para todos os meus muitos guarda-roupas, incluindo o novo closet que Cam disse, relutante, ser "possivelmente viável". Ah, e um tapete felpudo para debaixo da cama. E uma obra de arte incrível para colocar em cima da cornija de madeira da lareira. E uma cômoda.

Eu me sentei. Essa era a minha primeira casa própria. O primeiro lugar onde eu poderia escolher as cortinas e os pratos e ocupar todo o espaço das estantes. Era algo pelo qual valia a pena lutar...

— Ahhhh! Sai de perto de mim, demônio peludo!

O grito indignado de Zoey me fez sair da cama. Enrosquei o pé nos lençóis e quase caí de bunda, mas o baque retumbante e seu grito de "Vai encarar?" me fizeram executar uma manobra de fuga digna de uma ninja.

Saí da cama, peguei o pé do banco de piano rapidamente e corri para o corredor.

O quarto de Zoey ficava na frente da casa. Ela tinha escolhido um dos quartos menores com vista para a rua principal, pois disse que a vista da civilização a fazia se sentir mais segura. Tinha um papel de parede rosa berrante e querubins esculpidos na sanca.

Eu a encontrei em pé em cima da cama de dossel com uma botina de camurça pronta para atacar. O outro par estava no chão ao lado de... Eita porra.

— Aquilo é um guaxinim? — gritei.

— Sai daqui, panda do lixo! — Ela atirou a segunda bota contra o intruso mascarado. Coordenação motora nunca foi o seu forte, e ela errou por alguns metros.

— Ai, meu Deus, Zoey! Não deixa ele bravo! — O guaxinim olhou na minha direção e apertei o pé do banco nas duas mãos feito um sabre de luz. — Xô, animal selvagem. Vai embora.

Ele se sentou nas ancas felpudas e apertou as mãos. Ou seriam patas? Pés?

— Me recuso a dividir quarto com animais selvagens — insistiu ela.

— Eu não convidei ele para uma festa de pijama, Zoey! De onde ele veio? — perguntei, entrando no quarto.

Ela dançou em cima da cama.

— E eu lá vou saber? Mas adivinha onde ele foi parar? *Na cama comigo!*

— Vai embora, moço ou moça — falei, fazendo um movimento para enxotar o bicho com o pé do banco.

O guaxinim deu um passo hesitante. Parecia confuso enquanto dividia sua atenção entre duas mulheres ligeiramente histéricas.

— O que você está fazendo? — Zoey perguntou.

— O que parece que estou fazendo? Estou enxotando o bicho. — Dei outro passo para a frente.

— Essas criaturas são fábricas de raiva comedoras de lixo. Não deixe que ele morda a sua cara!

— Que medo é esse seu de que os bichos mordam a sua cara? — indaguei, me desconcentrando por um instante.

— Preste atenção no animal selvagem, Hazel!

— Estou prestando! Pensei que você estava sendo assassinada. Minha adrenalina está descontrolada — gritei.

Pelo visto, o guaxinim cansou do nosso drama barulhento porque foi até a lareira e desapareceu lá dentro. Um barulho característico de arranhões veio da parede. Pelo menos assim foi solucionado esse mistério em particular.

— Ele foi embora? — perguntou Zoey, imprensando um travesseiro contra o rosto.

— Não sei!

— Então, vai olhar!

— Você acabou de me falar para não deixar que ele morda a minha cara, e agora quer que eu enfie minha cara incólume num espaço fechado com um animal selvagem?

— Acordei com um monstro silvestre pulguento na cama porque sou uma boa amiga e topei seu plano maluco. O mínimo que você pode fazer é ter a cara mordida por mim!

— Tá. Está bem! Vou olhar. — Apertei o pé do banco com mais força e me aproximei da lareira.

— Ele ainda está aí? — sussurrou ela.

— Fica quieta. — Fui chegando perto do revestimento de azulejos. — Joga o celular para mim.

— Não.

— Por que não?

— A única coisa em que você é pior do que dirigir é pegar coisas. E acabei de comprar esse celular na semana passada para substituir aquele que deixei cair no bueiro.

Eu me virei para ela.

— Quer jogar logo? Porque estou começando a me sentir ofendida, e quando me sinto ofendida, a última coisa que quero fazer é colocar minha cara em risco pelo ofensor.

— Certo. Desculpa! Você não é péssima em pegar coisas. — Zoey não pareceu muito convincente, mas desconectou o celular do carregador na mesa de cabeceira. — Toma. Pega.

Subestimei o arremesso dela e acabei me atrapalhando com o celular e o pé do banco de piano. Ambos caíram no chão com um *tum* retumbante.

— Era por isso que eu não queria sacrificar meu celular. Nem tive tempo de colocar película — disse ela, batendo o pé no colchão.

Já tinha perdido e quebrado tantos celulares que sua antiga agência havia parado de disponibilizar aparelhos para ela.

Recuperei tanto o celular quanto o pé e liguei a lanterna.

Antes que eu pudesse amarelar, entrei e apontei a lanterna para dentro. Além de um mar de bolas de poeira, a lareira estava vazia. Rastejei ainda mais para dentro e apontei a luz para cima.

Zoey choramingou.

— Ai, meu Deus. Se for assim que minha única cliente morrer, nunca mais vou trabalhar como agente.

A luz do dia entrou pelo alto da chaminé e relaxei.

— Ele foi embora. — Eu a tranquilizei e saí da lareira.

— Obrigada. Agora, devolve meu celular — ordenou Zoey.

Joguei o aparelho para ela, que o apanhou antes de se jogar na cama.

Desabei no chão e tentei acalmar o coração. Ficamos assim em silêncio por muito tempo.

— Imagino que vá se mudar para um hotel hoje? — perguntei finalmente.

Ela ergueu o celular.

110

— Minha reserva na Pousada Story Lake está confirmada.

— Ótimo. Vou tomar banho para lavar o suor do pânico — falei, saindo do chão.

— Vou começar a preparar o café da manhã.

O chuveiro no meu banheiro não era bonito, mas pelo menos a pressão da água também era péssima. Lá estava eu na banheira vitoriana, olhando para os ladrilhos rosa e pretos, o vaso sanitário preto. A estética não era lá muito incrível, mas o espaço para guardar coisas na penteadeira dupla, no roupeiro e no armário embutido estreito me deixava empolgada.

Eu me sequei com uma das toalhas puídas do roupeiro, enrolei o cabelo em outra e arrastei minha bolsa de artigos de higiene pessoal para dentro do cômodo. Numa explosão de energia de banho pós-guaxinim, desfiz todas as malas, encantada com o absoluto excesso de espaço.

Ainda me divertindo, apliquei um curativo novo, sem bigodes, em meu ferimento de peixe de ave, sequei o cabelo, completei toda a minha rotina de skincare e até passei uma camada de rímel.

Acenei para meu reflexo no espelho de cisne dourado, tão horrível que chegava a ser charmoso. Essa era a Nova e Melhorada Hazel Hart, que tomava banho e usava rímel e brigava com guaxinins. Eu só esperava que ela também escrevesse livros.

Vesti minha roupa nova de Story Lake porque minhas outras ainda estavam na secadora velha, coloquei meus óculos e desci correndo pela escada dos fundos. Eu tinha duas escadas. E uma casa do tamanho de vários dos meus apartamentos. E uma cozinha feia.

Zoey estava feito uma louca preparando o que parecia ser sua segunda grande xícara de café solúvel. Havia dois potes de mingau de aveia instantâneo fumegando na bancada laminada ao lado do micro-ondas velho.

— Linda roupa. — Ela fingiu proteger os olhos do amarelo ofuscante do short e da camiseta.

— Os utensílios de cozinha e o resto das coisas do meu apartamento, incluindo meu guarda-roupa não encharcado de vinho, chegam amanhã. — Tirei uma colher de plástico da embalagem

— O de morango com creme é o seu. Eu mereço o de gotas de chocolate — disse Zoey, ressurgindo de seu café. — E, por favor, me diga que isso inclui a máquina de espresso do bundão.

Meu ex-marido era esnobe com relação a muitas coisas, incluindo café; era por isso que tínhamos ocupado todo um canto precioso do nosso apartamento com um bar de cafés.

— Inclui sim, mas não sei onde arranjaríamos grãos de espresso por aqui.

— Vamos roubar alguns do Cam Cacto na próxima vez em que ele estiver no armazém — sugeriu Zoey.

Dei uma mexida no mingau engrumado.

— Claro. Por que não adicionar furto à lista de motivos pelos quais as pessoas daqui me odeiam?

— Pensei nisso como material. *Para o seu livro* — disse ela, incisiva.

Minha descarga de energia pós-banho foi diminuindo enquanto minha ansiedade ressurgia. Eu precisava escrever. E começar hoje. E tudo o que eu tinha era a ideia vaga de anotar o que acontecera nas últimas vinte e quatro horas, mas de um jeito sexy e engraçado em vez de vagamente traumatizante.

E se eu não conseguisse? E se colocar palavras na página fosse uma impossibilidade física para mim agora? Isso acontecia com as pessoas. Alguns autores nunca se recuperavam de suas "noites escuras da alma". Eles voltavam a ser pessoas normais que tinham que arranjar trabalhos de verdade que exigiam cartões de ponto e calças e reuniões que poderiam ter sido e-mails.

Eu não tinha sido feita para isso.

— Então, precisamos de um carro. Não posso morar aqui e depender da generosidade de estranhos sexy e rabugentos para nos conduzir — anunciou Zoey, tirando-me das minhas lamentações interiores.

Passei a mão pelo cabelo limpo.

— Hum. Sim. Claro. Vou entrar em contato com a locadora e ver quando consigo um novo.

— De jeito nenhum — respondeu Zoey, veemente. — Primeiro, nenhuma locadora vai te oferecer um seguro depois da destruição do conversível ontem.

— Uma águia-careca me atingiu com um peixe. Por que todos ficam agindo como se fosse culpa minha?

— *Eu* vou alugar um carro que você não vai poder dirigir. Vou ser sua motorista-agente, se isso fizer você sentar a bunda e escrever algumas palavras.

— Nos mudamos literalmente ontem. Para de falar como se eu estivesse deitando sobre os louros. — Me perguntei por que alguém deitaria sobre louros. As folhas eram muito pontudas.

— Então, prova que estou errada e escreve umas cem palavras agora. — Ela apontou na direção da biblioteca.

— Agora? Não são nem nove da manhã. Meu cérebro não acorda até pelo menos depois do meio-dia — rebati, tentando me esquivar.

— Agora — Zoey disse com firmeza. — Você vai se sentir melhor depois. Talvez possamos deixar essa crise de confiança para trás cem palavras de cada vez.

Resmungando, peguei da geladeira minha fonte matinal de cafeína preferida, uma Wild Cherry Pepsi, e entrei na biblioteca.

Estava quente, ensolarado e quase completamente ermo. Meu notebook estava aberto e ligado em cima da mesa de costura desgastada que Zoey, ou o guaxinim, havia espanado e levado para a alcova criada no semicírculo das janelas com vista para o jardim lateral. Havia uma cadeira de madeira com vime frouxo atrás da escrivaninha que parecia tão confortável quanto uma pilha de louros. Meus fones de confiança com cancelamento de ruído estavam em cima de um caderno aberto numa página em branco.

Eu me concentraria melhor se tivesse uma cadeira de escritório de verdade. E talvez alguns livros nas prateleiras. E se eu estocasse materiais de escritório divertidos. Eu gostava do ar de arrumação que canetas novas e post-its coloridos davam à escrivaninha.

— Não estou ouvindo você digitar — cantou Zoey da cozinha.

— Vai se danar — gritei em resposta.

Bufando, coloquei o refrigerante embaixo do braço e fechei as portas que davam para o corredor. Elas não chegaram exatamente a bater, mas eram tão barulhentas que eu estava confiante de que meu recado tinha sido dado.

Com cautela, dei a volta pela mesa e puxei a cadeira.

— Certo, notebook. Somos só eu e você. Nós costumávamos ser amigos, lembra?

Eu me sentei. O vime resmungou em protesto.

— Cala a boca.

Eu precisava mesmo de um gato. Esse cômodo pedia um. E conversar com um gato era menos estranho do que falar sozinha. Quem sabe eu não poderia domesticar o guaxinim e me tornar a escritora excêntrica com o guaxinim de estimação?

Passos no corredor me fizeram abrir com culpa o programa que eu usava para escrever. E o aviso de atualização me deu uma pausa conveniente para olhar pela janela e tomar minha Pepsi.

— Pense sobre a história — falei para mim mesma, e me levantei para olhar pela janela. — Quem é o casal sortudo?

Uma imagem de Cam fechando a cara atrás do volante da caminhonete apareceu na minha cabeça. Imaginei como seria um dia normal que não envolvesse salvar mulheres de águias. Se eu o contratasse, assistiria de camarote ao seu trabalho, seu cotidiano e sua bunda incrivelmente bem torneada.

Plantas. Eu precisava de plantas aqui dentro. Daquelas trepadeiras longas que descem pelas estantes e dão um pouco de vida ao espaço. Claro, eu teria que me lembrar de regar essas plantas. Mas se eu passasse todos os dias escrevendo aqui, cuidar de plantas se tornaria parte da minha rotina.

Olhei por sobre o ombro. A atualização estava completa. O projeto novo estava aberto.

Voltei à escrivaninha e me sentei. A página em branco era agressivamente branca. Parei alguns minutos para mexer na formatação do documento e deixá-lo do jeito que eu gostava. E, então, eu já não poderia mais enrolar sem levantar as suspeitas de Zoey.

— Cem palavras — lembrei a mim mesma. — Antigamente eu conseguia fazer isso em dez minutos. É memória muscular, certo?

O cursor piscante era como um outdoor minúsculo que gritava sobre a brancura imaculada do documento.

— Que merda eu estou fazendo aqui? — Li em voz alta enquanto digitava. — Certo. Seis palavras já foram; faltam noventa e quatro.

Acenando para a contagem de palavras, coloquei os fones de ouvido, botei para tocar a minha playlist "Escreva até Dizer Chega", e coloquei o timer no celular para dali a vinte e cinco minutos.

— Por onde começar? — murmurei comigo mesma ao som de The Killers.

Mais uma vez, meu mocinho bonitão, que era a cara de Cam, me veio à mente. Ele estava tendo um dia bom. Não. Um dia ótimo. O sol estava brilhando, a janela de sua caminhonete estava aberta, e sua música favorita tocava no rádio. Pena que estava tudo prestes a ir para as cucuias, pensei com um sorriso maldoso.

— Zoey! — Saí da biblioteca de supetão.

— O que foi? — disse sua voz de algum lugar.

— Onde você está?

— Aqui.

Coloquei a cabeça dentro da cozinha e vi que estava vazia.

— Esta casa é grande demais para você simplesmente dizer "aqui"!

— Estou na sala de estar ou na sala de visitas. Não lembro qual é qual — gritou ela em resposta.

Eu a encontrei fazendo agachamentos com o peso do corpo na sala de visitas enquanto respondia a e-mails no celular.

— Toma — falei, orgulhosa, colando um post-it na testa dela.

Zoey terminou seu e-mail e seus agachamentos antes de descolar e ler a nota adesiva.

— Duzentas e cinquenta e sete o quê? Razões pelas quais guaxinins são maléficos? Puta merda! Palavras? Você escreveu palavras de livro de verdade?

— Palavras de livro de verdade. Estou enferrujada pra caramba, e trinta delas eram anotações do tipo "inserir algo melhor ou mais inteligente aqui", mas o resto não era horrível.

Ela me pegou pelos antebraços.

— Eu amo palavras não horríveis!

— Eu também — cantei enquanto começávamos a pular para cima e para baixo.

Zoey parou abruptamente.

— Agora volte lá para dentro e faça isso de novo.

— Mas...

— Sem mas. A menos que seja *mais* bunda de mocinho rabugento em caça jeans azul.

— Não quero exagerar. Quer dizer, se eu forçar demais, posso acabar me esgotando — falei, cautelosa.

— Quinhentas palavras não vão te esgotar. Você já está na metade.

— Quando você ficou tão boa assim em matemática?

— Quando comecei a calcular o quanto vamos precisar do dinheiro desse livro.

— Não me diga que você torrou todas as suas economias em sapatos e jantares.

Zoey segurou minhas bochechas e as apertou.

— Mal tenho dinheiro para sobreviver até esse livro conseguir um adiantamento. Quando você terminar de reformar e mobiliar essa casa, vai estar praticamente falida. Precisamos desse livro, Hazel.

— Não sei se você está me motivando por medo de novo ou me falando a verdade — admiti com as bochechas espremidas.

— Volta lá para dentro e me dá mais palavras, ou vou ter que considerar vender minha coleção de sapatos da Jimmy Choo para podermos bancar mais tigelas de mingau horrível.

— Você é péssima.

— Você é pior. Vai escrever para bancarmos roupas que não tenham palavras na bunda.

— Acho que gastei toda a minha criatividade. Dificilmente conseguiria escrever mais uma palavra sem ver um trabalhador braçal gato e rabugento. Talvez seja melhor dar uma volta no quarteirão para buscar inspiração.

A campainha escolheu esse exato momento para tocar, e me sobressaltei com a interrupção.

— Talvez seja um trabalhador braçal gato e rabugento — disse Zoey enquanto eu me dirigia à porta.

— Talvez seja seu amigo guaxinim — disparei em resposta.

A umidade deixava a porta ainda mais inchada, e eu não consegui abri-la, nem mesmo com a ajuda de Zoey.

— Só um segundo — falei, ofegante. — A porta está emperrada.

— Puta que o pariu. Para trás — rosnou meu visitante pouco gentil.

115

— Acho que você manifestou ele — sussurrou Zoey enquanto dávamos um passo para trás da porta.

Um segundo e uma bota determinada depois, minha porta se abriu, revelando a cara amarrada de Cam.

Ele estava com uma camiseta cinza nova, uma calça de trabalho manchada de tinta e uma cara fechada que destacava os ângulos acentuados de seu rosto marcante. O homem era lindo.

— Oi — cumprimentei.

— Preciso fazer algumas medições — disse ele enquanto passava por mim.

— Pode entrar — murmurei.

— Isso estava pregado na porta. — Ele me entregou um papel amassado. Alisei e li o papel.

— Você só pode estar de brincadeira?

— O que foi? — perguntou Zoey.

Ergui o panfleto. Punição para a Assassina do Ganso. Assembleia municipal hoje às 19h. Traga o seu.

— Levar o meu o quê? — perguntei.

— É melhor não saber — respondeu Cam. Ele apontou para a porta. — Não feche. Vou consertá-la antes de sair.

— Só vou pegar meu notebook.

Jim: Espero que a escrita esteja correndo bem.

14

SORRISINHOS QUE MERECEM UM MURRO

Campbell

— Odeio serviços de telhado — reclamou Levi de pé na cumeeira do telhado de Erleen Dabner.

Erleen era o tipo de senhora que colecionava cristais e cartas de tarô e cultivava ervas numa estufa anexa à sua casa de fazenda estranhamente excêntrica. Uma casa de fazenda com um vazamento no telhado.

— Você odiaria ainda mais falir — garanti a ele, retirando as telhas de asfalto que envolviam o tubo de ventilação.

Antigamente, teríamos terceirizado um projeto como esse. Mas os subempreiteiros ou se mudaram da área ou ficaram caros demais para justificar o custo, uma vez que podíamos fazer isso nós mesmos.

— Agradeça por ser só um andar — disse Gage, andando ao longo da parte mais alta feito um cabrito-montês que calçava botas de trabalho. — Encontrei outro ponto frágil aqui. Talvez haja algum trecho podre.

— Vou pegar outro pacote de telhas. — Levi se ofereceu e desceu correndo a escada para a garagem de Erleen e minha caminhonete.

— Ansioso para a assembleia municipal? — perguntou Gage enquanto começava a remover o ponto novo.

— Circulei com um coraçãozinho na porra do calendário.

Algum membro da família Bishop ocupava um assento na câmara de vereadores havia três gerações: outra tradição familiar que não podíamos deixar morrer.

— Estou curioso. Deve ser bem divertido com nossa nova vereadora e o povo exaltado — refletiu Gage.

Arremessei outra telha na direção do reboque que estávamos fazendo de caçamba de entulho.

— Você só está dizendo isso porque não tem que aturar aquele circo todo. — Gage havia ocupado a vaga antes de mim, e tinha quase chorado de rir quando fui surpreendido pela vitória na eleição depois que os idiotas dos meus irmãos organizaram uma campanha secreta de votação livre.

— Fiz a minha parte. É a sua vez — disse ele alegremente.

Parei de examinar o compensado exposto e olhei para ele.

— Por que você está sempre de bom humor?

— Deve ser pelo mesmo motivo que você está sempre de mau humor. Nascemos assim.

— Não estou sempre de mau humor — contestei.

Eu só acordava consciente de que aconteciam coisas ruins com as pessoas que amamos.

Gage zombou:

— Cara, suas rugas de preocupação têm rugas de preocupação.

— Não é porque não ando pela cidade o dia todo com um sorrisão idiota no rosto que estou sempre de mau humor.

— Laura acha que é porque você achou que precisava se mudar de volta para cá. Levi acha que é por causa daquela vez que ele bateu na sua cabeça quando estava tentando acertar a pinhata na festa de aniversário do Wes. Particularmente, acho que é porque você sabe que nunca vai ser tão bonito e charmoso quanto eu.

— Vocês ficam falando merda de mim pelas minhas costas?

— A maior parte é na sua cara, mas uma parte acaba sendo no grupo Todos Menos Cam.

Dei uma batidinha de teste no compensado com o pé de cabra.

— Você acha que não existe um grupo Todos Menos Gage?

Seu sorrisinho merecia um murro.

— Tenho certeza de que esse é o único grupo que não existe porque, ao contrário de você, me dou bem com todo mundo.

Tomei uma nota mental de criar um grupo Todos Menos Gage assim que saísse desse telhado maldito.

Gage lançou mais duas telhas estragadas no reboque lá embaixo.

— Só estou dizendo que está na cara que voltar para cá não tornou você uma pessoa mais feliz e simpática.

— Voltei para encontrar uma irmã no hospital e uma empresa familiar em declínio. Então, você e suas reclamações de que o Cam não sorri feito um idiota podem se foder.

Não, abandonar a vida que eu havia construído, a reputação que havia criado para mim, não me fazia querer sair pulando e cantando por um campo de margaridas ou seja lá o que pessoas felizes faziam. Mas também não era como se construir aquela vida tivesse me trazido alguma alegria.

Uma vez, a caminho de uma obra, meu celular tinha ficado preso embaixo do banco, e acabei ouvindo sem querer uma entrevista em um podcast com uma tal organizadora que passou uma hora falando sobre construir uma vida que trouxesse alegria.

Eu tinha considerado desligar o som, mas, mesmo envergonhado, ouvi tudo até o fim, pensando por que eu não tinha feito nada na vida adulta que me trouxesse o mínimo de alegria.

— Não tem problema ter inveja, Cam. Basta me ver batendo um martelo ou fazendo algo igualmente másculo na casa dela, e Hazel vai se ajoelhar e me pedir em casamento.

— Se estivéssemos num telhado mais alto, eu te empurrava.

O sorriso escancarado de Gage foi instantâneo.

— Você teria que me alcançar antes. E é mais velho e mais lento.

— Não sou tão mais velho do que você, seu bostinha sorridente — lembrei a ele.

— Mais bonito, mais charmoso *e* mais jovem. Além disso, eu a vi primeiro, e você sabe que isso me dá prioridade.

— Viu quem? — perguntei, fingindo ter me esquecido de quem estávamos falando.

— Hazel Hart. Romancista residente, fonte de todos os boatos e entretenimento da cidade e futura mais nova cliente da Irmãos Bishop.

— Pode aproveitar sua prioridade. Não estou nem aí. Eu faria até o brinde no seu casamento.

— Aham. É por isso que você está segurando esse pé de cabra com tanta força assim.

Olhei para baixo e relaxei a mão na mesma hora até a cor voltar aos dedos.

Eu estava pronto para encontrar uma forma de atrair Gage para perto para poder empurrá-lo para fora do telhado em cima de um dos arbustos de azevinho de Erleen quando ouvimos um assobio familiar.

Eu e Gage nos aproximamos da beira do telhado e vimos meu pai com duas bandejas de cafés para viagem na mão. Levi estava ao lado dele, já tomando um.

— Querem uma pausa para a cafeína? — gritou ele.

Fiquei imediatamente desconfiado. Francisco Bishop dizia que os únicos bons momentos para uma pausa eram a hora do almoço e a hora de ir embora, e estávamos bem no meio das duas.

— Por que ele está com seis cafés?

— O cara teve um derrame. Talvez hoje a matemática não seja o forte dele — chutou meu irmão insuportavelmente otimista.

— Não — respondi. — Ele está aprontando algo.

— Viu? É essa a nossa diferença. Se o pai está aprontando algo, você automaticamente supõe que seja algo ruim. Eu, como o filho superior, mal posso esperar para me divertir.

— Oi — cumprimentou uma voz irritantemente familiar vinda da rua.

— Puta que o pariu — murmurei enquanto Hazel e Zoey vinham da calçada. Ela estava usando o short e a camiseta amarelos ofuscantes que tinha comprado na loja, e parecia um raio de sol.

Comecei a me virar para voltar ao trabalho, mas Gage pegou meu braço.

— Quem. É. Aquela?

— Aquela é Hazel, imbecil.

— Não — respondeu meu irmão, ainda sem tirar os olhos das mulheres que se aproximavam. — A com a... — Ele ergueu a mão e fez um gesto esvoaçante estranho.

— A cabeça? — completei.

Tudo o que fiz foi puxar o braço. Juro pelo bolo de limão da vovó que não o empurrei, embora ele estivesse me irritando e merecesse. Os Bishop podem gostar de uma palhaçada, mas não brincamos em serviço nos telhados.

Mesmo assim, Gage balançou e deu um passo para o lado para se equilibrar. Mas continuou olhando enquanto seu pé escorregava.

— Merda — falei enquanto meu irmão caía do telhado em cima do arbusto de azevinho.

Hazel e Zoey avançaram correndo.

Meu pai e Levi ficaram tomando café e esperando Gage sair do arbusto.

Com um suspiro resignado, fui até a escada. Que fique claro, eu estava pronto para o café. Não estava nem um pouco preocupado com quantos ossos quebrados meu irmão poderia ter. Eu e Levi sabíamos por experiência de irmãos mais velhos que os ossos de Gage eram feitos de borracha.

O pé do Gage saiu do arbusto primeiro, seguido pelo braço e pela cabeça.

— Você está bem? — perguntou Hazel.

O idiota do meu irmão ergueu a cabeça para ela.

— Ei, cidade grande. Quem é sua amiga?

— Herói do posto de gasolina — falou Hazel, reconhecendo-o. — Você acabou de cair de um telhado.

— É, mas foi só um andar. — Ele espanou a terra e as folhas de cima dele.

— Herói do posto de gasolina, essa é Zoey. Zoey, esse é o meu herói do posto de gasolina de ontem, e, a julgar pelos olhos, deve ser o terceiro irmão Bishop.

Gage ergueu as duas mãos. Hazel e Zoey pegaram uma cada e o levantaram.

— Gage Bishop, a seu dispor — ele se apresentou, galanteador.

Eu aproximei do meu pai e peguei um café.

— Você está sangrando e está com uma folha na orelha — comentou Zoey.

Gage escancarou um sorriso.

— É tudo parte da experiência.

— Como eu estava dizendo, detalhei o orçamento por projeto para facilitar para você escolher — explicou meu pai para Hazel.

— Pronto. Novinho em folha — disse Hazel enquanto colava o último band-aid no arranhão do queixo do meu irmão, que estava sentado na caçamba da minha caminhonete.

— As mulheres curtem bigodes e cicatrizes, certo? — comentou Gage com uma piscadinha.

— Faz você parecer muito valente — prometeu ela.

— Valente como um bebê cabeça-dura — murmurei.

Levi não riu. Ele estava ocupado demais observando as tentativas de Hazel de prestar primeiros socorros para nosso irmão com os olhos semicerrados. Será que essa mulher estava emanando algum tipo de feromônio que atraía os Bishop?

— O que acha, Zoey? — Hazel perguntou à agente.

Zoey estava estudando uma cópia impressa que meu pai, do outro lado da caminhonete, tinha entregado para ela.

— Acho que você vai precisar começar a vender mais livros.

— Você precisa dar um sinal de cinquenta por cento — anunciei, entrando entre Hazel e Gage e fingindo revirar uma das bolsas de ferramentas no leito da caminhonete.

Hazel me olhou e ergueu a sobrancelha acusadora. Retribuí o olhar e peguei a primeira ferramenta que encontrei livre. Era um esquadro de marcenaria que não me servia de nada. Voltei até Levi e fingi marcar um ângulo na chapa de compensado que tínhamos montado em cima de um par de cavaletes.

— Lembre-se que podemos fazer isso em estágios — meu pai disse a Hazel com um tom muito mais simpático. — Se não quiser fazer tudo de uma vez, podemos começar pelo que for urgente. Somos flexíveis.

— Por enquanto — acrescentei com um tom de ameaça.

Levi acotovelou minha barriga.

— Ai! Por que isso e por que seu cotovelo é tão pontudo? — murmurei, massageando as costelas.

Meu pai lançou um olhar incisivo para Levi. Meu irmão apertou a mão na minha nuca e me guiou para longe do café na garagem.

— Está tentando nos ferrar? — perguntou ele.

Eu me soltei de sua mão.

— Estou tentando nos proteger.

— Irritando uma possível cliente com um serviço tão grande assim? Você sabe que a única coisa que temos na nossa agenda depois desse conserto de telhado é uma porra de instalação de lava e seca e dar um quarto orçamento para Lacresha sobre aquele galinheiro no quintal.

Deve ter sido o maior número de palavras que ouvi Levi encadear de uma única vez desde sua defesa fervorosa no Grande Incidente de Paintball.

— Fala sério. Olha para ela. — Apontei para Hazel.

— Estou olhando.

Ele estava mesmo. Percebi que eu não gostava nada disso; então, entrei na frente dele.

— Ela não vai ficar. Vamos acabar com um monte de materiais e um buraco gigante na nossa agenda quando ela mudar de ideia. Ela é a cara da cidade grande.

— Ela está a cara de Story Lake com essa roupa — comentou Levi, acenando para o conjunto amarelo horrível.

— Você entendeu o que eu quis dizer.

— Olha, cara. Não acredito que isso precisa ser dito, mas você precisa embarcar nessa. Nós precisamos disso. Esse "nós" também inclui você agora.

— O que é que você quer dizer com isso?

— Você teve uma vida longe de nós, longe deste lugar. Isso foi escolha sua. O resto de nós ficou. Não porque precisávamos. Porque queríamos. Se não começarmos a atrair mais clientes, a Irmãos Bishop vai ser mais uma empresa a fechar as portas, e você vai partir para outra, como sempre faz. Mas como fica o resto de nós?

Eu não sabia o que estava inspirando a verbosidade de Levi nem o que eu deveria dizer em resposta. Eu queria dizer que ele estava errado, mas, de certo modo enviesado, poderia haver alguma verdade nisso.

— Precisamos de você. Mas estamos todos acostumados a não ter você por perto. Então, ou você embarca nessa ou vai embora. De novo — disse ele, e me deu um último empurrão fraternal. Tropecei num arbusto de lavanda enorme e caí de bunda.

— Esses cabeças de vento não têm um pingo de bom senso — murmurei enquanto recuperava o equilíbrio. Eu o segui de volta à reunião informal na garagem, jurando vingança.

Minha atenção se concentrou em Hazel. Ela estava folheando o orçamento com uma expressão indecifrável.

Quando chegou à última página, soltou baixinho:

— Eita.

— Preço grande para um serviço grande — comentou meu pai.

— Você não vai se arrepender de nos dar uma chance — acrescentou Gage com sinceridade.

Hazel ergueu a cabeça, e nos encaramos. Fiz o possível para não fazer uma cara muito desagradável. A julgar pela careta rápida dela, pensei que não tinha conseguido.

Ela se virou para o meu pai.

— O senhor é bom em remoção de guaxinins, sr. Bishop?

— Pode me chamar de Frank. E, não querendo me gabar, mas sou um verdadeiro encantador guaxinins.

Era uma mentira deslavada, mas a lealdade familiar não deixava nenhum de nós desmentir.

Hazel acenou e respirou fundo.

— Certo. Se vocês estão dentro, estou dentro.

15

DUAS MULHERES ENTRAM NUMA FUNERÁRIA

Hazel

— Foi impressão minha, ou Gage estava prestando atenção especial em você? — perguntei a Zoey.

Eu estava deitada na cama dela folheando sua coleção de revistas de compras por impulso enquanto ela terminava sua maquiagem e arrumava as malas ao mesmo tempo.

— Até parece. Tenho certeza que os Bishop só têm olhos para você. Além disso, aquele homem é um alerta vermelho cercado por vários outros alertas — comentou ela, passando um batom rosa no espelho meticulosamente.

Ergui a sobrancelha, cética.

— Eu e você temos definições muito diferentes de sinal de alerta.

Ela se virou para mim enquanto pressionava os lábios.

— Está na cara que ele é um monogâmico em série tentando colocar suas garras de trabalhador braçal do interior numa mulher para que ela possa desistir da carreira, ter um monte de filhos e os levar para o treino de algum esporte qualquer. Além disso, ele estava olhando para você, não para mim, o que me deixa ainda menos interessada.

— É por isso que você trocou de roupas três vezes? — provoquei.

Ela se virou para o espelho e começou a prender os cachos num rabo de cavalo volumoso.

— Com licença, srta. Terninho. Você não tem o direito de julgar meu processo de seleção de roupas.

— Ei, estou tentando causar uma boa impressão aqui. Qual é a sua desculpa?

— Estou bonita para apoiar a sua boa impressão. Você escreveu duzentas e cinquenta e sete palavras hoje, o que é mais do que nos últimos dois anos. Se quer que esta cidade goste de você, vou obrigá-los a gostar.

— Ah. E usar um bustiê vai ajudar a minha causa como?

— Seu terninho está ficando cheio de pelo de guaxinim — disparou ela em resposta.

Saí da cama e fui direto para o espelho com um rolo adesivo. Eu tinha optado por um terninho preto clássico, uma blusa cor de ferrugem e, como o carro alugado de Zoey ainda não tinha sido entregue e iríamos a pé para a assembleia municipal, meus tênis mais chiques. Além de duas camadas de desodorante.

— Estou nervosa — anunciei.

Ela parou o que estava fazendo e se juntou a mim na frente do espelho.

— Por quê?

— Por quê? Porque todo mundo aqui já me odeia. Era para esse ser um recomeço, uma volta por cima. Comprei uma casa, saí da cidade, arrastei você junto, tudo porque uma notícia de jornal antiga me deu uma faísca?

Ela colocou o braço em volta da minha cintura e me apertou.

— Não ignore a faísca. Nunca ignore a faísca.

— E se não der certo, Zoey? E se essa assembleia municipal for o primeiro passo para uma derrocada ainda mais sombria e deprimente? Não acho que eu consiga sobreviver a isso.

Zoey me soltou para me pegar pelos ombros.

— Você é Hazel Hart, porra! Você é uma autora de best-sellers. Você se sustentou e sustentou aquele seu maridinho maldoso e metido a intelectual numa das cidades mais caras do mundo com os direitos autorais que ganhava com os livros que você escreveu. Sabe como isso é difícil? Sabe quantas pessoas tentam e não conseguem fazer isso?

— Não — falei, petulante.

— Dezenas de milhares. Talvez até centenas de milhares. Mas você conseguia. E não existe nenhum motivo para não conseguir fazer o que quer que bote nessa sua cabecinha brilhante. Inclusive conquistar esta cidadezinha esquisita, escrever o melhor livro da sua carreira e ganhar para nós duas um caminhão cheio de dinheiro para mandar todo mundo se foder.

— É?

Ela concordou furiosamente.

— A única coisa que você precisa fazer é liberar o sangue nos olhos que escondeu e correr atrás dos seus sonhos. Dim, e note que não falei o nome verdadeiro dele, passou anos confundindo as suas ideias. Entendo que leva tempo para se recuperar de algo assim. Mas ele não está mais aqui. A única pessoa que está confundindo as suas ideias agora é você.

Fechei bem os olhos.

— Nunca mais vou me casar — prometi.

— É isso aí, garota — concordou ela.

— E se eu não conseguir escrever uma história de amor porque a minha acabou? E se eu estiver tão por fora do universo dos relacionamentos que não consiga escrever uma comédia romântica realista? — perguntei. E se eu não fosse mais boa o suficiente?

Zoey respondeu com uma risada sem graça.

— Haze, lemos comédias românticas para escapar da realidade deprimente de nossas vidas amorosas. Ou estamos solteiras à procura da "pessoa ideal", mas nos afundando num frenesi de aplicativos, encontros decepcionantes e mentiras descaradas. *Ou* estamos num relacionamento longo que ficou mais insípido do que aquele pacote de biscoitos de água e sal que encontramos embaixo da pia da cozinha. Não precisamos de nada realista.

Fiz uma careta.

— Nossa, e depois *eu* é que sou deprimente.

Ela me virou para o espelho de novo.

— Mas pelo menos somos duas mulheres incríveis que não levam desaforo para casa e ainda por cima são bonitas.

Arrumei o terninho e soltei um suspiro.

— Certo. Vamos conquistar Story Lake para eu poder escrever um livro e salvar nossas carreiras.

— Tem alguma coisa errada — disse Zoey enquanto observávamos os moradores da cidade entrarem na Comendo Capim pela Raiz, uma funerária na rua Nogueira. A placa prometia que eles faziam o enterro virar uma festa.

— É o endereço que Darius me deu — insisti, abraçando meu caderno de apoio emocional.

Ela balançou a cabeça.

— Está na cara que ele estava te sacaneando e te mandou invadir o velório de alguém.

— Pelo menos estou de preto. Vem. Vamos dar uma olhada.

Entramos pelas portas duplas e nos deparamos com uma mulher com tranças até a cintura e um terno largo de um amarelo intenso que parecia estar coordenando a entrada de pessoas.

— Bem-vindas à Comendo Capim pela Raiz. Estão aqui para a assembleia municipal ou para o velório de Steward?

— Para a assembleia municipal — respondi rápido.

— Maravilha. É no Salão Crepúsculo. Só pedimos que deem uma passadinha rápida pelo Salão Jardim e prestem suas condolências à família do sr. Stewart. Ele tinha cento e quatro anos e o velório está pouco movimentado, se é que me entendem.

— Ah, hum. Não chegamos a conhecer o sr. Steward. Na verdade, nos mudamos para a cidade anteontem — expliquei.

— Ah, bom, nesse caso, preciso insistir. Acho que se eles virem a mulher que dizem ter passado por cima do mascote e da placa de boas-vindas da cidade de uma tacada prestar condolências só vai ajudar a melhorar a sua reputação — disse ela, e seu sorriso simpático agora parecia um pouco mais mercenário. — Sem falar que tem biscoitos depois da urna.

— Vamos ter o maior prazer em prestar condolências — respondeu Zoey, pegando meu braço e me guiando na direção do mal iluminado Salão Jardim.

— Não quero ir a um velório — resmunguei num sussurro.

— E eu não queria vir para Onde Atacam os Monstros, mas vim — falou ela com firmeza. — Encare isso como a primeira parada na sua turnê de desculpas.

Entramos no Salão Jardim pelas portas dobráveis abertas. Parecia que não éramos os únicos participantes da assembleia municipal que tinham sido arrastados para cá. Havia uma fila curta de pessoas vestidas para qualquer coisa menos para um velório, gritando suas condolências para três adultos com aparência de anciãos sentados em cadeiras dobráveis diante do que parecia um grande pote de picles.

— Por favor, me diga que não é o sr. Stewart naquele pote de picles — sussurrou Zoey.

— Vamos acabar logo com isso. — Entrelacei o braço no dela e nos guiei à frente do salão.

— Lamento pela morte do sr. Stewart — gritou um homem de calça jeans e flanela quase tão velho quanto a família para quem ele estava gritando.

— O que você disse? — gritou a mulher na ponta com uma voz áspera de quem tinha um longo romance com cigarros mentolados. Ela botou a mão atrás da orelha e olhou para ele através dos óculos rosa perolado.

— LAMENTO — gritou de novo o homem.

— Quando é o jantar? — perguntou o homem encolhido e enrugado ao lado dela. Ele vestia um terno que parecia ter sido feito nos anos quarenta.

— Falei que comeríamos depois — bradou o senhor à direita dele, batendo no outro com a bengala.

— Depois do quê?

A fila logo avançou, muito provavelmente porque a família mal entendia uma palavra do que os visitantes dizia.

— Tenta não falar nenhuma besteira — sussurrou Zoey para mim quando nos aproximamos do trio de idosos.

— Oi, sou Hazel, e essa é minha amiga Zoey. Só queríamos dizer que lamentamos pela morte do sr. Stewart — falei no tom mais alto que eu tinha coragem de usar.

Os três me olharam com expectativa.

Zoey me acotovelou.

— Nós, hum, não o conhecemos, mas ouvi dizer que ele era um picles de respeito. — Apontei para o pote.

— Ai, meu Deus — murmurou Zoey.

Os três me encararam. O homem de bengala enfiou o dedo no ouvido e aumentou o volume do aparelho auditivo.

— O que você disse? — berrou ele.

— Vou querer o bife à milanesa — disse o que estava a seu lado.

— Você tem um cigarro? — perguntou a mulher. — Aquela mulher vestida de florzinha tirou o meu antes do velório.

— Sentimos muito — respondeu Zoey, e me arrastou para fora do salão. — Picles de respeito?

Peguei um biscoito da bandeja na saída e o coloquei no bolso para emergências.

— Fiquei nervosa. Você sabe que digo a coisa errada quando fico nervosa.

— Bom, é melhor se acalmar rápido ou vamos ser expulsas da cidade antes do final da noite — comentou Zoey, apontando para a frente.

O Salão Crepúsculo tinha o dobro de cadeiras do velório de Steward. Várias estavam até ocupadas. Havia uma plataforma na ponta do salão com uma mesa e cadeiras.

As pessoas estavam se virando para mim e olhando feio.

— Aonde vamos? Onde me sento? Fico em pé? — perguntei enquanto minha ansiedade de estar num novo ambiente me embrulhava o estômago.

— Vamos encontrar um rosto amigo — disse Zoey, olhando pelo salão.

— Boa sorte — sussurrei.

— Lá. O prefeito prodígio. — Zoey me puxou na direção de Darius. Ele estava atrás de uma mesa dobrável do outro lado do salão, segurando um cofre pequeno.

— Chegou a moradora mais famosa de Story Lake — disse ele, que vestia um terno com tênis e uma camisa roxa com uma gravata borboleta combinando.

— Está mais para infame, isso sim — retruquei, observando a multidão.

— Não se preocupa. Vamos esclarecer o mal-entendido e você dificilmente vai ter que se preocupar com um afogamento público ou a caminhada da batata.

— Caminhada da batata?

— Uma punição legal que está na legislação há quase duzentos anos. Os culpados são obrigados a dar voltas pelo parque enquanto os habitantes da cidade jogam batatas neles. Tomem um pouco de ponche. Estamos arrecadando fundos para o clube de matemática da escola primária. — Ele apontou para a placa pintada à mão na frente da mesa. *Matematletas são atletas.*

— Não consigo fazer isso, não — sussurrei para Zoey.

Ela sacou a carteira.

— Consegue sim que eu sei. Confia em mim. Não vou deixar que atirem batatas em você.

— Aqui está o seu troco — disse Darius.

A mulher ao lado dele estendeu dois copos com um sorriso.

— Oi, sou a mãe de Darius, Harriet. Sou uma grande fã sua.

Um rosto amigo. Eu queria me jogar a seus pés e prometer um presente caro de aniversário.

— Obrigada. — Consegui dizer. — Aonde devo ir? Posso me esconder lá no fundo?

Darius deu uma risadinha enquanto fechava o cofre.

— Você vai ficar no palco comigo e o resto da câmara.

— Ah, que maravilha — falei, tomando um gole do ponche. Engasguei quando o cheiro de álcool subiu pela minha garganta e invadiu minhas narinas.

— Jesus amado, o que tem nisso? — Zoey também engasgou.

— Vodca e suco de frutas — falou Harriet com um sorriso.

— Percebemos que as assembleias fluem melhor com biscoitos e álcool. Quanto mais forte o ponche, mais curtas as assembleias — explicou Darius.

— Espera — pedi antes de virar o ponche de um gole só. — Tirei um punhado de dinheiro da carteira. — Manda mais, por favor. — Eu tinha a impressão de que precisaria de toda a coragem líquida possível.

Harriet voltou a encher o meu copo.

— Boa sorte lá em cima. Lembra, eles conseguem farejar o medo.

Virei o segundo copo.

— Obrigada — agradeci, ofegante.

Zoey fez sinal de joinha com as duas mãos.

— Cai matando. Porque estamos numa funerária.

— Rá — respondi com a voz fraca. Senti o peso de vários olhares agressivos enquanto seguia Darius até a frente do salão.

— Psiu!

Avistei Frank Bishop acenando da primeira fileira, onde ele estava entre duas mulheres bonitas. A mais jovem tinha o cabelo platinado com um corte moderno e uma maquiagem perfeitamente esfumada nos olhos. Ela ocupava uma cadeira de rodas na ponta da fileira. A mulher do outro lado de Frank se parecia muito com a primeira, mas tinha um ar um pouco mais delicado.

— Não se preocupe. Os Bishop estão do seu lado — prometeu ele para mim.

— Obrigada — sussurrei, tentando fingir que não estava sendo fuzilada pelos olhares de toda uma cidade.

— Essa é minha esposa, Pep, e minha filha, Laura — apresentou Frank.

— Nós nos falamos ao telefone, e pedi desculpas pelo comportamento do meu irmão. Eu talvez tenha trazido uns seis livros seus para você autografar — disse Laura.

— Vejo você depois, então... a menos que eu esteja sendo expulsa da cidade por uma multidão armada com batatas.

Laura balançou a cabeça.

— Faz uns dois anos que não abatatamos ninguém. Vai dar tudo certo. Estamos aqui para te apoiar. Só se lembre de ser agressiva lá em cima, ou eles vão acabar com você.

— Obrigada. — Eu tinha a sensação de que o sorriso que eu tinha estampado no rosto parecia mais uma careta de dor de barriga, mas era o melhor sorriso que eu conseguia dar.

Darius me guiou escada acima para a plataforma.

— Hazel, esses são dr. Ace, Erleen Dabner, e acredito que esse aqui você já conheça — falou ele, apontando para Cam. — Emilie está aqui em algum lugar. Pessoal, essa é Hazel Hart, nossa nova vereadora.

— Muito prazer — cumprimentou dr. Ace com uma voz de barítono retumbante. Ele era um homem negro muito alto, com o cabelo grisalho volumoso e um cardigã fechado em volta da barriga grande. Usava óculos em meia lua apoiados na ponta do nariz. — Sou o clínico geral da cidade... isso quer dizer médico do corpo inteiro, caso não esteja familiarizada.

— Oi — respondi, apertando sua mão estendida. — Hazel Hart, romancista e novata nervosa.

— Você vai se sair bem — prometeu Erleen. Ela era uma senhora branca com uma abundância de sardas, cabelo ruivo um tanto grisalho e esvoaçante, e um vestido marrom de tecido leve igualmente esvoaçante. Usava um anel em quase cada um dos dedos e quatro cristais pendurados no pescoço.

— Obrigada — falei, retribuindo seu sorriso com um sorriso fraco e inseguro. Vi que havia plaquinhas de papel com os nomes na frente de cada assento, e me sentei atrás do que dizia "Vereadora Hart". Darius se sentou na cadeira à minha direita.

Vi Gage se aproximando de Zoey e Harriet na mesa do ponche. O outro irmão, Levi, estava sentado na fileira dos fundos com um boné puxado para baixo e os braços cruzados diante do peito enorme. Mais parecia que ele estava dormindo.

Havia umas trinta pessoas no salão. A maioria estava com biscoitos do velório em uma das mãos, ponche na outra, e expressões fechadas.

Darius chegou perto do seu microfone.

— Vamos começar essa assembleia municipal de emergência, galera. Tenho uma sessão de Dungeons & Dragons amanhã cedo.

O burburinho aumentou enquanto as pessoas ocupavam os seus lugares. Um a um, os outros vereadores foram subindo ao palco. Cam foi o último. Ele me lançou um olhar indecifrável enquanto puxava a cadeira na ponta. Senti minhas bochechas corarem e desviei o olhar. Frank, na primeira fila, me deu uma piscadela de incentivo.

Zoey se sentou atrás deles, e Gage se sentou ao lado dela. Ela levou os dedos aos cantos da boca e puxou eles para cima.

Automaticamente, meus músculos faciais reagiram com um sorriso falso radiante que vacilou logo em seguida, quando vi uma mulher erguendo um cartaz que dizia *Assassina de aves.*

Duas fileiras atrás dela, um homem erguia uma cartolina azul em que estava escrito *Matadora de bingos.*

— Você está no meu lugar.

Ergui os olhos e me deparei com o rosto da mulher que tinha gritado comigo no jantar ontem à noite.

— Ah. Hum, desculpa. Eu só me sentei onde estava o meu nome — expliquei, olhando para Darius em busca de ajuda, mas ele estava cochichando com o que parecia ser um quarteto musical à capela superdimensionado. Todos usavam chapéus de palha e camisetas com listras vermelhas e brancas de *Rouxinóis de Story Lake.*

— Sai — exigiu com firmeza minha arqui-inimiga.

Eu sabia que deveria ser agressiva, mas essa mulher parecia capaz de me quebrar ao meio.

— Ora, Emilie, isso não é jeito de atrair novos moradores para a cidade — repreendeu Ace.

— Assim que você sair do meu lugar, poderemos fazer justiça por Ganso — gritou Emilie.

— Justiça por Ganso! — A aclamação se espalhou como rastilho de pólvora e abafou os pedidos de silêncio de Darius.

Murmurando pedidos de desculpa, peguei meu caderno e a plaquinha com o meu nome. No passado, quando eu entrava numa sala de pessoas que estavam lá por minha causa, a reação era bem mais calorosa. Eu já tinha entrado em livrarias e sido aclamada por leitores. Isso era novo e desagradável. Senti minha valentia se esconder ainda mais dentro de mim.

De pé no palco, segurando minhas coisas, eu me sentia como se estivesse vivendo um daqueles pesadelos em que eu andava pelada pelo colégio. Eu não sabia para onde ir. Meu olhar apavorado pousou em Cam, que, sem olhar para mim, empurrou com a bota a cadeira vazia ao seu lado.

Com uma gratidão mais condizente com a de alguém que recebeu uma doação de órgão vital ou foi puxado para fora do caminho de um ônibus desgovernado, aceitei o assento oferecido.

— Obrigada — sussurrei.

Cam resmungou antes de se aproximar do microfone.

— Sentem-se e calem a boca agora para essa merda acabar logo.

O salão ficou em silêncio como uma turma de jardim de infância que acabou de levar bronca. Na primeira fileira, Frank e Pep deram a Cam um joinha de pais orgulhosos. Mais ao fundo, uma linda mulher negra abriu um pacote de balas Skittles como se estivesse no cinema.

— Obrigado, Cam — disse Darius ao microfone. — Declaro oficialmente aberta a assembleia.

Ele apontou para o grupo musical à capela. Juntos, eles entoaram um coro entusiasmado ao microfone.

— Minha boa gente de Story Lake, estamos reunidos aqui hoje para uma assembleia municipal de emergência... e para o velório do sr. Stewart. Obrigado aos que compareceram. Temos alguns itens na pauta; então, vamos ao que interessa. Primeiro, gostaria de apresentar nossa mais nova vereadora, Hazel Hart — anunciou Darius.

Os aplausos dispersos de Zoey e dos Bishop foram abafados pelas vaias.

Cam suspirou ao meu lado. Seu joelho colidiu com o meu embaixo da mesa. Eu tinha certeza de que tinha sido sem querer, mas saboreei o toque como se fosse uma abraço acolhedor. *Nossa, eu precisava mesmo transar.*

— Hazel é uma romancista best-seller que acabou de comprar a Casa Heart. Tenho certeza de que ela vai encontrar muita inspiração na nossa maravilhosa cidade — prosseguiu Darius como se não tivesse ouvido as vaias.

Nosso jovem prefeito me abriu um sorriso de desculpas antes de se voltar para a assembleia.

— Certo. Vamos ao próximo item da pauta: Hazel Hart matou nossa querida águia-careca chamada Ganso?

Comandadas por Emilie, as vaias ficaram ainda mais altas. Mais cartazes surgiram na assembleia.

— Tem alguém distribuindo cartolinas e canetas? — pensei alto.

Uma batata acertou o palco na frente da mesa com um baque surdo.

— Gostaria de lembrar a todos que lançar batatas é expressamente proibido, a menos que autorizado oficialmente — declarou Darius.

Na segunda fileira, Zoey parecia prestes a distribuir socos. Em vez disso, ela arrancou um cartaz que dizia *Mantenham seus helicópteros longe de nossas águias-carecas* das mãos de uma mulher e o rasgou no meio. Gage a empurrou rapidamente de volta à cadeira.

Era uma catástrofe. Eu não tinha estrutura para ser odiada. Estava acostumada a ser relativamente adorada, na melhor das hipóteses, e completamente invisível nas outras. O que minha protagonista faria? O que a Velha Hazel faria?

Cam estendeu a mão e rabiscou algo no pé da página do meu caderno.

Se defende, porra.

Franzi a testa.

— Mas quero que gostem de mim.

— Ninguém vai gostar de você se não a respeitarem — apontou ele.

Fiquei olhando para as palavras. Elas pareciam vir de um daqueles pôsteres motivacionais inconvenientes que escritórios descolados tinham em suas paredes, que diziam coisas como "Vai trabalhar, vagabundo" ou "Aguente firme... ou morra".

Inspirei fundo e peguei o microfone.

16

SEM ARREMESSOS DE BATATAS NÃO AUTORIZADOS

Campbell

— Certo. Já deu — falou Hazel ao microfone.

Ela tinha vindo sem óculos, alisado o cabelo e passado uma maquiagem que fazia aqueles olhos castanhos alertas parecerem maiores, mais perigosos. Mas, pelo visto, eu era o único a notar.

Pigarreei alto. No fundo do salão, Levi se levantou e começou a encarar os vizinhos. Gage fez a mesma coisa na frente. O bando indisciplinado calou a boca, relutante.

— Obrigada — disse Hazel, olhando para mim. — Não sei como correm os boatos nessa cidade, mas eles precisam de uma atualização. Não atropelei ave nenhuma. A águia de vocês deu com um peixe na minha cara e me fez bater na sua placa. Não vim aqui para matar aves nem destruir sua cidade. Muito menos para levar batatadas de um monte de desconhecidos.

As pessoas começaram a voltar a se sentar, o que tomei como um bom sinal.

— Como eu estava dizendo — prosseguiu Hazel. — Eu me mudei para cá porque tinha a impressão de que as pessoas eram mais simpáticas em cidades pequenas. Mas vocês fazem meu vizinho que foi preso por matar meu outro vizinho parecer um professor de creche.

— Por que você esquartejou o pobre Ganso com seu helicóptero? — perguntou a sra. Patsy.

— Pelo amor de... eu tenho cara de quem tem um helicóptero? E quem caça águias-carecas com helicópteros? Isso mais parece coisa de um vilão da Marvel. — Hazel parecia estar a cinco segundos de gritar ou chorar. Eu estava torcendo pela primeira opção. Gage me fez sinal da plateia, e respondi com um não sutil de cabeça. Se interviéssemos muito cedo, todos recuariam, mas não a respeitariam de jeito nenhum. E, pelo visto, era dever da família Bishop garantir que nossa melhor cliente não fosse expulsa da cidade.

Garland subiu ao palco com o celular estendido.

— Não se atreva... — avisei.

Mas uma série de flashes me cegou.

— Sério, Garland? Você não sabe desligar seu flash? — perguntou Hazel, piscando rapidamente e tateando em busca da mesa.

— A integridade jornalística exige que eu lance toda a luz possível sobre a verdade — insistiu ele.

— Vou enfiar sua integridade jornalística tão fundo no seu rabo que você vai precisar de uma lanterna para achar — falei para ele, que engoliu em seco e foi andando para trás até cair no colo de Kitty Suarez.

— Fui atingida na cabeça por um maldito peixe, gente. — Hazel empurrou a franja para mostrar o curativo. — Ganso está bem. Fim de papo. Sinto muito que vocês todos tenham sido arrastados para essa reunião sendo que não houve assassinato de pássaro nenhum. Mas posso jurar que, como vereadora, vou fazer o possível para limitar as assembleias sem importância para que não precisem perder o que quer que estariam fazendo hoje.

— Bingo supremo — gritou Junior Wallpeter com as mãos em concha.

— Viu? Vocês não deveriam estar perdendo o que quer que seja isso — disse Hazel.

— É legal demais — Junior berrou de volta.

— Cadê as suas provas? — Emilie indagou à mesa da câmara.

Revirei os olhos. Emilie era o tipo de mulher que nunca conseguia o que queria e achava que todos haviam roubado isso dela. Ela fazia inimigos como se fosse um esporte competitivo.

— Você sabe muito bem que bingo supremo é legal demais, Emilie — apontou minha mãe com um sorriso incisivo.

— Não estou falando de você, Pep. Estou falando da assassina de pássaro.

Hazel cerrou o punho sobre o colo. Ela se inclinou para a frente e deu uma leve batidinha no microfone. A microfonia fez todos cobrirem os ouvidos.

— Por acaso esse negócio está funcionando, ou o dr. Ace precisa fazer um teste de audição em você, *Emilie?*

— Xiii — entoou a multidão.

Zoey deu um soco no ar.

— É isso aí!

— Não vou acreditar na sua palavra — disse Emilie, sarcástica. — Pelo que sabemos, você está abrindo suas garrafas de cerveja da cidade grande com o bico do Ganso em seu terninho chique.

— Primeiro, prefiro vinho. E, segundo, *qual é o seu problema, moça?* — Hazel se levantou, os punhos cerrados.

Suspirei e peguei ela pelas costas do paletó caso ela tentasse se jogar em cima de Emilie. Acenei para Gage.

Ele foi até o microfone na frente da sala.

— E aí, pessoal. Sou Gage Bishop.

— Jesus, Maria, meu cu. Sabemos quem você é — gritou nossa professora da quarta série.

135

— Obrigado, sra. Hoffman. O que vocês podem não saber é que também sou advogado da sra. Hart.

Hazel abriu a boca para falar, mas a puxei para que ela voltasse a se sentar.

— Deixe que ele fale — aconselhei.

— Mas não o contratei. O que ele vai fazer? Me declarar culpada? — sussurrou ela. — Batatas machucam, Cam!

— Se todos puderem direcionar sua atenção à tela — prosseguiu Gage, apontando para a TV instalada na parede. — Pode começar, por favor, Lacresha?

De seu assento, a diretora da funerária apertou o controle remoto.

Uma montagem em vídeo de uma homenagem póstuma começou com uma foto em sépia do sr. Stewart ainda bebê vestindo um traje de marinheiro, ao som de um jazz de uma big band.

— Vídeo errado, Lacresha — disse Gage.

— Foi mal, pessoal. Me deem um segundo — respondeu ela, apertando os botões do controle.

Hazel se inclinou para perto de mim.

— O que é que está acontecendo?

— Estamos limpando seu nome — falei para ela.

— Por quê?

— Por quê? — repeti. — Se você quiser entrar para a história da cidade como uma assassina de aves, a escolha é sua.

Ela mordeu o lábio.

— Não. Quero dizer, é porque vocês querem me ajudar ou porque estão com medo de que eu seja expulsa da cidade antes de poder pagar pelo seu trabalho?

— É óbvio que é a segunda opção.

A risada que ela soltou pelo nariz surpreendeu a nós dois.

— Bem, pelo menos você é sincero.

— Ahá! Pronto — disse Lacresha, triunfante, enquanto o vídeo correto finalmente rodava.

Hazel se inclinou para a frente e olhou para a tela com uma atenção arrebatada. Fiquei olhando para ela em vez de para a tela, porque já sabia o que estava passando. Ela estava bonita toda arrumadinha assim. Mais delicada. Mais solta. Mais tocável.

Qual era o meu problema? Eu não era de ficar filosofando sobre as qualidades que tornam uma mulher atraente.

O arquejo coletivo chamou minha atenção, e assisti pela décima quinta vez Ganso voar baixo sobre o conversível, segurando um peixe reluzente nas garras.

136

Risos estouraram quando o maldito pássaro bateu na cabeça da maldita mulher com o maldito peixe.

Ao meu lado, Hazel cobriu o rosto quando seu carro saiu da pista e bateu na placa.

— Ai, meu Deus. Parece ainda pior do que senti.

— Ainda passam na TV aquelas videocassetadas? Porque esse vídeo poderia ser finalista — gritou alguém.

Gage esperou que as risadas diminuíssem até virarem um burburinho baixo.

— Agora, como vocês podem ver pelas imagens da câmera do meu irmão Cam, o Ganso atingiu Hazel. Não o contrário — explicou ele, apontando para a águia, que saiu voando de cima do carro e pousou na grama.

Hazel se aproximou do microfone.

— Falei que não tinha nenhum helicóptero.

Um burburinho coletivo se espalhou pela assembleia.

— Talvez não. Mas ninguém vê o Ganso desde anteontem. Ele pode ter morrido de hemorragia interna depois que saiu voando — Emilie grasnou.

— Obrigado por essa deixa perfeita para a Prova B, Emilie — Gage falou, abrindo um sorriso de puro charme para a mulher que o fuzilava com os olhos.

As imagens da câmera desapareceram e foram substituídas por outro vídeo.

Na tela, minha mãe acenava da margem do riacho que passava por sua propriedade. Ao lado dela, estava Laura sentada na cadeira, protegendo os olhos do sol. Elas estavam embaixo de um dos plátanos-americanos que se arqueavam sobre a água.

— Hoje é quarta-feira, 17 de agosto — anunciou a voz do meu pai no vídeo. — Emilie Rump cancelou o bingo supremo para fazermos uma assembleia municipal de emergência sobre o bem-estar do Ganso hoje à noite, e o prato especial de café da manhã na Fish Hook foi panquecas de mirtilo.

A câmera subiu, acompanhando o tronco da árvore, até chegar a um galho que se estendia sobre a água, onde uma águia-careca gigantesca estava pousada.

A plateia perdeu o fôlego e Gage me abriu um sorriso vitorioso.

Hazel tirou os olhos da TV para olhar para mim.

Emilie bufou.

— Isso aí pode muito bem ter sido gerado por inteligência artificial.

— Não cague em mim — avisou Laura, erguendo o olhar furioso para o pássaro.

Ganso tomou isso como um convite para descer majestosamente até o chão, pousando três metros à frente dela. Ele aninhou uma asa desengonçada ao lado do corpo e se aproximou mancando. Laura revirou os olhos e abriu o saquinho de petiscos no colo.

— Viu? É óbvio que ele ainda está machucado. Ela deveria pagar o preço por mutilar uma águia-careca — gritou Emilie.

— É a outra asa, e todos sabemos que ele faz isso o tempo todo. Por que você acha que todos temos petiscos de águia no porta-luvas? — gritou Scooter Vakapuna do fundo do salão.

— Ou talvez seja outra águia-careca — disse ela. — Dominion sempre teve inveja do nosso Ganso. Vai que arranjaram sua própria águia?

Os resmungos da assembleia já não eram mais voltados contra Hazel, e Emilie sabia disso.

— Levando em conta essas novas provas, acho que todos podemos concordar que Hazel Hart não atropelou, não esquartejou com hélices de helicóptero, nem feriu o Ganso de nenhum outro modo — anunciou Darius.

A plateia fez acenos suficientes para indicar que se havia chegado a um consenso.

Emilie se sentou e fez uma de suas lendárias caras emburradas. Eu tinha a impressão de que seu marido, Amos, dormiria na garagem naquela noite.

Dei um aceno para meus pais e minha irmã. Discretamente, Laura me mostrou o dedo do meio em resposta. Sem se virar para olhar para Laura, minha mãe estendeu a mão e deu um tapa no ombro da minha irmã.

Fiz uma cara presunçosa de "você vai levar bronca" para minha irmã, que me mostrou a língua.

Hazel entrou no meu espaço e resisti aos impulsos contraditórios de me aproximar e me afastar.

— Então, nada de batatas? — perguntou ela, esperançosa.

— Não desta vez. Mas eu tomaria cuidado nos próximos dias até outra pessoa fazer alguma besteira.

— Graças a Deus — disse ela, soltando um suspiro de alívio. — Ser expulsa da cidade não estava nos meus planos.

Antes que eu pudesse perguntar qual eram os planos dela, Garland apareceu na nossa frente e tirou outra foto com o flash ofuscante.

Piscando para me recuperar do show de luzes, apontei na direção dele.

— Se não se sentar logo, Garland, vou quebrar seu telefone na sua cara.

— Liberdade de imprensa — chiou ele, recuando para longe dos meus punhos.

— Certo, pessoal. O seguro do carro alugado de Hazel vai cobrir os prejuízos à placa, que precisava desesperadamente ser substituída, de qualquer forma. Então, está aí um ponto positivo. Agora, vamos ao nosso último item da pauta — falou Darius, rolando em seu tablet as anotações da assembleia ou, talvez, de mestre de Dungeons & Dragons. — Segurança.

Franzi a testa. Story Lake já chegou a ter uma pequena força policial, mas, com o êxodo em massa depois do fechamento do hospital, nosso orçamento tinha sido prejudicado. Agora, tínhamos um contrato com a cidade vizinha, Dominion, para usar a sua força policial. Estava longe de ser ideal, considerando que a cidade era formada por um bando de desgraçados com dinheiro demais e noção de menos. Metade das vezes, nem atendiam aos chamados de Story Lake e, quando atendiam, era horas depois do ocorrido.

Na última primavera, a sra. Patsy achou que alguém estava invadindo sua garagem, ligou para a polícia e disparou quatro vezes sua espingarda contra a bandeira decorativa de jardim com tema de Páscoa que tinha se grudado na janela dela. Os policiais de Dominion apareceram dois dias depois para tomar o seu depoimento.

— Em virtude de acontecimentos recentes em que não vou entrar aqui e agora, está claro que é necessária uma presença policial em Story Lake.

— Está falando sobre Jessie ficar mostrando os peitos na rua principal no sábado? — gritou alguém.

— A Jessie do Angelo's? Que idade ela tem? — perguntou Hazel em voz baixa.

— Oitenta e quatro — respondi.

— Ou o Quaid e Gator brigando no drive-thru do banco depois que o Quaid passou por cima do carrinho de golfe do Gator?

— Como eu disse antes, não deveríamos dirigir carrinhos de golfe em vias públicas — comentou Darius.

— O drive-thru do banco não é uma via pública — disse Gator, na defensiva.

— Não, mas para chegar ao drive-thru... deixa pra lá. Vamos nos ater ao que importa — falou Darius, empurrando os óculos sobre o nariz.

Hazel se aproximou de novo.

— Sabe, semana passada vi um cara apunhalar outro com um par de hashi descartáveis num beco ao lado de uma caçamba de lixo que estava literalmente pegando fogo. — Ela pegou sua caneta e começou a tomar notas.

— Bem-vinda a Story Lake — falei, seco.

— Está na hora de considerarmos a indicação de um delegado — Darius anunciou. — Fiz os cálculos depois do treino de atletismo. Não temos orçamento para um departamento policial completo. Mas, se adiarmos a instalação do telhado novo da prefeitura por mais um ano, poderemos ter um delegado mal remunerado. Alguém que possa estar à disposição para lidar com coisas como batidas de carro e brigas. Os chamados mais sérios ainda irão para Dominion. Mas acho que é hora de recuperarmos parte dessa autoridade.

O murmúrio do salão pareceu ser majoritariamente a favor da proposta. E, desde que não fosse eu que acabasse com esse trabalho, não via nenhum lado negativo nela.

A mão de Emilie se ergueu.

— Eu me indico.

E aí estava o lado negativo.

Uma versão de gaita de foles chiada de "My Way" começou a tocar na sala ao lado e abafou a assembleia.

— Apoio a indicação — falou o marido de Emilie, e se levantou com seu rosto vermelho.

Passei os olhos pela assembleia, buscando uma resposta. Meu olhar cruzou com o de minha irmã, que estava com um sorriso travesso. *Merda.*

Laura ergueu a mão.

— Indico Levi Bishop — disse ela ao som da gaita.

Eu e Gage nos levantamos de supetão.

— Apoiada — gritamos.

Darius pareceu aliviado, Levi se manteve inexpressivo, e Hazel estava anotando a toda velocidade.

O jovem prefeito sorriu.

— Parece que vamos ter uma eleição especial, pessoal. Vamos votar na próxima assembleia municipal regular.

Com o guincho oficial do porco, a assembleia foi encerrada.

Levi, com uma cara de quem estava prestes a explodir, foi rapidamente cercado por pessoas que davam tapinhas nas suas costas e lhe desejavam boa sorte.

— Seu irmão tem alguma experiência na polícia? — Hazel perguntou.

— Além de ter sido detido aos doze anos por roubar a biblioteca de Dirk Davis depois de trancar Gage no galinheiro do vô? Não.

— Ele não parece feliz com isso — ela observou.

— Não.

— Mas você parece eufórico.

— Sim.

— Qual é a do porquinho de brinquedo? — ela perguntou, recolhendo suas coisas.

— Alguma coisa sobre martelos e ressacas nos anos noventa. Até amanhã.

17

TODO O TIPO DE PROPOSTAS

Hazel

— Enfim, sentimos muito pelos cartazes de assassina de aves.

— E pelos panfletos.

— Ah, e pelos anúncios no alto-falante do lava-jato. Não achamos mesmo que você tinha matado o Ganso.

— Pois é. Estava tudo tão parado por aqui que foi bom ter um pouco de drama para dar uma animada nas coisas.

Imaginei que os dois homens de camisa de flanela sem manga eram irmãos. Mas talvez fossem só as barbas e os mullets que me faziam pensar que eles eram parentes. Eles faziam parte do grupinho de moradores de Story Lake que fizeram questão de se apresentar para mim em frente à plataforma após a assembleia municipal ter sido encerrada e a bebida que sobrou ter sido guardada.

— Só estou feliz pela absolvição — comentei.

Eles trocaram um olhar de confusão.

— O que é absolvição? Um dia de muito sol? — perguntou o mais alto.

— Quer sair para tomar umas cervejas e talvez dar uns beijos amanhã? — sugeriu o mais baixo, sem se importar com o significado de "absolvição".

— Ah. Uau. Eu... hum... — Olhei freneticamente à minha volta em busca de um rosto amigo para me tirar dessa.

— Ou quer beber cerveja e sair para observar veados comigo? Você sabe dirigir quadriciclo? — perguntou o mais alto.

Fazia mais de uma década que eu não era chamada para sair. E eu nunca tinha sido chamada para sair por irmãos ao mesmo tempo. Nem na época da faculdade, quando eu tinha menos celulite.

— Nossa. Sabe, fico lisonjeada — respondi, acenando desesperadamente para Zoey, que estava conversando com a irmã de Cam, Laura. — Mas não estou querendo sair com ninguém no momento. Ah, oi! É a minha agente, que sem dúvida precisa falar comigo sobre algo muito urgente — falei alto quando Zoey se aproximou.

— Cavalheiros, preciso pegar Hazel emprestada por um minuto — disse ela, entrelaçando o braço no meu. — O que foi aquilo? — perguntou ela assim que nos afastamos.

— Eles me chamaram para sair.

— Com os dois ao mesmo tempo?

— Acho que não. Mas talvez? Os dois ofereceram cerveja. Sei lá. Está tudo confuso. — Passei as mãos no rosto.

— Com licença, Hazel? — A vibrante diretora da casa funerária com seu terninho ensolarado, cutucou meu ombro.

— Pois não? — Meu cumprimento foi tímido, com medo de que a mulher quisesse me levar para mais um velório.

— Escuta, acabaram de deixar o carro alugado aqui na frente. Preciso voltar e arrumar as malas. Quer uma carona? — perguntou Zoey.

— Vou andando. Quero aproveitar toda a positividade antes do meu próximo escândalo — brinquei.

— Certo, mas tenta não chutar nenhum bebê sem querer no caminho — avisou ela, disparando arminhas de brinquedo na minha direção.

Tapei sua boca e olhei para trás.

— Zoey, vou implorar para que você cale a boca antes que comece um boato novo e eu não possa aproveitar meus cinco minutos sem ser odiada.

Ela se desvencilhou de mim.

— Certo. Já vou. Passo lá amanhã depois que me garantir que não tem animais selvagens na casa para eu poder ficar em cima de você enquanto você escreve.

— Não vejo a hora.

— Mentirosa.

— Aproveita seu quarto sem panda de lixo — gritei atrás dela.

Ela saiu e, lembrando que eu andaria sozinha, voltei ao palco para pegar minha bolsa e meu caderno. O pico de adrenalina estimulado pelo ponche da assembleia passou e, de repente, eu só queria me deitar de pijama e comer besteiras na cama.

— Precisa de uma carona?

Eu me virei e vi Cam, com as mãos no bolso. Em vez de olhar para mim, ele estava observando o salão, que esvaziava devagar.

— Quem? Eu?

Ele me olhou irritado.

— Não. Emilie. Sim, você.

Inclinei a cabeça e tamborilei a caneta no caderno.

— Você sendo gentil comigo? É algum tipo de sinal alerta que eu desconheço?

— Só estou sendo um bom vizinho.

— Sim, porque é bem isso o que você faz — retruquei com uma boa dose de sarcasmo.

Ele deu de ombros.

— Minha mãe está aqui. Não quero ouvir as reclamações dela o resto do mês sobre como os filhos desavergonhados dela nem se dão ao trabalho de garantir que uma mulher chegue em casa em segurança à noite.

— Agora, *sim*, eu acredito. Mas pode falar para a sua mãe que sou perfeitamente capaz de chegar em casa sozinha.

— E eu sou perfeitamente capaz de comer uma pizza de pepperoni grande inteira sozinho, mas não quer dizer que seja uma boa ideia.

— As assembleias municipais despertam mesmo seu senso de humor — falei enquanto nos dirigíamos juntos para a porta.

Ele grunhiu.

— Sua réplica espirituosa é inigualável — comentei.

— E você usa cinquenta palavras quando uma basta.

Grunhi de volta para ele, que deu um sorriso torto.

Balancei a cabeça.

— Certo, camarada. Agora você está quase meio que sorrindo para mim. Por que está sendo gentil comigo subitamente? É porque te contratei, e agora vou ter o Cam Puxa-Saco pelos próximos meses?

— Primeira regra de Story Lake. Não tenha conversas particulares em lugares públicos — disse ele enquanto me levava para fora.

A umidade estava alguns pontos percentuais menos sufocante, e os insetos noturnos eram ensurdecedores. Estava agradável.

Cam apontou para a frente com a cabeça e começou a andar. Pelo visto, era como os machos alfa diziam "me siga". Segui, relutante.

Pelo menos até lembrar como sua vista traseira era espetacular. Sua bunda impressionante sob a calça jeans parou duas fachadas de loja depois. Parecia uma seguradora abandonada.

— Olha, se me der licença, vou andando para casa para comer besteiras na cama. — Faço menção de dar a volta por ele, mas ele me deteve com o seu corpo gigantesco e duro.

— Não tão rápido. Limpamos seu nome. Agora preciso de algo em troca.

— Primeiro, meu nome teria sido limpo assim que sua ave de estimação derrubasse um peixe na cabeça de outra pessoa. E, segundo, é sério que você está tentando trocar favores políticos por sexo?

Ele olhou para mim com uma cara tão fechada que uma mulher com um instinto de autopreservação mais forte teria recuado meio quarteirão.

— Você deve estar exausta de tanta pressa para tirar conclusões — disse ele finalmente.

Cruzei os braços sob a umidade pegajosa.

— Você não faz ideia de como estou exausta. O que quer em troca de dizer para as pessoas que não matei uma águia-careca?

— Quero que você me garanta que não vai desistir desse serviço. Quero que me faça acreditar que não vai nos ferrar. Porque esse dinheiro, esse serviço, faria a diferença entre o fim de uma empresa familiar de três gerações e um novo começo.

Aquele homem era surpreendentemente eloquente quando a vontade surgia. Tentei não me impressionar.

— Você ainda acha que vou simplesmente fazer as malas e voltar. Voltar para o quê, Cam?

— E eu lá vou saber? — Ele deu de ombros. — Qualquer que seja a vida que você tem em qualquer que seja o arranha-céu onde você mora com quaisquer que sejam os amigos que você tem.

Eu já tinha me defendido uma vez hoje e, pelo visto, faria disso um hábito.

Cravei o dedo em seu peito impressionantemente duro.

— Meu ex-marido me despejou do nosso apartamento. Minha editora vai me abandonar se eu não colocar as coisas em ordem e escrever a comédia romântica mais engraçada e quente da minha vida, sendo que não escrevo nada desde o divórcio. Zoey perdeu o emprego por minha causa, e agora depende de mim para se sustentar. Me mudei para cá em busca de inspiração, e até agora tudo o que consegui foi frustração. E, uau, quanto músculo — constatei.

— Obrigado. Eu treino.

— Cala a boca. Para de me impressionar com seu peitoral — rebati. — Depositei todas as minhas economias numa casa que eu nem tinha visitado. Não tenho vida para voltar à cidade. Não tenho casa para a qual retornar. Tudo o que tenho está aqui, nesta cidadezinha fantasma que me odeia, exceto por seu pai e seus irmãos estranhamente gostosos.

Ele ergueu as mãos.

— Certo. Vamos respirar um pouco.

Passei os dedos no cabelo e soltei um grito frustrado.

— Isso foi... intenso — observou ele.

Envergonhada, concentrei minha atenção num ponto sobre seu ombro largo.

— Sim, bem, tenta viver um dia dentro da minha cabeça.

— É. Dispenso. Também sou estranhamente gostoso?

Olhei para ele de novo. Não dava para evitar.

— É *isso* o que você tirou de todo o meu surto?

— Estou fazendo uma lista. Esse foi um dos tópicos mais interessantes.

— Vocês são *todos* estranhamente gostosos — falei, exasperada. — É essa a parte estranha. Normalmente, os genes gostosos não são distribuídos de maneira tão igualitária assim.

— Normalmente?

— Olha, Cam. Entendo o que você quer dizer. De verdade. Sou muito boa em me colocar no lugar dos outros. Não vou desistir disso. Não vou arrumar as malas de repente e voltar para uma vida que não tenho mais na cidade grande. Comprei uma casa. Estou investindo uma porcentagem muito grande da minha conta bancária nela. Escrevi palavras de verdade. Vou ficar. Vou levar esse projeto até o final. Não vou deixar aquela casa, esta cidade ou sua empresa pior do que encontrei. Prometo pra você.

Ele colocou as mãos no quadril e examinou as botas por um longo momento de silêncio.

— Deixa eu te levar.

— Argh. Está bem. Mas só porque estou tão cansada que posso acabar pegando no sono no quintal de alguém e ser presa pelo seu irmão por invasão de propriedade.

— Ele não tem nenhuma autoridade legal até a eleição.

Segui Cam até sua caminhonete e fingi não reparar quando ele abriu a porta para mim. O mesmo livro de bolso estava no painel, mas o marcador de página tinha avançado. Ignorando o forte cheiro de carro novo e serragem, entrei e recolhi os papéis do banco do carona. Sendo bisbilhoteira por natureza, eu os folheei enquanto Cam dava a volta pelo capô.

Eram esboços simples mas elegantes do que parecia ser um banheiro. Olhei mais de perto. Não era um banheiro qualquer. Era um banheiro acessível para cadeirantes, que mais parecia um spa.

Ele abriu a porta do motorista e entrou. Levou meio segundo até arrancar os papéis da minha mão.

— Não são seus — disse ele rispidamente, colocando os papéis embaixo de uma bolsa no banco de trás.

— São para sua irmã?

Ele deu de ombros, irritado, e ligou o motor.

— Talvez. Não mexa nas minhas coisas.

— Só para avisar: escritores são pessoas enxeridas. Se não quiser que eu olhe algo, é melhor manter fora do meu alcance.

— Só por isso vou pendurar todos os armários da sua cozinha meio metro mais alto.

Mordi o lábio e, pela primeira vez, senti o que uma mocinha poderia sentir depois de vislumbrar o lado mais sensível do homem bonito e mal--humorado. A inspiração me atingiu como um peixe na cabeça.

— Contratei a empresa da sua família. Sua família me salvou. Dei minha palavra que não desistiria do contrato — comecei.

145

— Por acaso agora vamos recapitular tudo desnecessariamente? — perguntou Cam, virando a caminhonete na direção da minha casa.

— Não. Estou criando coragem para fazer um pedido.

— O quê? Uma renovada grátis nos azulejos? Porque a resposta é não.

— Preciso que você flerte comigo e me leve para sair. — Olhei fixamente para ele enquanto fazia o pedido.

O único sinal de que ele me ouviu foi o aperto de seus dedos no volante e a contração em seu maxilar coberto por uma barba por fazer deliciosa. Ele continuou dirigindo, mas, fora isso, não mexeu um músculo.

Balancei a mão na frente do seu rosto.

— Ainda está aí dentro? Pelo seu maxilar, parece que você está reduzindo seus molares a pó.

Ele abriu a boca, mas não saiu nada.

Cutuquei seu peito.

— Você não está nem respirando, está?

Ele inspirou fundo.

— Você quer... sair comigo — repetiu.

Eu me inclinei para trás e ergui as mãos.

— De jeito nenhum.

— Estou... confuso.

— É pesquisa. Nossa. Acha mesmo que estou desesperada a ponto de chantagear você para sair comigo? Não é para responder!

Ele sorriu satisfeito.

— Estou escrevendo um protagonista que é um empreiteiro alfa rabugento, e não saio com ninguém há... muito tempo. Preciso dar veracidade a esse cara e à minha protagonista excêntrica, cativante e cheia de problemas. Até agora você me serviu como inspiração.

Ele ergueu as sobrancelhas e pisou no freio com um pouco de força demais na placa "Pare".

— Como é que é?

Minha cabeça bateu no encosto.

— Sabia que deveria ter pedido para Gage — reclamei. — Esquece que falei isso. E talvez não me olhe nos olhos pelo resto da minha vida. — Levei a mão à maçaneta, com a intenção de levar minha vergonha para passear.

Mas Cam estendeu o braço à minha frente e segurou a porta.

— Explique-se — rosnou ele.

— Viu? É exatamente isso — falei, triunfante. — Você franze muito a testa e grita comigo. Meu protagonista franze muito a testa e grita com a mocinha. Só quero te ver em ação e usar o que for melhor para o livro.

— Você quer que eu seja o seu protagonista.

— Não! Quer dizer, não exatamente. Quero que você seja você, mas, em vez de agir como se claramente me odiasse, preciso que aja como se fosse secretamente atraído por mim.

Ele ficou perplexo e horrorizado e talvez até um pouco assustado.

— Por quê? — perguntou, rouco.

— Porque fiz algo por você e agora quero algo em troca. É assim que esse sistema de favores funciona.

— Meu Deus, srta. Confusão. Eu sei o que é um favor. O que não entendo é por que você está me usando como inspiração? Não nasci para ser mocinho.

— Bom, partes de você nasceram. — Fiz o possível para não deixar meu olhar descer para a sua virilha. — Só *sei* que vi sua foto e precisei vir aqui.

— Minha foto — repetiu ele, com cara de quem tinha acabado de ser pedido em casamento.

— Relaxa, doido. Não foi por motivos pessoais, e sim profissionais.

— Já estou arrependido de perguntar, mas do que é que você está falando?

— Inspiração. Vi a matéria sobre você e seus irmãos ajudando Dorothea Wilkes. Você foi muito rabugento na entrevista, e tinha uma foto em que estava com a cara fechada como se tivesse mais o que fazer do que sorrir e posar para a foto. Senti como se peças do quebra-cabeça de uma história estivessem se formando na minha mente.

Uma buzina soou atrás de nós, e Cam pisou no acelerador, me jogando para trás no banco.

— Você me acha inspirador? — perguntou ele.

— Pelo amor de Deus. Estou expressando tudo errado. Eu me inspirava por qualquer coisinha antes. Podia ouvir uma conversa mais safada na minha padaria preferida e elaborar todo um livro em cima disso. Mas faz um tempão que não acontece. Eu estava... sofrendo. Até você e este lugar surgirem.

— Profissionalmente? — repetiu ele.

— Sim, profissionalmente. Não tenho a menor intenção de manipular você para sair comigo só para arrancar sua roupa. Só quero continuar me inspirando. Escrevi mais palavras aqui do que nos últimos dois anos. E estou desesperada a ponto de fazer o que for preciso para manter as palavras fluindo.

Ele chegou à frente da Casa Heart e estacionou a caminhonete.

— Que tipo de encontro?

— Não faço ideia! Qualquer que seja o tipo de encontro que você marcaria com uma mulher.

Cam soltou um suspiro e saiu do veículo. Saí pelo lado do carona. Ele revirou as coisas no banco de trás e se juntou a mim na calçada.

— Não precisa me levar até a porta. Não estamos namorando de verdade — lembrei a ele.

Eu realmente deveria ter pedido a Gage. Ele era muito mais tranquilo.

Cam não disse nada e abriu o portão. Eu o segui como uma sombra pelo quintal escuro. Subimos os degraus rangentes da varanda. Por um segundo, pensei que ele viraria para me dar um beijo; um daqueles beijos de "não consigo sobreviver sem sentir seu gosto", em que ele me inclinaria tanto para trás e me envolveria em seus braços, o que seria bom porque, do contrário, eu cairia no chão e quedas bruscas como essa durante um beijo poderiam deixar uma ou as duas pessoas sem dente.

Cam se dirigiu à luminária ao lado da porta da frente. Em silêncio, ele me deu uma lâmpada.

— Os homens não costumam trazer flores? — falei, brincando.

— Se estiver procurando um romântico babaca para servir de base para o seu protagonista, sou o cara errado — falou ele, desenroscando a tampa da luminária e a colocando no chão.

Tirou a lâmpada velha e estendeu a mão. Eu tinha noventa e um por cento de certeza de que ele não queria pegar a minha mão. Entreguei a lâmpada nova e observei enquanto ele a enroscava sem tirar os olhos de mim.

A luz se acendeu, nos cobrindo com um brilho quente. Ele parecia... másculo. Competente. A linha reta de seu maxilar e as curvas sutis de suas bochechas se destacavam num jogo de luz e sombra. Ele era lindo. Era zangado. Era perfeito.

Cam recolocou a tampa da luminária e se virou como se estivesse prestes a ir embora.

— Não vai me perguntar se é por essa história de inspiração que contratei vocês? — perguntei, sem pensar.

A cara que ele me fez disse tudo.

— Estou cagando para o motivo por que você nos contratou. Desde que o cheque tenha fundo e você não seja uma cliente completamente insuportável.

— Você não liga que eu tenha segundas intenções? — insisti.

Honestidade era importante.

— Nem fodendo. Se tem, problema seu, não meu.

Inclinei a cabeça.

— Em certos sentidos, deve ser muito mais fácil ser homem.

— Isso de fazer xixi em pé é conveniente.

— Vai fazer aquilo? — Eu precisava que ele fosse direto comigo.

— Aquilo o quê?

— Aquilo de flertar e chamar para sair — falei, olhando para baixo.

As pontas das suas botas surgiram em meu campo de visão, e de repente seu dedo estava levantando o meu queixo. Campbell Bishop se assomava diante de mim sob a luz da varanda que ele tinha acabado de arrumar. Havia uma suavidade em seus olhos que eu não tinha visto antes. Ele se aproximou, e meu coração palpitou umas sete ou oito vezes. Abri a boca na esperança de tomar fôlego, mas todo o meu ser estava centrado na sua boca pairando diante da minha.

Estiquei o pescoço para trás enquanto erguia os olhos arregalados para ele como uma criatura selvagem que tinha acabado de dar de cara com um lobo sexy e faminto. Essa metáfora era péssima. Eu faria algo melhor amanhã quando recriasse essa cena palavra por palavra na página.

— Vou pensar — disse Cam.

— Vai pensar no quê? — perguntei, com uma voz de quem estava com uma jiboia enrolada no pescoço.

Um sorriso se escancarou rapidamente, e foi então que eu vi: a covinha. Sumiu na mesma velocidade, mas o humor ainda estava ali quando Cam deu um passo para trás.

— Até amanhã, srta. Confusão. A obra começa cedo. Espero que você não seja de dormir até tarde.

Ele saiu da varanda e seguiu a trilha até a caminhonete. Observei enquanto ele verificava se o portão estava travado e me forcei a entrar calmamente. Mas, assim que fechei a porta, escorreguei toda derretida até o chão.

Os leitores morreriam de amor por Campbell Bishop.

Nem eu sabia se sobreviveria a ele.

18

TRÊS HOMENS BONITOS E EU
COM MINHA CARA AMASSADA

Hazel

ReporterIntrepido: Nova proprietária da Casa Heart monopoliza empresa local de construção com planos revoltantes de derrubar casa histórica.

Eu estava tentando explicar para o meu dentista que meus dois dentes da frente tinham caído e outros três estavam moles quando uma batida incessante me acordou.

Passei alguns segundos passando a língua nos dentes para confirmar que estavam todos intactos antes de sair das cobertas e me levantar da cama.

Vesti uma camiseta larga e quase tropecei num guaxinim no corredor. O animal selvagem ligeiramente domesticado chiou para mim em tom de pergunta.

— Ah, vai se danar, Bertha. Não consegue encontrar um novo lar?

O guaxinim se afastou e entrou no antigo quarto de Zoey.

Desci resmungando e abri a porta.

— Quê? — perguntei.

Todos os três irmãos Bishop estavam à minha porta, absurdamente bonitos e acordados. Nenhum deles estava olhando nos meus olhos; estavam olhando alguns centímetros acima da minha cabeça. Apalpei o cabelo e me dei conta de que ele tinha escapado do coque bagunçado e virado um ninho de passarinho ainda mais bagunçado.

— Bom dia, flor do dia — cumprimentou Gage, erguendo uma xícara de café. — Te dou cafeína se nos deixar entrar.

Senti uma afinidade com aqueles ogros que viviam embaixo de pontes em contos de fadas, e que se esforçavam para cobrar pedágio de pedestres presunçosos.

— Me dá. — Estendi as mãozinhas ávidas para o café.

Com a cafeína em mãos, dei um passo para o lado e deixei os três homens altos e gostosos entrarem. Minha mãe teria aberto a porta com uma lingerie de mil dólares. Já eu tinha esquecido de programar um alarme e parecia uma criatura do pântano que só conseguia abrir um olho de cada vez.

Eu estava prestes a fechar a porta quando algo pesado bateu do lado de fora. Eu a abri e me deparei com Melvin, o enorme cachorro peludo que parecia ser de todos. Ele tinha folhas no pelo e uma expressão tão feliz que deixava claro que não havia muita coisa passando na sua cabecinha canina.

— Que horas são? — perguntei com a voz rouca entre um gole e outro de café.

— Sete — disse Cam, deixando dois contêineres plásticos cheios de ferramentas no chão com um estrondo. — Cabelo bonito.

— Da manhã? É praticamente de madrugada — reclamei. Eu era notívaga por natureza. E não era porque eu tinha me mudado para uma cidade pequena que não tinha delivery de bolo vinte e quatro horas que o meu ritmo circadiano tinha se ajustado. Eu tinha ficado acordada até uma da madrugada escrevendo uma newsletter sobre minhas primeira quarenta e oito horas em Story Lake. Tinha incluído fotos da casa e uma selfie que exibia o curativo na minha testa.

— Este lugar traz lembranças — comentou Gage, admirando algo no teto pelo qual eu não tinha energia para me importar até ter mais cafeína no corpo.

— Pois é — concordou Levi.

Ele estava olhando para mim como se quisesse dizer mais. Devia ser sobre meu cabelo. Ou as marcas de travesseiro na minha cara. Mas ele se virou para dedicar sua atenção à tampa metálica de um duto.

Pensei que esse era o lado positivo de não estar interessada num relacionamento: eu não tinha que me sentir nem um pouco envergonhada por minha cara recém-saída do travesseiro. Acontece que, mais do que libertador, isso talvez fosse um sintoma de um problema mais grave. Havia três homens possivelmente solteiros e objetivamente gatos pra caramba na minha casa colocando verdadeiros cintos de ferramentas. E ali estava eu, calculando se conseguiria subir e dormir mais duas horinhas.

— Ninguém gosta de uma protagonista de romance sem libido — murmurei comigo mesma.

— O que você disse? — perguntou Gage, olhando para mim como se realmente esperasse que eu repetisse o que tinha dito.

Opa. Certo. Havia humanos de verdade na minha casa. Eu não podia mais ficar andando por aí e falando sozinha. E demoraria para me acostumar com isso.

— Ah, nada não — gaguejei.

— A caçamba de entulho vai ser entregue às nove — disse Cam.

Eu tinha quase certeza que ele não estava falando comigo.

— Preciso sair às onze para aquela reunião. Devo voltar à uma — informou Gage.

— Vou sair às quatro para assumir a loja — disse Levi.

Segurando meu café, decidi que esse era o momento perfeito. Saí correndo e cambaleando para a cozinha. Resignada a estar oficialmente acordada para o dia, peguei uma Pepsi da geladeira e me servi de mais um pouco de aveia que Zoey tinha deixado.

Enquanto o mingau borbulhava e espirrava no micro-ondas, coloquei minha cabeça embaixo da torneira da cozinha e a mantive ali, esperando que a água me despertasse e domasse meu cabelo desgrenhado ao mesmo tempo.

A água parou de cair.

— Ei — balbuciei.

— Nem pense em se afogar no primeiro dia. — Cam parecia irritado, o que, pela minha experiência, era sua emoção normal de todos os dias.

— Não vou me afogar. Estou acordando. — Minha voz ecoou metálica pelas paredes de aço inoxidável da pia.

Um pano de prato apareceu na minha cara. Eu o peguei e fiz o possível para me secar antes de me levantar da pia.

Água do cabelo caiu no chão como as Cataratas do Niágara. Melvin entrou na cozinha com suas patas de cachorro gigante e começou a tomar tudo.

Eu me curvei para a frente e amarrei o pano de prato no cabelo encharcado. Havia botas de trabalho e patas de cachorro logo à frente dos meus pés descalços. Uma estranha família pequena de pés na cozinha de uma solteira toda desgrenhada.

— Posso ajudar com alguma coisa? — perguntei, endireitando-me.

Ele estava aqui para falar sobre minha proposta? Ele diria que sim? Ou me rejeitaria e faria com que eu me sentisse uma idiota?

— Só queria repassar o plano para hoje — disse ele.

— Ah. Legal. Que plano? — Abri minha Pepsi de cereja.

— Estamos trabalhando em algumas plantas preliminares para a cozinha e os banheiros do segundo andar. Até lá, queríamos começar a demolir o máximo possível. Como imagino que você goste de um saneamento básico, pensei em começarmos a demolição pela cozinha e pelo banheiro de hóspedes e deixar seu banheiro para depois.

Esse cara achava mesmo que eu interviria com opiniões relevantes sobre demolição?

— Por mim, tudo bem — respondi com toda a confiança possível.

— Isso significa que vamos precisar que você retire daqui todas as coisas que trouxe na mudança e que não vai poder cozinhar aqui — avisou ele.

Meu mingau escolheu esse momento para explodir no micro-ondas. Melvin correu, esperançoso, na direção da sujeira contida, com seu focinho farejando aroma de maçã e canela.

— Não vai ser problema — falei, com a expressão neutra.

— Ótimo. Toma. Joga isso fora. — Ele me entregou uma bola de papel.

Franzindo a testa, eu a desamassei. Era um pôster da eleição com o rosto sério de Emilie, prometendo que, como delegado, abriria uma associação de moradores da cidade para regular a decoração sazonal das casas.

— Uau. Onde você achou isso?

— Na sua porta.

— Essa mulher trabalha rápido — comentei.

Cam se virou para sair.

— Espera. — Eu o detive com a mão em seu braço.

— E sobre o que conversamos... ontem à noite?

Ele me analisou por um instante.

— Ainda estou pensando.

— Cam! — gritou Gage de algum lugar do andar de cima.

— Já vou — gritou Cam em resposta, e saiu da cozinha.

Eu e Melvin nos entreolhamos. O rabo do cachorro abanou como se quisesse me animar.

— Sou mesmo tão horrível que ele precisa pensar tanto assim sobre um encontro de mentira? — perguntei para o meu companheiro peludo.

As sobrancelhas caninas de Melvin se ergueram e ele saiu da cozinha.

Peguei a torradeira e olhei para o meu reflexo distorcido.

— Tá, talvez ele tenha razão.

Levei o que deu para recuperar do mingau para o andar de cima, onde tomei um banho rápido e saí desajeitadamente da banheira vitoriana. Eu tinha percebido que sair era mais complicado do que entrar, pois todos os centímetros do meu corpo estavam molhados. Sequei o cabelo até ele parecer minimamente apresentável, e estava começando a fuçar minha bolsa de maquiagem quando ouvi um baque na porta do banheiro.

— Ah. Ocupado. Pensei que vocês não mexeriam nesse banheiro até...

Abri a porta e vi Melvin olhando para mim com expectativa. Eu conseguia ouvir os irmãos batendo em algo lá embaixo e gritando mais alto do que a música. O cachorro entrou sem cerimônia, decidido, passando por mim e indo direto para a banheira. Ele pôs as patas dianteiras na borda altíssima da banheira e espiou dentro, abanando o rabo.

— Não sei o que você quer. Você tem permissão para fazer isso?

O rabo de Melvin continuou a abanar enquanto ele colocava uma das patas dianteiras dentro da banheira.

— Ah, rapazinho. Espera aí. Você vai acabar... entalado.

A barriga peluda do cachorro estava equilibrada sobre a borda da banheira, as patas traseiras fora do chão, as dianteiras sem alcançar o fundo de porcelana da banheira.

Ele choramingou, tristonho.

— Não sei como ajudar. Quer entrar ou sair? Se quiser entrar, como vou fazer você sair?

Melvin tomou a decisão por mim ao escorregar as patas para dentro da banheira até atingirem o fundo. Ele começou a lamber a água em volta do ralo com o quadril e as patas traseiras ainda penduradas para fora.

— Eu só vou... dar uma ajudinha — falei entre dentes enquanto tentava erguer o traseiro do cachorro. Mas ele era pesado e a banheira era alta demais. — O que você come de café da manhã? Bolas de boliche?

Impassível, Melvin continuou a lamber a água da banheira.

— Certo, vamos pensar.

Levei alguns minutos e vários planos B. Mas finalmente eu me agachei embaixo das patas traseiras dele para que ele usasse minhas costas envoltas na toalha como apoio e, devagar, o empurrei para cima até que ele passasse, todo estabanado.

— E agora estou toda suada. Não acredito que já desperdicei um banho — resmunguei.

Melvin soltou um suspiro feliz e se deitou no fundo da banheira. Olhei para ele por cima da beirada. Seu rabo era um metrônomo acelerado que batia no ferro fundido em sua nova posição horizontal, o pelo úmido já se encaracolando.

Virando as costas para o banheiro e o cachorro, decidi me esforçar um pouco na maquiagem, pois tinha causado uma primeira impressão muito horrível. Organizei meus cosméticos e pensei numa roupa que fosse confortável, mas não desleixada. Era óbvio que eu estava enrolando. E se as palavras não viessem hoje? Talvez eu descesse e Cam dissesse: "Então, sobre aquela história toda de sair para fins de pesquisa, estou fora porque você me dá nojo". E se eu simplesmente ficasse ali naquele cômodo com aquele cachorro na banheira e nunca mais encarasse nada na vida?

Olhei para o meu reflexo no espelho. É, eu já tinha trilhado esse caminho como a Hazel Morta por Dentro. Esta era a Nova Hazel Aventureira, e eu tinha responsabilidades, prazos, um cachorro entalado na banheira... Hum. Olhei de novo para Melvin. Ele tinha se cansado de beber e tinha se deitado de barriga para cima na mais pura sessão de hidratação. Se a protagonista estivesse enrolada numa toalha... Não! Numa cortina de chuveiro. E o empreiteiro bonito e heroico viesse a seu resgate, poderia rolar... algo.

Eu estava sentada na tampa do vaso, digitando no notebook com a toalha ainda enrolada embaixo dos braços, quando meu celular avisou que eu tinha recebido uma mensagem. Alonguei os braços para cima e girei os ombros. Um ronco alto ecoou da banheira. Fazia quanto tempo que eu estava sentada ali? Dei uma olhada na contagem de palavras e pisquei.

— Santo Deus — murmurei.

Meu celular tocou sobre a caixa de descarga, fazendo o cachorro latir freneticamente.

— Alô? — gritei mais alto do que a histeria do cachorro.

— *Finalmente*, ela atendeu — cantarolou a voz refinada de Ramona Hart--Daflure-Qualquer-Que-Seja-Sua-Hifenização-Atual. Ela havia conseguido se livrar do sotaque do Alabama entre o segundo e o terceiro marido.

— Oi, mãe — falei entre os latidos desesperados de Melvin.

— Que barulho é esse? Parece que você está no meio de uma rinha de cães.

Tentei acalmar o cachorro molhado com as mãos, mas Melvin parecia determinado a tentar sair da banheira.

— Não tem rinha nenhuma — respondi, entrando na banheira. — Relaxa, cara! Você está bem! Você pegou no sono no banho, lembra?

— Ai, meu Deus. Estou interrompendo alguma coisa? — perguntou ela alegremente.

— Não é o que você está pensando.

— Você está com uma vozinha triste, querida.

— Estou bem. Só que estou tentando me atracar com um cachorro molhado de cinquenta quilos — expliquei, tentando prender Melvin numa mata-leão amistoso sem deixar a toalha nem o celular caírem.

— Bom, tenho uma novidade que vai te deixar feliz. Estou noiva! Não é bárbaro?

— Parabéns — falei entre dentes enquanto tentava imobilizar Melvin no fundo da banheira. Minha mãe trocava de marido como outras pessoas trocavam de carro.

— Ele é um homem *incrível*. Ele é alto e bonito e bronzeado. Tem uma casa linda em Paris *e* uma mansão de seis quartos na frente da de Robert Downey Junior. Ele é *o homem da minha vida.* — Todos os seis ex-maridos da minha mãe também eram o "homem da sua vida".

Enquanto minha mãe continuava a listar os bens de seu novo noivo, eu me afundei ao lado do cachorro encharcado e ofegante, respondendo "ahã" e "que ótimo" nas horas certas.

— Quantos anos esse tem, mãe? — perguntei finalmente.

— Ele é um homem muito viril de setenta e sete, se é que me entende.

— Eu preferia não entender — respondi, enquanto Melvin se aproximava e lambia meu rosto.

A diferença de dezenove anos era apenas a terceira maior diferença de idade dos maridos da minha mãe. Ela dizia preferir homens mais velhos, mas sempre imaginei que ela só estivesse tentando viver mais do que algum deles. Dava mais dinheiro ser viúva do que divorciada.

— Você não parece feliz por mim — reclamou minha mãe pelo telefone.

— Estou superfeliz por você — menti.

Melvin soltou um rosnado canino e espirrou.

— Eca. Que nojo — murmurei.

— Quando *você* vai voltar para a pista? — perguntou minha mãe. — Você está desperdiçando a fase mais atraente da sua vida, sabia?

Olhei para a minha toalha encharcada coberta de pelos de cachorro. Se essa era a fase mais atraente da minha vida, eu não queria nem pensar no que viria ladeira abaixo.

— Acabei de me divorciar, mãe.

— Querida, isso foi há séculos. Ser solteira não faz bem para ninguém.

Fiquei imediatamente ofendida em nome de todas as mulheres, reais e fictícias.

— Nem toda mulher precisa de um homem — falei, fazendo questão de esquecer que havia feito uma proposta a um homem doze horas antes.

— É verdade, as lésbicas não precisam — admitiu ela.

— Mãe! — falei, rindo. Por mais que ela me decepcionasse várias vezes e de vários formas, ela ainda me fazia rir.

— O que foi? Tenho várias amigas lésbicas, e quer saber? Estão todas casadas.

Ela tinha certeza de que a verdadeira segurança vinha de se casar com uma pessoa rica e poderosa. Mas eu já tinha passado pela experiência do casamento, e acabei com tantas inseguranças que, se algum dia voltasse a ter um primeiro encontro de verdade, precisaria ser numa terapia de casais.

— Te mandei minha foto celebrando o casamento de Trinity e Eviana no verão passado? Usei um terninho branco maravilhoso — prosseguiu minha mãe.

Só mesmo minha mãe usaria um terninho branco para ofuscar as noivas que ela própria estava casando.

Ela continuou tagarelando por mais cinco minutos até uma voz masculina no fundo a interromper.

— Ah, Stavros, não precisava. Querida, tenho que desligar. Stavros acabou de me surpreender com ingressos para a ópera e um vestido novo! Vou te mandar os detalhes do meu casamento! Até mais. — Ela encerrou a ligação antes que eu pudesse dizer qualquer coisa.

Coloquei o celular no fundo da banheira. Havia poucas pessoas mais charmosas e naturalmente egoístas do que minha mãe. Eu sempre sentia a necessidade de me deitar depois de uma ligação com ela.

Melvin me cutucou com o grande focinho molhado.

— Sim, tá legal. Vamos encontrar uma forma de sair daqui — falei, me levantando.

Eu já tinha passado as patas dianteiras do cachorro pela borda da banheira quando nos enrolamos na cortina do chuveiro. Com um rasgo alto, o tecido se soltou dos ganchos de metal, caindo em cima de nós e fazendo Melvin voltar a latir.

— Para de tentar se esconder embaixo da minha toalha! — gritei.

— Precisa de ajuda?

Melvin e eu paralisamos por um instante antes de eu puxar a cortina do chuveiro para o lado e encontrar dois dos três irmãos Bishop à porta.

— Podem me dar uma ajudinha aqui? — pedi a Cam e Levi.

19

SE PREPARE PARA TER UM ENCONTRO

Campbell

Levi estendeu a mão para Hazel, que estava enrolada na toalha, e deixou que eu lidasse com o vira-lata encharcado que não parava de latir.

— Mudei de ideia. Quero um chuveiro separado da banheira. Que não precise de escada para entrar — Hazel disse enquanto se esforçava para manter a toalha enrolada e saía pela beira da monstruosidade vitoriana.

Dei uma bela olhada em sua perna comprida e hidratada e me dei conta de que Levi devia estar contemplando a mesma vista.

Com uma puxada rápida, arranquei o resto da cortina do chuveiro dos ganchos.

— Toma — eu disse, estendendo para ela.

— Ei! — Hazel reclamou.

— Te compro uma nova — respondi, entrando na banheira enquanto ela saía.

O sorriso breve que Levi deu foi incisivo e mercenário.

Melvin ergueu os olhos tristes para mim.

— O que falei sobre cochilar na banheira dos outros?

Ele sentou e levantou uma pata gigante.

— Você é um idiota — reclamei enquanto levantava quase cinquenta quilos de cachorro molhado.

Esse serviço estava me dando mais dor de cabeça do que eu previa, e olha que eu previa *muita* dor de cabeça.

Ecoaram batidas do andar de baixo, e Melvin desatou a latir.

— Pensei que Gage tinha uma reunião — Hazel disse, se enrolando como uma múmia na cortina de vinil com estampa de patinhos de borracha.

— Ele tem. É na sua porta que estão batendo — Levi explicou.

Lancei um olhar fulminante para ele por sobre o cachorro molhado, que não parava de se contorcer. Meu irmão nunca usava duas palavras quando bastava uma, mas aqui estava ele, ajudando Hazel a sair de banheiras e dizendo frases completas.

Hazel olhou para a própria vestimenta, com cara de pânico.

Eu ia me oferecer, mas Levi foi mais rápido.

— Vou ver quem é — ele disse, e fechou a porta do banheiro ao sair.

— Ah, hum, preciso me vestir — comentou Hazel, se dirigindo à porta.

— Não antes de me ajudar a secar esse idiota — falei. — Se abrir essa porta, ele vai sair correndo e rolar em todos os móveis. A casa toda vai cheirar a cachorro molhado.

— Parece estar falando por experiência própria.

— Pega uma toalha.

— Se dá tanto trabalho, por que trazer ele para o serviço?

— Porque ele estava acostumado a trabalhar com minha irmã antes do acidente, e agora ele a deixa maluca se passar o dia todo com ela em casa.

— Ah — ela disse baixinho. — Sinto muito...

— Vai pegar aquela toalha ou precisamos usar a sua? — falei, seco.

Hazel encolheu os ombros enrolados na ponta da cortina do chuveiro e tirou uma toalha nova do roupeiro.

— Eu seguro. Você seca — orientei com um tom um pouco menos hostil.

Assim que as patas de Melvin tocaram o chão, ele tentou sair em disparada. Foram necessários nós dois, quatro mãos e uma cortina de chuveiro sacrificada, mas conseguimos deixar o cachorro relativamente seco.

Abri a porta. O maldito cachorro correu em direção à liberdade, sem parar de latir enquanto descia a escada. Eu me deixei cair ao lado da banheira, sentando-me no chão com Hazel.

Ficamos os dois em silêncio, recuperando o fôlego, os ombros se tocando.

— Que horas são? — ela perguntou.

Olhei para o relógio.

— Onze e meia.

Ela suspirou.

— Onze e meia da manhã e já estou exausta, e preciso de outro banho e de uma cortina de chuveiro.

— E uma pá para os pelos de cachorro molhados — comentei, apontando para o ralo.

Ela fez uma careta.

— Que nojo. Acho que vou tomar um banho de mangueira no quintal.

Ouvi as botas de Levi na escada e me levantei. Estendi a mão para Hazel e a ajudei a levantar.

— Toalha — eu disse, quando o nó entre os seios dela começou a se desfazer.

Ela deu um gritinho e virou as costas. Eu me coloquei entre ela e Levi quando ele colocou a cabeça para dentro do quarto.

159

— Suas coisas chegaram — falou ele, apontando o polegar na direção da frente da casa.

Hazel esticou a cabeça atrás do meu braço.

— Sério? — ela gritou, animada.

Ela se dirigiu à porta, mas a detive.

— Não quer colocar umas roupas primeiro? — sugeri.

Eu pretendia voltar ao trabalho na demolição da cozinha, mas, quando ficou claro que Hazel, agora vestida, achou que descarregaria o caminhão sozinha, eu e Levi fizemos isso por ela. Em dez minutos, deixamos todas as caixas no saguão, e Hazel estava abrindo caixa por caixa com entusiasmo.

— Meus livros — ela exclamou, segurando um de capa amarela como se fosse Mufasa com um bebê Simba.

— Estava esquecendo — o motorista disse, empurrando uma bicicleta pela porta. — Não queria que ela acabasse amassada na traseira.

O rosto de Hazel se iluminou como uma criança prestes a pedir doces ou travessuras.

— Minha bicicleta!

— Espero que você pedale melhor do que dirige — provoquei.

— Ah, pedalo sim. — Ela me garantiu muito séria.

Levi sorriu satisfeito.

Enfiei o pé de cabra embaixo da bancada de fórmica na mureta da cozinha. Ela se soltou com um rangido relutante que abafou os Ramones que tocavam na caixa de som sem fio. Depois que removêssemos os armários de acabamento básico dos anos 1970 e as bancadas descombinadas, poderíamos começar a estruturar o atual canto de café da manhã como uma despensa nova e abrir o acesso à varanda cercada pela lateral, criando uma nova área de jantar informal.

Levi estava trabalhando no lado oposto da cozinha, mas vivia passando na frente das portas de vidro da biblioteca, onde Hazel estava trabalhando... ou escrevendo... ou comprando mais casas em leilões virtuais.

Eu não gostava disso. Não estou falando da parte de comprar casas em leilões. Não gostava da parte em que meu irmão demonstrava interesse na mulher que ontem à noite me havia feito uma proposta. E isso me confundia.

— Vai para onde, merdinha? — gritei para Levi quando ouvi o som característico do seu pé de cabra batendo na caixa de ferramentas de plástico.

Seu rosto era tão impassível quanto o monte Rushmore.

— Vou pegar uma bebida.

Aumentei o volume da caixa de som. Um ronco profundo soou da varanda lateral, onde Melvin estava tirando sua segunda soneca da tarde.

— E a que você colocou no chão e a que colocou em cima do balde? — perguntei, apontando para um balde do armazém dos Bishop de cabeça para baixo.

Levi me encarou, e jurei que conseguia ouvir as engrenagens de seu cérebro girando em alta velocidade. Ele estava aprontando alguma coisa, e, o que quer que fosse, ele não sabia disfarçar.

— Acho que ouvi Gage voltar faz um tempo — disse ele, por fim.

Eu estava prestes a dizer que era mentira quando o murmúrio abafado de vozes chegou a nossos ouvidos. Foi acompanhado por uma risada muito feminina. Eu e Levi fechamos a cara.

Alguém, provavelmente o idiota do nosso irmão, estava distraindo Hazel no escritório. E nenhum de nós gostou disso. Levi baixou os olhos para os isotônicos na sua mão, como se estivesse se perguntando se poderia precisar de um terceiro. Olhei à minha volta, procurando uma desculpa.

Os azulejos na parede em que ficava o armário baixo e que dava para a varanda estavam completamente intactos e talvez não fossem muito feios. Tinham o tipo de estampa vintage que alguém como Hazel chamaria de "fofa".

— Liv?

Meu irmão ergueu os olhos de sua coleção de bebidas.

— Oi?

— Esse azulejo é... fofo?

Em uma atitude louvável, Levi nem estranhou ao ouvir meu mais novo vocabulário esquisito.

— Acho que sim.

— Vou perguntar para Hazel se ela quer manter — falei enquanto andava a passos rápidos na direção do corredor.

— Vou com você. — Ele se ofereceu.

Estávamos os dois praticamente correndo quando chegamos às portas francesas. Nenhum de nós se deu o trabalho de bater: simplesmente entramos, e encontramos Gage com um sorriso besta no rosto e o quadril apoiado na mesa que Hazel usava de escrivaninha. Hazel estava encostada na janela, relaxada e sorridente.

— Precisam de alguma coisa? — perguntou Gage.

Eu e Levi levamos tempo demais para encontrar a ofensa certa, e Hazel tomou isso como uma deixa para voltar à conversa.

— Enfim, como eu estava dizendo, só estou procurando encontrar inspiração na vida real — falou ela para o meu irmão enquanto se agachava para pegar uma caixa de mudança. Aquela legging valorizava muito cada centímetro que cobria. E Gage parecia estar reparando.

— Uma escritora imersiva. Entendi — disse ele com um sorriso enquanto ela se levantava. — Deixa que eu pego.

161

Ele estava jogando seu charme com a sutileza de uma criança que tentava colocar um galão de leite numa mamadeira.

— Agora que você conheceu meus irmãos, tenho certeza de que não é nenhuma surpresa que eu seja o charmoso.

— Sai — ordenei.

— Qual de nós? — perguntou Hazel. — Porque eu meio que moro aqui.

— Não você. Ele — falei, apontando para Gage com a ponta do pé de cabra que eu ainda estava segurando.

— Vamos continuar essa conversa depois — sugeriu Gage.

— Não vão, não — insisti.

Gage ergueu a sobrancelha, irônico, para mim.

— Algum problema?

— Não se sair nos próximos dez segundos.

Ele voltou o olhar para Hazel.

— Se ele der uma de Gremlin depois da meia-noite com você, é só gritar.

Gage esbarrou no meu ombro ao passar. Mas ignorei.

Levi ainda estava parado perto da porta.

— Ei, mano, me ajuda a descarregar a madeira que te ajudo a tirar aquela pia de duas toneladas da cozinha — sugeriu Gage, apertando o ombro de Levi.

Levi olhou para Hazel. Depois, para mim. Depois, para o teto. Saiu sem dizer uma palavra.

Fechei as portas atrás deles e me virei para ela.

— Não gosto que me apressem — falei.

— E eu não gosto de pegar fila — retrucou ela com naturalidade enquanto se agachava para cortar a fita adesiva da caixa.

Eu me aproximei.

— Você me fez uma pergunta ontem e estava esperando uma resposta imediata. Mas não gosto que me apressem.

— Tá. Bem, *eu* não gosto de esperar séculos por um simples sim ou não.

Ela não estava nem olhando para mim, e isso me irritava.

— Você me pegou de surpresa com isso ontem à noite — reclamei.

— E eu esperei o *dia todo*. Tenho um prazo. Não tenho tempo a perder. Se achar incômodo demais ou me achar feia demais para sair comigo de mentirinha, preciso partir para outra.

— Você não vai partir para o meu irmão.

Ela me lançou um olhar fulminante.

— E você não está dizendo: "Nossa, Hazel, não te acho feia demais para sair contigo de mentirinha"?

Pelo menos agora ela estava olhando para mim. Mas a força com que estava segurando a tesoura era preocupante.

— Sábado. Sete horas.

— Da manhã? Vocês não podem me dar pelo menos até as oito, de preferência nove e meia?

Cruzei os braços.

— Sete da noite. Se prepare para ter um encontro.

Foi a ameaça mais idiota que eu já tinha feito na vida, e o brilho nos seus olhos castanhos me disse que isso provavelmente acabaria nas páginas de um livro.

— Ok. Vou me preparar — respondeu ela, provocante. — Mas, só para você saber, estou esperando um desempenho espetacular da sua parte. Não quero nada meia-boca.

— O que te faz pensar que meu desempenho é espetacular?

Ela me olhou de cima a baixo.

— Se não for, vai ser uma das grandes decepções da vida.

— Ok — falei, retribuindo sua olhada de cima a baixo. — Desde que você não aja como se isso fosse algum tipo de experimento científico e me deixe constrangido.

— Combinado. Mas vou levar meu caderno.

— Tudo bem. Mais uma coisa.

— O quê?

É melhor não contarmos nada disso para ninguém — aconselhei. — Se alguém nos flagrar tendo algo que se pareça com um encontro, isso vai fazer os boatos do assassinato de pássaro parecerem bobagem.

— Certo. Não quero arruinar a sua reputação — falou ela com doçura.

Eu já estava me arrependendo disso. Mas pelo menos não ficaria sentado em casa enquanto um dos idiotas dos meus irmãos fingia ser o herói.

20

AMEAÇA EM DUAS RODAS

Hazel

Na manhã seguinte, eu estava determinada a parecer imperturbável. Não era porque eu, Hazel Hart, teria meu primeiro encontro em mais de uma década com um homem que involuntariamente havia me inspirado a mudar minha vida toda, que isso era motivo para alguém, além de Bertha, o guaxinim gorducho com que cruzei na escada, saber que eu estava surtando por dentro.

Claro, era apenas um encontro de mentirinha para fins de pesquisa; mesmo assim, eu precisava me esforçar como se fosse um encontro de verdade.

Quando os Bishop chegaram ao raiar do dia, às sete e meia da manhã, eu já estava vestida, maquiada, cafeinada e digitando bobagens no documento enquanto repassava mentalmente meu guarda-roupa. Eu havia passado minha vida de casada em dois extremos no espectro de roupas: roupas de treino e trajes de festa. Nenhum parecia adequado para um encontro em uma cidade pequena com um trabalhador braçal gato.

— Dia — cumprimentou Levi, parando à porta da biblioteca.

— Bom dia — respondi um pouco animada demais.

Cam olhou para mim, soltou um grunhido e seguiu para a zona de guerra que era a cozinha.

Gage colocou a cabeça dentro do cômodo.

— Bom dia, Hazel. Só queria lembrar que você tem um encontro marcado.

Pisquei várias vezes seguidas. Cam tinha contado para os irmãos sobre nosso acordo depois de me pedir explicitamente para não abrir a boca? Ou Gage estava me chamando para sair? Ou algum daqueles irmãos que encontrei na assembleia municipal realmente achou que eu tinha dito sim para suas propostas estranhas?

— Tenho? — falei, tentando soar descontraída mas soando quase esganiçada.

— Minha irmã, Laura, vai levar você para escolher acabamentos. Luminárias, azulejos, essas coisas — explicou ele. — Esse é o número dela. Ela disse para ligar depois das dez.

Eu me afundei de alívio. Que bom que eu não estava saindo de verdade com ninguém. Só a ginástica mental já era exaustiva.

Gage se aproximou e me entregou um pedaço de papel com um telefone anotado.

— Obrigada — eu disse. — Melvin não vem hoje?

— Ele está fazendo um turno com a nossa mãe na loja. Lá tem menos banheiras para ele entrar.

— Gage! — gritou Cam dos fundos da casa.

O sorriso de Gage era como o sol que surge detrás de nuvens de chuva.

— Acho que ele não gosta quando fico a sós com você.

— Ele deve ter medo de que eu te corrompa com meus hábitos de cidade grande — brinquei.

— Fico tentado a passar o dia todo aqui dentro — Gage comentou. — Eu poderia ajudar você a tirar seus livros das caixas. Talvez levar você e sua amiga Zoey para almoça....

— Ei, panaca! — Cam surgiu no vão da porta, parecendo estar irritado com o mundo todo. — Vai nos ajudar a levar as bancadas para a caçamba de entulho ou vai ficar aqui de conversinha?

Gage olhou para mim e sorriu.

— Estou bem mais inclinado a ficar aqui.

Cam pegou o irmão pela nuca e o guiou para fora do cômodo, chacoalhando a porta de vidro ao bater.

— Bom, isso foi... interessante — falei para o escritório vazio.

Fiz um esforço sincero na tentativa de "escrever um livro", mas estava tão tensa com meu encontro de mentirinha e os barulhos incessantes de demolição e discussões que desisti antes das nove.

Ainda era cedo demais para ligar para Laura, mas eu precisava sair. Um pouco de ar fresco me faria bem, pensei, lançando um olhar culpado para a minha contagem de palavras de hoje. Eu tinha um encontro no dia seguinte com Cam Cacto Bishop. As palavras fluiriam como um barril pelas cataratas do Niágara no fim de semana depois que eu me enchesse de Caminspiração. Eu poderia me dar ao luxo de tirar um tempinho para mim hoje, justifiquei.

Saí pela porta da frente na ponta dos pés, não como uma covarde que queria evitar os homens atraentes na minha casa, mas como uma cliente prestativa que não queria distrair a equipe de seu trabalho muito barulhento. Eu me parabenizei por ter aprendido a me justificar tão bem assim, e inspirei fundo a umidade do verão.

Abelhas e outros insetos zumbiam alto no pátio coberto de vegetação, um som novo que encantava essa procrastinadora da cidade grande. Era tão... pacato.

Pelo menos até passos pesados soarem sobre o telhado da varanda e um vaso sanitário azul-claro voar pelos ares para dentro da caçamba de entulho na minha garagem e se estilhaçar ao cair.

— Pelo amor de... — Interrompi minha reclamação ao avistar minha bicicleta coberta de teias de aranha apoiada na grade da varanda. *Fuga*.

Tirei a bicicleta da varanda, abaixando a cabeça por instinto quando alguma outra coisa se quebrou na caçamba de entulho atrás de mim, e a empurrei até a lateral da casa. Achei uma mangueira velha sem bico perto das janelas da biblioteca e comecei a lavar a sujeira da minha velha amiga.

Os dois pneus estavam murchos e os freios estavam um pouco emperrados, mas eu tinha certeza de que conseguiria deixá-la em forma a tempo de dar uma "volta relaxante pela cidade".

— Onde foi que coloquei aquela bomba de ar? — murmurei comigo mesma.

— Oi, vizinha!

Com o susto, berrei e molhei mais de um metro da cerca, recuperando o controle bem a tempo de molhar a cabeça flutuante.

— Ai, meu Deus. Desculpa — falei, desligando a água.

— Foi culpa minha. Eu deveria ter começado com um leve aceno ou algo assim. Passo muito tempo conversando com pessoas em telas e às vezes esqueço como não ser esquisita pessoalmente. — A cabeça pertencia a uma jovem negra com um cabelo turquesa volumoso e curto, preso por uma faixa grossa. Ela tinha uma tatuagem fantástica que subia do peito até o ombro.

— Você também é romancista? — brinquei.

— Rá. Não. Sou designer de jogos... de videogame, não de tabuleiro. Moro na casa ao lado, caso esteja com medo de que eu seja uma estranha invasora de jardins — disse ela, apontando o polegar para o chalezinho aconchegante atrás dela. — Felicity.

— Hazel — falei com um aceno. — Moro aqui agora.

O som de vidro se quebrando na caçamba nos assustou.

— Muito pacato — comentou Felicity sobre a série de palavrões que estava vindo da frente da casa.

— Por acaso você não tem uma bomba de ar, tem?

— Então, quer dizer que você pegou suas coisas e se mudou para cá sem nem visitar? — perguntou Felicity enquanto eu bombeava ar no pneu da frente no pátio com calçamento de pé de moleque que ela própria havia instalado ao lado da casa.

Estava lotado de vasos de plantas e um gatil telado que abrigava um gato malhado e gordo cujo único sinal de vida era um movimento de cauda ocasional.

— Para ser justa, o anúncio de leilão de Darius usou de certa licença poética quanto ao estado do imóvel — eu disse, sem querer parecer mais louca do que era.

— Mesmo assim, passa uma vibe de protagonista. Quero dizer que foi uma atitude ousada — acrescentou ela, como se estivesse acostumada a falar com gente de meia-idade cuja compreensão de gírias tinha parado nos anos noventa. Ela encheu meu copo com limonada caseira com lavanda.

— Às vezes, queria ser corajosa. Mas daí lembro que me sinto muito cômoda, e concluo que ser corajoso é superestimado.

— Me sinto mais desesperada do que corajosa na maioria dos dias — confessei, voltando a rosquear a tampinha da válvula do pneu.

— Você enfrentou Emilie Rump numa assembleia municipal. Isso exige coragem.

— Ai, Deus. Não sei se fico orgulhosa ou envergonhada. Não me lembro de ter visto você lá — falei, soprando a franja da testa.

— Assisti à transmissão ao vivo. Eu, hum, não gosto muito de sair de casa — disse Felicity. — É minha esquisitice.

— Todo mundo tem uma — afirmei.

— Sério? Qual é a sua?

— Quer dizer, além de bater o carro na placa da cidade e ser acusada de atropelar uma ave? Preciso dormir com as mãos e os pés embaixo das cobertas para os monstros embaixo da cama não me pegarem.

— Pfft. Isso não é esquisito — Felicity insistiu. — Todo mundo se previne de algum modo contra monstros.

— Tá. Que tal o fato de que só consigo assistir a reprises na tv enquanto janto, enceno com o rosto os diálogos que estou escrevendo e, depois que tiro um par de meias, não consigo colocar de volta? Além disso, saí escondida da minha própria casa porque ficar cercada por homens solteiros atraentes me dá alergia?

— Acho que vamos nos dar muito bem.

Dez minutos depois, eu estava devidamente abastecida de açúcar, vestida para uma volta rápida de verão e pronta para fugir da bagunça empoeirada e estrondosa de casa.

Eu estava afivelando o capacete quando Cam apareceu no teto da varanda para jogar a pia rosa-chiclete do banheiro na caçamba de entulho.

— O que é que você está fazendo? — indagou ele.

— Vou dar uma volta — respondi, passando a perna por cima da bicicleta.

— Tenta não destruir nenhuma propriedade pública.

— Mi mi mii mi mii — imitei.

— Quanta maturidade, srta. Confusão. Cuidado com os pássaros — Cam avisou.

Sorri de satisfação e endireitei a bicicleta, equilibrando-me nas duas rodas sem sair do lugar.

— Acho que vou ficar bem.

Ele balançou a cabeça.

— Não posso olhar. Se eu vir você cair, vou me sentir obrigado a levar seu corpo ensanguentado para o médico, e tenho mais o que fazer hoje do que bancar seu motorista.

— Tchau, bobão — falei, mostrando a língua para ele e saindo.

A memória muscular logo tomou conta. Saí em disparada pela calçada, deixando para trás as afirmações de Cam de que sou uma ameaça antes de saltar do meio-fio para a rua.

A brisa escaldante em meu rosto me fez lembrar de quando eu ia costurando pelo parado e passava por multidões de pedestres atravessando a rua. Eu tinha trabalhado como entregadora por três anos emocionantes depois da faculdade até vender meu primeiro livro.

Apalpei a mochila para conferir que havia trazido o celular e a carteira; depois, dei uma volta rápida pela rua principal. Era mais um dia tranquilo na cidade, observei, virando na rua do lago. À esquerda, as águas cristalinas do lago cintilavam sob o sol do meio-dia. Alguns barcos e caiaques atravessavam a superfície do lago enquanto um grupinho de pessoas curtia a manhã de verão na praia de areia e na área de natação.

Uma sombra silenciosa caiu sobre mim e me curvei sobre o guidão. Ganso voou sobre mim, virando sobre o lago antes de mergulhar perigosamente sobre um canoísta desavisado.

Vi um remo e um respingo enquanto o caiaque virava, jogando seu ocupante na água. Ganso pousou, presunçoso, em cima do caiaque emborcado.

— Típico do Ganso — falei, balançando a cabeça.

Minha atenção foi atraída por uma pequena área de fachadas à minha direita. A maioria estava vazia, exceto por uma butique de roupas coloridas e uma... opa! Apertei os freios e parei na frente da Histórias de Story Lake, uma livrariazinha.

Ainda não estava aberta, senão eu teria feito um inventário completo mesmo suada. Melhor assim. Depois da minha primeira impressão, acho que não faria mal tornar minhas segundas e terceiras impressões um pouco mais agradáveis e competentes.

Voltando a pedalar, segui pela beira do lago até a rua do lago virar a via da pousada. Eu poderia fazer uma visita a Zoey. Depois de tantas décadas de amizade, eu não precisaria impressionar ela.

A estrada era arborizada dos dois lados, e o lago rapidamente desapareceu atrás de uma muralha de floresta. Havia algumas trilhas de terra assinaladas por caixas de correio que atravessavam as árvores na direção do lago, e me perguntei como seriam as casas no fim delas. A estrada serpenteava por cima e em volta do lago, ganhando uma altitude não tão sutil assim.

Minhas pernas fora de forma começaram a protestar contra a subida. Meus ossos da bacia também, o que fez com que eu me arrependesse de não ter parado para procurar meu antigo short de bicicleta acolchoado.

Quando passei pela bela placa esculpida da Pousada Story Lake, eu estava suando como se tivesse me trancado numa sauna. Tirei a franja úmida da frente dos olhos e fui ofegando até a porta-cocheira com vigas de madeira de pé-direito duplo.

A pousada grandiosa se elevava sobre a floresta e os rochedos com um revestimento pitoresco de tábuas e sarrafos pretos e um telhado de metal verde-montanha. Vigas grossas naturais se erguiam na varanda da entrada. Duas alas se projetavam de cada lado, se inclinando em direção ao lago mais adiante. Parei, ofegante, em frente a um bicicletário vazio perto da varanda da frente, ao lado de um rododendro de folhas brilhantes. Havia apenas meia dúzia de carros no estacionamento, que poderia comportar mais de cem.

Deixei minha bicicleta no bicicletário e pendurei o capacete no guidão. Peguei a escada de pedra e ainda estava ajeitando o cabelo desgrenhado quando alcancei as enormes portas de vidro da entrada. Elas se abriram automaticamente e entrei, adorando o ar fresco.

O saguão de pé-direito duplo oferecia vistas deslumbrantes do lago por uma parede de vidro. Sofás de couro estavam posicionados em U em volta de uma lareira de pedras empilhadas. Havia um pequeno bar com tema de biblioteca num canto e uma dúzia de mesinhas e cadeiras espalhadas pelo piso de concreto estampado.

— Vamos lá. Seja grandinha e dê uma mordida — insistiu uma voz feminina de algum lugar atrás do granito retroiluminado da recepção.

— Você sabe que não gosto de repolho — uma voz mais teimosa reclamou.

— Querida, é kimchi, não repolho.

— Kimchi *é* repolho, e desculpa, mas nunca gostei da receita do seu avô. E, antes que me dê aquele discurso de novo, sim, sei que faz parte da sua tradição coreana, o que você sabe que amo. É só de repolho que não gosto.

— A receita do vovô não prestava. A minha é incrível. Come.

— Não quero... Ah, espera. Nada mau.

— Nada mau? Batatas fritas trufadas com aioli não são nada mau. Essa omelete é a perfeição gástrica.

— Nada mau para uma perfeição gástrica.

Eu estava pensando em mandar uma mensagem para Zoey perguntando como chegar ao quarto dela quando uma crise de tosse causada pela minha própria saliva me dominou.

Uma mulher se levantou na recepção.

— Bem-vinda à Pousada Story Lake! — ela exclamou.

Baixinha, curvilínea e sorridente, com a pele escura e uma cascata de cachos em cima da cabeça, havia algo nela que me lembrava uma monitora de acampamento pronta para assegurar a pais nervosos que seus filhos provavelmente não ficariam emocionalmente traumatizados sob os cuidados dela. Talvez fosse por conta da camisa polo, do short cáqui e do cordão.

Ela me cumprimentou enquanto dava um chute pouco sutil na mulher afundada na cadeira de escritório ao lado. Um par de coturnos Tory Burch saiu do balcão e tocou no chão. Eram os pés de uma mulher bem-vestida e uns bons vinte centímetros mais alta do que a primeira. Usava um colete transpassado que exibia dois braços fechados por tatuagens pretas simples. Seu cabelo preto brilhante estava penteado para o lado. Tudo nela me fazia pensar em "confiante" e "descolada".

— Podemos ajudar com suas malas? Ou servir um galão de água? — ela ofereceu com a voz rouca. As duas me olharam de cima a baixo.

— Hum, não tenho malas — gaguejei. — Vim ver uma amiga.

Os olhares conflitantes de decepção fizeram com que eu me sentisse imediatamente culpada. O saguão estava mais vazio do que o estacionamento, e, pelo tamanho do imóvel, isso não devia ser um bom sinal.

— Ah! Você deve estar aqui para ver Zoey. Você é a romancista, certo? — disse a que parecia uma monitora de acampamento. — Não reconheci você. Ontem você... — Ela hesitou, educada demais para mencionar minha aparência desgrenhada.

— Estava com toda a hidratação do lado de dentro do corpo? — completei, puxando a gola úmida da camisa.

Ela fez uma careta arrependida.

— Meio que sim.

A descolada de coturnos apoiou um cotovelo sobre o granito.

— Soube que sua primeira assembleia municipal foi memorável.

— Bom, só se você achar memorável ser absolvida de assassinato de aves — falei, brincando.

— Desculpa ter perdido. Recebi alguns check-ins no fim do dia. Mas Billie foi me atualizando — ela disse, apontando o polegar para a colega de recepção.

As duas usavam alianças prateadas iguais no anelar.

— Certo. Você era a que estava comendo Skittles no fundo — eu disse para Billie.

A descolada soltou um arquejo dramático.

— Você me disse que os Skittles tinham acabado!

Billie se crispou.

— Bem, *agora* acabaram.

A descolada balançou a cabeça.

— Não sei mais quem é você. — Ela se virou para mim. — Sou Hana, a propósito. Essa é Billie. Zoey está no 204. Os elevadores ficam logo ali, naquele corredor. Eu te levaria lá, mas preciso ficar aqui e fazer minha esposa se sentir culpada por ter aprontado com os doces.

— Entendi — respondi.

— Toma. Leva — Hana disse, empurrando dois pratos dois pratos de omelete na minha direção. — Café da manhã dos kimchi-ãos.

Billie balançou a cabeça.

— Pensei que tínhamos conversado sobre as suas piadas de tiozão, Han.

— E pensei que estávamos sem Skittles. Acho que estamos quites.

Usei o pé para bater na porta de Zoey.

— Serviço de quarto — cantarolei.

A porta se abriu e revelou minha amiga com os cachos presos num coque elegante, o rosto totalmente maquiado, uma blusinha fofa e calça de pijama do Homem-Aranha.

— Reunião por Zoom? — perguntei, passando por ela.

— Daqui a vinte minutos. Por que não está escrevendo? E o que tem nos pratos?

— Omeletes de kimchi, cortesia de Billie e Hana lá debaixo.

— Me dá. Por que não está escrevendo? — perguntou ela enquanto eu entregava um dos pratos.

Sua suíte era o que nós, nova-iorquinos, chamaríamos de luxo rústico com paredes marrons sóbrias, móveis de couro e uma vista deslumbrante do lago. Era, inclusive, maior do que o apartamento dela.

— Lindo espaço — falei. Me acomodei numa mesinha de ônix preto perto da porta da varanda.

— Para de tentar me distrair, Hazel Hart. Por que você está toda encharcada no meu quarto de hotel em vez de estar escrevendo o próximo grande romance americano? — Zoey indagou ao ocupar a cadeira em frente a mim.

— Argh. Porque minha casa está cheia de homens gatos barulhentos, e eu não conseguia ouvir meus próprios pensamentos, muito menos decidir o que vai acontecer depois que minha protagonista convenceu o empreiteiro a sair com ela. Sabe há quanto tempo não tenho um primeiro encontro? Preciso da sua experiência.

Por exemplo: o que deveria vestir para um encontro com Cam? Se bem que eu não poderia falar que teria um encontro com Cam, porque ele me pediu para não contar para ninguém. E eu não poderia mentir e dizer que sairia com um estranho porque Zoey faria todo um interrogatório sobre meu homem de mentira e depois tentaria me seguir ao tal encontro.

— Eu adoraria te ajudar, mas tenho uma reunião por Zoom daqui a vinte minutos com uma antiga amiga da revista *Thrive*, e, depois, chamadas com todas as editoras de entretenimento feminino dos principais veículos para lembrar todo mundo que você ainda é relevante.

Dei uma garfada no café da manhã.

— Que legal, mas será que sou? Ainda relevante, digo.

— Vai ser nem que eu morra tentando — ela disse, determinada. — Estou aproveitando enquanto o seu renascimento nas redes sociais está em alta. Aquela newsletter que você enviou teve a primeira taxa de abertura de e-mails razoável em séculos, e estou vendo prints dela nas redes. Estou vendendo a ideia de que, em algum momento da vida, toda mulher fantasia fugir e recomeçar em busca de seu final feliz, e aqui está essa adorável e excêntrica escritora de romances que está fazendo isso de fato.

— O único problema é que não estou procurando um final feliz. Estou procurando inspiração e encontrando nesta omelete.

Zoey sorriu.

— É o que veremos.

21

O MEU (BOTE) É MAIOR DO QUE O SEU

Hazel

Eu: O que visto para aquela coisa secreta amanhã?
Cam: E eu lá vou saber?
Eu: Bem, você poderia pelo menos me dizer aonde vamos.
Cam: Repito. E eu lá vou saber?

Eu tinha total intenção de correr para casa para tomar banho e me trocar antes de encontrar Laura, mas as mensagens secas de Cam me irritaram, e decidi pedalar direto para a casa dela. Foi, claro, um erro, porque agora eu estava ainda menos apresentável do que antes.

Mas agora já era.

Empurrei a bicicleta até a entrada do sobrado de tijolos brancos de estrutura clássica com toques de rock and roll. Ficava num jardim encantador num terreno de esquina a poucos quarteirões da rua principal. Havia uma cesta de basquete na garagem, um comedouro para pássaros pendurado numa das janelas grandes ao lado da entrada e um dragão de resina que cuspia água num laguinho borbulhante.

Deixei a bicicleta na grama e me arrastei pela trilha. A porta de um roxo gótico se abriu antes que eu chegasse ao último degrau.

— E aí? — Laura cumprimentou.

Ela estava vestida de maneira casual, com short, regata e tênis Nike, toda de preto. Mas sua maquiagem esfumada, seus lábios vermelhos e seu cabelo loiro platinado a faziam parecer pronta para uma sessão de fotos.

Eu, por outro lado, parecia pronta para ser reidratada com soro intravenoso.

— Muito obrigada pela carona — falei, ofegante. — Sinceramente acho que eu não conseguiria pedalar mais um quarteirão.

— Você deveria mesmo pensar em arranjar um carro — Laura observou.

— As coisas não acabaram exatamente bem com o último — lembrei a ela.

— Eu vi o vídeo. Acho que nós duas podemos concordar que a culpa foi do Ganso.

— É, mas agora estou traumatizada.

— E não estamos todas? Entra. Vou pegar a minha bolsa e podemos ir.

O pequeno corredor levava diretamente à escada no segundo andar. Havia uma sala grande à direita e um pequeno escritório que parecia ter sido convertido num quartinho estreito à esquerda.

Laura me levou até a sala de jantar. Avistei uma galeria de fotos de família que pareciam paralisadas no tempo. Laura e o seu noivo, um homem negro muito bonito de uniforme militar formal, dançavam sob uma série de cordões de luzinhas penduradas na frente de uma banda. Reconheci uma versão mais jovem, mas já adolescente, de Wesley sorrindo para a câmera enquanto corria por uma quadra de basquete. Harrison fazia careta numa foto, segurando um peixe de tamanho considerável na ponta de uma linha. E uma garota, que deveria ser a irmã deles, sorria timidamente de um palco, vestida de meia-calça e collant.

A sala de jantar se abria para uma cozinha estreita mas organizada. Havia um fogareiro e uma chapa elétricos em uma mesa dobrável escorada na ilha da cozinha, no lugar das banquetas. Pratos limpos e utensílios de cozinha estavam empilhados de maneira ordenada em todas as superfícies planas disponíveis.

Laura tirou uma pochete de um gancho na parede e a pendurou no ombro.

— Quer uma água ou talvez um segundo para se lavar um pouco antes de irmos?

— Eu adoraria as duas coisas — admiti.

— Vou pegar a água. O lavabo é logo ali — ela disse, apontando para uma porta do lado de fora da cozinha.

— Ai, meu Deus. Eu não fazia ideia de que existiam tantos tipos de azulejo — falei, horas depois, afundando no assento de couro do Jeep Cherokee adaptado e estiloso de Laura. Vimos azulejos, carpetes, papéis de parede e acessórios de cozinha e banheiro. Eu não conseguia me lembrar de metade das coisas que havia escolhido. — Acha a torneira em forma de cabeça de cisne um exagero?

— Sim. É por isso que ela é perfeita — Laura disse enquanto passava da cadeira de rodas para o banco do motorista.

Ela esticou o braço e arrancou um panfleto do para-brisa. Era outro cartaz dizendo "Rump para delegado", que prometia a imposição rigorosa de altura de grama e a proibição de todas as tintas de casa consideradas "coloridas demais".

— Uau, ela está mesmo em todos os lugares — comentei.

Laura revirou os olhos enquanto começava a desmontar a cadeira de rodas com eficiência.

— Ela deve ter contratado um avião agrícola para distribuir os panfletos. Toma, coloca no banco de trás — ela disse, me entregando o encosto.

Depois que a cadeira estava guardada, Laura fechou a porta e olhou o smartwatch.

— Não sei você, mas estou faminta. O que acha de comprarmos...

— Comida? Por favor, diga que estava prestes a dizer "comida", porque meu estômago já comeu o próprio revestimento.

— Tem um lugar decente a alguns quarteirões daqui. Só não conta para os meus irmãos que levei você lá — pediu ela, engatando a marcha da suv.

— Eu jamais trairia a confiança de alguém que me alimenta. Mas você despertou minha curiosidade de autora.

— Estamos em Dominion agora — afirmou Laura, como se isso explicasse alguma coisa.

— Certo. Entendi.

À medida que entrava na rua, o sorriso de satisfação dela era igual ao de Cam.

— Dominion é a capital do condado. Fazemos fronteira com eles. A linha passa bem no sítio de Emilie Rump. Dominion tem um lago maior, uma cidade mais movimentada e muito mais turistas. E são insuportáveis por isso — explicou ela. — Eles são aquele atleta popular e arrogante da escola que acha que é um presente de Deus para o mundo, enquanto Story Lake é o nerd fofo e excêntrico que é enfiado dentro do armário.

— Argh. Eu odiava essas crianças — eu disse.

— A arrogância de Dominion piorou ainda mais agora que precisamos fazer um contrato com a polícia deles. Vai ser bom recuperar um pouco do poder com Levi como delegado.

Apontei para o panfleto de Emilie.

— Você acha que ele vai vencer?

— É melhor que ele vença — ela disse, séria.

Um minuto depois, ela entrou numa via principal. Ao contrário de Story Lake, não faltavam carros aqui, que disputavam vagas de estacionamento e buzinavam para os pedestres que atravessavam a rua carregando sacolas de compras e caixas de cerveja. As lojas estavam todas ocupadas, a maioria com letreiros de néon que prometiam que a vida era melhor à beira do lago, ou que ofereciam doses grátis de Jägermeister.

Laura entrou numa das últimas vagas para pessoas com deficiência no fim de um quarteirão lotado de restaurantes, bares e lojas de suvenires. Fiquei de olho no desfile interminável de patinetes elétricas, motocicletas e carros enquanto ela rapidamente montava sua cadeira de rodas.

175

— Não gosto disso — comentei enquanto ela ia para o meio da rua para subir a rampa no fim da calçada. Eu mal conseguia imaginar como Cam ficaria bravo se a irmã fosse atropelada por um adolescente de patinete só para tentar me dar palitos de muçarela empanada.

— Também não sou muito fã — disse ela enquanto inspirávamos a fumaça do escapamento de um Escalade. — Mas tenho que ir aonde as rampas estão. Vamos.

O restaurante, por sorte, era um pouco mais fácil de percorrer, embora as tábuas de madeira da rampa estivessem tortas e rachadas. Isso me fez lembrar das entradas acessíveis que eu tinha visto na pousada e no Angelo's. Eram mais novas e estavam em muito melhor estado.

Todos os pensamentos em acessibilidade desapareceram da minha cabeça quando a recepcionista de microshort nos levou por um corredor polonês de mesas e pessoas. Nós a perdemos quando precisei abrir caminho entre um aglomerado de mesas de tampo alto, mas finalmente a encontramos esperando por nós no deque coberto, onde a música tocava alto nas caixas de som. A vastidão do lago se estendia à nossa frente. Uma escada descia para um cais cheio de jet skis e pequenos barcos.

Aquelas não eram as águas tranquilas de Story Lake. Eram a versão ainda mais intensa do recesso escolar de primavera nas montanhas Pocono. Jet skis ziguezagueavam entre outros barcos motorizados que exibiam bandeirinhas com frases engraçadinhas como *Amo tiazonas gostosas* e *O meu (bote) é maior do que o seu*. Pontões com escorregadores balançavam em meio às ondas agitadas. Grupos de pessoas na casa dos vinte flutuavam em boias amarradas a uma balsa em que funcionava um bar tiki.

A energia frenética fazia com que eu, com minhas axilas sem desodorante, me sentisse deslocada ali, mas eu estava fraca de fome e disposta a aturar um pouco caos em troca de alimento.

A recepcionista disse algo que não escutei antes de nos deixar com cardápios pegajosos na mesa.

— Sei que dizem que "se está alto demais, é porque você está velho" — berrei por causa da música. — Mas acho que estou velha!

— Aconchegante, né? — bradou Laura em resposta.

— Acho bom que a comida seja boa — gritei.

— Não é. Mas você é uma de nós agora; então, eu queria que você visse o que estamos enfrentando.

Gritamos nosso pedido para um garçom jovem e bonito, que não se deu ao trabalho de fazer contato visual conosco porque estava ocupado demais flertando com o barman igualmente jovem e bonito.

Coloquei as mãos em volta da boca.

— Vem sempre aqui?

— Não se eu puder evitar — berrou ela em resposta.

Na mesa ao lado, havia um casal praticante de algum esporte ao ar livre vestido para algum esporte ao ar livre, como tênis ou golfe. Eu diria que eles deviam ter uns sessenta, e provavelmente eram aposentados. Estavam tampando os ouvidos e olhando feio para a caixa de som em cima deles.

Senti meu celular vibrar sobre a coxa e o tirei do bolso para conferir as mensagens.

> **Cam:** Faz um tempo que você não está me irritando. Ainda está sobre duas rodas ou está estropiada numa vala em algum lugar?

Olha só, mas quem diria? O empreiteiro parrudo estava preocupado comigo. Eu estava formulando uma resposta engraçadinha quando o garçom voltou com nossas bebidas.

Ataquei o megajarro de água que ele deixou enquanto Laura tirava uma quantidade absurda de frutas da sua "Magra Colada".

— Graças a Deus — disse ela num tom mais moderado quando o volume da música finalmente diminuiu.

Ergui os olhos e vi o tenista profissional aposentado voltar até a esposa com um semblante vitorioso. Eu nunca tinha sentido tanta gratidão por uma queixa de barulho.

— Ei, o que você usaria para um primeiro encontro? — perguntei.

Laura fechou a cara e olhou para o lago, onde todos pareciam estar tendo o melhor dia de suas vidas.

— Não sei. Faz muito tempo que não tenho um.

Eu me repreendi mentalmente. Era óbvio que ela já tinha sido casada. Eu tinha visto as fotos. E ela usava uma aliança de casamento. Mas ninguém havia mencionado o marido dela. Será que ele tinha sido destacado para alguma missão militar, ou será que eles estavam separados? Talvez eu devesse me concentrar mais em não meter os pés pelas mãos e menos na vida de desconhecidos.

— Por quê? — perguntou ela, se recompondo e dando um gole revigorante de sua bebida congelada.

— Eu, hum... então, estou escrevendo um livro...

— Até que enfim.

— Sim, obrigada, Zoey Junior. Enfim, estou me sentindo um pouco enferrujada na questão do romance. Faz pouco tempo que eu, hum... me divorciei.

— Ceeeerto — falou ela devagar. — Você fazia parte de uma seita religiosa em que o divórcio era punido por esquartejamento ou coisa assim?

— Não. E, se conhecesse minha mãe, você entenderia como isso era engraçado.

O celular de Laura mostrou uma ligação ao lado do cotovelo dela, mas ela o ignorou.

— Só estou perguntando porque você olhou para os dois lados para garantir que ninguém ouvisse você sussurrar a palavra que começa com "d".

— Escrevo romances. Não deveria me divorciar.

— É, bom, às vezes, as coisas não acontecem exatamente como planejamos. — Ela apontou para a cadeira de rodas.

Eu era uma grande idiota egoísta. Lá estava eu, ainda chafurdando em lamentações de "ai de mim, eu me divorciei", quando coisas muito piores aconteciam com pessoas muito melhores.

— Não se atreva. — Ela apontou o dedo para mim.

— A quê?

Seu celular se iluminou de novo e ela apertou com irritação o botão de ignorar.

— Não venha com essa de "ai, meus problemas não são nada comparados com os dessa pobre gostosa na cadeira de rodas".

— Primeiro, minha voz não é tão resmungona assim, é?

O dar de ombros de Laura foi relativamente suavizado por um leve sorriso de ironia.

— Segundo, eu não estava fazendo isso — menti.

Ela riu pelo nariz.

— Até parece. Estava sim. Todo mundo faz. Mas quer saber? O pior que já aconteceu com você ainda é o pior que já aconteceu com você. Não precisa se sentir culpada por não ter acontecido algo ainda pior. É uma puta de uma idiotice.

— Você já era tão sábia assim antes da cadeira de rodas, ou ela te deu poderes mágicos para entender o sentido do universo?

Laura escancarou um sorriso.

— Acho que vamos ser boas amigas... ai, merda.

— Ai merda o quê? — perguntei.

— Nina. — Ela disse o nome como se fosse sinônimo de assassina de bebê foca.

— Quem ou o que é Nina? — perguntei, virando o rosto para olhar para o deque.

Uma loira de aparência nórdica com um terninho sexy e saltos altíssimos nos abriu um sorriso de lábios vermelhos. Sua pele era impecável, e sua maquiagem, sutil, elegante. Não havia um fio fora de lugar em seu rabo de cavalo com o cabelo repartido na lateral. Ela tinha um bronzeado californiano e uma postura de quem frequentou uma escola de etiqueta.

Em comparação a ela, eu me sentia como um bonequinho Troll derretido no micro-ondas.

— Laura, que prazer te ver na parte boa do condado — ela disse em um tom melódico.

Não gostei de Nina.

A risada dela foi tão falsa que chegava a ser engraçada.

— A mesma Nina de sempre. Como vai seu verão com cheiro de combustível de jet ski, sra. Prefeita?

— Está sendo mais um ano excepcional para Dominion — Nina comentou com um sorriso cortante. — Estamos ganhando tanto dinheiro que não sei o que vamos fazer com tudo. Mas tenho certeza que Story Lake está no mesmo barco.

— Piadas de lago. Que divertido — Laura retrucou, escancarando os dentes num sorriso falso.

— Bom, eu adoraria ficar e conversar, mas tenho uma inauguração para ir. Passa de novo por aqui para tomarmos um café. Acredita que vamos abrir nosso quarto café? Manda um oi para o seu irmão.

— Qual? Você saiu com tantos — disparou Laura em resposta.

Peguei meu jarro de água e tomei enquanto assistia à troca de farpas. Ah, como eu queria ser tão rápida assim na vida real. Meus melhores insultos só me vêm horas depois.

— Olha só você. — Nina ignorou a ofensa mal disfarçada de Laura, com as unhas rosadas brilhando sob o sol. — É tão bom ver que ainda tem esse senso de humor espetacular depois de tudo o que aconteceu.

— Certas coisas nunca mudam. Mas talvez isso não valha para Cam. Nina, essa é Hazel, namorada de Cam. Não é uma *maravilha*?

Os olhos azuis gélidos de Nina finalmente encontraram os meus. Ela não se esforçou em esconder o arquear das sobrancelhas céticas. Apertei as palmas das mãos na mesa para não ajeitar o cabelo sob o seu olhar de julgamento.

— Qual é? — falei.

— Que... *interessante*. Tenho certeza que vão ser muito felizes juntos. Tchauzinho!

Eu a observei sair com seu conjunto insuportavelmente elegante de blazer e short.

— Ela é como aquelas vilãs sexy de desenho animado.

— *Qual é?* — repetiu Laura com um riso sufocado.

— Para! Mulheres bonitas e maldosas me intimidam.

— Qual é! — Ela gargalhou.

— E como você sabe que estou saindo com Cam? Ele me pediu para não contar para ninguém!

Ela ficou em silêncio no meio da gargalhada.

— Ai, merda. Você estava falando só para fazer ciúme nela. Rá. Rá. Boa. Que engraçado. Quer uma bebida? Quer uma bebida? Quero uma bebida. Acho que vou ao bar para pedir uma.

A mão de Laura deu o bote e se fechou em volta do meu pulso.

— Você não vai a lugar nenhum. Você está saindo com Cam? Meu irmão? Cam Cacto, o Resmungossauro Rex?

— Não! Nem pensar. Quer dizer, não de verdade. Só pedi a ajuda dele para fins de pesquisa.

— Pesquisa essa que envolve um encontro?

— Eu não chamaria de encontro. Eu praticamente o chantageei para isso. Ele só vai me levar amanhã para comer... acho. Espero eu. Mas vou levar meu caderno; então, de fato não é um encontro de verdade. Quem faria anotações num encontro de verdade, certo? E não era para eu contar para ninguém, e agora ele vai usar isso como desculpa para desistir e nunca vou conseguir escrever esse livro.

Laura ficou em silêncio.

— O que foi? — questionei.

— Só estava esperando você surtar ou desmaiar.

— Ainda dá tempo — resmunguei. Escondi o rosto com as mãos. — Por que sou tão péssima com as pessoas na vida real?

— Relaxa — disse ela.

Consegui ouvir o sorriso em sua voz e baixei as mãos.

— Não vai contar para ele?

— Ah, com certeza vou em algum momento. Sou a irmãzinha dele. É meu trabalho destruí-lo emocionalmente sempre que possível. Mas posso esperar.

Meus ombros relaxaram de alívio.

— Obrigada. Preciso muito desse encontro de mentirinha.

— Pelo que estou vendo, um sexo de mentirinha também não te faria mal.

Balancei a cabeça.

— É puramente platônico. Tudo o que quero é escrever um livro, me esconder na casa e adotar um gato. Cansei de relacionamentos.

— Uhum. Claro. O que vai vestir? — perguntou Laura. — Porque conheço um lugar.

Laura rasgou os dois panfletos de Rump para delegado no caminho para Daisy Angel, a butique de roupas modernas de Story Lake que ficava a duas lojas da livraria.

O interior cheirava a uma combinação cara de eucalipto e cedro. A loja tinha paredes azul-pavão — uma cor que eu definitivamente roubaria para a minha sala — e araras cativantes repletas de várias coisas bonitinhas. Eu mal tinha dado dois passos dentro da loja e já tinha visto um suéter, uma almofada e uma calça de cintura alta que eu queria.

Zoey amaria esse lugar.

Uma mulher com a pele marrom e sedosa, cabelo preto de um liso cheio e um suéter sem mangas cor de papoula veio dos fundos. Ela tinha meia dúzia de braceletes subindo pelo braço e um tablet na mão.

— Ei, Lau! O que achou da legging? — ela perguntou com um sotaque britânico deliciosamente elegante.

— Adorei. Você estava certa sobre a elasticidade. Vesti em muito menos tempo do que levo para vestir meu jeans skinny — Laura disse, pegando uma camiseta do Blondie artisticamente desgastada da arara mais próxima. — Tá, oficialmente não estamos fazendo compras para mim, mas isso agora é meu.

— Vou levar para o nosso novo caixa mais moderno — falou a estranha elegante.

Laura observou a longa mesa baixa de marfim que abrigava um sistema de ponto de venda moderno.

— Acessível e lindo. Muito bem.

— Bem, estava cansada de falar com o topo da sua cabeça quando você vinha. Então, não precisa agradecer.

— Hazel, essa é Sunita. Sunita, essa é Hazel — apresentou Laura.

Sunita sorriu.

— Ah, a matadora de aves inocentada.

— Prefiro romancista, mas aceito o que vier. É um prazer conhecer você. Amei sua loja, Sunita.

— Pode me chamar de Sunny. E eu amaria mais se tivesse mais movimento por aqui... mesmo que fosse de cadeiras de rodas — brincou ela, olhando para Laura.

Laura revirou os olhos.

— Eu e Sunny somos velhas amigas.

— Desde o ensino médio — completou Sunny.

— Ela é uma das poucas pessoas que continuaram completamente sem filtro depois do acidente. Precisei convencer minha pobre sogra a não se jogar de uma ponte metafórica quando voltei do hospital e ela sugeriu que fôssemos dar uma caminhada — explicou Laura.

Me encolhi de vergonha alheia. Parecia exatamente o tipo de coisa que eu teria dito e teria surtado depois.

— O que estamos buscando? — perguntou Sunny.

Laura colocou um macaquinho preto de tricô sem mangas nas minhas mãos.

— Algo com cara de verão, tipo isso. Vai, experimenta.

— Acho que vou ter que experimentar isso — anunciei.

Sunny apontou para os provadores nos fundos.

O macaquinho exibia muito mais perna e peito do que eu estava acostumada. Mas Laura me garantiu que era perfeito para fins de pesquisa, e quem era eu para duvidar dela? Também comprei uma calça de smoking que eu não tinha nem onde usar, um suéter cropped branco que parecia ter sido feito com o enchimento de um ursinho de pelúcia, duas calças jeans que magicamente faziam meu bumbum parecer incrível e uma jaqueta de motoqueiro de camurça verde.

Laura acabou com três camisetas e uma calça jeans desbotada que eu queria ter visto antes.

Enquanto Sunny passava nossas preciosidades pelo caixa, a diabólica Laura se virou para mim com um sorriso perverso.

— Sabe, tem uma loja de móveis bem bacana aqui perto. Aposto que conseguiríamos encontrar alguns tesouros para sua casa.

Antes que eu desse por mim, tinha um par de mesas de cabeceira, um pufe estofado em roxo-beringela e um sofá branco-marshmallow que poderia acomodar confortavelmente meia dúzia de pessoas. O dono da loja já estava ao telefone com o motorista deles para agendar a entrega quando saí da loja em choque.

Deixei a cabeça cair no encosto do assento do veículo de Laura com um baque.

— Ai, meu Deus. Vou ter que incluir nesse livro um trecho em que a personagem vai fazer compras. Talvez assim eu consiga declarar essas compras como despesas comerciais.

— Você arrasou, garota. Abriu essa carteira como ninguém — disse Laura alegremente.

— A última vez que gastei tanto em compras num dia foi... nunca. E olha que uma vez fui comprar sapatos depois de um brunch com mimosas liberadas.

— Pensei que não faria mal passar um tempo com você... já que você está namorando meu irmão e tal.

— Rá rá.

— Ai, meu Deus. — Ela deu um suspiro dramático enquanto olhava para o celular.

— Que foi?

Ela me passou o celular e pôs o cinto.

— Uma leitura leve para a volta.

Era um aplicativo de mensagens aberto num grupo chamado A Mãe e o Pai Estão Neste Grupo Se Comportem.

Cam: Alguma notícia de acidente de bicicleta com veículo ou bicicleta com águia hoje?

Levi: Está preocupado com Hazel de bicicleta?

Mãe: Longe de mim alimentar um estereótipo misógino, mas tomara que ela seja melhor andando de bicicleta do que atrás do volante.

Pai: Eu a vi passar em alta velocidade pela loja hoje como se estivesse no Tour de Frances. Está preocupado?

Cam: France, pai. E não. Só puxando papo.

Gage: Tenho certeza de que ela está bem. Aliás, estou digitando esta mensagem para avisar para ninguém entrar em pânico nem tirar conclusões precipitadas, mas a Lau não respondeu ao meme engraçadíssimo que mandei para ela duas horas atrás, nem à mensagem seguinte.

Levi: Ela não atendeu quando liguei de tarde.

Pai: Ela ficou de levar Hazel para comparar artigos de acabamento hoje. Se as duas estão desaparecidas, é porque devem estar juntas.

Cam: Valha-nos Deus.

Mãe: Vou para a casa dela.

Gage: Vou dar uma volta de carro para ver se o dela está estacionado em algum lugar.

Cam: Vou ver com as crianças enquanto percorro o norte da cidade.

— Uau. — Dei o celular para ela, sentindo-me ao mesmo tempo estarrecida e lisonjeada.

— Você sofre um acidente horrível quando sai para correr e sua família nunca deixa você esquecer — resmungou Laura. Ela apertou o botão de videochamada.

— Onde é que vocês estão? — rosnou Cam um segundo depois.

— Aconteceu alguma coisa? Tem alguma emergência? — perguntou a mãe de Laura, Pep.

— Hazel está com você? — perguntou Levi.

— Falei para vocês que ela estava bem — disse Frank ao mesmo tempo.

— Vamos todos nos acalmar — interveio Gage.

— Escuta aqui, seu circo codependente. Somos duas mulheres adultas fazendo coisas de mulheres adultas. Toma sua prova de vida — disse ela, apontando a câmera para mim. Acenei. — Agora, se controlem, e está todo mundo proibido de me mandar mensagens ou de me ligar pelas próximas vinte e quatro horas.

22

MERDA DE JANTAR CHIQUE

Campbell

ReporterIntrepido: Nova autora residente causa congestionamento com suas peripécias em duas rodas na rua principal.

— Não vou morar com um guaxinim — berrou Hazel olhando para trás enquanto abria a porta.

Ela estava pressionando um chumaço de papel higiênico contra o olho esquerdo.

— Com quem você está gritando? — perguntei.

— Com um guaxinim, *óbvio* — disse ela.

— O que aconteceu com o seu olho?

— Nada — respondeu ela, teimosa.

Peguei o papel higiênico dela.

— Se espetou com o rímel? — chutei.

— Delineador. Como você sabia?

— Nós três dividíamos um banheiro com Laura quando éramos menores. Conheço os perigos dos cosméticos — expliquei, limpando o canto do olho avermelhado dela. — Está pronta?

Ela balançou a cabeça.

— Ah. Sim. Claro. Com certeza.

— Está sem sapatos — apontei.

— Certo. Porque estão na minha mão — disse ela.

— Talvez seja bom levar o celular também. E uma bolsa.

— Ah, fala sério. Como estou? Para fins de pesquisa — acrescentou Hazel às pressas enquanto enfiava os pés num par de sandálias de salto altíssimo.

Ela devia ter trocado os óculos por lentes. Eu gostava dos óculos, mas a maquiagem esfumada nos olhos também ficava boa. O vestido (ou seria um short?) era curto e sem mangas, com um decotão em V que exibia seus seios.

Graças a Deus não tínhamos decidido fazer isso num dia de semana, quando um dos meus irmãos estaria ali para babar por ela.

— Está ok — falei.

— Merda. Posso me trocar — ela disse. — Só preciso de mais vinte minutos. Trinta no máximo.

Ela se dirigiu à escada, mas agarrei seu punho e a puxei para a porta.

— Estou com fome.

— É *assim* que você começa um primeiro encontro? — exclamou ela enquanto eu fechava a porta e conferia a fechadura.

— Quando estou com fome, sim.

— Mas, se não sei ficar bonita, como vou fazer minha protagonista ficar bonita?

— Talvez seu mocinho idiota tenha dito "ok" porque sua protagonista estava tão bonita que o fez esquecer todo o vocabulário. — Eu não acreditava que ela tinha me convencido a isso.

Graças a Deus ninguém na família sabia, ou eu nunca mais teria paz.

— Aah. Essa é boa. Espera — disse ela, revirando uma bolsinha minúscula e tirando dali um caderninho igualmente minúsculo. Ela tirou a tampa da caneta com os dentes e anotou na página. — "Esquecer todo o vocabulário."

Nem tentei disfarçar a revirada de olho.

— Vai ficar fazendo isso a noite toda?

— Só se o encontro for bom. Se for ruim, vou ter que chamar Gage ou Levi para sair.

Vai o caramba.

— Já estou detestando tudo isso — falei.

O cara atrás do balcão de recepção tinha um bigodinho fininho, produto demais no cabelo, e passava uma energia do cara do restaurante de *Curtindo a vida adoidado*.

Eu tinha noventa porcento de certeza de que a olhada de cima a baixo que ele me deu foi para garantir que a merda da minha roupa estava apropriada para essa merda de encontro. Lancei um olhar desafiador que o fez gaguejar com os cardápios encadernados em couro, que eram mais grossos do que meu livro de história do colégio.

Lugares como esse me irritavam. Eu preferia mil vezes encostar a barriga no balcão do Fish Hook ou pegar uma pizza e uma cerveja no Angelo's. Mas Hazel Hart tinha cara de quem gostava de um jantarzinho chique.

O recepcionista nos levou até uma mesa no centro do salão iluminado e cheio demais, e praticamente me empurrou para puxar a cadeira dela. Ele desapareceu depois de acomodar o guardanapo branco feito neve no colo dela, e ficamos olhando um para a cara do outro.

— Vem sempre aqui? — perguntou ela, abrindo a carta de vinhos gigantesca.

Antes que eu pudesse responder, uma mulher de gravata-borboleta, colete e avental branco apareceu e começou a explicar os especiais da noite. Eu me entediei quando ela falou das trufas e parei de prestar atenção durante a musse de salmão. Eu definitivamente comeria um hambúrguer depois que esse fiasco todo acabasse.

— E, claro, o Sauvignon Blanc Three Sisters combina perfeitamente com as nossas vieiras. Que tal começarem com uma garrafa? — sugeriu a garçonete.

Meu olhar pousou no vinho que ela havia acabado de mencionar. Por trezentos dólares a garrafa, eu esperava que Taylor Swift em pessoa tivesse amassado as uvas com os próprios pés.

— Quer saber? Vou querer uma taça do Chardonnay da casa — disse Hazel.

— Cerveja. Lager, se tiver.

— Temos um chope local de lager, ou posso oferecer o aperitivo de gelatina de IPA. É servido numa colher de degustação e coberto por uma espuma de damasco.

Contive o impulso de bater a cabeça na mesa.

— Pelo amor de Deus. Quero só um chope normal que saia de um barril normal — falei, em desespero.

A garçonete desapareceu, e Hazel me lançou um olhar sobre o cardápio.

— Você traz suas paqueras a um lugar que serve ovos de codorna?

— Não. Trouxe *você* aqui.

Ela fechou o cardápio com um estalo.

— Era para você me levar em um encontro típico de Campbell Bishop.

— Um encontro típico de Campbell Bishop é onde quer que eu ache que a acompanhante vai gostar. — E agora ela estava fazendo com que eu me referisse a mim mesmo pelo nome completo na terceira pessoa.

Essa mulher me levaria à loucura ou à morte. Provavelmente às duas ao mesmo tempo.

— Cam, você me viu explodir mingau instantâneo no micro-ondas, e isso te fez pensar que eu gostaria da "microgastronomia seleta de alga e cúrcuma"? — disse ela.

— E eu lá vou saber do que você gosta? Te conheci faz cinco segundos.

Seus olhos castanhos se aguçaram e ela ergueu a cabeça.

— Você está sabotando esse encontro de propósito!

— Por que eu faria isso? — desconversei.

— Nossa, vamos lá. Para eu não te pedir mais ajuda. Para eu te deixar em paz e você poder parar de me resgatar. Para você poder me dispensar sem ferir meus sentimentos e sem colocar o trabalho em risco.

— Ela se recostou na cadeira e cruzou os braços. — É igual quando um homem pede para uma mulher passar a camisa dele porque "você faz melhor e eu só vou fazer besteira". Você está usando sua incompetência como arma.

Eu sabia exatamente do que ela estava falando porque tinha tentado esse golpe contra minha mãe na adolescência para evitar lavar roupa. Funcionou zero vezes. Pelo contrário, fui obrigado a lavar roupa para a família toda por um mês até "aprender o básico", porque minha mãe não achava certo "me largar no mundo sem saber usar uma lavadora e secadora".

Uma mulher que consegue enxergar suas mentiras era uma bênção e uma maldição.

— Olha, você não pode esperar que eu seja um Jake — falei, procurando desesperadamente uma saída.

Eu tinha calculado mal essa situação toda ao tentar escapar dela, e, agora, quem estava sofrendo as consequências era eu.

— Parece que não mesmo. Meus protagonistas entendem melhor as mocinhas do que você. Isso foi um erro. Eu não deveria ter... espera um segundo. Como assim, "um Jake"? — perguntou ela.

Fiz o que deveria ter feito dez segundos antes e calei a boca.

A garçonete voltou com as nossas bebidas.

— Gostariam de experimentar um limpador de paladar probiótico pré--refeição feito de repolho fermentado e feijão-da-índia? — perguntou ela.

— Não, obrigada — disse Hazel, sem tirar os olhos de mim.

— Vamos precisar de mais um minuto — respondi.

Ela saiu em silêncio, como uma ninja de avental. E peguei o copo de cerveja gelada.

Hazel se inclinou para a frente.

— Você está falando de Jake Keaton e, *se* estiver falando de Jake Keaton, quer dizer que leu *Apenas um amor de verão*?

Suspirei e, sem encontrar uma saída fácil para isso, dei de ombros.

— Olha: eu gosto de ler, e queria ver em que tormento eu estava me metendo.

— Você leu meu livro. — Ela parecia ao mesmo tempo chocada e triunfante.

— Não terminei ainda — desconversei. — Comecei ontem.

Eu já tinha passado da metade do maldito livro. Tinha começado na noite anterior e tinha ficado até as duas virando as páginas, mas não via a necessidade de contar isso a ela. Eu tinha decidido largar o livro depois de uma reação muito física à primeira cena de quase sexo. E isso eu não contaria mesmo.

— Você descobriu em que estava se metendo? — perguntou ela, pegando seu vinho.

— Pensei que era para isso ser um encontro. Não deveríamos estar conversando sobre hobbies e animais de estimação?

— Tem razão. Esqueci. Você pegou o livro emprestado da sua irmã ou baixou uma cópia para ninguém saber o que estava lendo?

— Esse mingau de queijo fontina com escargot parece bom — comentei, fingindo examinar o cardápio.

— Ah, não parece, não. Quem gosta de escargots com queijo?

— Eu amo — menti. — Tenho uma faixa em cima da cama autografada pelo chef que diz "escargots com queijo".

Ela soltou uma risada.

— Você está mentindo descaradamente.

— E o que acha desse clima?

— E o que acha de não ficar envergonhado, Cam? Muitos homens leem romances.

Ela estava gostando um pouco demais do meu incômodo.

— Para deixar claro, não estou envergonhado. Leio de tudo. Inclusive romances.

— Interessante — disse Hazel, me observando com um sorriso sobre a borda da taça.

— Não. Não é interessante — argumentei.

— Discordo. Ou você estava nervoso sobre esse nosso encontrinho e queria ter uma ideia do que poderia esperar, *ou* achou que poderia ajudar mais se lesse um dos meus livros. De um jeito ou de outro, isso é coisa de namorado literário.

Eu me contorci na cadeira dura de plástico.

— O que quero saber é se decidiu sabotar o encontro antes ou depois de começar a ler? — perguntou ela.

— Não *decidi* sabotar o encontro — insisti.

Certo. Talvez eu tenha, sim, considerado a ideia de colocar certa distância entre nós. Mas não havia uma decisão oficial nem um plano de ação... além de escolher um restaurante que pensei que ofereceria uma experiência de jantar irritante e confusa.

— Olha, se não quiser fazer isso, não precisa. Consentimento é importantíssimo, ainda mais para escritoras de romance. Desculpa por fazer você se sentir como se não pudesse dizer não — falou Hazel, pegando a bolsinha minúscula.

Merda. Não era isso o que eu queria. Quer dizer, tecnicamente era, mas agora estou me sentindo um babaca.

— Quer sair daqui? — perguntei.

Ela me lançou um olhar de "dã" enquanto pegava sua bolsa e tirava dela algumas notas.

— É o que estou fazendo. Estou me preparando para sair indignada.

— Você vai pagar pelas bebidas e depois sair indignada? Não acha que seria mais coisa de protagonista jogar sua bebida na minha cara e me fazer pagar?

— Eu pretendia tomar o vinho e sair andando, *como uma dama*. Não estou muito aberta a suas edições a essa altura.

Observei, impressionado, enquanto ela virava a taça e a colocava de volta na mesa. Com um arroto delicado, ela levantou, acenou para mim e saiu andando.

— Merda — murmurei.

Troquei as notas de vinte dela por duas minhas e segui.

Hazel Hart tornava impossível não gostar dela. Acredite em mim: eu tentava o tempo todo.

Eu a alcancei perto da porta e peguei seu punho.

— Você está estragando a minha saída indignada — reclamou ela.

— Sou um babaca.

— Acha que vou discordar? — perguntou ela, incrédula.

— Só estou falando a verdade.

O recepcionista me lançou um olhar esnobe de recepcionista. Cocei o nariz com o dedo do meio.

— Vem. Vamos embora.

— Acho que você não sabe como funcionam saídas indignadas — queixou-se ela, meio conduzida, meio arrastada porta afora.

Afrouxei a gravata enquanto saíamos.

— Vou pedir um Uber — insistiu Hazel, tentando se soltar.

— Não temos isso aqui — menti.

— Então, vou ligar para um dos seus irmãos.

Destranquei a caminhonete e abri a porta para ela.

— Não vai, não.

— Está protegendo sua família de mim? — questionou ela, indignada, e dei um empurrãozinho solícito para ela entrar logo.

— Não. Estou me protegendo da minha mãe. Se ela ficar sabendo que fui um babaca, vai infernizar minha vida pelos próximos dois ou três meses. Ou até um dos meus irmãos fazer uma besteira maior.

Fechei a porta na cara dela e, só para garantir que ela não sairia pulando e correndo naqueles saltos altíssimos, apertei o botão de travar no controle do carro.

Dei a volta pelo capô, destranquei a porta e entrei. Ela não parecia prestes a fugir correndo, mas também não parecia lá muito feliz.

— Toma — falei, devolvendo o dinheiro para ela.

Ela olhou para o dinheiro com desdém e desviou o olhar de novo.

— Não, obrigada. Eu pago. Era pesquisa. É despesa profissional.

Eu estava começando a me irritar.

— Isso é um encontro. Se acha que algum homem a sua altura te deixaria pagar a conta no primeiro encontro, está saindo com os homens errados.

— Você não sabe do que está falando — murmurou ela.

— Você não vai pagar. Não quando estiver saindo comigo.

— Não estou *saindo* com você. Estou num veículo com um estranho anônimo que está me levando para casa, onde vou adorar lavar quatro quilos de maquiagem da cara, vestir meu pijama e tomar sopa enlatada.

— Você não vai para casa — falei enquanto saía do estacionamento.

— Você não vai me sequestrar. Vou contar para a sua mãe.

— Te devo um encontro. Um encontro de verdade.

— Não estou mais interessada. Vou fazer minha pesquisa como todo mundo faz, fuçando o Reddit e o Scroll Life.

— Poxa. Você deve estar com fome — insisti, nos guiando na direção de casa.

Hazel abriu a boca para negar, mas seu estômago escolheu esse momento em particular para expressar sua revolta por estar vazio.

— Foi o que pensei. — Lancei um olhar presunçoso para ela, que retribuiu com outro fulminante.

23

ROUBO DE BARCO

Hazel

Vinte minutos depois de um silêncio que considerei bem glacial no banco de passageiro, Cam parou o carro no estacionamento do Wawa, nos arredores de Story Lake.

Pisquei ao ver o letreiro vermelho da loja de conveniência.

— Sério?

Seu sorriso de satisfação me fez querer dar um soco no seu maxilar esculpido e coberto por barba rala.

Eu tinha acabado de começar a calcular quanto tempo levaria para andar até em casa com esses sapatos quando ele soltou o cinto de segurança e tirou o blazer. A gravata saiu em seguida.

— O que você está fazendo?

Seus dedos foram descendo pela frente da camisa, abrindo os botões. Eu queria desviar o olhar, mas cada botão revelava uma nova vista espetacular. Pelos no peito. Músculos. Uma tatuagem. Mais músculos.

Tarde demais, cobri os olhos.

— Ai, meu Deus. Você faz compras *pelado* no Wawa? — perguntei.

— É só Wawa. Sem o "o".

— Campbell!

Ele soltou uma risada rouca.

Baixei as mãos e olhei para o homem magnífico sem camisa na minha frente.

— Você faz tipo mil flexões por dia?

Cam amassou a camisa social e jogou no banco de trás. Quando se aproximou do painel, trazendo todo o seu peito musculoso e calor e masculinidade ainda mais para perto, esqueci como respirar e me mexer. Jim sempre tinha sido magro. Pernas e braços compridos, ombros estreitos, quadril fino. O único lugar em que ganhava peso era na pança. Mas esse Adônis diante de mim parecia estar a um pote de óleo de coco de posar para um calendário.

— Não. Nunca coloquei os pés numa academia.

— Sério? Porque isso é metabolicamente injusto.

— Meu Deus, Hazel. Sim, eu treino. Para de me objetificar.

Ele estava certo. Eu estava mesmo. Fiz a única coisa que me veio à mente: fechei bem os olhos.

— Relaxa, srta. Confusão — disse ele, rindo, perto demais do meu ouvido.

Forcei uma das pálpebras a se abrir e descobri que ele não estava prestes a me atacar. Em vez disso, ele estava revirando o banco de trás só com uma das mãos.

Ele encontrou uma camiseta velha e a vestiu.

Todos os meus músculos relaxaram ao mesmo tempo e me afundei no banco. Encontro coisa nenhuma. Eu precisava transar antes que meu corpo explodisse só de olhar para um homem sem camisa. O que aconteceria quando eu tivesse que me sentar e escrever a primeira cena de sexo? Eu poderia entrar em combustão espontânea à mesa.

— O-o que acabou de acontecer? — perguntei, fraca.

Ele me respondeu com um sorriso sincero.

— Se eu entrar lá de blazer e gravata, em dois minutos e trinta e sete segundos, todo mundo e suas avós vão saber que saímos.

— Você poderia ter me avisado antes de começar a tirar a roupa! — E se, em vez de entrar em pânico, eu pensasse que ele estivesse me convidando para uma sacanagem e começasse a tirar as *minhas* roupas? Guardei essa ideia imediatamente para um livro futuro.

— Não sabia que você tinha medo de homens sem camisa.

— Não tenho medo de homens sem camisa. Só fiquei... surpresa.

— Aham. Tá. Sanduba favorito? Cerveja favorita? — perguntou Cam.

— Quê? — Esse homem me deixou tão sem chão que eu estava grata pela gravidade me impedir de sair levitando para o cosmo.

— Sanduba e cerveja — repetiu ele. — De quais você gosta?

— Se por sanduba você quer dizer sanduíche, eu gosto do italiano. E cerveja Molson.

— Fica aqui. Você não conseguiria andar um quarteirão com esses sapatos.

E, com essa ordem, ele saiu, apertando o botão de travar no controle enquanto atravessava o estacionamento como se eu fosse uma carga valiosa e ele não tivesse acabado de me deslumbrar com toda a sua nudez peitoral.

Tirei o celular do bolso e abri as mensagens com Zoey.

Eu: Cam acabou de tirar a camisa sem avisar, e entrei em pânico.

Zoey respondeu imediatamente com um GIF de Schitt's Creek de David Rose dizendo "Acho que isso merece uma comemoração".

Eu: Enfiei a cabeça no pescoço feito uma tartaruga e fechei os olhos.

Zoey: Preciso de mais informações... e fotos.

Eu: Eu estava ocupada demais entrando em combustão espontânea para documentar o momento.

Zoey: Certo. Então me contento com um passo a passo explícito.

Eu: Ele me levou no pior encontro da história e agiu como um rabugento absoluto só porque não queria sair.

Zoey: Covarde.

Eu: Chamei a atenção dele e saí indignada do restaurante. Ou tentei. Ele me alcançou e "pediu desculpa" dizendo "Sou um babaca".

Zoey: Falar a verdade não é um pedido de desculpa!

Eu: OBRIGADA! Enfim, ele insistiu em me levar para casa e me empurrou de um jeito sexy para dentro da caminhonete.

Zoey: Desde que tenha sido de um jeito sexy.

Eu: Depois disse que me devia um encontro de verdade E PAROU NUM POSTO DE GASOLINA E TIROU A CAMISA.

Zoey: Só me resta supor que você está me mandando mensagem para avisar que o matou com a alça de corrente da sua bolsa.

Eu: Todo o meu treinamento de defesa pessoal desceu pelo ralo graças à seminudez frontal dele.

Zoey: Dá para um peitoral masculino ser tão incrível assim?

Eu: Dá. Não consigo nem expressar o quanto dá.

Zoey: Cadê a sua 8ª maravilha do mundo agora?

Eu: Ele entrou no Wawa depois de me perguntar de que tipo de sanduba eu gosto.

Zoey: Precisa que eu chame a polícia?

Eu: Não tem polícia aqui! Lembra? Mas, se eu não mandar notícias na próxima hora, pode ligar para a mãe de Cam.

Zoey: Estou começando a cronometrar 60 minutos agora.

A porta do lado do motorista se abriu e deixei o celular cair. Cam me entregou um saco plástico e depois se inclinou para colocar um fardo de cerveja aos meus pés.

Seu antebraço roçou na parte exposta da minha perna entre o tornozelo e a coxa, e reagi como se tivesse sido eletrocutada por um secador numa banheira.

— Está bem? — perguntou ele enquanto se sentava atrás do volante.

— Estou — respondi, entre dentes.

— Aham. Parece um pouco tensa.

Um pouco tensa? Rá. Todos os músculos do meu corpo estavam em pleno rigor mortis.

— Aonde vamos? — perguntei.

Você vai ver.

* * *

Cinco minutos depois, ele entrou no estacionamento à beira do lago. O nosso era o único veículo lá.

— É aqui que você traz todas as mulheres para matar e jogar os corpos no lago? — perguntei.

Cam esticou o braço e pegou a cerveja e a comida.

— Só tem um jeito de descobrir.

Que bom que eu estava com fome a ponto de roer o próprio braço, porque eu duvidava que qualquer outra coisa me faria sair da caminhonete. Murmurando todas as obscenidades criativas imagináveis, abri a porta.

— Vem — disse ele, guiando o caminho na direção da marina.

Subi nas tábuas de madeira do cais atrás dele, lembrando-me de todos os motivos por que essa não era a ideia mais idiota que eu tinha em muito tempo. Cada estaca era coberta por uma luz de LED que emitia um brilho dourado suave. A água batia ritmicamente contra a costa rochosa e contra os cascos de meia dúzia de barcos ancorados ao píer.

Cam parou na frente de uma lona em formato de barco na água.

— Espera aqui.

— Posso pelo menos ir começando a comer meu sanduíche? — gritei atrás dele enquanto ele descia a prancha de desembarque de madeira entre as vagas para barcos. Docas, lembrei. Um dos meus protagonistas tinha capitaneado um veleiro pelas ilhas do rio São Lourenço, o que exigiu uma extensa pesquisa sobre barcos.

— Vai ser mais gostoso na água — prometeu ele enquanto soltava a lona e revelava uma proa de madeira reluzente.

Eu estava cansada, faminta e irritada. A última coisa que queria era ficar presa num barco cercada por água com Cam Cacto.

— Quer saber, acho que para mim já deu — comentei.

— Passa para cá — gritou ele do fundo do barco.

Considerei lançar o sanduíche de Cam na cara dele e depois sair correndo com o meu. Mas eu ainda tinha o problema do calçado, e já tinha usado uma quantidade significativa de quilometragem na caminhada desde o estacionamento. Então, juntei todas as coisas e fui avançando com cuidado pela prancha entre as docas.

Ele arrumou tudo em cima do banco de couro creme e se voltou para mim.

— Vem cá. — Sua voz era baixa e tão suave quanto uma tábua de madeira lascada.

— Acho que estou bem aqui — insisti.

Então, aquelas mãos grandes e hábeis me pegaram pelo quadril e me ergueram. Dei um gritinho e apertei seus ombros com uma força mortal.

— Se me deixar cair nessa água, vou matar você na ficção e na vida real!

— Relaxa, srta. Confusão. — Ele parecia estar achando graça.

Abri um olho de cada vez e me dei conta de que estava no fundo do barco, ainda me segurando em Cam. Eu o soltei e tentei andar para trás, mas ele ainda estava me segurando pelo quadril.

— Para de se contorcer, ou vai acabar caindo na água.

Fiquei paralisada e tentei não pensar em quanto tempo fazia que mãos masculinas não me pegavam desse jeito. Mas era difícil pensar em qualquer coisa quando eu estava colada a um homem bonito e forte.

— Está bem? — perguntou ele, brusco.

— Superótima — respondi com a voz estridente.

— Então, vou te soltar.

— Ainda está tocando em mim? Nem reparei.

Sob a luz fraca das estacas, eu poderia ter jurado que os lábios dele se curvaram para cima.

Ele me soltou.

— Senta. Vou zarpar.

Eu poderia pensar em mil motivos por que não deveria me sentar, começando e terminando pelo fato de que eu não confiava que esse cretino gostoso por fora e passivo-agressivo por dentro não tornaria a noite ainda pior. Infelizmente para mim, minha curiosidade estava despertada, e eu costumava tomar minhas decisões mais burras nesse estado. Como naquela vez em que um quase padrasto havia me avisado para não colocar chiclete no cabelo, o que obviamente fiz a tempo de deixar na minha cabeça uma falha espetacular para minha foto de turma na terceira série.

Não pensei que estava correndo risco de uma falha nessa situação em particular. Mas eu também tinha certeza de que a única "pesquisa" que faria hoje era sobre como um encontro poderia ser ruim.

Eu me sentei no banco acolchoado e me xinguei.

Ele desamarrou as cordas e se acomodou atrás do leme. Colocou a mão embaixo do assento e tirou uma chave.

— Você deixa a chave do barco no barco? — perguntei.

A nova-iorquina em mim estava horrorizada.

— Esse barco não é meu — disse ele, antes de ligar o motor.

— Você está roubando um barco? — gritei.

Sua resposta foi engatar a marcha à ré e guiar o barco para longe do cais, em direção às águas abertas.

— Campbell Bishop! Acabamos de roubar um barco?

— Não se não formos pegos — respondeu ele sob o barulho do motor.

Não fomos longe. Enquanto eu considerava se conseguiria escrever livros na prisão por roubo de barco, Cam nos guiou até o centro do lago e desligou o motor.

— Tenho quase certeza de que isso constitui roubo e sequestro — falei, cruzando os braços, indignada.

Cam respondeu deixando um sanduíche italiano no meu colo.

— Come. Talvez assim você se sinta menos mal-humorada.

— Não sou mal-humorada. O mal-humorado é você. Eu sou claramente a bem-humorada nessa relação de mentirinha.

— É você que está reclamando enquanto estamos sentados no meio de um lago sob as estrelas. — Ele abriu uma cerveja e a entregou para mim. — Eu achava que uma romancista se sairia melhor ao tentar identificar romance.

Abri a boca para falar e a fechei logo em seguida.

Porque estávamos balançando suavemente na superfície escura de um lago enquanto todo um céu de estrelas se estendia sobre nós. Rãs e grilos cantavam um dueto de verão ao som do qual toda uma infantaria de vaga-lumes dançava. Uma coruja piava da margem distante, ecoada por outra atrás de nós. O ar era quente, assim como o corpo de Cam ao meu lado.

Dei um gole da cerveja gelada.

— Tá, tudo bem. Até que não é tão ruim assim.

Ele me lançou um olhar voraz enquanto desenrolava seu sanduíche de peru.

— É romântico pra caralho, e você sabe disso.

— Mas precisava roubar um barco?

— Você é uma boa menina, srta. Confusão.

— Os homens no meu livro falam isso de outro jeito — falei, desembrulhando meu sanduíche.

— Notei.

— Até onde você chegou? — perguntei de boca cheia.

— Nada de falar de trabalho. Não enquanto aproveita o Especial de Cam.

— Seus encontros têm nome? — Larguei o meu jantar e comecei a caçar o meu caderno.

Sua mão pousou no meu joelho.

— Dá para relaxar por cinco segundos?

— Por quê?

— Como vou dar o melhor de mim se você fica apontando um microscópio para dissecar o que estou fazendo?

Voltei a pegar o sanduíche.

— Justo. Para fins de pesquisa, vou tentar curtir o Especial de Cam ao vivo e a cores.

— Boa menina. — Ele praticamente ronronou.

Ai, caramba. Tudo abaixo da minha cintura reagiu como se um vulcão, uma floresta tropical e um terremoto se apaixonassem, transassem e tivessem um bebê. O calor subiu até o meu rosto, e fiquei intensamente grata pela luz fraca da lua crescente.

— Você fez isso de propósito.

— Fiz.

24

UM NADO ACIDENTAL

Campbell

Hazel mordeu o sanduba.

— Certo, espertinho — disse ela de boca cheia. — Estamos num encontro; isso quer dizer que precisamos bater papo para nos conhecermos melhor. Me fala da sua família.

— Por quê? Você já conheceu todo mundo.

Ela apontou para mim com o sanduíche italiano.

— Só estou curiosa. Sua família é... tão unida. Isso é admirável.

— É o que acontece quando se passa por muita coisa junto.

— Sua irmã é... incrível — elogiou ela.

— É mesmo. Mas vou negar se contar a ela que eu disse isso. — Dei um gole da minha cerveja.

— O que mais? Me diz algo que você sinta à vontade em contar — acrescentou ela rápido.

Suspirei. Ela não me deixaria escapar tão fácil assim, e, se eu quisesse terminar a noite sem me sentir um babaca, era melhor eu entrar no jogo.

— Em off?

— Claro.

— Somos adotados. Eu, Levi e Gage. Entramos no sistema de acolhimento depois que nossos pais morreram num acidente de carro. Por um mês ou dois fomos enviados para famílias diferentes.

— Vocês foram separados? Que horror! Quantos anos você tinha?

— Oito. Não me lembro muito dessa época. — Troquei o sanduba pela cerveja. O que eu lembrava, porém, era o medo, a solidão. Os sentimentos que eu não entendia.

— Aí vieram os Bishop — prossegui. — Gage tinha sido mandado para a casa deles, que se apaixonaram por ele.

— Quem não se apaixonaria? — disse Hazel.

Olhei feio para ela.

— Muita gente.

Ela me respondeu com um sorriso satisfeito.

— Enfim, quando descobriram que ele tinha dois irmãos mais velhos, fizeram de tudo para nos reunir.

— Eles são boas pessoas — comentou ela.

— Demais. Eles nos deram um lar, uma família, uma irmã. — Senti meu lábio se curvar, pensando em Laura, que tinha se declarado a líder das crianças, apesar do fato de eu ser quase um ano mais velho.

— Você os ama — observou ela.

Dei de ombros.

— Até que sim.

Mas ela balançou a cabeça.

— Não. Você os ama. Dá para ver.

— Sim. Amo e dá. Isso não me impediu de abandonar todo mundo.

Ela inclinou a cabeça.

— Como assim?

Eu não conseguia acreditar que estava mesmo contando isso para alguém, ainda mais para uma mulher que havia me chantageado para ter um encontro de mentira.

— Ainda em off?

— Estou segurando um sanduíche italiano, não um caderno.

— Depois da faculdade, fiquei por alguns anos e trabalhei na Irmãos Bishop enquanto Levi fazia o serviço militar. Mas eu queria... algo diferente. Por isso, aceitei um emprego em Maryland numa incorporadora imobiliária e fui subindo na empresa. Todos os outros ficaram.

— Até? — insistiu ela.

— Até meu pai sofrer um derrame. Grave.

— Notei que ele manca às vezes — disse ela.

— Pois é. Deixou ele cheio de problemas no lado direito do corpo. Pedi uma licença no trabalho e voltei para ajudar. Na época, tínhamos a construtora, o armazém, e a fazenda dos meus pais estava em operação. — Balancei a cabeça com as lembranças.

— É muita coisa — comentou ela.

— Substituímos meu pai em todas as funções durante a recuperação. Minha mãe nunca saía de perto dele. Ela chamava isso de supervisão. A gente chama de controle excessivo. Mas, meu Deus, aquela mulher consegue fazer qualquer coisa. Ela fez meu pai se reerguer. Levava ele para consultas médicas e para a fisioterapia. Enchia o saco dele sobre a alimentação e o sono. Os médicos disseram que a recuperação dele foi milagrosa. Minha mãe não se contentaria com outro resultado. Enquanto isso, o resto de nós mantinha tudo funcionando.

Hazel suspirou.

— Adoro sua família.

Sua voz era tristonha.

— Imagino que seja filha única.

Ela balançou a mão.

— Praticamente. Mas estamos falando de você, não de mim.

— Não tem muito mais o que dizer. Meu pai melhorou. Fui embora de novo.

Ela ergueu a cerveja e deu um gole lento. Tentei não me concentrar em como sua boca tocava a da garrafa.

— Voltou para a vida que tinha construído.

— E fiquei lá até o acidente de Laura. Agora, voltei.

— De vez?

— Não sei. Pedi demissão. Vendi minha casa. Não posso sair daqui. Não com tudo tão... incerto. — Como posso fazer planos para o futuro quando o presente parece um limbo interminável?

— Mas, depois que você resolver tudo, pode achar que tem mais coisas a provar — conjecturou ela.

— Não tenho nada a provar — afirmei.

Seu sorriso era suave.

— *Eu* sei disso, mas não sei se você sabe.

— Eu não seria nada se não fosse por eles. Não teria nada — insisti.

Mesmo assim, eu os tinha abandonado. Tinha me distanciado deles. E não sabia se faria isso de novo. Mudei de posição, irritado pelas emoções que essa conversa estava despertando.

Hazel se virou para olhar para mim.

— Talvez você quisesse provar que conseguiria ser alguém, alguém independente.

Ignorei a pontada no peito.

— Parece mais egoísmo puro. Eu deveria ter me contentado em ficar como Gage e Levi ficaram.

— Não é egoísmo querer uma vida independente. Você queria se orgulhar de si mesmo, mas talvez também quisesse ter certeza que conseguiria se virar sozinho.

— Egoísmo — repeti.

Ela colocou a mão sobre a minha, que estava cerrada sobre minha coxa.

— Você era o filho de um lar estável e amoroso que queria abrir as asas para ver se funcionavam: isso não é egoísmo, é um rito de passagem.

— Por que meus irmãos não precisavam abrir as asas?

— O que faz você pensar que eles não abriram do jeito deles? — retrucou ela. — Gage foi estudar direito, e Levi...

Esperei que ela completasse a frase. Meu irmão era um enigma para todos, provavelmente até para si mesmo.

— Levi, imagino eu, tem os próprios interesses — disse ela, mudando de rumo. — A família é a base. O que você constrói a partir dessa base é escolha sua.

— A partir de que base você construiu a sua?

Ela riu.

— Você não quer saber da minha história.

— Ah, não. Você não pode simplesmente ficar aqui e observar. Você é uma participante ativa nesse encontro — insisti.

— Não sei se minha história é relevante — hesitou ela.

— Escuta, srta. Confusão, não sei com que tipo de encontros você está acostumada. Mas, por aqui, se passar o encontro todo falando de si mesmo, não vai ter um segundo.

— Ah, como se você estivesse *louco* por um segundo encontro.

— Desembucha. Ou vou jogar as chaves e você vai ter que voltar nadando.

Ela soltou uma risada pelo nariz.

— Não sei com que tipo de encontros *você* está acostumado, mas, de onde venho, ameaçar sua parceira renderia uma visita ao interior de uma cela.

— Você queria um encontro. Esse é o encontro. Desembucha, senão... — Tirei as chaves da ignição e deixei elas penduradas na minha mão sob o luar.

— Certo. Você pediu. Minha mãe se casou seis vezes. Em breve vai se casar uma sétima.

— São muitos vestidos de dama de honra — comentei.

— É, mas parei de participar lá pelo terceiro casamento.

— Então, você e sua mãe são muito próximas — falei devagar.

Ela deu uma risada fria.

— Não somos nada parecidas, exceto fisicamente. Mas por dentro? Acho que não somos nem da mesma espécie.

— Todos esses casamentos... ela parece uma romântica — observei.

— É um ponto de vista. Ou talvez ela tenha pavor de ficar sozinha e faça qualquer coisa para se sentir jovem e desejada. — Hazel fez uma careta. — Desculpa. Estou parecendo insensível, e estou sendo mesmo. Mas passei anos demais tentando entender a minha mãe e me encaixar na vida dela quando ela simplesmente não tinha espaço para mim.

— E seu pai? — perguntei.

— Eles eram namorados de escola. Ele morreu quando eu era pequena. Não tenho muitas lembranças dele. E minha mãe se mudou tanto que nem fotos mais temos. Não me lembro muito do meu primeiro padrasto, só que ele era muito mais velho e tinha algum dinheiro. Minha mãe largou ele e se casou de novo. Meu segundo padrasto era maravilhoso. Fiquei com ele dos sete aos doze anos. Minha mãe se divorciou dele e se casou com um cara que tinha uma gravadora e um barco. Depois, veio o Anatoli, o oligarca. Ela o conheceu e se casou com ele em Las Vegas. Depois do Anatoli, teve um magnata do petróleo do Texas, que minha mãe depois trocou pelo irmão dele, que era presidente da empresa.

— Então, sua mãe passou a vida à procura do "grande amor", e você escreve sobre isso. Talvez vocês duas tenham mais coisas em comum do que você imagina.

Pela expressão no rostinho bonito dela, Hazel Hart gostava de analisar, mas não de ser analisada.

— Você não conheceu a minha mãe; então, não sabe como isso me ofende. Além disso, aí é que está. "Grande amor" é *um*, no singular. Não sete.

— Seu marido era o seu grande amor? — pressionei.

Ela abriu a boca e, depois, pegou a cerveja.

— Está enrolando.

— Estou bebendo — insistiu ela. — Foi o que escolhi. Feliz?

— Por quanto tempo vocês ficaram juntos?

— Hum, namoramos por três anos, e ficamos casados por sete. Depois, nos divorciamos, e aqui estou eu. — Ela apontou com a cerveja para a Lua.

— Só isso? Devo confessar que espero que você escreva histórias melhor do que conta — falei por fim.

Ela me cutucou na costela.

— Ei. Insultos sempre vêm com o Especial de Cam?

— Só quando minha acompanhante está claramente mentindo para si mesma e para mim. Como ele era?

— Inteligente. Culto. Charmoso. Se vestia bem.

— Ele fez você pagar no primeiro encontro? — perguntei.

Ela olhou para baixo antes de voltar a olhar para o céu.

— Eu o chamei para sair e ele me deixou pagar.

Pigarreei enfaticamente enquanto amassava a embalagem e jogava na sacola.

— Em defesa dele e como você sabe, sou muito persuasiva.

— Não tanto assim, srta. Confusão.

Ela olhou para mim.

— Você está aqui, não está?

— Sim, estou. — Coloquei o braço em volta do encosto de modo a ficar sobre os ombros dela.

Ela se enrijeceu, e aqueles olhos castanhos grandes me encararam, duas poças de emoção que me deixavam sem ação. No piloto automático, meus dedos deslizaram sob o seu cabelo solto e o ajeitaram atrás da orelha.

— Ah, entendi o que está fazendo. Você está representando o Cam de Encontro. Legal — disse ela, que não se afastou, mas me lançou um olhar.

Eu não sabia se estava representando ou apenas vivendo o momento.

— Zoey comentou que ele sacaneou você.

Ela umedeceu os lábios.

— Escuta. Sabe como você se abriu sobre sentir que tinha abandonado sua família quando na verdade está na cara que está disposto a largar tudo por eles num piscar de olhos, de forma que sua confissão misteriosa só prova que você é um cara legal sob a fachada irritadiça?

Fiquei olhando para ela em silêncio.

— O que estou tentando dizer é que a minha história não é tão... heroica assim.

— Você tentou sufocar seu marido com o travesseiro até ele parar de roncar?

Hazel me encarou antes de soltar uma risada.

— Não!

— Então, não entendo qual é o grande problema.

— Acho que é melhor mantermos a conversa centrada em você, já que esse é o seu favor para mim — falou ela rápido.

— Não precisa se abrir se não quiser. É só que conversar é uma via de mão dupla, e acho que você só está colocando cones de trânsito e placas de desvio. O que significa que seu parceiro não vai se abrir.

— Caramba. Você é muito bom.

— Ninguém faz uma chantagem emocional melhor do que Pep Bishop. Aprendi com a melhor.

— Você nem está interessado nisso — ela disse, acenando a mão entre nós.

— Escuta, srta. Confusão: quem pediu a experiência de encontro foi você. Você não pode escolher quais partes da experiência vai querer. Eu me abri. Agora é a sua vez. E, para deixar claro, estou muito interessado na sua história.

Isso deixou ela completamente sem fôlego por um instante.

— Ai. Ok. Passei a maior parte do nosso casamento tão impressionada com ele que, quando me dei conta de que ele não passava de um traste sofisticado, eu estava constrangida demais para oferecer resistência. Deixei que ele me desrespeitasse, até no fim. E depois fiquei tão envergonhada por não ter conseguido manter meu final feliz que praticamente escondi o divórcio de todo mundo.

— Que tipo de traste sofisticado?

— Não quero entrar em detalhes, porque isso só faz com que eu me sinta uma idiota de novo. Jim era um agente literário, assim como Zoey. Eles trabalhavam para a mesma agência. Foi assim que nos conhecemos. Ele representava autores de ficção literária. Sabe, coisa séria.

— Era assim que ele chamava?

— Ele usava palavras mais rebuscadas, mas sim.

— Então, ele tratava os seus livros com desprezo — falei, estimulando-a a prosseguir.

— Não exatamente desprezo — começou ela, antes de abanar a cabeça.

— Tá. Sim. Exatamente isso. Ele me dava a sensação de que meu trabalho não era nem de longe tão importante ou interessante ou corajoso quanto o dos autores dele.

Homens que se sentiam superiores ao diminuir suas parceiras eram um tipo especial de traste.

— Que escroto.

— Podemos, por favor, mudar de assunto? — Ela baixou os olhos para o sanduba inacabado.

Estendi a mão e ergui seu queixo. Suas bochechas coraram sob o luar.

— É que eu não gosto de falar disso. Me deixa mal e, quando estou escrevendo, gosto de me sentir... o oposto de mal. Preciso me concentrar nas protagonistas no começo de seus FPS, não em mim no fim do meu.

— FPS?

— Felizes para sempre — explicou ela.

— Entendi. Está feliz de estar aqui? — Eu não sabia de onde tinha vindo a pergunta, ou que resposta eu queria dela.

— Estou. Quer dizer, eu estaria mais feliz se não estivéssemos num barco roubado.

Nossos rostos estavam próximos sob o luar. Eu estava extremamente consciente de todas as respirações dela, de todas as direções em que seus olhos se moviam com o balanço do barco.

— É do Levi — falei, ficando com pena dela. — Ele comprou num leilão quando éramos adolescentes e o restaurou.

— Seu irmão fez isso? — Ele passou a mão sobre a madeira de teca lustrosa.

— Sim. Ele é tão talentoso que chega a irritar. Mas, desde que ele não se irrite comigo, ele não vai prestar queixa.

— Ele não pareceu muito feliz quando vocês o indicaram para delegado — lembrou ela para mim.

— Ele já se esqueceu disso. — Com certeza, ele ainda estava puto.

Continuamos olhando um para o outro sob o luar. Depois de algumas décadas de prática, eu sabia quando uma mulher estava aberta a receber um beijo. Com Hazel olhando para minha boca a toda hora, ficava difícil pensar em outra coisa. Eu mesmo vinha pensando nisso desde que ela abriu a porta para mim descalça e esbaforida.

Não seria uma atitude inteligente.

Nada de bom viria de beijar essa mulher. Não haveria nada de fácil ou simples nisso. Não havia nada de fácil ou simples nela. Por alguma razão masculina idiota, eu gostava disso. Mas não estava aqui para começar algo com uma cliente nova e complicada: estava aqui para colocar a minha família nos eixos. Não precisava de nenhuma distração.

— É melhor voltarmos — falei abruptamente, e tirei os olhos dela.

Me arrependi de maneira instantânea e visceral.

— Tem razão. Está ficando tarde. E tenho que escrever um pouco.

— Hoje? — Voltei a olhar para ela, mas ela estava olhando na direção do horizonte escuro.

— Quando a musa se manifesta.

Quase perguntei se a musa a estava inspirando a escrever um encontro bom ou ruim, mas pensei que, no fundo, não queria saber a resposta. Em vez disso, eu nos levei de volta ao cais em silêncio, tentando não pensar em todas as coisas que faríamos se esse fosse um encontro de verdade.

— Pode assumir o leme para eu poder pegar as defensas? — perguntei quando chegamos perto do cais.

Ela me lançou um olhar sério.

— Você me viu dirigir um carro.

— Bem lembrado. Pode jogar algumas daquelas defensas para fora e se preparar para lançar aquele cabo em volta de uma estaca?

— Se por defensa você se refere a esses amortecedores infláveis e por cabo você se refere a essa corda molhada, claro — disse ela, entrando no banco de trás da lancha.

Pernas longas, cabelo escuro e aquele perfume misteriosamente feminino lançaram seus feitiços em mim sob o luar, quase fazendo com que eu me esquecesse de desligar o motor enquanto deslizava para dentro da doca.

Hazel lançou as defensas para fora e o barco esbarrou perfeitamente no cais.

— O que faço agora? — perguntou ela, erguendo o cabo.

— Enrola na estaca e segura — falei, passando por cima do banco para chegar ao lado dela.

Ela estava em pé em cima do banco, se inclinando perigosamente sobre a beirada.

— Meu Deus, não caia na água — falei, dando a volta por ela e a puxando para trás junto a mim com o braço em volta de sua barriga.

Fiquei imediata e terrivelmente consciente de cada uma de suas curvas suaves quando nossos corpos colidiram.

Sim. Isso. Finalmente.

Era como se meu sangue estivesse sussurrando para mim, para ela, para a noite em si enquanto paralisávamos assim sob o luar. Fazia quanto tempo que eu não tinha uma mulher nos braços? Minha mente percorreu lembranças e ordens cronológicas. Eu estava me encontrando com alguém de forma casual antes do acidente de Laura. Eu tinha terminado de forma

205

igualmente casual quando me mudei de volta. Fazia mesmo tanto tempo assim?

O tempo havia passado, e agora aqui estava eu com uma ereção digna do monte Rushmore, torcendo para que a romancista que a inspirou não tivesse reparado.

— Então, o que eu faço agora? — perguntou ela com hesitação, balançando a ponta do cabo.

— Certo — falei, entre dentes.

Peguei o cabo dela, amarrando-o em silêncio em volta do cunho com o pouco sangue que me restava no cérebro.

O barco balançou sob nós, e Hazel compensou demais, tentando se equilibrar. Foi o instinto que me fez apertá-la com mais força. E esse instinto colocou sua bunda redonda em contato direto com minha ereção. Meu polegar se apoiou sob um de seus seios enquanto o resto da palma da minha mão se estendia sobre sua barriga, segurando-a.

Ela paralisou. Senti sua inspiração abrupta, que eu ouvi mesmo com a batida da água. Seu coração batia rapidamente sob meu polegar. O que um cavalheiro faria seria soltá-la, mas eu estava com medo de que ela despencasse na água. E outra parte de mim, não tão cavalheira assim, queria ficar assim pelo resto da noite.

A brisa soprou seu cabelo, trazendo o aroma sensual do seu xampu, que não fez absolutamente nada para acalmar minha libido incontrolável.

Precisei de toda a minha maturidade e de todo a meu autocontrole para descer as mãos para o seu quadril e colocar certo espaço entre nossos corpos.

— Fique aqui — falei bruscamente antes de soltá-la.

Recolhi nosso lixo e os sapatos e a bolsa dela e os empilhei no cais. Saí do barco, o que não era nada fácil de fazer com uma ereção latejante, e estendi a mão para Hazel.

— É só colocar um pé na borda e outro no cais — expliquei quando os dedos dela envolveram os meus.

Ela saltou agilmente para as tábuas de madeira ao meu lado. Eu a guiei para a parte mais larga do cais por uma questão de segurança. Eu deveria ter soltado a mão dela. Eu deveria ter dado um passo para trás para dar espaço para ela. Mas lá estávamos nós, cara a cara sob o ar da noite, com aqueles olhos cor de uísque escuro me observando por trás das pálpebras pesadas.

Não parecia fingimento. A necessidade de beijá-la, tocá-la, era real. Era tudo em que eu conseguia pensar enquanto baixava a cabeça na direção da sua.

— Nunca fiz sexo em "qualquer lugar menos na cama" — soltou ela de repente.

Recuei, recobrando a razão.

— Acho que não sei o que isso quer dizer.

— Sabe, quando você está num relacionamento e é tudo excitante e sexy e vocês querem ficar pelados o tempo todo, e então acabam transando em qualquer lugar menos na cama?

— Ah, sim, acho que sei. — Eu tinha algumas boas lembranças de "qualquer lugar menos na cama", sobretudo da minha juventude, mas estava achando difícil pensar em qualquer coisa além de como a boca de Hazel se movia quando ela dizia "sexo".

— Não sei por que acabei de falar isso — disse ela, estarrecida. — Pensei que você fosse ruim em encontros, mas está na cara que quem é ruim sou eu.

— Você não é ruim em encontros. Você é... — Como terminar essa frase? Irresistível? Cativante? Tão atraente que meu corpo estava reagindo como o de um adolescente?

— Ei, cuzão! — gritou alguém na noite.

Um *oinc* claro soou bem quando passos furiosos fizeram tremer o cais.

Os olhos de Hazel se arregalaram. Eu me virei, posicionando-me entre ela e as ameaças iminentes. Culpei a falta de oxigênio no cérebro. E o porco de peitoral verde. Ao tentar me esquivar dos mais de cem quilos de suíno caipira trotando na minha direção, cheguei um pouco perto demais de Hazel e, em vez de empurrá-la para trás do meu corpo, eu a empurrei para fora do cais.

— Porra, Rumpernil.

— Seu idiota — gritou Levi atrás de mim enquanto caí de pé na água, com o medo cuidando do problema da ereção. Encontrei um dos braços de Hazel e nos puxei para cima.

— Ai, meu Deus — balbuciou ela quando nossas cabeças saíram da superfície.

— Está bem? — perguntei, segurando-a sobre a água.

— Estou. Eu acho. Bem molhada. Aquilo era um *porco*?

— Está falando do meu irmão ou do Rumpernil? Os dois andam soltos por aí.

Ela cuspiu um bocado de água do lago.

— Esta cidade é *ridícula*.

Uma mão apareceu de cima e empurrei Hazel na direção dela.

Levi a puxou de volta ao cais e depois demorou todo o tempo do mundo para estender a mão para me ajudar.

Caí em cima das tábuas de madeira feito um bagre gordo e fiquei olhando para o céu da noite estrelada. Rumpernil me cutucou com seu focinho e saiu trotando na direção do estacionamento.

— Nunca tomei você por ladra de barco — disse Levi a Hazel enquanto ela torcia a água do cabelo.

— Juro que não foi ideia minha — respondeu ela.

— Como você soube que peguei a lancha? — perguntei.

— AirTag — falou Levi, erguendo o celular. — Instalei depois que Gage roubou para impressionar aquela ruiva de Long Island no verão passado.

Hazel se virou rapidamente, espalhando gotas de água por toda a parte.

— Você roubou a ideia de encontro do seu irmão?

— Ele roubou de mim — insisti. — Peguei o barco do pai no Ensino Médio para impressionar uma garota.

— Nina? — perguntou ela.

— Como você conhece a Nina?

Levi alternou o olhar entre nós.

— Vocês estão saindo?

— Meu Deus, não! — disse Hazel rápido, como se essa fosse a pior acusação do mundo. — Quer dizer, não saindo *saindo*. Era para fins de pesquisa. Mas Nina acha que estamos namorando. Laura te contou? — perguntou ela para mim.

— Quê... Como... Por quê? — Engasguei.

— Então... sobre você roubar o meu barco — disse Levi.

— O barco está ótimo. Pode gritar comigo depois — falei antes de me virar para Hazel. — Vou levar você para casa.

— Tem certeza de que não quer que eu te leve? Ele acabou de jogar você no lago — observou o idiota do meu irmão.

— Vai se foder, Livvy — murmurei enquanto puxava Hazel em direção ao estacionamento.

De volta à caminhonete, peguei minha camisa social do banco de trás e joguei para ela.

— Toma. Está seca.

Se eu esperava timidez, estava terrivelmente enganado. Hazel pegou a camisa, tirou imediatamente o vestido-macaquinho, e ficou sem nada além de sutiã e calcinha pretos.

Porra.

E ela vestiu minha camisa por cima e tentou fechar os botões com os dedos gelados. Eu não sabia o que era mais sexy, Hazel de calcinha e sutiã ou Hazel com a minha camisa. Tentei me concentrar na minha busca por roupas secas, mas demorei dez vezes mais do que deveria para encontrar um short e uma toalha na minha bolsa de academia.

Fiquei de cueca e vesti o short antes que ela conseguisse perceber a nova ereção.

— Para o seu cabelo — falei, entregando a toalha para ela. — Veio da minha bolsa de academia. Deve estar usada.

— A cavalo semiafogado não se olha os dentes — disse ela, desistindo dos botões e enrolando a toalha no cabelo.

Eu me ocupei ajustando as saídas de ar e ligando o aquecedor do banco dela.

— Não foi minha intenção... sabe — comecei.

— Me jogar no lago? — completou ela.

— Sim. Isso.

— Está de brincadeira? Foi uma mina de ouro de inspiração. Meus dedos ainda podem estar congelados demais pela água do lago para digitar. Mas, quando descongelarem, tenho uma baita cena para escrever.

Eu nos conduzi, encharcados, para a casa dela e deixei a caminhonete ligada no meio-fio.

— Bom, obrigada por... tudo — agradeceu ela, calçando os saltos altos.

— Vou te levar até a porta — insisti.

— Cam, acho que já dá para encerrar esse encontro de mentira. Consigo me virar sozinha.

Teimoso do jeito que sou, porém, eu já estava saindo da caminhonete. Coloquei o blazer por cima do peito nu caso algum dos vizinhos estivesse olhando pela janela e calcei os tênis de academia antes de dar a volta pela caminhonete para abrir a porta dela.

Ela desceu para o chão, com a minha camisa subindo por suas coxas, proporcionando-me mais um vislumbre de renda preta. Ergui os olhos para a Lua e tentei me lembrar da sensação de água sobre a cabeça, mas nada poderia me distrair da necessidade carnal.

Peguei as coisas molhadas dela e as mantive na frente da minha virilha enquanto atravessava o portão atrás dela até a porta.

Hazel se virou para mim. Sua maquiagem tinha borrado para todo o lado, dando a ela um ar de roqueira gótica. Seu cabelo tinha virado um tornado úmido. Suas roupas íntimas já tinham criado manchas úmidas fascinantes no tecido da minha camisa. O problema era que ela não parecia nem de longe tão afetada pela nossa seminudez quanto eu.

— Obrigada pela pesquisa — disse ela, estendendo a mão de forma profissional. — Agradeço muito. E prometo não obrigar você a fazer isso de novo.

Olhei para a mão estendida, depois, para sua boca. Eu estava prestes a fazer algo muito idiota.

— Não é assim que acaba um encontro — falei.

— Não é um encontro. É uma transação profissional — retrucou ela, baixando a mão.

— A transação ainda não acabou.

Fiz minha jogada. Deixei as coisas dela caírem nas tábuas do assoalho e segurei seu rosto entre as mãos. Eu a joguei contra a porta, abaixei a boca e a beijei como se não houvesse amanhã. Seu rosto estava frio e suave,

209

os lábios, quentes e firmes. Quando ela abriu os lábios para mim, senti aquele sabor intenso de cerveja, água do lago e desejo.

Suas mãos frias apertaram meu peito nu, e bem quando pensei que estavam prestes a me empurrar, elas deslizaram sob o blazer, me puxando com mais força.

Nossas línguas se tocaram e se enroscaram. Seu gemidinho ofegante em minha boca deixou meu estado já excitado duro feito pedra. Finalmente senti seu desespero e seu desejo, se encostando e tremendo contra mim. Antes de pensar duas vezes, empurrei meu quadril contra o dela, encostando-a à porta. Suas unhas se cravaram nas minhas costas enquanto o sangue troava em meus ouvidos. Aquela mulher era perfeitamente capaz de me beijar até a morte. E eu estava a dois segundos de despir os dois ali mesmo na varanda dela.

Soltei sua boca, encerrando o beijo de repente. Ela se apoiou na porta, batendo a cabeça na madeira. Estávamos os dois ofegantes e, nesse momento, com a ereção pressionada contra ela e suas mãos em mim, olhamos dentro da alma um do outro.

— Agora acabou — falei.

25

DE CARA E DE BUNDA

Hazel

Meu protagonista estava acabando de dar um beijo de tirar o fôlego na minha mocinha, enquanto a jogava contra a porta com uma ereção deliciosamente obscena, quando o toque do meu celular interrompeu a música em meus ouvidos. Levando um susto, pisquei e tirei os fones.

Era dia. Meus ombros estavam cheios de nós de concreto. E alguém estava batendo à minha porta.

— Jesus, há quanto tempo estou escrevendo?

Minha voz saiu como o coaxar de um sapo.

Peguei o celular e me levantei.

— Oi? Quer dizer, alô? — atendi, me arrastando em direção à porta.

Eu ainda estava com a camisa de Cam, para fins de inspiração, mas pelo menos tinha trocado as lentes de contato por óculos e acrescentado um short e uma pantufa quando tinha chegado em casa antes de me acomodar na frente do notebook.

— Se não é a minha mais nova vereadora favorita — entoou Darius no meu ouvido.

— Oi, Darius. Posso ajudar? — perguntei, rouca, abrindo a porta, contra a qual havia sido beijada pra caralho horas antes. Na vida real. Por Campbell "Cacto" Bishop.

O jovem prefeito estava à minha porta, com o celular na orelha. Ele sorriu e desligou.

— Vim escoltar você pessoalmente ao bingo. E estou vendo que talvez eu devesse ter avisado com antecedência.

Levei a mão à cabeça, onde encontrei um emaranhado de cabelo seco naturalmente. Meus olhos estavam ásperos, minha pele, pegajosa.

— Que horas são? — perguntei, semicerrando os olhos sob a luz do sol como uma vampira que sai do caixão.

— Pouco depois da uma. De domingo — acrescentou ele, prestativo.

Eu tinha ficado acordada a noite toda. Porque estava inspirada.

— Puta merda — murmurei. — Preciso conferir uma coisa. Hum, pode entrar, ou sei lá. — Deixei a porta aberta e fui correndo para o escritório.

Balancei o mouse e despertei a tela.

— Puta merda! — exclamei.

— Está tudo bem? — gritou Darius. — Posso resolver alguma coisa ou chamar alguém?

Corri de volta para o corredor e dei um tapinha eufórico no ombro do garoto.

— Escrevi dez mil palavras! Numa só noite! — Pulei para cima e para baixo numa dança da vitória esquisita.

— Parece muita coisa — disse ele, pulando de alegria comigo.

— É sim! — respondi, saltando com ele num círculo.

Campbell Bishop, o maldito rabugento, era o meu amuleto da sorte. Nossa. O que aconteceria com minha escrita se eu dormisse com ele? Parei de pular. Bastou um beijo dele para eu maratonar cenas como se fosse Brandon Sanderson com um projeto secreto. Se eu fizesse sexo com Cam, poderia começar a soltar séries pelo nariz. Ou, mais provavelmente, morrer por excesso de orgasmo intensos.

— Então, tem o bingo. Quer se trocar antes de irmos? — perguntou Darius, esperançoso.

— Tá. Estou confusa — admiti. — Desde quando bingo tem espectadores? E equipes?

Estávamos sentados na arquibancada à beira do lago sob uma grande tenda branca que tremulava efusivamente sob a brisa de verão. Diante de nós, as quadras de pickleball tinham se transformado em algum tipo de salão de bingo com mesas e cadeiras dobráveis.

Equipes de camisetas de uniforme pareciam estar se aquecendo na quadra, enquanto a maioria dos outros cidadãos de Story Lake ocupava a arquibancada.

— Você está pensando em bingo normal. Esse é o bingo supremo — disse Darius. Nós é que inventamos.

— Claro que inventaram. — Mordi o cachorro-quente que eu tinha comprado de Quaid, um rapaz bronzeado de peito largo com cara de surfista que havia montado uma grelha e um cooler no estacionamento. O estacionamento onde eu e Cam ficamos seminus na noite anterior.

Por falar em Cam seminu...

Os três irmãos Bishop chegaram à beira das quadras de pickleball. Sem camisa. Seus rostos e peitos estavam pintados de azul. Com letras brancas que diziam BI-SH-OP. O cachorro gigante de Laura, Melvin, usava uma camiseta azul. Supus que fossem torcedores do time de Pep e Laura, Caiu na Rede é Peixe.

Cam me cumprimentou com um aceno frio.

Ergui a mão para responder com um aceno sem graça. Depois, olhei à minha volta. Ele poderia ter acenado para qualquer um. Não devia ser para mim. Certo. A menos que ele ainda estivesse fazendo o papel de namorado literário. Sendo esse o caso, eu me deixei levar por fantasias conflitantes sobre Cam tirando minha roupa para fazer safadezas comigo e depois escrever sobre todas. Meu coração hesitou, lembrando-me de que bastou uma flertadinha de leve para fazer com que eu me sentisse como se tivesse saído de completamente estacionada a cento e tantos por hora na autoestrada da atração física.

Eu não estava preparada para Campbell Bishop. Mas parte de mim estava muito entusiasmada para tentar.

Tirei os olhos do trio descamisado e fingi estar fascinada pelo jogo que nem havia começado ainda.

— Então, o que os times fazem? — perguntei, observando enquanto Laura se aproximava de uma das mesas e Pep começava a massagear os ombros dela como uma treinadora de boxe. Atrás delas, os três filhos de Laura estavam agrupados como se estivessem discutindo estratégia.

Eu tinha jogado drag bingo em várias ocasiões, mas não exigiam uniformes de time... nem uma fileira de espectadores segurando tampas de lixeira de metal.

— É mais fácil ir explicando durante o jogo. Tem muita história da cidade e folclore locais misturados — explicou Darius.

— Que parte do folclore da cidade envolve as tampas de lixeira?

— São o que chamamos de Supervisores de Saneamento. Eles determinam a pontuação de bônus de provocações de cada time. Também cuidam da limpeza depois de cada partida — disse ele, como se isso fizesse algum sentido.

— Aham. Não é nada esquisito. — Por via das dúvidas, belisquei meu braço. — Hum. Não. Estou realmente acordada, e isso de fato está acontecendo.

O homem do outro lado de Darius chamou sua atenção com uma pergunta sobre o horário da coleta de lixo no Labor Day; então, voltei a contemplar o corpo musculoso de Cam.

— Ei! — Zoey se afundou ao meu lado, segurando um copo plástico de líquido roxo congelado que cheirava a todos os álcoois misturados. — Que porra é essa?

— Um tipo de bingo mutante — expliquei. — Mais importante, o que é isso aí?

Ela deu de ombros e estendeu o copo.

— Duas moças bêbadas estavam preparando no liquidificador numa caçamba de caminhonete no estacionamento. Disseram que se chama

Peido Molhado de Sereia. Pelo menos foi o que entendi entre os risos e as línguas enroladas. Quer experimentar?

— Hoje não, obrigada — respondi. Passar a noite acordada escrevendo tinha me deixado com uma vaga sensação de ressaca.

— Fica à vontade. Enfim, eu estava indo direto para sua casa, mas vi essa loucura e fiquei curiosa. Falando em curiosidade, por que você está tão bonita assim?

— Ai, que maldade.

Ela chegou tão perto do meu rosto que consegui sentir o cheiro das cebolas que ela tinha almoçado.

— Você parece feliz — disse ela com desconfiança.

Bufei. Duas vezes. E depois soltei uma risada para esconder o excesso de bufos. Apesar de dois dos irmãos de Cam saberem sobre nosso encontro de mentira, eu não queria abrir minha boca grande para Zoey... pelo menos não ali, onde estávamos cercadas por toda a população de Story Lake.

— Quem? Eu? Feliz? Não. Ainda estou péssima. Mas escrevi dez mil palavras de uma só vez.

— Sério? — Ela empurrou meu braço com tanta força que quase caí para o lado.

Hum. Talvez minha protagonista pudesse cair da arquibancada e o mocinho poderia pegá-la nos seus braços heroicos de Cam do livro? O olhar intenso deles poderia ser fantástico. Se bem que, se ela acabou de ser tirada do lago, talvez seja melhor esperar alguns capítulos antes de jogá-la de outro lugar.

— Ei. Aonde você foi? — perguntou Zoey, chacoalhando os meus ombros. — Dá medo quando você fica viajando assim.

— Coisa de livro — falei a título de explicação. — E para de me empurrar. Já me jogaram no lago. Não preciso cair da arquibancada na frente dos meus constituintes.

— Quem te jogou num lago, quer que eu bata na pessoa, e por que você parece tão feliz com isso?

Fui poupada de responder quando a multidão se levantou ao mesmo tempo.

— O que está acontecendo? — perguntei.

— As cerimônias de abertura — explicou Darius enquanto nos levantávamos.

Os Rouxinóis de Story Lake, usando camisetas patrióticas, subiram ao tablado do animador de bingo e apresentaram uma versão à capela vigorosa do hino dos Estados Unidos. Depois que a última harmonia terminou, as seis equipes se encararam e fizeram uma mesura formal.

Scooter Vakapurna se separou dos Rouxinóis e pegou o microfone de apresentador.

— Bem-vindos, povo de Story Lake, ao bingo supremo! — disse ele, com a voz ecoando pelos alto-falantes.

A multidão foi à loucura. Eu e Zoey demos de ombro e entramos na brincadeira.

— G55 — anunciou Scooter ao microfone.

— Ted está vivo — responderam os jogadores, batendo as mãos no rosto ao estilo de *Esqueceram de mim*.

Um apito soou e um dos supervisores se levantou.

— Menos cinco pontos para os Limpa-Fundos. Willis não usou as duas mãos para dizer "Ted está vivo".

O público pareceu dividido pela decisão.

— O que foi isso? — perguntei a Darius.

— Em 1953, Story Lake tinha um morador chamado Ted Branberry, que saiu para pescar sozinho certa manhã. O barco foi encontrado flutuando no lago, mas não havia nem sinal dele. Ele foi dado como morto. Descobriram que ele fingiu a morte por causa de uma dívida de jogo e foi encontrado vivo, fazendo backing vocal para um cantor de lounge em Reno.

— Uau. — Eu me arrependi de não ter trazido o caderno.

— Ah, essa vai ser boa! N31 — anunciou Scooter, triunfante, ao microfone.

— Levanta e corre — entoou a plateia em resposta.

Assistimos maravilhados enquanto os "carimbadores" passavam seus carimbos para o colega de equipe mais próximo, e assim começava uma corrida de revezamento bizarra. Jogadores estavam interferindo e, em alguns casos, contendo fisicamente outros corredores enquanto eles disparavam pelo salão de bingo improvisado.

— Vai, Isla — gritei quando a filha de Laura passou por baixo de um dos jogadores de Lago ou Nada e dava a volta por um congestionamento humano. Com os irmãos fazendo um bloqueio para ela, suas pernas esguias de gazela cortaram a distância, trazendo-a de volta a sua mãe.

Laura pegou o carimbo e, com um floreio, carimbou o cartão.

— Bingo, vagabas!

A multidão, que já estava num nível de barulho de touchdown em Super Bowl, foi à loucura, abafando a saudação dos Supervisores de Saneamento à provocação dela. Os irmãos Bishop, assim como o pai, que havia fechado o armazém para estar lá, estavam pulando de um lado para o outro e se abaixando. Na quadra de pickleball ou, melhor dizendo, bingo, a equipe Bishop comemorou balançando seus uniformes no alto.

— Esse é o *melhor* esporte do mundo — gritou Zoey.

Juntei as mãos em forma de concha e gritei "uuhuu!" até a minha garganta arder, enquanto a equipe Bishop recebia toda uma saudação com tampas de lixo dos Supervisores de Saneamento.

A mestra de cerimônias do bingo levantou as duas mãos em V.

— A vitória está verificada — anunciou ela.

— E esse é o jogo — gritou Darius sob o barulho da comemoração.

Eu me peguei espalmando a mão contra a de todas as pessoas num raio de três andares da arquibancada.

O astral estava lá em cima enquanto os times se encontravam no centro da quadra para dar os braços e fazer um último brinde cerimonial. Os jogadores de bingo se voltaram para a multidão e levantaram seus copos plásticos de shot.

—Bingo — bradaram eles ao mesmo tempo.

Todos à nossa volta ergueram os braços e gritaram:

— Supremo!

Como se invocado pelo canto, Ganso sobrevoou o lago majestosamente.

A multidão soltou um "oh", pelo menos até a ave gigante avistar uma criança com um cachorro-quente e mergulhar para o ataque. Obviamente um morador antigo de Story Lake, a criança jogou o cachorro-quente numa direção e correu na outra.

Os Supervisores de Saneamento bateram seus pratos de tampa de lixeira uma última vez. Os aplausos foram altos e prolongados.

— Bom, valeu a pena sair de casa para isso — comentei, batendo palmas com todo mundo.

— Isso deveria ser televisionado — disse Zoey a Darius.

Ele ergueu os braços.

— É o que digo há anos.

Cam virou as costas para a quadra de pickleball e passou os olhos pela plateia. Quando seus olhos encontraram os meus, prendi a respiração e imediatamente me engasguei com a própria saliva.

Sem olhar para mim, Zoey me passou seu Peido Molhado de Sereia e tomei um pouco.

Cam inclinou a cabeça para o estacionamento. Dei uma última tossida e apontei para mim mesma.

— Eu? — articulei com os lábios.

Ele revirou os olhos. Sim, com certeza era para mim.

— Já volto — falei, deixando Zoey e Darius discutirem os pormenores de televisionar bingo.

Meu avanço foi dificultado pelos moradores de Story Lake me parando de tantos em tantos degraus.

— Bom te ver, dona vereadora.

— Gostou do seu primeiro bingo?

— Aquele Ganso não está mesmo morto, não é mesmo?

Sorri, acenei e retribuí os cumprimentos sem tirar os olhos de Cam, que parecia estar percorrendo seus próprios cumprimentos.

Essa era a vida de cidade pequena sobre a qual eu tinha passado a carreira escrevendo. Em que ninguém era desconhecido e as pessoas paravam você na rua para conversar. Percebi que gostava disso. Mais do que do anonimato da vida na cidade.

Cam tinha desaparecido quando cheguei ao gramado. Seus irmãos e seu pai ainda estavam sendo o centro das atenções perto da cerca. Quer dizer, Gage e Frank estavam. Levi parecia ter se divertido o suficiente pelo mês todo, e ficava tentando recuar.

Dei a volta pela arquibancada, para onde a multidão tinha se dispersado, e estava começando a achar que tinha sido abandonada quando um braço nu se estendeu e me pegou, me puxando para as sombras como um troll de arquibancada de um conto de fadas.

Soltei um gritinho agudo.

— Relaxa. Sou eu — disse Cam, ríspido. — Quem você achou que fosse?

— Um trol de arquibancada.

Ele balançou a cabeça.

— Sua mente é aterrorizante.

— Você não faz ideia.

Ele franziu a testa e chegou mais perto.

— Você parece cansada.

— E você parece um Smurf fisiculturista.

— Não critique quem veste a camisa, srta. Confusão. Por que você parece ter passado a noite inteira acordada?

— Porque passei. E, quando você passa a noite inteira acordado aos trinta e tanto, sua cara costuma mostrar isso.

— Não conseguiu dormir? — perguntou ele, se recostando num suporte e cruzando os braços.

A tinta azul só destacou seu peito musculoso e aqueles bíceps protuberantes. Me belisquei de novo. Não. Ainda não era sonho.

— Me empolguei escrevendo.

— A noite toda? — perguntou ele.

— Fazer o quê? É preciso aproveitar quando bate a inspiração.

O rosto azul de Cam ficou ainda mais presunçoso de repente.

— Servimos bem para servir sempre.

— Não disse que a inspiração foi *você*.

— Mas fui — disse ele, com a confiança necessária para aquela pintura facial.

— Você pode ter conseguido semear algumas ideias que fui aprimorando — desconversei.

— Acho que você não odiou o beijo, então.

Tentei rir, mas saiu como uma bufada.

— Você tinha dúvidas?

Os lábios de Cam se curvaram.

— Não.

— Ahh. Você está conferindo para ver se me arrependi da nossa sessão rápida de pegação? Que gracinha — provoquei.

Foi a vez dele de bufar. Ao contrário de mim, ele fez de propósito.

— Na verdade, só estou confirmando para ver se você não se apaixonou nem começou a bolar convites de casamento.

— Não foi nada além de pesquisa, meu chapa.

— Pesquisa que manteve você acordada a noite toda — observou ele.

— Pfft. Fique você sabendo que tenho uma imaginação extremamente descontrolada. Você e sua arrogância só serviram como uma faísca quase insignificante de inspiração. Além disso, é você quem precisa tomar cuidado. Sou uma delicinha. Se passar tempo demais comigo, você vai sair por aí cortando árvores para construir um gazebo para o casamento — desafiei.

Estávamos trocando alfinetadas debaixo das arquibancadas, como um casal de adolescentes se paquerando. Algumas semanas atrás, as únicas alfinetadas que troquei foi gritando com um cara na calçada por ter cuspido na minha bolsa.

Seus lábios se curvaram.

— Você... pensou em mim ontem à noite? — perguntei.

Ele ergueu um ombro com o ar arrogante.

— Só quero saber quando vou ter minha camisa de volta.

— Já está na máquina de lavar — menti.

— Está tudo bem entre nós, então? — perguntou Cam.

— Claro. Não voltei a pensar em você desde que saiu da minha casa de short e blazer. — As inverdades não paravam de se acumular.

— Aham. E sua pesquisa acabou — provocou ele.

Senti uma vibração nas minhas partes baixas que eu estava determinada a ignorar.

— Com certeza. Você está dispensado. Agradeço o empenho.

Ele acenou.

— Que bom.

— Que ótimo. — Ele estava me irritando e me excitando ao mesmo tempo. Eu não sabia o que fazer com relação a isso.

— Bom, acho que te vejo por aí... em casa — falei.

— Acho que sim.

Estava na hora de sair antes que eu fizesse ou dissesse algo especialmente idiota. Dei meia-volta e estava no meio de uma jogada dramática de cabelo enquanto batia em retirada quando ele agarrou meu punho e me fez girar de volta para ele.

Foi como dar de cara com uma barreira de concreto.

— Maldita boca — rosnou ele.

E Campbell Bishop estava me beijando. De novo. Mas dessa vez não estávamos num encontro de mentira, o que sem dúvida era uma complicação.

Como se lesse minha mente, ele intensificou o beijo. Sua língua dominava a minha com toques autoritários. Eu mal conseguia respirar. Nem saber se ainda precisava de ar eu sabia. Contanto que a boca de Cam estivesse colada à minha, sobreviver não era uma preocupação.

Estávamos girando e minhas costas encostaram num metal frio. Ele me devorava, me saboreava, me aniquilava. E suas mãos, aquelas mãos grandes e ásperas, começaram a se mover de forma possessiva. Ele apertou minha bunda, puxando-me contra ele até eu conseguir sentir sua excitação.

Se ele estava tocando em mim, só me restava supor que eu poderia fazer a mesma coisa. Então, apalpei sua ereção monstruosa por cima da calça jeans. Tinha *muita coisa* para segurar. Eu tinha escrito vários protagonistas bem-dotados, mas Cam era de longe o maior que eu já tinha sentido na vida real.

Ele gemeu na minha boca e me senti a mulher mais poderosa do mundo.

Soltando minha bunda, ele subiu a mão até o meu peito. Quando soltei um gemido, ele voltou a mergulhar a língua dentro da minha boca como se quisesse sentir o gosto.

Apertei o jeans com mais força e senti a pulsação hipnótica na mão.

— Puta que pariu — murmurou ele, antes de me levantar com uma mão só.

Envolvi as pernas em sua cintura como se fossem jiboias famintas enquanto seu quadril e sua ereção me sustentavam.

Ele roçou em mim e nós dois gememos. Cravei os dentes em seu lábio inferior como se fosse uma talentosa expert em sexo. Uma sexpert. Ele retaliou subindo a mão sob a minha regata e pegando meu seio de novo. Uma camada fina de tecido separava sua pele da minha. Meu mamilo se enrijeceu sob sua palma forte e calorosa, ameaçando rasgar todas as barreiras entre ele e seu toque.

— Isso não é uma boa ideia — eu disse com um gemido.

Estávamos num espaço público. Toda a população de Story Lake estava a uns cem metros de nossa sessão de pegação.

— Horrível. Odeio — concordou ele, atacando minha boca de novo.

— Caramba. Por que você é tão bom nisso?

— A prática leva à perfeição — disse Cam antes de sua língua invadir e me fazer ver estrelas.

— A gente precisa muito... parar... de beijar — ofeguei.

— Daqui a um minuto — rosnou ele, voltando a encaixar os lábios nos meus de novo.

Foi bem nessa hora que comecei a pensar em tirar a roupa. E foi também bem nessa hora que meu celular tocou no meu bolso de trás.

— Estou ouvindo o toque dela. Ela deve estar por aqui em algum lugar. — A voz de Zoey nos alcançou sob o burburinho da multidão.

— Merda — murmurou Cam. Ele me colocou no chão e deu um passo para trás enquanto eu reaprendia a me sustentar nas minhas próprias pernas.

— Acho que saiu um pouco de controle — falei, fraca.

Ele estava com as mãos em seu quadril e estava olhando fixamente para o chão... ou talvez estivesse observando a ereção ainda evidente em sua calça jeans.

— Cam?

— Não fala meu nome agora. Não nessa voz. Não quando estou me concentrando — pediu ele.

— Se concentrando em quê? — perguntei, exasperada.

— Não posso sair daqui assim — disse ele, apontando para a virilha.

Meu celular tocou de novo e silenciei a ligação rapidamente.

— Acho melhor... eu ir? Procurar Zoey? — falei, apontando um polegar questionador por sobre o ombro.

Cam ainda estava fazendo cara feia para as partes íntimas.

Dei um passo para longe, mas voltei a me virar.

— Pergunta rápida: foi algo no calor do momento? Ou um erro gigantesco? Ou você achou que eu precisava de mais pesquisa? Porque, não me entenda mal, mas foi incrível. Você beija muito, *muito* bem. Então, não vou reclamar. Mas estou um pouco... confusa.

Ele finalmente olhou para mim. O calor que vinha daqueles lindos olhos verdes quase me fez querer tirar o short.

— Por que tudo tem que ser tão complicado? Gostei de te beijar; então, beijei de novo.

— Certo — concordei. — Claro. Faz sentido. Mais uma pergunta. Pretende me beijar de novo?

— Vou te avisando.

— Legal. Ótimo. Maravilha. Vou indo então — eu disse, disparando arminhas para ele.

Ai, Deus. Socorro.

— Hazel — chamou Cam.

Parei e me virei.

— Oi? — Minha voz era ofegante e esperançosa e desesperadamente excitada.

— Sua cara está azul.

— Porra, Cam!

Usando a parte de dentro da regata para limpar a tinta, saí correndo da arquibancada bem quando meu celular tocou de novo.

Encontrei Zoey esperando por mim perto do estacionamento.

— Opa. Só estava conversando com alguns... concidadãos. — Minha voz não era nem um pouco natural.

— Concidadãos? O que você está escrevendo? Um livro histórico? E por que sua cara está azul? — perguntou Zoey.

Dei mais uma esfregada no queixo.

— Devo ter esbarrado em tinta fresca. Ei, quer jantar?

— Jantar parece uma boa — disse ela enquanto eu me dirigia à bicicleta. — Você está com uma marca de mão azul na bunda?

— Quê? Não — rebati, limpando a parte de trás da minha calça. — Só... caí.

— De cara e de bunda em tinta azul fresca?

— Que tal pizza?

26

UM DESPERTAR INDELICADO

Campbell

Fiz merda.

Beijar Hazel durante nosso encontro de mentirinha tinha sido burrice. Beijá-la de novo em público só porque eu estava a fim foi uma burrice fenomenal. Eu não estava pronto para ter um relacionamento, e era improvável que uma escritora de romances estive procurando um lance simples e casual.

Eu tinha passado mais uma noite em claro resistindo aos meus instintos mais primitivos, enquanto eles me apresentavam uma montagem interminável de todas as coisas que eu poderia estar fazendo sem roupa com Hazel.

E era por isso que eu estava parado no meio-fio na frente da Casa Heart, considerando as vantagens de ser um covarde mentiroso e dizer aos meus irmãos que estava de ressaca demais para trabalhar hoje. Se eu dissesse que estava doente, isso chegaria aos ouvidos da minha mãe, que viria a meu apartamento com canja de galinha, um sacola de remédios para resfriado e gripe, e um monte de conselhos maternos desnecessários.

A única coisa que me impedia de me valer da saída covarde era o fato de que Levi e Gage já estavam lá dentro. E os dois já tinham demonstrado muito interesse em Hazel. Não era porque *eu* não estava pronto para um relacionamento que ficaria de braços cruzados e deixaria um deles tentar começar um.

Eu a tinha beijado primeiro.

Olhei o livro dela sobre o painel do meu carro. O segundo na série dela, visto que eu já tinha terminado o primeiro.

Santo Deus. Eu só estava havia muito tempo sem transar. Era isso. Não estava obcecado por aquela mulher irritante, nem nada do tipo. Só gostava do seu toque e do seu gosto... da sua risada.

— Puta que o pariu — murmurei, tirando o cinto de segurança.

Peguei o cinto de ferramentas e o balde na caçamba e entrei na casa. Não havia nenhum sinal de Hazel; não que eu estivesse procurando especificamente por ela.

— Olha só quem resolveu aparecer — disse Gage quando abri a lona plástica que servia de cortina para a cozinha demolida.

Hoje ele estava ainda mais irritantemente bem-humorado que o normal. Resmunguei para ele.

Levi resmungou de volta.

— Falta mais um pouco de demolição aqui, que devemos finalizar hoje. A equipe dos armários vai passar à tarde para fazer medições. Pensei que poderíamos finalizar a demolição do banheiro e do closet do andar de cima. Pelo menos depois que nossa cliente dorminhoca acordar — observou Gage.

Aquela mulher achava que poderia *me* dar noites em claro enquanto colocava seu sono em dia? Não se dependesse de mim. Peguei a marreta.

— Aonde você vai com isso? — perguntou Levi.

Não respondi. Subi dois degraus de cada vez para o andar de cima e entrei no quarto atrás do de Hazel. Depois de uma olhada rápida para conferir se o registro da pia do banheiro da suíte estava fechado, coloquei os óculos de segurança, preparei e lancei a marreta pela penteadeira empenada.

O móvel todo se desprendeu da parede com um estrondo gratificante. Bati de novo, dessa vez acertando o azulejo rosa-chiclete horroroso, que se estilhaçou, lançando cacos de porcelana octogonal em todas as direções.

— Ah! Mas. Que. *Porra* é essa? — Veio um grito abafado pela parede.

Satisfeito, dei mais um golpe, fazendo a cabeça da marreta atravessar o gesso. Eu estava me preparando de novo quando ouvi passos.

— Qual é o seu problema? — perguntou Hazel no vão da porta.

Seu cabelo estava escapando de uma trança. Seus óculos estavam tortos, e ela estava ou com o short mais curto do mundo ou uma calcinha embaixo de uma regata do David Bowie. Subitamente, eu já estava me arrependendo da decisão de interromper seu sono.

— Muitos. Nada que uma boa noite de sono não cure.

— Eu poderia te matar agora — disse ela, dando um passo na minha direção, mas a encontrei no vão da porta e bloqueei seu caminho.

— Você está descalça e tem pedaços de azulejo por toda a parte.

— De quem é a culpa disso? — Ela passou as mãos no rosto. — Que horas são?

— Sete e meia.

— Está de brincadeira com a minha cara? Não faz nem três horas que fui dormir, seu ignorante.

Eu de repente estava me sentindo mais animado do que momentos antes. A vingança faz isso com a pessoa.

— Você sabia que viríamos para cá fazer uma obra barulhenta. Foi isso o que você contratou.

— Não tem Pepsi suficiente no mundo para isso — resmungou Hazel. Ela deu meia-volta e tropeçou na moldura da porta.

Eu a segurei e a guiei para o corredor.

— O que foi isso, Cammy? — disse Gage, parando de repente.

Levi topou com as costas dele.

— O que vocês estão fazendo aqui em cima? — perguntei, entrando na frente de Hazel.

Uma coisa era eu ver ela desse jeito, mais uma vez, mas meus irmãos era outra completamente diferente.

— Além de investigar todo o barulho e gritaria? — perguntou Gage.

— Seu irmão é um pé no saco — anunciou Hazel com um bocejo mal-humorado.

— Ninguém discorda — disse Levi.

— Imagina ser criado com ele — acrescentou Gage.

— Bom, agora que estamos todos acordados para o dia, podemos começar a trabalhar — falei, dando um empurrãozinho para ela entrar no quarto. — Bom dia, flor do dia.

Ela ergueu o dedo do meio e abriu a boca.

Fui mais rápido e bati a porta na cara dela.

— Cara, que porra é essa? — sussurrou Gage.

— Vamos lá, rapazes. Vamos pensar numa estratégia — falei, colocando um braço em volta de cada um dos meus irmãos. — Posso até pagar os burritos de café da manhã.

— Ai, vai se ferrar, Bertha! — Hazel gritou.

A porta do seu quarto se abriu, e um guaxinim gordo e peludo saiu. Ele parou no meio do corredor e nos encarou.

— Que. Porra. É. Essa? — sussurrou Levi.

O guaxinim deu um rosnado tímido antes de entrar no quarto do outro lado do corredor.

— Preciso de uma foto de vocês fazendo algo másculo para as minhas redes sociais — anunciou Hazel, aparecendo no vão da porta do espaço que viria a ser seu novo closet.

Pelo menos agora ela estava vestida.

O dia chegava ao fim e tinha sido produtivo, com demolição e limpeza, levando o pessoal dos armários pela cozinha, pela lavanderia, pelo closet e pelos banheiros.

— Nem. Fodendo — decretei, sucinto.

— Você me deve pela emboscada matinal de hoje cedo.

— Perdoe esse neandertal que foi claramente criado por lobos — interveio Gage. — O que *eu* posso fazer por você?

Os olhos de Hazel brilharam com malícia, e percebi que estava esganando o cabo da vassoura.

— Queria saber se posso tirar algumas fotos da demolição. Meus leitores adorariam ver um homem atraente balançando um martelo, ainda mais se for no meu futuro closet — explicou ela.

— Meu pai sempre dizia: "se o cliente pedir algo que você pode fazer, sempre diga sim" — comentou Gage com um daqueles sorrisos charmosos que me faziam querer arrancar seus dentes da frente.

— *Nosso* pai. — Eu o lembrei.

— Sim, mas claramente eu era o único que estava dando ouvidos a ele — falou Gage. Ele se voltou para Hazel. — Onde você quer fazer isso? Com ou sem camisa?

— Precisa de ajuda? — perguntou Levi, aparecendo no corredor, já sem camisa e coberto de suor e pó de gesso.

— Vocês só podem estar de brincadeira — murmurei.

Hazel ofereceu seu sorriso mais radiante para eles.

— Vocês são demais!

— Não, não são — insisti, mas ninguém estava me dando ouvidos. Estavam ocupados demais seguindo as direções de arte de Hazel.

Saí a passos duros do ambiente e os deixei em paz. Era o fim do dia; então, cuidei da arrumação no andar debaixo e comecei a carregar ferramentas e materiais para a minha caminhonete.

Gage e Levi, de camisa, voltaram a me encontrar.

— Dia bom — disse Gage, contemplando a casa. — Os telhadistas começam em breve, e os carpinteiros vão estar aqui amanhã. Os encanadores e eletricistas, na segunda-feira.

— Progresso — concordei.

Ele se virou para mim.

— Aliás, aqui não é o parquinho.

— Não tenho energia para você e suas metáforas agora — falei.

— Você não pode puxar as tranças da menina de que gosta e esperar que ela goste de você de volta, imbecil.

— Que menina? — desconversei, fingindo não saber exatamente de quem ele estava falando.

— Viu? — disse Gage a Levi. — Ele é um imbecil.

Revirei os olhos.

— Não gosto de Hazel. Só não quero que ela goste de vocês.

Levi apertou meu ombro.

— Você está falando como um idiota.

— Olha, não importa quais são os seus "sentimentos" — declarou Gage, fazendo aspas no ar —, você precisa parar de ser escroto com ela. Ela é uma cliente. A maior que temos em anos.

225

— Ah, é? Você não para de flertar com ela, e, toda vez que me viro, Livvy está tropeçando perto dela nos sapatinhos quarenta e sete dele — falei.

— Primeiro, não estou flertando com ela — interrompeu Gate.

Em vez de se defender, Levi abriu um saco de salgadinhos e colocou um na boca.

— Você não tem nada a dizer em sua defesa? — questionei.

— Não. — Ele mastigou. — Mas flagrei Cam saindo com Hazel.

— Obrigado. Muito obrigado, Livvy — rosnei.

Gage resmungou.

— Cara, digo isso com carinho. De verdade. Mas está de sacanagem com a minha cara agora? Está buscando algum tipo de autodestruição? O que você tem na cabeça para pensar que seria uma boa ideia dar em cima dela quando nossa empresa está em jogo?

— Foi só uma vez. Eu a levei num encontro de mentira para fins de pesquisa. Foi ideia dela. Eu estava sendo simpático.

— Você nunca é simpático — argumentou Gage. — Você não pode mexer com ela. Você deixa um rastro de corpos aonde quer que vá.

— O que isso lá quer dizer? — Peguei os salgadinhos de Levi e me servi.

— Seu último relacionamento sério foi quando? Ah, verdade. Nunca — disparou Gage.

— Eu já tive relacionamentos sérios.

Levi riu pelo nariz e pegou os salgadinhos de volta.

— Não, não teve — insistiu Gage. E agora você acha que pode sacanear uma romancista. Uma mulher que ganha a vida escrevendo finais felizes. Uma mulher que, neste momento, está sustentando nossa empresa sozinha.

Entrei no espaço pessoal dele e o peitei.

— Não estou sacaneando ela.

— Ah, então você está mesmo gostando dela? — provocou ele.

— Não.

— Queria esmurrar esse seu ego.

— Tenta para você ver, Gigi.

Levi colocou o braço entre nós.

— Chega, porra. Já não temos mais band-aid.

Somos distraídos pela chegada de outra caminhonete na frente da casa.

— Merda — murmurei enquanto meu pai saía, seguido por Bentley, o beagle de confiança. Bentley foi direto para a sálvia gigante de Hazel e se aliviou com entusiasmo.

Nós nos afastamos, parecendo o mais inocentes que três homens adultos enfurecidos poderiam parecer.

— O que você está fazendo aqui, pai? — perguntou Gage.

— Sua mãe me liberou da loja para eu poder fazer uma supervisão por aqui. Parece que cheguei numa hora boa — comentou ele.

— A gente só estava fazendo uma pausa — falei.

— Parecem prestes a trocar socos, isso sim. O que está acontecendo? — perguntou meu pai, cruzando os braços.

Somos todos mais altos do que ele, maiores e mais fortes também. Mas ainda temos um medo saudável de decepcioná-lo.

— Só trocando umas palavrinhas — disse Levi.

— Sobre o quê?

— Bolsa de valores — mentimos ao mesmo tempo.

Se havia algo que irritava e confundia mais o meu pai do que quando seus filhos adultos se comportavam como pré-adolescentes, era a bolsa de valores.

— Pelo amor de Deus. É tudo inventado. Não dá para plantar ou construir uma ação, nem para segurar uma nas mãos. Todos aqueles números falsos representam o quê? Porra nenhuma. Estou dizendo: vale mais esconder o dinheiro no quintal — aconselhou nosso pai, como era de se prever.

Ele havia expressado esse sentimento com tanta frequência que, quando tínhamos cerca de vinte anos, passamos uma Páscoa bêbados escavando o quintal de casa em busca do tesouro escondido do nosso pai. A ideia tinha sido de Laura. Estando grávida e, portando, sóbria, ela nos havia convencido a entrar nessa e quase morreu de rir quando levamos um esculacho da nossa mãe na manhã seguinte.

— É o que eu estava dizendo para esses dois — mentiu Gage.

— O que é isso? — perguntou meu pai quando um caminhão-baú parou no meio-fio.

— Entrega de móveis para Hazel Hart — disse o motorista pela janela do carona aberta.

— Vamos liberar a entrada para você — falou meu pai, se dirigindo à sua caminhonete.

— Puxa-saco — sussurrei enquanto dava uma cotovelada na barriga de Gage.

— Idiota — chiou ele e me empurrou para atrás, e caí num arbusto.

— Vou avisar Hazel — Levi se ofereceu e praticamente correu para a casa antes que eu conseguisse me arrastar para fora da folhagem.

27

UM PACTO SEXUAL JURIDICAMENTE VINCULANTE

Campbell

— Meninos são idiotas — anunciou minha sobrinha enquanto entrava no banco do carona e batia a porta. Eu estava responsável pelas caronas de quinta à noite, e fui buscar Isla depois de sua primeira reunião do grêmio estudantil no ano letivo enquanto Laura assistia ao jogo de Wes fora de casa.

Melvin enfiou a cabeça entre os bancos da frente e deu uma lambida na cara dela.

— Que nojo. — Mas ela deu um abraço carinhoso no cachorro mesmo assim.

— Quem é ele e onde posso encontrá-lo? — perguntei, levando a mão ao cinto de segurança. A escola não era tão grande assim. Daria para encontrar o tal adolescente idiota rapidinho.

Os lábios de Isla se curvaram.

— Você não vai bater num adolescente, mesmo que ele seja um idiota, tio Cam.

— Não, mas posso dar um susto nele. Fazer com que troque de escola. Assuma uma nova identidade. Use óculos com nariz falso pelo resto da vida.

O sorriso dela foi efêmero.

— Pensei que ele gostasse de mim. Ele passou o verão inteiro me paquerando. Me provocando, fazendo brincadeirinhas bobas. E hoje foi lá e chamou a Alice para o Baile de Boas-vindas.

— Que droga — comentei, engatando a marcha da caminhonete.

Baile de Boas-vindas. Me arrepiei. Isla tinha quinze anos e era terrivelmente bonita. Sem um pai por perto, eu não sabia como Laura não a tinha mandado para a escola com um guarda-costas para afugentar os meninos adolescentes asquerosos e cheios de hormônios. Eu já fui um deles. Era um milagre não ter sido botado para correr por pais armados com espingardas toda a vez que saía de casa.

— Não entendo. Se ele não gostava de mim, por que agia como se gostasse? E, se gostava, por que convidou outra pessoa para o Baile de Boas-vindas? Seria melhor se ele fosse sincero em vez de ficar nessa indecisão.

Fiquei olhando para o pôr do sol à nossa frente e pensei em Hazel.

Desde a "conversinha" com meus irmãos na segunda, eu vinha me esforçando ao máximo para ignorar Hazel, o que se revelou muito mais difícil do que eu pensava, considerando que eu não conseguia parar de pensar nela. Em dar uns beijos nela. Em conversar com ela. Em olhar para sua carinha de concentração na frente do computador enquanto escrevia.

— Os homens são burros às vezes. Na maioria das vezes — corrigi.

— Você só deveria começar a ficar com um lá pelos trinta.

— É o que o tio Gage e Levi dizem. Ei, podemos parar para tomar um refrigerante de bétula? — perguntou Isla.

Era nossa tradição. Para comemorações ou para animar o dia, a gente pegava duas garrafas de refrigerante de bétula na loja de conveniência e bebia no caminho para casa.

— Claro, pequena. — Por instinto, apalpei os bolsos da carteira enquanto seguia na direção da Wawa. — Merda.

— O que foi?

— Estou sem carteira. — Eu devia ter deixado na casa de Hazel quando tinha pagado pelo delivery de sandubas do almoço. Eu tinha uma vaga lembrança de tê-la jogado dentro da caixa de ferramentas, que eu tinha deixado lá.

— Tudo bem. Essa é por minha conta — disse ela.

— Nem sonhando que vou deixar uma sobrinha minha pagar a conta — falei, tirando meus vinte dólares de emergência do quebra-sol.

— Que cavalheiro — brincou ela.

Eu não me sentia um cavalheiro. Eu me sentia um bostinha adolescente que era burro e egoísta demais para saber tratar uma mulher.

Depois de deixar Isla e Melvin, com um refrigerante de bétula a mais caso amanhã não fosse um dia melhor, voltei à rua principal. Passei pela frente da casa de Hazel, e reparei que suas luzes estavam acesas. Eu duvidava que ela estivesse trabalhando, considerando que a única inspiração que eu tinha lhe dado naquela semana era a de um bebezão indeciso.

A carteira poderia facilmente esperar até de manhã. Afinal, eu não pretendia fazer compras desenfreadas do sofá do meu apartamento.

Além disso, estacionar na frente da casa dela depois das oito da noite só renderia boatos com que nenhum de nós precisava lidar.

A coisa mais inteligente a se fazer era voltar para casa e ficar lá.

Fui para casa e parei no estacionamento atrás do armazém. Tamborilando os dedos no volante, meu olhar deslizou para o livro de Hazel sobre o painel.

— Foda-se.

Peguei minhas chaves e saí. Mas, em vez de subir para o meu apartamento no andar de cima, coloquei um boné da Irmãos Bishop, como se isso pudesse me disfarçar, e me dirigi à casa de Hazel. Eu estava só dando uma voltinha tranquila à noite. Não tinha nada de suspeito nisso, certo? Muitas pessoas davam voltas.

Em vez de atravessar o portão e o jardim da frente, eu me esgueirei pelas sombras da garagem, e depois abri caminho pelo jardim coberto de mato até a entrada.

A luz da varanda estava acesa, assim como algumas luminárias no térreo. Ela não tinha cortina nenhuma. Foi por isso que tive uma visão privilegiada dela arrastando um escadote pelo corredor, usando aquele short curto em que eu não parava de pensar desde segunda-feira.

A irritação me fez bater na porta com mais força do que o necessário.

Assustada, Hazel derrubou a escada com um clangor. Ela se agachou e começou a buscar freneticamente algo à sua volta, provavelmente uma arma.

— Sou eu. Abre — falei, brusco.

Não sabia se achava engraçado ou irritante o fato de que ela continuou mais dez segundos procurando uma arma conveniente antes de desistir e abrir a porta.

— O que você quer? — perguntou ela, cruzando os braços. Ela estava usando uma camisa cropped de manga longa. Seu cabelo estava preso no alto da cabeça num coque meio bagunçado, e ela estava de óculos.

Hazel confortável era uma das minhas favoritas. Não que eu tivesse favoritas. Ou que prestasse atenção no que ela vestia. Ou que pensasse muito nela.

— Hein? — disse ela, balançando a mão na frente do meu rosto.

— Carteira. — Nossa, como eu era idiota! Por que eu não poderia ter uma conversa normal e agradável com uma mulher normal e agradável? Por que tudo tinha que ser uma tremenda encheção de saco?

Ouvi vozes e uma série de latidinhos agudos vindo da calçada atrás de mim. Eu conhecia aqueles latidos. Era a sra. Patsy levando sua matilha de chihuahuas raivosos para passear.

— Quer a minha carteira? — perguntou Hazel, erguendo as sobrancelhas.

— Não. Quero a minha. Deixei aqui. — Passei por ela e fechei a porta antes que a sra. Patsy pudesse me ver.

— Bem, divirta-se procurando — falou Hazel, voltando sua atenção ao escadote. Ela o arrastou por mais dois passos na direção da sala de estar.

Com um suspiro resignado, eu peguei o escadote da mão dela.

— O que está fazendo?

Ela tentou puxar o escadote.

— Estou tentando pendurar algumas cortinas para que os cinco cidadãos de Story Lake não me vejam assistindo a programas ruins de TV.

Peguei a escada e a carreguei até a sala.

— Sofá bonito — elogiei. Era um daqueles brancos e macios que mais pareciam uma nuvem do que um móvel. Estava cercado por duas mesas de canto espalhafatosas. Ela tinha transformado o pufe estofado da sala de visitas em mesa de centro. A nova área de estar dava para a parede, onde uma TV que poderia ser maior estava apoiada perigosamente na própria caixa de papelão no chão.

— Sei que deveria ter esperado vocês refazerem os pisos, mas é muito bom ter um lugar para se sentar que não seja uma caixa de mudança ou o chão.

Apoiei o escadote embaixo de uma das janelas frontais altas e peguei o varão de cortina que ela tinha deixado no chão.

— Como você vai instalar isso?

— Veio com parafusos. Achei uma chave de fenda na garagem, e pensei em... manualmente... — Ela explicou com um gesto estranho que mais lembrava esfaquear do que aparafusar.

— Não vai, não.

— Quem é você? A polícia da cortina? — zombou ela.

— Se tentar fazer isso sozinha, vai acabar fazendo uma dezena de buracos no gesso e em si mesma. Vou ter que arrumar todos, o que vai me irritar, e estou sem band-aids.

— Você vive irritado — resmungou ela.

— É verdade.

Ela bateu o pé de pantufa felpuda que parecia um chinelo.

— Tá. Tanto faz. Vou comprar aquelas cortinas de papel que é só colar na esquadria.

— Vai pegar minha furadeira.

— Quê? Não. Pega você.

— Preciso da minha furadeira, um nível, um pouco daquela fita azul para pintura, e um lápis, se conseguir encontrar um. Deve estar tudo na minha caixa de ferramentas na cozinha.

— Por quê?

— Para eu poder pendurar suas malditas cortinas para as pessoas não verem seus programas ruins de TV no chão.

— Por que você está sendo quase gentil de repente?

— Porque levei minha sobrinha da escola para casa e ela estava irritada com um cara que ficava todo indeciso em vez de ser simplesmente sincero. Porque estou agindo como um idiota adolescente de trinta e oito anos que está ocupado demais traçando e ultrapassando limites para esclarecer tudo com você.

Hazel me observou por um momento.

— Tá. Vou pegar suas coisas.

— Como estão? — perguntei, segurando o varão e as cortinas sobre o acabamento da janela.

— Lindas. Você estava certo sobre não fazer bainha nelas. Ficam mais chiques assim — disse Hazel.

— Quero saber se estão niveladas — falei, seco.

— Ah, sim. Isso também.

— Parafusos — ordenei.

Ela os passou para mim e os segurei entre os dentes.

— Buchas.

As buchas de plástico apareceram na palma da minha mão. Eu as coloquei em cima da escada.

— Furadeira.

Ela a pegou, animada e com um brilho nos olhos. Isso fez com que eu me sentisse todo heroico.

— Espera! — falou ela quando posicionei uma das buchas. — Posso ver você fazer para tentar fazer a segunda janela sozinha?

— Claro. — Eu entendia o desejo de fazer algo com as próprias mãos. Fazer esse esforço criava uma conexão mais profunda. Eu ainda sentia orgulho ao dirigir pela cidade e ver projetos antigos. No meu antigo trabalho, os projetos eram maiores. Edifícios comerciais e shoppings. Mas sempre havia algo especial em ver do que suas próprias mãos eram capazes.

Terminei rapidamente de fixar o varão da cortina e dei uma puxada para testar.

— Ficou incrível. — Hazel bateu palmas enquanto eu endireitava as cortinas de linho branco.

— Você sabe que vamos ter que tirar quando vierem os pintores.

— Eu sei. Mas, pelo menos agora, parece mais permanente e menos que estou vivendo num limbo.

— Certo, srta. Confusão. Sua vez — falei, descendo.

Ela juntou minhas ferramentas enquanto eu empurrava a escada para a segunda janela.

— Nem pensar — falei quando ela subiu o primeiro degrau.

— Como assim?

Apontei para os chinelos felpudos.

— Não com esse calçado.

Ela abriu a boca para discutir, mas abanei a cabeça.

232

— Vi você apanhar de uma águia-careca carregando um peixe. Não estou dizendo que foi culpa sua, mas os acidentes perseguem você. Sapatos fechados. Agora.

Ela saiu da sala com os passos mais barulhentos que seus calçados felpudos podiam fazer resmungando coisas pouco elogiosas sobre mim e minha atitude. Um minuto depois, voltou de tênis.

— Melhor?

— Não me venha com essa insolência por conta de segurança do trabalho.

— Acho que não me faltam motivos para ser insolente com você — comentou ela enquanto subia a escada. — Você foi ignorante comigo a semana toda.

— Sim, mas eu tinha meus motivos — resmunguei, tentando não aproveitar o fato de que tinha suas pernas longas e nuas e a barra muito curta de seu short bem na linha da minha visão. Eu conseguia ver sob as curvas de suas nádegas. Minha mão apertou a escada.

— Acho que tenho o direito de saber seus motivos. E meço o quê? — Ela olhou para mim por sobre o ombro.

— Vamos nos concentrar numa desgraça de cada vez. — Rasguei os dois pedaços de fita e os colei na perna da minha calça jeans. — Vou subir.

Subi atrás dela na escada e me odiei imediatamente por isso. Eu não tinha condições de ficar tão perto dela. Não sabia o que havia nessa pedra bocuda e questionadora no meu sapato, mas não conseguia confiar no meu corpo perto dela. E uma parte muito egoísta de mim queria descobrir o que aconteceria se eu simplesmente me deixasse levar.

— Vamos medir a posição do suporte para ficar igual à outra janela — instruí, fazendo uma careta enquanto a bunda dela roçou na minha virilha quando ela se esticou.

Demorou três vezes mais do que deveria porque tudo o que meu cérebro queria fazer era exaltar seu xampu e o toque de sua camisa em minhas mãos, saber como seria o calor e a suavidade de sua pele se eu passasse uma mão por baixo da barra da camisa.

Com os dentes cerrados, fui explicando para Hazel como instalar as buchas e fixar os suportes na parede. Toda a vez que ela dizia palavras como "enfiar" ou "varão" ou "encaixar", o idiota do meu pau ficava mais duro.

Eu precisava fazer algo antes que perdesse o controle completamente.

— Fica aqui — ordenei. — Vou pegar a cortina.

Me curvei e a sensação foi de estar torcendo meu pau. A dor era boa. Fazia com que eu me concentrasse em outra coisa.

Peguei a cortina e o varão e me endireitei a tempo de vê-la se esticar na ponta dos pés. Quando a barra larga da sua camisa se soltou do corpo, meu ângulo fortuito me proporcionou uma vista privilegiada da parte inferior dos seios sem sutiã dela.

Minha ereção começou a latejar com urgência.

— Pegou? — ela perguntou, baixando os olhos para mim como se não fosse uma fantasia ambulante e falante criada para me enlouquecer.

— Peguei o quê?

— O varão da cortina que está na sua mão.

Olhei para baixo e o passei para ela em silêncio.

— Você está fazendo aquela cara de irritado de novo — comentou ela enquanto se esticava para colocar uma ponta do varão no suporte.

Peguei a escada de novo e tentei não olhar para nenhuma parte de corpo que me faria querer tirá-la da escada e jogá-la no sofá. Infelizmente para mim, até os seus tornozelos e panturrilhas eram tentações eróticas.

Hazel se esticou para o lado oposto, na direção do outro suporte, e seu pé saiu do degrau. Sem pensar, ergui o braço rapidamente e a equilibrei com uma mão na sua bunda. O universo estava contra mim hoje. Porque minha mão não pousou no short de algodão; nada disso: minha palma estava tocando pele nua. Olhei horrorizado para a minha mão, que não sei como havia escorregado por debaixo da barra de seu short e estava em sua bunda sem calcinha.

Estávamos na frente de uma janela que dava para a rua à noite. Qualquer pessoa poderia passar e ver nosso showzinho.

— Hum, Cam?

— Caralho — resmunguei, entre dentes.

— Sabe, eu bem teria aceitado o seu no começo da semana, mas daí você deu uma de cacto para cima de mim — disse ela com naturalidade, ignorando minha mão por baixo do seu short.

— Por. Favor. Para. Quieta.

Ficamos paralisados por vários instantes. Peguei sua coxa e, com lentidão e sofrimento, tirei a outra mão da sua bunda.

— Desce.

— Mas não terminei...

— Pelo amor de Deus, mulher. Desce.

Ela desceu da escada com uma cara descontente.

— Você está me *matando* — anunciei.

— Que bom — retrucou ela, orgulhosa.

—*Bom?*

— É bom ver em você algum tipo de emoção que não seja seu mau humor generalizado.

Minha mão ainda estava quente pelo toque em sua bunda redondinha. Meu pau estava agindo como um maldito metrônomo, acompanhando o ritmo da adrenalina em meu sangue.

Passei o antebraço na testa e, por uma questão de autopreservação, dei um passo para trás, mas acabei quase tropeçando na minha caixa de ferramentas.

— Esqueci de colocar as cortinas no varão — disse Hazel, ignorando minha crise hormonal em favor do estado de suas cortinas.

Murmurando um palavrão, subi a escada, tirei o varão, coloquei as cortinas nele e o pendurei de volta.

Desci, me virei e dei de cara com ela sentada no braço do sofá, observando-me.

— Ficaram bonitas.

Fui até ela e apoiei os punhos em cada ponta do braço do sofá.

Queria dar um beijo nela. Queria jogá-la no sofá e rasgar aquele shortinho maldito do seu corpo. Queria entrar dentro dela de novo e de novo até me esvaziar, até ter espaço na minha cabeça para pensar em alguma coisa, qualquer coisa, além dela.

— Você parece muito bravo — comentou ela.

— Estou *tentando* ser um cavalheiro — eu disse, tenso.

Ela olhou nos meus olhos, e depois baixou o olhar incisivo para a ereção que tentava escapar da minha calça jeans.

— Você está suando. As veias no seu pescoço estão muito saltadas. Você está prestes a rachar um molar de tanta tensão no maxilar. E, de novo, está agindo como se fosse culpa minha.

Fechei os olhos, torcendo para que não olhar diretamente para ela me ajudasse a me controlar de novo.

— Hazel, estou tentando não rasgar suas roupas e estrear o seu sofá com um sexo para o qual você ainda não está pronta. Tá legal?

Ela riu de escárnio.

— Sei melhor do que você para o que eu estou preparada ou não.

Essa mulher estava brincando com fogo.

— Está me dizendo que gostaria de fazer sexo suado e casual comigo? — perguntei, abrindo os olhos.

Ela balançou a bunda no sofá entre meus punhos.

— Estou dizendo que teria considerado depois do último fim de semana, até você dar uma de Sr. Frio comigo esta semana.

— Estou tentando evitar magoar você.

— Sendo grosso comigo? Você tem a maturidade emocional de um bebezinho!

Eu conseguia ver os mamilos dela, intumescidos sob o tecido da camisa. Será que tinham ficado assim quando toquei nela? Se eu colocasse a mão entre as pernas dela, ela estaria molhada?

— Em minha defesa, é difícil raciocinar quando todo o seu sangue está concentrado nas suas calças.

— Vamos ver se entendi. Você me deseja. Quer fazer sexo comigo.

— Um sexo safado, bruto e casual — corrigi.

Tentei não notar a faísca que se acendeu nos seus olhos.

— Você quer fazer um sexo safado, bruto e casual comigo. Mas decidiu que não vai fazer porque acha que não dou conta — resumiu ela.

— Sim.

— Então, para não fazer um sexo safado, bruto e casual comigo, está me tratando mal para não me magoar.

— Uhum. — Falando assim, parecia uma idiotice tremenda.

Nossos rostos, nossos corpos, estavam muito próximos. Meus punhos estavam a centímetros de roçar as pernas dela. Nossas bocas estavam a centímetros de distância uma da outra.

— Quero você. Tanto que me irrita. Não gosto de passar tanto tempo pensando em você. E não gosto mesmo de não poder tocar em você. Mas não estou buscando um relacionamento. E ir para a cama com você seria burrice com uma pitada de insanidade.

— Aí é que está. Você está tomando a decisão por mim, o que está longe de ser uma das minhas coisas favoritas.

— Estou tentando fazer a coisa certa, Hazel — eu disse, com a frustração crescendo.

Ela estava olhando para minha boca como se estivesse tentando decifrar algo.

— Entendo — falou ela. — E agradeço. Mas você está agindo como se eu não soubesse me virar. Como se eu fosse morrer se seu pau chegasse perto de mim. Fico bem ofendida, na verdade.

— Meu Deus, srta. Confusão. Você acabou de sair de um relacionamento monogâmico longo. Não sai com ninguém há uma década, nem tem aventuras sem compromisso.

— E sabe o que me faria muito feliz agora?

— Por favor, diga que é entrar para um convento.

— Não — respondeu ela. — Uma aventura safada, bruta e casual. Um namoro rebote.

Sua boca estava ainda mais perto da minha agora, e eu conseguia sentir meu controle se perdendo.

— Me envolver com você, a cliente que pode determinar o sucesso ou o fracasso da empresa da minha família, seria extremamente idiota — apontei.

Me inclinei e percorri a parte de baixo do rosto dela com o nariz.

Ela soltou um suspiro.

— Certo, vamos colocar isso no papel.

Recuei.

— Colocar o que no papel?

— Você quer me comer. Quero dar para você. Você não quer um relacionamento. Quero me concentrar em escrever um livro.

— Sinto que está preparando uma armadilha.

— Cam, escrevi mais palavras desde que você me beijou do que tinha escrito nos últimos dois anos. Imagina minha produção se você me fizer gozar.

— *Quando* eu te fizer gozar. — Saiu como uma ameaça.

Ela pulou do braço do sofá e pegou meu punho.

— Vem comigo.

Deixei que ela me arrastasse pelo corredor, passando pela biblioteca e pela sala de jantar até o escritório escuro. Ela acendeu a luminária da mesa e abriu o caderno numa folha em branco.

— Nós, Hazel Hart e Campbell Bishop, prometemos curtir um sexo safado, bruto e casual enquanto for conveniente para os dois. Não vamos permitir que nossa relação física interfira em nossa relação profissional. E não vamos tentar ter um relacionamento romântico um com o outro — disse ela enquanto rabiscava as palavras na página.

Ela assinou com um floreio e estendeu a caneta para mim. Suas bochechas estavam coradas, seus olhos castanhos, vidrados.

— Você não pode estar falando sério — eu disse enquanto ela empurrava o papel para mim.

— É um acordo por escrito. Um pacto sexual juridicamente vinculante. Estamos definindo nossas expectativas — explicou ela.

— E se eu quiser parar de transar com você antes de você querer parar de transar comigo? — A caneta estava ardendo na minha mão.

— Então, sem ressentimento. Se um quiser parar, os dois param.

Eu não estava pensando com clareza. Havia desejo demais correndo nas minhas veias. Foi isso o que me fez colocar a ponta da caneta na página e rabiscar minha assinatura.

— Tá — falou ela. — E agora?

Joguei a caneta para trás e a agarrei.

28

PÂNTANO DE TESÃO TURBULENTO

Hazel

Eu me vi apoiada na beira da escrivaninha improvisada, as coxas abertas, com Campbell Bishop e seu pau gigantesco entre elas.

— É melhor você não esperar romance nessa primeira vez, gatinha. Vai ser rápido e intenso — avisou ele enquanto segurava meu rosto com a mão.

— Rápido e intenso é bom — falei uma fração de segundo antes de sua boca se curvar sobre a minha.

Tudo nele era gostoso e firme e, pelo visto, meu corpo adorava isso.

Sua mão entrou entre minhas pernas e tocou minha buceta por cima do short.

— Porra. Sabia que você estaria molhada.

Molhada era um eufemismo. Poças eram molhadas. Aquários. Bastaram algumas carícias num escadote, e eu era uma enxurrada da época de chuvas na América do Sul. Será que eu estava molhada demais? Precisava me preocupar com o que ele pensava? Se ele era só meu relacionamento de rebote e estávamos apenas usando um ao outro para transar, eu não precisava me preocupar muito em impressioná-lo, certo?

— Não paro de pensar nesse short desde que te acordei essa semana — confessou ele com um rosnado. — De querer saber o que você usa por baixo.

Abri mais as coxas com uma provocação.

— Nadinha.

Com um palavrão delicioso, os dedos de Cam encontraram sob o tecido o caminho até os meus lábios úmidos.

Meu coração estava batendo forte no meu peito, na garganta, na cabeça. Estávamos indo muito rápido, e eu queria que fosse assim. Os últimos anos da minha vida sexual tinham sido monótonos, com encontros planejados na cama depois de banhos separados. Isso era diferente.

Aqueles dedos talentosos deslizaram pela umidade, parando para contornar o montículo tenso de nervos. Soltei um gemido que se transformou num grito quando ele enfiou dois dedos dentro de mim. Ele me beijou de novo, com mais intensidade dessa vez. Sua língua devorou o que eu oferecia enquanto eu empinava sem pudor em sua mão que me masturbava.

Apertei sua camisa, puxando e empurrando.

Cam leu minha mente e a arrancou com uma mão só. Seu boné saiu voando.

Músculos, tatuagens, aqueles pelinhos no peito que desciam por seu tronco perfeito. Ele tinha o corpo de um protagonista de romance. O Cam do livro e o Cam da vida real eram um só.

— Se continuar olhando para mim desse jeito, isso vai acabar rápido demais, gatinha — avisou ele.

Não sabia como estava olhando para ele, mas felizmente ele tomou as rédeas da situação ao me empurrar sobre a mesa. Olhei para o teto enquanto ele subia a minha blusa até revelar os meus seios.

— Puta que o pariu — murmurou ele com reverência antes de começar a apertar um seio com a palma da mão áspera e calejada. E então aquela boca sexy e firme estava envolvendo meu mamilo ávido, e esqueci meu próprio nome a cada chupada intensa.

— Hum — murmurou ele em meu seio. — Você gosta disso. Estou sentindo sua buceta latejar nos meus dedos.

— Por falar nisso — falei, ofegando como se estivesse tentando entrar num escaninho de correio. — Você falou que seria rápido e intenso, e, se não colocar outra parte do corpo em mim, vou gozar na sua mão, e queria muito, muito mesmo, gozar no seu pau.

Senti o sorriso dele em meu mamilo. Ele deu uma última chupada forte antes de me puxar de volta para uma posição sentada na beira da escrivaninha.

— Tem uma camisinha por aqui? Três, de preferência? — perguntou ele enquanto tirava meu short e o jogava por sobre o ombro.

Eu me inclinei e abri a gaveta da escrivaninha para procurar.

— Não estou dizendo que escrevi uma cena exatamente como essa na segunda à noite, mas gosto de estar preparada — Tirei um pacote de camisinhas.

— Boa menina — disse Cam quase ronronando.

Me derreti toda por dentro com o elogio. Descobri um novo fetiche. Eu estava prestes a pegar o meu caderno quando ele posicionou meus calcanhares na beira da mesa, abrindo-me completamente para ele.

Com movimentos rápidos e bruscos, observei com fascínio enquanto ele soltava o cinto, abria o botão da calça e botava o pau maravilhosamente duro para fora.

Eu tinha descrito muitos paus na minha carreira de escritora. Tinha desfrutado de um número razoável na vida também. Dito isso, poderia coroar com segurança o pau de Campbell Bishop como o Pau Rei da Ficção e da Não Ficção.

Longo, grosso e cheio de veias, ele balançou como se estivesse feliz por finalmente se soltar.

Eu o peguei com as duas mãos.

A respirada de Cam era quase de aflição quando peguei no seu pau. A cabeça já estava melada antes mesmo de eu chegar na metade. Ele parou minhas mãos.

— Preliminares na próxima. Tudo bem?

— Tudo bem. Tudo ótimo — falei enquanto ele colocava a camisinha naquele pau intimidador.

Parecia clichê me preocupar com o tamanho. Mas, pessoalmente, eu nunca havia encontrado um pau tão magnífico livre, leve e solto. Minhas habilidades matemáticas estavam ainda mais enferrujadas do que minhas partes íntimas, mas eu tinha oitenta por cento de certeza que não tinha como caber. Mesmo assim faria de tudo para tentar.

— Olha para mim — mandou ele, roçando a cabeça do pau para cima e para baixo nos meus lábios como se eu já não estivesse encharcada a ponto de fechar um parque aquático.

Era tão gostoso que minha cabeça caiu para trás e um gemido quase choramingado escapou da minha garganta.

— Olha para mim, Hazel — repetiu ele, posicionando a cabeça arredondada na entrada da minha buceta.

Quando olhei, quando encontrei os olhos dele, Cam me pegou pelo quadril e me puxou para a frente sobre a sua vara. A invasão repentina fez meus olhos se revirarem enquanto eu apertava os ombros dele.

— Puta merda, como é grande! — gritei.

Estava longe de ser a coisa mais elegante a se dizer durante o sexo. Mas eu tinha mesmo que melhorar a minha conversa sexual.

Grande era um eufemismo preguiçoso. Gigante. Intumescente. Volumoso. Grosso. Minha editora ficaria orgulhosa.

Ele soltou um barulho que era meio risada e meio gemido antes de envolver minhas pernas em sua cintura. Bastou isso para ele entrar mais alguns centímetros. Eu me sentia como se minha vida fosse uma corda tensa de violão que Cam estava prestes a dedilhar.

Suas mãos estavam no meu quadril de novo, os dedos, apertando, inquietos. E percebi que ele estava me dando tempo. Tempo para me acostumar com ele, para abrir espaço para ele. Era ao mesmo tempo gentil e sexy, duas coisas que eu valorizava.

Em meio ao pântano de tesão turbulento da minha mente, me veio um pensamento. Eu, Hazel Hart, romancista de destaque, estava fazendo sexo casual na vida real com um homem que era páreo para qualquer mocinho. Exatamente como uma protagonista.

— Abre os olhos. — As palavras eram roucas. — Boa menina.

Ele estava olhando no fundo dos meus olhos, possuindo minha alma como possuía meu corpo. Nossas bocas estavam tão próximas que respiravam o mesmo ar.

Ele não tinha se mexido nem um centímetro, mas eu estava prestes a explodir. Minha consciência havia se reduzido à sensação da rola de Campbell Bishop dentro de mim.

— Olha para nós — ordenou ele.

Baixei os olhos para onde nossos corpos estavam unidos. Minhas pálpebras vibraram quando me dei conta do quanto ainda faltava entrar.

— Fica de olho aberto. Quero você comigo.

Dezenas dos meus músculos internos piscaram em volta da sua vara com a ordem, e Cam reprimiu um rosnado.

Ele se mexeu e gozei.

Não foi minha intenção. Não planejei ter um orgasmo depois de apenas sete segundos de transa. Mas foi como se alguém com uma tocha tropeçasse ao passar por uma fábrica de fogos de artifício. Ignição.

Cam soltou um rosnado baixo e longo enquanto o clímax repentino percorria o meu corpo. Seu maxilar estava rígido, as bochechas, encovadas, enquanto dava uma série de estocadas controladas que prolongaram meu orgasmo. Mal acabou e eu já queria mais.

— Porra. Preciso meter, gatinha — confessou ele, o hálito quente em minha boca. — Essa mesa não vai aguentar, e preciso pôr você num lugar onde eu possa te comer com força. Tudo bem?

— Tudo bem. Muito bem. Extremamente bem. — Eu era uma parceira muito encorajadora.

Ele apertou minha bunda e me tirou da escrivaninha, me segurando contra o seu corpo, sem tirar o pau de dentro de mim. Fiquei pensando em quantos quilos ele levantava no supino.

— Parede ou chão? — perguntou ele.

— Acabei de pendurar os quadros — respondi, apontando para as obras de arte emolduradas sem tirar os olhos dele.

— Então é no chão — disse ele.

Eu sinceramente não sei como ele nos colocou no chão sem: A) me deixar cair; ou B) tirar o pau. Mas Campbell Bishop era um homem de muitos talentos, que eu tinha total intenção de detalhar na página... depois que terminasse de usá-lo para transar.

Assim que minhas costas encostaram no tapete, ele tirou minha camisa, expondo meus seios de novo, antes de meter tudo em mim. Eu não tinha me preparado mentalmente para ele todo, o que logo ficou claro. O volume avassalador, o movimento intenso de músculos que nunca tinham sido tão estendidos assim, tudo exigia plena atenção da minha parte.

O rosnado gutural de aprovação de Cam ressoou em meu ouvido. Meu grito ecoou pelas paredes.

Fechei bem os olhos enquanto era bombardeada pelas sensações. Ele tirou, devagar, antes de voltar a meter. Seu peso me imobilizava, ancorando-me ao chão. O calor de sua pele e as contrações dos seus músculos sobre mim me fizeram passar dos limites da sanidade para o vácuo irracional do desejo.

Eu estava prestes a ficar com minha primeira esfoladura de tapete por sexo. Parecia um rito de passagem, um troféu.

— Cam — gemi.

A mão calejada dele encontrou o meu seio. Apertou uma, duas vezes. De repente, ele levou o quadril para trás, deslizando o pau duro quase até sair completamente. Fiquei tensa sob ele, em volta dele, precisando que ele ficasse. Ele não me fez implorar. Não precisei dizer do que precisava. Ele simplesmente me deu uma série de estocadas fortes e breves.

— Isso — gritei.

Seu polegar roçou meu mamilo inchado enquanto seu quadril continuava a meter. Era primitiva essa necessidade que crescia dentro de mim a cada estocada forte e funda. Eu o senti inchar dentro de mim enquanto minha buceta latejava em volta. Eu já estava quase gozando de novo, percebi, enquanto ele metia mais.

— Goza, gatinha. Goza para mim — disse ele, ofegante.

Seu coração pulsava forte contra o meu peito. Seu rosto estava afundado em meu pescoço.

Eu estava prestes a explicar que eu nunca tivera orgasmos múltiplos. Que tinha sido agraciada com orgasmos intensos e únicos, e não havia por que pedir demais. Mas longe de mim impedir que ele tentasse. Para ser sincera, se alguém fosse conseguir me fazer ter orgasmos múltiplos, seria Cam. Talvez, depois de mais algumas noites de prazer, eu pudesse...

Ele meteu de novo e continuou enfiado até o talo. Me contorci enquanto meu primeiro segundo orgasmo oficial explodiu dentro de mim. Tudo dos meus pés à cabeça se inflamou, tensionando mais e mais até faiscar como um fio desencapado.

Som e luz deixaram de existir por um momento. A única coisa que me restava era a sensação enquanto o muro de prazer desabava sobre mim.

— Caralho — gemeu Cam, mantendo o pau lá no fundo enquanto gozava.

Eu conseguia sentir cada pulsação latejante do orgasmo dele pelas contrações do meu. Aquilo era uma dança biológica ancestral que estávamos realizando à perfeição. Era mais do que bom, mais do que perfeito. Parecia um chamado divino finalmente atendido. Eu estava viva e arrebatada.

As ondas foram ficando mais lentas, até enfraquecerem antes de finalmente passarem. Ficamos enroscados, suados e saciados, ainda juntos.

Nossa respiração era ofegante. Eu me sentia bem. Como gelatina feita de champanhe. Trêmula e reluzente.

Eu nunca tinha sido tão feliz com sexo casual em toda a minha vida.

— Está bem? — perguntou Cam, o rosto anda encostado em meu pescoço. Aquela barba sempre por fazer raspava a minha pele da maneira mais deliciosa possível.

Limpei a garganta e fingi normalidade.

— Bem... se isso é o melhor que você consegue fazer. Sim, estou.

Ele me beliscou. Com força.

— Ai! Tá, tá! Foi demais. Se eu tivesse algum controle sobre meu corpo, eu estaria pegando o caderno — admiti.

Ele nos virou para me deixar por cima. Eu me apoiei no cotovelo para admirar o nível ridículo de beleza embaixo de mim. Talvez divórcio e águias-carecas dessem sorte, porque não havia lado negativo nenhum no que tinha acabado de acontecer com o pau dele dentro de mim.

— Esse foi só o aperitivo. Vai se preparando para o prato principal — ameaçou ele.

— Você não pode estar falando sério.

— Falei que a primeira seria rápida. Agora que aliviamos a tensão, posso levar todo o tempo do mundo.

Eu não sabia se minha buceta estava pronta para Cam levar todo o tempo do mundo.

29

ESCALA OFICIAL DE BABAQUICE

Campbell

— Precisamos conversar — eu disse, voltando a colocar a cueca boxer.

Meu corpo estava leve e saciado. Meus músculos, relaxados. Meu saco, vazio. Mentalmente, porém, eu me sentia num turbilhão.

— Sobre? — perguntou Hazel, colocando uma batatinha coberta de molho na boca.

Ela não estava usando nada além da minha camisa, o que tornava difícil eu me concentrar.

Acabamos voltando pelados para a sala e demos uma bela de uma estreada no seu sofá novo. Gozei duas vezes, tanto que acabei com uma cãibra na parte de trás do joelho. Ela completou uma trinca e depois implorou por comida, de modo que agora estávamos tendo um piquenique de salgadinhos no chão da casa dela, assistindo a um reality show besta na TV que ainda estava apoiada na caixa.

Tirei uma batatinha do saco e gesticulei.

— Isto.

— Quer conversar sobre molho de cebola?

— Hazel.

— Campbell.

Ela me faria dizer todas as besteiras que eu preferia que ela entendesse intuitivamente.

— Quero confirmar que nossa situação está clara.

— Como assim? — Ela colocou a TV no mudo.

— Não estou procurando... nada. — Nada além de mais do que tínhamos acabado de fazer. Muito mais. Mas eu não queria parecer um babaca obcecado por sexo.

Despreocupada, ela mergulhou outra batatinha no pote de molho.

— Que tipo de nada você não está procurando?

— Sabe. O tipo de relacionamento.

A batatinha parou a caminho da boca.

— Você se lembra do acordo muito formal que assinamos antes de você meter a rola em mim em cima da escrivaninha?

— A gente não estava pensando lá com muita clareza naquela hora — apontei.

— Ai, meu Deus. É sério que está pensando que o sexo foi tão bom que vou automaticamente exigir um relacionamento sério com você?

Sim. Mas eu era inteligente o bastante para não chegar a dizer isso em voz alta.

— Só quero confirmar que estamos de acordo — repeti depressa.

— Esse seu ego, Campbell Bishop. Pode ficar tranquilo. Você transa muito bem. Tanto que eu não me importaria de explorar todas as superfícies planas desta casa com você. Mas você não é para casar. Você é mal-humorado. Suas habilidades de comunicação são inexistentes. Na metade do tempo, parece fisicamente doloroso para você estar perto de outros seres humanos...

— Certo. Está bem. Pode parar com a longa lista de defeitos. Você também não é nenhum docinho.

Ela empunhou uma batatinha com um gesto ameaçador.

— Você parte automaticamente para o ataque em vez de tentar escutar. Não quero um relacionamento assim. Você daria muito trabalho, e já tenho problemas demais com que me ocupar. Não preciso assumir mais um projeto.

Apesar de ela estar concordando comigo, eu estava ofendido. Abri a boca para discutir, mas Hazel enfiou uma batatinha nela.

— Mastiga antes que você estrague tudo.

— Não tem nada para estragar — insisti.

Hazel revirou os olhos.

— Escuta: vou te dar um desconto porque está na cara que você está surtando de tão maravilhosa que sou pelada. A questão é que não tenho o menor interesse em buscar nada *além* do lado físico dessa relação.

Se eu não me conhecesse, pensaria que ela acabou de me magoar.

— Você quer mais sexo — falei devagar.

— Você é bom de cama e é conveniente.

Não era exatamente lá uma validação muito contundente da minha existência como homem. Mas era exatamente o que eu queria. Então, por que sentia essa... insegurança estranha?

— Mas consentimento é importante — prosseguiu ela. — Então, depende de você. Gosto de transar. Gostei muito de transar com você. Nós dois temos muito rolando nas nossas vidas, e parece que a última coisa que qualquer um de nós quer ou precisa agora é de um relacionamento. Portanto, podemos continuar fazendo nosso sexo sem compromisso por um tempo até nos cansarmos de orgasmos casuais.

Eu não achava que seria possível me cansar do tipo de orgasmo que eu havia acabado ter.

— Vamos dar um tempo para pensar. — Decidi.

Hazel poderia não estar sentindo o cérebro embaralhado de tanto sexo, mas estar ao lado dela enquanto ela não usava nada além da minha camisa estava afetando o meu discernimento.

— Combinado. — Vamos dar alguns dias. Problema resolvido temporariamente?

— Sim — eu disse.

Hazel levou a mão ao controle remoto, mas eu a segurei.

— Acho que a gente não deveria contar para ninguém — falei, sem pensar, me preparando para a reação dela.

Eu sabia exatamente onde estava me encaixando na Escala Oficial de Babaquice. Primeiro, falei que meu único interesse nela era o corpo e o que ele poderia fazer por mim. Agora, estava pedindo para ela manter isso em segredo, o que fazia parecer que eu tinha vergonha dela.

— Concordo plenamente — disse ela, soltando a mão e voltando a ligar o som.

Fiquei quieto por quase trinta segundos até colocar o programa no mudo de novo.

— Não acha isso um problema? Não acha que parece que estou constrangido ou envergonhado ou coisa assim?

— Bom, *agora* acho — ironizou ela.

— Estou falando sério.

Ela se virou para mim, semicerrando os olhos.

— Se eu não te conhecesse, diria que você está surtando.

— Não estou surtando — insisti. — É só que não quero que você se magoe.

— Cam. — Ela colocou a mão no meu joelho.

O idiota do meu pau despertou, parecendo se recuperar mais depressa do que eu pensava ser possível.

— Quê?

— Estamos em total acordo. Não quero um relacionamento com você e não quero ser o centro de mais fofocas estranhas da cidade. Pelo que aprendi sobre este lugar até agora, quem quer que saia com você vai acabar na primeira página do aplicativo Vizinhança todo santo dia. Estou aqui para escrever uma história, não para estrelar a história. Além disso, estar numa aventura sexual secreta deve ser inspirador, certo? Afinal, já esbocei três cenas na minha cabeça enquanto a Breeony ali fala sobre como é difícil ser bonita *e* rica — disse ela, apontando para a loira mimada na tela que estava piscando para conter as lágrimas.

— E quanto à Zoey? Vocês são próximas.

— Confio plenamente na Zoey. No entanto, se você não quer que ela saiba, ela não vai descobrir por mim. Além disso, se descobrir, é provável que te encurrale e ameace sua vida se achar que você está me distraindo de escrever.

— É a cara da Zoey — admiti. — Meus irmãos seriam um pé no saco. Quando descobriram que nos beijamos...

— Você contou para os seus irmãos que nos *beijamos?* — repetiu Hazel quase aos berros.

— Hum... não?

— Campbell! Eles surtaram com você? Aposto que surtaram com você. O que você estava pensando?

— Eu não estava pensando. Eles ficavam flertando com você e...

— Eles não estavam flertando comigo! Estavam interagindo comigo como seres humanos, Cam! E você pensou em fazer o quê? Marcar território? — Ela cobriu o rosto com as mãos.

— Não. — Sim.

Ela resmungou.

— O que eles disseram?

— Eles não ficaram lá muito contentes. Expressaram certas "preocupações".

— Não brinca, Sherlock. Me deixa adivinhar. Eles acharam que começar algo comigo colocaria em risco a reforma, o que por sua vez colocaria em risco a empresa da sua família e, por extensão, sua família em si.

— Você é estranhamente boa nisso.

— Em quê? Surtar? — indagou ela, jogando a cabeça para trás no assento do sofá.

— Não, em entender as pessoas.

— Vivo criando e manipulando pessoas fictícias. Isso meio que se reflete na realidade.

— Não vou contar para eles sobre... isso — prometi.

— E isso importa a essa altura? Eles já devem achar que estou praticamente pagando você por carinho físico. Em vez de escrever um cheque para a próxima parcela, vou simplesmente deixar seu dinheiro na mesa de cabeceira.

— Você não está me pagando por sexo. E não vou contar para eles sobre isso. Muito menos depois que praticamente ameaçaram minha vida se eu não te deixasse em paz.

Ela soltou uma risada.

— E você teve a pachorra de achar que eu iria querer ter um relacionamento com você.

— Eu não tive a pachorra. Eu tive a *preocupação* e *comuniquei* essa preocupação — insisti.

Ela soltou um suspiro que fez sua franja esvoaçar.

— Certo. Não adianta chorar pelo leite derramado. Não podemos mudar você e sua boca grande ou o fato de que acabamos de transar muito. O que podemos fazer é garantir que *ninguém* descubra.

— Ninguém vai descobrir — falei com uma confiança infundada.

Segredos em Story Lake eram como sobras de comida guardadas num pote de margarina. Não duravam.

— Temos que fazer cara séria quando estivermos juntos — disse ela. — Nada de safadeza, piscadinhas ou olhares longos e sugestivos.

— Nada de encarar minha virilha como se estivesse com fome.

— Nada de admirar meus peitos sem sutiã.

— Nada de não usar sutiã quando meus irmãos estiverem em casa — rebati.

— Essa é uma regra injusta. Em vez de me obrigar a me vestir de maneira que cause menos distração, por que não insistir que os homens simplesmente controlem para onde olham?

Apertei a ponte do nariz.

— Certo. Tudo bem. Que tal o seguinte: até a gente desenvolver um programa nacional de treinamento sobre gênero, eu agradeceria muito se não me lembrasse como seus seios são perfeitos quando não estivéssemos sozinhos?

— Combinado.

Eu me afundei de alívio no sofá.

— É conversa demais só para transar.

— Concordo. Não vamos fazer disso um hábito. Ei, o que acha de comermos sanduíches?

— Acho que sou capaz de comer dois quilos de presunto agora.

— Ah, graças a Deus. Esse jantarzinho não está dando conta. Vamos fazer uns sanduíches e assistir enquanto Breeony tenta convencer William de que ela é a garota dos sonhos dele.

Eu deveria ir embora. Poderia sair pela porta lateral e voltar para casa furtivamente pelas sombras. Mas minha geladeira estava vazia. E eu talvez estivesse um pouco curioso sobre quem William escolheria para seu encontro em *Aventuras em Amsterdã*.

— Combinado. — Levantei e a puxei para se levantar.

— Vamos para a cozinha temporária — disse Hazel.

Dei um tapa de brincadeira na bunda dela e a segui até a cozinha, ignorando o aperto no meu peito.

Eu tinha conseguido tudo o que queria. Por que me sentia angustiado?

Tínhamos acabado nossos sanduíches e Breeony estava implorando por uma segunda chance quando ouvimos uma batida animada na porta.

— Está esperando alguém? — perguntei.

— Às dez e meia da noite? Não!

A maçaneta sacudiu.

— Abre, Haze! — gritou Zoey detrás da porta.

— Merda — sussurrou Hazel.

Eu já estava em pé, procurando minha calça freneticamente.

— Hum, só um minuto — gritou ela, com a voz extremamente culpada. — Você precisa se esconder.

— Onde? — sussurrei.

— Não sei. Atrás da cortina?

— Para o bairro inteiro me ver de cueca? Cadê minha calça, cacete?

— E eu lá vou saber? — Ela correu até o saguão e abriu um dos cabideiros. — Se esconde aqui. Vou distrair Zoey e você pode encontrar sua calça e sair escondido.

Estava me sentindo de volta à adolescência enquanto ela me empurrava para dentro do cabideiro e fechava a porta.

— Quem é a maior agente do mundo? — disse Zoey quando Hazel abriu a porta.

Apoiei a testa na porta no escuro.

— Estou imaginando que seja você, já que são quase onze da noite e você está disposta a correr o risco de ver um guaxinim — disse Hazel.

— Acabei de fechar com uma revista de médio porte da Pensilvânia que eles vão escrever um perfil pequeno de você — falou Zoey.

— Essa é com certeza a coisa mais empolgante que me aconteceu hoje — respondeu Hazel com uma animação nada convincente. — Por que não vamos até a sala de jantar e abrimos uma garrafa de vinho ou alguma outra coisa que demore alguns minutos?

> **Felicity:** Vou querer minhas compras entregues por um mês, senão vou ser obrigada a mencionar que avistei um dos solteiros mais cobiçados de Story Lake saindo de cueca da casa de Hazel Hart. #oprecodosilencio

30

RETALIAÇÃO

Hazel

ReporterIntrepido: Romancista local acusada de roubo de barco tenta fugir das autoridades nadando.

> Cam do livro lançou um olhar ardente enquanto ela ficava na ponta dos pés, tentando em vão alcançar o varão da cortina.
> — Você vai acabar caindo com essa bunda linda no chão.
> — O que você vai fazer para evitar isso? — perguntou Hazel do livro.

Me recostei e fechei o notebook com um suspiro satisfeito. A cacofonia de barulhos de obra me recebeu de volta quando tirei os fones.

A estrutura da despensa, do canto de café da manhã e do meu mega-closet estava quase terminada. Os encanadores e eletricistas estavam disputando a prioridade. Minha casa estava repleta de barulhos, pessoas e parafernália de obra.

Mas minha mente estava repleta de Cam.

Uma noite com aquele homem tinha me proporcionado muito mais do que orgasmos. Eu não escrevia nada além de cenas sensuais desde nossa noite secreta de paixão. Isso não me ajudou muito a avançar a trama, mas eu estava me divertindo.

Eu tinha dado uma entrevista para a matéria que Zoey tinha arranjado e tinha passado finalmente na Histórias Story Lake e me apresentado a Chevy, o proprietário. Fizemos um acordo de que, caso houvesse uma demanda repentina por livros autografados, Chevy se encarregaria de fazer os pedidos dos livros e eu passaria lá uma vez por semana para assinar.

Já em notícias não relacionadas ao trabalho, eu não aparecia no feed de notícias do aplicativo Vizinhança desde minha maratona sexual com Cam. Mas havia sinais de que eu estava começando a me integrar à comunidade.

Duas irmãs que deviam estar no primário tinham batido à minha porta, vendendo velas fedorentas para a escola, e eu tinha comprado o suficiente para elas pagarem pizzas para a turma toda. Ganso tinha voado baixo, bem perto de mim, durante o meu passeio de bicicleta em volta do lago ontem. Dessa vez, em vez de me bater com um peixe, tinha curvado as asas numa espécie de cumprimento aviário... ou talvez fosse um pedido de desculpa.

Darius tinha me convidado para um jantar da câmara na pousada naquela noite, o que significava que eu teria que colocar maquiagem, roupas adultas e poderia ver Cam longe dos irmãos. Mantínhamos distância um do outro desde o rodeio sem roupa na quinta à noite.

Oficialmente, estávamos indo com calma para garantir que ainda estávamos de acordo com a situação "sem compromissos". Mas eu estava começando a ficar impaciente para ver o pau de Campbell Bishop de novo.

O som de botas ecoou pelo corredor, e ergui os olhos a tempo de ver o pau... quer dizer, o homem em questão pelas portas de vidro. Ele estava carregando uma tábua longa de madeira sobre um dos ombros. Nossos olhares se cruzaram, e ele me deu uma piscadinha maliciosa que fez minhas bochechas arderem e minhas partes íntimas se contraírem.

Éramos duas pessoas maiores de idade que tinham tesão uma pela outra. Estava na hora de pararmos de nos esquivar disso.

Eu estava repassando mentalmente meu guarda-roupa em busca da roupa que melhor dissesse "me come" quando Zoey entrou seu bater. Seus cachos tremiam com o que eu só podia supor serem empolgação ou raiva.

— Aquele palhaço cabeçudo filho de uma égua — anunciou ela.

Gage parou diante da porta aberta.

— Está tudo bem?

— Tenho certeza que sim — garanti a ele. Zoey tinha um surto emocional pelo menos uma vez por semana.

— Não, *não* está tudo bem. Vou dirigir até Manhattan para cometer assassinato.

—Tenho algumas lonas sobrando que são do tamanho de um corpo. Sem falar que sou muito bom em carregar peso morto — se ofereceu Gage.

— Eu talvez aceite, viu? — disse Zoey com a voz ameaçadora.

— O que está acontecendo? Seu primo derrubou vinho no sofá de novo?

Ela fungou, indignada.

— Aquilo era digno de mutilação. Isso, de assassinato.

Ela me entregou o celular e imediatamente começou a andar de um lado para o outro na frente da minha escrivaninha. O navegador estava aberto num artigo de uma revista literária especializada. O rosto do meu ex-marido sorria para mim na foto que acompanhava a matéria. Era um retrato antigo. Tirado antes das entradas de seu cabelo começarem a avançar lentamente. Ele estava na frente de uma estante com prêmios e livros de capa dura, com o sorriso presunçoso de sempre nos lábios.

Agente literário de Nova York fala de carreira célebre

— Me dá a versão resumida que não vou ler tudo isso — falei, passando os olhos pelo texto.

— Me recuso a falar em voz alta. Parágrafo quatro.

— A Whitehead não representa clientes que escrevem histórias de amor. Para ele, não há nenhum ganho em longo prazo no que ele chama de gênero "de massa". Em vez disso, ele guia os clientes pelas complexidades mais sutis da ficção literária. "Eles estão escrevendo as histórias mais corajosas e interessantes. Nem tudo são finais felizes e sexo. Eles estão contando histórias importantes de verdade. São desses livros que o mundo precisa, dos que mergulham fundo na condição humana."

Era arrogante e fora da realidade, mas bem típico de Jim. Nada digno de homicídio. Meus olhos desceram mais e encontraram meu nome. Fiquei tensa.

"É só ver a minha ex-esposa, Hazel Hart. Ela se colocou numa posição em que, para ter sucesso, tinha que agradar um público-alvo com uma necessidade insaciável de conteúdo. Ela não conseguiu acompanhar a demanda e agora foi dispensada pela agência, e a editora está dando sinais semelhantes. Tentei guiá-la para um gênero com leitores mais sérios e dedicados, mas é isso o que acontece quando não se leva o mundo editorial a sério. Você é usado e descartado."

— Que filho da puta — anunciei.

— Quem é o filho da puta? — perguntou Gage. — Quem vamos matar?

Levi colocou a cabeça para dentro do cômodo.

— Alguém falou em matar?

— Sabe de uma coisa? Morte é bom demais para ele. Tortura é a melhor opção. Vou começar arrancando as unhas dele e, depois, prender cabos de bateria nos mamilos dele — tramou Zoey enquanto andava de um lado para o outro.

— "Não estou dizendo que ela é exatamente um fracasso. Só estou dizendo que ela poderia ter muito a ganhar com a minha experiência" — leio em voz alta. Saí da cadeira e comecei andar com Zoey de um lado para o outro. — Merda.

— Nossa sorte é que é uma revistinha esnobe, que só esnobes assinam, mas já recebi duas ligações e meia dúzia de e-mails de outras publicações tentando apurar uma matéria de batalha entre os dois ex — disse ela.

252

— Não vou batalhar com ele — respondi, com a voz triste.

Eu não sabia batalhar, e o acordo do divórcio era a prova disso.

— Que porra está acontecendo? — perguntou Cam no vão da porta.

— Vamos matar alguém — contou Gage.

— Eu faria qualquer coisa para tirar aquele sorrisinho presunçoso da cara idiota dele — esbravejou Zoey. Ela parou e me pegou pelos ombros. — Esse livro precisa ser um megabest-seller. Precisa ser o tipo de livro que passa tanto tempo nas listas de mais vendidos que as pessoas se cansam de ver a capa. Quero que Jim se sinta fisicamente nauseado toda vez que participar de um evento do mercado editorial, porque todos vão estar falando sobre como você é bem-sucedida sem ele.

— Preciso começar a comprar meu vestido da vingança quando chegar à lista do *New York Times* — zombei.

— Jim quem? — perguntou Levi.

— O ex-marido — completou Cam.

Todos os olhos se voltaram para ele.

Ele deu de ombros.

— Quê? Estava na biografia no verso do livro que peguei emprestado de Laura.

— Não podia nem comprar um exemplar? — reclamou Zoey.

Estalei os dedos na frente do rosto dela.

— Foco, Zoey. O que vamos fazer a respeito disso?

— Por que vamos matar o ex-marido Jim? — indagou Gage.

Ela deu o celular para ele.

— Parágrafo...

— Quatro. Sim. Ouvi — disse ele. Seus irmãos espiaram por sobre os ombros de Gage enquanto ele descia a tela.

— Particularmente, quero botar fogo em tudo o que ele tem — disse Zoey para mim.

— Uhum, porque isso sempre funciona. — Eu era impulsiva às vezes, mas Zoey tinha o pavio curto. Meus instintos até que costumavam ser bons. Os de Zoey eram terríveis.

— Não quero ser superior — articulou ela.

— Onde esse arrombado mora? — perguntou Cam.

— Digamos que você realmente escreva o melhor livro da sua carreira. Mesmo que corram com uma tiragem rápida, ainda vamos ter que esperar um ano até ele engolir as palavras — reclamou Zoey.

— É o preço que pagamos por ser adultas maduras.

De repente, todos os três irmãos se enfileiraram, formando uma muralha impenetrável de músculos e braços cruzados.

— O cuzão mora em Nova York? — indagou Cam.

— No Upper West Side — Levi leu no celular.

Gage olhou no relógio.

— Fica a umas duas horas, duas horas e meia daqui.

— Conseguimos voltar antes de escurecer — disse Cam.

Levi resmungou.

— Podemos passar na lanchonete dos donuts na volta.

Balancei a mão no ar.

— Espera. Vocês não podem estar falando sério.

Fui respondida por três expressões muito sérias e obstinadas.

— Zoey? Dá para me ajudar aqui?

— Não quero ajudar. Quero ver a coça que eles vão dar nele.

— Não vai ter coça nenhuma — insisti.

— Argh. Está bem. Ser uma adulta responsável — reclamou ela. Ela se virou para os Bishop. — Rapazes, isso não passa de um pequeno efeito colateral infeliz da vida de escritor. É como lidar com um valentão da escola. O melhor a fazer é ignorar e se concentrar no que tem de bom. — Ela disse a última parte entre dentes.

Os irmãos trocaram um olhar incrédulo.

— Com todo o respeito, mas essa não é a melhor maneira de enfrentar um valentão — respondeu Gage.

— Qual é? — perguntei.

— Retaliação — disseram os homens ao mesmo tempo.

Suguei os lábios para não rir.

— Retaliação, é?

— Se um valentão derrubar seu livro de geografia, pega e bate o livro na cara dele até ele cair no chão — explicou Cam.

— Se empurrar você para dentro de um armário, soca a cara dele até tirarem você de cima dele — continuou Gage.

— Se um idiota roubar o dinheiro do almoço do seu amigo, invade a casa dele, rouba tudo do quarto dele e leiloa na escola no dia seguinte — acrescentou Levi.

— São exemplos muito específicos. — Peguei meu caderno.

Zoey conseguiu esboçar um sorriso.

— É diferente, gente. Vocês não podem aparecer na casa de qualquer zé-ninguém por qualquer post maldoso ou avaliação de uma estrela e ameaçar a pessoa. Seria um trabalho em tempo integral. Dois trabalhos em tempo integral durante um lançamento. Não faltam Jims no mundo. Ai, meu Deus, Haze! Lembra aquela blogueira rabugenta que começou uma campanha on-line para fazer os seguidores dela denunciarem você por violação de direitos autorais em lojas on-line, porque ela não gostou que seu personagem principal torcia para o time errado de futebol americano universitário?

Os três irmãos tiraram seu cinto de ferramentas.

— Eu dirijo — disse Cam.

Gesticulei que cortava a minha garganta.

— Esse não é o melhor momento para reviver o passado, Zoey.

— Estou entendendo isso agora — retrucou ela.

— Esperem. — Entrei entre os Bishop e a porta. — O que vocês fazem quando alguém deixa uma avaliação ruim da sua empresa na internet?

— Só aconteceu uma vez — disse Gage com uma voz agourenta.

— Maldita Emilie — murmurou Levi.

— Por que ela é assim? — perguntei.

— Filha do meio. A irmã mais velha é uma ginasta famosa, quase chegou às Olimpíadas. O irmão mais novo é neurocirurgião — comentou Gage.

— O que vocês fizeram com a Emilie? — perguntou Zoey.

— Vou te contar o que fizemos — disse Cam. — Fomos para a casa dela. Quando ela atendeu a porta, entramos na lavanderia e começamos a esburacar o gesso novo que ela disse que era... — Ele estalou os dedos para Gage.

— Liso demais — completou o irmão.

— Arrancamos o gesso, desinstalamos a máquina de lavar que era barulhenta demais...

— O que não tinha nada a ver com a gente — acrescentou Levi.

— E pegamos a secadora nova, levamos de volta para a garagem e deixamos exatamente onde os entregadores largaram depois que ela desceu a lenha neles por chegarem dez minutos adiantados — prosseguiu Cam. — Depois, Gage jogou um cheque de reembolso na cara dela.

— Menos as despesas de desfazer o que tinha sido feito, que, por acaso, davam quase o custo do serviço — explicou Gage com um sorriso travesso.

— Você — disse Zoey, apontando para ele. — Gostei de tudo o que você acabou de dizer.

— Vocês não podem sair por aí se vingando das pessoas que tratam vocês mal — repreendi.

— Sim, podemos — disseram eles em coro.

— O marido dela chegou no meio da confusão. Demos a ele a opção de ser espancado, ser processado ou ambas as coisas — falou Cam como se fosse a coisa mais lógica do mundo a se fazer.

— Para deixar claro, isso aconteceu umas vinte e quatro horas depois que a Emilie fez um escândalo porque o Livvy aqui chegou antes na fila do caixa do posto de gasolina e foi o centésimo cliente do mês.

— Ganhei gasolina e cachorro-quente grátis por um mês — explicou Levi.

— Aqui, se você maltratar aqui, vai ser maltratado de volta — falou Gage com orgulho.

— Bom, por mais "divertido" que isso pareça, não é assim que funciona no meu ramo — expliquei. — Somos mais civilizados.

Gage brandiu o celular de Zoey.

— Isso aqui não é civilizado.

Levi sorriu com sarcasmo.

— Espera até a mãe saber disso.

— Ninguém precisa contar nada para a mãe de ninguém — falei, tentando desesperadamente colocar algum juízo nos outros supostos adultos da sala. — É problema meu, e vou cuidar disso como achar melhor.

— Por favor, não diga que vai cuidar disso sendo superior — sussurrou Zoey.

— Se disser "sendo superior", vou pegar minhas chaves — anunciou Cam.

Revirei os olhos.

— Zoey.

— Pois não, milady?

— Vamos ser não inferiores e vamos ignorar esse homem — insisti.

Jim: Espero que não se importe, mas citei você numa entrevista para te dar uma forcinha. Pode me agradecer depois. Como vai a escrita? Terminando?

31

UM PROBLEMA DE FEZES

Hazel

Com a cabeça cheia de fantasias de vingança e uma casa cheia de homens vingativos, acabei escrevendo muito pouco durante o resto do dia. Em vez de tentar forçar as palavras, joguei a toalha e descontei minhas frustrações no quintal da frente, limpando parte do entulho do jardim coberto de mato.

Continuei fazendo isso até todos saírem. O olhar descontente de Cam era intenso enquanto ele se dirigia à sua caminhonete. Mas seus irmãos o convenceram a passar na fazenda dos pais para fazer algo na cerca de um pasto. Esperei até a garagem e a rua estarem vazias antes de descansar na varanda na minha nova cadeira de balanço.

Acenei para alguns vizinhos, bebi um copo d'água e fui para o único chuveiro que restava na casa. Pensar em cabelo, maquiagem e roupa era complicado, considerando a pedalada até o jantar da câmara. Com sorte, eu conseguiria convencer um empreiteiro sexy e rabugento a me levar para casa depois e tirar nossas roupas.

Eu precisava mesmo considerar um veículo com portas de verdade. Acrescentei isso à lista de Problemas para Depois e comecei a trabalhar em minha roupa de sedução. Com um rabo de cavalo alto relativamente sexy, um body que tinha um decote de bom gosto e uma calça de cintura alta, me considerei pronta.

Eu estava empurrando a bicicleta para fora da garagem quando uma suv elétrica pequenininha entrou na minha garagem. Darius se inclinou para fora da janela do motorista.

— Pensei em te dar uma carona.

Isso tornaria uma carona de volta com Cam menos provável, o que realmente diminuiria as minhas chances de transar hoje. Mas pelo menos eu não chegaria à reunião transpirando feito uma paciente febril.

Escondi minha decepção atrás de um sorriso animado.

— Claro, obrigada! — Entrei no banco do carona e descobri que meu prefeito motorista estava ouvindo uma playlist de banda marcial que era surpreendentemente fascinante.

— É minha música motivacional — explicou ele, marcando o ritmo com as duas mãos no volante.

— Você precisa de música motivacional para um jantar da câmara? — perguntei.

— É mais uma reunião não oficial para discutir assuntos não oficiais antes de oficializarmos tudo. E tem grissini — acrescentou ele.

Como a hora do rush de Story Lake era inexistente, chegamos à pousada dez minutos antes. Fiquei feliz em ver mais carros no estacionamento dessa vez. Enquanto Darius ia verificar o salão particular do nosso jantar, saí para o terraço e tirei algumas fotos deslumbrantes do pôr do sol sobre o lago.

Notei um grupinho de mulheres reunidas perto de um braseiro do outro lado do pátio. Elas pareciam estar passando várias garrafas de vinho entre si e tirando selfies.

Eu estava prestes a voltar para dentro quando me dei conta de que de repente estavam todas olhando para mim.

— Ai, meu Deus, é *ela*! — gritou uma mulher com um sotaque carregado de Long Island e duas garrafas de vinho na mão.

Elas estouraram como um bando de galinhas entusiasmadas, rindo e correndo na minha direção. Ouvi sotaques do Bronx e de Nova Jersey em sua correria alegre.

— Você é Hazel Hart! — anunciou uma mulher de cabelo curto com as pontas roxas.

— É como se a tivéssemos manifestado — disse uma mulher alta e magra com cubos de gelo tilintando em sua taça de vinho.

— Hum, uau. Oi — cumprimentei.

— Estamos aqui por sua causa — disse a terceira mulher, que vestia uma blusa de gola rolê sem manga e gorro. — Sou leitora há anos, e quando soube que você tinha largado tudo para recomeçar, senti que você estava falando com a minha alma.

— Sério? Nossa. Bem, obrigada — falei.

— Não! Nós é que temos que agradecer a *você* — insistiu a mulher com as duas garrafas de vinho. — Peguei o primeiro livro da sua série Spring Gate e devorei de uma vez só. Depois, comecei o segundo. E quando finalmente consegui colocar as mãos no terceiro...

— Decidimos fugir também, por um fim de semana prolongado, e visitar o lugar que te inspirou a começar um livro novo — explicou a mulher de gorro.

— E quem sabe ver aqueles empreiteiros que você contratou para sua casa — disse a quarta mulher, que era mais baixa do que as outras, e tinha os cachos pretos brilhantes e um gosto divino para sapatos. — Que delícia!

— Chegamos a passar por sua casa, mas juro que sem esquisitices — confessou Duas Garrafas.

— Tiramos algumas selfies da calçada, mas elas são só para nós. Não vamos postar na internet — explicou com firmeza a de cubos de gelo.

— E longe de nós nos convidarmos. porque seria muito coisa de stalker, e você está escrevendo um livro novo e precisa se concentrar — disse Belos Sapatos.

— Obrigada — respondi, rindo.

— Você detestaria tirar uma foto com a gente? As meninas do grupo morreriam — perguntou Gorro.

— Seria um prazer. Hum, que grupo?

— Tietes de Hazel Hart — disseram elas ao mesmo tempo.

— Estamos no Facebook e temos quase mil membros, a maioria desde que você anunciou seu divórcio, fugiu de Nova York e fez toda a história de recomeço. Sabe quantas vezes fantasiei em fazer as malas e pegar a estrada? — perguntou Duas Garrafas.

— Não faço ideia.

— Pelo menos três vezes por semana.

— Já eu, umas três por dia — disse, brincando, Belos Sapatos. — Mas tenho gêmeos de quatro anos.

— Posso só dizer como você é linda? Quer dizer, suas fotos são ótimas, claro, mas pessoalmente? O cabelo. O delineador. O sorriso — elogiou Cubos de Gelo.

— Gentileza sua — respondi, me sentindo como se tivesse sido arrebatada por algum tipo de enchente de boa vontade.

— E não se preocupe com o idiota do seu ex-marido. Todas vimos a entrevista dele, e ele pareceu desesperado para provar a própria importância — opinou Duas Garrafas.

— Se tiver algo que possamos fazer, as Tietes de Hazel Hart estão prontas para entrar em ação — disse Gorro, enquanto todas continuavam a me cercar.

Eu não sabia o que dizer; então, sorri enquanto meus olhos ardiam com algo que estranhamente parecia ser lágrimas.

— Quem tem a melhor câmera e o braço mais comprido? — perguntou Belos Sapatos.

Tiramos várias selfies para garantir pelo menos uma em que todas estivessem com os olhos abertos, Belos Sapatos não estivesse no meio de uma frase e Cubos de Gelo estivesse satisfeita com o próprio sorriso.

— Obrigada, obrigada, obrigada — agradeceu Cubos de Gelo. — É só que... ah! Eu estava torcendo para encontrar você porque queria dizer como seus livros foram importantes para mim. E agora que está aqui, só consigo pensar em dizer que você é bonita. — Ela balançou a mão na frente dos olhos azuis marejados. — Eu devia ter escrito uma carta, droga.

259

— Pode acreditar que, hoje em dia, "bonita" significa muito para mim — disse, brincando, agora correndo o risco de chorar de verdade. — Agradeço muito.

— Você ajudou a Joana a passar pelo derrame dela. E a Millie, pelo repouso por recomendação médica. E a mim, pelo divórcio. Você é o motivo por que todas nos conhecemos, aliás, e agora estamos aqui nessa noite belíssima nessa pousada maravilhosa nessa cidade fofa com você. Droga. Agora vou chorar — falou Gorro.

— Ah, não. Se você chorar, eu choro também — avisei.

As lágrimas vieram. De felicidade. Nós nos abraçamos e tiramos mais algumas fotos. Eu estava prestes a dar um gole de vinho direto da garrafa com minhas novas melhores amigas quando uma tosse masculina interrompeu nossa alegria.

— Tudo bem?

Cam, completamente sem jeito, estava a alguns metros. Ouviu-se um suspiro coletivo antes de começarem as risadinhas.

— É o Empreiteiro Gato nº 3 — sussurrou Gorro.

Pigarreei, emocionada.

— Meninas, o dever me chama.

— Como consigo pegar *essa* escala de trabalho? — falou Belos Sapatos para dentro da taça de vinho.

— Vocês fizeram o meu ano. Estou muito feliz em conhecer vocês, e espero que aproveitem o resto da estadia em Story Lake — falei, pressionando as mãos contra o coração. — Vou tratar de assuntos de cidade pequena.

— Quem sabe você não trata de uns assuntos pessoais também — sugeriu Duas Garrafas pelo canto da boca, com um olhar incisivo para Cam.

— Amigas suas? — perguntou Cam quando cheguei até ele.

— Meio que sim — respondi com um sorriso tímido.

— Você está bonita — comentou ele em voz baixa.

O rubor caloroso que tinha começado com minhas leitoras se transformou em algo um pouco mais ardente com as palavras de Cam.

— Obrigada. Darius me deu uma carona; então, não precisei suar no caminho para cá. De bicicleta. Porque não tenho carro.

— Por que você está falando sem parar?

— Não estou falando sem parar.

Ele me lançou um olhar de *sei, sua mentirosa*.

— Argh. Está bem. Estou falando sem parar. Você me deixa nervosa quando fica olhando para mim e sendo todo bonitão — falei, apontando para a sua beleza.

— Que bom.

— Que bom? Você gosta de deixar as mulheres nervosas? Porque isso é coisa de psicopata, o que não é uma qualidade admirável hoje em dia.

— Gosto de deixar *você* nervosa. É vingança por você me deixar...

— Vamos lá, meus vereadores festeiros! Quem vai querer grissini, levanta a mão! — interrompeu Darius à porta da varanda enquanto levantava os braços no ar.

Quase arreganhei os dentes para o garoto. Eu precisava saber como a frase de Cam terminaria. Para fins de pesquisa.

Cam murmurou algo ininteligível e seguiu em direção à porta.

Segui suas costas largas e musculosas para voltar, pensando se conseguiria passar um bilhete para ele chamando-o para transar depois do jantar. Talvez mandar uma mensagem fosse mais inteligente?

Como qualquer mulher de respeito, todos os pensamentos em sexo abandonaram minha cabeça por um tempo quando entramos na sala de jantar privativa e o cheiro de pão fresco atingiu meus receptores olfativos. Nos sentamos em volta da mesa redonda. Eu me sentei entre o dr. Ace e Erleen Dabner. Ace estava com outro cardigã colorido, e Erleen, com roupas pretas compridas e sobrepostas, parecia ter acabado de vir de um brechó da cantora Stevie Nicks.

Emilie fazia cara feia para... bem, todos, sentada entre Darius e Cam.

— Tábua de frios? — ofereceu Darius, estendendo a bandeja.

— Vai direto ao ponto — disse Cam, se reclinando na cadeira. — Por que estamos aqui?

— Acho bom que não seja como naquela vez em que você queria que nos conhecêssemos melhor e nos obrigou a fazer um monte de dinâmicas de grupo. Meu dedão do pé ainda dói — reclamou Emilie.

— Eu aceito a tábua de frios — falou Erleen.

— Queria esperar as entradas serem servidas antes de entrarmos no assunto — disse Darius timidamente. — Macarrão com molho de queijo, frango empanado frito e purê de batata.

Eram todas comidas afetivas. Eu estava começando a me preocupar.

— A melhor hora é agora — opinou Ace, abrindo um pãozinho e passando manteiga.

— Estamos falidos. Quem quer vinho? — Darius perguntou.

Ergui a mão.

— Euzinha.

— Como assim, falidos? — Cam perguntou.

Todos começaram a encher Darius de perguntas. Eu me levantei e me servi de uma das garrafas de vinho abertas no balcão. Depois de encher minha taça, ofereci:

— Alguém mais quer?

— Pessoas que bebem vinho são esnobes ou beberronas — Emilie chiou.

— Vou falar isso para Jesus — murmurei.

Erleen pegou a garrafa da minha mão e encheu a taça até a borda.

— Sou uma beberrona esnobe com orgulho.

— Eu sabia que a situação não estava lá muito boa em termos de orçamento, mas como exatamente entramos em falência? — Ace perguntou, acenando o pãozinho com elegância.

— Com o êxodo em massa dos moradores nos últimos dois anos, a renda que coletamos do imposto sobre propriedade diminuiu pela metade — começou Darius.

— É por isso que aumentamos os impostos sobre propriedade — Cam apontou.

— Infelizmente, esses aumentos não são suficientes para pagar a modernização da estação de tratamento de esgoto, que é necessária para aumentar a eficiência e reduzir os poluentes ambientais, o que os comissários do condado lá em Dominion determinaram ser imperativo. Analisei o que estão pedindo que façamos, e digamos apenas que não é viável arcarmos com os impostos sobre propriedade que seriam necessários para cobrir o custo — disse Darius. — Quem quer purê de batata?

Todos começaram a falar ao mesmo tempo.

Levantei a mão.

— Oi. Sou nova nessa câmara. O que acontece se não conseguirmos arranjar o dinheiro?

— Que bom que você perguntou, Hazel. Se não modernizamos a estação nos doze meses estipulados, vamos ficar sujeitos a multas, o que vai sobrecarregar ainda mais nosso orçamento cada vez menor, e vamos ser obrigados a declarar bancarrota. Se isso acontecer, existe a possibilidade de perdermos nossa constituição municipal, e Story Lake deixará de existir — explicou Darius.

Caiu um silêncio tenso enquanto todos assimilávamos a informação.

— Isso é... horrível — murmurei.

— Nossa, você acha? — ironizou Emilie. Ninguém respondeu.

— Então, quais são nossas opções? — perguntou Erleen.

— É por isso que estamos aqui. Quero considerar outras opções além das óbvias. Podemos aumentar os impostos de novo, por exemplo, mas vamos acabar perdendo mais moradores que não podem pagar — esclareceu Darius.

— E quem compraria imóveis numa cidade fantasma com a alíquota mais alta do condado? — acrescentou Cam.

— E tem a bancarrota municipal — disse Darius.

— O que isso envolveria? — indagou Ace, pegando o segundo pãozinho.

— Bem, dei apenas uma olhada rápida nessa opção, mas gostaria que fosse nosso Plano Y — falou Darius com uma rara careta.

— Caso não saiba, isso é ainda pior — disse para mim Emilie.

Peguei meu vinho e dei um gole barulhento.

— Ahh — falei.

— Tenho certeza que vou me arrepender disso — comentou Cam. — Mas qual é o Plano Z?

Darius pigarreou.

— Dominion se ofereceu para basicamente absorver Story Lake.

Não vi nenhum toca-discos nem DJ no salão, mas o anúncio do nosso prefeito teve o efeito de um disco riscado.

Cam foi o primeiro a quebrar o silêncio.

— Acredito que falo por todos quando digo... Nem. Fodendo.

— Deve haver alguma outra solução — especulou Erleen, jogando o longo cabelo prateado para trás. — Posso consultar minhas cartas de tarô hoje.

— Lá vamos nós de novo com as malditas cartas — rosnou Emilie.

— Certo. Já chega. Todos a favor de colocar Emilie de castigo digam "eu" — disse Ace, passando muita manteiga no pão.

— Eu!

— Essa nem é uma assembleia de verdade — resmungou ela, cruzando os braços.

Todos menos eu apontaram para o canto onde havia uma cadeira voltada para a parede.

Bufando, a mulher descontente saiu da mesa e se sentou na cadeira indicada.

— Foi Emilie quem inventou a votação de castigo — sussurrou Erleen para mim detrás da taça de vinho. — Eu não deveria sentir tanta satisfação em usar isso contra ela, mas ninguém é perfeito.

— Estou aberto a soluções alternativas. Pensem neste jantar como uma sessão de brainstorming. Nenhuma ideia é ruim — insistiu Darius.

Emilie bufou com desprezo no canto.

— Talvez possamos marcar uma reunião com o sistema de saúde e pedir para diminuírem o preço das instalações hospitalares? — sugeriu Ace. — Se souberem que estamos à beira da falência, podem tentar se livrar dos imóveis o quanto antes. Isso poderia atrair algum comprador.

— E quanto tempo isso levaria? Temos doze meses para modernizar toda a usina de tratamento de esgoto, não para arrecadar o dinheiro — apontou Cam.

— Nenhuma ideia é ruim — repetiu Darius enquanto fazia uma anotação no tablet.

— E um subsídio? — disse Erleen. — Deve haver subsídios para cidades pequenas em situações como essa. E temos Hazel, uma escritora profissional, na câmara. Isso pode nos garantir alguns pontos no processo de candidatura.

Darius apontou a caneta.

— Gostei dessa.

— Se vamos aumentar os impostos sobre propriedade, também podemos aumentar o aluguel de todos os imóveis pertencentes ao município — sugeriu Cam, antes de morder com raiva o pedaço de frango empanado frito.

— Cam Campeão, vamos colocar na lista — disse Darius.

— O que acha, Hazel? — perguntou Ace.

— É mesmo: o que uma de suas cidades faria nessa situação? — perguntou Erleen.

Todos os olhos se voltaram para mim. Emilie fez um barulho estrangulado.

— Ah, hum. Bem, não sei. Eu... vou ter que pensar — falei, gaguejando sem jeito.

Além de eu não fazer ideia do que dizer quando a questão era custear um orçamento municipal, eu também não era muito boa em tirar as palavras da boca. Era muito melhor em colocar palavras na página.

— Claro, claro — disse Darius. — Foi só para começarmos a conversa, porque eu adoraria que tivéssemos algumas opções viáveis para apresentar na próxima assembleia oficial. Tenho mil por cento de certeza de que vamos encontrar uma solução.

O pobre menino otimista parecia acreditar mesmo nisso. A antiga Hazel, com seu casamento mais ou menos feliz e sua série de comédias românticas na lista dos mais vendidos, também teria acreditado. Mas agora eu sabia que finais felizes não existiam de verdade fora das páginas.

Toda a vez que eu começava a me esquecer disso, a vida aparecia e me batia na cara com um peixe... ou uma possível bancarrota. Eu tinha vindo hoje na esperança de transar. Agora, tudo em que conseguia pensar era em perder minha nova cidade por um problema de fezes.

32

BOM É POUCO

Campbell

— Não precisa dar uma carona para Hazel de volta — falei pro prefeito prodígio quando a assembleia extraoficial da câmara terminou.

À nossa frente, Emilie murmurou algo sobre castigos e a Primeira Emenda.

— Você chegou a considerar uma limpeza de reiki ou uma boa defumação com sálvia? — perguntou Erleen a ela enquanto se dirigiam para o estacionamento.

— Não preciso? — perguntou Darius sob a cacofonia noturna de rãs e grilos.

— Não precisa? — disse Hazel, ainda parecendo abalada pela notícia de "merda". Rá.

— Estou com aquelas amostras de azulejo para você olhar. — Apontei o polegar na direção da caminhonete.

Ela franziu a testa, obviamente sem reconhecer a tática para ficar a sós com ela.

— Sim, todos os cômodos, menos para o quarto — falei, incisivo.

Suas sobrancelhas se ergueram quando a ficha caiu.

— Ah, *aqueles* azulejos. Sim, gostaria muito de ver seus azulejos.

Revirei os olhos.

— Então, vou correr para casa e fazer a lição de química. Estou ansioso para ouvir as suas soluções na próxima assembleia municipal — disse Darius, fazendo gestos de armas com os dedos em nossa direção.

— Tchau, Darius — se despediu Hazel antes de se virar para mim. — Amostras de azulejo? — provocou ela.

Não queria pensar em problemas nem em soluções nem em desculpas. Queria esquecer toda a merda figurativa e literal e simplesmente ter prazer, para variar.

— Prefere voltar de carona com o menino prodígio? — perguntei.

— Não, não prefiro.

Levei a mão a seu punho.

— Mas me sinto meio mal em fugir para transar, supondo que amostras de azulejo sejam um eufemismo para isso, quando a cidade está à beira da falência.

— Primeiro, não estou fugindo para lugar nenhum. Segundo, a vida é incerta. Transe primeiro.

— Uma filosofia de vida interessante. Aposto que você não consegue fugir.

— Aposto que consigo fazer coisas muito mais interessantes.

— Quem vai decidir isso sou eu — disse ela, presunçosa.

Guio o caminho até a caminhonete, que eu havia deixado no canto do fundo do estacionamento, fora do campo de visão da pousada.

— Você planejou isso ou só estava garantindo que ninguém amassasse suas portas? — perguntou ela enquanto eu a levava para o outro lado da caminhonete e abria a porta traseira.

O lado positivo de morar numa cidade quase fantasma era que a probabilidade de alguém pegar você transando era quase inexistente. Ali, naquela noite escura de verão, não havia nada além de sombras e floresta.

— A gente não tinha que conversar sobre estarmos de acordo quanto ao sexo sem compromisso e tal? — perguntou ela, ofegante.

Isso tinha sido uma exigência atípica da minha parte. Mas eu queria que ela tivesse certeza, que entendesse que isso não levaria a lugar algum.

— Certo. Você ainda está a fim de transar comigo? — perguntei com a voz grave, inclinando-me para apagar a luz interna do carro.

Ela se virou para mim devagar, com a faixa de luar deixando-a absurdamente deslumbrante.

— Sim. E você?

— Uhum.

— Ótimo — disse ela, levando a mão ao meu zíper.

— Primeiro as damas. — Eu a levantei e a deixei de lado no banco de trás.

— De uma perspectiva de pesquisa, eu não fazia ideia de que ser jogada de um lado para o outro podia ser tão excitante assim — sussurrou ela enquanto eu levava a mão à cintura da sua calça.

Fui puxando a calça dela ao longo daquelas pernas lisas e compridas e joguei a peça no banco da frente.

— Que tipo de camisa é essa? — questionei.

— É um body — disse ela, apontando para os fechos entre as pernas.

Com um rosnado, coloquei o dedo sob o material e puxei. Ela não estava usando nada por baixo, e foi preciso um esforço hercúleo para não arrancar minha calça e nos levar à loucura.

— Aqui? — perguntou ela, ofegante.

— Aqui — insisti, deslizando dois dedos dentro dela.

— Ah! — Ela caiu para trás no banco, tapando a boca enquanto aquelas paredes úmidas e macias me envolviam.

Enfiei os dedos mais fundo, curvando-os no ângulo certo.

— Passei o jantar todo pensando nisso — confessei.

O gemido abafado de Hazel era gostoso demais de se ouvir.

Retirando os dedos, puxei seu quadril para a beira do banco e me agachei. Quando encostei a boca, ela começou a se sentar. Mas, quando abri seus lábios úmidos e dei a primeira linguada, ela voltou a cair para trás toda mole, com um gemido baixo.

Colocando as pernas dela sobre meus ombros, eu me dediquei a memorizar seu sabor.

Seus dedos encontraram meu cabelo e apertaram enquanto seu quadril se empinava em minha boca sedenta. Eu estava duro, latejando, desesperado para entrar nela, mas queria seu desespero primeiro. Queria deixá-la tão maluca quanto ela me deixava. Meus dedos se juntaram à minha boca para a deixar ainda mais louca, descontrolada. Sua mão puxou o meu cabelo, apertou os meus dedos, e eu soube que ela estava prestes a gozar. Eu precisava sentir o sabor do seu orgasmo.

Ela estava com as duas mãos em meu cabelo agora.

— Campbell! — Seu grito ecoou na noite, fazendo meu pau latejar.

Murmurei em aprovação e tapei sua boca bem quando ela gozou.

O gosto do seu orgasmo na minha língua era inebriante pra caralho. Seu prazer, uma droga que percorreu meu corpo descontroladamente. Prolonguei aquilo o máximo possível, ignorando meu próprio desejo lancinante. Quando terminou, quando seu último tremor passou, pensei que ela relaxaria completamente para que eu a provocasse de novo. Saboreando-a.

Mas Hazel se esquivou da minha boca, agarrou minha camisa e me puxou para o banco de trás. Mãos frenéticas puxaram meu zíper e, com uma pequena ajuda, ela baixou minha calça até as coxas. Minha ereção saltou para fora como se tivesse molas.

E a última coisa que ouvi foi o suspiro triunfante de Hazel antes de sua boca encontrar a cabeça do meu pau.

O prazer inesperado me fez bater a cabeça no encosto e erguer o quadril inconscientemente em sua boca.

— Meu Deus — sussurrei, enquanto ela abria os lábios e engolia tudo com aquela boca quente e molhada.

Todos os músculos do meu corpo ficaram rígidos enquanto eu resistia ao impulso de gozar ali mesmo.

Hazel estava de quatro, sem nada da cintura para baixo, no banco de trás da minha caminhonete, me pagando o melhor boquete da minha vida. Eu estava perigosamente perto de perder a cabeça, o coração e a noção da realidade.

Ela apertou o talo do meu pau, enquanto sua boca fazia coisas indescritíveis com o resto.

Eu queria retomar o controle, sufocar aqueles sentimentos estranhos e complicados que ela estava me fazendo ter. Mas lá estava eu, praticamente levitando no banco, desesperado para gozar e ao mesmo tempo não, porque eu queria dar mais prazer a ela. A mulher era uma bruxa escritora de romances, e eu estava completamente enfeitiçado.

Ele levou meu pau até o fundo da garganta, e o rosnado gutural que soltei arranhou minhas cordas vocais. Eu estava vendo estrelas sob as pálpebras. Estrelas como num verdadeiro show de fogos de artifício.

Minhas bolas se contraíram, e eu soube que estava prestes a perder a cabeça.

Com todo o meu pouco autocontrole, peguei Hazel pelos ombros e forcei sua boca pecaminosa a largar meu pau. Ela o soltou com um barulho úmido e uma cara triste.

— Que...

Mas agora não era o momento para conversar.

— Vem cá, gatinha. — Eu a puxei para o meu colo e comecei a buscar a carteira com um desespero de adolescente virgem.

Com a camisinha em mãos, joguei a carteira no chão e rasguei a embalagem de papel metalizado.

— Me dá. — Ela tirou a camisinha da minha mão e a colocou no meu pau.

— Caraaalho — grunhi enquanto sua mão me levava a beira do orgasmo.

Fechei a mão em volta da sua e rangi os dentes até a pior, ou melhor, parte daquela sensação passar, para eu não achar que passaria vergonha.

— Segura em mim — mandei.

— Pode deixar — disse ela, apertando meu pau de brincadeira.

— Aí. Não — resmunguei e levei suas mãos para os meus ombros.

Coloquei os dedos na gola do seu body e o puxei para baixo junto com as taças do seu sutiã. Ela estava nua para mim e sentando no meu colo. Eu estava a poucos centímetros de extrair dela todo o prazer de que eu precisava. O sangue corria a toda nas minhas veias. Meu coração batia forte como se eu estivesse no meio de uma corrida. Eu não tinha mais controle para continuar resistindo.

Coloquei a cabeça do pau sobre a buceta dela, e passei meio segundo desejando que não fôssemos adultos responsáveis para poder sentir como seria sua pele sem nada entre nós. Mas esse tipo de coisa era para pessoas em relacionamentos sérios e duradouros.

Usando as curvas macias de seu quadril como apoio, eu a puxei para baixo enquanto metia.

Silenciei seu grito avidamente com a minha boca. Mais do que um beijo, era um gemido compartilhado com a boca aberta enquanto o prazer nos percorria o corpo. A pulsação do meu pau ecoava incessantemente em minha cabeça. *Mais. Mais. Mais.* Mas fiquei parado, com tudo dentro, absorvendo as sensações.

Hazel soltou uma inspiração trêmula que fez seus seios se erguerem em meu peito.

Larguei sua boca para chupar um dos seus mamilos rosa intumescidos.

Com um gemido baixo, ela deixou a cabeça cair para trás, com o seu rabo de cavalo fazendo cócegas em minha mão.

— Cam — sussurrou ela com um apelo rouco e entrecortado.

Eu não tinha como negar.

Fui tirando meu pau lenta e terrivelmente, centímetro por centímetro, até ela estar tremendo sobre mim. Não dei nenhum sinal antes de voltar a meter e saboreei uma beliscada longa e intensa naquele mamilo delicado.

— Aimeudeus. — Ela soltou as palavras num gemido como se fossem uma só, e sorri com seu seio na boca.

Ela ajeitou os joelhos e se posicionou num ângulo perfeito para me levar lá no fundo. E então começou a rebolar.

Movi as mãos sobre ela, apertando, acariciando, controlando nossa velocidade. Chupei seu mamilo até ficar ele firme e rígido, e então passei para o outro. Ela cravou as unhas nos meus ombros, por cima da camisa. Seus pedidos murmurados, o calor de sua buceta me envolvendo, as curvas suaves de seus seios eram uma tentação a que eu não queria resistir.

Ela cavalgou com mais força. Ouvi um baque claro, e ela parou no meio da sentada.

— Ai!

— Bateu a cabeça? — perguntei.

Ela fez que sim.

Coloquei a mão na cabeça dela para protegê-la do teto da cabine. Com um sorriso, ela recuperou a cadência.

Eu não conseguia segurar, não conseguia resistir ao orgasmo que se revirava em minhas bolas.

— Foda-se — murmurei no seio dela, o bico sensível rígido.

Apertei seu quadril e meti com força. Uma. Duas. Três vezes. Foi subindo pelo meu pau como um raio, bem quando meti o mais fundo possível dentro dela. E, por alguma divina intervenção biológica, a buceta de Hazel apertou meu pau, e eu gozei.

— Puta merda — berrei enquanto a mulher destruía meu corpo, mente e alma.

— Cam. Cam. Cam. — Ela murmurou meu nome com dificuldade enquanto gozava em cima de mim.

Mesmo enquanto a gente gozava, continuei metendo, com cada aperto de sua buceta tirando mais leite de mim até desabarmos um em cima do outro, apenas duas massas de sensações tentando lembrar como respirar.

Eu já tinha transado no banco de trás do carro antes, mas nada comparado a essa *necessidade* compulsiva que eu sentia por Hazel. Era para ser só sexo. Sexo simples e descomplicado. Mas acabou sendo o maior orgasmo da minha vida, e eu ainda estava meia-bomba dentro dela, já pensando na próxima.

Hazel descolou o rosto do meu ombro.

— Aimeudeus. Isso foi...

Esperei que ela definisse as palavras que me escapavam. Que me explicasse o que era esse emaranhado de sensações no meu peito.

— Bom — disse ela com um suspiro satisfeito.

Bom? Bom? Um pedaço da pizza de pepperoni recém-saída do forno à lenha do Angelo's era bom. Acordar pensando que era segunda-feira quando na verdade era domingo era bom.

O que tínhamos acabado de fazer um com o outro era tão mais do que bom que eu precisaria de um dicionário para encontrar a definição correta.

— Bom? — repeti.

Ela se mexeu em meu colo, reenergizando minha ereção, que, aparentemente, não tinha se ofendido pelo adjetivo medíocre dela.

— Sabe do que preciso agora? — perguntou ela.

Um vocabulário maior e mais específico? Uma aula sobre como enaltecer parceiros sexuais dignos de elogios.

— Do que você precisa? — perguntei com a voz rouca.

Minha garganta estava arranhada, meu saco, latejando, e meu pau, ainda dentro dela.

— Comidinhas — anunciou ela, animada.

— Você quer comidinhas? — repeti devagar.

— Sim — respondeu ela. — Estava nervosa demais para comer depois do grande anúncio. O que vamos fazer?

Meu cérebro estava voltando a si devagar.

— Fazer sobre o quê? Comidinhas?

— Não. Quer dizer, sim. Mas o que vamos fazer sobre a modernização da estação de esgoto?

— Acabamos de foder no banco de trás de uma caminhonete num estacionamento, e você quer falar sobre a estação de esgoto?

— Sim — respondeu ela. — E sobre comidinhas.

Falei que acordaria cedo no dia seguinte e que a comida e o esgoto poderiam esperar até algum outro momento. Eu a deixei na frente de casa, sem um beijo de "boa noite e obrigado por me levar às nuvens", e fui embora. Dirigi duas quadras até entrar na antiga casa dos Williams. Eles se mudaram mais de um ano antes, quando a sra. Williams perdeu o emprego de enfermeira no hospital. A casa ainda estava à venda.

Sai e voltei à casa de Hazel. Indo pelas sombras da garagem, dei a volta pela lateral e bati de leve na porta da cozinha.

Ouvi um barulho e passos de pés descalços vindos de dentro. A maçaneta chacoalhou e tremeu.

— Está trancada — gritei.

— Cam?

— É só girar.

— Sei destrancar uma porta — resmungou ela um momento antes de abrir. — Minha nossa. Quer me matar do coração? — disse Hazel, batendo uma das mãos no peito e a outra segurando o pé do banco do piano.

— Você precisa de um sistema de segurança e de uma arma melhor. — Passei por ela para entrar no canteiro de obras que antes era a sua cozinha.

— Está fazendo o que aqui? Não tinha que acordar cedo?

A verdade era que eu não tinha ideia do que estava fazendo ali, só sabia que tínhamos feito o melhor sexo da minha vida e eu tinha saído insatisfeito. Meu corpo estava feliz, mas eram as outras partes que pareciam descontentes.

— Você mexeu com a minha cabeça falando de comidinhas — menti.

— Veio ao lugar certo. Me siga — falou ela, gesticulando com o pé de madeira.

A cozinha tinha sido desmontada até não restar nada além das colunas e do contrapiso. O encanamento e a parte elétrica estavam bons. Mas essa era uma das etapas sutis de melhorias que eram mais difíceis de apreciar por um olho não treinado.

— Sei que não parece muito agora, mas vai valer a pena — prometi.

— Escuta. Estava querendo falar com você. — Ela cruzou os braços no meio da cozinha.

Essa não. Nada de bom vinha depois que essa frase saía da boca de uma mulher. Eu me arrependi de repente de ter aparecido sem avisar.

— Vamos precisar encher a cara para isso? — perguntei.

Ela escancarou um sorriso e fez que não. Seu rabo de cavalo estava torto, com fios compridos caindo. Cabelo de sexo.

— Azul — anunciou ela.

Azul o quê, porra? Sangue? Tudo? Aquele cachorro do desenho animado que parece que todo mundo ama?

— Pode se explicar melhor?

— Acho que quero armários azuis. Azul-marinho. Sei que já tínhamos decidido pelo branco — disse ela rápido. — Mas, na verdade, a culpa é sua. Foi você quem me mandou as opções de puxadores, e não consegui parar de pensar nos dourados escovados. Que ficariam fabulosos com azul. E acho que as bancadas e os azulejos ainda combinariam.

— Azul, hein?

Ela mordeu o lábio.

— Acha que vai ficar ridículo.

— Sei que é isso que você faz da vida, mas será que você poderia parar de colocar palavras na minha boca? — sugeri.

— Desculpa. Por favor, me diga sua opinião sincera sobre armários azul-marinho.

— Aqui dentro?

— Não. Na garagem. Sim, aqui dentro — falou ela, exasperada.

Dei de ombros e passei os olhos pelo ambiente.

— Acho que combinariam.

— Sério? — perguntou ela.

— Sério — respondi. — Vai dar mais personalidade. Sem falar que escondem melhor a sujeira. Você também pode deixar a ilha branca ou num tom de madeira para contrabalançar. Talvez um cinza amadeirado ficasse... bom.

— Daria muito trabalho mudar a cor da tinta? — indagou ela.

— Os armários são finalizados na obra. A equipe só precisa trazer a cor certa.

Hazel dançou na ponta do pé.

— Legal! Vamos fazer assim. Ai, meu Deus. Vai ficar lindo! Posso até aprender a cozinhar aqui. Vem. Você merece uma comidinha.

— Você não pode andar descalça aqui, srta. Confusão — falei enquanto ela me levava para o corredor.

— Não estava planejando passar por um canteiro de obras para deixar meu parceiro sexual secreto entrar.

— Só calça uns sapatos, tá? Não quero que você acabe com um prego no pé.

— Sim, senhor — respondeu ela, provocante, enquanto entrava na sala de jantar. Agora era uma cozinha provisória, com a geladeira num canto e o micro-ondas e o fogão elétrico sobre uma mesa dobrável encostada na parede.

— Batatinhas e molho de novo, pipoca com cheddar branco, ou... acabei de comprar uma bandeja de frios para o caso de a gente transar de novo e precisar de um lanche que dê mais sustância.

Essa mulher não fazia ideia de como era irresistível. Olhei além dela para a parede branca longa que ficava nos fundos da cozinha.

— Frios. Já que estou anotando pedidos de alteração, tive uma ideia.

— Sou toda ouvidos — disse ela, abrindo a porta da geladeira.

— Essa parede. — Apontei com a cabeça para a parede adjacente à cozinha.

— Você estava pensando sobre a minha parede — falou ela, achando graça. Ela pôs uma bandeja de frios embrulhada em plástico em cima da mesa, ao lado do fogão elétrico.

— Aqui vai ser a sua sala de jantar formal, certo?

— É esse o plano.

— Não tem armário aqui. Mas você tem essa parede enorme sem nada — continuei.

— Imagino que esteja sustentando a casa, ou sei lá o quê.

— Embutidos. Uma mureta de armários e uma bancada em cima. Depois, prateleiras até o teto.

Os olhos dela se arregalaram, deslumbrados.

— Uau.

— Dá para fazer um recuo no centro e usar como bar. Talvez colocar alguma obra de arte ou um espelho grande no meio.

Nós dois observamos a grande parede desnuda por um momento.

— Então, você não é só bom de cama, mas também é bom no seu trabalho — comentou ela finalmente.

Lá estava aquela palavra de novo.

— Sou *ótimo* em tudo — corrigi.

Ela estava acenando, mas era para a parede, não para mim.

— Consigo imaginar. Armários de louças e toalhas de mesa nas laterais. Copos e garrafas no meio. E prateleiras.

— Você tem uma biblioteca, mas imagino que não queira deixar todos os livros lá.

— *Sou* uma escritora, afinal. Isso quer dizer que tenho uma reputação a zelar — disse ela brincando, sem tirar os olhos da parede. — Pintada ou envernizada?

— Aqui? Envernizada. Para combinar com a sanca. É uma sala de jantar formal; é melhor seguir o tema.

— Droga, Cam. Agora eu quero.

— Vou fazer um orçamento. Pode doer um pouco — avisei.

— Bem, foi o que você disse sobre o sexo, e até que correu bem.

Bom. Bem. Essa mulher parecia determinada a me colocar um nível acima de razoável, o que todos sabíamos que era um nível acima de puro lixo.

— Agora não consigo imaginar o cômodo sem isso — reclamou ela. — Mais alguma ideia cara?

Sorri de satisfação.

— Uma ou outra.

Levamos as comidas e duas cervejas. Mostrei para ela o espaço embaixo da escada, que daria um bom armário de produtos de limpeza, uma alteração que fazia sentido e que não custaria os olhos da cara, só um pouco de gesso, prateleiras e uma porta.

— Poxa, Cam. Mais alguma ideia genial?

— Sua escrivaninha.

Ela abanou a cabeça, fazendo seu rabo de cavalo sacudir.

— Não quero nem ouvir essa.

— Você que sabe. — Dei um gole de cerveja e esperei um instante.

— Tá. Fala.

Eu a levei até o escritório e acendi as luzes. Ela ainda tinha caixas de livros empilhadas, que ocupavam o espaço do ambiente. Apontei para a mesa podre que ela usava de escrivaninha.

— Aquilo é uma aberração.

— Cumpre a sua função. E é bem resistente, como você deve se lembrar. — Ela deu um tapinha no tampo.

Abanei a cabeça.

— Você precisa de algo feito sob medida, curvado para combinar com a janela atrás de você. Não de uma mesa executiva enorme. Talvez algo mais simples, como um tampo de madeira e pés de metal. Daria mais espaço embaixo, já que você parece estar lutando contra um jacaré quando escreve.

— Não pareço — disse ela, indignada.

— É como se seu corpo todo estivesse interpretando o que quer que você está escrevendo. Além disso, assim você poderia ter uma mesa de biblioteca combinando — sugeri, apontando para a outra parede. — E ainda ter espaço para um sofazinho ou algumas cadeiras na frente da lareira.

Ela suspirou.

— Você precisa parar de ter ideias até eu vender mais livros.

— Se você não vai colocar esses numa prateleira, pode deixar na livraria — falei, empurrando uma caixa com o pé.

Ela balançou a cabeça.

— Não, eles vão ficar aqui. Toda vez que me sento para escrever, eu me sinto culpada por não desfazer as caixas e, toda vez que começo a desfazer as caixas, eu me sinto culpada por não escrever.

Dei minha cerveja para ela e peguei a primeira caixa.

— O que você está fazendo? — perguntou ela.

— Fazendo você esquecer que acabei de acrescentar uma fortuna na sua fatura final.

Sua risada rouca fez um arrepio subir pela minha espinha.

— Não precisar desencaixota meus livros. Parece mais uma função de namorado do que de parceiro sexual sem compromisso.

— Já pendurei a pocaria das suas cortinas — ressaltei.

— Bem, vendo por esse lado.

Ela colocou uma música, uma playlist eclética de rock clássico. E colocamos os livros dela e de outros autores nas prateleiras.

— Preciso de mais livros — ela observou enquanto cortava a penúltima caixa para mandar para a reciclagem.

Sua coleção era respeitável, mas nem de longe o suficiente para encher as prateleiras.

Os meus encheriam. Não que eu estivesse pensando em misturar a minha biblioteca com a dela.

Joguei o papelão amassado na montanha perto da porta.

— Você precisa incluir alguns bibelôs no meio — comentei, olhando para as prateleiras.

Os olhos dela se iluminaram.

— Posso ter bibelôs!

— Hum. Eba?

— Tenta viver em Nova York, onde você tem sorte se tiver um armário do tamanho de um pão. Closets e prateleiras são um sonho universal.

— Acho que significa que você está vivendo um sonho então. — Peguei a última caixa e a coloquei em cima da escrivaninha.

Ela inclinou a cabeça.

— Talvez sim.

— Onde quer esses? — Tirei dois dos livros de cima. Eram os dois primeiros volumes da série de Hazel.

Apareceu e desapareceu, escondida meticulosamente sob uma expressão neutra, mas soube o que vi. Dor transpareceu em seu rosto por um breve segundo.

— São... exemplares extras. Podem ficar na caixa — disse ela, tirando os livros das minhas mãos e os colocando de volta.

Eu estava considerando se deveria perguntar quando um grito assustador nos pegou de surpresa.

— Que porra é essa? — perguntei, entrando por instinto entre Hazel e a porta.

O guaxinim maldito estava de cócoras no vão da porta, com uma cara irritada.

— Bertha quer jantar — disse Hazel.

— Sério? Já bloqueamos a chaminé no quarto de hóspedes — falei, dando um passo na direção do mamífero noturno.

— Bom, ela achou outra entrada. Ela é esperta.

— Ela não é esperta. Está procurando comida, e você está dando para ela. Hazel deu de ombros.

— Sempre quis um animal de estimação.

— Você consegue coisa melhor do que um guaxinim mal-educado.

33

O IRMÃO

Hazel

O fim de agosto foi passando, arrastando consigo uma camada espessa de umidade. A obra avançava a todo vapor. Eu tinha uma equipe de telhadistas no topo da casa, gesseiros na cozinha e no segundo andar, e os Bishop por toda a parte.

Eu e Cam estávamos nos superando em fingir que não nos víamos pelados regularmente. Chegamos até a fazer uma pausa do sexo para jantar num restaurante lotado de turistas em Dominion depois de concordarmos que não era um encontro. Era combustível para sexo.

O melhor de tudo era que, apesar dos barulhos e das interrupções constantes, minhas palavras estavam fluindo. Eu tinha um esboço de história e estava progredindo dia após dia... graças a toda a inspiração sem roupa que meu mocinho da vida real estava proporcionando.

Minha protagonista tinha acabado de sair do banho e se deparara com seu amante secreto, o empreiteiro, trancando a porta. "Tenho dez minutos para te fazer gozar antes que deem falta de mim", digitei alegremente enquanto o mocinho tirava o cinto de ferramentas e a calça.

Cenas de sexo demais são um problema? Segundo minha editora, sim. Mas a experiência na vida real estava provando que, quanto mais, melhor. Muito melhor.

Eu estava ponderando exatamente como o mocinho daria prazer à protagonista na pia do banheiro quando um movimento atrás das portas de vidro chamou a minha atenção.

Tirei os fones enquanto Zoey entrava.

— Tenho notícias.

Fechei o notebook e deixei meus personagens na mão.

— Você precisa de uma cadeira aqui — disse ela com uma careta.

— Mas daí as pessoas vão querer ficar aqui quando não são bem-vindas.
— Abri um sorriso amarelo e incisivo.

— Ei, você disse que queria escrever até as duas. São quatro e quinze
— falou ela, consultando o relógio.

— Sério? — Abri o notebook de novo e conferi minha contagem de palavras. — Uau.

— Progredindo? — Zoey se sentou na beira da escrivaninha.

— Na verdade, sim.

— O suficiente para enviar alguns capítulos para sua editora?

— Como assim? Por quê? — questionei.

— Só pensa a respeito. Contei para a sua editora que você estava trabalhando em algo fora do mundo da série Spring Gate e ela talvez tenha surtado.

Cobri o rosto com as mãos e gemi.

— Zoey, por que você fez isso?

— Porque ela estava fazendo perguntas porque... — O resto da frase foi ininteligível, porque ela tapou a boca antes de terminar.

— Diga mais palavras.

— Porque sua editora encontrou Jim num coquetel no fim de semana e ele comentou sobre isso.

— Por que ele estaria falando com a *minha* editora sobre o *meu* livro?

Ela deu de ombros.

— Porque ele é um larápio desgraçado e estava tentando surrupiar informações dela?

— Então você contou que estou trabalhando em algo novo? Os editores odeiam isso, Zo. Você sabe. Tenho um contrato para escrever mais um livro de Spring Gate para eles, não algo novo e não testado.

Ela se encolheu.

— Reagi sem pensar. Mas a boa notícia é que, quando ela vir alguns capítulos, vai ver que você está escrevendo o melhor livro da sua carreira, e a cabeça do Jim vai explodir.

Bati na mesa a minha própria cabeça prestes a explodir.

Zoey acariciou meu cabelo.

— Só pensa a respeito.

— Odeio tudo — murmurei.

Todas as sensações boas que tive ao longo do dia evaporaram numa névoa fedorenta e depressiva.

— Que bom que guardei a boa notícia para o final.

Levantei a cabeça.

— Acho bom que seja uma boa notícia de verdade, não uma desculpa de merda sobre várias notícias de bosta.

Ela se abanou.

— Só me resta torcer para que você esteja registrando esses diálogos no papel.

— Não me faça mandar um pedreiro parrudo te botar para fora de casa.

Triunfante, Zoey jogou para mim uma pasta amarelo-limão com um emoji sorridente na capa.

Abri com desconfiança.

— Acho bom que não seja uma pasta de boas notícias de mentira.

— É uma pasta de boas notícias de verdade, minha amiga. Começando pelo fato de que seu alcance nas redes sociais triplicou desde que você se mudou para cá. Claro, você estava praticamente invisível antes, mas é um belo de um crescimento na direção certa.

— Tá. Não é ruim. — Virei para a última página.

— É a taxa de abertura da sua newsletter. Também subiu. Muito. Mas o que achei muito interessante é o fato de que você está recebendo respostas. Dezenas de respostas. Os leitores estão se identificando com essa história toda de comprar uma casa por impulso e recomeçar numa cidade pequena.

— É, Cam comentou que estou vivendo um sonho.

— Ah, é? Quando surgiu o assunto de sonhos? Quando estavam escolhendo privadas?

— Hããã, quê? Não! Foi só um comentário. De passagem. A gente estava falando sobre armários durante o dia de trabalho, e eu estava explicando que armários eram um sonho para pessoas de Manhattan. Puramente profissional.

Eu não estava acostumada a guardar segredos da minha melhor amiga. Minha cara de "não é nada" precisava melhorar.

Ela olhou para mim com os olhos semicerrados.

— Por que estou com a impressão de que você está escondendo algo?

— Talvez seja porque você entrou aqui no meio de uma cena de sexo para me dizer que minha editora não está feliz, que meu ex-marido está rondando e que existe a possibilidade de a editora não aceitar esse manuscrito mesmo que eu consiga terminá-lo.

A melhor defesa era um bom ataque.

Zoey respirou fundo.

— Desculpa por reagir com um ódio profundo e inabalável pelo ex--marido escroto. Mas, Haze, mais cedo ou mais tarde você vai ter que mostrar algo para a editora. O mais inteligente é fazer isso agora, para podermos fazer ajustes.

— Ajustar o quê, Zoey? Não posso escrever outro livro de Spring Gate. Passo mal só de pensar naquela série que nem me pertence mais.

— Essa não é a única opção. Primeiro, os leitores já estão demonstrando interesse por essa história; então, a editora seria idiota se a rejeitasse. E se a editora for *mesmo* idiota e rejeitar *mesmo* o manuscrito, podemos livrar você do seu contrato e arranjar outra editora. Talvez uma que não socialize com o Zé Ruela.

— Isso pode levar meses. E quem em sã consciência iria me aceitar? Meu último livro foi quase um fracasso, e não produzo nada há dois anos.

Ela estendeu os braços e apertou meu rosto entre as mãos.

— Você está surtando. Para. Não aconteceu nada de ruim. Você está escrevendo e seus leitores estão de olho. São bons sinais.

Soltei o rosto.

— Preciso atacar algumas ervas daninhas.

— É assim que se fala. Vai lá arrancar umas plantas. Você vai se sentir melhor.

A luz do meu celular se acendeu ao lado do meu cotovelo. Era a Mamãe--monstro.

— Esse dia não para de melhorar — falei, apertando "ignorar".

— Pode ser uma boa levar um vinho enquanto ataca a terra — sugeriu Zoey. — Lembre-se: você está vivendo um sonho.

— Cala a boca.

— Cala a boca você.

De repente, meu sonho estava parecendo um pesadelo.

Desisti do vinho e parti direto para o assassinato de ervas daninhas. O jardim da frente já estava começando a tomar forma. As plantas autênticas nas áreas que eu já tinha capinado estavam gostando de não serem sufocadas, e pareciam estar florescendo em excesso. Talvez isso fosse tudo de que precisavam: um pouco de espaço para crescer.

Os telhadistas encerraram o dia, e os gesseiros arrumaram suas coisas pouco depois. Às cinco em ponto, os Bishop saíram.

Tirei os olhos das ervas daninhas espinhosas que eu estava massacrando com uma pá de jardim e observei o desfile de gatos.

— Está ficando bonito aqui fora — elogiou Gage com uma piscadinha.

— Exatamente o que eu estava pensando — falei, secando a testa com o braço.

— Seu rosto está sujo — disse Cam com a cara fechada de sempre.

Levi apenas acenou para mim com os olhos intensos.

— Vai fechar o armazém hoje? — perguntou Gage a Cam.

— Sim. Vou tomar um banho antes — respondeu ele antes de se voltar para mim. — Descobrimos por onde Bertha estava entrando. Tem uma janela quebrada no sótão. Vedamos a janela; então, você vai ter que dar comida para ela aqui fora.

Cobri os olhos por causa do sol do verão.

— Tem certeza que conseguiram ser mais espertos do que ela?

— Pode confiar: seu problema de guaxinim acabou.

— Quer apostar? — Eu estava flertando com ele, mas era algo inocente a ponto de eu achar que ninguém mais repararia.

Ele respondeu com um resmungo e baixou os olhos para o celular.

— Até amanhã — disse Cam, sem tirar os olhos do aparelho.

Meu celular apitou no bolso de trás, e fiz o melhor que pude para esconder o sorriso. Eu e Cam não nos víamos nas noites em que ele fechava o armazém, mas trocávamos algumas mensagens picantes.

— Esqueci minhas chaves lá dentro — falou Levi, apontando o polegar para a casa enquanto seus irmãos seguiam para seus veículos.

Dei tchauzinho e voltei a atacar a erva espinhosa.

— Vamos. Lá. Seu. Espinhento. Filho da puta! — Meus esforços foram finalmente recompensados quando a terra soltou a raiz, e caí de bunda no chão.

Fiquei ali caída na terra e nas flores e fechei os olhos. Se o universo queria me humilhar com um banho de terra, paciência.

Eu estava me perguntando quanto tempo levaria para o meu corpo se decompor quando algo forte e úmido cutucou meu tornozelo.

Oinc.

Abri um olho e encontrei Rumpernil, o porco errante, me encarando com olhos julgadores. Ele tinha pelos ásperos e eriçados sobre a pele manchada. Suas orelhas em forma de cornucópia se contraíam sobre seus olhinhos de porco.

— Não me julga, Ronquinho da Silva. Até parece que você nunca rola na terra, né? — resmunguei.

Rumpernil guinchou e deixou uma marca de lama em forma de focinho na minha canela antes de pisotear duas azaleias a caminho da saída.

Meu celular apitou de novo. Resmungando, virei de lado e o tirei do bolso. Abri um olho e forcei a vista para olhar a tela. Havia duas mensagens. Uma de Cam e outra do Zé Ruela.

Senti um frio na barriga.

— Seja corajosa — murmurei comigo mesma.

Apertei a tela e abri a mensagem.

Jim: Soube que você está escrevendo algo novo. Acha mesmo uma boa ideia deixar Spring Gate para trás?

Foi preciso um considerável esforço para não atirar o celular nas azaleias recém-libertas.

— Seu palhaço narcisista! — berrei.

Uma sombra caiu sobre mim e me preparei para levar um peixe na cara. Mas, em vez de uma águia-careca malcomportada, era Levi.

Em silêncio, ele me estendeu a mão, e a peguei. Ele me levantou com facilidade.

— Quer tomar um drinque? — perguntou ele.

Eu não consegui pensar numa maneira inocente de recusar sem dizer "estou dormindo com o seu irmão". Além disso, eu estava curiosa. Levi Bishop era um mistério, e se ele me estava oferecendo um vislumbre desse mistério, eu com certeza aproveitaria. Para fins de pesquisa.

Além disso, eu ainda estava fervendo de raiva pelo contato não consensual com o homem que tinha a cara de pau de agir como se não tivesse me passado a perna de todas as formas possíveis. Então, beber me parecia uma ótima ideia.

E foi assim que me vi de banho tomado e pedalando para o Fish Hook trinta minutos depois. Optei por um look "casual e leve", com short jeans e uma regata larga. Claro, a viagem de seis minutos na umidade de mil por cento da Pensilvânia transformou o casual e leve em desleixado e suado.

Prendi a bicicleta a um poste e parei um segundo para cheirar a axila.

— Bom, foi um belo desperdício de banho — resmunguei.

Levi estava esperando à porta, de óculos escuros, braços cruzados, parecendo mais um segurança do que meu parceiro de bebida quando peguei a rampa para a entrada. A julgar pelo cheiro de sabonete masculino que vinha dele, ele também tinha tomado banho. Será que achava que isso era um encontro? Será que chamar para beber agora constituía um encontro? Será que fazia tanto tempo que eu estava fora do mercado de relacionamentos que não sabia mais o que era e o que não era um encontro?

O que eu tinha com Cam era bom. Muito bom. E eu não estava interessada em estragar isso e voltar a ter orgasmos provocados por mim mesma.

— Oi — murmurei.

Ele tirou os óculos de sol e os pendurou na camiseta. Aqueles olhos verdes se voltaram para mim e, sem dizer uma palavra, ele abriu a porta para mim. Engoli em seco e entrei. O bar era decorado no que eu chamaria de estilo rústico de vida no lago. As paredes internas eram feitas de troncos empilhados e pedras. Uma canoa gigantesca pendia das vigas, separando o bar do salão de jantar interno. A parede de fundo era toda de janelas, com vista para o deque e o lago.

Mas o lugar, como o resto de Story Lake, estava mais vazio do que deveria numa tarde ensolarada de agosto.

— E aí, Levi — cumprimentou o barman de meia-idade e cabelo encaracolado e um bigode questionável.

— Ei, Rusty — respondeu Levi, e apontou na direção do deque.

— Vão sentando. Francie vai atender vocês.

Segui as costas largas de Levi pela porta e saí para o deque coberto. Tinha uma configuração parecida com a do bar em Dominion que eu havia visitado com Laura. Sombra e sol, um bar ao ar livre e uma vista fantástica da água. No entanto, Story Lake não estava transbordando de jet skis e lanchas, e a música era mais baixa. Parecia mais íntimo, o que era um mau sinal para mim.

Levi escolheu uma mesa no canto, ao longo da balaustrada.

Havia mais pessoas aqui fora. Estavam todas olhando para nós, incluindo o aspirante a jornalista, Garland, que estava ocupando uma mesa com seu notebook, um celular e o gravador. Considerei pedir licença para ir ao banheiro para mandar mensagem para Cam e avisar que talvez estivesse num encontro acidental com o irmão dele.

— Algum problema? — perguntou Levi.

— Hum. Não. Você não tem medo de que as pessoas nos vejam e pensem que estamos em um encontro? — Cam tinha feito parecer que sermos vistos juntos nos garantiria entrada automática ao nono portal do inferno.

— Não.

— Você é muito sucinto — reclamei.

Isso me rendeu uma leve contração do seu lábio.

— A opinião dos outros sobre mim não é problema meu.

— Ou essa é uma atitude muito saudável ou você é algum tipo de sociopata.

A contração ficou um pouco mais pronunciada.

— Ou os dois.

Uma garçonete de cachos pretos presos em pequenos coques divertidos no alto da cabeça se aproximou da mesa. Ela tinha um rosto redondo e unhas azuis cintilantes que pareciam longas o bastante para inibir a maioria das atividades cotidianas.

— Levi's 501! — ela disse a Levi, batendo a palma da mão na mesa à frente dele. — Há quanto tempo...

— Cadê tudo mundo hoje, Francie? — ele perguntou.

Ela deu de ombros.

— Em Dominion, estão fazendo uma noite temática dos anos 1990 com uma banda cover do Nirvana e asinhas de frango por cinquenta centavos. Roubaram nossos clientes, como roubam tudo.

— Que droga — comentei.

O rosto de Francie se iluminou.

— Puta merda! Você é Hazel Hart, romancista extraordinária.

— De extraordinária não tenho nada — zombei.

Ela inclinou o quadril.

— Bem, no dia em que soube que você tinha se mudado para cá, baixei três dos seus livros e devorei todos. Soube que está escrevendo uma história sobre nossa cidadezinha. Está indo bem? Precisa de uma garçonete/manicure destemida para a sua história? Porque, amiga, não me faltam histórias para contar.

Levi parecia estar considerando seriamente se jogar no lago. Ele gostava ainda menos de conversinha do que o irmão.

— Uau. Bom, obrigada por ler meus livros... e pela oferta. Aviso se precisar de alguma inspiração.

— Pode me trazer uma cerveja, Francie? — perguntou Levi antes que ela dissesse mais alguma coisa.

— Claro. A de sempre?

— Sim.

Eu queria uma de sempre. E alguém que soubesse qual era a minha bebida de sempre e me cumprimentasse com um apelido engraçado. Nos tempos em que eu frequentava bares em Manhattan, havia lugares demais para conhecer; então, nunca encontrei um barzinho fixo para chamar de meu. Mas, aqui, tudo era possível.

— Pode me dar uma... — O pânico de escolher uma bebida que definiria minha personalidade para Francie paralisou minhas habilidades de tomada de decisão.

— Este é o cardápio de bebidas. — Ela tirou uma página laminada do porta-guardanapos.

— Ah. Obrigada. — Passei os olhos, sentindo a pressão.

Francie estava tamborilando a caneta no caderninho e olhando para outra mesa por sobre o ombro. Levi estava meditando de novo, olhando para o lago.

Pelo amor de Deus. Escolhe alguma coisa, Hazel!

— Vou querer o Robalo Refrescante, por favor — pedi, apontando para o cardápio sem ler os ingredientes. Não devia ser tão ruim. Álcool era álcool, certo?

— Pode deixar — disse Francie antes de desaparecer.

Levi não disse nada, e eu estava ocupada demais me recuperando por ter pedido algo batizado em homenagem a uma espécie de peixe para preencher o silêncio.

Felizmente, as bebidas chegaram em tempo recorde. A minha era cinza esverdeada e espumosa. Tinha uma cauda de peixe de plástico presa na borda.

— Estava querendo falar com você — falou Levi por fim.

— Sobre o quê? — Quase me lancei sobre a mesa como se estivesse conduzindo um interrogatório. — Quer dizer, estava?

Ele apoiou a mão na cerveja e semicerrou os olhos na direção do lago cintilante, onde dois caiaques surgiram. Eu não sabia dizer se ele estava escolhendo suas palavras com cuidado ou se não tinha me escutado. Eu estava tentando decidir se deveria me repetir duas vezes mais alto quando ele voltou para mim seus olhos atentos e focados.

— Como você soube que queria escrever?

Pisquei e, por reflexo, peguei minha bebida e a puxei para perto.

— Ah. Bom, acho que comecei com a leitura. Eu vivia escapando nos livros quando era criança. Conforme fui crescendo, passei a querer contar minhas próprias histórias. Na faculdade, levei isso mais a sério e fiz várias aulas de escrita criativa. Eu era jovem e inocente a ponto de pensar que não seria tão difícil assim escrever um livro inteiro.

— Acho que você estava certa — disse ele.

Ri.

— É. Acho que sim. Nunca pensei nesses termos. Não me permiti considerar o fracasso como uma opção.

— O que havia na história que levou você a querer escrever o primeiro livro? — perguntou ele.

— Peguei meu pseudonamorado e colega do curso de escrita criativa beijando outra menina no dormitório dele. E, depois de planejar várias possibilidades de vingança com Zoey, decidi que a melhor vingança seria me tornar uma escritora de best-sellers que batizava personagens escrotos em homenagem às pessoas que me magoaram. Comecei a escrever o primeiro rascunho naquela noite. Nunca chegou a ver a luz do dia. Nem os dois seguintes. Mas, quando cheguei aos vinte e poucos, já tinha aprendido uma coisa ou outra.

— Você publicou seu primeiro romance aos vinte e cinco — comentou ele.

Impressionada, peguei minha bebida.

— Você andou pesquisando.

Ele deu de ombros.

— Quanto tempo você demorou para escrever o primeiro livro que você vendeu?

— Ai, nossa. Quase um ano? Eu estava trabalhando em tempo integral como entregadora e em meio período em qualquer emprego que pagasse as contas. Eu escrevia entre um serviço e outro e nas pausas. Mas tinha algo no potencial daquilo tudo que fazia a escrita não parecer um trabalho.

Aquilo parecia um devaneio esquecido havia muito tempo: aqueles momentos de fuga da vida real, em que tudo poderia acontecer no papel e quem mandava era eu.

— Você chega a ver a sua história? Como um filme que está passando na sua cabeça?

Inclinei a cabeça e olhei para Levi. Olhei de verdade.

— Você é um *escritor*? — indaguei.

Ele se encolheu na cadeira, olhando à sua volta como se eu o tivesse acusado de bater em filhotes de urso panda.

— Fala baixo.

284

— Desculpa. Me empolguei. É por isso que estamos aqui? Você está escrevendo?

Se Levi Bishop me dissesse que escrevia romances em segredo, eu cairia da cadeira e me levantaria para dançar uma giga sem a menor experiência prévia em dançar gigas.

Antes que ele pudesse se dignar a responder ou se esquivar do interrogatório, houve uma comoção à porta.

Lá vieram os Rouxinóis de Story Lake, vestidos de vermelho, branco e azul e segurando placas "Vote em Rump".

— Senhoras, senhores e todos os demais, se puderem nos dar sua atenção, por favor — Scooter pediu com as mãos em concha, o que não era necessário, considerando que éramos apenas oito no deque.

— Puta que o pariu — murmurou.

Scooter tocou uma nota em sua gaita de foles e, depois de uma breve harmonização, os Rouxinóis começaram a cantar.

Ela conhece nossos peixes e conhece nossas gralhas
Vai fazer os bandidos jogarem a toalha
Vai manter a paz depois de vencer
Rump para chefe, a melhor, pode crer!
Não leve um tabefe
Vote Rump para chefe!

Todos no deque pararam para avaliar a reação de Levi. Com um longo suspiro, ele juntou as mãos e aplaudiu educadamente. Todos os outros fizeram a mesma coisa, e os Rouxinóis soltaram um suspiro aliviado.

— Desculpa por isso, Levi. Ela nos pagou para percorrer a cidade — desculpou-se Scooter enquanto os Rouxinóis saíam do deque.

Levi respondeu com um aceno.

Esperei dois segundos depois que o grupo vocal à capela saiu antes de me aproximar.

— Voltando ao assunto da escrita. Conta tudo. E não deixa de fora a parte em que demorou todo esse tempo para comentar isso comigo, e por que parece preferir se jogar da balaustrada a deixar que alguém mais saiba.

O homem grande, forte e viril parecia estar calculando rotas de fuga.

— Levi, meu parceiro. Camarada. Amigão. Não estou aqui para julgar. Nem para contar para ninguém. Boca de siri. — Fiz um gesto de trancar a boca e jogar a chave invisível no lago.

Ele inspirou fundo, relutante, e deu um gole de cerveja para criar coragem.

Recordando minha aula introdutória de psicologia na faculdade, pensei que ele ficaria mais à vontade se eu imitasse seu gesto, e tomei um gole da minha bebida.

Sabores intensos conflitantes atacaram minha língua e minhas amígdalas como uma colônia de lava-pés.

Tentei engolir. Foi um esforço heroico, mas meu corpo tinha entrado em modo de sobrevivência, e a única forma de sobreviver era expelir aquela bebida horrível.

Mal consegui levar um guardanapo à boca antes de cuspir tudo.

— Desculpa! — engasguei, quase engolindo o guardanapo encharcado. — É a pior bebida que já tomei na vida.

Com os olhos lacrimejantes, eu conseguia ver que as pessoas estavam voltando a olhar em nossa direção.

Levi empurrou a cerveja para mim e bebi com vontade.

— Não curtiu o Robalo Refrescante? — perguntou ele.

— Prefiro comer tachinhas de carpete de café da manhã todo dia por uma semana do que beber mais um drinque desses. Ai, Deus. Acho que impregnou minha língua. — Eu a esfreguei com um guardanapo novo.

— Você precisa de uma bebida nova.

— Você também — falei, e terminei sua bebida. Empurrei o copo para ele e peguei o meu.

Ele estendeu a mão, rápido como um raio, e agarrou meu punho.

— O que você pensa que vai fazer? — perguntou ele, achando graça.

— Preciso jogar fora. Não quero que Francie saiba que não gostei. Queria ter um drinque de sempre. Estar num lugar em que me conhecessem e soubessem o meu pedido de sempre. Mas essa monstruosidade tem gosto de diesel, tripas de peixe e bile. — Cobri a mão com a boca para não vomitar.

Levi pegou o copo de mim, tirou a cauda de peixe de plástico e jogou os restos por sobre o ombro.

— Problema resolvido. — Ele fez sinal para Francie.

— Prontos para mais uma rodada? — perguntou ela.

— Vou quer a mesma cerveja — disse Levi.

Os olhos de Francie se arregalaram ao encontrarem meu rosto vermelho e coberto de lágrimas.

— Vou querer o que ele está tomando — pedi com a voz rouca, apontando para a cerveja vazia dele.

— Já trago — prometeu ela.

Dei mais uma pigarreada vigorosa.

— Tem certeza de que está bem? — perguntou ele.

Eu me sentia como se estivesse com os pulmões cheios de tripas de peixe, mas, fora isso, eu parecia ter sobrevivido.

— Totalmente bem. Voltando à sua escrita — retomei.

Levi passou a mão atrás da cabeça com nervosismo.

— Ah, vamos lá. Acabei de praticamente me humilhar cuspindo uma bebida na sua cara. Seja gentil e me deixa mudar de assunto — implorei.

— Como sei se tenho algo que vale a pena explorar? — indagou ele.

— Você não tem um contrato de publicação, tem?

— Não — respondeu ele.

— Nem um prazo iminente de um editor?

— Não.

— Não prometeu os primeiros capítulos para um agente?

— Também não.

— Perfeito! Não se preocupa com ninguém nem com o que vão pensar. Conta a história que quer contar. E, *quando acabar*, aí sim pode começar a se preocupar com o que os desconhecidos vão ter a dizer.

— E se for... ruim?

— Ruim?

— Uma merda que não era nem para existir.

Escancarei um sorriso.

— Você já está falando como um escritor de verdade.

— Impossível — respondeu ele, balançando a cabeça. — Nem fodendo que isso é "parte do processo" — insistiu ele, fazendo aspas no ar em minha direção.

— Lamento dizer, mas é sim. A maioria dos rascunhos é um show de horrores. Mas, depois que você monta seu show de horrores, consegue fazer algo com ele.

Levi coçou a sobrancelha, irritado.

— Está me dizendo que é para ser doloroso e me fazer duvidar de mim mesmo a cada palavra que escrevo?

— Normalmente é assim que funciona.

34

A(S) BRIGA(S)

Campbell

— Estou dizendo. É só mexer naquela alavanca que vai sair o leite com espuma — garantiu Gator Johnson, apontando para a máquina de espresso atrás de mim.

— E *eu* estou dizendo que não estou nem aí. Se quer um frapezinho de moccamerda, vai procurar em outro lugar.

— Deixa o menino em paz — disse a esposa de Gator, Lang, a ele enquanto eles colocavam suas compras do mês no balcão da cozinha.

Gator era um caipira grisalho com um sotaque do interior de Louisiana e uma coleção de quadrinhos. Lang era uma diretora escolar sem papas na língua que tinha estudado num colégio interno de Connecticut e vindo de uma família vietnamita que fizera fortuna no ramo de publicidade. Ninguém sabia como eles haviam acabado juntos, muito menos o que fazia o casamento deles de mais de vinte anos funcionar.

— Bem, ele não precisa ficar tão de mau humor assim por causa disso — reclamou Gator.

Lang deu um tapinha no ombro do marido.

— Talvez ele não goste que o irmão esteja num encontro enquanto ele está sendo obrigado a cuidar da loja.

— Que irmão? — perguntei enquanto passava os dois picolés que o casal chuparia no caminho para casa.

— Levi acabou de aparecer no Fish Hook com aquela romancista — disse Gator, virando a tela do celular para eu poder ver a foto publicada no Vizinhança.

Deixei uma lata de sopa cair no meu pé.

Hazel e Levi estavam debruçados sobre uma mesa, parecendo dividir uma cerveja, e meu irmão, o robô insensível, estava *sorrindo*. Levi reservava sorrisos para as ocasiões mais divertidas, como na vez em que Gage deu de cara com a porta de vidro do quintal dos nossos pais.

De repente, eu quis bater a cara dele numa porta de vidro.

Meu celular vibrou várias vezes seguidas no bolso. A notícia correu rápido.

Com a cara fechada, terminei a transação e o empacotamento às pressas. Lang estava olhando para mim como se eu tivesse criado asas de morcego.

— Quê? — perguntei, rasgando uma segunda sacola de papel sem querer.

— Você parece... estressado — observou ela.

— Não. Estou o oposto de estressado. — Amassei e joguei o saco no chão ao lado do primeiro que eu havia rasgado, e enfiei o resto das compras deles numa sacola de lona reutilizável.

Gator se aproximou com uma cara de preocupação.

— Está com dor de cabeça, febre ou coisa assim?

— Tenham um bom dia — falei entre dentes.

Eles entenderam a deixa, pegaram suas compras e saíram da loja.

Eu já estava pegando o celular antes de a porta se fechar atrás deles. O grupo Todos Menos Livvy estava pegando fogo.

Laura: O Livvy tá saindo com a Hazel ou Garland voltou a mexer no Photoshop?

Gage: Como assim?

Laura: Até que eles ficam bem juntos.

Eu: Não, não ficam. Ficam ridículos.

Laura: Sinto que você não é muito fã, não é mesmo, Cammy?

Gage: Ele só está bravo porque falamos que ele não poderia ficar com ela.

Coloquei o anúncio *Volto em 15* no balcão e saí para o calor da tarde.

Laura: Cam e Hazel??????

Eu: Não queria ficar com ela.

Laura: Não engulo essa. Cam não tem um neurônio romântico naquela cachola.

Eu: Consigo ser romântico se eu quiser.

Gage: Ele beijou Hazel. Duas vezes. Eu e Livvy falamos para ele parar.

Eu: Agora sei por quê.

Ignorando suas respostas, eu me concentrei em não socar nada no caminho para o bar.

— Oi, Cam... Ceeeeeerto — disse Rusty detrás do balcão enquanto eu passava.

Cheguei ao deque a tempo de ver Hazel e Levi com as cabeças próximas. Ela parecia estar encantada com qualquer baboseira que ele estivesse inventando para ela.

— Gostoso aqui, hein? — comentei, roubando uma cadeira de uma mesa vizinha e a colocando entre eles.

— Cam! — Hazel se recostou na cadeira, com uma cara culpada.

— Pensei que você estivesse fechando a loja hoje — disse Levi.

— Fiz uma pausa. Pensei em ver o porquê de toda a movimentação no Vizinhança. — Joguei meu celular em cima da mesa para eles verem a foto. — Não sabia que vocês estavam se pegando.

— Sério? — disse Hazel, pegando meu celular. — Alguém precisa fazer algo com relação àquele Garland.

— Não estou ouvindo nenhuma negação — retruquei, pegando a cerveja de Levi. — Vocês estão saindo?

— Não! — negou Hazel.

— Não é da sua conta — respondeu devagar Levi.

— Não estamos ficando — insistiu Hazel. Ela alternou o olhar entre mim e Levi, como se esperasse que um de nós a apoiasse.

— A gente não te deve explicação — disse para mim Levi.

— Tiro o chapéu para você. Você me enche o saco, diz que ela está proibida para mim. Por essa eu não estava esperando. Acreditei naquele papinho todo de "pelo bem da família" — falei antes de esvaziar o copo, que botei na mesa com um baque.

— Isso por acaso é o oposto de dizer "É minha, porque eu vi primeiro"? — perguntou Hazel, se mexendo no assento.

Os olhos de todos no deque, assim como os de alguns fregueses e funcionários lá dentro, estavam em nós.

Voltei o olhar mais frio possível para ela.

— Pensei que tínhamos um acordo.

— E *temos*. Isto não é um encontro. — Ela olhou para Levi de novo.

Ele deu um não sutil de cabeça para ela. Um segredo guardado. Fez minha civilidade se quebrar como um galho seco.

— Bom. *Tínhamos* — decretei. — Eu estava ficando entediado mesmo. Meio que esperava mais de uma escritora de romances, sabe? É uma boa hora para terminar.

Bastou um olhar de Hazel para me dizer que eu tinha ido longe demais. Muito longe demais. O impacto da mágoa em seu rosto bonito foi direto para o meu peito, mas logo se transformou no tipo de raiva feminina que fez meu DNA emitir sinais de alerta.

— Isso foi desnecessário — disse Levi com frieza.

— É? Bom, acho que isso foi desnecessário — falei, apontando para os dois conspiradores.

— Você deve um pedido de desculpa à moça — retrucou meu irmão duas caras.

Todas as cadeiras no deque atrás de mim foram puxadas para trás enquanto nossa plateia se preparava para o que estava por vir.

— Acho que não, hein, Leev. Talvez *você* deva à *família* um pedido de desculpa por "colocar a empresa em risco". — Eu me levantei enquanto ficava fazendo aspas no ar.

Hazel se levantou da mesa.

— Você é inacreditável, Campbell — vociferou ela.

— Ah, foi divertido enquanto durou — disparei em resposta.

Era burrice líquida correndo pelas minhas veias. Desde criança, sempre fui o esquentadinho. Depois que meu pavio se acendia, ele logo se queimava até eu causar algum estrago. Graças à idade adulta, esse gênio lendário estava adormecido por muito tempo. Mas bastou olhar para os dois e eu era um vulcão prestes a explodir.

— Pode parar, cara — disse Levi, entrando na minha frente.

— Vai. Se. Foder.

— Vou parar você por aqui. — Hazel ergueu a mão. — Você está a uma frase de realmente me irritar.

A raiva dentro de mim me fazia querer dizer algo sarcástico, mas Hazel estava me pegando pelo braço e me arrastando para fora do deque. Ela só parou quando estávamos na calçada. Depois, se virou e me lançou um olhar furioso.

— Primeiro, não chegamos a falar sobre sair com outras pessoas — disse ela.

Abri a boca, mas ela me deteve com o dedo firme no peito.

— Hã-hã. Agora você vai ouvir. O que está acontecendo aqui é que você está tentando provocar um mal-entendido que vai nos obrigar a nos afastar. Os leitores não gostam disso nos livros, e as mulheres não gostam disso na vida real. É um conflito preguiçoso facilmente evitado se dois adultos se comunicarem, que é o que estou fazendo agora.

Fechei a boca e cruzei os braços.

— Continua.

— Embora não tenhamos conversado sobre sair com outras pessoas, também parti do princípio que, enquanto nos víssemos pelados, não veríamos outras pessoas peladas. Isso deveria ter entrado no nosso acordo, mas não entrou. Seja como for, eu não estava aqui com seu irmão por motivos românticos ou para ficar pelada.

— Então, por que estava aqui? E por que caralho não me contou? Precisei descobrir por clientes na porra da loja. Você poderia ter me mandado uma mensagem. — Meu tom era petulante. Me dava vontade de dar um soco na minha própria cara.

— Você tem toda razão. Eu deveria ter te mandado uma mensagem.

Isso me acalmou um pouco, mas eu não estava disposto a dar um desconto para ela.

— Sim, deveria.

— Assim que você saiu, recebi... notícias chatas.

— Que tipo de notícias chatas?

— O tipo que não é relevante agora — disse ela. — Eu estava deitada na terra no quintal da frente irritada sobre isso quando Levi perguntou se eu queria beber.

Voltei a ficar bravo. Mas, dessa vez, era mais com o idiota do meu irmão.

— Meu irmão te chamou para sair.

— Ele me chamou para beber — explicou ela, como se esse fosse um esclarecimento importante. — Eu tinha oitenta por cento de certeza que isso não era um encontro e que ele queria conversar comigo sobre algo, e isso me deixou curiosa o bastante para deixar de ficar chateada.

— Então, vinte por cento de você achou que meu irmão te chamou para um encontro, e cem por cento de você veio.

— Outro ponto para você. Sim. Mas eu estava prestes a te mandar uma mensagem quando Levi começou a falar do assunto sobre o qual ele queria falar, que não tinha nada a ver com ter um relacionamento ou transar comigo.

— Sobre o que ele queria falar com você? — questionei.

— Ele me pediu para não contar para ninguém, e não vou contar. Então, se quiser saber, vai ter que conversar com ele.

— Estou conversando com você. — E, assim que terminasse de conversar com ela, conversaria com meu irmão... usando os punhos e talvez os pés.

— Cam, estou te dando a chance de não estragar tudo. Sim, cometi um erro em não te avisar, e entendo plenamente que é frustrante que eu não conte o que Levi queria conversar comigo. Mas, se estiver procurando uma desculpa, essa é escrota e covarde.

— Então, você tinha vinte por cento de certeza que estava num encontro com meu irmão e agora está guardando de mim segredos com ele. E está me dizendo que, se eu parar de transar com você por causa disso, sou um covarde.

— Você não ganha pontos pela audição seletiva. Tenta de novo.

Passei a língua sobre os dentes e cerrei os punhos. Essa mulher dava trabalho pra porra.

— Certo. Meu irmão queria algo misterioso de você e, como você ficou toda curiosinha, aceitou beber com ele. Você estava irritada por uma notícia misteriosa sobre a qual também não está a fim de contar e ficou tão envolvida pela tal conversa que vocês estavam tendo que não se deu ao trabalho de me avisar. Mas, no fundo, nada disso importa, porque não tínhamos um acordo sobre monogamia.

— Certo, tem um pouco de rancor e imaturidade aí no meio, mas, no geral, acho que você entendeu.

— Então, se eu quiser chamar alguma mulher para beber, eu posso, e você não pode ficar brava.

Ela revirou os olhos.

— Não. Eu ainda posso ficar brava porque não se pode fazer um acordo legal proibindo alguém de ter emoções. Mas eu não posso alegar que você quebrou alguma promessa porque você nunca me fez essa promessa específica.

Ficamos nos encarando por um bom tempo.

— Então você não quer sair com meu irmão?

— Não. E, para ser sincera, também não quero sair com você.

— Você não quer transar com meu irmão?

— Não se eu ainda estiver transando com você. Você quer chamar outra mulher para beber?

Num gesto tão imaturo que eu me recusava a reconhecer que estava fazendo de propósito, deixei a pergunta no ar na esperança de que Hazel sentisse um pouquinho do ciúme besta que eu tinha sentido.

— Não se eu ainda estiver transando com você — admiti finalmente.

— Bom, se e quando decidirmos se ainda queremos transar um com o outro, eu sugeriria que editássemos nosso acordo original para esclarecer as coisas.

Dito isso, ela se virou e foi embora.

Levi veio, com as mãos nos bolsos.

— Minha casa?

— Sim.

A casa de Levi era uma cabaninha de madeira na floresta à beira do lago entre a cidade e a pousada. Não havia galinhas no galinheiro, notei enquanto dávamos a volta sob as árvores.

— Você é um verdadeiro, cuzão, Leev. Sabia? — falei, dando o primeiro empurrão.

Ele cambaleou um passo para trás, abanando a cabeça, indignado, como se não conseguisse acreditar que eu o estava obrigando a fazer isso.

— Entre nós dois, você é o único que merece esse título hoje. — E seu punho atingiu meu queixo e jogou minha cabeça para trás.

— Não deveria ter começado — falei, com um sorriso emputecido antes de devolver com um gancho de esquerda na cara dele.

Trocamos golpes preguiçosos por alguns minutos.

— Não sei o quanto você aguenta hoje em dia. Você passou muito tempo fora — disse ele, desferindo um soco duplo no meu estômago.

Gemi.

— Bom, estou de volta agora. Você me falou para não sair com ela e a levou para sair. — Fingi um movimento para a direita e acertei seu rosto à esquerda quando ele deixou a defesa aberta.

— Não a levei para sair, seu imbecil monumental. Mas você de fato saiu com ela depois que falamos para não fazer isso.

— A gente não estava saindo. Estava dormindo junto — insisti.

Ele me lançou um olhar que sugeria que essa distinção não era tão importante quanto pensei que fosse.

— Não, vai se foder — xinguei, mostrando o dedo na cara dele. — A gente estava falando sobre como *você* fez todo um drama sobre como eu estaria colocando em risco a empresa da família se me envolvesse com uma cliente só para liberar o caminho e poder sair com ela.

— Como você consegue se vestir de manhã? Não era um encontro, seu pateta do caralho — disparou Levi.

— Não me venha com essa merda de gaslighting, sua criança gigante.

— Não a chamei para sair para transar com ela. Eu a chamei para sair para falar sobre escrita, seu bebezão temperamental.

Baixei os braços e olhei para o meu irmão.

— Escrita? Como assim? Quer começar uma carreira como escritor de histórias de amor?

— Estava pensando mais em livros de suspense — respondeu ele, desferindo um gancho rápido que me deixou tonto.

Eu o segurei pelo pescoço e dei um mata-leão nele.

— Porra, está falando sério?

— Você lá se importa? — disse ele com dificuldade.

— Você é meu irmão. O idiota do meu irmão. Claro que me importo. Só pensei que você não quisesse fazer nada além de trabalhar para a empresa e fingir ter galinhas.

Ele cravou os dedos grossos, treinados no exército, em meus antebraços.

— Você se mudou para fazer algo diferente. Gage é advogado. Por que eu não posso ter algo só meu? — Com um grunhido, Levi me deu uma rasteira, e nós dois caímos no chão.

— Você nunca disse nada — reclamei, entre dentes, enquanto continuávamos a lutar sem muita vontade.

— Por que eu diria alguma coisa? Os Bishop não conversam.

Ele tinha razão. Saí de cima dele e me deitei de barriga para cima. Levi continuou onde estava, colocando as mãos embaixo da cabeça e olhando para a copa frondosa sobre nós.

Por acaso era culpa minha que isso fosse verdade? Teria eu cometido um erro com meus irmãos mais novos ao não ensinar os dois a se comunicarem?

— Sobre o que deveríamos conversar? — perguntei.

— Sei lá, porra. Não conversamos sobre o derrame do pai. O acidente de Laura. Miller.

O nome do nosso cunhado pairou entre nós. Se estivesse ali, ele teria nos tirado de cima um do outro e acabado com a raça dos dois.

Nas duas vezes, eu tinha chegado para o pós-tragédia. Mas Levi e Gage viram o trauma de camarote.

— Estou pensando em ficar... de vez — acrescentei.

Levi resmungou em resposta.

A brisa do fim de verão soprou as folhas sobre nós. As vozes animadas de canoístas chegavam até nós pela água cintilante. Enquanto isso, dois marmanjos estavam caídos no chão, sangrando sem necessidade.

— Livros de suspense, hein? — falei.

— Sim. Continue sendo um babaca que eu te mato para fins de pesquisa.

— Entendido. — Preferia a forma como a Hazel pesquisava. Pensar nela me deixou sem graça. — Acho que fiz merda.

— Ora, ora, Sherlock. Você gosta mesmo dela.

— Ora, ora — repeti.

35

SEDUÇÃO SEM CONSENTIMENTO

Hazel

Raiva e planos de vingança me fizeram cair da cama na manhã seguinte. Quando os Bishop estacionaram às sete e meia, eu já estava em pé, vestida e pronta para atacar. Eu tinha empregado todas as armas do meu arsenal feminino: guarda-roupa, cabelo, maquiagem e desdém. Cam tinha me envergonhado e me enfurecido. E eu queria que ele sofresse.

Abri minha Pepsi de café da manhã, me instalei atrás da escrivaninha e abri meu e-mail: o retrato imperturbável de uma mulher que você não deveria ter ofendido.

A porta se abriu, seguida pelos passos viris de botas de trabalho no chão de madeira.

Fixei o olhar na tela do notebook e abri um e-mail de Darius.

"... ansioso para ouvir suas soluções de financiamento na assembleia da câmera de amanhã..."

Os passos estavam chegando mais perto. Concluindo que seria melhor se eu parecesse estar trabalhando ativamente em vez de apenas olhando para a tela, digitei uma linha sem nexo.

— Está acordada.

Eu me recusei a erguer os olhos em resposta ao cumprimento rouco de Cam.

— Sim — respondi, continuando a digitar bobagens sem sentido.

— Trouxemos uma coisa. — O tom envergonhado de Levi me fez abandonar a farsa e erguer os olhos.

Os dois irmãos estavam no vão da porta segurando dois buquês enormes de flores do campo.

A escritora de romances dentro de mim quis desfalecer. Dois arranjos de flores enormes de dois homens lindos? Sim, por favor. A mulher magoada dentro de mim, porém, ainda não estava disposta a desfalecer.

Ergui a sobrancelha.

— Por quê?

— Por sermos escrotos — disse Cam, sucinto.

— Ele foi escroto — corrigiu Levi. — Eu só coloquei você numa posição delicada e pedi para mentir para mim.

Eles entraram no cômodo com hesitação, aproximando-se com cuidado como se eu fosse uma pantera que poderia decidir que eles eram o café da manhã.

Cam colocou o buquê no canto da mesa que servia como minha escrivaninha. As flores estavam num jarro de cerâmica lascado. Levi fez a mesma coisa, e colocou seu vaso de vidro no canto oposto.

A curiosidade de romancista venceu.

— Onde arranjaram flores a essa hora da manhã? — perguntei.

Os dois abriram sorrisos travessos.

— Roubamos da mãe — confessou Levi.

— Os vasos também — acrescentou Cam. — Talvez seja melhor esconder eles caso ela venha te visitar.

Foi bem nessa hora que reparei que eles estavam com hematomas nos rostos.

— As flores reagiram? — perguntei.

Cam passou a mão no hematoma sob a barba rala. Levi tocou o curativo na sobrancelha.

— Acordei assim — mentiu Cam, erguendo os ombros.

Levi deu uma piscadinha para mim.

Dois marmanjos lindos tinham trocado socos por mim e me trazido flores. Isso não me desagradava nem um pouco.

— Porra, Dominion.

O rosnado veio do corredor.

— O que aqueles babacas fizeram agora? — perguntou Cam quando Gage apareceu, parecendo querer atirar o celular do outro lado da sala.

Gage apontou o dedo para o peito de Cam.

— Você precisa ligar para aquela sua ex e falar para ela parar com isso.

Cam deu um tapa na mão do irmão.

— Depois a gente conversa sobre isso — rosnou ele.

— Quem? Nina? — perguntei.

O olhar de Cam se voltou para mim.

— Como você sabe? — perguntou ele.

— Os telhadistas só voltam na outra semana porque Nina os roubou para um serviço "emergencial" na prefeitura. Dominion está pagando o dobro para cobrirem um pátio para os intervalos dos funcionários — prosseguiu Gage, num raro acesso de raiva.

— Porra, Dominion — concordou Levi.

— Queria roubar algo deles pelo menos uma vez — murmurou Cam.

A ideia me atingiu como uma reviravolta na trama de uma história. Uma revelação clara e repentina. Empurrei a cadeira para trás e me levantei de um salto.

— Preciso... pesquisar — anunciei, pegando meu caderno e meu celular.

— Precisa de ajuda? — ofereceu Cam com um olhar malicioso.

— Ainda não decidi se seus serviços de pesquisa são necessários — anunciei e saí às pressas da sala.

— Por que vocês parecem ter ficado acordados até tarde trocando socos, e esses vasos são da mãe? — Ouvi Gage perguntar enquanto eu me dirigia à porta.

Passei a manhã com minha armadura de maquiagem toda suada, maldizendo o fato de não ter um veículo com ar-condicionado e espionando em Dominion. Pedalei pela cidade, ziguezeando pelas ruas, desviando dos turistas de fim de verão.

Até passei pela prefeitura e espreitei da sombra de um carvalho enquanto Nina, de saltos amarelo-limão e vestidinho combinando, entregava bebidas geladas para os meus telhadistas.

Depois do meu reconhecimento, entrei numa loja de souvenirs, comprei um boné e um protetor solar, e escolhi um restaurante ao acaso para almoçar, onde me escondi numa mesa de canto no salão cheio e organizei minhas anotações.

Fiz uma pausa quando minha salada Cobb chegou. Estava murcha, e a cozinha tinha economizado no frango e no molho. No entanto, a julgar pela multidão de clientes no horário do almoço, a qualidade não parecia um impedimento. Ao meu lado, dois pais queimados de sol tentavam ao mesmo tempo controlar três crianças birrentas com menos de cinco anos e chamar o garçom para pedir a conta. Tomei mais notas.

Meu celular vibrou em cima da mesa e o peguei.

Cam: Você se mudou sem me avisar?
Eu: Você quer alguma coisa, ou só está me mandando mensagem para me irritar?
Cam: Um pouco dos dois. Só queria saber se precisa de uma carona. Está muito quente.
Eu: Se precisasse, não seria você que eu chamaria.
Cam: Ainda está brava?
Eu: Menos brava e mais irritada. As flores ajudaram.
Cam: As minhas eram maiores do que as de Levi.
Eu: Seu olho roxo também.

Cam: O punho gigantesco dele ocupa mais espaço.

Cam: Ele me contou sobre a história da escrita.

Eu: Antes ou depois de vocês se espancarem?

Cam: Antes, durante, depois? Quem lembra? A questão é: agi feito um babaca. E talvez estivesse com ciúme.

Eu: Seus irmãos falaram mesmo para você não tentar nada comigo?

Cam: Cadê você? Meus polegares estão cansados de digitar.

Eu: Estou ocupada.

Cam: Você não pode me evitar para sempre. Trabalho na sua casa.

Eu: Aceito o desafio.

Considerei discutir minha ideia com Cam, mas logo descartei esse pensamento. Tínhamos outras coisas com que lidar. Eu teria que encontrar um cidadão menos irritante.

Paguei o garçom exausto e passei no banheiro para fazer xixi e lavar o suor das axilas. Mal tinha fechado a porta da cabine quando alguém mais entrou no banheiro. Saltos amarelos passaram por mim com elegância.

— Deixe que eu me preocupo com isso. Só continue me passando informações. Assim que incorporarmos Story Lake e começarmos a construção do campo de golfe, vou garantir que você receba sua recompensa por escolher o lado certo — Nina disse ao telefone.

Meu queixo caiu num grito silencioso de indignação.

A Fazenda Bishop ficava nos arredores de Story Lake, do lado oposto de Dominion. Quando entrei com minhas duas rodas na entrada de cascalho entre as cercas brancas de madeira, estava exausta. A leve subida até o sobradinho de pedra se mostrou demais para minhas pernas sobrecarregadas, e acabei empurrando a bicicleta para a sombra de dois pinheiros do outro lado da entrada.

O SUV de Laura estava estacionado na garagem individual. À frente, um celeiro vermelho-cereja ficava entre pastos e mais pinheiros. Avistei um trio de vacas descansando à sombra do celeiro.

A porta da casa se abriu, e Pep Bishop acenou para mim, toda rural, com sua calça jeans velha e sua regata branca.

— Oi — cumprimentei, ofegante, tirando a franja capenga da frente dos olhos.

— Você parece exausta. Entra!

— Obrigada. Vou tentar não estragar todos os seus móveis. — Eu me arrastei pelos degraus da varanda e deixei que a doce promessa de ar-condicionado me guiasse pelo resto do caminho.

Vi uma sala de estar com móveis confortáveis e prateleiras cheias de fileiras de bibelôs e fotos antes de seguir Pep para um puxadinho espaçoso que abrigava uma cozinha arejada com copa.

— Você parece ter caído no lago — observou Laura da ponta da mesa. Melvin e Bentley acordaram de suas sonecas e me receberam com rabos e línguas.

— A coitada veio de bicicleta — disse Pep, fazendo sinal para eu me sentar.

— Não sei se deveria me sentar. Meu suor pode corroer a madeira — falei, de olho no jarro de água gelada em cima da mesa.

— Querida, essas cadeiras aguentaram três meninos que viraram adolescentes que viraram homens. Acho que aguentam um pouco de transpiração — garantiu ela para mim.

— Você precisa de um carro — observou Laura, servindo e me entregando um copo d'água.

— Sim — concordei o mais educadamente possível antes de tomar tudo de uma vez.

Precisei de mais dois copos para me sentir coerente o bastante para pegar um dos biscoitos servidos na bandeja.

— Aimeudeus, que delícia — murmurei com a boca cheia de biscoito de limão-siciliano e açúcar de confeiteiro.

Eu me dei conta de que Pep e Laura estavam me olhando com expectativa.

Fiz uma careta.

— Desculpa. A desidratação e a raiva sempre me fazem esquecer os bons modos.

— O que meus filhos fizeram agora? — perguntou Pep. — Além de roubar dois dos meus melhores vasos.

— Tenho certeza de que vão ser devolvidos em segurança — deixei escapar, culpada.

Mãe e filha trocaram um olhar que não consegui decifrar. Eu e minha mãe nunca tivemos o tipo de relacionamento que tornava esses olhares cúmplices possíveis. Confusos? Sim. Irritados? Com certeza. Mas cúmplices? Jamais.

— Interessante — comentou Laura.

— Mas não acho que seja por isso que veio nos ver. Foi? — Pep empurrou a bandeja de biscoitos para perto de mim.

— A princípio, tive uma ideia que queria discutir com vocês. Mas, no caminho, aconteceu algo que me convenceu de que precisamos fazer algo a respeito.

— Estou oficialmente intrigada — disse Laura.

— Imagino que não tenha algo a ver com o livro em que está trabalhando. — Pep arriscou um palpite.

— É sobre algo que Cam disse.

— Tente não levar a mal — aconselhou Pep. — Ele tem um jeitinho grosso, mas o amamos mesmo assim.

Engasguei com meu segundo biscoito de limão-siciliano.

— Ah, não. Não tem a ver com isso, na verdade. Ele disse que estava cansado de Dominion nos roubar, e que seria bom roubarmos algo deles para variar.

— Estou dentro. Por acaso vamos precisar de balaclavas? Vou ser a motorista da fuga. — Laura se ofereceu.

— Talvez. Primeiro, eu não deveria contar isso para ninguém, mas, como a assembleia municipal é amanhã à noite, acho que não seria a pior coisa que já fiz desde que me mudei para cá.

— É sobre a modernização da estação de tratamento de esgoto? — perguntou Pep.

— Como você... deixa pra lá. Cidade pequena. Esqueci. Enfim, então, vocês também sabem que não temos dinheiro para as modernizações, certo?

— Ninguém está ansioso para o aumento de impostos — disse Laura.

— Não mesmo — concordou Pep. — Vai tirar ainda mais gente da cidade.

— Bem, é isso ou vamos ficar ainda mais na merda — apontou Laura.

— Infelizmente, tem ainda mais coisas em jogo — falei, e contei para elas sobre o que ouvi Nina dizer no banheiro.

— Aquela mulher é uma sacana, manipuladora e dissimulada — xingou Pep, batendo a palma da mão na mesa quando terminei. — Um campo de golfe? O que ela vai fazer? Demolir Story Lake para fazer aqui o nono buraco?

— Temos um informante entre nós. Vou precisar de vinho para isso. — Laura se afastou da mesa e deu a volta pela ilha da cozinha até a adega climatizada.

— Vou pegar as taças.

— Acho que tenho uma ideia sobre onde podemos arranjar o dinheiro — falei quando elas voltaram à mesa e começaram a servir o vinho. — Mas preciso que me digam se é idiota e fadada ao fracasso.

— Por que veio até nós? Cam está na câmara, e nosso querido prefeito adolescente acha que você é o Batman de Story Lake que veio para nos salvar — apontou Laura.

— Cam vai me ignorar mesmo se minhas ideias forem boas, e Darius acha que sou um gênio e apoiaria tudo o que eu sugerisse, mesmo que seja terrível. Vocês duas conhecem essa cidade melhor do que ninguém.

— Você vai ficar para jantar — decretou Pep.

Tirei os olhos do caderno, que agora continha mais anotações de Salvar a Cidade do que de Trabalho em Andamento.

— Hein?

— Manda mensagem para os seus irmãos — ordenou ela à filha.

Laura sorriu de satisfação.

— Cam já está a caminho desde que descobriu que Hazel estava aqui. *Merda.*

— Preciso ir — falei.

— Nem pensar — disse Pep alegremente. — Temos vinte quatro horas para nos prepararmos para a assembleia. Essa é uma situação que exige a participação de todos, o que significa que vamos convocar os meninos. Vou começar a preparar o bolo de carne. Você deveria convidar sua amiga Zoey. Alguém com a formação dela pode ter algumas ideias de como podemos conseguir resolver isso.

— O bolo de carne da minha mãe é o melhor do mundo — comentou comigo Laura. — Você não vai querer perder, mesmo que isso signifique que vai se sentar à mesa com os três patetas que chamo de irmãos.

Todos ouvimos a porta de uma caminhonete bater, e me assustei. Eu reconheceria essa batida em qualquer lugar. Cam.

— Acho que vou chamar a Zoey... em algum lugar que não aqui.

— Pode usar meu escritório — disse Pep. — Pela porta ao pé da escada.

Peguei outro biscoito de limão-siciliano e saí correndo com a pouca dignidade que me restava. Eu tinha acabado de entrar pelo vão da porta quando ouvi Pep:

— O que é que aconteceu com seu rosto, e por que meu vaso de flores sumiu?

— Cadê a Hazel? — perguntou Cam.

Fechei a porta o mais discretamente possível e me recostei nela. Ele não diria nem faria nenhuma idiotice na frente da família. Ou será que faria? Tínhamos um acordo de que todas as coisas peladas que tínhamos feito e provavelmente faríamos de novo ficariam entre nós. Se bem que Laura sabia sobre nosso encontro de mentirinha. E Levi obviamente sabia a verdade, graças ao surto do irmão. Mas ele não parecia ser muito de fofocar... nem mesmo de falar.

Não. Cam não me encurralaria na frente da família. Haveria perguntas demais. Suposições demais. Explicações demais.

Soltando um suspiro de alívio pela minha racionalização, disquei o número de Zoey e olhei examinei o cômodo enquanto esperava que ela respondesse.

Era pequeno, em termos de metragem quadrada. Mas os Bishop tinham aproveitado ao máximo a área útil com uma escrivaninha de dois lados feita sob medida. Um lado era rigorosamente organizado, com um notebook e um calendário mensal atualizado. O outro tinha uma pilha alta de correspondências não abertas, pequenas peças mecânicas de coisas da fazenda e outros materiais de escritório.

— Oi — falei quando Zoey atendeu.

— Tudo bem? Seus personagens finalmente pararam de transar por tempo suficiente para você conseguir pensar no conflito da história?

A porta se abriu, e Cam entrou, tomando todo o espaço e oxigênio para si.

— Hummm — murmurei.

Ele fechou a porta e parou na frente, as pernas firmes, os braços cruzados, imobilizando-me com o olhar.

Minha pulsação começou a latejar sob o pescoço.

— Fomos convidadas para jantar na Fazenda Bishop — falei, com um tom agudo. –– É bolo de carne.

O canto da boca de Cam se curvou.

— Tem algum animal criado em liberdade na fazenda? — perguntou Zoey.

— Vi algumas vacas. Mas estavam atrás de uma cerca. — Tentei olhar para qualquer lugar, menos para o rosto e o corpo de Cam. Infelizmente, esse rosto e esse corpo ocupavam o espaço todo.

— Não sei, Haze. Uma fazenda parece o lugar perfeito para ser pisoteada por um rebanho.

— Eu me recuso a deixar que você acrescente todos os animais à lista de coisas de que tem medo. Peixes e aves eu entendo. Mas não vou deixar que você passe a vida com medo de vacas também. — Cobri o celular com a mão. — Não tem outro lugar para ir? — sussurrei para Cam.

— Não.

— Não está com medo de que sua mãe pense que está rolando alguma coisa?

— Ela deve ter ficado sabendo no segundo em que abri seu sutiã pela primeira vez.

Minha temperatura facial disparou a mil graus. Destapei o celular.

— Olha, Zoey. É importante, e envolve a ex-namorada malvada de Cam e o destino de Story Lake. Além disso, disseram que o bolo de carne vale a viagem.

Cam deu um passo para perto.

— Desliga o celular.

— Quem está aí? — perguntou Zoey, que tinha ouvidos de águia.

— Ninguém. A tv. Vou te mandar o endereço por mensagem — falei rápido, recuando para a escrivaninha enquanto Cam diminuía a distância entre nós.

Seu sorriso escancarado era pura tentação enquanto pegava meu celular e encerrava a chamada.

— O que está fazendo? — perguntei enquanto seus polegares se moviam pela tela e eu fazia uma contorção digna de ioga avançada.

— Mandando o endereço para Zoey por mensagem. — Ele jogou o celular na mesa atrás de mim e colocou as mãos grandes no meu quadril.

Meu corpo todo se derreteu feito cera.

— Ainda estou brava com você — insisti, colocando as mãos no seu peito.

— Não, não está. — Ele ergueu a mão e tirou meu cabelo da frente do rosto num gesto quase carinhoso.

— Certo. Ainda estou irritada com você. E agora sua família vai achar que está rolando alguma coisa entre nós.

— Deixa que eu me preocupo com isso.

— Não quer saber o que Nina está planejando? — perguntei, esperançosa.

— Tenho prioridades mais importantes — insistiu ele.

Sua mão deslizou sob o meu queixo e para atrás do meu pescoço. Seu rosto estava cada vez mais perto do meu.

— Você *não* está prestes a me beijar na casa dos seus pais agora! — sussurrei.

— Não me diga o que não estou prestes a fazer — avisou ele uma fração de segundo antes de tocar sua boca quente e firme na minha.

Sedução sem consentimento. Era disso que se tratava, concluí, enquanto meu corpo todo se atraía por seu campo gravitacional.

Sua mão envolveu meu rabo de cavalo e puxou, inclinando minha cabeça para trás. Ele intensificou o beijo de uma forma que fez minhas pernas exaustas perderem a batalha contra a gravidade. Minha cabeça girou. Meu fôlego se esvaiu. Sua língua se entrelaçou habilidosamente com a minha até eu estar me agarrando a ele com tanta força que meus dedos doíam.

Cam pegou minha perna e a pendurou em seu quadril, roçando sua ereção espetacular em mim.

Soltei um gemido em sua boca que ele devorou com voracidade.

— Porra, srta. Confusão — sussurrou ele com a voz áspera.

Eu o queria sem roupa, dentro de mim, olhando para mim exatamente como estava olhando agora. As pálpebras pesadas, a boca firme, desejo gravado em seu rosto bonito.

A batida repentina na porta do escritório me trouxe de volta à realidade. Tentei me soltar do aperto de Cam, mas ele não deixou.

— Quê? — rosnou ele.

— Hã? — Pisquei duas vezes até entender que ele não estava falando comigo.

— A mãe mandou você vir logo para ajudar a descascar as batatas — chamou a voz de Gage detrás da porta, um pouco presunçosa demais.

Subi na escrivaninha e dei um espaço para me afastar um pouco da ereção magnética de Cam. Ele baixou os olhos para o meu peito e vi o tesão nos seus olhos. Percebi que meus mamilos estavam fazendo o possível para sair de seu confinamento.

Ele olhou avidamente para mim. Bati a mão no seu peito e o empurrei. Se ele me beijasse de novo, estávamos ferrados.

— Obrigada por me explicar tosquia de ovelhas, Cam — falei em um tom alto e pouco convincente.

Ele puxou meu cabelo de novo e deu um beijo leve e divertido em meus lábios inchados.

— Estou a seu dispor — respondeu ele.

Uma porta se abriu em algum lugar nos fundos da casa, e um coro de cumprimentos começou.

36

PEIDORREIRA

Campbell

A preparação do jantar na cozinha dos meus pais era como se quatro Gordon Ramsays gritassem ao mesmo tempo enquanto panelas ferviam, ingredientes eram lançados de um lado a outro e cães faziam os humanos tropeçarem como se esse fosse um esporte profissional.

Nós nos referíamos carinhosamente à experiência como Jogos Vorazes.

A casa estava cheia, já que meu pai trocou o último turno com nosso funcionário de meio período, Conner. Os filhos de Laura também vieram e cancelaram quaisquer eventos sociais que tivessem na agenda. O bolo de carne da minha mãe tinha esse efeito nas pessoas.

Hazel e Zoey estavam preparando uma salada e observando o caos com taças de vinho da segurança de suas banquetas. Eu estava atolado em carne moída, ovos e farinha de rosca, o que me forçava a ficar com mãos ocupadas nisso, sem tocar qualquer outra coisa, algo que não me deixava lá muito contente.

Minha mãe deu uma olhada no meu rosto quando ressurgi de minha breve sessão de beijos com Hazel e me atribuiu a missão de preparar a carne. Nunca conseguimos entender como ela podia dar uma única olhada em nós e saber de tudo, mas Pep Bishop tinha instintos maternos excepcionais.

Com a briga com Levi e o desaparecimento de Hazel o dia todo, eu tinha percebido que havia coisas mais importantes do que a família saber que eu estava ficando com uma cliente.

Mas essa conversa teria que ficar para depois, porque eu estava sendo obrigado a estrangular carne crua enquanto Hazel explicava o que tinha escutado em Dominion.

— Eles não podem simplesmente incorporar Story Lake, podem? — perguntou Zoey, indignada.

— Tecnicamente, sim. Isso se chama "anexação". Mas não seria fácil. Precisaria haver algum tipo de motivação financeira, e as câmaras de vereadores das duas cidades precisariam concordar. Não acho isso provável — opinou Gage enquanto ele e Laura descascavam batatas.

— Bem, a Nina obviamente já tem alguém do nosso lado trabalhando para ela — apontou minha mãe enquanto se virava segurando um prato de milho verde. Ela parou de repente e quase deixou o prato cair quando Melvin passou na frente dela. — Chega! Crianças, levem os cachorros para fora e vão descascar o milho.

Meus sobrinhos levaram os cachorros até a porta, e Isla pegou o milho.

— Não sei o que você fez com aquela menina, mas ela sabe guardar rancor — disse meu pai, dando um tapa nas minhas costas.

Eu e Hazel trocamos olhares por um instante.

— O Cam namorou a Nina no Ensino Médio e por um ou dois anos depois. — Minha mãe fez o favor de explicar para Hazel.

— Ela sabe, mãe — falei, irritado.

— Como a Nina acha que vai nos anexar à força? — perguntou Levi a todos na mesa, onde estava descascando uma pequena montanha de batatas.

— Para um candidato a delegado, pensei que você estaria mais por dentro dos segredos da cidade — provocou Gage.

— A treta do tratamento de esgoto — explicou Laura.

— Não temos dinheiro — completou meu pai.

— Merda — disse Levi.

— Literalmente — comentou Laura.

— O que vamos fazer? — perguntou Zoey.

Minha mãe fixou um olhar em Hazel, que baixou a cabeça.

— Não adianta vir com timidez agora. Não se você tem um plano para apresentar para a cidade toda amanhã.

Hazel parecia querer vomitar na saladeira.

— Não pode ser outra pessoa? Quer dizer, não deveria ser outra pessoa? Faz poucas semanas que estou na cidade.

— Esta cidade precisa de ideias novas — insistiu meu pai. — E não estou dizendo isso porque você é nossa maior cliente agora.

— Obrigada, Frank — disse Hazel com ironia.

— Qual é o plano, Cidade Grande? — perguntou Gage.

Ela hesitou.

— Está mais para uma ideia.

— Vingança — disse Laura, animada.

— Vamos ouvir — falei.

— Resumindo, estaríamos roubando turistas de Dominion. Os que não estão procurando uma cidade movimentada, corridas de lancha regadas a bebida e festas até o amanhecer.

— Pais com crianças pequenas — disse Laura.

— Casais aposentados — completou meu pai, cutucando minha mãe na pia enquanto pegava mais uma cerveja.

— Pessoas que querem passear de caiaque sem se afogar nas ondas dos jet skis — acrescentou Levi.

— Exato — disse Hazel. Ela lançou um olhar para mim enquanto eu espremia o resto da massa do bolo de carne na terceira assadeira de vidro.

— Não é má ideia — opinei. Um grande elogio vindo de mim. Laura bateu um florete de brócolis na minha cabeça. — Mãe! Larry me bateu com brócolis.

— Não desperdice verduras boas na cabeça dura do seu irmão, Laura — falou minha mãe automaticamente.

— É uma ideia ótima — disse Gage para Hazel. — Estamos acostumados a perder para Dominion. Seria bom conseguir tomar algo de volta, para variar.

— A questão é: como? — declarou Zoey.

Consideramos e descartamos opções até o bolo de carne estar no forno e o purê estar pronto. Hazel parecia assoberbada mas entretida.

— Falta meia hora até o jantar estar pronto. Cam, por que não leva Hazel para dar uma volta pela fazenda? — sugeriu minha mãe, lançando-me um olhar incisivo.

Franzi a testa, tentando entender suas intenções. Mas a ideia de passar um tempo a sós com a mulher que eu estava tentando convencer a voltar para minha cama valia qualquer truque que minha mãe tivesse na manga.

— Eu posso levar ela — se ofereceu Levi, lançando-me um olhar presunçoso.

— Não, não pode. Você vai estar ocupado demais aparando as unhas de Melvin, porque ele só deixa você fazer isso — falei, me levantando.

— Aimeudeus! Você vai me poupar uma viagem ao pet shop e a taxa extra pelo drama gigante que ele faz — disse Laura, batendo as palmas — Você é o melhor irmão de todos!

Levi me fixou um olhar.

— Se precisar de um rim, não vou doar.

Abri um sorriso de satisfação para ele antes de pegar a mão da Hazel.

— Vamos.

— Zoey, você deveria vir também — sugeriu Hazel, incisiva. — Você adora... fazendas.

Zoey parecia estar a dois segundos de correr para o carro e fugir para a civilização.

— Ela não pode. Porque tem que fazer aquela ligação importante — falei.

Hazel franziu a testa.

— Que ligação importante?

— Aquela sobre a qual ela não para de falar desde que chegou — menti.

— Ah, *aquela* ligação importante — falou Zoey. Ela fingiu olhar o relógio. — Sim, realmente preciso fazer uma ligação exatamente às 17h19. Obrigada, Cam.

— Não me lembro de você mencionar nada sobre...

Hazel não teve a chance de terminar a frase porque eu já a estava puxando porta afora.

— O. Que. Foi. Isso, Cam? — perguntou ela, tentando soltar a mão quando descemos a rampa que saía da cozinha. — Pensei que você não queria que sua família soubesse que a gente estava transando.

Eu tinha passado a me preocupar muito menos com isso no último dia, mas não achava que agora fosse um bom momento para comentar isso.

— Ainda estamos transando? — perguntei, puxando-a na direção do celeiro.

— Não decidi.

— Então, tenho meia hora para te convencer a me deixar te ver pelada de novo. — Dei a volta com ela até a porta aberta da garagem nos fundos do celeiro. Os cheiros de ração, forragem e animais me lembravam tanto de casa quanto o bolo de carne no forno. — Quadriciclo ou UTV?

— Essas por acaso são posições sexuais? Se forem, pode descrevê-las para mim em detalhes?

— Quadriciclo ou UTV? — repeti, apontando para os dois veículos de quatro rodas estacionados um ao lado do outro.

— Decepcionante. E, como não confio nem um pouco em você, vamos com o que tem cintos de segurança. — Ela decidiu.

Tirei as chaves do gancho na parede e as joguei para ela.

— Você vai dirigir.

— Eu? Nunca operei um UTI.

— UTV. De *utility task vehicle*, veículo utilitário multitarefas — expliquei. — Pense nisso como uma aula de direção. Você precisa arranjar um carro. Se continuar andando de bicicleta, vai morrer de desidratação no verão e virar picolé no inverno.

— Isso está na minha lista — respondeu ela, mantendo distância de mim enquanto se aproximava do lado do motorista do veículo enlameado de duas portas. Já estava cheio de amassados e arranhões de quase uma década de vida na fazenda.

Entrei ao lado dela e afivelei o cinto.

— A chave vai na ignição. Acelerador, freio, embreagem, igual a um carro. Tenta não bater em nada.

Seu olhar foi fulminante.

— Anda logo, srta. Confusão. Não vou perder o bolo de carne.

Ela murmurou algumas coisas nada elogiosas, mas conseguiu ligar o UTV.

— O acelerador é um pouco...

Saímos em disparada pelo portão aberto em direção ao campo antes que eu pudesse terminar o aviso. O fardo de feno na carroceria atrás de nós saiu voando. Hazel pisou no freio, quase nos causando um traumatismo cervical com a parada brusca.

— Cala a boca — disse ela de antemão.

— Vamos tentar de novo — falei, tentando fazer meu aperto firme na barra de segurança parecer casual.

Dessa vez, ela pisou devagar no acelerador, e não cheguei perto de arrancar a língua com os próprios dentes ao sairmos.

— Dá a volta e segue pela entrada — guiei. — E vai devagar em volta da casa, senão minha mãe vai ficar puta por causa da poeira.

Mordendo o lábio e apertando o volante como se o estivesse estrangulando, Hazel seguiu minhas instruções com cuidado. As vacas e Diva, a burra, já estavam fazendo fila na cerca para serem levadas ao celeiro para o jantar.

— Estaciona, pé de chumbo — zombei e dei um tapinha na coxa dela. Ela parou com um ruído de cascalho, e saltei para fora.

— O que está fazendo?

— Alimentando as meninas — respondi por cima do ombro. — Prontas para jantar, mocinhas? — As três vacas holandesas balançaram os rabos. Bambi, a maior, soltou um *muu* impaciente. Diva bateu a pata no chão e soltou um *inhóóó* ensurdecedor.

Abri o portão do curral e voltei para o portão do pasto.

— Prepare-se para correr atrás se alguma fugir — falei brincando.

— É sério isso? — chiou Hazel atrás do volante.

— Relaxa. Elas sabem o caminho de casa. — Abri o portão do pasto e dei uma palmada na anca das três vacas enquanto elas desfilavam para o pátio. Diva seguiu, parando para receber carinhos no pescoço. Coloquei a ração, verifiquei a água e, depois de um cabeçada de Bambi, fechei o portão e voltei para o veículo.

— Seus pais moram num minizoológico — comentou Hazel.

— Um minizoológico para animais rejeitados. Antes tínhamos vacas leiteiras e plantávamos milho. Mas meu pai não dava mais conta depois do derrame. Agora, mantemos a fazenda por hobby e recebemos animais resgatados.

— As pessoas viriam. Aqui, quer dizer — disse ela. — Pagariam para ver os animais que vocês salvaram. Para ouvir as histórias deles. Fariam doações para poderem salvar mais animais.

— Está me dizendo que turistas viriam a Story Lake e pagariam para fazer carrinho na Peidorreira? — Apontei para a menor das vacas, que tinha enfiado a cabeça embaixo da cerca e estava tentando receber um último carinho meu.

— Por favor, diga que Peidorreira é o seu apelido — falou ela, séria.

— Meus pais cometeram o erro clássico de avós de deixar que os filhos de Laura batizassem todos os animais resgatados por um ano — expliquei.

Hazel balançou a cabeça.

— O que foi? — perguntei.

— O cara com quem estou transando acabou de colocar as vacas e a burra dele para dormir. Às vezes, acho que estou tendo um longo sonho febril e que vou acordar em Manhattan.

— É o que você quer? — Apontei para ela retomar o passeio.

— Agora, estou mais interessada em dar uma lição em Dominion — disse ela.

Eu a guiei para o oeste, na direção do sol.

— Por que eu e você somos os únicos nesse passeio? — perguntou ela.

— Minha mãe tem lá os motivos dela, que ela não compartilha com ninguém. Tenho quase certeza de que ela sabe sobre nós.

— Primeiro Levi, e agora, sua mãe? Quer dizer que a cidade inteira vai saber das nossas indiscrições passadas amanhã?

— Primeiro, ninguém disse que paramos de indiscrever — disparei em resposta.

— Minha editora chamaria sua atenção por essa palavra.

— Segundo, tem uma diferença entre fofoca da família e fofoca da cidade. Vamos voltar e encontrar todo mundo sabendo que transamos? Com certeza. Mas eles não vão sair espalhando isso pela cidade.

— Por que você não está mais bravo? Era você que não queria que ninguém soubesse sobre nós, mas você não está com a cara mais fechada do que o normal.

— Talvez eu tenha reconsiderado isso.

— Talvez? — Ela olhou para mim enquanto subíamos um morro baixo, com pastos se estendendo dos dois lados.

Eu me segurei na alça de "puta que o pariu" antes de Hazel passar por um buraco do tamanho de um carro.

— Não precisa passar por todo buraco que vir — comentei.

— Não consigo falar e dirigir ao mesmo tempo. É muita coisa para se concentrar.

— Se você consegue escrever com uma casa cheia de barulho de construção, consegue dirigir e conversar.

— Por que você talvez tenha reconsiderado? — perguntou ela, fazendo uma curva brusca para evitar outro buraco.

— Não sei, e não estou muito a fim de ficar refletindo sobre isso. Gosto do que a gente estava fazendo. Acho que, quando vi você em público com o babaca do meu irmão, pensei que também parecia divertido.

— Você agiu como um idiota — apontou ela.

— Eu sei.

— Não sei se flores, um beijo inesperado e um passeio pelo seu minizoológico são suficientes para recuperar minha confiança. E, mesmo que fossem, não sei se estou pronta para algo mais público.

— Hazel, somos adultos que estão se divertindo. Às vezes a gente só precisa ligar o foda-se.

Eu não sabia por que estava insistindo nisso. Por que queria ser quem a leva pela cidade, dividindo bebidas e trocando segredos. Mas não havia por que analisar isso a fundo. Era algo que eu queria; então, eu iria correr atrás disso.

— E foder.

Abri um sorriso arrogante para ela antes de virar seu queixo para olhar para a pista.

— Se estiver atrás de poesia e romance, está com o cara errado.

— Escrevo sobre romance o dia todo. O que preciso é de um homem que não faça birra toda vez que eu fizer algo de que ele não goste.

— Vou reduzir as birras ao mínimo possível, contanto que você se comunique melhor.

— Não acredito que justo você está me dizendo que me comunico mal — reclamou ela.

— Imagine como você é pior do que eu, se até eu estou dizendo alguma coisa.

— Certo. Vou pensar — disse ela.

— É tudo o que peço.

Estávamos chegando perto de uma curva na pista.

— Pega leve no acelerador — aconselhei. — Não precisa pisar fundo para chegar aonde estamos indo.

Hazel riu, mas seguiu meu conselho.

— Que comentário típico de cidade pequena...

37

NÃO MEXE COM PORCO QUIETO

Hazel

Entrei na minha segunda assembleia municipal sentindo vontade de vomitar. Era por isso que eu não me envolvia nas coisas. Eu colocava as coisas no papel e as soltava no mundo, onde eu não precisava encarar o público nem sobreviver a seu feedback imediato. Hoje, eu iria me expor, mas sem a distância segura das páginas de um livro.

Apertando meu caderno de apoio emocional junto ao peito, olhei à minha volta. Ao contrário da minha primeira assembleia, hoje a Comendo Capim pela Raiz estava cheia. Sem um velório concomitante, todas as três salas da casa funerária estavam abertas num único espaço amplo. Pelo visto, todos queriam descobrir o resultado da votação para delegado. Por mais que Levi não quisesse o cargo, eu mal conseguia imaginar como seria horrível ter Emilie, a estraga-prazeres, estragando muito mais coisas.

— Oi.

Virei e me deparei com Levi atrás de mim. Era difícil dizer por conta da barba e do olho roxo, mas tive a impressão de que ele parecia um pouco pálido.

— Ah, oi. Está pronto para os resultados, possível futuro chefe?

— Não. Ou eu vou acabar responsável pelos problemas de todos ou vamos todos ter que conviver com Emilie policiando como mastigamos em público. As duas opções são horríveis.

Era uma sequência de palavras bem longa vindo da boca de Levi.

Bem nesse momento, a mulher em questão entrou com o marido. Eles estavam usando camisetas de *Não leve um tabefe. Vote em Rump para chefe.* Garland estava andando de costas na frente deles, tirando fotos com o celular como um fotógrafo desesperado por um bom sorriso de um bebê antes da hora da soneca.

Torci o nariz.

— Acho que nós dois sabemos que essa cidade vai ser melhor se você usar o distintivo.

Levi resmungou.

— Ah, obrigada por pendurarem minha tv e terminarem de capinar o jardim da frente hoje. Não precisavam fazer isso. — Depois de passar o dia todo evitando Cam, eu tinha saído do escritório com os olhos cansados, a apresentação pronta para a assembleia e o esboço de uma cena de briga grandiosa, e me deparei com a casa vazia e minha lista de tarefas, bem mais curta.

Levi baixou a cabeça.

— Foi Cam quem fez isso tudo. Ele está tentando te reconquistar.

— Hum. — Foi a melhor resposta que consegui dar. Eu nem sabia se queria que ele me reconquistasse ou me levasse de volta para a cama. Quer dizer, tecnicamente, nunca nem fomos para a cama.

O sorriso de Levi foi breve mas brilhante.

— Continua torturando meu irmão — aconselhou ele antes de desaparecer na multidão.

Avistei Darius atrás da mesa dos destilados caseiros, que dessa vez estava angariando fundos para o cão terapeuta de Zelda Springer, e segui em sua direção. Um pouco de coragem líquida parecia uma boa ideia hoje.

Entrei na fila atrás dos ombros largos de Gator Johnson, o motorista do guincho.

— Vejam só, é Hazel Hart — disse ele. — Baixei um dos seus audiolivros. Nada mal.

— Sério? Pensei que você gostasse mais de ficção militar histórica.

— Sou um homem complexo — insistiu ele. — Gostei. Tanto que, quando tive que buscar Scooter depois que a picape dele quebrou, ficamos na cabine por mais cinco minutos só para terminar o capítulo em que Bethany salva o carvalho mais velho da cidade da desenvolvedora maligna.

Senti uma pontada no centro do peito. Orgulho e perda estavam tão imbricados àquela altura que eu não saberia dizer qual estava vencendo.

— Obrigada, Gator — agradeci.

— Mal posso esperar para ouvir o que está criando aqui. Se precisar que eu dê voz ao meu próprio personagem, eu teria o maior prazer em pegar o microfone.

Imaginei imediatamente um Gator grisalho fictício se aproximando da minha protagonista incauta, limpando graxa no macacão. *"Precisa de uma lubrificada na sua charanga?"*

— Vou lembrar de você — falei, tentando expulsar a imagem do cérebro.

Felizmente, a chegada de Campbell Bishop ofereceu a distração perfeita. Ele estava de calça jeans e uma camisa aberta sobre uma camiseta justa. O olho roxo lhe dava um ar rebelde de bad boy que eu achava perturbadoramente atraente. O mau humor estampado no maxilar cerrado sob a barba rala de sempre mostrava que ele preferiria estar em qualquer lugar, menos ali.

Até me ver.

Nem minha falta de confiança autodepreciativa conseguia ignorar o brilho em seus olhos.

Dei as costas para ele. Meu corpo poderia estar pronto para deixar que Cam colocasse as mãos em mim de novo, mas felizmente meu cérebro estava resistindo.

— Então, Gator, sempre me perguntei como dá para rebocar um carro em ponto morto — falei, concentrando toda a minha atenção em sua explicação detalhada e prolixa.

Senti o peso do olhar de Cam sobre mim, mas ele não se aproximou. Quando cheguei à frente da fila dos destilados, arrisquei um olhar por sobre o ombro e vi que ele tinha sido encurralado pelo jornalista amador Garland.

— Olha só, é minha romancista favorita — cumprimentou Darius. — Pronta para a assembleia?

Eu me inclinei sobre o bar improvisado.

— Como você consegue estar tão bem-humorado assim? Está prestes a contar para a cidade inteira que podemos estar a meses de ter ruas cheias de merda e da falência.

— Com uma pessoa criativa como você na câmara, acredito que vamos encontrar uma solução. Se existe uma coisa que Story Lake sabe fazer, é sobreviver — declarou ele com uma confiança invejável.

Eu não estava tão confiante assim.

— Sei. Aliás, alguém já foi expulso sob vaias de uma assembleia da câmara? — perguntei enquanto pagava pela bebida.

— Ah, sim. Mas isso só acontece umas duas vezes por ano — respondeu ele.

— Obrigada — falei, seca.

— Mas tenho uma boa notícia — falou ele. — Vendi uma casa hoje e aluguei uma das lojas vazias na rua principal, e isso é graças a você.

Ah, não. O que fiz agora?

— Sério? Como?

— É um casal de Connecticut que tem um café. Eles foram forçados a sair do shopping onde estavam por causa do aumento do aluguel e dos impostos. A esposa é leitora sua. Acompanha sua newsletter e suas redes sociais. Ela e o marido vieram, se apaixonaram por Story Lake e fizeram uma oferta à vista.

Maravilha. Agora eu estava atraindo leitores a uma cidade à beira do colapso.

— Que... demais — comentei, fingindo entusiasmo.

Eu estava vasculhando a carteira em busca de mais dinheiro para a bebida quando Zoey chegou, ofegante e corada.

Ela tirou a bebida da minha mão e a virou.

— Certo. Lacresha já deixou os slides prontos. Você vai arrasar.

— No bom ou no mau sentido? — Senti vontade de vomitar de novo.

— Está na hora de começar — disse Darius, fechando o cofre. Ele me guiou na direção do palco e voltei um olhar de desejo para a bebida.

Quando chegamos ao palco, o único lugar vago era entre Emilie e Cam. Eu não sabia com qual deles eu estava menos animada. Eu me sentei na cadeira como se fosse a poltrona do meio num avião. O joelho de Cam esbarrou no meu embaixo da mesa. O choque elétrico pelo contato físico me assustou, e dei um pulo para trás, derrubando o copo de um litro de Sports Aide de Emilie com o cotovelo.

Observei com um pavor em câmera lenta enquanto o copo caía, fazendo um tsunami verde-limão esguichar na direção da primeira fileira, que estava ocupada pelo grupinho de apoiadores de Emilie.

Ouviu-se um arquejo coletivo quando o líquido fez contato, manchando três camisetas de *Vote em Rump*. Os gritos irados das vítimas logo foram abafados por risos.

Cam deu uma risadinha ao meu lado. Seu joelho voltou a reafirmar seu domínio sobre o meu.

— Desculpa, desculpa — gritei para as mulheres, que se dirigiam ao banheiro a passos úmidos.

— Você vai pagar por isso — rosnou Emilie para mim no microfone.

— Não tenho dúvida.

— Vamos evitar as ameaças. Temos muitas coisas importantes na pauta hoje — disse Darius ao salão. Ele apontou para os Rouxinóis de Story Lake, que estavam agrupados num canto. O grupo entoou uma nota longa. O salão foi se silenciando aos poucos, até eu ter certeza de que todos poderiam ouvir o estrondo do meu coração tentando escapar do peito.

— Declaro a assembleia aberta — anunciou Darius. — Primeiro: os resultados da eleição para delegado chegaram.

Isso atraiu a atenção de todos. Emilie se empertigou em seu assento e começou a folhear um monte de cartões. Era um discurso de vitória. E, pelo tamanho da pilha, parecia longo. Avistei Levi no fundo do salão, com os braços cruzados, encostado na parede, parecendo pronto para enfrentar um pelotão de fuzilamento.

— Para anunciar o vencedor de nossa eleição especial, aqui estão os Rouxinóis de Story Lake — disse Darius.

Os Rouxinóis se dirigiram à frente do salão e fizeram uma breve harmonização.

— Puta que pariu — murmurou Cam.

— Nenhum cidadão foi ignorado. Os votos estão contados.

"É com glória que anunciamos a esmagadora vitória.

"Conheçam nosso capitão, Levi Bishop, o chefão!"

Um dos Rouxinóis estourou confetes, fazendo uma chuva de papel vermelho, branco e azul cair sobre o palco.

A maioria do público aplaudiu. Frank e Pep ergueram cartazes de Chefe Bishop enquanto Laura se aproximava de Levi e dava um soco carinhoso na barriga dele.

Com o maxilar cerrado e os cachos loiros tremendo com o que eu só podia imaginar ser uma raiva mal contida, Emilie disse ao microfone:

— Exijo uma impugnação sob o artigo 52, subseção G.

Ace suspirou e colocou a pesada constituição na mesa.

Darius acenou.

— Não tem necessidade, dr. Ace. O artigo 52, subseção G, afirma que um representante eleito pode ser impugnado se o candidato vencedor causar ou permitir uma debandada de rebanho pelos limites da cidade por um mínimo de três quarteirões.

O marido de Emilie, Amos, se levantou e apontou para a janela.

— Meu Deus! Tem um porco correndo pela rua! — anunciou ele com uma agitação ensaiada. Eu tinha quase certeza de que ele também estava lendo a fala de uma pilha própria de cartões.

— Espera. Não é o seu porco, Amos? — perguntou um observador atento no fundo do salão.

— É o Rumpernil, com certeza. Eu reconheceria aquele porco em qualquer lugar — afirmou outra pessoa.

— Olhem! Ele está tirando uma sonequinha nas flores dos Dilbert.

Ace lançou um longo olhar para Emilie.

— Acho que podemos dizer com segurança que um porco andando por trinta metros e pegando no sono não constitui uma debandada de rebanho.

Emilie resmungou e cruzou os braços.

— Parabéns, chefe Bishop. Vamos agendar sua cerimônia de posse numa data que seja conveniente para você — disse Darius, sério. — Passando para o próximo item da pauta: recebemos os resultados do relatório de tratamento de esgoto, e temos oito meses para conseguir os duzentos mil dólares para modernizar nossa estação.

Fez-se um silêncio tão intenso que dava para ouvir os roncos de Rumpernil. E então foi um deus nos acuda.

— Pessoal, por favor, vamos nos acalmar para podermos chegar às soluções — pediu Darius.

As perguntas dispararam, velozes e furiosas.

— Como vamos arranjar tanto dinheiro assim?

— E se não fizermos a modernização?

— Por que não podemos comemorar o Dia de Jardinar Pelado no parque?

— As pessoas que votaram em Levi precisam temer algum tipo de retaliação de... outros candidatos?

— E se todos instalássemos latrinas?

Olhei para Cam.

— Você não pode fazer alguma coisa?

— Está bem. Mas só porque quero parecer heroico na sua frente. — Ele se aproximou do microfone, colocou o dedo do meio e o polegar na boca e deu um assobio estridente. — Todo mundo, senta e cala a boca, ou a primeira prisão do meu irmão vão ser todos vocês, e sei que não temos espaço na cadeia para todo mundo.

A gritaria diminuiu para um burburinho baixo.

— Obrigado, Cam — disse Darius. — Agora, sei que essa notícia é chocante, mas seus vereadores estão trabalhando arduamente em possíveis soluções.

— Só tem duas soluções possíveis. Triplicar os impostos sobre propriedade ou ser incorporados por Dominion — anunciou Emilie. — É melhor já desistir agora. Começar a fazer a mudança e colocar as casas à venda antes que as nossas ruas fiquem marrons de merda e nossos impostos levem vocês à falência!

A gritaria recomeçou e continuou mesmo depois de vários murmúrios dos Rouxinóis e pedidos de silêncio de Darius.

Cam colocou a mão no dorso da minha cadeira, os dedos roçando nas minhas costas. Ele se inclinou atrás de mim.

— Erleen, chama a atenção deles.

A mulher com ar de bruxa bateu uma leve continência e pegou uma buzina debaixo da mesa.

Mal tive tempo de tampar os ouvidos quando Erleen fez o salão tremer com uma buzinada. A multidão silenciou, relutante.

— Obrigado a todos pelo entusiasmo. Agora, a vereadora Emilie ofereceu duas soluções possíveis, mas gostaria de ouvir mais algumas dos demais vereadores — falou Darius, conduzindo a reunião.

Erleen se inclinou para a frente, e o tilintar das suas pulseiras empilhadas ao microfone a fazia soar como uma fada mágica.

— Proponho começarmos a pedir subsídios de infraestrutura para ajudar a cobrir os custos. Deve haver um ou outro para o qual nos qualificamos, e temos uma escritora profissional na cidade para nos ajudar.

— Excelente sugestão — incentivou Darius.

Ace levantou a mão.

— Minha recomendação é pedirmos uma extensão do prazo. Com mais tempo, podemos avaliar opções menos onerosas de modernização.

— Uma sugestão excelente — elogiou Darius, ignorando o bufo de escárnio de Emilie. — E, prevendo isso, já fiz a solicitação aos comissários do condado, que negaram.

A plateia resmungou.

— Mas não achei que fosse um não definitivo — disse Darius. — Acredito que possamos chegar a um meio-termo.

Cam se aproximou, seus lábios roçando em minha orelha.

— Estamos afundando aqui, srta. Confusão. É melhor começar.

Eu vomitaria no resto da primeira fileira. Meu coração estava batendo tão rápido que me perguntei se precisava de cuidados médicos. Mas Cam tinha razão: vim aqui para recomeçar e, quem sabe, em vez de apenas assistir e observar, estivesse na hora de me envolver.

Pep e Frank fizeram joinha para mim. No fundo do salão, Laura fez com as mãos o gesto de falar. Zoey estava no corredor ao lado de Lacresha, olhando para mim. Ela usou os dedos para puxar os cantos da boca para cima num sorriso.

A multidão voltou a murmurar.

Em vez de fazer arrepios subirem pela minha espinha com mais um sussurro no ouvido, Cam me chutou por baixo da mesa.

— Ai!

— Agora ou nunca, srta. Confusão.

A velha Hazel queria escolher nunca. Mas eu a tinha deixado em Manhattan num apartamento pequeno e solitário demais.

— E se... — Microfonia foi o que se ouviu depois disso.

— Vou ter o maior prazer em fazer avaliações auditivas gratuitas depois da reunião de hoje — ofereceu Ace.

Me afastei um pouco do microfone e tentei de novo.

— E se o dinheiro não precisar vir dos moradores de Story Lake?

— *Você* vai fazer um cheque? — rosnou Emilie no canto.

— Deixa a mulher falar, Rump — disse Cam.

— O que estou dizendo é que Dominion tirou muito de vocês... de nós ao longo dos anos. E se encontrarmos uma forma de tirar algo deles de volta?

— Como o quê? — perguntou Gator do meio de uma fileira.

— Sempre gostei da fonte na frente da prefeitura — disse uma jovem mãe embalando uma criança de colo ao lado de um caixão lustroso que eu torcia que estivesse vazio.

— Lembra quando roubaram nossa mascote de pickleball no ano passado? A gente deveria entrar na cidade às escondidas e roubar todos os animais de estimação deles! — uma mulher musculosa gritou do assento na frente de um expositor de urnas.

— Certo. Estava pensando mais em turistas — falei. — Esta é uma cidade bonita com um lago deslumbrante. Deve haver uma forma de atrair os turistas de Dominion.

— Roubar de Dominion. Atrair turistas — falou alto Darius enquanto anotava minhas sugestões. — Gostei.

Pelo canto do olho, dava para ver Emilie se contorcendo na cadeira e ficando toda vermelha.

Lang Johnson se levantou.

— Eu adoraria me vingar de Dominion, mas como exatamente você sugere que compitamos com eles?

— Pois é — comentou Scooter, levantando-se uma fileira atrás dela. — Eles têm tudo o que um jovem de vinte e poucos anos pode querer durante o recesso de primavera.

A paciência de Emilie evaporou.

— Essa é uma ideia burra. Quem em sã consciência quereria vir para cá em vez de ir para Dominion? Aquele lugar é uma festa o ano todo, com tudo quanto é conforto. Não temos porra nenhuma em comparação. É melhor jogar a toalha e vender tudo para Dominion.

— Que bom que perguntou, Scooter — falei com um sorriso que era só um pouco vacilante. — Zoey, pode começar a apresentação?

A primeira foto era do lago de Dominion no Dia da Independência dos Estados Unidos. Era um engarrafamento de barcos de festas e corpos flutuantes. Mal dava para ver a água.

— Parece a piscina de um cassino em Las Vegas em agosto, não? Dá para imaginar quanto xixi tem naquela água?

— Prefiro nadar em urina do que em merda — interveio Emilie.

— Puta que o pariu — murmurou Cam.

— Emilie, acho que vamos ter que diferenciar comentários úteis de não úteis. Eu adoraria se você não nos obrigasse a te colocar de castigo na frente da cidade inteira — falou Darius, sem se deixar abater.

— É nojento mesmo, e deve ter doenças transmitidas por urina na água daquele lago. Mas como isso nos ajuda? — perguntou Hana, da pousada.

Zoey passou para o próximo slide. Uma bela imagem de verão do nosso lago com um par de caiaques e um barco de pesca navegando ao longo da margem.

— E se formos o oposto de Dominion? — sugeri. — E se, em vez de festas de férias o ano todo, fôssemos atrás das pessoas que não querem jet skis e shots de Jägermeister?

— Como quem, por exemplo? — perguntou Ace.

— Como famílias com crianças que ainda tiram sonecas. Casais aposentados. Introvertidos que preferem ir para um bar com um livro a gritar no ouvido de desconhecidos. Pessoas com problemas de mobilidade. Pessoas que não vão soltar fogos de artifício às três da madrugada nem cair bêbadas no meio da cidade.

— Famílias com um membro com autismo — acrescentou Erleen.

Respondi com um sorriso de gratidão.

— Exatamente!

Darius apontou para nós.

— Boa! Estava lendo sobre um parque de diversões de cidade pequena que faz dias silenciosos especiais para visitantes com problemas sensoriais. No primeiro ano, mais do que compensaram o dinheiro que teriam perdido com os ingressos gerais naqueles dias, e a renda do parque aumentou dez porcento no ano.

Os pelos dos meus braços se arrepiaram. Estávamos no caminho certo.

— Podemos nos concentrar em atrair pescadores... e pescadoras, em vez do pessoal das lanchas — sugeriu Cam. — Isso manteria o lago mais tranquilo e limpo.

— E quanto mais pessoas atraímos para nossa cidadezinha pacata, mais dinheiro elas vão gastar aqui, e mais propensas vão estar a voltar — falei com entusiasmo. — Pensem nisso. A gente tem aquele lago intocado, uma pousada linda e o centro da cidade mais fofo que já vi. E olha que escrevo romances de cidade pequena, ou seja, sei do que estou falando.

— Mas e todas aquelas lojas vazias e placas de "Vende-se"? — indagou alguém no fundo.

— Passamos uma energia de cidade fantasma — concordou Laura, relutante.

Apontei para Zoey, que avançou para o slide seguinte.

— O que é Festival de Verão? — perguntou Kitty Suarez, erguendo os olhos do gorro que estava tricotando.

— É como um rebranding. Não somos a irmãzinha nerd de Dominion, sem nada a oferecer. Somos o refúgio do caos da vida real. Vamos começar com um evento ou festival no Labor Day — falei. — Poderíamos fazer um desfile ou uma corrida de caiaque, um concurso de tortas. Escondemos todas as placas de "Vende-se" durante o dia. Fazemos parecer que somos uma cidadezinha próspera da qual todos querem fazer parte.

— Isso não é meio desonesto? — perguntou Gator.

— Bem, sim, deve ser — admiti.

— Estou dentro! — gritou ele.

— A gente pode abrir um minizoológico? — perguntou uma menina banguela de coques pretos cacheados perguntou nos ombros do pai.

— Gosto da ideia — respondi.

— Uma corrida de cinco quilômetros cujos lucros beneficiariam o projeto de tratamento de esgoto — sugeriu Ace.

Os colegas de cross-country de Darius se animaram com a ideia.

— Bem que poderia ser por uma causa mais atraente — disse Erleen. — Cocorrida não soa muito bem.

— Confia em mim, se alguém consegue deixar o esgoto atraente, esse alguém é Hazel Hart — gritou Pep, apontando para mim.

Uma onda de risadas calorosas percorreu o salão.

Senti minhas bochechas arderem.

— Obrigada pelo voto de confiança.

— Será que a gente poderia colocar barraquinhas no parque da praça? Ah! E food trucks na rua principal.

— A Pousada teria o maior prazer em fazer uma festa de fogueira e marshmallow — ofereceu Billie, olhando para Hana.

Um evento para todos. Um lugar onde todos se encaixariam. Pensei em um pátio repleto de leitores de diferentes origens e em diferentes fases da vida. Era como se estivéssemos pegando uma história e transformando-a em realidade. Juntos.

Cam se recostou na cadeira e arqueou a sobrancelha para mim. Se eu não o conhecesse, diria que estava impressionado.

Reparei que Emilie estava pegando o celular e digitando furiosamente. Um segundo depois, seu marido abriu o celular e franziu a testa. Ele se levantou.

— Cidadão preocupado aqui. Como você propõe arrecadar 200 mil dólares com um dia tosco e mal executado de atividades comunitárias ridículas? — Ele leu.

— Não temos que arrecadar 200 mil dólares antes do Labor Day, Amos — falei. — Mas temos que começar por algum lugar. É uma estratégia de várias frentes com o objetivo final de salvar Story Lake. Começamos pedindo uma extensão de novo, solicitando subsídios e encontrando formas de trazer mais renda para a cidade. Mas precisamos da ajuda de todos para isso. Senão, vamos ser incorporados por Dominion, e sei de fonte segura que pretendem transformar parte de Story Lake num campo de golfe.

Ouviu-se um arquejo coletivo.

— Gosto das ideias — elogiou Darius. — Mas o Labor Day é daqui a uma semana. Conseguimos organizar um evento desse porte até lá?

— Por que não perguntamos à presidenta do nosso Departamento de Parques e Recreação? — sugeriu Cam.

Todos se viraram para mim.

— Ai, caramba.

De repente, Garland apareceu debaixo de mim e disparou várias fotos pelo celular com o flash ainda ativado.

Piscando para me recuperar dos pontos incandescentes na frente dos olhos, senti o pânico voltar. Era muito trabalho, sem falar do prazo que eu estava sofrendo para cumprir e do canteiro de obras que era a casa em que morava. Quem era eu para liderar uma campanha para salvar a cidade inteira? Eu era alguém que comia frios direto da embalagem na maioria dos almoços.

— Estamos procurando um copresidente para o Festival de Verão e voluntários para formar um comitê — anunciou Darius.

Arregalei os olhos quando várias mãos se levantaram.

— Vou copresidir — disse Cam.

Quase caí da cadeira quando me virei para ele.

— Aliás — Cam acrescentou, se dirigindo à assembleia. — Eu e Hazel estamos nos conhecendo melhor.

38

NEVE QUE TE PARIU

Campbell

ReporterIntrepido: Solteiro mais cobiçado de Story Lake, Campbell Bishop, choca cidade com declaração de amor pela mais nova residente, Hazel Hart. O casamento está previsto para o inverno.

> **Eu:** Acho que a gente precisa se encontrar.
> **Hazel:** Por que a gente faria isso?
> **Eu:** Somos copresidentes. A gente precisa garantir que o Festival de Verão aconteça.
> **Hazel:** Vai ser difícil, porque não estou falando com você.
> **Eu:** É melhor você superar isso. Temos que salvar a cidade de uma verdadeira tempestade de merda. Me encontra na loja às 8.
> **Hazel:** Não estou a fim de uma farsa elaborada para um encontro, considerando que na verdade eu nunca quis sair com você.
> **Eu:** Estoquei Wild Cherry Pepsi e cadernos novos. Comprei até um que diz "Seja curiosa" e tem um gatinho besta na capa.

Eu tinha acabado de fechar o caixa quando ouvi a batidinha no vidro. Olhos castanhos familiares me fitaram por cima da placa "Fechado".

Eu sabia que Hazel viria. Nem que fosse para gritar comigo por expor nosso assunto particular. E pelos cadernos.

Destranquei a porta e abri para ela.

— Boa noite, copresidenta.

— Não me provoca — disse ela, entrando.

— Pelo visto, você ainda está brava comigo.

Ela havia passado a manhã toda literalmente trancada no escritório. Eu conferi. Duas vezes. Quando voltei dos sanduíches do almoço, ela não estava mais em casa. Minha rede de espiões linguarudos me informou que ela havia se encontrado com Zoey e alguns outros habitantes de Story Lake na pousada para discutir o desastre... digo, festival iminente do Labor Day.

Ela foi direto para o expositor de lanternas solares e repelente os fundos da loja.

— Não sei nem por onde começar. Sabe, a Hazel de antes só varreria tudo para debaixo do tapete. Deixaria tudo acontecer naturalmente, e tal.

— A Hazel de antes parece ótima — zombei, recostando-me na porta e olhando para ela.

Ela deu meia-volta e me fixou um olhar frio. Todo aquele cabelo comprido estava preso num rabo de cavalo alto que parecia estar sorvendo a umidade de fim de verão. Ela usava uma saia comprida que esvoaçava em volta dos seus tornozelos e uma regata justa que destacava alguns dos lugares que eu mais gostava de tocar e saborear.

Enquanto eu a admirava, ela estava olhando para mim como se eu fosse um chiclete grudado na sola do seu sapato.

Porra. Hazel Hart era linda quando estava brava. Por sorte, eu parecia ter o dom para deixá-la assim.

— Certo. Já chega! O que você está aprontando, seu moleque insuportável? — perguntou ela, interrompendo minha contemplação.

— Obrigado por concordar em me encontrar aqui hoje — falei como quem não quer nada. — Precisei fechar a loja hoje. Podemos ir para a minha casa. Já jantou?

— Sua casa? *Jantar?*

Ainda bem que Melvin não estava aqui, porque ele teria começado a uivar quando a voz de Hazel subiu sete oitavas. Meu plano de pegar essa mulher de surpresa parecia estar funcionando.

— Moro no andar de cima. Faço comida. — Apontei para o teto.

— Não vim aqui para ser atraída para o seu quarto nem para comer as asinhas de frango de uma semana atrás que você chama de jantar enquanto a cidade toda pensa que somos um casal de verdade.

— Seria carne de porco desfiada, mas precisei mudar de última hora para hambúrgueres de peru, salada e bolinhos de batata.

Hazel fingiu desinteresse, mas seu estômago soltou um ronco alto e longo. A vitória era minha.

A porta às minhas costas tentou se abrir.

— Estamos fechados — gritei.

Eu tinha pouco tempo para fazer Hazel relevar o fato de que eu tinha sido um babaca e feito com que ela passasse vergonha na frente da cidade inteira, e não estava prestes a deixar que um cliente consumisse esses minutos preciosos.

— Por favor, Cam! Sou eu, Junior! — suplicou meu intruso do outro lado da porta.

— Vai embora, Junior — falei, virando a fechadura.

325

Junior Wallpeter era um tagarela nato; uma daquelas pessoas que ignoravam todas as dicas como "bom, está ficando tarde" e, e em vez de ir embora, simplesmente abria o celular e começava a narrar uma apresentação de slides das cinquenta fotos mais recentes das filhas gêmeas.

— Ahh, cara, por favor. Só preciso de leite em pó e de um pacote de M&MS. Do grande. Tessa vai me matar se eu voltar para casa de mãos abanando.

Hazel cruzou os braços.

— Você não vai negar leite em pó e M&MS a esse homem, vai?

Murmurando um palavrão, olhei para Junior pelo vidro.

— Fique aí.

Junior colocou as mãos em forma de concha na porta e espiou.

— Ah, oi, Hazel! Não estou interrompendo um encontro, estou?

— Não — gritou Hazel.

— Sim — contrariei. Entrei no corredor de bebês, artigos de higiene e pilhas e peguei uma lata enorme de leite em pó da prateleira. Depois, fui para a vitrine do caixa e peguei os três tipos de M&MS que vendíamos. Voltei correndo para a porta, abri e joguei tudo em cima de Junior.

— Você acabou de salvar minha pele, com certeza. Tessa está exausta e os bebês estão inquietos. Vou pegar a carteira. Ah, tenho o vídeo mais fofo do jantar de hoje à noite. Era espaguete...

Bati a porta na cara dele e tranquei.

— Vamos — falei para Hazel.

— Tchau, Junior — gritou ela.

— Até mais. Passo amanhã para fechar a conta. Posso trazer as meninas.

Peguei Hazel pelo punho e a arrastei para os fundos.

— Aquilo foi muito gentil *e* incrivelmente grosseiro da sua parte — comentou ela enquanto eu a puxava pela escada para o segundo andar.

— É o que sempre digo: sou um homem complexo.

— Um pé no saco complexo — murmurou ela.

— Eu ouvi.

— Era para ouvir mesmo.

Chegamos ao segundo andar funcional. A metade dos fundos do piso era o estoque da loja. A da frente era um apartamento pequeno que tomei como lar temporário depois que Laura me botou para fora da casa dela depois do acidente quando a proximidade criou tensões entre nós.

Abri a porta para o apartamento e fiz sinal para Hazel entrar.

— Por que não podemos fazer isso num lugar público? — perguntou ela, hesitando no corredor.

Um sorriso lento e satisfeito se abriu no meu rosto.

— Você está nervosa.

— Não estou!

— Está com medo de não se controlar perto de mim. Admite.

— Você é um saco. Estou brava com você, caso tenha esquecido. Não ficaria pelada com você de novo nem se fosse o último pauzudo do planeta.

— Então você não tem com o que se preocupar. Somos apenas dois adultos discutindo os problemas da cidade — falei, dando um empurrãozinho para ela entrar.

Tentei enxergar a situação do ponto de vista dela. Enquanto Hazel estava transformando cada centímetro da Casa Heart num lar, meu apartamento se resumia a um receptáculo de roupa, comida e livros.

Era um apartamento de solteiro de um quarto e um banheiro que beirava o clichê. Não havia nenhuma lembrancinha pessoal. Os móveis pareciam ser os de alguém que estava na pindaíba. A geladeira não tinha nada além de cerveja e sobras de delivery. E a tv era tão grande que daria vertigem em quem se sentasse perto demais. As coisas do meu último apartamento ainda estavam no depósito que eu ainda não havia conseguido esvaziar.

Eu tinha conseguido fazer uma faxina de vinte minutos entre um trabalho e outro. O lugar não estava exatamente brilhando, mas o cheiro impregnado de Pinho Sol estava fazendo efeito.

— Bem — falou ela, olhando à sua volta.

Não havia muito a ver. A cozinha tinha o tamanho de uma mesa de almoço de refeitório. Havia um conjunto de mesas e cadeiras toscas que dava para a rua principal, e que eu usava para empilhar correspondências e encomendas. A sala consistia num sofá verde feio e uma poltrona marrom ainda mais feia. Eu tinha instalado prateleiras dos dois lados da tv, mas nãos as completei.

O apartamento, assim como a estadia por tempo indeterminado, tinha sido uma solução temporária. Mas, um ano depois, eu ainda sentia que estava vivendo num limbo. Na verdade, a única coisa daquele ano que se destacava na minha mente estava na minha sala naquele momento, julgando o ambiente.

— Não é nenhuma Casa Heart — admiti.

— Ai. Meu. Deus. — Hazel apertou as mãos no rosto enquanto minha arma secreta despertava da coberta no chiqueiro improvisado que eu tinha montado no canto. — Isso é uma....

— Leitoa com um vírus respiratório? Sim.

— Por que você tem uma leitoa com um vírus respiratório na sala?

— Minha mãe. Pêssega precisou ser separada do resto da criação até o remédio para a gripe suína, que custa os olhos da cara, fazer efeito.

Como se fosse ensaiado, Pêssega espirrou.

— Ai, meu Deus. — Hazel se agachou no chão e, com cuidado, acariciou a cabeça da porquinha. — Não me leve a mal, mas por que você? Você não parece ser o tipo cuidador de porquinhos.

Fiz uma careta e peguei Pêssega no colo, com mantinha e tudo, segurando-a como um bebê.

— Eu sou supercuidador.

Hazel ergueu a sobrancelha.

— Sou sim. Além disso, minha mãe deixou Gage com uma golden retriever que foi reprovada na certificação de cão-guia, e Levi está dando de mamar a filhotinhos de coelho.

— Nota mental: visitar Levi o quanto antes — disse ela.

Nem pensar. Dei a porca no cobertor para ela.

— Toma. Fica com ela enquanto vou preparando o jantar.

— Oi, Pêssega — sussurrou ela enquanto aninhava a leitoa com cuidado.

Sentindo-me muito bem com meu plano diabólico, coloquei uma música e fui para a cozinha.

— Quem é a porquinha mais bonita do mundo? — murmurou ela enquanto andava de um lado para o outro da sala. Pêssega concordou com um grunhido. — Cam?

— Oi? — Tirei os olhos da frigideira.

— Por que tem velas em cima da mesa? — perguntou ela.

— Caso a luz acabe.

— Você colocou Michael Bublé para tocar. Pôs a mesa com velas novas. E por acaso tem uma porca bebê no apartamento hoje. Você está tentando me seduzir!

— Nada de gritar com a porca no colo.

Deliberadamente e com uma quantidade agressiva de contato visual, Hazel colocou Pêssega no chão.

— Você não vai escapar disso sem uma explicação e um pedido de desculpas — anunciou ela.

— Explicar? Explicar o quê? Pensei que falaríamos sobre como cobrar das barracas de vendedores no parque. Ou prefere conversar sobre como divulgar o evento para as pessoas que não moram aqui? — Eu era o retrato da inocência.

— Quero falar sobre seu surto de ontem à noite — disse ela. Ela entrou na cozinha e bateu uma folha de caderno no meu peito. Não uma folha qualquer. Nosso contrato. — Em que parte desse acordo está afirmado que tornaríamos nosso não relacionamento público na frente da cidade inteira sem nem conversar sobre isso?

— Escuta, isso é um pedaço de papel, e essa situação está cheia de nuances. Não me surpreende que não tivéssemos espaço para tudo.

— Juro por Pêssega e pelo resto dos animais da fazenda dos seus pais que estou prestes a acrescentar um segundo olho roxo à sua coleção.

— Não vamos brigar na frente da porca.

— Campbell Bishop, concordamos que não estávamos num relaciona-mento. Concordamos que faríamos um sexo gostosinho em segredo, e nada mais.

Encolhi os ombros e joguei os hambúrgueres de peru na frigideira.

— É, mas mudei de ideia.

— Você não tem o direito de mudar de ideia na frente da cidade inteira.

Pêssega entrou na cozinha e enfiou o focinho no prato de ração.

— Olha como a porca bebê come de um jeito fofo — sugeri.

— Não vou ser distraída por... ahh! É a coisa mais encantadora que já vi na vida.

— Me faz um favor e serve o vinho para nós? — pedi, passando para a pia para lavar as mãos.

Automaticamente, ela pegou a garrafa antes de parar.

— Para de me enrolar, Cam! E me fala o que você estava pensando ontem à noite.

— Eu estava pensando que queria ser eu a levar você para o Fish Hook. Não quero ter que me esconder pelado no seu closet de novo. E estou can-sado de me vestir como a porra de um ninja só para entrar escondido na sua casa à noite. Quase rompi um músculo da coxa pulando a cerca da última vez.

Ela riu e pegou o vinho.

— Ah, faça-me o favor. Para de fazer drama.

— Sou velho demais para ficar me escondendo.

— E sou velha o bastante para saber quando não quero estar num relacionamento.

Abanei a cabeça.

— Você está se preocupando demais. Nada mudou. Ainda podemos só transar. Mas agora todos sabem que você não vai transar com ninguém além de mim.

— Não sei se fico horrorizada ou enfurecida pela sua lógica emocio-nalmente limitada.

Virei os hambúrgueres.

— Cheddar ou suíço?

— Os dois. Por que não conversou comigo como um adulto?

Larguei a espátula e a encurralei na bancada.

— Porque você teria entrado em pânico e passado uma semana anali-sando tudo à exaustão até decidir que beber em público e continuar tendo sexo sem compromisso comigo era compromisso demais. Depois, eu teria que passar mais uma semana sendo especialmente gostoso na obra até você deixar a cautela de lado e voltar para a cama comigo.

— Como alguém pode ser tão astuto e burro ao mesmo tempo? — re-fletiu ela.

— Tenho razão, e você sabe disso.

— Você poderia ter agido de outras formas que não me excluíssem tão completamente assim do processo de tomada da decisão.

— Talvez. Mas estou acostumado a procurar o caminho mais rápido do ponto A ao B. E, se esses hambúrgueres e a porquinha funcionarem, poderemos voltar à normalidade bem mais rápido.

— Acho que estou ainda mais brava com você do que antes — disse ela. Mas suas mãos estavam no meu peito e não estavam me empurrando. Estavam traçando pequenos círculos. — Por curiosidade profissional, como você estava planejando ser especialmente gostoso pela casa?

— Trabalhando sem camisa no jardim na frente do seu escritório enquanto fazia pausas para jogar água sobre a cabeça.

— Nada mau.

— Depois, eu inventaria um plano para usar seu chuveiro.

— Que plano?

— Estava considerando derramar algum tipo de substância química perigosa na pele e deixar que você me visse de toalha.

— Nada mau também.

Cheguei mais perto, enrolando seu rabo de cavalo no punho e puxando até ela erguer os olhos para mim.

— Hazel.

— Quê, palhaço?

Nossa, como eu queria beijar aquela língua afiada.

— Gosto do que temos, e não quero dividir você com ninguém.

— Não sou um brinquedo ou um bonequinho idiota.

Lancei um olhar malicioso para ela.

— Sei bem. Não quero te aprisionar. Quero te jogar na cama. Exclusivamente para foder.

Ela revirou os olhos.

— Tem um porco aqui, e não é a Pêssega.

— Vou parar com a palhaçada. Admito que talvez eu pudesse ter encontrado uma forma melhor de fazer isso, mas não encontrei. Então, aqui estamos nós. Você está dentro, ou temos que ligar para Garland para anunciar nosso término?

— Você é *tão* romântico...

— Ei, dobrei você com vinho, velas e porquinha. Além disso, você não quer romance. Quer dar. Para mim. Várias vezes.

O sangue estava se esvaindo do meu cérebro para as partes baixas. Eu a desejava tanto que me deixava besta. Eu precisava que ela fosse besta comigo. Baixando a cabeça, me concentrei em sua boca. Mas, pouco antes de conseguir fazer contato, Hazel colocou a mão entre nossos rostos.

— Pensei que tinham me prometido um jantar e um caderno novo.

— Então, estamos bem? — murmurei em sua mão.

— Não vai se achando. É ou hambúrguer com você ou um macarrão instantâneo em casa, e ainda não limpei o mingau de hoje cedo do micro-ondas. Vou ver se esse seu jantar e suas ideias para o festival são tão impressionantes assim, e depois vou tomar uma decisão bem informada.

— Você vai se arrepender — avisei.

Hazel riu pelo nariz com o hambúrguer na boca.

— Existe uma longa lista de coisas na vida das quais já me arrependo. Duvido que colocar o lema da cidade em votação vai ser uma delas. A democracia nunca é motivo de arrependimento.

Pêssega estava dormindo no chiqueiro de novo. E eu tinha conseguido acalmar meus hormônios apenas o bastante para fingir interesse em continuar vestido enquanto como e falo de negócios. A placa de boas-vindas da cidade tinha parado na lista de tarefas da Irmãos Bishop; só faltava esperar pelo lema oficial.

Sorri satisfeito.

— Já parou para pensar por que a nossa águia-careca se chama Ganso? Ou por que escola primária está escrita com K?

— Não foi um erro de digitação?

— Acha que encomendamos e parafusamos letras de alumínio fundido num prédio de tijolos sem querer? Você está prestes a ter um choque de realidade. Toda vez que deixamos um plebiscito decidir um nome, dá merda. Você não quer saber o nome do nosso limpa-neves.

Hazel balançou a mão na frente do rosto.

— Vamos voltar para o limpa-neves daqui a um segundo. Está me dizendo que votaram num nome para uma águia-careca e escolheram Ganso. *De propósito?*

— A Equipe Ganso fez uma campanha bem intensa. Foi de porta em porta com donuts.

Ela fechou os olhos.

— Cam? Qual é o nome do limpa-neves?

— Neve Que Te Pariu.

Seu queixo caiu.

— Ah, não.

— Ah, sim.

Ela colocou as mãos na cabeça.

— Mas Darius já me deixou mandar o e-mail com o link da enquete. Por que ele não me avisou?

— Porque o moleque é otimista feito um golden retriever com um tutor permissivo e um pote de petiscos. Tenho certeza de que vai dar tudo certo. Desde que você não tenha deixado a opção de os eleitores acrescentarem suas próprias sugestões.

— E tinha como desativar isso? — sussurrou ela, e deixou a cabeça bater na mesa.

— Gatinha. — Estendi a mão e apertei seu ombro. — Está tudo bem. E se não estiver, a gente só vai se "esquecer" de colocar a frase na placa até o Festival de Verão acabar.

Ela levantou um pouco a cabeça.

— Sério?

— Viu? Existem vantagens em transar exclusivamente com o cara que faz a placa.

— Ainda não decidi se estamos transando ou não. — Ela fungou. — Na verdade, a única coisa de que tenho certeza é de que não vamos fazer sexo hoje. Não com todo um festival para planejar e executar — disse ela, apontando para as anotações.

39

APRECIANDO O PAU

Hazel

— Na próxima vez que tiver o impulso de cometer alguma idiotice irritante, vai falar comigo antes, *certo?* — Ofeguei e apertei os ombros de Cam com força. Estava sendo difícil me concentrar, mas eu não estava disposta a deixar que nenhum de nós gozasse antes que ele aprendesse a lição oficialmente.

Eu estava sentada na beira da ilha da cozinha enquanto o homem, o mito, o causador de problemas, ocupava todo o espaço entre as minhas coxas abertas. Com um movimento gratificante que com certeza seria estudado durante décadas por mulheres tentando provar argumentos para seus parceiros, eu tinha travado as pernas em volta do quadril dele, restringindo seus movimentos para que nenhum de nós ficasse exatamente satisfeito.

Ele gemeu.

— Meu Deus, srta. Confusão. Está querendo controlar meu orgasmo agora?

— Pode crer que estou. — Está dando certo? — perguntei, entre dentes.

Ele soltou um gemido estrangulado.

— Juro por todos os porquinhos nenéns do mundo que vou falar com você antes de fazer qualquer outro anúncio sobre o estado da nossa relação.

Eu poderia me fazer de difícil, mas isso renderia menos orgasmos.

— Para mim, está de bom tamanho. — Minhas coxas se abriram de repente.

Mas, em vez de meter tudo em mim, Cam tirou e me arrancou da ilha.

— Você vai pagar por isso — prometeu ele enquanto roçava os dentes no meu pescoço.

Um arrepio percorreu minha espinha. Ele era bonito. Não que ele achasse isso um elogio. Ele era como um deus antigo saído das páginas da mitologia nórdica para invadir meu corpo.

Ele me empurrou na direção na parede de tijolos aparentes entre as duas janelas da frente.

Foi tudo o que tive tempo de reparar, porque Cam me jogou contra aqueles tijolos frios num segundo. Nossas bocas se chocaram.

Suas mãos não vagaram pelo meu corpo, elas o conquistaram.

— Adoro essa saia — disse ele, enquanto uma mão explorava entre minhas pernas, puxando o tecido da minha calcinha para o lado com maestria.

Ele apertou a palma da mão na minha buceta e enfiou dois dedos em mim.

Não consegui abafar meu grito de êxtase. A porca resfolegou em seu chiqueiro no canto, e prendi os lábios. Minhas joelhos cederam, e ele me pressionou com mais força contra o tijolo.

Eu o desejava com uma ferocidade que me aterrorizava e me deliciava. Eu precisava que ele sentisse o mesmo fogo intenso de desejo.

Gememos na boca um do outro quando apertei seu pau. Dessa vez, foram os joelhos de Cam que cederam. Sincronizei meus movimentos com as deslizadas de seus dedos molhados e, em segundos, estávamos os dois ofegantes.

Mas eu queria mais dele. Ainda segurando sua ereção, coloquei a mão em seu peito e o virei de costas na parede.

— Vai aprontar o quê, srta. Confusão? — perguntou ele, rouco, metendo os dedos lá no fundo.

— Vou deixar você tão louco quanto me deixa — falei, me desvencilhando dele.

Minhas coxas estavam molhadas de excitação e meu corpo todo estava tremendo, querendo gozar. Mas, quando vi o brilho nos olhos semicerrados de Cam enquanto me ajoelhava, parei de me preocupar.

— Espera — ordenou ele.

Fiz beicinho entre as pernas dele enquanto seu pau se contraía na minha mão.

— Não acho que você queira mesmo esperar — falei, demonstrando com uma apertada.

Ele soltou o ar entre dentes e tirou a camiseta.

— Coloca embaixo dos seus joelhos — mandou ele.

Mesmo com o pau a centímetros da minha boca, Campbell Bishop era um cavalheiro. Mais ou menos.

Enrolei a camiseta e a coloquei entre os joelhos e o chão.

— Melhor? — perguntou ele.

Respondi da melhor maneira que consegui pensar: levando seu pau até o fundo da garganta sem avisar.

— Puta merda, Hazel, gatinha. — Seu punho bateu no tijolo nas suas costas e, se o pau impressionante dele não estivesse ocupando minha boca, eu teria sorrido com triunfo.

Ele me deixou brincar e saborear, chupar e deslizar, enquanto seu maxilar ficava mais e mais tenso. Ele estava perdendo o controle, e eu estava ganhando. Expressei minha aprovação com um gemido, o que aparentemente o fez perder a cabeça.

Ele apertou meu cabelo, enrolando meu rabo de cavalo no punho. Usando a mão, guiou minha velocidade enquanto começava a foder minha boca. Soltei outro gemido, mais longo dessa vez, e fui recompensada por um jorro quente de pré-gozo.

Eu escreveria a melhor cena de boquete da minha carreira depois que tivesse terminado de pagar o melhor boquete da minha vida, decidi.

— Caralho, caralho, caralho — sussurrou ele.

Eu era a coquete do boquete. A malvada da mamada. O oráculo do oral.

Cam parou minha cabeça, me segurando no lugar. Seu pau pulsou em minha língua e minhas amídalas.

— Porra Hazel. Preciso meter em você deste jeito.

— Q... eito? — perguntei indelicadamente, de boca cheia. Minha mãe teria ficado horrorizada.

— Sem nada entre nós. Preciso sentir você, gatinha.

Minha buceta deu cambalhotas de alegria. Eu tinha escrito momentos como esse, mas nunca vivido. Mesmo no casamento, eu era rígida com as precauções. Cam estava levando todo o conceito de namorado literário a um novo patamar.

— Tá.

— Tá? — repetiu ele.

Fiz que sim.

Ele deu uma bombada vitoriosa com o quadril e gemeu. Outro jorro de calor salgado atingiu o fundo da minha garganta. Apertei uma coxa contra a outra para aliviar parte da pressão que estava se acumulando dentro de mim. Mas não adiantou.

— Caralho — murmurou ele e tirou o pau da minha boca com um estalo dos meus lábios.

Não tive tempo o suficiente para sentir vergonha porque ele estava me levantando, me pegando no colo e colocando as minhas pernas em volta da sua cintura.

Minhas costas acertaram a parede de tijolos e quase perdi o fôlego. Mas não me importei, porque Cam estava se preparando para encaixar aquela cabeça larga onde eu mais precisava.

— Tudo bem? — ele perguntou, ofegante.

— Pra caralho. — Acenei com tanta força que minha cabeça bateu na parede. — Ai. Aliás, anticoncepcional. Estou tomando... coisas. — Eu não conseguia pensar direito, que dirá falar palavras coerentes.

Não com a cabeça ardente do pau mais perfeito do mundo prestes a me invadir.

Fechei os olhos, com medo do que ele veria neles se eu os mantivesse abertos.

— Abre os olhos e olha para mim, gatinha.

Droga.

Abri um olho. Ele estava olhando para mim com uma voracidade nos olhos semicerrados que eu nunca tinha visto voltada a mim antes. Meu outro olho se abriu.

— Boa menina — aprovou ele com um rosnado.

E enfiou o pau sem camisinha dentro de mim, e perdi a cabeça.

Era um botão biológico que havia se acionado. Eu estava programada para ter orgasmos no pau sem proteção de Cam. Essa era a única razão possível para o orgasmo instantâneo que me atravessou como um tsunami.

Gritei enquanto gozava.

Seu olhar ficou intenso de triunfo enquanto ele metia com força e intensidade, controlando meu orgasmo com a mais pura força de vontade. Com um grito estrangulado, ele soltou o primeiro jato de porra dentro de mim.

Era abrasador, e me marcou num lugar em que ninguém jamais havia tocado antes. O gemido visceral fazia seu peito vibrar sobre o meu, mas ele continuou a meter. Cada estocada firme e espasmódica me recompensava com um novo jato vertiginoso de porra.

Eu estava gozando de novo, ou gozando ainda. Como se o meu corpo estivesse forçando o corpo dele a entregar tudo. Nossas bocas se fundiram, nossa respiração se tornou uma só, enquanto vivíamos o clímax juntos.

— Está tudo bem entre nós?

Ele tinha insistido em me levar para casa. Eu tinha insistido que, já que ele estava aqui, poderia pendurar a tv do meu quarto. E foi assim que acabei pelada na cama, assistindo a *Bridgerton* com Cam e um pote de sorvete que ele havia roubado da própria loja.

Minhas partes íntimas ainda estavam sentiam o cortejo de orgasmos que ele havia desfilado pelo meu corpo, e uma porca bebê estava roncando no canto do meu quarto. Em suma, eu considerava essa uma maneira excelente de passar a noite.

— Aham — falei com a boca cheia de sorvete. — Muito bem.

Passei o pote e a colher. Ele estava pelado da cintura para baixo, com as cobertas sobre o colo.

— Podemos assistir a outra coisa — sugeri, sem muita sinceridade.

Ele deu de ombros.

— Ah. Gosto da música. E do cabelo estranho da rainha.

Parecia um grande elogio vindo de Campbell Bishop.

— Será que a gente deveria conversar sobre o fato de que sua picape está na minha garagem e são dez e meia da noite e você trouxe uma escova de dente?

Ele não teve pressa para deslizar a colher dos lábios.

— Não, a menos que você queira.

— A cidade inteira vai saber de manhã.

— A cidade inteira já sabe. — Ele colocou o celular no meu colo.

A tela mostrava uma mensagem num grupo.

Larry: Cammy está investindo mesmo.

Incluía um print do último post do Vizinhança.

ReporterIntrepido: Parece que os mais novos pombinhos de Story Lake estão formando um ninho.

— Ai, meu Deus. Sua mãe mandou mensagem para o grupo e disse: "Seu irmão sempre fica mais bem-humorado quando está satisfeito sexualmente". Agora todos os seus irmãos estão mandando emojis de vômito.

— A culpa é sua por ser toda atraente e solteira e interessada em como eu uso um martelo. Sou basicamente a versão de reforma de casa de um limpador de piscina — disse Cam.

— Ai — resmunguei. — Quando o interesse vai começar a passar? Fico mais tranquila sendo a interessada do que a interessante.

Cam bagunçou meu cabelo.

— Quando um dos meus irmãos for flagrado saindo com alguém — previu ele.

Roubei o sorvete dele.

— Posso tentar fazer o Levi e a Zoey ficarem? Ele vai precisar de uma boa agente se escrever bem.

— Primeiro, eles dariam um péssimo casal. Zoey precisa de alguém que cuide dela sem que ela saiba que estejam cuidando dela. Segundo, não comece a bancar o cupido na vida real só porque precisa de inspiração para o segundo livro.

Prendi o fôlego.

— Eu *jamais* faria isso.

— Disse a mulher que me fez uma proposta por pesquisa. Agora estamos pelados na cama, tomando sorvete, assistindo a esse tal de visconde fingir que a honra dele é mais importante do que o que está dentro das calças.

— Eles não podem simplesmente começar um relacionamento. Isso teria consequências que poderiam estragar tudo para as duas famílias — insisti.

— Bom, é isso o que acontece. Até mesmo com os relacionamentos bons.

Algo na maneira como Cam disse essas palavras se entranhou na minha mente. Era irônico, mas havia uma dor ali. Intensa e real.

— Não é isso o que uma escritora de histórias de amor gosta de ouvir — falei, tentando ser irônica.

— E como foi sua tentativa de ter um final feliz?

— Tá, tá. Eu sei. O meu "grande amor" foi balela. Mas isso não significa que o "grande amor" dos outros seja.

Ele me lançou um longo olhar frio.

— *Balela*? Srta. Confusão, o filho da puta passou anos cagando para o seu trabalho e fez comentários maldosos sobre você publicamente numa revista e para a sua editora. E é só de "balela" que você chama esse cara?

— Você está ignorando meu excelente argumento sobre outros relacionamentos não serem horríveis.

— E você está ignorando meu excelente argumento sobre seu ex ser um porco bípede.

— Você não sabe da missa a metade. — Peguei meu caderno ao lado da cama para anotar "porco bípede".

— Me conta — pediu Cam, subindo em cima de mim e segurando meus braços sobre a cabeça.

Ri pelo nariz.

— Você e seus irmãos estavam prontos para ir até o apartamento dele para dar uma surra no coitado quando ele disse coisas meio maldosas sobre mim numa revista. Não vou dar mais munição se, em vez disso, poderíamos estar fazendo sexo. — Fiz um movimento sugestivo com o quadril embaixo dele e me deliciei quando seu olhar ficou mais intenso.

— Você é insaciável — disse ele, tirando minha franja da frente do rosto.

— É você quem tem a ferramenta pesada no meio das pernas.

Ele revirou os olhos.

— Dá para ver que você está cansada quando suas descrições de paus começam a descambar.

— As descrições, sim. Mas o apreço pelo tal pau nunca diminui.

Ele baixou a cabeça e deu um selinho no meu nariz. Foi tão fofo e inesperado que entrei em pânico e decidi estragar o momento.

— Cam?

— Hum?

— O que aconteceu com o marido de Laura?

Ele suspirou, mas seus músculos ficaram tensos sobre mim como se enfrentasse um inimigo invisível.

— Eu... pensei em perguntar para ela ou pesquisar no Google, mas pensei...

— Ele morreu — disse Cam, saindo de cima de mim e se deitando de barriga para cima.

— Ai, Deus. Que horror.

— Pois é — respondeu ele, frio.

Eu estava literalmente mordendo a língua para não fazer outra pergunta. Isso não era material para um personagem no papel. Era dor de verdade, e não era da minha conta.

Cam me abraçou e colocou minha cabeça em seu ombro.

— Ele estava correndo com ela quando eles foram atropelados. Motorista jovem. Distraído. O sol estava... sei lá. Miller tentou empurrar Laura da frente. Morreu antes de chegarem ao hospital.

Uma lágrima escorreu pela minha bochecha sobre o peito quente e firme de Cam.

— Vocês eram próximos?

— Ele era meu melhor amigo desde o Ensino Fundamental. Até eu descobrir que ele e Laura estavam saindo pelas minhas costas, e ficamos nos batendo todos os dias por uma semana no último ano do Ensino Médio. Todos o amávamos.

— Lamento — falei de novo.

— Ele era uma boa pessoa. Bom pai. Bom marido. Bom amigo. Pena que o que é bom não dura para sempre.

Ouvi o batimento constante do coração de Cam e me arrependi de ter perguntado, de ter sido enxerida.

40

É PORCO DEMAIS

Hazel

Nossas aparições públicas acabaram por aumentar sem querer na manhã seguinte. Depois que acordamos cedo e encontramos Bertha deitadinha ao lado de Pêssega no chiqueiro improvisado, Cam foi o primeiro a tomar banho. Resmungando sobre a "pressão horrível da água" e a "porra do guaxinim Houdini", ele desceu para preparar o café da manhã.

Fui me arrumando sem pressa, vestindo a camiseta que Cam tinha largado jogada e prendendo o cabelo desgrenhado num coque. Eu estava descendo a escada com Pêssega nos braços quando ouvi um grito agudo seguido por um baque e um "Puta que o pariu!".

Corri para a sala de jantar e vi Zoey espiando detrás das mãos.

— Quem faz ovos *pelado*? — gritou ela.

— Quem não bate na porra da porta? — perguntou Cam. Ele estava segurando um pano de prato sobre seu pau impressionante e tentando colocar de volta na frigideira os ovos que ele havia deixado cair.

— Oi, Zoey — cumprimentei.

Ela deu meia-volta e voltou os olhos arregalados para mim.

— Sabia que você estava transando com ele. E estava totalmente disposta a te perdoar por não ter me contado. Mas não sabia que era a ponto de fazer café da manhã com ele sem roupa! E por que você está segurando um animal de fazenda como se fosse um bebê?

— Por que essa gritaria toda? — perguntou Gage, entrando na sala seguido por Levi. — Eita, porra.

— Quero o meu com a gema mole — disse Levi, rindo de Cam e de seu pano de prato.

— Então, vocês estão *namorando* sério — comentou Zoey enquanto comíamos nossas saladas de frango à beira do lago.

Depois de todos os gritos e piadas de café da manhã sem roupa, eu e Zoey tínhamos passado a manhã inteira indo de loja em loja, explicando o Festival de Verão e pedindo ajuda para transformar a cidade num chamariz turístico agressivo. Todos pareceram surpreendentemente empenhados em dar o troco em Dominion, e eu estava começando a ficar esperançosa.

Balancei a cabeça.

— Está mais para sexo exclusivo.

Ela apontou para mim com o garfo.

— Mas vocês vão jantar hoje, e peguei vocês se beijando depois que o flagrei fazendo ovos pelado.

— Ele tem um rosto que dá vontade de beijar e um corpo com o qual dá vontade de transar.

— Uhum. E como está indo a escrita?

— Tão bem que te mandei os dez primeiros capítulos para aplacar os medos da editora — falei, satisfeita. — Espero que vejam que escrever algo novo não é a pior ideia do mundo.

— Eu sei. Só queria te ouvir dizer isso em voz alta. Já li trinta segundos depois que você mandou o e-mail. Antes de continuar a te interrogar sobre o Cam da vida real, só preciso dizer: você está escrevendo como a Hazel pré-Jim.

— Não sei se tomo isso como um elogio — admiti.

— Você deixou que ele mexesse com a sua mente.

— Quem? Cam? Só deixo ele mexer na minha buceta.

— O Jim, besta. Você deixou que ele dissesse que seus personagens não eram angustiados o suficiente, que suas histórias não eram importantes o suficiente. É por isso que seus dois últimos lançamentos fracassaram. Ele enfiou os dedinhos literários esnobes dele na sua cabeça, e você começou a duvidar de si mesma.

Ela tinha razão, e nós duas sabíamos disso. Suspirei.

— Olha, não estou dizendo que deixei que ele me manipulasse, mas...

— É exatamente o que você deixou que ele fizesse. Mas Jim ficou no passado. Você é Hazel Hart, porra, e está escrevendo uma história que toca os leitores.

— Mas também é engraçada, certo? — perguntei.

— Claro que é engraçada. É engraçada e sincera e real. Agora, voltando a Cam — disse ela. — Você *gosta* dele!

— Não gosto! Quer dizer, gosto de fazer sexo com ele. Muito sexo. Vários orgasmos.

— Para, antes que eu te jogue no lago.

— Orgasmos à beça — provoquei.

— Você é maldosa quando está sexualmente satisfeita e toda apaixonadinhaaaaaaa — cantarolou Zoey.

— Não estou apaixonada. Mal consigo tolerar aquele homem quando ele está vestido.

— Só estou dizendo que você está radiante. Está escrevendo num ritmo pré-Jim. Está planejando um festival de cidade pequena digno de comédia romântica para salvar Story Lake. E está tomando banho regularmente. Não quero agourar nem nada, mas acho que você está mesmo feliz.

— Talvez a vida na cidade pequena combine comigo? Por falar nisso, preciso dos seus conhecimentos para divulgar anúncios por geolocalização nas redes sociais para o Festival de Verão. Temos um orçamento de cinquenta dólares.

— Isso deve atrair um total de uma pessoa e meia para a nossa festinha. Mas vou fazer o possível. Voltando ao namoro entre você e Cam conforme noticiado no Vizinhança.

— Não é namoro. É... sexo exclusivo. — Tinha sido surpreendentemente fácil me acostumar com nosso novo esquema. Os orgasmos tinham me convencido, creio eu.

— Aham. Claro. Só me deixa recapitular. Vocês estão fazendo sexo. Vão sair para jantar. Passaram a noite juntos oficialmente. Assistem a porcarias deliciosas juntos. E você conheceu toda a família dele.

Deixei o garfo cair na salada.

— Quando você fala tudo isso junto, parece ruim.

— Haze, você sabe que te amo. Você é uma das pessoas mais inteligentes que conheço, mas acho que Cam te manipulou para ter um relacionamento de verdade.

— Não. — Abanei a cabeça, devagar no começo e depois com mais e mais força. — Não, não pode ser.

— Até mais, tia Hazel! — cantarolaram as três crianças de oito anos que guiavam suas bicicletas pela rua principal. Eles tinham me visto saltando da calçada e pediram uma aula, o que levou a trinta minutos de uma boa e velha diversão em duas rodas.

— Bom passeio — gritei atrás delas.

Pedalei para casa com o sol e um sorriso no rosto. Eu tinha acordado naquela manhã com a mão de Cam apertando minha coxa enquanto dormia, escrevi tudo o que tinha para escrever antes do meio-dia, e o Chevy, da livraria, tinha vinte livros encomendados para eu autografar. Já tínhamos meia dúzia de vendedores inscritos para participar do Festival de Verão, e eu tinha conseguido usar meu charme para convencer Gator a tirar alguns de seus antigos caiaques e canoas de aluguel do depósito. Para completar, encontrei dois leitores na livraria que tinham ouvido um dos meus audiolivros durante a viagem até a cidade.

Talvez eu devesse comemorar aprendendo a fazer churrasco hoje? Eu tinha encontrado uma churrasqueira a carvão antiquíssima na garagem.

Carne mais fogo parecia fácil, e tinha clima de verão. E Cam parecia gostar de carne.

Eu estava perdida em pensamentos de carne quando me virei na rua e mal tive tempo de reagir quando os gesseiros saíram de ré da minha garagem na minha frente. Apertei os freios, firmei o pé e executei uma deslizada controlada com perfeição, girando a traseira da bicicleta e parando a centímetros do pneu traseiro deles.

Dei um soquinho no ar para comemorar. Eu ainda tinha jeito para a coisa. Mais uma vitória para o dia.

— Desculpa, sra. Hart! Não vimos a senhora aí — gritou Jacob, o motorista.

— Tudo bem — prometi.

— Essa não — disse o passageiro de Jacob.

Cam estava atravessando meu quintal violentamente em nossa direção. Ele deu um chute no portão que o fez se abrir de uma vez.

— Talvez seja melhor irem — sugeri.

Jacob engatou a marcha a ré e saiu andando para trás em alta velocidade.

Cam continuou sua caminhada furiosa na minha direção.

— Viu como sou boa na bicicleta? — gritei.

— Já chega — esbravejou ele, chegando ao meu lado. Ele me tirou da bicicleta e a carregou junto comigo para dentro do quintal.

— O que é isso? — perguntei, tomando notas mentais eróticas sobre essa demonstração casual de força.

Cam deixou minha bicicleta encostada na cerca e me jogou sobre os seus ombros.

— Gage! — bradou ele.

Gage saiu para a varanda da frente.

— Bela manobra, Hazel. Você é boa.

— Obrigada — falei, tentando me soltar de Cam. — Por que seu irmão está me carregando como se eu fosse um saco de cimento?

— É para ele que você tem que perguntar isso — disse devagar Gage.

— Chaves — ordenou Cam.

— As suas, as minhas, ou as de Hazel? — perguntou Gage.

— As minhas.

Desisti de tentar me soltar e recorri ao plano B. Beliscar a bunda perfeitamente torneada de Cam. Ele rosnou, mas sua comunicação parou por aí.

— Pega — gritou Gage, e jogou as chaves para Gam. — Divirta-se com seu sequestro.

Cam me carregou para a rua e me colocou no chão ao lado da sua picape. Ele me entregou as chaves.

— Vamos.

— Para onde? Tenho coisas importantes a fazer.

— Você já completou a sua lista de afazeres — disse ele, abrindo a porta do lado do motorista e fazendo sinal para eu entrar.

Abri a boca de espanto.

— Você andou espiando minha lista?

— Eu estava calculando quanto tempo levaria para ficarmos pelados hoje de novo. Daí vi você quase ser morta por uma van.

— Você está sendo dramático.

— Entra na porcaria da picape, Hazel.

Fiquei cara a cara com ele.

— Me obriga, Cam.

— Ainda não entendo como você dirige esse negócio... É maior do que meu primeiro apartamento — reclamei detrás do volante enquanto manobrava o gigante numa baliza na rua entre duas lixeiras de reciclagem.

— É a terceira vez seguida que você não bate nem no meio-fio nem nas lixeiras e está a vinte centímetros do meio-fio. Você está indo menos mal — falou Cam.

Não era bem uma vitória, considerando que eu tinha batido nas latas com esse continente sobre rodas duas vezes e colocado os pneus na calçada três vezes. Mas ele parecia incrivelmente indiferente ao estrago que eu estava causando em sua caminhonete.

— Sai da cidade e pega a estrada para o sul — instruiu ele.

— Quer que eu leve esse navio de cruzeiros para a *estrada*?

— É a Northeastern Pennsylvania, não a 405 de Los Angeles — disse ele, seco.

— Queria fazer churrasco hoje — reclamei enquanto saía do meio-fio e acelerava como uma tartaruga pela rua. — Pretendia ir ao mercado e comprar comida de verdade para comemorar meu dia incrível. Em vez disso, fui sequestrada e obrigada a dirigir esse continente pelo interior da Pensilvânia só porque meu amante odeia minha bicicleta.

— Primeiro: amante? Sério? — Cam puxou o volante de volta para a esquerda quando cheguei perto demais do acostamento.

— Como você se chamaria? Amigo pelado?

— Segundo, você não tem uma churrasqueira, nem uma cozinha. O que pretendia fazer: acender velas no quintal e segurar carne crua sobre as chamas?

— Fique você sabendo que encontrei uma churrasqueira a carvão velha na garagem — falei, orgulhosa.

Ele se ajeitou no banco e tirou o celular.

— O que está fazendo?

— Estou mandando mensagem. Não tira os olhos da estrada — instruiu ele. — Não é filme. Você não pode simplesmente ignorar a estrada e olhar para o seu passageiro, por mais gostoso que ele seja.

— Alguém acordou com o ego inflado hoje.

— Gatinha, o meu está sempre inflado.

Hum, não seria um bordão ruim para um protagonista alfa. Imaginei o Cam do livro dizendo isso enquanto fazia aquela coisa sexy de jogar a mocinha contra o vão da porta. Aah. Era uma boa. Ele ergueria o queixo dela todo arrogante e...

— Haze, você vai me matar — disse o Cam da vida real, me tirando do devaneio sexual. Ele pegou o volante de novo, dessa vez nos guiando para longe das linhas do centro. — Você por acaso está tentando dirigir como uma criança de seis anos em seu primeiro bate-bate?

— Desculpa. Eu só estava...

— Narrando uma história para você mesma de novo?

— Quê? Não — respondi, bufando, redirecionando minha atenção para o para-brisa e para todas as coisas do lado de fora que não eram nem de longe tão interessantes quanto meu protagonista sexy com o ego inflado, mas nem por isso mereciam ser esmagadas sob quinhentas toneladas de metal.

— Não me incomoda quando você viaja durante uma conversa ou um jantar, ou quando estou te fazendo assistir a alguma besteira no YouTube. Mas existem dois lugares em que você não pode abandonar a realidade.

Soltei um suspiro.

— Atrás do volante e onde mais?

— Na cama — falou ele, lascivo.

— Bom, fique o senhor sabendo que a culpa é sua. Se você não me inspirasse tanto, eu não teria que catalogar todos os seus movimentos para a posteridade. — Bati os cílios na direção geral da estrada.

— Não precisa puxar meu saco quando estou te ensinando.

— E quando está só gritando comigo? Posso puxar seu saco? — perguntei com doçura.

— Me fala onde estamos agora — pediu ele de repente.

— E eu lá vou saber? Só estou seguindo aonde você me fala para seguir.

— É você que está atrás do volante, espertinha. Não é um Uber. Não dá para simplesmente se sentar no banco de trás e se distrair enquanto outra pessoa te leva para passear. Você precisa saber onde está e para onde está indo.

— Se eu quisesse transar com um instrutor de autoescola, teria escolhido um instrutor de autoescola, Cam.

Ele ignorou minha tirada.

— Você parece estar estrangulando um cavalo. E por que está se inclinando tanto para a frente? Não pode dirigir com os seios.

— Não sei, *bobalhão*! Talvez porque eu não esteja me divertindo e não gosto de dirigir, e meu passageiro está criticando tudo o que faço, como se essa fosse uma prova final de faculdade para a qual esqueci de estudar! — gritei.

Ele ficou em silêncio por alguns instantes e me perguntei se tinha sido um pouco sincera demais com alguém com quem eu "só estava transando". Mas eu era a nova Hazel. A nova Hazel dizia o que pensava... pelo menos às vezes.

— Pega a próxima saída. *Devagar* — disse ele finalmente.

— Por que todo mundo ainda está aqui? — perguntei meia hora depois quando estacionei no meio-fio, sem raspar os pneus, aliás, na frente de casa.

As picapes de Levi e Gage estavam na rua, assim como o carro alugado de Zoey.

— Você queria fazer um churrasco. Estamos fazendo um churrasco — explicou Cam, soltando a maçaneta da porta que ele estava segurando com força e flexionando os dedos.

— E isso envolve mais de duas pessoas? — perguntei.

Ele apontou para o céu azul e sem nuvens daquela tarde.

— Num dia como hoje, sim.

Saímos da picape e fomos recebidos pelos aromas agradáveis de carne e fogo. Cam passou o braço em volta dos meus ombros e me puxou enquanto subíamos pelo quintal, seguindo os sons de risadas.

— Oi, Hazel. Oi, Cam — gritou a vizinha de três casas abaixo enquanto corria pela calçada atrás do filhinho de triciclo.

Acenamos, e algo nesse momento deu um estalo na minha cabeça. Era tão... normal. Tão feliz. Parecia uma cena que eu teria escrito antes de acontecer um desastre e alguém estragar tudo.

— Haze! Fizemos um piquenique — gritou Zoey quando demos a volta pelo quintal. Ela estava segurando com orgulho um pote do que parecia ser algum tipo de salada gourmet esbranquiçada.

— De onde isso veio? — perguntei, apontando para o ser reluzente no quintal, que estava longe de ser a churrasqueira a carvão de três pés enferrujada de Dorothea. Gage, Levi e Frank estavam observando a monstruosidade de aço inoxidável como se fosse o Santo Graal. Bentley, o beagle, estava seguindo todos os que pudessem ter comida.

Cam me apertou.

— Não fica brava. Mas aquela churrasqueira que você achou era literalmente uma merda. Todo o interior era uma bola de cocô de rato gigante.

346

— Então você roubou a churrasqueira de alguém? Por favor, me fala que não roubou dos seus pais. Sua mãe ainda deve estar chateada por causa dos vasos.

— Ninguém roubou nada. É a minha churrasqueira que, assim como seu guaxinim maldito, está residindo aqui temporariamente.

— A caixa ainda está na porta, e não lembro de termos passado numa loja para comprar uma — apontei.

— Como foi? — perguntou Gage.

— Ótimo — falei.

— Medíocre. — Cam suavizou sua resposta dando-me um apertãozinho de leve.

— O milho verde está pronto — Pep gritou da porta dos fundos.

Uma buzina soou, e ergui os olhos e me deparei com o suv de Laura entrando na minha garagem. Os três filhos dela e Melvin estavam pendurados nas janelas.

— A gente está com fome! A comida está pronta?

— Venham pegar — gritou Frank com um aceno celebratório do pegador da churrasqueira.

Tínhamos acabado de terminar de montar todas as espreguiçadeiras quando outro convidado chegou.

— Estou sentindo cheiro de salsicha? — perguntou Darius enquanto entrava pela lateral da casa.

— Ora, se não é nosso ilustre prefeito — disse Gage. — O que o traz aqui além da carne grelhada da Hazel?

— Tenho uma notícia sobre o Festival de Verão.

— Emilie encontrou um jeito de cancelar o Labor Day — Laura arriscou um palpite.

— É aí que você se engana, minha amiga. Conseguimos marcar não uma, mas *duas* excursões diferentes. Story Lake vai ser oficialmente um destino turístico na segunda.

— Jura? — perguntei.

— Uma é de um grupo do Brooklyn com quem uma vinícola familiar de Finger Lakes cancelou. A outra é de um centro para idosos de Scranton.

Todos riram e comemoraram.

— Vamos comer — disse Frank.

Comemos. E rimos. E comemorei em silêncio quando minha vizinha Felicity nos fez companhia com um prato de melancia fresca.

Cam me puxou para a grama perto da porta dos fundos depois que nos despedimos de Laura e sua família.

— Sabe, se fosse minha casa, eu acrescentaria um deque aqui. Um lugar para deixar a churrasqueira. Talvez uma mesa e cadeiras e um guarda-sol.

347

— Para de ter ideias caras para a minha casa — falei, enquanto fantasiava com tudo o que ele tinha acabado de dizer.

— Só estou dizendo. É um bom espaço. Bem do lado de fora da cozinha. Claro, você teria que fazer um pátio ali, talvez com um daqueles braseiros. Mais área de visitas, menos grama para aparar. Talvez pendurar uma daquelas luzinhas.

Ele estava criando imagens na minha cabeça. De noites aconchegantes em volta do fogo com um bom vinho e amigos ainda melhores. De jantares e aniversários e noites comuns de terça. Eu aprenderia a cozinhar. E, provavelmente, a jardinar. E aprenderia a acender fogueiras.

— Esse deque imaginário teria espaço para uma rampa? — perguntei.

Seu rosto se suavizou, e quase caí para trás com a vulnerabilidade visível nele.

— Você faria isso? — Sua voz embargada saiu rouca.

Pigarreei.

— Bom, não por *você*, meu casinho e instrutor ocasional de autoescola. Mas gosto muito da sua irmã, e adoraria que ela tivesse acesso à minha casa superfantástica. Sabe, se um dia vocês terminarem a obra.

— Sim. Acho que conseguimos fazer uma rampa — disse ele, olhando para mim de uma maneira que eu não reconhecia. Mas que com certeza me dava muito frio na barriga.

— Que bom. Faça um daqueles seus orçamentos astronômicos e a gente conversa.

— Pode deixar.

— Cam? — perguntei.

— Sim, srta. Confusão.

— Estamos namorando?

Foi a vez dele de pigarrear.

— Por que a pergunta?

— Isso não é um não — apontei.

Ele levantou a cerveja.

— Que importa se chamarmos assim?

— Cam, você sabe que não quero namorar. Não tenho tempo para um relacionamento.

— Mesmo assim, você vive arranjando tempo para mim.

— Você passa oito horas por dia na minha casa. Isso não é arranjar tempo, é conveniência.

— Se você colocar um deque e uma churrasqueira, vou estar aqui com ainda mais frequência.

Eu o cutuquei no ombro.

— Estou falando sério.

— Qual é graça?

— Estou com medo de que você esteja me manipulando para namorar você e vou acordar um dia morando com você, três filhos e sete porcos.

— É porco demais. — Sua voz era sedutora enquanto sua mão passava em meu cabelo.

— Campbell Bishop — avisei.

— Relaxa, gatinha. A gente só está se divertindo — prometeu ele quando puxou minha boca para a sua.

Meu argumento se perdeu em algum lugar quando sua língua entrou, fazendo-me esquecer tudo além do gosto e do toque dele.

— Vão para um quarto — brincou Gage.

— Vai todo mundo embora — ordenou Cam, ainda olhando no fundo dos meus olhos.

41

DO QUE OS IDOSOS GOSTAM?

Hazel

O Labor Day chegou com o tipo de mormaço que fazia os pensilvanianos acreditarem no inferno. Sendo uma nova pensilvaniana, fiquei um pouco surpresa com as condições de sauna. Às nove da manhã, a temperatura já estava lá pelos trinta graus, e não parava de subir. Nos cinco minutos que demorei para chegar ao lago, eu já tinha suado em meu short jeans bonitinho e minha camiseta do Festival de Verão.

Passei sob a faixa de largada da corrida de cinco quilômetros, acenando para os voluntários, e pedalei até o parque. Prendi minha bicicleta no bicicletário de metal recém-instalado e, discretamente, conferi o quão úmido estava o meu short, rezando por um milagre de ventilação na virilha.

Como um míssil teleguiado, meu olhar percorreu o caos comunitário até encontrar Cam. Ele estava sem camisa, com as tatuagens à mostra e o tronco reluzindo como se fosse esculpido em mármore, enquanto ajeitava a cerca temporária do minizoológico sob um arvoredo. Ele me avistou e me deu aquele sorriso de homem confiante e gostoso que diz: "lembra ontem à noite, quando a gente estava pelado?".

Imaginei minha protagonista chegando e, ao ver o mocinho numa glória seminua semelhante, correndo para a mesa da estação de hidratação. Era mais engraçado e um pouco mais charmoso do que uma virilha suada.

Enquanto vagava na direção de Cam, fui observando as atividades à minha volta. Os preparativos de última hora para o nosso pequeno mas potente Festival de Verão estavam a todo vapor, e a cidade de Story Lake havia comparecido em peso. Gator tinha uma dúzia de caiaques recém-lavados enfileirados na praia, prontos para serem lançados. Os vendedores de sorvete e batata frita ajustavam cabos elétricos e ventiladores portáteis para aumentar a brisa. O sr. e a sra. Hernandez ajustavam a decoração do bar Tiki no seu velho pontão, que estava pronto para passeios pelo lago.

Voluntários estavam construindo um palco nas quadras de pickleball para a banda e o dj, ambos os quais eram parentes de Darius. Garland estava correndo de um lado para o outro, tirando fotos como um paparazzo solitário. Até Emilie estava lá, olhando com reprovação enquanto perambulava pelo cais da marina.

— Oi — cumprimentei, ofegante, ao alcançar Cam.

Ele ergueu os olhos dos dois trechos de cerca que estava montando.

— Bom dia, linda.

— Levantou cedo hoje — comentei. Ele tinha caído da cama às seis da manhã, deixando um beijo no meu cabelo e uma ou duas promessas obscenas de bons momentos mais tarde. Quando fiquei na vertical, ele já tinha saído, deixando uma tigela coberta de mingau pronto na bancada, com instruções para reaquecer sem causar uma explosão.

— Achei que seria melhor fazer o máximo antes que o sol nos torrasse disse — disse ele, apontando para o cercado improvisado e os fardos de feno.

— Está bonito. Quantos animais...

Minha pergunta foi interrompida quando ele colocou a mão de luva de trabalho na cintura do meu short e me puxou para um beijo rápido, intenso e *gostoso*.

Como se fosse combinado, "Summer Lovin" começou a tocar nas caixas de som da irmãzinha de Darius, e mais uma vez me senti como a protagonista da minha própria história. Eu nem precisaria reescrever nada sobre essa cena perfeita.

— Uau — consegui dizer.

— Consigo fazer melhor mais tarde — prometeu ele. — Depois de um isotônico e um banho demorado.

— Não vejo a hora. — Apontei à nossa volta. — Está tudo tomando forma mesmo, hein?

— Parece que sim.

— Estou com um bom pressentimento sobre hoje — falei com uma confiança que eu quase não reconhecia.

— Que bom. Já que você é a positividade em pessoa, que tal ir ali e ver o que consegue fazer sobre o pequeno Tico e o dr. Teco? — Cam apontou com a cabeça para o nosso jovem prefeito e dr. Ace, que pareciam estar numa discussão acalorada, se é que me entende, perto das arquibancadas. Aparentemente, a maioria dos trinta e quatro participantes da corrida de cinco quilômetros Azar de M*rda de Story Lake estava ouvindo.

— É pra já. — Eu me virei para sair, mas parei e lancei um olhar sedutor e demorado para Cam. — Só para você saber. Na minha cabeça, você está se movendo em câmera lenta ao som de um solo de guitarra de rock pesado.

Seu sorriso descaradamente malicioso quase me deixou sem fôlego.

— Bom saber.

Revirei os olhos e me virei para sair de novo. Ele me pegou com uma puxada na alça do cinto e me puxou de volta ao seu corpo. Abaixou a boca no meu ouvido.

351

— Só para *você* saber, srta. Confusão. Só tem uma coisa mais gostosa do que esse dia, e ela está bem na minha frente.

Meu desfalecimento era oitenta por cento devido ao charme de Cam e vinte por cento, à umidade.

Concluindo que eu não teria como pensar numa frase de despedida mais sexy, eu me contentei com um beijo na bochecha dele e em sair rebolando na esperança de que o distraísse o suficiente para ele não notar minha virilha suada. Fui até Darius e Ace, chegando a tempo para ouvir parte da discussão.

— Não posso em sã consciência permitir que as pessoas corram cinco quilômetros nesse calor — disse Ace. Ele estava usando uma camiseta da organização do Festival de Verão, sandálias Birkenstock e meias de compressão até o joelho. Ele tinha um ventilador particular pendurado no pescoço e um chapéu de palha de aba larga sobre o cabelo afro grisalho.

A roupa de Darius era muito mais interessante. Ele estava usando uma fantasia de mascote de emoji de cocô, e parecia estar suando bicas. Seus colegas de cross-country se revezavam para borrifar seu rosto com garrafas d'água.

— Doutor, sou um grande admirador do juramento hipocrático. De verdade. Mas não podemos simplesmente cancelar o primeiro evento do Festival de Verão. Legiões de pessoas se inscreveram para correr, e suas taxas de inscrição vão direto para o projeto de tratamento de esgoto.

— Darius, são trinta e quatro pessoas, e elas pagaram vinte dólares cada. Se deixarmos essas pessoas seguirem você pela cidade vestido como cocô, você e metade delas vão acabar com insolação, ou com coisa pior.

— Posso ajudar? — ofereci.

— Si-mm! — gaguejou Darius enquanto um de seus amigos lançava um jato d'água bem na cara dele.

— Hazel, coloca um pouco de juízo na cabeça do prefeito — disse Ace. — Está quente demais para as pessoas saírem correndo por aí. Elas vão começar a cair duras no primeiro quilômetro e meio.

— Estamos na Pensilvânia. É verão. As pessoas sabem o que esperar. Temos tantas estações de água montadas que estou com medo de não termos alugado banheiros químicos suficientes — explicou Darius, balançando os braços.

Zoey apareceu atrás de mim.

— Preciso saber o porquê dessa fantasia de cocô.

Darius se empertigou.

— Obrigado pela pergunta, Zoey. Todos os lucros serão revertidos para a modernização do nosso tratamento de esgoto. E todos os corredores que terminarem a corrida antes de mim ganham um pacote grátis de papel higiênico do armazém. Do bom, com os desenhos de ondinhas — acrescentou ele.

Um jato de água acertou sua nuca e espirrou em mim.

— Estou muito feliz por ter perguntado — anunciou Zoey.

— Vamos correr ou não? — gritou uma mulher de porte atlético que estava se besuntando com uma pomada antiassaduras.

— Ai, caramba. Certo. Que tal deixarmos a decisão para os corredores? — sugeri. — Mas podemos pedir pelo app Vizinhança para as pessoas abrirem as mangueiras ou colocarem os ventiladores nas calçadas durante a corrida?

— Lang Johnson trouxe uma tenda a mais. Posso montar como uma estação de resfriamento. E aposto que o Fish Hook vai doar jarros de água gelada. Talvez eles tenham uns ventiladores sobrando que possamos usar — sugeriu Zoey.

Darius bateu as mãos enluvadas, fazendo com que o que eu torcia para que fosse apenas uma névoa de água se espalhar por toda a parte.

— É uma ótima ideia! Vocês vão salvar o dia.

Ace pareceu derrotado.

— Pelo menos tira a fantasia de cocô, Darius. Não podemos ter o prefeito internado por insolação.

Mas Darius já estava fazendo que não.

— Entendo você. De verdade. Mas essa corrida é maior do que eu, maior do que a fantasia de cocô. É para salvar nossa cidade. Além disso. — Ele apertou o ombro de Ace. — Não estou usando nada embaixo da fantasia

Zoey disfarçou a risada com uma tosse.

— Darius, você é foda — disse ela.

Nosso prefeito adolescente e otimista fantasiado de cocô sorriu para ela como se ela o tivesse chamado para o baile de formatura.

— Obrigado, Zoey.

— Estou com um bom pressentimento sobre isso — falei de novo, com um pouco menos de confiança.

— Isso é um pesadelo — resmunguei enquanto apontava o ventilador oscilante para metade do time de cross-country da escola.

— Um verdadeiro inferno — concordou Zoey, mergulhando uma toalha num jarro de água morna e passando-a na nuca de um corredor.

— Trouxe outro para vocês — gritou Levi enquanto estacionava sua caminhonete perto da tenda de resfriamento, que estava tão cheia de gente que ali devia estar uns cinco graus mais quente do que do lado de fora.

— Não temos espaço para mais pessoas — falei, apontando para a massa compacta de gente caída nas espreguiçadeiras emprestadas.

Ace me lançou um olhar doutoral de quem diz "eu avisei" e resmungou enquanto passava por mim para ajudar Levi a descarregar o recém--chegado do leito da picape.

Uma mão quente e firme apertou meu ombro. Tirei a franja molhada da frente dos olhos e me deparei com Cam ao meu lado. Ele tinha se trocado, e agora usava um short de academia com a camiseta encharcada do Festival de Verão presa na cintura como se fosse uma toalha esportiva.

— Ei, a Laura acabou de chegar com isotônicos e alguns sacos de gelo. Vou ajudar a descarregar.

— Ai, meu Deus. Obrigada! Isso virou um pesadelo.

— Veja pelo lado positivo — falou ele. — São dez e meia e está trinta e seis graus. A tendência é piorar.

— Acho que você não sabe o que é lado positivo — reclamei.

Cam desapareceu e saí do caminho a tempo de Levi e Ace trazerem Darius encharcado para a tenda.

— Ganhei? — murmurou ele.

— Se por ganhar você quer dizer ser a última pessoa a cruzar a linha de chegada e minha família ter que distribuir todo o estoque de papel higiênico de graça, sim — disse Levi.

— Parabéns para mim — disse Darius com a voz fraca.

— Precisamos tirá-lo dessa fantasia ridícula — interrompeu Ace.

Recordando o que Darius dissera sobre o que estava usando por baixo, pedi licença para ajudar com os isotônicos.

Eu estava no meio do caminho para o estacionamento com a batida animada de "Hot in Herre" de Nelly pulsando na minha cabeça quando a mãe de Darius veio correndo em minha direção.

— Trouxe uma muda de roupas novas para Darius e uma má notícia.

— Ele está embaixo da tenda. Qual é a má notícia?

— Perdemos um dos ônibus.

— Um dos ônibus de excursão?

— Sim — respondeu ela. — Parece que havia um bloqueio na estrada e o desvio os levou para Dominion.

— Desgraçados! — exclamei. — Eles roubaram nossos ônibus.

— Darius vai ficar arrasado.

— Vamos encontrar um jeito de fazer isso dar certo — menti. — Que ônibus eles levaram? — Por favor, seja o da casa de repouso. Por favor, seja o da casa de repouso.

— Era o ônibus das famílias.

Droga. O ônibus das famílias teria gastado muito para entreter as crianças e alimentar todos. O ônibus da casa de repouso não devia render uma bolada tão grande assim.

— Mas o ônibus da casa de repouso vai chegar em uma hora. Eles fizeram mais paradas para o banheiro.

Merda. Considerei o que minha protagonista faria. Ela salvaria o dia com a ideia perfeita e exequível e acabaria comemorando com bebidas grátis no Fish Hook pelo resto da vida? Ou esse seria seu momento de provação, em que ela descobriria que tudo foi para as cucuias e a cidade estava condenada a desaparecer nas fronteiras da cidade vilã ao lado? Além disso, por que não dizemos mais "ir para as cucuias"?

— Certo. Conseguimos fazer isso. Somos Story Lake. Não desistimos de um desafio — anunciou Darius entre um gole e outro do segundo isotônico de uva.

Todos os vereadores, além de Levi, Gage e Zoey, estavam em volta da espreguiçadeira dele na tenda sem tanto resfriamento assim.

— Às vezes desistimos, sim — sussurrou Erleen.

Darius endireitou os ombros.

— Bom, não desta vez. Dominion está vindo atrás de nós, e não vamos desistir sem brigar antes.

— O que fazemos primeiro? — perguntou Gage.

— Desistir. Aceitar a derrota — teimou Emilie.

— Precisamos esconder todas as evidências dessa confusão — disse Ace, apontando para os corpos prostrados e desidratados. — Os idosos não gostam de ser lembrados da própria mortalidade. Precisam ver mais vida, não menos.

— Por que não colocamos todos no lago? — sugeriu Zoey.

Todos se viraram para ela.

— Como assim? — perguntei.

Ela deu de ombros.

— Vai resfriar todos e dizemos para os idosos que é bom para os músculos doloridos ou coisa assim. Falamos que é tradição.

— Essa é a maior bobagem que já ouvi na vida — ridicularizou Emilie.

— Você fala isso para tudo — apontou Erleen.

— Idosos gostam mesmo de tradições excêntricas — falei, deixando o desânimo de lado e falando de um ponto de vista puramente fictício.

— Falando como médico, resfriar todos é, sim, uma boa ideia — concordou Ace.

Os irmãos Bishop se entreolharam e deram de ombros. Levi deu um suspiro de delegado.

— Certo. Vamos colocar todos os que estiverem dispostos na caminhonete e levá-los para a praia.

— O que o resto de nós vai fazer? — perguntou Emilie. — Fingir que somos uma cidade maior com uma infraestrutura melhor?

Darius estalou os dedos.

— Sim! Vamos fazer isso! Precisamos transformar Story Lake num paraíso da terceira idade, sobre o qual os idosos vão comentar com todos os amigos e parentes.

— Não vou participar dessa idiotice — anunciou Emilie.

Ninguém a deteve enquanto ela saía furiosamente da tenda.

— Rápido. Do que os idosos gostam? Estou disposta a considerar estereótipos para sermos rápidos — falei.

Todos se voltaram para Erleen.

— Bom, estou sempre com frio, até mesmo quando faz calor — comentou ela.

— Jantar cedo — sugeriu Zoey.

— Dirigir que nem uma lesma — acrescentou Cam. — Com a exceção de quem está aqui. Você dirige como um morcego turbinado vindo do inferno.

Erleen deu uma piscadinha descarada.

Ace coçou o queixo.

— Ainda faltam alguns anos para eu me aposentar, mas adoro jardinar.

— Bingo! Hobbies que envolvam ficar sentado. Ser incluído. Jovens dispostos a passar tempo com eles e não ligando para as histórias de "antigamente" — falou Gage.

Bati palmas enquanto a visão tomava forma. Eu não sabia bem se estava bolando a cena de um livro ou um esquema para salvar a cidade. Mas era o único plano que tínhamos.

— Isso! Certo. Bishops, vocês transportam os corpos... digo, corredores para o lago. Faça com que pareçam animados quando os ônibus chegarem. Erleen, vai convencer o Fish Hook e o Angelo's a servirem o jantar mais cedo. Peça para que eles escrevam isso em letras grandes e coloquem do lado de fora para dar para ver de um ônibus.

— Conte comigo — prometeu ela antes de sair energicamente para o Fish Hook.

Apontei para nosso prefeito reidratado.

— Darius, preciso que converse com sua irmã e a banda para ajustarem as playlists para o público maior de setenta e cinco anos.

— Deixa comigo — disse ele, pulando para fora da cadeira como se tivesse se regenerado. Seus joelhos cederam por um breve instante antes de ele se endireitar de novo.

— Vou também, para impedir você de desmaiar ou de vomitar em alguém — se ofereceu Laura.

— Perfeito. Quando tiverem terminado, podem buscar as cartelas de bingo? Podemos montar aqui na tenda de resfriamento depois que todas as vítimas de insolação saírem.

Laura sorriu com astúcia.

— Sabe, Cam é um animador de bingo *excelente*.

— Bom saber — falei. — Certo, pessoal. Que alguém busque guirlanda, quer dizer, Garland, cartolinas e canetinhas e o maior número de walkie-talkies, adolescentes e vasos de flores que encontrarem. Vamos salvar essa cidade nem que seja a última coisa que faremos.

42

A GRANDE QUEBRA DO FREEZER
E A FUGA DO MINIZOOLÓGICO

Campbell

Essa mulher era um gênio diabólico. Ou uma mestra do crime. Na verdade, não importava, porque, quando o ônibus da Casa de Repouso Recanto Prateado regurgitou seus passageiros idosos de oitenta anos e seus acompanhantes no estacionamento, Hazel tinha lançado sua mágica sobre o Festival de Verão e Story Lake.

Os Rouxinóis receberam nossos visitantes com uma versão à capela animada de "Good Vibrations", dos Beach Boys. As lojas vazias na rua principal e na rua do lago tinham sido transformadas em lojas falsas que estavam ou "fechadas" hoje ou com placas de "inauguração em breve". Story Lake agora abrigava uma nova loja de plantas, um café, um brechó infantil e uma loja de bricolagem.

Graças a publicações de Garland no aplicativo Vizinhança, tínhamos um exército de cidadãos criando um fluxo falso de pessoas constante, trocando de roupas e configurações familiares de meia em meia hora.

A pista de dança agora tinha metade do tamanho graças às duas dezenas de cadeiras dobráveis doadas pela casa funerária de Lacresha, e a música que a irmã de Darius estava tocando era décadas mais antiga do que a que ela estava tocando antes.

A tenda de resfriamento tinha sido transformada num salão de bingo com mesas dobráveis e mais cadeiras. E as vítimas da nossa primeira corrida cagada de cinco quilômetros se animaram com as espreguiçadeiras no lago.

Em meio a tudo isso, Hazel Hart dirigia a rede de mentiras com a precisão de uma general com seu walkie-talkie da Hello Kitty emprestado.

— As antiguidades estão se preparando para jantar. Repito. As antiguidades estão se preparando para jantar — ela disse no rádio enquanto se aproximava da barraca de sorvetes para ajudar com um defeito no freezer.

Ouvimos um som agudo de estática antes de Rusty responder.

— Entendido. As antiguidades chegaram para o jantar. Precisamos de mais clientes, de preferência famílias com crianças fofas e bem-comportadas.

— Os reforços estão a caminho — veio a resposta chiada do rádio. O reflexo do sol em uma vidraça veio do apartamento no andar de cima da loja de Sunita, onde nosso prefeito intrépido havia montado uma central de comando com ar-condicionado.

Gage se juntou a mim na beira da tenda e observou enquanto nossa meia dúzia de figurantes se preparava para o bingo.

— Que bom que Livvy é o único policial na cidade, porque tenho quase certeza de que poderíamos ser presos por fraude por conta de tudo isso — comentou ele.

— O que é uma fraudezinha entre vizinhos e estações de tratamento de esgoto?

Meu irmão abanou a cabeça.

— Não acredito. Você está sorrindo.

Fecho a expressão com cuidado.

— Não, não estou. Odeio tudo.

— O que está pegando? — perguntou Levi, observando enquanto Gator lançava no lago um caiaque que levava aposentados.

— Cam está sorrindo — disse Gage.

— Alguma criança bateu numa porta de vidro?

— O que está acontecendo? — indagou Laura, juntando-se a nós. Ela estava com um walkie-talkie preso à alça da regata e uma mochila térmica de garrafas d'água.

— Cammie está sorrindo — contou Levi.

— Não estou — insisti.

— Alguém escorregou de um trampolim e caiu nas próprias bolas? — perguntou minha irmã.

— Por que as pessoas acham que eu só me divirto quando alguém se machuca?

— Porque a gente estava lá quando você quase se mijou de rir quando Livvy foi derrubado do quadriciclo por aquele galho — disse Gage.

— E aquela vez em que distendeu os abdominais de tanto rir de Larry quando ela tropeçou no cachorro enquanto carregava o bolo de aniversário de Isla e caiu de cara nele — acrescentou Levi.

— A mãe precisou apontar a mangueira da pia para você parar de rir — recordou Laura.

— Calem a boca, todos vocês — esbravejei. Reviver o passado era perigoso, porque acabava nos lembrando de tudo o que tínhamos perdido. E se havia algo que eu tinha aprendido no último ano era que a única forma de seguir em frente era evitar pensar no passado e em como ele se repetiria mais cedo ou mais tarde.

— Se não foi um acidente, o que fez você sorrir, querido irmão? — perguntou ela.

Gage apontou na direção de Hazel.

— Te dou três chances, e as duas primeiras não contam.

— Aaaah! — entoaram meus irmãos ao mesmo tempo antes de solta-rem uma série de barulhos de beijo.

— Odeio todos vocês.

— Disfarça. Ela está vindo — anunciou Gage num sussurro dramático enquanto Hazel se aproximava de nós.

— Exatamente a família que eu estava procurando — disse ela, sem reparar que os idiotas dos meus irmãos estavam sorrindo para ela. Ela tirou a franja úmida da frente dos olhos e consultou o caderno. — Gage, pode, por favor, ajudar a mulher com a camiseta escrita *Meu neto é um gênio* a atravessar a rua para a livraria? Ela disse que a artrite dela está atacada. E flerte com ela no caminho.

— O que você quiser, Cidade Grande — falou ele, mostrando sua co-vinha idiota.

Dei um empurrão nele.

— Guarda isso para a vovó, imbecil.

Hazel já estava passando para o próximo item da pauta.

— Levi, pode assumir um turno de dez minutos com o senhor no banco de parque perto do cais e apenas balançar a cabeça enquanto ele fala?

— Sentar e balançar a cabeça? — repetiu ele.

— Ele se chama Lewis, e esqueceu os aparelhos auditivos em casa; então, não consegue ouvir nada, mas ele é um capitão aposentado de um catamarã nas Bahamas. Ele é bem bacana.

— Deixa comigo — concordou meu irmão, e se afastou em direção ao banco indicado.

— Laura, pode conferir com seus pais se eles precisam de mais ração para o minizoológico?

— Já repus. E trouxe duas extensões novas para a barraca de sorvete depois que a deles desapareceu. E reabasteci a estação de água perto do cais.

Hazel fez vários tiques no papel.

— Você é a craque do dia.

— De hoje e de todos os dias — disse minha irmã, descontraída.

Puxei o rabo de cavalo de Hazel.

— Ei, me põe no jogo, professora.

Seu sorriso era danado.

— Que bom que você se ofereceu, porque precisamos de um animador de bingo.

Balancei a cabeça com tanta força que gotículas saíram voando.

— Não. Não vai rolar. Não tem nada sob esse sol infernal que me faria ficar lá na frente da cidade e de um bando de desconhecidos da ter-ceira idade.

* * *

— Cento e vinte e quatro. Vocês sabem o que isso significa, pessoal — falei no microfone.

— Contando os pontos — entoaram os participantes.

As equipes de bingo dispararam bolas de pingue-pongue coloridas na direção da boca aberta do marlim empalhado de um metro e oitenta.

— Estou vendo você bloqueando os arremessos aí, Horace. Lembre-se, se trapacear... — Apontei para a multidão.

— Vamos espancar! — entoaram todos.

As equipes de bingo de Story Lake tinham absorvido naturalmente vários idosos e atraído uma plateia.

Uma voz fina e estridente se sobressaiu sobre o barulho geral.

Era de uma mulher alta e esguia do Recanto Prateado, que usava óculos lentes bifocais e um penteado que só poderia ser definido como um bolo de noiva.

— Acho que tenho um bingo!

Armou-se um pandemônio, que prosseguiu durante o processo de verificação oficial. Acabou que Ethel tinha de fato feito um bingo.

— Obrigado por jogar, pessoal. Vamos esticar as pernas ou quaisquer outras partes do corpo, nos reidratar e fazer uma visita à barraca de batatas fritas. Bishop saindo — falei, deixando o microfone em cima da mesa ao som de uma salva de aplausos sonoros.

Sorridente, Hazel apareceu ao meu lado e me entregou uma garrafa de água gelada.

— Você foi...

— Bonito? Gostoso? Pegável depois de um banho? — arrisquei, passando o antebraço sobre a testa.

— Incrível — disse ela. — E todas as alternativas anteriores.

Eu a puxei da tenda para a sombra estreita da barraca de batata frita. O sol estava fazendo o possível para nos fritar. Mas a brisa do lago tinha aumentado, tornando o calor um pouco mais tolerável. DJ Deena tinha sido substituída pela banda do primo de Darius, As Equações. Eles estavam tocando uma versão aprendida de última hora de "Help Me, Rhonda".

— Levi pôde se sentar e acenar para o velho e o mar, e eu precisei apresentar uma batalha acalorada por supremacia durante uma hora — apontei.

— O cartão de agradecimento que vou dar a você vai ser muito mais caro do que o dele — prometeu ela.

— Como foi todo o resto enquanto eu estava arrasando lá dentro? — perguntei, virando metade da água sobre a cabeça.

— Que bom! A livraria está tendo um dia maravilhoso com a liquidação de cinquenta por cento. Uma senhora de oitenta e seis anos tentou roubar Pêssega colocando-a na bolsa dela. Até agora, ninguém percebeu que o pequeno Timmy fez parte de quatro famílias diferentes hoje, nem mesmo Timmy, que não vê problema nenhum em andar com desconhecidos, contanto que ganhe um sacolé de cereja. Ah, e dez dos nossos estimados turistas estão desfrutando de um passeio educativo em baixa velocidade pelo lago no pontão dos Hernandez.

— Beto está ensinando o que para eles? — perguntei.

— Pelo que sei, história e geologia municipal completamente inventadas.

— Não é à toa que Story Lake é a cidade das histórias. Agora, vai demorar muito para conseguirmos sair daqui e ficarmos pelados num chuveiro?

Hazel consultou sua lista e seu relógio.

— Ainda temos o concurso de imitação de passarinhos, o jantar extremamente cedo no Angelo's, depois, karaokê, depois, a banda marcial...

— Com licença, sra. Hart?

Nos viramos e nos deparamos com uma das acompanhantes do Recanto Prateado. Era uma mulher de meia-idade e cerca de um metro e sessenta e cinco de altura. Dez desses centímetros eram cabelo. Tinha manchas de suor na camisa polo e segurava uma pequena pilha de livros.

— Oi? — disse Hazel, tentando de novo tirar a franja úmida da frente dos olhos.

— Espero que não se importe. Mas sou Sylvia, com o grupo do Recanto Prateado. Na verdade, sou uma administradora, e minha mãe mora lá. Eu me voluntariei para vir à excursão de hoje porque soube que você morava aqui. Posso só dizer que sou uma grande fã?

Hazel sorriu.

— Sério? Muito obrigada!

Sylvia acenou vigorosamente.

— Li todos os seus livros várias vezes. E quando soube que você tinha se mudado para uma cidade pequena *de verdade*, exatamente como as suas mocinhas, bem, aproveitei a chance para ver com meus próprios olhos.

— Bom, obrigada. Significa muito para mim que você tenha vindo aqui. Espero que esteja se divertindo em Story Lake.

— Você conseguiu algo muito especial aqui — disse Sylvia. Seus olhos deslizaram para mim e seu sorriso aumentou. — Talvez *alguém* muito especial também.

— Ah, bem... hum... talvez — gaguejou Hazel.

Achando graça em seu constrangimento, coloquei o braço em volta dos ombros de Hazel. Sua pele molhada rejeitou a minha, e meu braço escorregou.

Sylvia se voltou para Hazel.

— Só queira dizer que dá esperança te ver recomeçar e encontrar seu próprio final feliz. Nos faz pensar que podemos alcançar isso também.

Hazel abriu os braços.

— Meu desodorante venceu faz umas sete horas, mas posso te dar um abraço?

— Que tal um abraço, uma selfie, e será que você pode autografar meus livros? — pediu Sylvia.

— Acho que consigo achar uma caneta — falou Hazel com um sorriso lacrimejante.

Elas estavam tirando a vigésima selfie quando nossos rádios chiaram.

— Socorro. Socorro. Aqui é a Balsa Tiki das Antigas. Estamos afundando. Pedimos de ajuda imediatamente.

— Caralho — murmurei.

— Ai, caramba! Falei para o Arthur não mexer no barco — comentou Sylvia, pegando o celular.

Eu e Hazel a deixamos e saímos correndo na direção do lago. Gage, Levi e todos os outros que estavam com walkie-talkies foram para o cais.

O pontão estava no meio do maldito lago, mas dali já dava para ver que ele estava se inclinando na água. Tirei o walkie-talkie temático de personagem de desenho animado do cinto.

— Balsa Tiki das Antigas, aqui é Animador de Bingo. Quantos passageiros a bordo? Câmbio.

— Temos dez a bordo, além de mim e da patroa.

Hazel choramingou.

— O que vamos fazer? Não podemos deixar que eles virem!

Minha mãe se juntou a nós e deu a galinha vesga que estava segurando para Zoey, que pareceu prestes a desmaiar.

— Minha mãe entrelaçou as mãos.

— Levi, vai lá avaliar o estrago. Leve coletes salva-vidas adicionais e descubra quem não sabe nadar. Gage e Cam? Encontrem todos os barcos livres e levem para o resgate. Laura, liga para o Gator e pergunta qual a distância que o guincho dele alcança. Se conseguirmos trazer o barco perto o suficiente, talvez possamos conseguir rebocar todos para a costa.

— O que posso fazer? — perguntou Hazel, apertando o caderno junto ao peito.

— Liga para Darius e localiza todas as escoteiras que conseguir. Elas acabaram de tirar as insígnias de salva-vidas no verão.

Apertei o walkie-talkie de novo.

— Animador de Bingo para Das Antigas. Operação resgate a caminho. Aguentem firme e tentem aproveitar o sol. — Beto fez sinal de ok do barco, e corri para o cais procurando por barcos de pessoas confiantes demais para trancá-los.

Emilie se aproximou de mim enquanto eu tentava desatar o Peixe-Lua, de Junior Wallpeter, do píer.

362

— Eu disse que era uma má ideia — falou ela, cheia de si.

Parei de agredir o nó e voltei um olhar furioso para ela.

— Parece até que você queria que tudo desse erado.

— Como assim? Não. Por que eu iria querer isso? — gaguejou ela.

— Pois é, Rump. *Por quê?* — concordei. O nó perdeu a briga e pulei na embarcação. Quando zarpei do cais e icei a adriça, Emilie não estava mais lá.

Minutos depois, eu estava ocupado puxando a bordo uma senhora pequena mas ágil de oitenta e seis anos quando meu rádio chiou.

— Sei que estão todos ocupados salvando vidas agora, mas temos um problema na sorveteria e no minizoológico.

— Imaginei que estavam todos precisando de uma dessas — disse Rusty, chegando com dois baldes de cerveja gelada.

— Obrigado — agradeci e peguei duas pelos gargalos. Fui atravessando os corpos abatidos e desidratados de membros do comitê do Festival de Verão até chegar a Hazel, que estava sentada na calçada. Ela parecia ter visto sua avó ser atropelada e depois ter a casa incendiada enquanto observa os residentes de Recanto Prateado embarcarem em seu ônibus com jantares embalados às pressas do Angelo's.

— Balancei a cerveja na frente do seu rosto.

— Haze?

Ela piscou e aceitou a garrafa.

— Obrigada.

Eu me sentei ao seu lado no meio-fio. O sol estava mais baixo no céu agora, levando o pior das temperaturas consigo. Mas isso era praticamente tudo o que tínhamos para comemorar.

— Não foi tão ruim assim — insisti, abrindo minha cerveja. — Poderia ter sido pior.

— Como, Cam? Como poderia ter sido pior? Perdemos um ônibus inteiro de turistas. Demos uma insolação na equipe de cross-country da escola de Ensino Médio. Sua loja precisa distribuir trinta e quatro embalagens tamanho família de papel higiênico porque todos os corredores atravessaram a linha de chegada na frente do Prefeito Emoji de Cocô. Quase afogamos um ônibus inteiro de idosos *e* duas das escoteiras durante o resgate. E agora estamos todos cobertos de sorvete e pelos de animais graças à Grande Quebra do Freezer e à Fuga do Minizoológico.

— Ninguém chegou a morrer, nem foi parar no hospital — observei.

— Precisamos de toda uma tenda dedicada a emergências médicas. Essa não deveria ser uma indicação de sucesso.

Abri a cerveja dela e a devolvi para ela.

— Gatinha, todo mundo sabia que era um tiro no escuro. O primeiro passo de uma escada muito longa. É óbvio que o primeiro evento seria um show de horrores. Mas sabe o que deu certo?

Ela fez bico para a cerveja.

— O quê?

— Nós.

— Nós o quê?

— Nós trabalhamos juntos. A cidade toda. E tudo por sua causa.

— Estou choramingando agora. Não acho que elogios de araque caiam bem neste momento — disse ela, emburrada.

Cutuquei seu ombro.

— Você organizou tudo para uma cidade inteira aparecer e fazer parecer que somos maiores e melhores do que somos. E estava dando certo.

— Sim, até deixar de dar.

— Até alguém fazer deixar de dar — falei.

Hazel se empertigou.

— O que você quer dizer?

— Você disse quando ouviu Nina ao telefone que pensou que ela estivesse falando com alguém aqui de Story Lake. Um informante.

— Não sei... parece um pouco fora da realidade para uma cidade pequena. Além do mais, todo mundo esteve aqui hoje. Todo mundo se esforçou... sobrou até para as escoteiras salvarem as pessoas nadando até a margem.

— Eu e Levi demos uma olhada no barco quando Gator o puxou. Achamos uma perfuração atrás de um dos pontões.

Ela tomou um gole de cerveja.

— Aonde você quer chegar?

— O policial é Levi, mas eu apostaria que alguém colocou aquele buraco lá de propósito.

Ela engasgou com a cerveja.

— Alguém sabotou o passeio pelo lago? As pessoas poderiam ter se machucado gravemente, ou coisa pior!

— Não passa de um metro e vinte de profundidade; as pessoas só teriam se molhado um pouco enquanto andavam de volta à margem. Todo mundo que mora aqui sabe disso. Tem também a eletricidade no parque — continuei. — Primeiro, as extensões somem. Depois, o disjuntor desarma. E, enquanto estão todos tentando colocar galões de sorvete derretido num freezer que funcionasse, alguém abre o portão do minizoológico.

— Você acha que alguém sabotou o dia inteiro?

— Se eu disser que sim, você vai ficar mais emburrada?

— Não, vou ficar mais furiosa e criar uma campanha para encontrar e destruir essa pessoa.

— Ótimo. Você fica linda quando está brava. Então, sim. Alguém sabotou o dia inteiro, e acho que sei quem foi.

Zoey se sentou no meio-fio ao lado de Hazel. Ela estava com penas de galinha grudadas na regata manchada.

— Mal posso esperar para lavar esse dia do corpo. Minha pele está com gosto de borda de margarita.

— Cam estava me dizendo que acha que alguém sabotou o dia inteiro — anunciou Hazel.

— Alguém fez *o quê*? — gritou Zoey. — Me fala o nome e vou atrás dessa pessoa agora.

— Fala baixo — falei, olhando por sobre os dois ombros.

Hazel bateu no joelho.

— A gente precisa preparar uma armadilha.

Zoey se animou.

— Como no quarto livro de Spring Gate! Quando Madeline entra escondida na casa de Chester e...

— Bosta — murmurei ao avistar uma loira familiar se dirigir a nós. — Finjam que estão derrotadas e tal.

— Quê? Por quê? — perguntou Zoey. — Quero derrotar algo.

— Merda — falou Hazel, encontrando o problema. — Nina. Ex-namorada de Cam e prefeita de Dominion.

— Certo — respondeu Zoey. — E já estou a par de tudo.

Nos levantamos bem quando Nina parou na nossa frente. Parecia alguém que tinha passado o dia inteiro em salas de conferência com ar-condicionado.

— Bom, pelo visto sua cidadezinha teve altas emoções hoje — disse ela com um sorriso de política enquanto passava os olhos pelos destroços do Festival de Verão atrás de nós. — Eu teria o maior prazer em dividir meus recursos para ajudar a limpar essa zona. Posso mandar uma equipe de limpeza aqui assim que a nossa festa muito maior acabar.

— Acho que vamos recusar, Nina — falei.

— Quem diria que tantas coisas podem dar errado num único dia? Quase sinto pena de vocês — comentou ela.

— Que engraçado. Eu estava prestes a dizer o mesmo sobre você — disse Hazel com uma risada curta.

Nina levou a mão ao peito.

— Sobre mim? Minha vida é perfeita. Do que você poderia sentir pena?

— Você é adulta, prefeita do que parece uma cidade próspera, tem um guarda-roupa ótimo, um cabelo lindo...

— Vai logo para a parte dos insultos — insistiu Zoey.

— Mas aqui está, quase vinte anos depois que seu namoradinho de escola te largou, e ainda tentando se vingar. Você tem marido e filhos, e

365

imagino que uma casa linda com vista para o lago. Mas ainda está pensando naquele que perdeu. É triste — falou Hazel.

Nina soltou uma risada reluzente absurdamente falsa.

— Não penso em Cam desde o verão depois do último ano.

— Aham. Claro. É por isso que está aqui falando com ele em vez de prestar suas condolências de araque ao prefeito Oglethorpe — retrucou Hazel, presunçosa.

Coloquei o braço em volta dela e a puxei para mim.

— Nossa, Nina. Chega a ser constrangedor. Você não deveria ainda estar alimentando sentimentos por mim. Eu parti pra outra. — Dei uma apertada sugestiva em Hazel.

— Ah, faça-me o favor — zombou Nina. — A última vez que pensei em você foi no baile do último ano, quando estava com medo de que você aparecesse de roupas camufladas. Não estou aqui por sua causa. Estou aqui para fazer uma oferta.

— Não, não vou transar com você por dinheiro, Nina — anunciei alto o bastante para todos no parque e no estacionamento nos ouvirem.

— Você sempre foi um babaca imaturo — sussurrou ela.

— É você quem ainda está obcecada por um babaca imaturo — observou Zoey.

Nina olhou para ela.

— E você é quem?

— Sou quem está prestes a acabar com a sua raça — respondeu Zoey com simpatia, e deu um passo na direção de Nina.

Os olhos de Nina se semicerraram, e ela recuou meio passo.

— Esta cidade é ridícula. Vocês todos deveriam estar me agradecendo.

— Agradecendo pelo quê? Por nos odiar tanto que se deu ao trabalho de sabotar um minizoológico? — retrucou Hazel, dando um passo ameaçador à frente.

— Estou pouco me lixando para você ou para o seu vilarejo patético. Estou aqui para oferecer um acordo. Se concordarem com a anexação, vamos pagar pelo seu probleminha de esgoto.

— O que está acontecendo aqui? — perguntou Gage ao se aproximar.

Darius estava logo atrás dele e disse:

— Prefeita Vampic, que surpresa agradável.

— Não, não é — falei.

— A prefeita Vampic estava nos lembrando aqui de sua oferta para pagar pelas modernizações de esgoto se abrirmos mão da nossa constituição municipal — anunciei.

O olhar de Darius endureceu.

— Acho que já tivemos essa conversa, e Story Lake ainda não está disposta a cogitar sua oferta generosa.

Nina lançou um olhar cáustico para os restos do Festival de Verão.

— O que mais vocês têm a perder? Não parece restar muito pelo que lutar. Agora, se não se importar, acho que vou aproveitar um pouco de paz e tranquilidade antes de voltar para o show de barcos e fogos de artifício.

Nina saiu para o cais.

— Não acredito que você namorou essa mulher — Zoey murmurou.

— O Cam me disse que não tinha problema — Gage respondeu, na defensiva.

Zoey e Hazel se viraram para olhar para nós.

— Vocês *dois* namoraram com ela? — elas disseram em coro.

— Éramos jovens e burros na época — começou Gage, envergonhado.

— Bom, jovem você era. Mas burro nunca deixou de ser — falei.

Hazel estava enviando dardos venenosos invisíveis na direção de Nina.

— Se me derem licença, tem algo que preciso fazer.

Ela saiu furiosa pela calçada em direção ao cais.

— Opa — disse Zoey.

— O que ela vai fazer? — perguntei.

— Acho que ela vai tentar tirar um pouco de vingança do papel pela primeira vez — previu ela.

Pressentindo um furo de reportagem, Garland saiu da espreguiçadeira em que estava acampado sob a tenda do bingo e correu atrás dela.

Hazel avançou furiosamente pelos pranchões do cais e parou a poucos centímetros de Nina.

Suspirei.

— Merda. Ela está fazendo aquilo de apontar.

— Pelo menos ela não está esfaqueando a mulher com os dedos — disse Zoey, protegendo os olhos do sol. — Os dedos dela são estranhamente fortes.

Nina empurrou a mão de Hazel. Pela cara de desprezo dela, eu apostaria que ela tinha acabado de lançar uma de suas alfinetadas de sempre. Mas Hazel apenas ergueu a cabeça para trás e riu.

— E agora ela está rindo da vilã — comentou Zoey. — Nada mal. Ela geralmente só trava e vai para casa e passa os dois dias seguintes escrevendo insultos arrasadores em que queria ter pensado na hora.

— Ninguém rouba de Story Lake, sua cocozinha insuportável! — gritou Hazel alto o suficiente para todos no parque se virarem e assistirem ao que aconteceria depois.

Nina, claramente não acostumada a ser chamada de insultos engraçados, empurrou Hazel com as duas mãos.

— Ah, nem pensar — rosnou Zoey. — Essa cocozinha já passou da conta.

Mas eu já estava a caminho. Infelizmente, cheguei tarde demais.

Hazel recuperou o equilíbrio e empurrou Nina de volta... para fora do cais e dentro da água.

— Uhu! — comemorou Zoey, aplaudindo enquanto corria atrás de mim.

— Ah, merda — murmurou Gage.

Nina voltou à superfície cuspindo água. Seu cabelo estava caído como uma cortina sobre o rosto. O vestido leve estava coberto de lama do lago.

— Como você *ousa*! — gritou ela.

Pelo menos é o que pensei que ela disse. Estava um pouco difícil ouvir com o coro que estava se formando pelo parque.

— Hazel! Hazel! Hazel!

A mulher em questão me recebeu ao pé do cais, corada e triunfante.

— Se está aqui para me dar bronca, me poupe. Agora me sinto como uma heroína de verdade — disse ela.

— Você *é* uma heroína de verdade — concordei e a peguei pela frente da camisa. — *Minha* heroína.

Eu a beijei. Intensamente. O que pareceu aumentar o volume dos gritos. Quando a soltei, já estava reorganizando a programação noturna de nudez, e Darius estava lançando boias para Nina, que ainda estava aos berros.

— Vou processar você e toda essa cidade maldita! — gritou ela até ser obrigada a cuspir água do lago.

Hazel se encolheu.

— Acho que agi muito... como você agora.

— Nem existe isso. Todo mundo deveria ser mais como eu — insisti, sorrindo para Gage e Levi quando eles se juntaram a nós no píer.

— Não temos dinheiro para uma estação de esgoto, muito menos para um processo — reclamou Hazel.

— Vou tirar sua casa, seus sapatos, seu maldito carro, e depois vou desmantelar essa cidade pedacinho por pedacinho — berrou Nina enquanto Gator, o cavalheiro relutante, a ajudava a sair da água. Ela estava sem um dos saltos, e parecia ter lutado por dez rounds contra um lava-rápido e perdido.

Gage riu com desdém.

— Como advogado da sra. Hart, devo solicitar que todas as ações judiciais frívolas passem primeiro pelos seus advogados.

— Vai se foder, Gage! Vou mandar prender sua família inteira!

— Como delegado de Story Lake, vou pedir que evite falar palavrões em público, já que é ilegal que uma mulher faça isso dentro dos limites da cidade das duas às sete — disse Levi, cruzando os braços.

— Vocês são um bando de caipiras que nem merecem dividir uma fronteira com Dominion. Deviam estar beijando nossos pés e implorando parar tirarmos essa cidadezinha inútil das suas mãos!

As vaias começaram. Nina teve o bom senso de tomar isso como um sinal para sair mancando e pingando na direção do estacionamento.

Observamos enquanto ela avançava na direção do carro de Emilie Rump e fazia sinal para Emilie abrir a porta.

— Interessante — observei.

— Muito — disse Gage.

Levi resmungou.

Observamos enquanto o carro delas se afastava, e o clima à beira do lago de repente era muito mais triunfante do que minutos antes.

— Isso merece outra cerveja — decidi.

— Ai, Deus. Não — murmurou Hazel. — Estou alucinando?

— O que foi? — perguntei.

— Merda. Se você estiver alucinando, eu também estou — disse Zoey, dando um passo protetor na frente de Hazel. — Que bagunça é essa? O desfile dos ex?

43

CALÇA DE ALMOFADINHA

Hazel

Tirei a franja da frente dos olhos e pisquei quando meu ex-marido se aproximou, abrindo seu sorriso arrogante de julgamento para nossa turminha suada de cidade pequena.

Ele estava usando uma calça de linho e o que sempre chamei de "camisa polo de família rica". Era o seu uniforme casual de verão. Seu cabelo ainda era comprido e ondulado em cima, como o de um poeta da virada do século. Havia mais fios grisalhos do que pretos agora, e poderia ser maldade da minha parte, mas parecia que suas entradas haviam avançado mais um centímetro ou dois.

— Aí está minha garota.

Essas palavras antes me davam um frio na barriga. Agora, só acendiam uma chama de raiva no meu peito.

— Jim? — Cuspi seu nome como se tivesse acabado de dar um gole de um Robalo Refrescante.

Não era para acontecer assim. Era para eu estar fabulosa com um vestido de festa que me caísse tão bem quanto uma segunda pele, com o cabelo escovado e a maquiagem impecável. O plano era estar recebendo algum prêmio literário cobiçado ou saindo com um homem lindo.

Cam e Zoey deram passos protetores na minha frente, formando uma muralha entre mim e o homem que havia me roubado. O homem que eu havia *permitido* que me roubasse.

Levi e Gage pressentiram um problema e se juntaram a eles, com Gage empurrando Zoey para trás com delicadeza.

— Hazel, querida!

A voz juvenil familiar me fez espiar sobre os ombros dos meus protetores e piscar para a alucinação deslumbrante que estava acenando para mim.

Zoey me lançou um olhar arregaçado.

— Ai, meu Deus, é a sua...

— *Mãe?* — perguntei, passando pela muralha de testosterona.

Ramona Hart-Daflure Seja Lá Qual For Seu Sobrenome Atual flutuava em minha direção num vestidinho floral plissado de Oscar de la Renta e óculos de sol de estrela de cinema. Ela me envolveu num abraço com perfume da Jo Malone. Uma nova aliança de casamento com um diamante do tamanho de um sedã de porte médio cintilava em seu anelar.

Ao contrário de Jim, minha mãe não tinha envelhecido um dia desde que eu a tinha visto pela última vez num passeio relâmpago de brunch e compras dois anos antes. Tínhamos o mesmo cabelo escuro, os mesmos olhos, mas tudo nela era mais suave, mais delicado, mais... calculado.

— O que você está fazendo aqui? Com *ele*? — perguntei quando ela me soltou.

— Não fale assim, Hazelzinha — disse Jim com aquele seu charme juvenil, o que me fez querer vomitar em seus mocassins de camurça.

— Bom, quando Jim ligou e disse que você estava tendo algum tipo de crise de meia-idade, e tinha desistido de escrever e se mudado para o meio do nada, falei para Stavros que a lua de mel precisava esperar. Minha menina precisava de mim.

— Não estou tendo uma crise de meia-idade, e não parei de escrever. Mas talvez eu precise parar quando me mandarem para a prisão por assassinato — ameacei, apontando para Jim.

— Algum problema aqui? — perguntou Cam, juntando-se a nós.

— Por que não vão tomar umas cervejas por minha conta e nos deixam a sós para conversar? — sugeriu Jim, cheio de charme enquanto puxava seu prendedor de notas.

Cam pegou os quarenta dólares oferecidos, colocou no bolso e disse:
— Não.

Zoey soltou uma risada.

— Caramba. — Minha mãe lançou um olhar admirado para os Bishop. — Me apresenta seus amigos, Hazel.

A última coisa que eu queria fazer era ficar aqui, suada e derrotada, e fazer apresentações superficiais.

— Mãe, esses são Cam, Levi e Gage. Gente, essa é minha mãe, que deveria estar num iate no Mediterrâneo agora.

— Bom, de repente fiquei muito menos preocupada com você — minha mãe falou para mim, estendendo a mão para Cam.

— O que está fazendo aqui, Jim? — indagou Zoey. — Cuidando do seu *investimento*?

Jim ergueu as mãos.

— Vamos tentar manter a civilidade, Zoey.

Ela arreganhou os dentes para ele, e foi a vez de Cam escancarar um sorriso.

— Zoey. Eu deveria ter imaginado que você não deixaria Hazel fugir sozinha — disse minha mãe, puxando-a para um abraço involuntário.

— Bom te ver, Ramona — cumprimentou Zoey depois de escapar do abraço. — Sua aliança parece capaz de arrancar um olho. Agora, o que é que você está fazendo com o ex-marido da sua filha depois que ele roubou o trabalho dela?

Minha mãe estreitou os olhos.

— Como é que é?

— É, então, Zoey, não cheguei exatamente a expor essa informação — falei.

Jim riu entre dentes com nervosismo.

— Não precisa ser dramática — disse ele.

Eu tinha ouvido essa frase condescendente tantas vezes que quase virou nosso refrão. A primeira vez foi quando eu e Zoey tínhamos enchido a cara de vinho vagabundo no jantar de uma premiação literária. Ele tinha nos botado num táxi e nos mandado embora antes que o fizéssemos passar vergonha. Toda vez, essa frase me constrangia e me fazia ceder. Afinal, as aparências eram a base da reputação. E não era porque ele tinha se casado com uma mulher muito mais jovem que queria que seus colegas pensassem que isso fazia de mim uma pessoa imatura.

Pois que se foda.

Cam estava olhando para mim, pedindo permissão para... Bom, eu não sabia. Mas imaginava que envolvesse alguma violência e muitos xingamentos. Fiz que não. Quem tinha que resolver esse problema era eu, e já estava mais do que na hora de eu encarar isso.

— Vou ser tão dramática quanto eu quiser, seu babaca colossal — anunciei, voltando a tirar a franja dos olhos.

— Hazel, não vejo razão para não mantermos a civilidade.

A velha Hazel teria cedido, teria deixado que ele apresentasse o argumento dele e ainda acabaria concordando. Mas a velha Hazel estava morta. E a nova Hazel vinha passando muito tempo com Campbell Bishop.

— Vou te dar uma razão. Não quero manter a civilidade. Ignorei suas ligações e mensagens e e-mails por um motivo, Jim. Não sei o que te deu para vir aqui e recrutar minha mãe depois de ter *roubado* meus três primeiros livros no divórcio. Mas é melhor você e sua calça de linho saírem agora, porque não tenho o menor interesse em nada que você possa ter a me dizer, e a última pessoa que me irritou acabou caindo de cabeça no lago.

Aplausos dispersos nos cercaram, e percebi que tínhamos atraído uma pequena plateia.

Garland ergueu seu celular na linha da minha visão.

— Garland, juro por Deus que, se tirar essa foto, enfio esse celular na sua goela — disparei.

— Eita. Cam está mesmo influenciando você — murmurou ele, mas guardou o celular na segurança do bolso de trás.

— Como assim, ele *roubou* seus livros no divórcio? — perguntou minha mãe. O tom de voz melódico de esposa troféu se esvaíra. Tinha sido substituído por uma voz cortante. — Porque você sabe que bastava pedir a minha ajuda e eu teria uma equipe de advogados ao seu lado da mesa.

Minha mãe conhecia os melhores e mais caros advogados de divórcio em todas as grandes cidades.

— Não quero falar disso agora, mãe. Por que você está aqui, Jim? — Cruzei os braços.

— Estou aqui porque me importo com você. E está na cara que você precisa de orientação. — Ele apontou à sua volta, como se houvesse alguma evidência nos cercando. Mas a única coisa que nos rodeava era a minha cidade, os meus vizinhos, os meus amigos.

— Você não se importa comigo, assim como eu não me importo com você — insisti.

— Vamos conversar em algum lugar mais... reservado — sugeriu ele, olhando para Cam e seus irmãos.

— Não vai rolar — falou Cam, dando um passo à frente para ficar ao meu lado.

— Fala o que tem para falar. — Gage se juntou a ele.

— Depois, cai fora — acrescentou Levi, ficando do meu outro lado.

Jim parecia prestes a engolir sua língua erudita. Ele estava mais acostumado a punhaladas pelas costas do que a confrontos cara a cara.

— Tudo bem. Eu só estava tentando te proteger do constrangimento — disse Jim, tirando as mãos dos bolsos e colocando no quadril, como um professor decepcionado.

— A única pessoa que você quer proteger é a si mesmo.

— Isso não é verdade — insistiu ele.

— Cara, se não for direto ao ponto nos próximos cinco segundos, meus punhos vão botar você para fora da cidade — ameaçou Cam.

Jim riu com desdém.

— A violência é a única resposta quando falta inteligência.

Cam fingiu que ia atacar, e meu ex-marido pulou para trás.

Jim engoliu em seco.

— Certo. Hazel, você precisa desistir desse projeto de estimação ridículo. Você tem um contrato para escrever outro livro de Spring Gate. É isso o que a editora quer, não aquela bobagem de crise de meia-idade de *Comer, rezar, a nova paixão de Stella* em que você está trabalhando.

O ar escapou dos meus pulmões numa lufada silenciosa. Eu queria desmaiar, mas me forcei a olhar para a cara dele.

— Como você sabe? — O tremor na minha voz era desconcertante.

— Almocei com a sua editora e a equipe de aquisições ontem.

— Você fez o quê? — indagou Zoey.

Gage estendeu o braço e a pegou pela cintura antes que ela pudesse correr em direção a Jim.

— Você não é *meu* agente. Não tem o menor direito de fingir me representar — falei, endireitando a coluna enquanto um enjoo horrível se apoderava de mim.

— Hazel, olha. Estamos todos interessados no seu sucesso. Basta escrever mais um livro de Spring Gate para eles.

Eu estava fazendo que não antes que ele terminasse a frase.

— Você está interessado porque é você quem recebe os royalties dos três primeiros livros daquela série. Porque, por mais merda que você fale sobre os meus livros, sobre as minhas histórias, elas nos sustentaram enquanto você se fingia de importante. Os livros que você chamava de "pornô para mães" e "futilidades sem valor" são o que pagam a porcaria do seu aluguel agora.

Cam rosnou, e Jim deu meio passo para trás.

— Você é um lixo! — gritou da multidão alguém.

Ouviu-se um murmúrio de concordância.

— Jim, é verdade? — perguntou minha mãe.

— Eu tinha direito à partilha equitativa de bens — explicou Jim.

Manchas de suor estavam aparecendo no sovaco de sua camisa chique.

— Você é um cretino — rosnou Zoey por trás da barreira que era o braço de Gage.

— E você nunca conseguiu se comportar como uma adulta.

— Eu tomaria cuidado se fosse você, amigão — disse Gage com frieza. — Se eu soltar essa mulher, você não vai passar de um cadáver para a gente enterrar.

Cam se virou para mim.

— Gatinha, sou totalmente a favor de você se defender, mas esse cara está pedindo um soco na cara e, se você não der, quero as honras.

— *Gatinha?* — zombou Jim, alternando o olhar entre mim e Cam.

— Não me lembro de nenhum de nós ter pedido sua opinião — retrucou Cam com um tom perigoso.

— Se eu fosse você, já estaria entrando no carro — aconselhou Levi para Jim com um sorrisinho perverso.

— Um segundo — falei, dando um passo na direção do meu passado. — Você passou os dez últimos anos falando. Agora é minha vez. Você aparece na *minha* cidade e me fala na frente dos *meus* amigos que preciso desistir de viver meu sonho e voltar a ganhar para *você* um dinheiro que você nunca mereceu.

Cravei o dedo no peito dele e reparei que era mais mole do que eu me lembrava. Mas qualquer peito comparado com o de Cam devia ter a textura mais flácida.

— Ela está fazendo aquela coisa com o dedo — sussurrou Zoey, dramática.

— Querida, não estrague as suas unhas — gritou minha mãe.

— Bom, aqui vai uma mensagem para você e seus amigos editores, *Jim*. Vai se foder, cocozinho.

Uma onda de risadas percorreu a multidão, e alguém gritou um "aê".

— Ela está sabendo aproveitar essa história de cocozinho — observou Gage.

— Vou escrever o que quiser — vociferei, continuando a enfiar o dedo no peito de Jim. — E, se não quiser que eu faça tudo ao meu alcance para impedir as pessoas de comprarem aqueles livros que viraram seus, eu iria embora agora e não voltaria nunca mais. Ah, e nunca, *jamais*, mencione meu nome de novo para alguém.

Cam aprovou com um resmungo uma fração de segundo antes de a nossa plateia começar a bater palmas.

— Pega sua calça de almofadinha e se manda — gritou Gator.

Jim abriu a boca para discutir, mas eu não teria conseguido ouvir sua voz por causa da multidão. Ele virou o mocassim metido a besta e saiu andando na direção do estacionamento.

Aconteceu tão rápido que quase não vi.

Uma cabeça de peixe escamada caiu do céu com um *ploft* na frente dele.

— É melhor correr. Você irritou o Ganso — gritou Gage.

Jim desviou do peixe e, erguendo o braço sobre a cabeça, saiu correndo desesperado.

Cam apertou meu ombro e me sacudiu com entusiasmo.

— Mandou bem, srta. Confusão.

Zoey colocou as mãos em volta da boca e berrou:

— Tchau, mané.

Minha mãe se juntou a nós para observar a corrida humilhante de Jim.

— Acho que está na hora de termos uma longa conversa.

Desci depois de um banho emocionante de trinta minutos. Meu cabelo estava molhado, e passei três camadas de desodorante. Minha mãe estava linda e revigorada no meu belo sofá branco. Havia uma garrafa gelada de Chardonnay na mesa à frente dela.

Zoey se levantou da poltrona.

— Vou usar seu chuveiro.

Julgando pela expressão dela, eu tinha a impressão de que Zoey tinha confirmado as alegações de Jim sobre a minha editora. Mas eu estava emocionalmente exausta demais para fazer a pergunta.

— Fica à vontade — falei, aceitando a taça de vinho que ela me deu ao passar. — Cuidado com os guaxinins.

Minha mãe bateu na almofada ao lado dela no sofá com a mão de unhas rosa.

— Como você faz isso? — perguntei enquanto me sentava, puxando os joelhos junto ao peito.

Ela inclinou a cabeça, diamantes cintilando nas orelhas.

— Faço o quê?

— Parece estar no meio de uma sessão de fotos para uma revista.

Ela passou a mão no cabelo, que estava penteado num coque castanho elegante.

— Nunca saio de casa desarmada — disse ela, brincando. — Agora, vamos ao que interessa: por que não me contou sobre o que aconteceu entre você e Jim?

— Contei que a gente se divorciou — desconversei.

— Não contou que ele levou você à falência.

— Ele não me levou à falência — respondi voltada para o vinho.

— Ele tem os direitos sobre sua propriedade intelectual. Isso é inaceitável.

Inaceitável parecia uma palavra estéril para os sentimentos que eu tinha.

— Querida, eu poderia ter te ajudado — minha mãe disse.

— Eu não queria sua ajuda. Só queria que acabasse logo. E não estou muito a fim de falar sobre isso.

Ela virou no sofá para olhar para mim.

— Quem entenderia isso melhor do que eu? Eu poderia ter te orientado. Com certeza não teria deixado que ele colocasse as mãos nos seus livros. Passei por isso algumas vezes, lembra?

— Ah, lembro. Talvez eu não quisesse ser como você, tá? — Eu me crispei e peguei o vinho de novo. — Desculpa. Foi da boca pra fora. Estou desidratada e maldosa.

Minha mãe revirou os olhos com elegância pelo insulto.

— Claro que não foi da boca pra fora. Para de pedir desculpa por ter sentimentos.

Eu tinha esquecido como minha mãe se dava bem com honestidade, mesmo que brutal.

— Não te dei uma infância fácil e sei que não somos tão próximas quanto poderíamos ser. Mas não tem por que não recorrer a mim. Vamos ser sinceras. Quem tem mais experiência em negociações de divórcio? Então, me diz: você não quis ser como eu ou não achou que poderia reivindicar o que era seu por direito?

Ergui a cabeça para olhar para o medalhão do teto.

— Os dois?

— Hum — respondeu minha mãe.

— Ele me usou — falei, me endireitando e passando o dedo pela borda da taça. — Zoey estava negociando meu último contrato com a editora. Eu a encontrei para o que pensei que seria um drinque para comemorar.

Meu estômago se revirou com a lembrança.

— Imagino que não foi para comemorar.

— Não — respondi. — Zoey estava furiosa. Ela me falou que Jim tinha negociado um acordo clandestino com a editora, que destinava parte do meu adiantamento para um autor que ele estava lançando. O cara escreveu uma metáfora autobiográfica maluca sobre querer dormir com a mãe e matar o pai.

Minha mãe não disse nada, mas arqueou a sobrancelha enquanto dava um gole em silêncio.

— Foi a gota d'água. Eu tinha aguentado comentários depreciativos e insultos velados sobre mim e meus livros. Que eu não era uma escritora séria. Que era um hobby. Algo superficial. Era pior quando ele achava que eu não estava ouvindo. Mas eu deixei. Acho que até acabei acreditando. Até ele literalmente me roubar. E sabe o que ele disse quando o confrontei?

— Nem imagino.

— Disse que achou que eu ficaria feliz por estar ajudando a remunerar um artista de verdade com algo importante a dizer. Ele roubou dinheiro de mim, de Zoey e colocou no próprio bolso.

O olhar dela ficou mais duro.

— Aquele patife interesseiro. Eu sabia que nunca tinha gostado dele.

— Você sempre agiu como se adorasse o Jim!

— Querida, não tem por que deixar as pessoas saberem que você não gosta delas antes da hora certa.

— Você me diz isso agora — murmurei.

— Você achou que amava aquele homem. Longe de mim tentar te dissuadir da sua própria jornada. Mas você se tornou menor e menos interessante para ele. Deixou que ele te tirasse dos holofotes para ficar nos bastidores. Por que acha que ele foi atrás dos livros que você escreveu antes dele? Porque eram melhores do que os que você escreveu sob a influência dele.

— Você leu meus livros?

Ela bufou.

— Claro que li seus livros.

— Você nunca comentou...

— Exatamente quando você acha que eu deveria ter comentado? Quando você estava ignorando meus e-mails e mensagens ou quando estava me apressando para desligar o telefone porque estava ocupada demais com uma vida que não queria dividir comigo?

— Hum, doeu.

Ela deu de ombros.

— Não faça as perguntas se não conseguir lidar com as respostas.

— Acho que não consigo lidar com mais nada hoje. — Peguei uma almofada e a abracei. — Você e o patife me pegaram num péssimo momento. Está sendo um dia difícil desde meia hora depois que saí da cama.

— Por falar nisso. Me conta sobre esse Cam.

— O que tem ele? — perguntei, tentando soar inocente e acabando por soar muito culpada.

— Foi o que imaginei. Ele é lindo e muito protetor com você.

— A gente só está... se divertindo — insisti.

Ela me cutucou com o cotovelo muito bem hidratado.

— É isso o que você quer?

— É a única coisa que consigo. Eu não sou exatamente boa em relacionamentos.

— Lá vem você, se diminuindo de novo.

— Mãe, não preciso que você chute cachorro morto com esse salto — reclamei.

— Não falei nada quando você se casou com o Jim, mas pode ter certeza que vou aproveitar a oportunidade de falar agora. Para de aceitar menos do que você merece, menos do que você quer.

— Não sou como você. Não consigo passar de relacionamento em relacionamento.

— Por que não? A vida é complicada e nem sempre parece boa para quem vê de fora. Mas correr atrás do que você quer é mais importante do que fazer desconhecidos se sentirem à vontade. Se tudo o que você quer é um sexo prazeroso, aproveita. Mas, se acha que consegue ter algo mais real com aquele fazendeiro bonitão...

— Empreiteiro — corrigi.

— Quanto àquele empreiteiro bonitão, você deve a si mesma correr atrás dele. Decida o que quer. Não tenha medo de correr atrás. Porque ninguém neste mundo vai te dar de bandeja o que você quer, por mais que te amem e conheçam.

— O que você quer, mãe?

Seu sorriso era sonhador, seu batom, ainda perfeito.

— Essa é fácil. Quero ser idolatrada.

Dei um longo gole ruidoso do vinho.

Ela me deu um tapinha de brincadeira no braço.

— Ah, não me decepcione. Não cabe a você julgar minhas vontades.

Não consegui segurar a risada.

— Que bom.

Seu sorriso era radiante e lindo, e meia dúzia de lembranças felizes da infância que eu havia reprimido voltaram à minha mente.

— E se eu quiser mais de Cam e ele não estiver disposto a dar? E se eu quiser escrever esse livro e ninguém quiser ler?

— Aí você continua vivendo e se apaixonando pelo que vier depois.

— Parece trabalhoso.

— Mas é muito divertido.

A porta se abriu e Cam entrou, de banho tomado. Mesmo atordoada, eu ainda conseguia admirar como ele era atraente. Ele cumprimentou minha mãe antes de voltar a atenção para mim.

— Está bem?

— Acabei de lavar minha roupa suja na frente da cidade inteira, cidade que eu decepcionei com o meu plano maluco, que poderia ter ferido alguém gravemente. Todo mundo vai me odiar para sempre, e vou ter que me mudar para uma cidade nova até começarem a me odiar por lá. Talvez eu deva investir num daqueles trailers para poder simplesmente sair assim que começar a decepcionar as pessoas.

Minha mãe deu um tapinha no meu joelho.

— Ela está bem. Só está fazendo drama.

Cam afundou no sofá ao meu lado e apoiou os pés no pufe.

— Você não machucou nem decepcionou ninguém. Essa foi a primeira batalha, não a guerra inteira. E lavar a roupa suja na frente da cidade inteira é um rito de passagem em Story Lake.

— O empreiteiro bonitão está certo, embora só me reste acreditar na palavra dele quanto a não machucar ninguém — concordou minha mãe. — E agora que você está sob os cuidados de mãos boas e capazes, preciso voltar à minha lua de mel. Stavros mandou um helicóptero para me buscar.

Ela deu um beijo na minha bochecha e se levantou.

— Ai, meu Deus, mãe. Se você vir uma águia-careca perto desse helicóptero...

— Fique de olho nela. Ela parece um pouco desidratada — ela disse a Cam enquanto seguia para a porta.

— Vou levar sua filha para a cama — prometeu Cam, com um sorriso malicioso.

Minha mãe abriu a porta.

— Ah, oi — disse ela.

— Tem alguém pendurando panfletos de Odiamos Hazel? — resmunguei.

Entraram Darius, Gage, Levi, Pep, Ace, Erleen, Gator, Billie e Hana. Eles estavam carregando coolers e espreguiçadeiras.

— O que está rolando? — perguntei, confusa.

— Reunião estratégica — anunciou Darius. — Temos muito a discutir, pessoal. Cam, você tinha razão: a Emilie estava mesmo mancomunada com a Nina. O Levi achou no porta-malas da Emilie as extensões desaparecidas e a ferramenta que ela usou para fazer furos no flutuador do Beto.

— A Nina prometeu fazer dela vice-prefeita se a anexação fosse aprovada e Dominion pudesse construir seu campo de golfe — disse Levi.

— Um pessoal nosso vai cobrir a casa dela de panfletos de "Traíras Podres" hoje à noite — acrescentou Gator.

Darius bateu palmas.

— Vamos montar as espreguiçadeiras e desembalar a comida. Vamos comer e planejar os próximos passos.

— Espera. Vocês não estão bravos comigo por ter transformado o Festival de Verão num fiasco completo? — indaguei, confusa.

— Está me zoando? — perguntou Darius. — Sylvia, do Recanto Prateado, já me mandou mensagem dizendo que os idosos se divertiram muito hoje. Ela quer agendar outra excursão para o mês que vem.

Minha mãe encontrou meu olhar da porta. Com uma piscadinha, ela me mandou um beijo e um "me liga" antes de ir embora.

44

"PODEMOS SER PROBLEMÁTICOS JUNTOS"

Campbell

Setembro avançou com menos umidade e temperaturas mais frescas. Os dias ainda eram ensolarados e quentes, mas as noites traziam uma friagem outonal característica. O sabor de abóbora e especiarias estava por toda a parte, e as reformas de Hazel estavam progredindo. Os armários da cozinha e da sala de jantar foram instalados e estavam em diferentes estágios de acabamento. O telhado estava pronto, o deque começou a ser construído, e os banheiros de hóspedes do andar de cima estavam completos, exceto pelas soleiras e pelos acabamentos das paredes. A demolição havia começado na suíte de Hazel, onde eu a tinha convencido a fazer um boxe maior.

E a Irmãos Bishop estava fazendo orçamentos para uma ampliação de um home office e reformas na vitrine do novo café. Planos para um Festival de Outono e um torneio de bingo de fim de semana estavam em andamento. Hazel e a recém-indicada equipe de redação de pedidos de subsídios de Story Lake estavam ocupadas pesquisando opções de financiamento.

Tudo estava progredindo.

Eu não sabia se isso contava como progresso, mas cada vez mais os meus pertences — roupas, livros, ferramentas — estavam indo parar na Casa Heart. Eu e Hazel fingíamos não reparar que eu estava passando todas as noites lá. Era tudo... bom. Certo. Eu gostava tanto que não tinha a menor intenção de complicar as coisas falando sobre elas.

— Como está indo o livro? — perguntou Levi para mim enquanto eu colocava o cooler no banco de trás de sua lancha.

Os grilos e as rãs do verão estavam mais silenciosos no crepúsculo de começo de outono.

— Bem — falei, escondendo o sorriso. A nova reclamação de Hazel era que minha inspiração a estava fazendo escrever uma história com muito sexo e pouco conflito.

— Ouvi Zoey dizer que ela vai começar a enviar para outras editoras — disse Gage, desamarrando a corda do cais.

Era sexta à noite, depois de uma longa semana produtiva. Eu e Hazel tínhamos planejado montar os móveis do quarto de hóspedes no fim de semana; então, aceitei tomar umas no lago com meus irmãos. Estávamos nos dando melhor, não que eu reparasse nesse tipo de coisa, tampouco algum de nós estava disposto a admitir isso. Mas parecia que finalmente estávamos encontrando um novo ritmo.

— Sim. É uma boa ideia. A editora antiga parecia uma verdadeira co-cozinha. Você já começou a escrever algo que não seja ruim? — perguntei a Levi enquanto ele guiava o barco para águas mais profundas.

— Talvez. É difícil dizer — respondeu ele.

— E você? — perguntei a Gage. — A advocacia está rolando?

— Fiz dois testamentos essa semana, uma consulta de divórcio, e Zoey me pediu para elaborar o contrato de um cliente novo.

Cutuquei Levi no ombro com uma das cervejas que eu estava distribuindo.

— Você fala ou eu falo?

— Manda ver.

— Falar o quê? — perguntou Gage no banco da frente.

— Não faz nem trinta segundos que estamos num barco e você já mencionou o nome de Zoey duas vezes — apontei.

— E daí? — Ele se fez de tonto.

— Você gosta deeeeeela — cantamos eu e Levi ao mesmo tempo. E, por um segundo, fui levado de volta ao dia em que Miller nos contou que levaria nossa irmã para o Baile de Boas-vindas. Quem ficou tirando sarro foi Gage. Eu tinha tentado bater no meu amigo. Levi tinha me segurado e depois ameaçado enfiar tanto a cabeça de Miller no próprio rabo que ele mesmo poderia fazer suas próprias colonoscopias se um dia magoasse Laura.

— Sou o caçula. Por que sou o único adulto do barco? — reclamou Gage, trazendo-me de volta da lembrança. Massageei o peito distraidamente e forcei o passado a voltar para a sua caixa.

— Ela é gata — disse Levi, sucinto.

— E não é mole — observei.

— Não vou discutir isso com vocês, seus idiotas — xingou Gage.

— Você caiu de um telhado na primeira vez que a viu — comentou Levi.

— Se vocês contarem uma palavra sobre isso para Larry...

— Quem você acha que nos deu a dica? — falei. — Ela percebeu que você estava babando por Zoey no Festival de Verão.

— Deveríamos comprar um pontão — aventou Levi.

Eu e Gage lançamos olhares para ele no escuro.

— Hein? — disse Gage.

— Do que você está falando?

— Para Larry poder vir com a gente — explicou ele.

— Essa... não é uma má ideia — admiti.

— Você é um bom irmão... pelo menos para Larry — disse Gage.

Levi deu de ombros no escuro.

— Acho que ela sente falta de vir aqui, mas ela é teimosa demais para admitir.

— Por falar em ser teimosa demais para admitir, fiz alguns esboços para ela. Banheiro e quarto no térreo — comentei.

— Vai mostrar para ela? — perguntou Levi.

— Não sei. Ela não pediu, e me dá uma um pouco de medo. Pensei em pedir para o pai mostrar.

Levi respondeu com um grunhido.

Gage esfregou o rosto.

— Meu Deus. Vocês nunca se cansam de não falar sobre as coisas?

— Não — dissemos em coro eu e Levi.

— Vocês são idiotas — resmungou Gage.

A tela do celular de Levi se acendeu enquanto Gage levava a mão ao bolso. Senti o meu celular vibrar na perna.

Pai: Laura se machucou feio. Está no hospital.

Eu odiava esse lugar de merda com seu cheiro de antisséptico e bipes intermitentes e funcionários de jaleco que agiam como se fosse um dia como qualquer outro. Lembranças que eu tinha feito de tudo para reprimir vieram à tona.

Eu me perguntei se meus irmãos sentiam o peito se apertar e a garganta se fechar enquanto nós três corríamos pelos corredores. Ela não estava na UTI. Não era como da última vez. Repeti isso para mim mesmo, de novo e de novo.

Não sairíamos daqui com um membro da família a menos dessa vez.

Mas não importava o que eu dissesse para mim mesmo, eu não conseguia parar de me sentir como se estivesse em queda livre de novo. Como se tivessem me puxado o tapete quando eu menos esperava.

— Que quarto? — perguntei quando viramos outro corredor.

— 402 — disse Levi com o semblante carregado.

— Ela está bem. A mãe disse que ela está bem — insistiu Gage, sem diminuir o passo.

Não tinha sido como da última vez. Imaginei meus irmãos correndo pelos corredores um ano atrás enquanto eu recebia a notícia a horas de distância. Naquela vez, não houve nenhuma garantia para nos tranquilizar, e nossos piores medos não chegavam perto da realidade que nos aguardava.

— Ali — falou Levi, apontando para duas enfermeiras.

Entramos no quarto, quase entalando no vão da porta.

— Sério? Vocês chamaram os três patetas? — reclamou Laura no leito.

Ela estava com um curativo na testa e um hematoma no rosto. Ela estava bem. Dessa vez.

Ela sofreu uma lesão medular traumática. Só vamos ter como saber a extensão da lesão quando ela recuperar a consciência. Abanei a cabeça para expulsar a lembrança do médico de semblante carregado dando a notícia que mudou a trajetória da nossa família.

— Seus irmãos só estão preocupados com você — disse minha mãe, dando um tapinha no joelho de Laura.

— O que aconteceu, Larry? Saiu na porrada com Melvin? — perguntou Gage, com todo o seu charme despreocupado.

Miller não sobreviveu. Fora Gage quem me contou. Eles esperaram para compartilhar essa notícia horrível quando cheguei ao hospital.

— É, você está acabada — acrescentou Levi, recostando-se na parede ao lado do quadro branco.

Paciente Laura Upcraft.

Eu me sentia suado e zonzo. Não havia oxigênio suficiente no quarto enquanto meu cérebro em pânico combinava o passado com o presente.

Laura suspirou.

— Se eu contar, vocês prometem sumir?

— Sim — mentimos em coro.

— Eu estava saindo do vaso e não travei a porra da roda. Bati a cabeça na cuba. Felizes agora?

Gage soltou uma risada. Levi sorriu de satisfação. Eu fiquei parado, tentando recobrar o fôlego.

— Ah, vão se foder. Pelo menos isso eu ainda consigo fazer — disse Laura, mostrando o dedo do meio para todos nós.

— Sua irmã levou alguns pontos e ficou com um galo na cabeça — explicou minha mãe, bem-humorada.

Ela não sabe. As crianças não sabem. Minha mãe tinha sussurrado ao lado da cama da minha irmã, onde segurava a mão enfaixada de Laura.

— Que bom que ela tem a cabeça dura — interveio Levi.

Não sabemos se ela vai sobreviver. Eu me lembrei de Levi dar a notícia com a delicadeza de uma marreta.

— Obrigada por contar, mãe. Agora, dá para todo mundo ir embora? Algum dos patetas pode ver se as crianças estão bem enquanto convenço os médicos a me darem alta? Estão enchendo meu celular de memes idiotas, e Isla disse que o meu pai tropeçou em Melvin enquanto preparava o jantar para eles.

— Posso ir. — Gage se ofereceu.

O que vamos fazer se ela não acordar. Ninguém tinha se atrevido fazer essa pergunta em voz alta, mas eu sabia que todos estávamos pensando nela.

— Quer alguma coisa de casa? Posso ir com ele e buscar algumas coisas de mulher. — Levi se ofereceu.

Eu queria fazer algo útil. Mas sentia a língua três vezes maior do que minha boca, e não conseguia parar de suar.

Meu celular vibrou na minha mão, e olhei para ele.

Hazel: Laura está bem? Você está bem?

Ergui os olhos e, por um segundo, não era Laura no leito de hospital. Era Hazel.

Não sabemos se ela vai sobreviver.

Meu Deus, que porra de ataque de pânico era esse? Hazel estava bem. Laura estava bem. Eu estava bem pra caralho. Não?

— Está bem aí, Cammie? Está com cara de que vai vomitar — observou Laura.

— Querido, você está mesmo pálido — disse minha mãe, levantando-se de um salto da cadeira e colocando a mão na minha testa.

— Estou bem, mãe. — Consegui encontrar as palavras, mas elas não soavam convincentes, nem mesmo para mim. — Vou... dar no pé.

— Tchau, mané.

Quando a cerveja não deu conta de aliviar a tensão, passei para o Bourbon que encontrei na cozinha.

Nem me dei ao trabalho de acender as luzes do apartamento. Só queria a escuridão. Não queria sentir isso de novo. Eu tinha reprimido a perda, o medo, a dor antes. Conseguiria fazer isso de novo.

Eu tinha me distraído. Tinha deixado Hazel me fazer esquecer a regra mais importante e cruel da vida.

A gente perde as pessoas que ama.

Às vezes, elas saíam para jantar e nunca mais voltavam para os três filhos pequenos. Às vezes, saíam para correr e uma nunca alcançavam a linha de chegada. Às vezes, era um diagnóstico inesperado, ou elas simplesmente iam embora. Mas, no fim, os resultados eram sempre os mesmos.

Em meio à angústia, ouvi uma batida na porta.

Abri. Hazel olhou para mim. Ela estava com o cabelo amassado pelo capacete e com preocupação nos olhos. Eu queria envolver ela em meus braços e segurar firme. Mas não podia me dar a esse luxo. Eu já amava minha família. Não havia nada que pudesse fazer a esse respeito. Teria que sobreviver à devastação de perdê-los um a um para as tragédias impostas pelo mundo cruel.

Cada um lidava com isso a seu modo. Hazel escrevia histórias fictícias sobre finais felizes inatingíveis. Minha irmã suportava um dia de cada vez e chamava isso de vida. Mas eu podia pelo menos controlar os estragos. Não precisava acrescentar mais ninguém àquela lista. Não precisava enfrentar a possibilidade de me apaixonar por ela para depois a perder como Laura perdeu Miller.

— Está fazendo o que aqui? — perguntei, sem sair do vão da porta, me recusando a deixar que ela entrasse. Em minha defesa, parecia ser um pouco tarde demais.

— Liguei e mandei algumas mensagens, mas você não respondeu. Gage me atualizou e vim ver se você estava bem. — Ela levou a mão ao meu rosto.

Não estava. Nem um pouco.

Eu me retraí longe me afastei do seu toque, assustando-a.

— Por quê? Para você poder usar o sofrimento da minha família no seu livro?

— Cam!

Ela se encolheu como se eu tivesse batido nela. Como se a tivesse machucado fisicamente. Eu disse a mim mesmo que era melhor assim, embora meu estômago se revirasse e meus pulmões ardessem.

— Que foi? Você está explorando minha vida para tirar proveito, para se divertir. Por que parar agora?

— Não é isso o que estou fazendo. De onde você tirou isso?

— Dá para parar? Podemos só dizer que foi um dia longo pra caralho e que nós dois sabemos que isso não está mais dando certo?

— Parecia estar perfeito hoje à tarde — insistiu ela.

Fiz que não como se estivesse constrangido por ela. Até eu fiquei surpreso pelo meu nível de escrotidão.

— Desculpa se levei você a acreditar nisso. Não é o que quero.

— Espera. Para por um segundo antes que um de nós ou, melhor dizendo, você fale algo imperdoável.

Abri a boca para fazer exatamente isso, mas Hazel me impediu com um gesto.

— Não. Você estava bem quando saiu. *Nós* estávamos bem. Estávamos melhores do que bem. Estávamos fazendo planos. Entendo que ver sua irmã no hospital possa ser um gatilho...

— Olha, eu só não tenho tempo nem espaço para você na minha vida. Desculpa se isso te magoa, mas esse nosso lance já deu o que tinha que dar. Foi divertido. Agora chega. Preciso me concentrar na minha família e na empresa, sem ter nenhuma distração.

Hazel perdeu o ar. Seu capacete de bicicleta escapou dos dedos e caiu no chão com um estrondo oco.

386

— Distrações? Foi *você* quem *me* manipulou para sair com você, para me *apaixonar* por você! Eu não queria nada disso, mas você me levou a isso. Me fez acreditar...

— Em quê? Orgasmos múltiplos? — falei, impertinente.

Ela se retraiu e piscou.

— Não. Você me fez acreditar que eu não tinha perdido minha chance de final feliz.

Numa atitude que com certeza faria um vilão fictício ser batizado em minha homenagem, revirei os olhos como se ela estivesse dizendo a coisa mais ridícula que eu já tinha ouvido.

— Tínhamos um acordo. Sem compromisso. Só sexo. Sinto muito se você pensou que era mais do que isso.

Ela piscou devagar e, por um segundo, pensei que ela choraria, o que me faria cair de joelhos. Mas, em vez de lágrimas, uma chama se acendeu nos seus olhos.

— Não. Você não poder fazer isso — concluiu ela.

— Fazer o quê? Tínhamos um acordo. Assim que nosso acordo parasse de funcionar para uma das partes, terminaríamos — insisti.

Ela enfiou o indicador no meu peito.

— Você não pode pegar todos os traumas e as bagagens emocionais que carrega desde a infância e que não têm nada a ver comigo e *usar contra mim.*

— Não se atreva a começar a analisar meu personagem quando é você que passa a vida à margem vendo as outras pessoas viverem. Está na hora de entender que não somos personagens inventados num livro. Somos de carne e osso, e problemáticos — disparei.

— Eu sei que somos. E podemos ser problemáticos juntos.

— Não vai rolar, Hazel. Dá para desistir?

Ela apertou o dedo com mais força.

— Não. Não vou deixar você se safar dessa. Vai terminar depois que me convenceu a tentar? Depois que *fez* com que eu me apaixonasse por você? E agora cansou de repente porque é o quê? Complicado? Inconveniente? Não vou facilitar para você.

Depois que a fiz se apaixonar por mim: as palavras dela ecoaram no espaço entre nós.

— O que você quer de mim, Hazel? — perguntei, rouco.

Ela olhou para mim, olhou de verdade. Mas tudo o que vi foi decepção e mágoa.

— Nada — disse ela com um movimento triste de cabeça. — Nada mesmo.

Ela se virou para ir embora e senti a escuridão que vivia dentro de mim me cercar.

— Ainda podemos ser amigos, certo? — perguntei em desespero.

— Não, Cam. Não podemos — retrucou ela enquanto se dirigia devagar à escada.

— Ainda estou trabalhando na sua casa — observei, sem pensar.

Não era porque eu não podia amá-la que ela tinha que me odiar. Ela ainda poderia ser uma parte periférica da minha vida.

Ela não se virou, agiu como se eu não tivesse dito nada. Simplesmente saiu.

Não sei quanto tempo fiquei parado olhando para o nada. Mas, quando finalmente olhei para baixo, eu me dei conta de que ela tinha deixado o capacete aos meus pés.

Senti vontade de vomitar enquanto mil cenários hipotéticos passavam pela minha cabeça. Ela precisava daquele capacete. Coisas horríveis aconteciam todo santo dia. Problemas a seguiam por toda parte. Estava escuro, e bastava um pequeno deslize para estragar tudo.

Peguei o capacete e corri atrás dela. Mas, quando saí pela porta dos fundos, ela não estava mais lá, e eu estava sozinho.

45

LONGA FOSSA

Hazel

ReporterIntrepido: O romance entre Hazel Hart e Cam Bishop fracassou oficialmente. Comenta-se que o relacionamento incipiente terminou por conta do desejo de Cam de se tornar um roadie da banda punk cover Me First and the Gimme Gimmes.

Meu colchão se afundou e, por um segundo besta e radiante, imaginei que fosse Cam, descalçando as botas de trabalho e tirando as roupas antes de se deitar entre as cobertas e me abraçar.

O travesseiro foi arrancado da minha cabeça, e fechei bem os olhos, rejeitando a realidade do quarto iluminado pelo sol e do rosto insuportavelmente enérgico da minha agente.

— Vai embora — esbravejei, virando e levando as cobertas comigo. Enroladinha como um burrito triste.

— O que você vai fazer? Ficar na cama, curtir a fossa e nunca mais escrever? — perguntou Zoey, batendo o travesseiro em mim.

— Parece um bom plano. — Arranquei o travesseiro dela e o enfiei no rosto. Estava com o cheiro de Cam. Eu odiava o fato de eu gostar disso.

Minha suposta amiga agarrou meu coque e tirou minha cabeça das roupas de cama.

— Ai! — choraminguei.

— Não. Nem pensar. De jeito nenhum. Você já teve sua longa fossa por Jim. Vamos tentar algo diferente dessa vez.

Dessa vez. Eu não conseguia pensar em nenhuma palavra mais deprimente naquele momento... além de "desculpa, acabou o vinho".

Resmunguei algo nada elogioso sobre a mãe de Zoey.

Ela me deu um tapa na bunda enrolada no cobertor.

— Deixei você apodrecer na fase da depressão na última vez. Aquilo foi um erro. Dessa vez, dei quarenta e oito horas. Agora vamos seguir em frente.

— Seguir em frente para onde? Não tenho energia para seguir em frente.

— Vamos direto para o estágio de tomar jeito — anunciou ela.

— Argh. Não pode ser vinho?

— A essa altura, não estou nem aí se for suco de ameixa, desde que você tome. Cam não é o único homem do mundo. Não é sequer o único Bishop gato do mundo. Toma jeito.

— Estou cansada demais. Estou com dor de cabeça. Meu estômago está embrulhado. Acho que estou com mononucleose... ou uma hera venenosa interna. — Proferi minha série de desculpas sem sair do travesseiro.

Mãos envolveram meus tornozelos um segundo antes de eu ser bruscamente puxada para fora do meu casulo de depressão.

Tentei me segurar em alguma coisa, qualquer coisa, mas acabei sendo arrastada para o chão, abraçando o edredom.

— É pior do que eu imaginava — disse um sotaque britânico elegante.

Virei de lado e encontrei Sunita, dona de butique e intrusa ácida, fazendo careta ao ver minha calça velha de pijama e a camiseta de Cam. Uma pessoa normal teria tido o bom senso de sentir vergonha. Mas eu já estava tão chafurdada na vergonha que não me importava quem me visse em toda a minha glória patética.

— Oi, Sunita — cumprimentei, exausta.

— Oi, Hazel. Cam não presta.

— Pois é.

Ignorei o olhar que Zoey e Sunita trocaram.

— "Dê a cara a tapa." "Seja autêntica." É o que todo mundo diz, não é? Bom, é cascata. Está todo mundo só esperando para pisar na sua cara. Meu lugar é às margens, espreitando. Sou uma espreitadora. É para isso que eu sirvo — resmunguei. — Vejo as pessoas viverem a vida e depois escrevo sobre isso.

— Que divertido — ironizou Sunita.

— Espera. — Minhas pálpebras se abriram de repente. — Você disse quarenta e oito horas? Quer dizer que não é domingo?

— Parabéns. Sua matemática está correta pela primeira vez — disse Zoey enquanto me forçava a me sentar.

— É segunda. — Sunita fez o favor de explicar.

— Segunda? *Segunda-feira?* Segunda-feira, dia útil? — Dia em que Cam apareceria aqui, à minha porta, para me encontrar esmagada como um inseto após o término. Não falei essa última parte em voz alta, mas o pânico estridente em minha voz tornava isso desnecessário.

— Agora ela acordou — falou Zoey alegremente.

— Ai, Deus. Eles já chegaram? — Dei um pulo e tirei a camiseta, jogando-a no canto do quarto como se estivesse cheia de escorpiões.

— Gage e Levi estão na garagem, "coordenando", o que imagino que seja um código para me deixar confirmar se você não vai matar nenhum deles se entrarem. Aliás, não sei se você sabe, mas está sem sutiã.

Cobri os seios.

— Merda! Desculpa, Sunita.

Sunita deu de ombros.

— Na minha profissão, vejo muitos peitos. Sou uma profissional.

— Cadê... Cam? — Eu me parabenizei por não levantar os dois dedos do meio nem ficar em posição fetal ao ter que pronunciar o nome dele.

— De acordo com Gage, ele está visitando outra obra hoje — disse Zoey.

Minhas mãos se contraíram nos meus peitos. Uma história plausível.

— Se meu ex, ou seja lá o que for, não está aqui, por que vocês estão me tirando da cama? E por que Sunita está aqui? Não me leve a mal.

— Imagina — disse Sunita.

— Estamos aqui para criar a ilusão de uma adulta linda e funcional que é indiferente a Campbell Bishop e suas palhaçadas — Zoey explicou.

— Que trabalheira — respondi.

— Sem querer assustar ninguém nem nada, mas tem um guaxinim no seu corredor, e ele parece bravo. — Sunita apontou para a porta.

— Porra, Bertha — Zoey gritou.

— Ela é tranquila. Eu devo ser mais selvagem do que ela a essa altura — expliquei.

— Bom, por precaução... — falou Sunita, fechando a porta do quarto antes de se dirigir à cama. Ela virou a sacola de compras no colchão. — Sabe, gostamos de pensar que os homens não fofocam. Que se comunicam principalmente por uma série de grunhidos. Mas eles conversam sim. E quer que Gage e Levi contem para Cam que tiveram que lidar com você parecendo um saco de batatas depressivo? Agora, estou pensando em usarmos renda preta transparente para dar um toque sexy.

— Perfeito! — decidiu Zoey. — Vou ligar a chapinha dela e achar o delineador.

Em quinze minutos, minha equipe amadora de beleza tinha me deixado como se eu estivesse pronta para um ensaio sensual. Elas me sentaram à escrivaninha com minha querida Wild Cherry Pepsi e, quando ouvimos a porta da frente se abrir e fechar, Zoey e Sunita soltaram uma gargalhada de plateia de auditório.

— Rá. Rá. Do que estamos rindo? — perguntei.

— Só vai na onda. Você está tão despreocupada que está nos fazendo rir com seu humor. — Zoey riu baixo.

— É, sou uma comédia ambulante — respondi com desânimo.

Isso as fez cair na risada de novo, bem na hora em que passos tímidos pararam no corredor.

— Ah, Hazel, você é demais — disse Sunita, secando os cantos dos olhos de forma teatral.

Zoey fingiu estar se recompondo antes de cumprimentar os dois Bishop nervosos no vão da porta.

— Meninos, que bom ver vocês. Hazel estava nos divertindo com as aventuras dela no fim de semana.

— Ah, oi — cumprimentou Gage.

Levi acenou para mim. Os dois apreciam prestes a sair correndo ao primeiro sinal de perigo.

— Oi, gente — falei, parecendo estar engasgando com um sanduíche de pasta de amendoim. Por que a semelhança familiar tinha que ser tão forte? E por que tinha que ser por Cam que eu havia deixado me levar? Por que não podia ter me encantado por Gage, o bom moço, ou por Levi, o tipo forte e silencioso?

— Muito obrigada por nos darem alguns minutos, rapazes. Hazel estava terminando uma entrevista de podcast — mentiu Zoey alegremente.

— Sim. Um podcast britânico. É tão cedo assim por causa do fuso horário. É por isso que Sunita está aqui — falei sem pensar.

— Para ajudar você com o fuso horário? — perguntou Gage.

— Sim. Quer dizer, não. — Eu me corrigi. — É para isso que serve o Google. Rá. Sunita está aqui para... garantir que eu não fingisse um sotaque britânico sem querer e ofendesse os apresentadores.

Eu queria me dar um soco na cara para impedir que as palavras continuassem a sair da minha boca. Felizmente, Zoey me chutou por baixo da escrivaninha.

— Ai... pim. Aipim é... uma planta — anunciei, tentando sem sucesso disfarçar enquanto massageava minha canela agredida.

Sunita e Zoey olharam para mim como se eu tivesse perdido a cabeça.

— Ah, sim. Sim, é — disse Gage, em dúvida. Ele apontou para o teto. — Tudo bem se começarmos lá em cima?

— Sim. Claro. Total. Legalzis. — Ergui arminhas de brinquedo. — Bangue. Bangue.

Acenando, eles foram andando para trás sem tirar os olhos de mim, como se eu fosse um animal selvagem imprevisível.

— Cuidado com Bertha — gritei.

— Pensei que a gente tinha resolvido o buraco no alicerce por onde ela estava entrando — disse Gage.

— Dá para ver que a gente se enganou — informou Levi, apontando para o guaxinim no corredor.

— Vamos atrás dela — sugeriu Gage.

— Abaixa isso — sussurrou Zoey, batendo nos meus dedos de arminha quando os homens desapareceram atrás da minha colega de casa peluda.

392

— Bom, poderia ter sido pior — comentou Sunita, enquanto eu deitava a cabeça na escrivaninha.

— Estou me sentindo como se estivéssemos em *Um morto muito louco* com ela — murmurou Zoey.

— Ela só precisa de mais prática — insistiu Sunita, otimista.

Resmunguei.

— Aipim é uma planta?

— Muita prática — acrescentou Sunita.

— Toma sua Pepsi — disse Zoey, dando um tapinha no meu ombro.

— Você precisa escrever — anunciou Zoey com firmeza depois de me seguir durante minha sessão de procrastinação por uma hora.

Fiquei tão chocada pela sugestão que deixei cair o pano que estava usando para fazer uma limpeza minuciosa nos rodapés da sala.

— Não posso escrever. Aquele idiotão burro era minha inspiração.

— Ah, então você nunca escreveu um livro antes do idiotão burro? — perguntou ela com ar de inocência.

— Você sabe que não escrevo bem durante períodos de crise emocional. Além disso, de que adianta? Minha editora me largou. — Assim como Cam.

De repente nem procraslimpar eu queria mais. Queria me deitar no sofá e fingir que o mundo não existia.

— Se der um passo na direção daquele sofá, juro por Deus que convido Garland para uma exclusiva.

Soltei um arquejo.

— Você não faria uma coisa dessas.

— Ah, faria, sim. Você é Hazel Hart. A protagonista da própria vida.

— Não estou me sentindo muito heroica.

— É porque esse não é o fim da sua história. Esse é o momento do conflito. Sabe, a parte no livro em que tudo desaba e...

— Sei o que é o momento do conflito. Perdi o namorado, não... a memória. — De repente, levantar parecia esforço demais; então, escorreguei pela parede e me deixei cair no chão.

— Então você sabe que agora é o momento em que precisa decidir se vai enfrentar o desafio e dar um show ou se vai apenas se entregar e se fazer de morta.

— Não gosto de enfrentar o desafio. Prefiro a segunda opção.

— Hazel. — Sua voz tinha um tom de aviso.

— Zoey — imitei.

— Você vai me obrigar a fazer isso.

Suspirei.

— Isso o quê?

— A coisa muito má que nos deixa muito mal.

— Acha mesmo que consegue me deixar pior agora? Levei um fora do cara que eu estava tentando não am... gostar. Fui dispensada pela editora depois de vendas cada vez menores e do meu histórico recente de ser completamente incapaz de terminar um livro. Me mudei para uma cidade nova para um recomeço e acabo atolada no que logo vai ser pura merda. Ah, e na primeira vez que vejo meu ex-marido desde o divórcio, estou parecendo uma uva-passa humana surtada e desidratada. — Joguei os braços para o alto. — Então, manda ver, Zoey.

— Estou aqui por sua causa — ela disse, andando na minha frente como uma diretora de escola furiosa. — Perdi um emprego que eu adorava porque permaneci leal a você. Te segui para o *interior da Pensilvânia* porque acreditava em você. Agora, você passa por um momento de provação e, em vez de buscar vingança contra todos os que te prejudicaram, está pronta para ficar choramingando de novo. Você se interessaria pela história dessa mocinha? Ou está mais para o tipo de história que os leitores largariam no meio?

Percorri involuntariamente os dois enredos fictícios, imaginando minha mocinha arrasada e desolada, dividindo doces com um guaxinim pelo resto da vida. Depois, a imaginei assumindo uma postura de adulta e tocando a vida bravamente, mesmo se estivesse apenas fingindo, sem nenhuma chance de sucesso. Uma protagonista insossa e covarde seria um alvo fácil para avaliações de uma estrela.

— E aí? — perguntou Zoey.

— Estou considerando minhas opções com calma — falei, cruzando os braços.

— Bom, não posso me dar esse luxo, Hazel! Preciso de clientes. Preciso de livros para vender. Estou morando num hotel. Não faço sexo há três meses. Todo o meu futuro depende de você acordar para a realidade. E você age como se não desse a mínima!

Soltei um muxoxo e abracei os joelhos junto ao peito.

— Funcionou? — perguntou ela, ofegando por conta do desabafo.

— Bem, estou me sentindo pior.

Ela escorregou pela parede ao meu lado.

— Se terminar o livro, eu *vou* vender ele. Estamos juntas nessa.

Respondi com a cabeça, olhando para décadas de cicatrizes no piso. Ainda era bonito, mesmo não sendo novo ou impecável. Era possível que as marcas o tornassem mais interessante do que um acabamento perfeito e brilhante.

— Eu gostava muito dele, Zo. Muito *muito*.

Ela apoiou a cabeça no meu ombro.

— Eu sei. Eu também. Quer dizer, não o amava como você. Mas tenho a intenção de passar o carro em cima dele quando o vir atravessando a rua.

Alguém pigarreou e nos assustamos. Erguemos os olhos e nos deparamos com Gage e Levi no vão da porta, armados com um martelo e uma chave inglesa gigante.

— Ouvimos gritos — disse Gage. — Pensamos que talvez Bertha tivesse descido aqui depois que a tiramos da sua cama.

— Porra, Bertha — murmurei.

— Não tem nenhum guaxinim por aqui — disse Zoey, olhando-me de soslaio. — A gente só estava...

— Encenando um diálogo que escrevi — anunciei. — É uma cena de luta.

Gage baixou o martelo.

— Ah. Hum. Que bom. Então, vamos, hum... voltar lá para cima.

— Ótimo — disse Zoey, fingindo entusiasmo.

Levi hesitou no vão e olhou para Zoey.

— Só para constar, eu não prenderia você por isso.

Ela sorriu para ele.

— Obrigada, Levi.

Ele respondeu com a cabeça e desapareceu.

— Bom, pelo menos um Bishop tem um cérebro por trás do rostinho bonito. — Ela se avivou. — Ei, sabe o que realmente perturbaria Cam? Se você pegasse um dos irmãos dele.

— Não vou pegar mais ninguém. Vou pegar um gato.

— O que seu guaxinim diria sobre isso?

— Vamos — falei, levantando e estendendo a mão para ela.

— Vamos para onde?

— Você vai me ajudar a pegar meu notebook e me levar para a pousada. Não consigo escrever aqui. Não com medo de Cam aparecer a qualquer minuto.

— É assim que se fala! Já comprei refrigerante, salgadinho e sorvete — falou Zoey.

46

A MARRETADA

Campbell

Aparafusei o último acabamento de madeira tratada e testei para ver se estava firme.

Era uma tarde ensolarada de quinta. Eu estava trabalhando sozinho na substituição de parte da grade do deque do Fish Hook depois que Willis jogou Chevy através dela durante uma encenação embriagada de uma história de pescador dramática.

Estava tudo bem.

O outono estava no ar. Algumas folhas adiantadas já mostravam as cores que estavam por vir. Minha irmã recebera alta do hospital e estava de volta ao seu jeito irritadiço de sempre. E não havia nenhum animal da fazenda, doente ou não, esperando por mim no apartamento.

E eu estava na merda.

Senti olhares em mim e me virei para lançar um olhar fulminante para Lang Johnson e Kitty Suarez, que estavam almoçando tarde no deque. Ambas imediatamente pegaram exemplares de livros de Hazel, abriram-nos e me lançaram olhares mortais por cima das capas.

A notícia do término tinha corrido mais depressa do que o normal, e os boatos logo saíram de controle. Lados foram traçados. Times, escolhidos. E o Time Cam estava em grande desvantagem.

Não que eu me importasse.

A situação toda era ridícula. Era um assunto particular que tinha sido resolvido em particular. As pessoas estavam agindo como se estivesse envolvidas pessoalmente num relacionamento que nunca tinha sido nada mais do que sexo casual.

Eu não via Hazel pessoalmente desde o término. Eu tinha evitado a casa dela por quase uma semana em consideração aos sentimentos dela até meus irmãos finalmente me contarem que ela estava trabalhando na pousada. Eles também pareciam estar se divertindo muito em me contar que ela não estava demonstrando nenhum sentimento por mim que exigisse minha nobre consideração.

A cobertura de Garland sobre ela no Vizinhança tinha passado de uma propagação de boatos exagerados para uma adulação excessiva. E, caso eu perdesse uma postagem do fuxiqueiro tecnológico local, a cidade toda se encarregava de me atualizar sobre como ela estava bonita ou feliz quando passou na livraria, ou quando ela e um grupo de moradores foram ao Angelo's para jantar e beber.

Ou como ela era ótima com o bando de crianças que a seguia por toda parte de bicicleta.

Eu sempre tinha imaginado que teria filhos. Mas, numa demonstração do que até eu reconhecia ser o mais puro privilégio masculino, nunca tinha parado para pensar em como as teria. Uma visão desnecessária da vida familiar me fez lançar minhas ferramentas de volta na caixa de plástico com violência.

Eu me perguntei se meus irmãos pensavam em ter filhos. Mas o grupo de mensagens Bundas Bishop estava estranhamente quieto desde que eu tinha feito a coisa certa e terminado com Hazel. Gage e Levi ainda falavam comigo sobre o trabalho. Se bem que, parando para pensar agora, eles viviam encontrando motivos para me despachar sozinho. Como agora.

Laura vinha ignorando minhas mensagens e ligações. E eu não tinha recebido os dois últimos convites oficiais para o café da manhã dos Bishop.

Eu disse a mim mesmo que não via problemas nisso. Eu *gostava* da solidão. E daí se estava passando um tempo nada saudável olhando para as fotos que Garland tirava de Hazel ou para as redes sociais dela? Eu estava fazendo aquela coisa do pó de iocaína de *A princesa prometida* e criando tolerância a um veneno. Só que, nesse caso, o veneno eram meus sentimentos.

Era para eu me sentir melhor. Era para eu me sentir aliviado. Em vez disso, eu me sentia... vazio. Ansioso. À flor da pele.

Eu poderia passar na loja e ver se Levi queria tomar uma. Ele estava rendendo a nossa mãe enquanto ela levava Laura para uma consulta de seguimento com o médico.

— Psiu!

Rusty me tirou do meu devaneio choramingão. Eu o avistei dando a volta pelo rochedo embaixo de mim.

— O que é que você está fazendo aí embaixo? — perguntei.

Ele levou o dedo aos lábios e me silenciou.

— Fica quieto. Não quero que ninguém me veja falando com você.

— Sério? — Considerei atirar minha broca nele, mas decidi que não queria sair e comprar uma nova. Além disso, eu tinha o pressentimento de que Levi estava só esperando por um motivo para fazer de mim sua primeira prisão.

— Olha, cara. Agradeço por consertar a grade e tal, mas você fez merda — disse ele num sussurro dramático.

— Não fiz merda nenhuma — disparei.

Lang e Kitty lançaram olhares reprovadores na minha direção.

— Não fiz — insisti, dobrando a aposta.

Rusty soltou uma risada ofegante.

— Não, imagina. Você apenas virou as costas e fugiu da melhor coisa que já aconteceu com você. Mas tudo bem, alguém menos covarde vai tomar o seu lugar. De qualquer forma, deixei o dinheiro do pagamento no caixa sob o nome de Gage. Achei que, se vissem seu nome lá, alguém poderia grudar um chiclete ou coisa pior.

— Valeu, Rusty. Agradeço o apoio — falei alto o bastante para o barman e todos os sete clientes olharem.

— Por que você tinha que fazer isso, Cam? — resmungou Rusty. — Agora tenho que fazer isso.

— Fazer o quê?

Ele colocou as mãos em volta da boca.

— Time Hazel! — gritou ele.

Gritos de "uhul" e "é isso aí" pontuaram uma salva de aplausos agressiva enquanto eu guardava o resto das ferramentas e saía.

Eu ainda estava irritado quando encontrei um folheto do Time Hazel em rosa e lilás, as cores da capa do último livro dela, sob o limpador do meu para-brisa. Incluía uma lista em tópicos de maneiras de apoiar a romancista residente de coração partido. Incluía sugestões como fazer bolos para ela e marcar encontros para ela com qualquer homem solteiro aceitável. O palhaço que fez o folheto tinha até listado atributos do homem perfeito de Hazel.

- Alfabetizado
- Apoia a carreira e o sucesso dela
- Bonito
- Não é babaca
- Não rouba dela
- Não é um cagão ridículo que foge quando a relação fica séria.

Eu o peguei do vidro e o amassei.

— Engraçadinho — anunciei a quem quer que estivesse vendo.

Algo quente e úmido caiu na minha cabeça. Ergui a mão assim que uma sombra passou por mim.

— Porra, Ganso! Você cagou em mim? — perguntei enquanto a ave maldita pousava em um Subaru duas vagas abaixo. Ele soltou um grito insistente e levantou uma pata como se estivesse machucada.

— Acha que pode me arrancar petiscos depois de cagar em mim? — gritei.

— Boa águia. Bela mira — disse minha professora da quarta série, a sra. Hoffman. Ela me lançou um olhar fulminante enquanto jogava um punhado de petiscos no teto do carro.

Murmurando um palavrão, usei o panfleto para limpar a merda de pássaro do cabelo e tentei não vomitar. Não queria dar a Story Lake mais um motivo para fofocar.

Fui até a lixeira joguei dentro o papel encharcado de merda. Um movimento chamou minha atenção, e me encolhi por instinto. Mas não era outra passagem de uma águia-careca. Em vez disso, os Rouxinóis de Story Lake estavam partindo para cima de mim em formação militar. Eles pararam bem na minha frente, os rostos sérios, os corpos bloqueando toda a calçada.

— Não — rosnei.

Fui interrompido por uma nota irritada do diapasão de sopro de Scooter seguida de um murmúrio de harmonização furioso. Não restava nada a fazer além de esperar.

— Campbell Bishop, você é um cafajeste

"Que sofrer sozinho seja tudo o que te reste

"O coração de nossa querida Hazel você partiu

"Porque não passa de um patife vil

"Melhor sem seu coração de pedra ela está

"E sozinho você vai ficar."

Aplausos espontâneos soaram dos transeuntes na calçada.

— Sério, Livvy? — gritei para o meu irmão, que batia palmas e assobiava dos degraus da loja. Ele respondeu com o dedo do meio.

Voltei a atenção para os Rouxinóis.

— A Hazel contratou vocês? Muito maduro.

Os olhos de Scooter se semicerraram.

— Ninguém nos contratou. Estamos fazendo isso de graça — anunciou ele, orgulhoso.

Eu estava prestes a dizer a Scooter exatamente onde ele poderia enfiar seu diapasão de sopro quando meu celular vibrou no bolso. Hazel foi meu primeiro pensamento e passei vergonha apalpando os bolsos freneticamente.

Pai: Preciso que passe na fazenda quando tiver um minuto.

Não era mesmo decepção o que senti no peito quando vi que não era Hazel. Não. Eu a tinha superado e ela tinha me superado.

— O que é que você fez no cabelo? — perguntou meu pai, quando entrei na casa.

— Não fiz nada. O Ganso estava treinando a pontaria no centro.

Minha mãe, que estava na cozinha batendo as panelas e frigideiras com irritação, parou o que estava fazendo para soltar uma risada vingativa.

— Meu Deus. Você também não. A cidade inteira está mais chateada com esse término do que nós — falei.

— Já que você mencionou isso, vamos conversar no escritório. — Meu pai me guiou para longe da mira da minha mãe.

Ele fechou a porta atrás de nós e fez sinal para eu me sentar na cadeira da minha mãe. Ele pegou um papel da escrivaninha, pigarreou e começou a ler.

— Você está medindo a vida pelo número de pequenos obstáculos. Essa não é uma medida justa de modo algum.

— O que você está fazendo?

Ele tirou os olhos das anotações.

— Estou te dando uma bronca. Sua mãe sabe que fico nervoso; então, fez algumas anotações.

Eu ainda me lembrava vividamente da tentativa envergonhada do meu pai de me explicar de onde vinham os bebês.

— Eu não chamaria seu derrame e o acidente da Laura de "pequenos".

— Grandes, então — admitiu ele.

— Pai, não estou muito a fim de conversar sobre isso agora.

— Bom, paciência. Porque você não vai sair dessa sala até ouvir o que tenho a dizer.

Com um suspiro, eu me afundei na cadeira.

— Tá. Vamos ouvir.

Meu pai voltou a olhar para o papel.

— Você era um bom menino, que virou um bom homem. Mas às vezes acho que fracassei com você.

— Do que é que você está falando?

— Você é tão ruim quanto eu em falar sobre seus sentimentos — disse ele, mostrando as anotações como prova.

— Somos Bishop. Os Bishop não falam sobre sentimentos. Até porque as únicas coisas que a gente sente são mau humor e fome.

Ao contrário do que eu esperava, meu pai não riu.

Ele puxou a própria orelha.

— Por que você terminaria com Hazel?

— Isso é entre mim e ela.

— Certo. Então, vou especular, como todo mundo. Acho que você ficou com medo e decidiu fugir.

— Não fiquei com medo. E, se eu quisesse fugir, teria sido muito mais longe do que só alguns quarteirões.

— É melhor desembuchar antes que ele saia andando, Frank — gritou minha mãe à porta.

— Estou chegando lá — berrou ele em resposta.

— Estendi a mão e abri a porta.

— Quer entrar? — perguntei.

Minha mãe se apoiou na moldura da porta e cruzou os braços.

— Você está sendo um baita covarde, e magoou alguém só para evitar sentir dor.

Logo me arrependi de ter aberto a porta.

— Eu e Hazel somos pessoas diferentes que querem coisas diferentes — insisti. — Não devo uma explicação nem a você nem a ninguém.

— Coisas diferentes? Para mim, parece que ela quer viver nesta cidade e fazer parte desta família — refletiu meu pai, puxando a outra orelha.

— Isto é ridículo — reclamei.

Minha mãe me deu um tapa na nuca.

— Cala a boca e escuta.

— Por que estamos falando sobre isso? Vocês não pegam no pé de Gage toda a vez que ele termina com uma garota qualquer — observei.

— Hazel não é uma "garota qualquer", e Gage ainda não se apaixonou — falou minha mãe.

— E você está dizendo que eu me apaixonei? — Meu coração deu uma cambalhota no peito.

Minha mãe apontou o dedo triunfante na minha cara.

— Isso! Essa cara aí. Náusea com um toque de medo. Isso é amor, filho.

— Não, não é. É... indigestão.

— Você se apaixonou por ela e ficou com medo disso; então, fez o que sempre faz: fugiu — disse ela.

Meu pai concordou.

— Não acredito nisso. Vocês falam como se eu tivesse abandonado vocês. Saí da cidade porque queria. Arranjei um bom emprego numa cidade legal porque queria ter uma vida só minha, que não fosse totalmente imersa na dos outros.

Meus pais trocaram um daqueles olhares irritantes de quem sabe tudo.

Foi a minha vez de apontar o dedo.

— Não. Agora é a vez de *vocês* escutarem. Não é porque vocês adoram ter todos em volta da mesa todo domingo e porque não se incomodam em ajudar na loja da qual se aposentaram e adotar filhos que não são seus e viver ao lado das mesmas pessoas que conhecem a vida toda que eu tenha que querer o mesmo.

Minha mãe revirou os olhos.

— E eu achava que Levi fosse o mais cabeça-dura. Isso é *sim* o que você quer.

Cobri o rosto com as mãos e soltei um resmungo frustrado.

— Ai, meu Deus. O que faz você pensar isso?

Minha mãe ergueu as mãos e meu pai se aproximou.

— Bem, para começar, porque sua mãe não é idiota.

— Obrigada! — disse ela, apontando o dedo para ele. — Olha, longe de mim tentar adivinhar por que você é como é. Mas, quando chegou para nós, era um garoto assustado e frágil que tinha perdido os pais e sido separado dos irmãos. Isso deve deixar uma marca.

— Talvez você tivesse algo a provar — interveio meu pai. — Talvez quisesse mostrar para aquele garoto que conseguia se virar sozinho.

As palavras de Hazel no lago ecoaram de volta para mim. *Você era o filho de um lar estável e amoroso que queria abrir as asas para ver se funcionavam.*

— Por que todo mundo deu para me analisar de repente? — Eu estava cansado. Estava irritado. Tinha passado dias sendo bombardeado por pessoas que pensavam saber mais sobre a minha vida do que eu.

— Porque você vive fazendo a coisa mais burra possível, como se estivesse se autodestruindo ou coisa assim — apontou minha mãe.

— A gente terminou. Não é uma crise de meia-idade nem nada do tipo, e não é nada demais. — Mentiras não paravam de sair da minha boca.

— Você não parece nem um pouco preocupado por ter acabado de largar a melhor coisa que já aconteceu na sua vida — disse meu pai.

— Hazel não é a melhor coisa que já aconteceu na minha vida — falei baixo. — Vocês são.

Os dois ficaram em silêncio por um instante. Depois, minha mãe, com lágrimas nos olhos, me acertou na cabeça com uma pasta de recibos de veterinário.

— Ai! Por que isso?

— Por estar tão doce e irritantemente errado — disse ela. — Não se ganha apenas *uma* coisa boa na vida.

— Você começa com a primeira e vai construindo a partir dela — falou meu pai, sério.

— Acha que nos contentamos em termos nos conhecido e nos apaixonando? — perguntou minha mãe. — Não. Compramos este sítio. Abrimos um negócio e depois, outro. Tivemos sua irmã. Achamos seu irmão. Trouxemos *você* para casa.

— E isso é ótimo para vocês. Mas não é o que eu quero, porra. — O pânico estava voltando, mas dessa vez eu não tinha nada de que desistir.

— Certo. Então *o que* você quer? — perguntou meu pai.

Nunca mais perder nada. Nunca sentir aquele pavor. Aquela sensação cortante de dor e medo.

Não sentir que tinha algo bom e estável, e então descobrir que isso poderia ser tirado de mim de uma hora para outra.

Esquecer como foi ver minha irmã descobrir que seu marido não nunca mais entraria pela porta.

— Quero uma vida tranquila e simples. E não entendo por que deus e o mundo acham que precisam opinar sobre isso.

— O problema é que todo mundo sabe que você está mentindo — observou minha mãe.

Comecei a me levantar da cadeira.

— Tenho mais o que fazer. Não tenho tempo para aguentar vocês dois. Só porque não estou vivendo minha vida da maneira que vocês acham que eu deveria...

— Campbell Bishop. Senta e fica quieto até terminarmos de falar. A vida é preciosa, até mesmo quando machuca. Não é algo para se evitar. É tudo o que temos — disse minha mãe com delicadeza.

— Agora, se essa vida solitária for mesmo o que você quer... — começou meu pai.

— Não é — interrompeu minha mãe, bufando.

— É só continuar fazendo o que está fazendo. Mas, se houver alguma chance de você estar só tentando se proteger, você precisa parar para pensar. Você merece uma vida maior do que essa.

— Aquele menininho que apareceu aqui à nossa porta também merece — observou minha mãe, incisiva.

Os dois ficaram parados, olhando para mim com expectativa.

— Certo. Vou pensar — respondi, percebendo que fingir levar seu conselho a sério era a única forma de sair daquele lugar.

— Pequenas reservas de felicidade — disse minha mãe.

— Quê?

Meu pai concordou.

— Já ouviu aquele conselho de não apostar todas as fichas num número só?

— O que é que tem?

Minha mãe ergueu as mãos.

— Não se dê apenas uma fonte de felicidade. Você não pode ser feliz apenas enquanto sua família é saudável. Ninguém fica saudável para sempre.

— Lembra o que seu bisavô Melmo fez com o dinheiro dele? — perguntou meu pai.

— Gastou tudo com bebida e mulher? — chutei.

— Quando ele morreu, ele tinha uma pequena quantia economizada no banco. Mas deixou um mapa do tesouro para uma verdadeira fortuna que havia guardado em esconderijos por toda a cidade. Se o banco falisse ou alguém encontrasse e roubasse uma das reservas dele, ele sabia que ficaria bem.

— Então, para ser feliz, vocês querem que eu comece a enterrar moedas de ouro no quintal?

— Você está sendo lerdo de propósito, e isso vai se refletir no seu presente de aniversário este ano — comentou minha mãe.

— Não *quero* um presente de aniversário. Mas quero que essa conversa acabe.

— Olha, Campbell, você se apaixonou por Hazel. — Meu pai ergueu a mão quando tentei discutir. — Era óbvio para todo mundo, menos para você. Você ficou com medinho.

Eu me ericei.

— Não fiquei com medinho.

— Para de mentir, filho. Todo homem fica com medinho quando se apaixona, mas homens de verdade enfrentam seus medos. Você está agindo como se se apaixonar por uma boa moça fosse a pior coisa que você poderia fazer.

Na minha opinião, era. E, depois de eles terem ficado ao lado de Laura nas primeiras semanas e meses depois do acidente, eu não conseguia entender por que não pensavam a mesma coisa.

— Vamos tentar o seguinte: o que importa é diversificar — anunciou meu pai.

— Aah, essa é boa, querido. — Minha mãe deu um tapinha no joelho dele.

— Você não tem todo seu dinheiro investido num daqueles papéis de ações inventadas, tem? — prosseguiu meu pai.

— Não.

— Certo. Você faz vários investimentos para que, se um deles for à falência, você tenha outros que estão seguros... a menos que o mercado de ações todo implode, o que, considerando que é tudo inventado mesmo...

— Você está perdendo o foco, Frank — avisou minha mãe.

Decidi ir direto ao ponto.

— Então, vocês estão dizendo que eu deveria arranjar algumas esposas? Não acho que isso seja permitido na Pensilvânia.

— De todos os neandertais cabeças-duras... — murmurou minha mãe.

— Deu para ouvir — falei.

— Que bom. Era para ouvir mesmo.

— Você sabe exatamente o que estamos dizendo — insistiu meu pai.

Minha mãe balançou a cabeça.

— Acho que ele não sabe. Vou dar a marretada, então. Você voltou para cá todo culpado, acreditando na ilusão de que, se tivesse ficado, teria conseguido evitar o acidente de Laura.

— Não tem ilusão nenhuma nisso. Seria eu que estaria correndo com ela. Teríamos saído mais cedo porque era o horário que sempre treinávamos juntos. Aquele carro nunca teria...

— É uma burrice do caralho.

— Olha a boca, mãe.

— Desculpa, mas dar a marretada não funciona se eu suavizar as palavras. Você viu Laura sofrer pela perda de Miller, das próprias habilidades físicas e da vida que levava antes. Você viu isso de camarote, como todos nós, e acha que afastando Hazel, vai se salvar desse tipo de dor. Mas isso é de fato é só...

— Uma burrice do caralho.

— Tem eco aqui?

— Olha para sua irmã — disse minha mãe, me ignorando. — Ela passou pelo tipo de trauma que faz algumas pessoas se afundarem e nunca mais voltarem à superfície. Mas ela estava rindo à beça no Labor Day. Ela tem os filhos, tem a gente, tem esta cidade. E, quando todos vocês, idiotas, finalmente se sentarem para conversar, vão se ligar de que ela está pronta para voltar ao trabalho.

Eu e meu pai lançamos o mesmo olhar confuso para ela. Ela revirou os olhos.

— Preciso explicar tudo para vocês, seus chatos cabeças-duras?

Eu e meu pai nos entreolhamos e demos de ombro.

— Na verdade, sim — dissemos.

— Laura está louca para voltar para a loja. Ela quer expandir o negócio. Mas, para fazer isso, vocês precisam tornar o espaço mais acessível para ela, e *você* precisa dar as rédeas para ela fazer isso. — Minha mãe apontou para o meu pai nessa última parte.

— Por que a Lau não disse nada? — perguntei.

— Porque sua irmã é exatamente como vocês. Ela não sabe pedir ajuda. Por acaso você acha que ela quer se sentar com você e seus irmãos e pedir para instalarem uma rampa e um banheiro novo para ela? Acha que ela quer pedir para o pão-duro do seu pai aqui para contratar mais funcionários? Ela está achando que vocês vão ler a porra da mente dela, assim como você está esperando que ela explique em detalhes o que precisa de vocês.

Nenhuma dessas coisas tinha acontecido na história da família Bishop... quer dizer, a menos que se considere minha mãe.

— Bom, por que você não disse isso antes, Pep? — perguntou meu pai.

Minha mãe ergueu as mãos.

— Porque nem sempre vou estar aqui para abrir os seus olhos. Vocês são todos adultos e estou tentando respeitar isso, mas, virgem Maria, como vocês dificultam. Essa conversa está uns seis meses atrasada.

— Preciso falar com Larry — eu disse, começando a me levantar de novo.

— Não. Você precisa olhar direito para a sua vida e se tocar de que já apostou todas as fichas da sua felicidade num número só. Você só se sente bem quando sua família está bem.

— Meu Deus, mãe. Você age como se você e o pai tivessem alugado um trailer e rodado o país festejando até o sol nascer enquanto Laura estava no hospital. Vi vocês. Vocês sofreram junto com ela.

Minha voz embargou, o que me fez calar a boca imediatamente.

Minha mãe suspirou e inclinou a cabeça para bagunçar meu cabelo.

— Claro que sofremos. Mas não paramos de viver, e sua irmã, também não. Você, por outro lado, nem começou.

— Namoradas, crianças, animais de estimação, hobbies, férias, aventuras, ferramentas novas. Filho, o mundo é cheio de coisas para amar. Não acha que está na hora de experimentar algumas? — disse meu pai.

47

CONFISSÕES ENTRE IRMÃOS

Campbell

— Pelo visto, ainda estamos bravos — falei na manhã seguinte na academia quando minha irmã arreganhou os dentes para mim no meio de um pulley frente. Ela já estava totalmente suada, o que significava que ela tinha vindo mais cedo do que o normal. Pensei se isso significava que ela não estava dormindo de novo. Depois, considerei se deveria ou não perguntar se ela não estava dormindo.

E me dei conta de que eu não fazia ideia de como abordar o assunto sem provocar a raiva dela.

— Somos dois — anunciou Levi do banco ao lado dela.

— Se vai ficar bravo com alguém, foi a imbecil aqui que indicou você, chefe — observei, trocando minha toalha e minha garrafa por pesos.

A resposta de Levi foi um olhar furioso e um resmungo antes de começar sua próxima série de rosca.

— Livvy não pode ficar bravo comigo — falou Laura, secando a testa. — Por causa da coisa toda da cadeira de rodas e tal. — Ela fez um gesto dramático para a cadeira.

Era uma daquelas piadas que de fato não tinha graça, porque era verdade. Antigamente, éramos implacáveis uns com os outros. Agora, desviávamos de certos assuntos. Nossas interações como irmãos estavam estranhas, e nenhum de nós sabia como podíamos voltar a ser como antes.

Fazendo o que sempre fiz e suprimindo quaisquer sentimentos incômodos, comecei meu aquecimento com uma série de exercícios de mobilidade.

— Olha quem deu as caras — comentou Gage, ofegante depois de correr alguns quilômetros na esteira.

— Eu vi como você olhava para ela — anunciou Laura.

— Quem? — respondi entre dentes, fingindo não saber exatamente de quem ela estava falando.

— Olha, sei que não somos de falar de assuntos sérios, mas estou cansada disso. Você fez merda. Você estava feliz. Ela estava feliz. E você jogou isso fora. — Havia um tremor real na voz da minha irmã, e eu estava morrendo de medo de que não fosse de raiva.

— Você, mais do que ninguém, deveria entender — falei.

— Eu, mais do que ninguém? De que merda você está falando? — perguntou Laura.

— Acho que isso foi idiotice — Gage murmurou.

— Muita idiotice — Levi resmungou.

— Não. Foda-se. Querem conversar? Vamos conversar. Eu estava lá e vi tudo, Lau. Vi de camarote você perder tudo. Vi você sofrer cada segundo agonizante do dia. Não aguento essa merda. Não posso perder alguém assim. Quase perdi você, e quase não aguentei essa merda.

Os olhos de Laura brilharam.

— Você *não* acabou de usar minha história com Miller como desculpa para a sua burrice.

— Não estou usando ninguém como desculpa, e não houve burrice.

— Melhor deixar aquelas algemas prontas — Gage disse a Levi.

— Acha que eu não faria qualquer coisa para ter mais um dia, mais uma hora, com Miller? — indagou Laura. — E você simplesmente largou alguém que te fazia mais feliz do que nunca, seu grande imbecil.

— Olha. Vamos nos acalmar — falei.

— Acalmar? *Não* vou me acalmar coisa nenhuma, Cammie. Porque ainda passo metade do tempo com raiva por não poder me levantar e dar um soco na sua cara de idiota quando você merece. Porque não conversamos sobre as coisas. Porque não aguento mais ficar em casa sendo a viuvinha triste.

— Meu Deus, Larry. Por que você não disse nada? — sussurrou Gage.

— Porque não conversamos sobre porra nenhuma! — gritou ela. — Nenhum de nós conversa.

— Você não deveria ter que pedir — admiti. — Deveríamos ter imaginado.

— Ah, vai se foder. Nenhum de vocês sabe ler mentes. Somos todos culpados. Blá-blá-blá. Mas estamos falando de você agora.

— Não podemos falar de Gage? — respondi, brincando.

— Estou viva, Cammie. Não perdi tudo. Tenho as crianças, tenho vocês, seus arrombados. E Melvin e meus amigos. Tenho a mim mesma. Sou forte pra caramba, e não me arrependo de nenhum segundo da minha vida com Miller. Nem mesmo do fim. É por isso que não vou deixar que *você me use* como desculpa para fugir do amor porque ficou com "medinho" ou porque "algo ruim pode acontecer". Sabe do que mais, seu burro ridículo e idiota? A única coisa que nos faz passar pelos momentos difíceis são as pessoas e as coisas que amamos.

Cocei a nuca.

— Alguém mais está ficando incomodado com essa história de conversar?

Gage, Levi e Laura levantaram a mão.

— Já que estamos falando verdades, ainda estou puto por você ter voltado para cidade tentando bancar o herói — admitiu Gage.

— Quem? Eu? — perguntei, apontando para mim mesmo.

— Sim, você, babaca.

— Não tentei bancar o herói.

— Você fez parecer que não teríamos conseguido nada sem você. Que a empresa estava falindo porque você não estava aqui. Que você poderia ter impedido a... situação de Laura — disse Gage, apontando para a cadeira de rodas.

— Sou o mais velho. É minha função proteger vocês, manés — insisti.

— Não é porque você é o mais velho que é o único capaz de proteger as pessoas — retrucou Gage.

Levi respondeu, oferecendo o punho fechado para ele cumprimentar.

— Certo. Então, fiz merda com Hazel. Larry quer voltar a trabalhar. E Gigi acha que sou um narcisista arrogante. Qual é o seu problema, Livvy?

Todos nos viramos para Levi.

— Não atirei paintballs na porra do celeiro, e ainda estou puto por terem me culpado por isso.

48

UMA MORTA MUITO LOUCA

Hazel

— Não quero socializar — choraminguei enquanto Zoey me arrastava na direção do Fish Hook.

O clima de sábado à noite tinha finalmente pendido em favor do outono; então, eu estava com a calça jeans e o suéter que ela tinha escolhido para mim. O jeans era uma calça feita para ficar em pé, e a blusa azul-escura tinha um decote excessivo para uma mulher que tinha sido arrancada de seu notebook e do seu moletom de escrita preferido uma hora antes.

Era sábado à noite, o que para mim era mais um motivo excelente para ficar em casa me lamentando. Por duas semanas, eu tinha evitado a minha própria casa das sete da manhã às cinco da tarde. As coisas progrediam rapidamente, tanto na casa quanto no papel.

Num acesso de inspiração agonizante, eu tinha levado meus personagens à briga e ao término do terceiro ato. Tinha me baseado muito na vida real, ou seja tinha chegado a um impasse na narrativa. Porque o "mocinho" era um idiota irremediável e não havia nenhum gesto grandioso o bastante para justificar o perdão. Mas eu estava considerando a ideia de atenuar sua idiotice para encontrar uma saída... fictícia, claro.

Enquanto esperava por alguma fonte nova de inspiração, eu vinha passando bons momentos com leitores nas redes sociais e feito compras na internet de coisas essenciais para a casa, como os aparadores de livros em forma de gárgula que chegariam na terça.

— Não interessa — disse Zoey, abrindo a porta de vidro para mim. — É importante para mostrar que você está bem.

Revirei os olhos.

— Mas eu não estou bem. — Eu não queria ser a chata de galocha, mas a familiaridade reconfortante da rabugice era como uma velha blusa aconchegante. Depois que me envolvia nela, não queria tirar.

— O importante é que você parece bem.

— Certo, porque as aparências são a prioridade.

— Você sabe bem como é horrível encontrar um ex num dia ruim e não no ápice da sua forma em termos de vingança — apontou ela.

— Ele está *aqui*? — Meus pés paralisaram no chão. Eu preferia enfrentar um espéculo gelado e uma corrente de ar no consultório ginecológico a ver Campbell Bishop pessoalmente agora.

— Claro que não — bufou ela. — Além disso, tenho uma boa notícia, e você é minha melhor amiga. Você está contratualmente obrigada a comemorar comigo.

— Sua prima não entupiu a privada e inundou o apartamento embaixo do seu?

— Não, isso ela fez. Mas, por mais que você se esforce, você não vai me abalar.

Passamos pela recepção e fomos direto para o bar, que estava bem cheio para os padrões de Story Lake.

Gritos de comemoração soaram, e me virei, procurando o motivo. Mas não havia nada atrás de mim. Eu estava olhando para as telas de TV em busca de alguma vitória esportiva quando alguém gritou.

— Está linda, hein, Hazel!

Houve mais aplausos, alguns assobios e vários sorrisos voltados na minha direção. Avistei Laura e Sunita acenando para nós de uma mesa.

— Hum. Obrigada? — agradeci, passando a mão sobre o suéter. — Por que está todo mundo me aplaudindo? — sussurrei pelo canto da boca.

— Porque eles são do Time Hazel. — Zoey levantou o punho no ar.

— Time Hazel! — respondeu o bar com entusiasmo.

— Eles estão segurando exemplares dos meus livros? — perguntei, certa de que estava imaginando coisas.

— É assim que os membros do Time Hazel identificam uns aos outros — explicou ela enquanto me levava para o bar.

Rusty nos recebeu do outro lado do balcão.

— Senhoritas. O de sempre, Hazel? — perguntou ele com um sorriso sarcástico.

Empalideci.

— Meu Deus, não. Pode me dar um Chardonnay, por favor?

— Claro.

— Para mim também — disse Zoey.

Junior Wallpeter se aproximou e meu deu um tapa nas costas. Ele estava com algum tipo de mancha de vômito de bebê na gola da camisa que usava nas noites em que saía com a esposa.

— Você merece coisa melhor, Hazel. Espero que encontre amor verdadeiro, como eu e a patroa.

— Obrigada, Junior — respondi com a voz fraca.

— Ah, vou te mandar algumas fotos das gêmeas, tá? Espera só até ver o desastre duplo de fraldas no parque. Isso vai te animar.

— Parece... legal — menti.

411

Ele voltou à mesa e à esposa, e fiquei olhando para o meu vinho com melancolia. Até Junior Wallpeter tinha um final feliz. Já eu estava destinada a apenas escrever sobre o dos outros.

— Para de choramingar — mandou Zoey. — Garland está vindo.

Resmunguei.

— Sério? Não estou no clima para o meu paparazzo particular hoje.

— Aí está minha celebridade local favorita — disse Garland, chegando à minha esquerda. — Está gostando da minha cobertura recente?

Senti uma brisa atrás de mim, me virei e me deparei com Zoey no meio de um gesto de cortar a garganta.

— Eu não vi — falei, voltando o olhar desconfiado para o jornalista amador.

— Bom, nesse caso, só preciso de uma foto rápida por... motivos — disse ele.

— Sabe, Garland, não estou me sentindo fotogênica — respondi.

Mas ele não estava me dando ouvidos. Estava ocupado estalando os dedos para Quaid, o fisiculturista de vinte e poucos anos na ponta do bar.

— Quaid, me faz um favor e vem aqui para... hum... dar um contraste — pediu Garland.

Quaid, com seu mullet loiro de permanente, abandonou sua banqueta e trouxe sua massa muscular em nossa direção.

— Ele parece um boneco Ken dos anos oitenta — comentou Zoey com um suspiro admirado.

— Temos idade suficiente para ser as irmãs muito mais velhas dele — apontei.

— Daí eu pensei: "Você consegue, Quaidzera. Duzentos quilos não é nada". E levantei.

Garland tinha montado uma foto minha e do "Quaidzera" no bar, em que parecíamos estar numa conversa intensa. Ele disse que era para o bico de marketing dele. E desapareceu. Zoey pediu licença para ir ao banheiro e, agora, lá estava eu, sozinha com Quaid, enquanto ele explicava a diferença entre levantamentos terra normais e levantamentos terra russos.

Era assim um encontro na vida real? Ficar em silêncio esperando para comentar algo sobre seus próprios interesses estranhos com alguém com quem você não tinha nada em comum?

— Quaid, uma pergunta: se você pisasse na bola com uma mulher, o que faria para reconquistar o coração dela? — perguntei.

Se ele pretendia me entediar com seus interesses, eu poderia pelo menos aproveitar para pegar ideias para a ficção.

Ele franziu a testa.

— Acho que nunca pisei na bola com uma mulher.

— Não sei o que dizer sobre isso — admiti.

— Você é muito boa companhia, Hazel — disse ele, admirado. — Quer que eu te conte sobre o meu programa de treino para a competição de fisiculturismo em novembro?

— Claro, Quaid.

Fazia um bom tempo que Zoey tinha desaparecido, e eu estava começando a ficar desconfiada. Eu estava prestes a arranjar uma desculpa para ir atrás dela quando uma dezena de notificações de celular ecoaram pelo bar ao mesmo tempo.

— O que está acontecendo? — perguntei pelo burburinho de entusiasmo.

— Está pronta para outra taça? — ofereceu Rusty, aparecendo na minha frente.

— Não precisa, obrigada.

— Aceito outra cerveja proteica de grama de trigo — pediu Quaid, erguendo o copo vazio. — É como se um shake de proteína e uma cerveja leve tivessem tido um filho incrível.

— Que... interessante.

Apertei o pescoço distraidamente.

— Trapézio tenso? — perguntou Quaid.

— Hein?

Ele esticou o braço e aplicou pressão no ponto entre o meu pescoço e o meu ombro.

— Aimeudeus. — As palavras saíram de mim num gemido grato.

— É, você está supertensa — disse ele, virando-me na banqueta para poder massagear meus músculos retesados com as mãos do tamanho de um joelho de porco.

— Ah, nossa — gemi. Eu tinha passado muito tempo fingindo escrever naquela semana e, aparentemente, fingir escrever usava os mesmos músculos do que escrever de fato.

Alguma coisa estava acontecendo atrás de mim no salão. Havia uma tensão elétrica, como se todos estivessem segurando a respiração ao mesmo tempo. Mas os polegares mágicos e musculosos de Quaid tornavam difícil eu me concentrar em qualquer outra coisa.

— Tire as mãos de cima dela.

O comando rosnado fez meus olhos se arregalarem de susto.

— Ah, oi, Cam. Não tinha te visto — cumprimentou Quaid tranquilamente, ainda massageando os músculos do meu pescoço.

— Não estou nem aí se você consegue levantar uma caminhonete no supino. Se não tirar as mãos nos próximos dois segundos, vou arrancar seus braços e socar sua cara com seus próprios punhos.

Eu me desvencilhei da mão carnuda de Quaid e me virei.

Campbell Bishop parecia estar sofrendo fisicamente.

— Alto lá, Cam. Se Hazel quiser sair com Quaid, isso é da conta dela — avisou Rusty.

— Devo concordar com Rusty — gritou Sunita com seu sotaque britânico elegante. — Você é o parvalhão que a deixou solteira.

— Ha. Parvalhão — disse Laura ao lado de Sunita.

Cabeças se viraram e mais pessoas concordaram.

Gage e Levi hesitaram ao entrar pela porta atrás de Zoey.

— Pelo menos ninguém está sangrando — observou Gage, seco.

— Ainda — murmurou Levi.

Saí da banqueta, subitamente movida por uma raiva intensa.

— Qual é o seu problema? — indaguei, apontando o dedo para o peito de Cam.

— Podemos conversar? Depois que eu jogar esse fortão no lago? — perguntou ele para mim.

— *Agora* ele quer conversar — observou Junior.

Cam se virou para o salão.

— Juro por Deus, vou sair na porrada com cada um de vocês.

A sra. Patsy se levantou e começou a balançar a bolsa sobre a cabeça como se fosse um laço.

— Quero ver você tentar, pestinha.

— Menos a senhora — disse Cam, apontando para ela. — Não confio nessa bolsa.

Relutantes, Gage e Levi se posicionaram atrás de Cam. Eu não sabia bem se estavam ali para protegê-lo de todos ou para proteger todos dele. A julgar pela cara séria deles, também havia a chance de que os irmãos quisessem ser os primeiros a bater.

— Ninguém vai brigar com ninguém, a menos que seja Hazel socando Cam — anunciou Levi.

Murmúrios de decepção foram rapidamente silenciados por um olhar firme do delegado.

Cam se voltou para mim, os olhos suplicantes.

— Cinco minutos. Longe desses imbecis.

— Não.

— Você já teve os seus cinco minutos. Ela partiu para outra, cara — falou Zoey, presunçosa.

— Ah, ótimo! Não perdemos nada — disse Frank à porta.

— Pensei que eles já estariam cobertos de sangue agora — comentou Pep, colocando o kit de primeiros socorros na mesa redonda mais próxima. — Desce uma para nós, Rusty.

— Se acha que uma briguinha de bar vai ser algum grande gesto, você está redondamente enganado — informei a Cam.

414

— Estava pensando em ir chegando devagar a um grande gesto. Mas é difícil com você saindo com todo homem solteiro da cidade.

— Saindo? Não estou saindo com ninguém!

— Ah, assim como não estava saindo comigo? Então, Bronson Vanderbeek estava só segurando a porta da livraria para você. Ele nem lê, Hazel. E esse almocinho romântico com o primo de Darius, Scott? Ou o passeio de caiaque com Scooter?

Ele me mostrou a tela do celular, passando pelas fotos de mim sorrindo para outros homens.

Meu queixo caiu quando entendi o que havia acontecido.

A cidade inteira tinha me feito de uma morta muito louca.

— Garland! — gritei.

49

"VOCÊ ESTÁ COM CHEIRO DE PEIXE"

Campbell

Meu rosto, meus punhos e minhas costelas ardiam. Água do lago espirrava dos meus sapatos a cada passo enquanto eu mancava pela rua principal.

Eu não tinha mais pelos nos punhos por causa da fita adesiva que Levi tinha usado no lugar de algemas.

Eu tinha lutado por ela, sido a primeira prisão oficial do meu irmão, levado uma multa exorbitante por destruição de propriedade pública, e meus pais tinham pagado minha fiança.

Mas eu tinha provado para mim mesmo e para Story Lake que não desistiria sem lutar.

E estava pronto para o segundo round.

Endireitei os ombros quando a casa de Hazel apareceu. A luz da varanda estava acesa, mas as das salas de estar e de visitas estavam apagadas. Mas era pouco depois das dez, e eu sabia que era impossível que ela já tivesse ido para a cama.

Abri o portão e subi a trilha. Era de oitenta e cinco porcento a chance de ela não atender à porta se eu tocasse a campainha, e de cem porcento de ela não me deixar entrar para derramar água do lago e sangue por todos os seus pisos recém-restaurados.

Optei pelo plano B e dei a volta pela casa, abrindo caminho pela parte do jardim ainda coberta de mato. Levei uma galhada de corniso na cara e rasguei a calça em algo espinhoso antes de chegar à janela do escritório dela. A luz se derramava para fora.

Ela estava sentada atrás da escrivaninha, sozinha, graças a Deus. O cabelo, num coque torto. Os ombros, curvados. Seus dedos, se movendo de forma rápida pelo teclado. Suas costas eram as mais bonitas que eu já tinha visto. Eu queria ver aquelas costas todos os dias pelo resto da minha vida.

— Vai ficar aí parado a noite toda ou vai tomar uma atitude?

Dei meia-volta e encontrei Felicity espiando sobre a cerca.

— Você está num escadote?

— Prefiro pensar nisso como uma plataforma observacional. Por que você está todo molhado?

— Porque fui um idiota e agora já não sou.

— Hum. Só para esclarecer: você vai declarar seu amor, não cometer algum crime estranho de tarado, né? — perguntou ela.

Suspirei e tomei uma nota mental de comprar e pendurar cortinas para todas as janelas desse lado da casa de Hazel, independentemente de ela me dar uma segunda chance ou não.

— Sim, e adoraria um pouco de privacidade — falei, incisivo.

— Isso vai te custar.

— Vou anotar e entregar seus pedidos pessoalmente por um mês — prometi.

— É um prazer fazer negócios com você. Belos curativos, aliás — disse ela enquanto desaparecia.

Baixei os olhos para os dedos. Minha mãe, a engraçadinha, tinha reabastecido o kit de primeiros socorros com curativos de emojis que brilhavam no escuro. Ela usou todos os de emoji de cocô em mim.

Levantei a mão para bater na janela de Hazel e hesitei.

Merda. Ela estava de fone. Isso significava que eu estava prestes a dar um susto nela. De repente, esse plano todo pareceu idiota... e perigoso. E se ela viesse atrás de mim com aquele pé de banco de piano ou atirasse seu guaxinim de estimação em cima de mim?

Murmurando um palavrão, tirei o celular do bolso molhado, torcendo para ainda estar funcionando.

Eu: Vira.

Enviei a mensagem e esperei. Baixei os olhos para o celular, os dedos hesitando no teclando. Mas, em vez de pegar o celular, ela endireitou os ombros e continuou a digitar.

— Sério, Hazel? — Murmurando comigo mesmo, escrevi outra mensagem.

Eu: Estou literalmente vendo você me ignorar. Só vira.
Eu: Por favor.

A tela do seu celular se iluminou de novo e Hazel bateu a cabeça no encosto da cadeira. Ela virou o celular e voltou a digitar.

Resmungando, apertei o botão de ligar.

— Puta que o pariu. — Veio o grito abafado de Hazel do lado de dentro. Ela pegou o celular e atendeu. — Quê?

— Vira — mandei.

417

Ela virou na cadeira com sangue nos olhos. Seu celular saiu voando, e ela quase caiu da cadeira enquanto soltava um grito digno de casa mal-assombrada ao ver minha silhueta enorme na janela.

— Todo mundo bem aí? — gritou Felicity do outro lado da cerca.

— Vai embora, Felicity.

Gesticulei para a janela com impaciência.

— Que merda você está fazendo espreitando no meu quintal, imprensando a cara contra a minha janela? — perguntou ela enquanto abria a janela.

— Não imprensei a cara contra a janela — argumentei. — Vai para trás.

— Não! Por quê?

Eu me apoiei no peitoril da janela.

— Ai, meu Deus. Por que você está molhado? — Ela torceu o nariz. — Você está com cheiro de peixe.

— Gage bateu com um peixe na minha cara — expliquei, terminando de passar pela janela. Minhas botas encharcadas pisaram na madeira com um ploft.

Hazel parecia estar olhando à sua volta em busca de uma arma.

— Venho em paz — prometi.

— Não estou nem aí. Se todo mundo teve a chance de bater em você, eu também quero.

— Bem, a menos que você esteja disposta a me bater com o punho ou tiver uma truta viva à mão, você está sem sorte.

— Certo, então — concordou ela. Ela cerrou o punho e ergueu o braço. — Você tem dez segundos para me dizer por que me deu um fora, me humilhou publicamente e invadiu minha casa cheirando a um monstro do lago, senão vou ser obrigada a usar meus golpes de defesa pessoal pesquisados no YouTube contra você.

Ergui as palmas em rendição.

— Terminei com você porque fiquei com medo. Essa história toda de amor é nova para mim. Eu estava começando a me sentir bem com relação a isso quando Laura foi parar no hospital de novo, o que me fez lembrar do acidente dela. Quando perdemos Miller, quando quase a perdemos. Ela mal sobreviveu à notícia de que Miller tinha morrido. Acho que tive um ataque de pânico e decidi resolver tudo me desapaixonando por você.

Ela baixou os punhos alguns centímetros.

— Isso é horrível — admitiu ela.

— Nunca superei isso. Ela é uma das melhores pessoas que conheço, e morro de amores por ela, mas isso não a protegeu. Eu não a protegi. O amor não a salvou de uma vida sem sua cara-metade, uma vida sem nenhuma das coisas com as quais ela estava acostumada. Olhei para ela no leito e vi você.

— E você prefere não estar ao lado do leito de hospital de alguém. Entendi. Obrigada por me avisar depois que me apaixonei por você — disparou Hazel. Ela estava com os dois punhos erguidos numa postura completamente errada.

— Laura já me deu uma coça. Minha mãe e meu pai, também. Todo mundo morre. Todo mundo perde os entes queridos. Não tem como escapar disso. Não há atalho para evitar a perda. Então, quero sofrer com você, Hazel. Quero sentir dor e raiva e estar em todos os leitos de hospital.

— Este é o gesto grandioso mais deprimente do mundo.

— Pensei que poderia me proteger das coisas ruins se não tivesse muitas coisas boas.

Sua expressão foi se suavizando aos poucos.

— Que burrice.

— Concordo. Mas você me mostrou coisas boas demais, e agora quero mais. Porque vamos ter as ruins. Isso é certeza. E a única forma de sobreviver a isso é guardar o maior número de boas possível.

— Tá, um pouco menos deprimente.

Estendi as mãos e peguei seus punhos, puxando-a para perto de mim.

— A vida é confusa, mas prefiro ser parte da sua confusão do que ver você criar confusão com outra pessoa.

— Eu não estava criando confusão nenhuma com outras pessoas. Armaram para mim. Armaram para *nós*. Zoey chamou de *Um morto muito louco* porque era como obrigar um cadáver a fazer algo.

— A cidade toda sabe que fomos feitos um para o outro. Agora também sei disso. E não vou deixar você partir — falei, puxando-a para perto.

— Não vou simplesmente voltar a confiar em você e tirar a calça...

— Você já está sem calça — ressaltei.

Ela olhou para baixo.

— Droga.

— Vou instalar cortinas. Em todos os lugares — falei e encostei a cabeça na dela.

Ela abriu a boca e aproveitei a oportunidade. O beijo era suave, cheio de desejo. Segurei seu rosto com as duas mãos e a beijei intensamente até nenhum de nós conseguir recobrar o fôlego.

— Poxa! Por que você fez isso? — perguntou Hazel, se soltando. — Você me magoou, Cam. Muito. Eu me abri. Você não tem ideia de como foi difícil para mim. E você me deixou dilacerada.

Passei a mão no seu cabelo.

— Desculpa — falei baixo. — Quero que me diga o que quer. Quero proporcionar isso para você. Mesmo que seja algo que me apavore.

— Não quero que a ideia de estar num relacionamento apavore o besta do meu namorado!

— Gatinha, eu não estava com medo de estar com você. Estava com medo de te perder.

— O que parece uma profecia autorrealizável muito da idiota, né? Como vou esquecer isso? Não sei se consigo te perdoar!

— Bom. Não perdoe. Ainda não mereci. Você merece um daqueles gestos grandiosos e heroicos. E te assustar e entrar pela janela não conta.

Ela olhou por cima do ombro.

— Até que era sim uma janela alta, e você fez parecer bem fácil.

— Não era alta o bastante, srta. Confusão. Você merece mais. Quero uma vida com você. Um lar. Uma família. — Um movimento à porta chamou minha atenção. — Uma população bem menor de guaxinins dentro de casa.

Ela endireitou os ombros e ergueu a cabeça.

— Mereço mais, sim. A Bertha, também. E só para você saber: não perdoo tão fácil quanto as minhas mocinhas.

Eu me abaixei e dei um beijo na testa dela.

— Só para você saber: não vou me deixar vencer por um guaxinim. E sou muito mais persistente do que os seus mocinhos.

— Então, hum, como vai ser seu gesto grandioso? Posso te dar algumas dicas.

Balancei a cabeça.

— Ah, não. Já fiz toda a pesquisa de que preciso — falei, apontando com o polegar para os livros dela na estante.

— Você vai salvar a fazenda de árvores de Natal da minha família e me dar um rebanho de miniburros?

— Vai dormir — aconselhei. — Porque, quando eu fizer meu gesto grandioso, nenhum de nós vai dormir por quarenta e oito horas. — Passei o dedo em volta do elástico da sua calcinha.

Ela sentiu um calafrio.

— Ainda quer me socar? — perguntei.

— Sim, mas tenho a impressão de que essa vontade nunca vai passar.

Escancarei um sorriso e beijei a ponta do seu nariz.

— Vejo você por aí, srta. Confusão. — Eu me dirigi à janela, sentindo pela primeira vez em semanas que tinha um propósito.

— Não vai me dar um prazo para eu me preparar? — gritou ela atrás de mim.

Lancei um olhar safado para ela enquanto voltava a sair pela janela.

Eu: Preciso da ajuda de vocês.
Levi: Você não vai escapar da multa.
Larry: Como foi com Hazel?
Gage: Ela te trancou num armário com um guaxinim?

Eu: Vou reconquistar aquela mulher.
Gage: De tanto encher o saco dela?
Laura: Que diferença faz?
Eu: Preciso da ajuda de vocês com o gesto grandioso.
Levi: Que porcaria é essa?

50

O FINAL FELIZ COMEÇA AQUI

Hazel

O motorista chegou à frente da minha casa e soltei um suspiro de alívio. Tinha sido bom estar de volta em Nova York. Mas, depois de três dias de reuniões com a editora, entrevistas e networking, eu estava pronta para entrar em casa.

Eu e Zoey nos despedimos ontem à noite. Ela tinha ficado mais um dia para jogar nosso sucesso na cara dos seus antigos colegas e desfazer todos os estragos que sua prima tinha deixado no apartamento dela ao longo do mês. Já eu estava mais do que feliz em estar de volta. A Casa Heart brilhava como um farol de boas-vindas diante de mim.

Demorei um tempo para perceber que não tinha nenhum veículo de construção estacionado na rua. Nenhuma caçamba na garagem. Mas havia cestos de samambaias e crisântemos pendurados alegremente nas vigas da varanda. Exatamente do tipo que eu queria.

— Como assim? — murmurei comigo mesma.

O motorista entrou na garagem, que, se meus olhos não estavam me pregando peças, parecia muito mais limpa e rosa do que eu tinha deixado. As portas tinham perdido sua tinta encardida e agora reluziam de tão brancas que estavam. Mas a maior surpresa foi o fato de que o deque e a rampa estavam concluídos.

Paguei o motorista às pressas e peguei minhas malas antes de ligar para Cam. Mas ele não atendeu. Tínhamos trocado algumas mensagens desde que ele entrara pela janela da minha biblioteca cheirando a peixe, e ele tinha prometido comemorar meu novo contrato de publicação comigo assim que me reconquistasse oficialmente.

Por impulso, liguei para a irmã dele.

— E aí? — Laura atendeu.

— Ei, quer vir e ser minha primeira convidada a testar minha rampa? Acho que estou sem comida em casa, mas a gente pode pedir alguma coisa.

— Já cuidei disso. Chegou em quarenta e sete segundos — disse ela.

— Assim Levi vai ter que prender você por excesso de velocidade.

— Levi está fora da cidade com os outros. Eu estou na vizinhança — falou ela antes de desligar.

Fiel à sua palavra, ela parou à frente de casa menos de um minuto depois.

— Pode pegar o vinho lá atrás, por favor? — gritou ela para mim.

— Quando eles fizeram isso tudo? — perguntei, tirando a sacola do armazém do banco de trás enquanto ela voltava a montar a cadeira no chão.

— Vamos só dizer que Cam estava muito motivado a terminar.

Meu estômago se embrulhou de preocupação. Ele estava muito motivado a terminar porque havia superado nossa relação? Porque havia reconsiderado e decidido que era melhor sermos inimigos mortais? Àquela altura, era nossa única opção de relacionamento, porque eu é que não seria amiga dele. Não tinha maturidade suficiente para isso.

— Eles começaram a montar a rampa na loja, e vamos ficar fechados na semana que vem para eles conseguirem refazer a estrutura do caixa e do banheiro — disse Laura, transferindo-se com habilidade para a cadeira.

Ela estava com um band-aid de emoji chorrindo na testa pela queda, mas parecia empolgada, para não dizer feliz.

— Quer dizer que você vai voltar a trabalhar?

O sorriso de Laura era mais radiante do que o sol.

— Finalmente! Fiz como você e enchi um caderno inteiro com planos e ideias de produtos. Ano que vem vai ser grande para nós. Para todos nós. Estou pressentindo — comentou ela.

— Que demais. — Eu queria ser parte de "todos nós". Desesperadamente. — Vem, vamos ver o que eles conseguiram fazer lá dentro.

Subi a rampa para o deque à frente de Laura.

— Não encomendei móveis — falei, olhando para a mesa de jantar e as cadeiras de teca, e para as poltronas giratórias acolchoadas em volta de uma mesa baixa. Havia mais flores em vasos. Crisântemos de todas as cores. A churrasqueira máscula cintilava no canto.

— Devem ter sido as fadas dos móveis de quintal — disse ela, com ar inocente.

Abri a porta dos fundos e segurei para ela entrar.

— Como está seu irmão? — perguntei enquanto entrava pelo vão baixo.

— Qual deles? — disse ela em tom de brincadeira, colocando a sacola na bancada.

Pisquei. Eu tinha bancadas. E azulejo. E um porta de despensa. E um cantinho de café da manhã envidraçado.

— Caraca... Está pronto!

— Surpresa — disse ela, dando uma voltinha de comemoração.

Os armários eram de um azul-marinho majestoso com detalhes em dourado. As bancadas, que eram muitas, reluziam num branco elegante com veios cinza que complementavam o azulejo texturizado.

— Eu tinha trinta centímetros de bancada no meu apartamento — falei, me debruçando sobre a ilha e esticando os braços para os lados.

Havia banquetas na ilha, seis ao todo, com pés brancos rústicos e assentos de madeira curvada encontrada à deriva.

— É, você vai mesmo ter que aprender a cozinhar. — Laura tirou duas taças de vinho do armário ao lado do frigobar. — Minha mãe já marcou uma aula de bolo de carne para você na semana que vem.

— Mas como...

Os armários com portas de vidro continham um arco-íris de pratos para receber os convidados. Tirei uma foto e enviei para minha mãe. Eu tinha me esforçado nesse aspecto e estava agradavelmente surpresa com os resultados.

Os meninos viraram algumas noites e chamaram reforços.

— Cadê eles? Por que não estão se gabando de como está lindo o lugar? — Parecia uma cozinha de revista. A cozinha perfeita da casa perfeita, e era eu quem teria o privilégio de morar ali.

— Eles precisavam resolver uma coisa. Eles chegam já, já — prometeu ela, e começou a servir uma variedade de queijos, biscoitos e frios na mesa do cantinho do café da manhã.

Apertei a mão sobre o coração enquanto observava o espaço.

— É demais.

Se esse era o gesto grandioso de Cam, eu pularia nele e arrancaria sua calça assim que visse a cara dele.

— Como foi Nova York? — perguntou Laura, servindo uma taça de vinho e passando-a para mim.

Eu a levei comigo à porta da despensa.

— Foi... ótimo. Zoey conseguiu um contrato novo com uma editora nova... Ai, meu Deus. É maior do que a minha cozinha inteira em Manhattan — gritei. — Espera. Por que a air fryer de Cam está aqui dentro? Ele a doou para mim? E de onde surgiu esse mixer?

— Fadas da despensa, talvez?

Saí da despensa e apontei para ela.

— O que você sabe? O que está acontecendo?

Ela deu de ombros com ar de inocência bem quando tocou a campainha.

— É melhor você atender.

Peguei meu vinho e corri por quase todo o corredor.

— Ai, meu Deus, olha essas cortinas! — exclamei no caminho.

Abri a porta, pensando que daria de cara com o rosto presunçoso de Cam. Em vez disso, encontrei o sorriso radiante de Darius.

— Hazel, minha mulher favorita depois da minha mãe! Você se lembra da Sylvia, do Recanto Prateado, não é?

Pisquei.

— Sim! Claro. Te devo mil desculpas. Sinto muito por colocar seus residentes em perigo naquele pontão.

— Não tem por que pedir desculpa — insistiu Sylvia.

— A gente pode entrar? — perguntou Darius.

Eu me sentia tonta e delirante como se estivesse num carrossel.

— Ah, claro. Parece que minha casa está pronta. Laura está na cozinha com queijos e vinhos.

— Você me conquistou com os queijos — disse Sylvia.

Guiei o caminho.

— Oi, sr. prefeito. Bom te ver de novo, Syl.

— Igualmente, Laura.

Eles estavam sorrindo uns para os outros como se houvesse uma piada interna e eu estivesse por fora.

— Alguém pode me dizer o que está acontecendo? — perguntei.

— Bom, eu e Sylvia queríamos que você fosse a primeira a saber que as instalações do antigo hospital foram finalmente vendidas.

— Ai, Deus. Dominion comprou? Para o plano de campo de golfe deles?

— Na verdade, o Recanto Prateado comprou com base na minha recomendação. Story Lake vai receber a nossa mais nova casa de repouso — anunciou Sylvia.

Pisquei algumas vezes.

— Mas enganamos vocês a virem aqui. Fizemos vocês acreditarem que somos uma cidadezinha próspera com uma população ativa e depois quase afogamos metade dos seus residentes no lago. Quer dizer, assumo total responsabilidade. Estávamos só tentando demonstrar a todos o que poderíamos ser, mas foi um fracasso catastrófico...

— Eu sei. Eu leio a sua newsletter — disse Sylvia com um sorriso suave. — Hazel, o que vocês me demonstraram foi que Story Lake se esforça ao máximo para fazer todos se sentirem bem-vindos. Além de todas as modificações de acessibilidade que toda a cidade já tinha feito para Laura aqui, você e sua cidade fizeram meus residentes se sentirem em casa.

— É como Story Lake me fez sentir também — admiti.

— Não estou apenas na administração. Sou vice-presidente de aquisições de imóveis e estava ao telefone com meus superiores antes mesmo de o ônibus sair do estacionamento. Vocês são uma cidadezinha vibrante que já fez muitos avanços em acessibilidade. O terreno do hospital é perfeito para um dos nossos centros de cuidados múltiplos. Foi uma decisão fácil.

— Mas o problema de tratamento de esgoto... — falei.

425

— Parece que os comissários do condado foram coagidos por Nina a prorrogar o prazo. Vinte outros condados no estado precisam fazer as mesmas modernizações, e receberam cinco anos para isso — explicou Darius.

— Não sei o que dizer — falei, olhando com os olhos marejados para aquelas três pessoas maravilhosas que diziam coisas maravilhosas na minha nova cozinha maravilhosa.

— Adoraríamos se você considerasse passar uma vez por mês para dar uma aula de escrita para os residentes — prosseguiu Sylvia. — Laura já se ofereceu para ser nossa consultora de acessibilidade local. E Darius disse que talvez conheça uma empreiteira local para as quinze cabanas de vida autônoma que vamos construir.

Eu me sentia como se o meu coração estivesse dando cambalhotas pela garganta.

Minha porta se abriu com um coro embriagado de "Hazel!".

— Podem me dar licença por um minuto? — pedi, voltando na direção da porta.

— Ah, eu não perderia isso por nada. — Laura me seguiu em sua cadeira de rodas.

— Espera, o bar está cheio? — Parei de repente à porta da sala de jantar.

— Foco, Haze — disse Laura, cutucando as minhas costas.

— Certo. Focando. De onde surgiu aquela poltrona? — perguntei a ninguém ao passar pela porta da sala de visitas.

Eu os encontrei enrolados perto da porta.

— Hazelzinha! — gritou Zoey, acenando os braços para mim enquanto Gage se atrapalhava para tirar o casaco dela. Assim que ficou livre, ela se jogou em cima de mim.

— Oi — cumprimentou Levi com um sorriso bobo.

— Vereadora Hart, tem uma parada que queremos falar com você — disse Gage com a voz enrolada.

Zoey acertou minha bochecha com um beijo barulhento com cheiro de álcool.

— Vocês estão cheirando como se uma cervejaria e uma destilaria e uma vinícola tivessem feito um ménage à trois — comentei.

— Mas eu não estava olhando para nenhum deles. Estava olhando para Cam, que estava no meio deles. O olho sóbrio no meio de um furacão embriagado.

— Ele não estava sorrindo, e estava com um caixote embaixo de cada braço.

— Srta. Confusão, eu te imploro. Dá um pouco de comida para eles antes que eu acabe cavando covas no quintal — suplicou ele. — Eles estão assim desde que saímos de Nova York.

— Por que vocês estavam na cidade? O que está rolando? — perguntei.

— A gente está comemorando! — disse Zoey, erguendo os braços no ar.

— Eba! — falou Gage.

Levi deu um aceno bêbado e sorriu.

Um latido ecoou da caixa embaixo do braço esquerdo de Cam. Um focinho úmido e um olho castanho me espiaram.

— Por favor, diz que não é mais um guaxinim — sussurrei.

— Quero contar — insistiu Zoey.

— Não, Cam tem que contar— disse Gage, abaixando para olhar nos olhos de Zoey. Ele encostou a testa na dela e fechou um olho. — É importante que ele leve todo o crédito.

Zoey fez biquinho.

— É, acho que faz sentido. Mas a gente ajudou.

— Ajudou demais — respondeu Levi, cutucando a bochecha com o dedo. — Não estou sentindo meu rosto. Isso é normal?

— Larry, tira esses três daqui — pediu Cam, parecendo estar a cinco segundos de começar a dar socos.

— Pode deixar, Cammie. Vamos lá, criançada. Quem quer lanchinho de gente grande e mais bebida? — perguntou ela.

— Eeeeeeu! — O grupo bêbado de amigos e parentes a seguiu para a cozinha.

— Mas queria ver a cara dela quando ele contasse sobre o fim de Jim — reclamou Zoey.

Fechei os olhos.

— Como assim, o fim de Jim?

— Vamos conversar no seu escritório — sugeriu ele.

Peguei meu vinho e o segui, tentando imaginar quanto tempo levaria para cavar uma cova.

Havia cortinas novas aqui também. Grossas, de veludo. As portas de vidro mal conseguiam conter o caos, mas toda a minha atenção estava em Cam.

— Certo. Lá vamos nós — disse ele, colocando as caixas de transporte perto da porta. Ele pegou minhas mãos. — Hazel Hart.

— Pois não? — murmurei.

— Fiz merda.

— Sei bem. A menos que você tenha feito merdas novas nos últimos três dias.

— Vou fazer outras merdas — prosseguiu ele. — Acho que muitas. Os Bishop não são conhecidos por conversar. Então, você vai ter que ser paciente, mas saiba que estou me esforçando.

— Certo. Não é melhor soltar o que está dentro das caixas?

— Ainda não. Primeiro, preciso que você saiba que te amo.

— Que fofo!

Olhei atrás de Cam e vi Zoey, Gage e Levi com as caras amassadas nas portas de vidro.

— Gente, deem um pouco de privacidade para eles — disse Laura, séria.

— Ama? — perguntei, voltando a atenção para Cam.

— Tanto que me apavora.

— Tanto que quer fugir de novo?

— Nunca mais. Além disso, você também me ama — acrescentou ele, arrogante.

— Ah, amo?

— Tenho noventa porcento de certeza, e vou garantir os últimos dez até o fim deste gesto grandioso.

— Você terminou minha casa. Isso já é um gesto bem grandioso.

— Quero uma vida com você. Quero um lar com você. Quero encher essa vida e esse lar com as pessoas e coisas que amamos.

— Como churrasqueiras monstruosas?

— Como churrasqueiras mais do que normais, e parentes irritantes, e mais livros, e animais de estimação, talvez, filhos.

— Eita.

— Pois é. Não quero ser o único surtando aqui.

— Missão cumprida — falei, apertando a barriga, que estava fria.

— Mas nada do que eu tenha a oferecer pode substituir o que você já perdeu — falou Cam.

Um miado irritado veio do outro caixote, e pensei ter visto bigodes.

— O que eu perdi? — perguntei.

Em resposta, Cam foi até a última caixa de mudança que eu tinha escondido no canto. Ele tirou os livros. Meus livros, que agora eram de Jim.

— Eles — ele disse — vão para a prateleira agora.

— Espera. O que você está dizendo?

— Ela não está entendendo. Vamos fazer mímica? — perguntou alto do corredor Gage.

— Aaah! Adoro mímica. Certo, é para fazer mímica de "conseguimos seus livros de volta"! — gritou Zoey, eufórica.

Meu coração não vacilou. Não deu cambalhota nem palpitou. Simplesmente parou.

— Vocês conseguiram meus livros de volta?

— Uau, ela é boa — disse Levi.

— Ela é superinteligente — informou para ele Zoey.

— Sim — respondeu Cam. — Conseguimos. Jim não possui mais nenhuma das suas propriedades intelectuais. Ele assinou a transferência dos seus direitos hoje.

— Ai, meu Deus, ele morreu? Você o espancou até a morte com os próprios braços dele? Vai para a prisão? São só livros, Cam. Vou escrever outros. Muitos outros.

— Não o espanquei com os próprios braços dele, nem vou para a prisão. Foi tudo dentro da lei.

— Nós o intimidamos dentro da lei — gritou Gage detrás da porta.

— Praticamente — acrescentou Levi.

— Zoey pediu uma reunião com Jim e o chefe dele — contou Cam para mim. — Aparecemos com seis dos advogados favoritos da sua mãe. E, assim que o tagarela calou a boquinha, expusemos como seria prejudicial para a reputação da agência se todos os clientes soubessem que eles empregavam agentes que assumiam legalmente os direitos de propriedade intelectual dos autores.

— Rolou muita gritaria e juridiquês antes — Gage disse.

— Gente, dá para parar? — pediu Laura com um resmungo abafado.

— Vocês o chantagearam?

— Foi quase tão satisfatório quanto dar um soco nele — disse Cam.

Olhei para as mãos dele. Ele tinha um curativo com emojis de vômito sobre o dedo.

— Esse é um ferimento de soco novo ou antigo?

O sorriso de Cam foi maldoso.

— Digamos só que o palhaço achou que conseguiria reaver um pouco da sua dignidade dando o primeiro golpe. Errou feio.

Eu não tinha palavras. Mal conseguia enxergar. Lágrimas quentes turvavam tudo.

— Hazel, quero que você tenha tudo. — Sua voz era rouca e doce como mel. — Quero te defender, te inspirar, te proteger. Quero estar do seu lado para as boas e más notícias.

Eu não aguentava mais. Corri até ele, me choquei contra ele, joguei os braços em volta dele.

Ele fez o mesmo, com aqueles braços fortes me segurando enquanto ele me levantava do chão.

— Eu te amo — falei, beijando cada centímetro do seu rosto.

— Gente, acho que ela está feliz — sussurrou Levi.

— Ou isso ou ela está comendo o rosto dele. Alguém lembrou de dar comida para ela hoje? — Zoey perguntou.

Cam me beijou e parei de escutar os comentários bêbados, os barulhos de animais desconfiados, as dúvidas.

— Também te amo, srta. Confusão. Bora casar.

Engasguei com algo entre uma tosse e uma risada.

— Bora o quê?

Ele me colocou no chão e tirou algo da cintura da calça jeans.

— Toma. Para gente começar a planejar. — Era um caderno de planejamento de casamento.

— Espera um segundo. Não era para ter um anel ou, sei lá, um *pedido* antes? — perguntei, virando a primeira página.

Lá, colado à primeira página, havia um anel de noivado com um diamante grande sobre a letra ansiosa de Cam: "Diz que sim".

Eu o encarei boquiaberta.

— Vamos, srta. Confusão. Acaba com meu sofrimento.

— Sim.

Nós nos beijamos de novo, longa e intensamente, ao som da comemoração dos nossos amigos e familiares. As portas do meu escritório se abriram, e fomos afastados um do outro e abraçados até quase não conseguirmos respirar.

— Espera! O que tem nos caixotes? — perguntei enquanto Gage me girava num círculo bêbado.

— Você não mostrou as fofurinhas para ela? — Zoey bateu no peito de Cam.

Ele deu de ombros.

— Eram meu plano B caso ela ameaçasse dizer que não.

— Pelo amor da santa — disse Laura, abaixando-se e abrindo o primeiro caixote.

Um gato laranja rechonchudo saiu antes de deixar cair seu peso considerável no chão e começar um ritual intenso de limpeza. O segundo, um cachorrinho caolho adorável sem raça definida precisou de um pouco mais de persuasão. Mas, depois de alguns petiscos, ele logo estava correndo pelo escritório.

— Era para ser só o gato, mas, segundo a mãe, eles são muito unidos, e eu seria um monstro se os separasse — disse Cam.

— E Bertha? — perguntei.

Guaxinins toleram gatos e cachorros como toleravam leitoas bebês?

— Bertha foi transferida para a mansão de guaxinim mais luxuosa que o dinheiro pode comprar no quintal dos fundos. Não tem nenhum jeito de ela entrar em casa, a menos que deem uma chave para ela — Cam prometeu.

— Você é doido. — Ri, virando para admirar a aliança sob a luz da janela. Minha risada se transformou num grito admirado quando me dei conta de que havia mais uma novidade no lugar.

Minha mesa bamba tinha sido substituída por uma escrivaninha de madeira curvada deslumbrante. Sua coloração dourada intensa reluzia sob a luz vespertina. Sob a borda superior havia um acabamento talhado que dizia O *final feliz começa aqui.*

— Cam — sussurrei.

— Gostou? — ele perguntou.

Fiz que sim, sem conseguir falar por quase um minuto.

— Amei. Te amo.

— Graças a Deus — ele disse, me dando outro abraço, outro beijo ardente. — Porque já trouxe todas as minhas coisas.

— Chega de safadezas. Nossos pais chegaram. Vamos comemorar com drinques no deque — gritou Laura do corredor.

— Mais safadezas assim que nos livrarmos deles — Cam prometeu.

— Uma vida de safadezas — concordei.

À noite, depois dos drinques em comemoração, da safadeza e de uma exploração minuciosa da sauna a vapor, eu e Cam nos aventuramos em nosso deque novo. Romancinho, o cão, e DeWalt, o gato, batizado em homenagem à marca de ferramentas favorita de Cam, se deitaram a nossos pés. Meu corpo estava relaxado e pesado. Minha cabeça, leve. E a aliança em meu dedo parecia uma âncora firme que me prendia momento àquele instante.

Uma sombra passou por cima das luzinhas penduradas sob o crepúsculo. Ganso, a águia, passou voando e balançou as asas numa saudação aviária.

— Preciso melhorar — sussurrei sob o braço de Cam.

— Melhorar o quê? — ele perguntou, passando os lábios sobre meu cabelo.

— Meus finais felizes fictícios. Você superou os gestos grandiosos de todos os protagonistas que já escrevi.

— Pode crer. Vai se acostumando.

Epílogo

Hazel

Muita coisa pode mudar em um ano.

Ou treze meses, para ser mais ou menos exata. Por exemplo, uma autora de comédias românticas da cidade grande que perdeu a alegria e a inspiração pode reencontrar essa inspiração, se apaixonar, se casar e acabar no palco na frente de toda a cidade no Segundo Festival Anual de Outono para aceitar o primeiro Prêmio de Serviço Comunitário Hazel G. Hart.

O G é de Gillian, a propósito. Eu deveria perguntar à minha mãe por que Gillian quando ela chegar na próxima semana com o bronzeado Stavros, que se revelou um grande urso de pelúcia grego.

E o homem com quem me casei? Que me fez enxergar que eu sequer havia tido minha chance de "grande amor"? Que me acordava sensualmente toda as manhãs. Que acrescentou um defumador de carne gigantesco aos meus eletrodomésticos sem me perguntar, e estava sentado na primeira fileira com uma cara de orgulho e certa dose de tesão.

Seu nome é Marco.

Brincadeira, gente. É Cam. Campbell Bishop, dos Bishop de Story Lake.

Não sei se é possível, mas ele ficou ainda mais bonito desde a primeira vez em que o vi. Claro, eu estava sangrando de um ferimento na cabeça e gritando muito quando isso aconteceu.

Essas coisas aconteceram com menos frequência desde então. Mas outras coisas aconteceram mais. Coisas boas. Como um pontão chamado *Final Feliz* com uma rampa de acessibilidade. E fins de semana na Fazenda Santuário Story Lake. E a conclusão dos trâmites para nos tornarmos pais adotivos. E o teste de gravidez que eu ainda não tinha chegado a mencionar para o tal marido bonito.

Meu livro inspirado em Cam alcançou o primeiro lugar na lista dos mais vendidos do *New York Times*, e continua a vender como pão quente. Por acaso pão frio não vende tanto assim? Só por curiosidade. Cam fez muito sucesso na turnê.

Romancinho e DeWalt continuam a nos divertir todos os dias. DeWalt cochila em cima da minha escrivaninha, roncando alto, enquanto Romancinho dorme em cima dos meus pés, peidando... também alto... e fedido. Bertha gostou tanto da casinha externa de guaxinim que teve quatro bebês guaxinins nela.

Claro, nem tudo são flores e animais selvagens realojados. Houve muito trabalho. Eu tinha escrito mais dois livros, e os negócios da Irmãos Bishop estavam prosperando. E ainda havia uma discussão ou outra. Mas, com um cabeça-dura novo em relacionamentos como Cam, isso era de se esperar.

Eu ainda tinha meus probleminhas para resolver, tentando assumir um papel mais ativamente participativo na vida em vez de simplesmente observar os outros em busca de inspiração. Estava dando um curso de escrita criativa no Recanto Prateado, a nova casa de repouso que na verdade é toda uma *outra* história. Mas Zoey é a heroína dessa história em particular; então, vou deixar que ela conte isso para vocês.

Darius foi para a faculdade, deixando Story Lake sem prefeito. Cam e os irmãos tiveram o maior prazer em indicar e fazer campanha por Laura, que ganhou por uma ampla vantagem e está mais ocupada do que nunca com os filhos, o armazém, a consultoria de acessibilidade e — não quero agourar, mas estamos entre amigos; então, vou dizer: o instrutor gato da academia.

Os pais de Cam ainda dão jantares de domingo, mas eu e Cam assumimos os cafés da manhã dos Bishop. Estou aprendendo devagar a não queimar as rabanadas, e o mingau de aveia assado da semana passada foi um sucesso inesperado com os meninos de Laura. Embora houvesse a possibilidade de eles estarem dando para os cachorros comerem embaixo da mesa.

Story Lake também está progredindo. Parece que os leitores de histórias de amor adoram a ideia de passar férias ao longo do ano na cidade pela qual me apaixonei. Alguns até se mudaram para cá, apesar de nosso slogan oficial ser *Story Lake: Lar da terra mais marrom que há*.

Contei tudo isso para dizer que meu coração e minha casa estão cheios. Mas ainda tem muito espaço para ocupar em ambos, e mal posso esperar para fazer isso. Agora, porém, tenho que aceitar meu prêmio e tentar não borrar o rímel.

Beijos,

Hazel.

Agradecimentos & Curiosidades

Aos leitores que sugeriram Comendo Capim pela Raiz como o nome da funerária.

A expressão "ventilação na virilha" me veio quando compartilhei nas redes sociais que tinha escrito 5.200 palavras num único dia antes de descobrir um buraco enorme no meio das calças. Acredito que aconteceu porque eu estava na esteira enquanto escrevia todas as 5.200 palavras, e o atrito das minhas coxas fez o tecido se desintegrar. Os leitores pediram que isso fosse incluído no manuscrito.

O grupo de mensagens Bundas Bishop é carinhosamente inspirado no nome de um grupo de mensagens que tenho com meus irmãos e seus cônjuges.

Depois de ter escrito a cena em que Hazel é atingida na cabeça por um peixe, eu levei a maior peixada na cara. #sintonia

Agradeço a Taylor, Stephanie, Claire, Crystal P., Crystal S., Theresa, Annamarie, Amanda, Kelly e Karen por terem sido fontes incríveis na minha pesquisa sobre a vida de pessoas cadeirantes.

Agradeço a Flavia e Meire por serem as melhores agentes do mundo.

A Deb e às equipes do editorial e de vendas da Bloom Books por ficarem tão animadas quanto eu com essa história.

À minha linda e paciente equipe: Sr. Lucy, Joyce, Tammy, Dan, Heather, Rachel, Lona e Rick por manterem tudo funcionando enquanto eu estava com os olhos grudados em um livro.

Aos advogados Eric e Adam, e ao RP Leo, pelo talento.

Kari March Designs e Kelly e Brittany da Bloom Books, agradeço mais uma vez pela capa perfeita!

E, finalmente, obrigada a vocês, meus queridos amigos leitores! Fico feliz por termos explorado Story Lake juntos!

Nota da autora

Queridos leitores e leitoras,

Espero que tenham amado ler o primeiro episódio de Story Lake tanto quanto amei escrevê-lo. Essa série é minha carta de amor para vocês. É uma ideia que estava na minha cabeça desde que recebi o primeiro e-mail de um leitor dizendo que eu tinha criado a cidade onde ele queria morar.

Nutri, por anos, a fantasia de fundar uma cidade para meus leitores. Mas, até que eu possa comprar um belo lote de terra em algum lugar fofo e transformar a vizinhança na Story Lake da vida real — para que todos nós sejamos vizinhos —, espero que me acompanhem no próximo livro. Temos que descobrir se Gage vai convencer Zoey de que o final feliz não é nada coisa da cidade grande. (Está mais para um romance que se passa numa cidadezinha, mas com sexo. Muito sexo.)

Nos vemos de novo aqui em Story Lake logo logo! Enquanto isso, se adorou este livro, por favor, considere deixar uma resenha, comentar com um amigo ou recomendá-lo a um desconhecido no corredor de uma livraria! Amigos que leem são os melhores amigos!

Xoxo,
Lucy.

ESTA OBRA FOI COMPOSTA EM ADRIANE TEXT POR BR75 E IMPRESSA
EM OFSETE PELA GRÁFICA BARTIRA SOBRE PAPEL CHAMBRIL AVENA
PARA A EDITORA SCHWARCZ EM MARÇO DE 2025.

A marca FSC® é a garantia de que a madeira utilizada na fabricação do papel deste livro provém de florestas que foram gerenciadas de maneira ambientalmente correta, socialmente justa e economicamente viável, além de outras fontes de origem controlada.